HEYNE

DAS BUCH

Sie ist die mächtigste Zwergenstadt des Nordens: Eingefasst von gewaltigen Mauern markiert Derok die Grenze der zivilisierten Länder des Reiches. Erst vor wenigen Hundert Jahren haben Zwerge diese Region den Orks abgerungen. Nun jedoch sind ihre Feinde zurückgekehrt, und sie brennen auf Rache: Die größte Orkarmee, die es je gegeben hat, marschiert auf Derok zu. Unzählige Dörfer und Siedlungen sind unter ihrem Ansturm bereits gefallen, und es scheint, als könnte auch Derok der Wut der Orks nicht standhalten. Der Zwergenkrieger Glond, der in den Kerkern der Bergfestung auf sein Todesurteil wartet, wird überraschend für einen Geheimauftrag auserwählt. Noch vor Tagesanbruch müssen er und seine Gefährten den Tempel erreichen, der inmitten des umkämpften Stadtzentrums liegt. Denn dort liegt etwas verborgen, das das Schicksal Deroks entscheiden kann. Auf der anderen Seite findet sich Krendar, ein junger Ork auf seinem ersten Kriegszug, im Trupp des alternden Häuptlings Ragroth wieder. Und Ragroth setzt alles daran, in dieser entscheidenden Schlacht zu Ruhm und Reichtum zu gelangen. Als die Orks von dem legendären Zwergenschatz im Tempel erfahren, fassen sie einen riskanten Plan …
Und während um Derok die alles entscheidende Schlacht tobt, beginnt für Krendar und Glond ein atemberaubender Wettlauf, an dessen Ende es nur einen Sieger geben kann …

DIE AUTOREN

T.S. Orgel ist das gemeinsame Pseudonym der Brüder Tom und Stephan Orgel. Tom lebt mit Frau und Kind im Spessart und verdient sein Geld als selbständiger Grafik-Designer und Texter. Er treibt schon lange nicht mehr genug Sport und leidet unter Rollenspielentzug.
Sein Bruder Stephan lebt und arbeitet irgendwo in Hessen in der Verlagsbranche, unter anderem als Fachredakteur. Er ist deutlich fitter als sein Bruder und noch immer begeisterter Rollenspieler. Nach einer Reihe von Kurzgeschichten und elektronischen Veröffentlichungen ist »Orks vs. Zwerge« ihr erster gemeinsamer Roman.

T. S. Orgel

ORKS VS. ZWERGE

Roman

Originalausgabe

WILHELM HEYNE VERLAG
MÜNCHEN

FSC
www.fsc.org
MIX
Papier aus verantwortungsvollen Quellen
FSC® C014496

Verlagsgruppe Random House FSC-DEU-0100
Das für dieses Buch verwendete FSC®-zertifizierte
Papier *Super Snowbright* liefert
Hellefoss AS, Hokksund, Norwegen.

Originalausgabe 11/2012
Redaktion: Catherine Beck

Printed in Germany
Karten: Andreas Hancock
Umschlagillustration: Alexander Tooth
Umschlaggestaltung: Nele Schütz Design, München
Satz: KompetenzCenter, Mönchengladbach
Druck und Bindung: GGP Media GmbH, Pößneck
ISBN: 978-3-453-31404-7

»Die schlimmsten Streitigkeiten entstehen erst dann, wenn beide Seiten gleichermaßen im Recht und im Unrecht sind.«

WINSTON CHURCHILL

ORKS
ORKS
GARTENVORSTADT
DRANGOGS
TRUPPEN
SUMPF
WESTSTADT
TEM
ORKS
B
SUMPF
SANATORIUM
HAFEN
FRIEDENS-
BRÜ
SUMPF

DEROK
RKS
ROGORUS TRUPPEN
GROTHS TURM
OST TOR
HQ AYUBO
ORKS
OSTSTADT
PANZERWAGEN
KADEN
OSTBRÜCKE
WIGE BRÜCKE
FESTUNG

ORKLAND
AYURO
WESTSTÄMME
ORKLAND
KORRACH
KRIEGSGEBIET
DEROK
KORRACH
ORKLAND
ORKLAND
ZWERGE
&
MENSCHEN
N

EINS

Die Trommeln schwiegen.

Diesen einen bedeutsamen Moment, bevor sie das Tempo aufnahmen. Den einen Augenblick, bevor all das Brüllen, das Rennen, das Töten begann, bevor die Erde unter den Schritten erbebte, wenn das Dröhnen der Trommeln zum Herzschlag der Krieger wurde und Blut fließen musste. Krendar hielt die Augen starr geradeaus gerichtet, füllte seine Lungen mit eisigem Nebel und wartete auf den nächsten Schlag.

Diese Pause war das Schlimmste, schlimmer als die Stunden zuvor, schlimmer als die tausend monotonen Schläge. Der junge Aerc wusste das, weil ihn die anderen darauf vorbereitet hatten. Viele der Älteren hatten schon einmal auf diesen einen Schlag gewartet. Auf der einen oder der anderen Seite. Und die Älteren kannten die Geschichten.

Mit einem angestrengten Grinsen entblößte er seine Hauer. Der Nebel bildete feine Tropfen auf den Borsten seiner Haut, auf den Muskeln seiner nackten Beine und den zerkratzten Lederwickeln, die seine Unterarme schützen sollten. Heute war die große Nacht. Die Nacht, in der aus Rekruten Krieger wurden. Krieger, über die man Lieder sang. Wenn sie Glück hatten, würden sie unter denen sein, die die Lieder sangen. Über sich und über die Nacht, in der die Stämme das Land ihrer Ahnen zurückgewonnen hatten.

Sein Blick huschte zur Seite, zu dem Burschen neben ihm. Das starre Grinsen in dessen Gesicht war ein Spiegel seines eigenen.

BOOOM.

Krendar ließ die Luft in einem gewaltigen Brüllen aus seinen Lungen strömen. Es mischte sich mit dem aus unzähligen rauen Kehlen, als alle Aerc in den Schrei einfielen. Brüllen war wichtig, das hatten sie ihm eingeschärft. Es vertrieb den nagenden Wurm der Angst aus den Gedärmen.

BOOOM.

Der nächste Schlag, der erste Schritt. Und dann rannten sie.

Durch den Nebel, über zertretenes Gras, durch zerstampfte Büsche und schlammige Erde. Sie liefen im Gleichschritt und brüllten, die langen Spieße vorgestreckt. Hinter ihnen blökten die Hörner der Weststämme ihre dumpfe Klage in die hereinbrechende Nacht.

Krendar trat auf das Bein eines Toten, der halb im Schlamm versunken lag, stolperte, fing sich wieder. Rechts neben ihm lief ein narbiger Veteran, einen halben Kopf größer als er, mit Armen so dick wie seine Oberschenkel und über und über mit gelblichem Fett beschmiert. Vor ihm rannten die Merssan-Brüder, der eine mit rot, der andere mit blau gefärbten Haaren. Sie schwangen Haumesser und grölten ein ihm unbekanntes Lied. Seine Stiefel klatschten durch den Schlamm, jeder Schritt rief ein schmatzendes Geräusch hervor, versuchte, ihn zu Fall zu bringen. Doch fallen durfte er nicht. Nicht mit dreihundert Stammeskriegern in seinem

Rücken. Also riss er weiter die Füße aus dem Morast und brüllte, wie sie alle brüllten, während er auf einen Feind zulief, den er bislang noch nie gesehen hatte.

Dann tauchten sie vor ihnen im Nebel auf. Stumme, reglose Gestalten. Krendar hätte sie für Felsen gehalten, für eine niedrige Mauer, wäre das donnernde Gebrüll nicht noch stärker angeschwollen. Sie standen einfach da. Ohne auf das Brüllen der Krieger zu antworten, ohne ihrerseits loszustürmen, in beängstigender, bewegungsloser, vollkommener Stille.

Nein, nicht vollkommen. Jetzt begannen auch dort Trommeln zu schlagen. Langsam, schwer, rollend, dröhnend und in erschreckender Eintönigkeit. Ein weiteres Geräusch mischte sich darunter, als die Wühler begannen, die Waffen gegen ihre Schilde zu schlagen, rhythmisch, furchterregend, voll grimmiger Entschlossenheit. Krendar konnte jetzt Metall blitzen sehen, Rüstungen, blanke Waffen, polierte Schilde. Und dazwischen schimmerten Zähne in hässlichen Gesichtern, die so bleich waren wie die Schädel der Toten. Die Gesichter von Zwergen.

Keine hageren Menschen, die mit dünnen Stimmen gegen den Kampfruf der Stämme anschrien und durcheinanderliefen, bis sie von der Flutwelle der Krieger davongespült wurden. Die Wühler standen wie Felsblöcke, an denen sich die heranrollende Woge brechen würde. Mit erschreckender Klarheit wurde Krendar bewusst, dass der Wurm noch immer in seinen Innereien wühlte. Es fühlte sich an, als habe er soeben Geschwister bekommen.

Hätte der junge Aerc gekonnt, er wäre in diesem Augenblick zur Seite ausgebrochen, statt sich dieser schrecklichen

Wand zu stellen und unweigerlich an ihr zerrieben zu werden. Doch die Trommeln, die Hörner und der Kampfschrei peitschten ihn vorwärts, Hunderte von Kriegern hinter ihm schoben ihn direkt in diesen Wall aus Metall. Noch zehn Schritte, noch acht.

Krendar klemmte den Speerschaft fester unter die Achsel und schrie.

Donnernd prallten sie gegen die Reihen der Zwerge. Sein Spieß kratzte über einen metallenen Schild, glitt davon ab, zwischen zwei Zwergen hindurch und traf auf etwas dahinter. Ein kurzer Widerstand, dann ein Ruck, und die Waffe glitt tiefer, bevor sich ihr Schaft durchbog und zersplitterte. Er prallte auf einen Schild, zerschnitt sich an der geschliffenen Kante den Unterarm und wurde nur deshalb nicht von einem Kurzschwert aufgespießt, weil er zu eng an den Zwerg herangedrängt wurde. Für einen Moment standen sie einander so dicht gegenüber, dass er die groben Poren sehen konnte, aus denen die Gesichtshaare des Wühlers sprossen. Der faulige Atem der Kreatur schlug ihm entgegen. Dann krachte eine Streitaxt in den Schädel des Wühlers und fällte ihn. Irgendjemand rempelte Krendar an, und er stolperte mehr als er sprang, auf den toten Wühler hinauf, von dort auf den Schild eines anderen, wich einem Spieß aus und war plötzlich oben, auf den Schultern und Köpfen der gepanzerten Zwerge. Mit dem zerbrochenen Speerschaft wehrte er den Hieb einer Axt ab. Das gesplitterte Holz wurde ihm aus der Hand gerissen und dann, einfach weil er nicht wusste, was er sonst tun sollte und nicht wagte, stehen zu bleiben, lief er weiter, trat auf Panzerplatten und Helme.

Um ihn herum liefen weitere Krieger auf den dicht gepackten Reihen der Zwerge, hieben mit Keulen und Äxten auf bärtige Gesichter ein, schlugen Lücken in die Reihen der Wühler, stürzten und verschwanden unter den Waffen der Feinde, die sich unablässig hoben und senkten. Krendar hatte nichts zum Hacken, er hatte nur seinen Schwung, den Schrei, der noch immer aus seinen Lungen quoll und die sich windenden Würmer in seinem Magen. Also lief er. Und plötzlich war es vorbei.

Krendars nächster Sprung ging ins Leere, seine Füße trafen auf Schlamm, glitten unter ihm weg; er stürzte und überschlug sich. Dann lag er still und starrte hinauf in die Nacht. Seine Arme und Beine fühlte er nicht mehr; die Angst verstopfte seine Kehle, erstickte den Schrei und ließ nur ein seltsam dünnes Wimmern übrig. Hier hinten, hinter den Reihen des Feindes, gedämpft durch Nebel und Ohren voller Schlamm, klangen die Trommeln, das Brüllen und Tosen der Schlacht weit entfernt, unwirklich. Vielleicht war das nur ein Traum, und er würde in den saftigen Weidegründen seines Stammes aufwachen, zwischen den friedlich weidenden Herden seines Hauses.

Der weiße Schemen eines großen Nachtvogels glitt über ihn hinweg. Ein Totenvogel. Das gewaltige Tier schlug völlig lautlos mit den Schwingen und stieg schnell hinauf, hoch hinauf über ihn, wo die Nebelschwaden für einen Moment zur Seite glitten und den Blick auf zwei frühe Sterne freigaben. Sie schienen ihm zuzuzwinkern, und Krendar zwinkerte zurück. Als er die Augen wieder öffnete, hatte ein fahles Zwergengesicht den Vogel und die Sterne ersetzt. Alles, was jetzt noch blinkte, war das Blatt einer Axt.

Dichter Nebel floss von den Bergen herab. Er legte sich wie ein Leichentuch über Bäume und Sträucher, sammelte sich an den Spitzen der Blätter und tropfte in dünnen Rinnsalen zu Boden. Die Königlichen standen reglos wie aus Stein gemeißelt. Schwer gepanzerte Elitekrieger, die ihre Bärte nach Art der Unteren zu Zöpfen geflochten hatten und deren blitzende Klingen nach Waffenfett und Tod stanken. Über ihren Köpfen flatterte träge die Standarte mit den drei goldenen Türmen, dem Zeichen des Großkönigs. Die Flanken wurden von barbarischen Clankriegern geschützt, deren Gesichter und Arme mit rituellen Narben übersät waren, und hinter ihnen marschierten in langen Reihen die Deroker Gildenverbände auf. Der bunt zusammengewürfelte Haufen aus Bürgern und Rekruten der Stadtwacht war mit einem Arsenal unterschiedlichster Waffen ausgerüstet. Hämmer, Äxte, Spitzhacken und andere Werkzeuge des täglichen Gebrauchs, die in größter Eile zu Mordwerkzeugen umfunktioniert worden waren. Was ihnen an Erfahrung fehlte, machten die Deroker durch unbändige Kampfeslust wett, und ihre Anführer hatten alle Hände voll zu tun, die undisziplinierten Männer und Frauen in Reih und Glied zu halten.

Glond warf einen Blick nach links und sah die mächtige Gestalt von Tork Hammerfest, dem Waffenschmied aus Dunbree, dessen mächtiger Brustkorb sich hob und senkte wie ein Blasebalg. Seine Hände hielten den gewaltigen Schmiedehammer wie ein Kinderspielzeug, und aus seinem geöffneten Mund dampfte heißer Atem in die nebelkalte Luft. Rechts stand Pike, der Bergmann aus den unteren

Kohlegruben, das Gesicht so dunkel vom Ruß, dass man es im Dämmerlicht kaum erkennen konnte. Erwartungsvoll blitzten seine Augen aus der Schwärze hervor.

Pike fletschte die Zähne. »Was zitterst du so, Junge? Kannst es wohl nicht mehr erwarten, deine Klinge in einen dieser dreckigen Orkbäuche zu rammen, was?« Er klopfte Glond auf die Schulter und hinterließ einen schwarzen Handabdruck. »Keine Sorge, es werden genug für dich da sein. Ich habe gehört, sie sind uns eins zu zehn überlegen.«

»Eins zu zwanzig«, rief eine Reihe hinter ihnen Kjeld Steinvogel, der in den Gruben Pikes Vormann war. Man erzählte sich, dass er mit bloßen Händen einen Grubenteufel erwürgt hatte und direkt danach zum Angeln aufgebrochen war, weil er gerade so schön entspannt war.

»Eins zu zwanzig, sagst du?« Pike lachte. »Dann wirst du wohl heute nicht mehr rechtzeitig zum Abendessen zu Hause sein, alter Freund.«

»Eher als du, da wette ich drauf.«

»Darauf gehe ich ein: Wer als Erster seine Zwanzig voll hat!«

Irgendwo in der Ferne ertönte ein einsames Horn. Ein lang gezogener, klagender Laut, der Glond das Blut in den Adern gefrieren ließ. Er starrte auf das kurze Schwert in seiner zitternden Rechten. Mit der breiten, kaum armlangen Klinge war es wie geschaffen für die engen Formationen, in denen die Dalkar kämpften. Die Klinge war matt und schartig und mit dunklen Rostflecken überzogen, die ihn an getrocknetes Blut erinnerten.

Ein zweites Horn ertönte, und kurz darauf drang das dumpfe Dröhnen von orkischen Kriegstrommeln durch den Nebel.

»Die Hundeschnauzen spielen uns ein Ständchen«, rief Pike, und die Dalkar lachten. Raues und selbstbewusstes Lachen, das Dalkar von sich gaben, die zum Angeln aufbrachen und einen besonders guten Fang erwarteten. In ihrem Rücken begannen nun auch die eigenen Trommeln zu schlagen, und wer einen Schild besaß, fiel mit ein. Schlug mit seinem Hammer, Kurzschwert oder was auch immer er in Händen hielt, dröhnend gegen das Metall und lachte.

Glond wollte schreien. Heißkalte Schauer jagten über seinen Rücken, und er fühlte sich mit einem Mal schrecklich eingeengt zwischen den Hunderten nach Schweiß, Starkbier und Blutdurst stinkenden Kriegern. Das Zittern in seiner Schwerthand verstärkte sich. Er schloss die Augen und versuchte, sich zu beruhigen.

»Standhalten!«, brüllte jemand ganz in der Nähe.

Dann lief ein Beben durch die Reihen, so als wären zwei gigantische Steinböcke mit den Köpfen gegeneinandergeprallt. Die Dalkar wurden einen Schritt zurückgeschoben. Einen Augenblick später brandeten Schreie auf und das Geklirr von Metall, das auf Metall schlug.

Glond wurde heftig angerempelt, und der Aufprall presste ihm die Luft aus den Lungen. Die Welt begann sich um ihn zu drehen. Das blutgierige Gebrüll der Krieger dröhnte dumpf in seinen Ohren und verband sich mit den Schreien der Verwundeten zu einem infernalischen Getöse. »Ich kann nicht«, stieß Glond hilflos hervor. Er starrte auf seine Schwerthand. Er hatte jegliches Gefühl darin verloren. »Ich kann nicht«, wiederholte er. Doch niemand hörte ihm zu. Wie von allein löste sich das Kurzschwert aus seinem Griff und fiel schmatzend in den Schlamm.

Glond drehte sich mit weit aufgerissenen Augen zur Seite, wurde angestoßen und sah plötzlich Torks bärtiges Gesicht dicht vor seinem. Im nächsten Augenblick steckte ein Speer darin. Ein hässliches Ding mit einer Spitze aus grob gehämmertem Eisen. Der Waffenschmied hätte es jedem seiner Lehrlinge um die Ohren gehauen, der so etwas bei ihm abgeliefert hätte.

Tork verdrehte die Augen, ein Schwall Blut schoss aus seinem Mund. Glond brüllte auf und stieß ihn von sich. Doch die Reihen waren so dicht zusammengeschoben, dass der Schmied nicht umfiel, sondern wie ein Stehaufmännchen wieder zu ihm zurücktaumelte.

Glond schlug panisch um sich und drehte sich weiter. Hinter ihm stand ein knochiger Bursche in einer Lederweste, der verwirrt die Stirn runzelte. »Hey, Meista. Da vorn ist die Front!« Dem Dialekt nach musste das ebenfalls ein Bergmann aus Dunbree sein, der sich in dieser mörderischen Enge sicherlich pudelwohl fühlte.

Glond überließ ihm gern das Feld. Er stieß den verdutzten Dalkar zur Seite, um sich an ihm vorbeizudrücken, aber die hinter ihm Stehenden drängten sofort durch die Lücke nach vorn, jeder Einzelne wild darauf, endlich dem Feind gegenübertreten zu dürfen.

Das Waffenklirren war jetzt direkt in Glonds Rücken. Ein weiterer Speer rauschte an ihm vorbei und verschwand in der Menge. Neben ihm stieß Pike einen wilden Schlachtruf aus, schwang seine Spitzhacke dicht an Glonds Kopf vorbei und traf auf Widerstand. Blut und Knochensplitter spritzten ihm ins Gesicht.

»Eins!«

Glond wurde angerempelt, stürzte auf die Knie, und der Bergmann schlug ein weiteres Mal zu. »Zwei!«

Zu mehr kam er nicht, denn ein schweres Haumesser – so eines, wie Metzger sie verwendeten, um damit Schweine zu halbieren – trennte ihm den Arm von der Schulter.

Pike torkelte seitwärts und spießte sich selbst an einer ausgestreckten Glefe auf. Als er schreiend zu Boden ging, warf sich Glond nach vorn und kroch durch die entstandene Lücke ins Freie. Ein schwerer Stiefel streifte seine Schläfe, und für einen Augenblick wurde ihm schwarz vor Augen. Er wurde in den Schlamm gestoßen, bekam keine Luft mehr, schlug um sich und zappelte wie ein Fisch auf dem Trockenen. Dann fanden seine Hände festen Halt. Keuchend stemmte er sich nach oben und sog gierig frische Luft in die brennenden Lungen. Er rappelte sich auf und stolperte vorwärts. Kletterte über die Leiber blutender und sterbender Dalkar hinweg und schlug ihre Hilfe suchend ausgestreckten Hände beiseite.

Durch den Nebel drangen die wilden, tierischen Laute der Orks. Es kam ihm vor, als wären sie überall und nirgendwo zugleich, wie die rachedurstigen Geister der in den Gruben zurückgebliebenen Bergleute. Er duckte sich unter einem Ast, der plötzlich vor seinem Gesicht auftauchte, glitt aus, kugelte Hals über Kopf einen Hang hinunter und landete platschend in einem schmutzigen Bachlauf.

Benommen wälzte er sich herum und blieb auf dem Rücken liegen. Direkt über seinem Kopf schwang sich ein großer Vogel aus dem Geäst in die Lüfte und verschwand mit leisem Flügelschlag in die Nacht.

Lautlos glitt der Vogel davon. Seine breiten Schwingen hoben ihn hoch hinaus über den Nebel, der dicht über dem sumpfigen Boden klebte und dürre Bäume, zertrampelte Gärten und zerbrochene Zäune verbarg. Die grauen Schwaden verhüllten zwei ineinander verbissene Heere, dämpften das Brüllen der Kämpfenden, die Geräusche von Stahl auf Stahl, von Stahl auf Holz, Leder, Fleisch und Knochen, das Schreien und Wimmern der Verwundeten – all die hässlichen Geräusche des Schlachtfelds.

Die Krieger der Orks nannten ihn Totenvogel. Sie bezeichneten auch Krähen und Raben als Totenvögel, weil diese von Tod und Aas angezogen wurden. Tod und Aas gab es in der Welt der Stämme so regelmäßig wie wiederkehrende Jahreszeiten. Diesen Vogel hier jedoch nannten sie so, weil er in der Nacht flog, lautlos, wie die Geister der Welt, weil er bleich war, wie das Gesicht eines Toten, und weil sein Schrei selbst die mächtigsten Krieger erschauern ließ. Er begleitete, so hieß es, die Geister der Gefallenen zu den Ahnen. Wenn das tatsächlich der Fall war, hatte er heute Nacht viel zu tun.

Die Menschen bezeichneten ihn als Bewahrer der Weisheit und Weissagung. Ein Vogel, dessen Blick auch die tiefste Dunkelheit durchdringen konnte, wo das menschliche Auge blind in die Finsternis starrte, erschien ihnen als würdiges Symbol für das Streben nach Wissen und Erkenntnis.

Die Zwerge nannten ihn Eule. Nützlich bei der Beseitigung von Nagetieren auf den Feldern und in den Kornspeichern der Stadt und deshalb ein willkommener Gast hinter ihren Mauern.

In dieser Nacht war die Jagd nicht erfolgreich.

Die ehemals reichen Gärten im Norden und Osten Deroks lagen in Trümmern und wimmelten von Orks, die auf die Mauern der Zwergenstadt zuströmten. Schwarze, rauchende Flächen schwelten dort, wo sich noch vor wenigen Tagen erntereife Felder bis zum Fuß der nahen Berge erstreckt hatten. Dort am Horizont glommen jetzt die Feuer eines gewaltigen Heerlagers, aus dem immer neue Wellen von Orkkriegern kamen. Die Eule hatte keine Vorstellung von Zahlen, doch die Scharen der Angreifer waren größer, als es sich jeder der Bewohner hätte vorstellen können. Tausende Krieger schwärmten über die verwüsteten Ebenen vor den Toren, und noch mehr standen hinter ihnen bereit, um in die Stadt einzufallen, sobald eine Bresche geschlagen worden war. Und das würde nicht mehr lange dauern.

Ein loderndes Geschoss stieg von einem der Stadttürme auf und kreuzte die Flugbahn des Vogels. Mit einem unwirschen Schrei wich er aus und schraubte sich höher in die Nacht. Weit im Westen klebte der Nebel dichter über dem sumpfigen Land unterhalb der Stadtmauern, die das Viertel der Menschen umgaben. Doch auch dort krochen Orks durch die kalten Schwaden und vertrieben die Beute des Jägers in ihre Verstecke.

Der Vogel stieg noch höher und glitt über die brennende Mauer hinweg über den Ostteil der Stadt. In den tiefen Schluchten zwischen den Häusern hasteten Trupps schwer gepanzerter Zwerge in Richtung der Verteidigungsanlagen.

Hoch beladene Wagen und Karren rumpelten in die Gegenrichtung davon. Nach Süden, wo der nahe Fluss die Stadt durchschnitt. Einem kalten Leichentuch gleich verdeckten die feuchten Schwaden die meisten der prächtigen Häuser und Straßen. Nur in der Mitte der Stadt, wo auf einem felsigen Hügel die ältesten Gebäude standen, ragten einzelne Dächer aus der zornig orangerot glimmenden Nebelsee. Doch auch dorthin flog er heute Nacht nicht. Die großen Kornspeicher Deroks, die das felsige Ufer des Flusses säumten, waren geleert. Im flussabwärts liegenden Hafen herrschte fieberhafte Geschäftigkeit, und die Ratten hatten sich beunruhigt in ihre Löcher verzogen. Weitere Geschosse fauchten durch die Nacht nach Norden und Osten in die Wellen der Angreifer, und die Eule drehte ab, um in Richtung Süden über den Fluss zu fliegen. Sie war nicht, wie die fliehenden Zwerge und Menschen unter ihr, auf eine der drei Brücken angewiesen, die den eisigen Fluss überspannten. Doch ihr Ziel war dasselbe: die Ruhe und Sicherheit des Südufers und der Festung Deroks, die auf einem Felsen hoch über der Schlucht thronte. Die Feste ragte aus dem Nebel wie eine einsame, zerklüftete Insel. Sie war in dieser Nacht hell erleuchtet, ein Leuchtfeuer, das die Scharen der Flüchtenden ebenso anzog wie die Horden des Feindes. Seit beinahe einhundert Wintern thronte sie auf dem Berg. In ihrem Schatten war Derok zur nördlichsten Stadt der Zwerge und Menschen herangewachsen. Einem Bollwerk, das die zivilisierten Regionen stromabwärts von den wilden Steppen der Orks im Norden trennte. Bis heute hatte Derok Zwerge und Menschen sicher vor den Übergriffen der Stämme bewahrt. Das schien sich nun geändert zu haben.

Geräuschlos flog der Nachtvogel einen weiten Kreis über die Gärten der Festungsanlage. Auch hier würde er heute kein Glück haben. Die Terrassen wimmelten von grimmigen Arbeitern der Zwerge, die Reihen von Wurfmaschinen aufbauten. Karren brachten Felsbrocken und schwere Ölfässer, Strohballen wurden mit Steinen beschwert und mit Pech getränkt, Seile geflochten, Katapultmannschaften nahmen Messungen und Ausrichtungen vor. Einem geschulten Auge wäre nicht entgangen, dass selbst die größten der Katapulte ihre Ladungen niemals über die Grenzen der Stadt hinaus werfen würden. Aber das war auch nicht die Absicht. Es schien, als hätten die Verteidiger nicht vor, ihre Stadt den Orks zu überlassen. Sie würden sie niemandem überlassen.

Mit einem enttäuschten Schrei glitt die Eule die Steilwand hinab zu den schmalen, düsteren Öffnungen, die tief in den Fels hineinführten, um Luft in die Gewölbe und Verliese unter der Festung zu bringen. In einem dieser Schächte hatte sie ihr Nest. Sie schüttelte ihr Gefieder und hüpfte in die Dunkelheit des Berges.

ZWEI

Ragroth rannte. Zusammen mit Urok, Grurach und dem Rest seines Trupps schleppte er eine roh gezimmerte Sturmleiter durch Nieselregen, Gräben und Nebelschwaden. Andere Gruppen trugen weitere Leitern links und rechts von ihnen, kämpften sich durch schwarzen Schlamm und brüllten, um sich Mut zu machen.

Etwas fauchte im Nebel. Ein Lichtschein riss die Schwaden auseinander und traf krachend die Leiter, die neben ihnen getragen wurde. Ließ sie in einem Schauer aus Splittern und Feuerzungen zerbersten, rammte zwei der Krieger in den Boden und überrollte einen dritten. Ragroth hörte nicht auf zu brüllen. Er lief weiter, während rund um ihn flammende Katapultgeschosse niedergingen und mit dumpfem Schmatzen im Acker einschlugen oder noch mehr Krieger unter sich begruben. Zornig schwirrende Blitze regneten auf sie herab, trafen auf Fleisch, kreischten über Rüstungen, pochten in Schilde.

Der Aerc vor Grurach bekam einen der kurzen Brandpfeile direkt in den Kopf, das Geschoss stoppte nur eine Handbreit vor Grurachs Gesicht. Er stieß den Toten beiseite, lief über ihn hinweg und brüllte noch immer.

Mehr Leichen, über die sie stolperten, Reste früherer Katapultgeschosse, zersplitterte Leitern, die wie Skelette aus dem Nebel ragten, Speere, tieferer Schlamm. Der Gestank sprang Ragroth an wie ein Raubtier, drängte sich durch seine weit geöffneten Nüstern, presste sich an seinen gefletschten Zähnen vorbei die Kehle hinab und hinterließ dort eine saure, brennende Spur. Verbrannter Braten war dabei und Erdpech, der metallische Geruch von Blut, verschmortes Horn und erkaltetes Fett, der beißende Gestank von Fäkalien und der widerlich süßliche Odem der Verwesung. Das war nicht der Geruch eines ehrenhaften Kampfs. Dieser Pesthauch war das Werk ihrer Feinde.

Aufwärts ging es jetzt, über die Körper von Gefallenen, Berge von abgeschlachteten Kriegern und toten Feinden. Seine hornigen Füße glitten auf Panzerplatten aus, versanken in schlaffem Fleisch, wichen brennenden Strohkugeln aus. Starre Leichenhände schienen ihn festhalten zu wollen. Die Geister der Toten blieben nicht gern allein.

Und dann war sie da. Schwarz und glatt ragte sie vor ihnen in den Nebel empor: die Mauer, die den Feind verbarg und seit drei Sonnenuntergängen jedem Ansturm trotzte. Aber nicht diesem. Heute würde die Stadt der Wühler fallen. Heute würden sie auf ihren Wehrmauern blutige Ernte halten.

Mit einem letzten vielstimmigen Brüllen rammten die Aerc den Fuß der Leiter zwischen die Körper der Gefallenen und stemmten sich gegen das raue Holz. Hoch und immer höher stieg das andere Ende in den Nebel. Noch bevor es die Krone der Mauer berührte, kletterten die Ersten hinauf. Links und rechts krachten weitere Leitern gegen den Stein, eilten Dutzende Krieger die rohen Sprossen hinauf, um Ruhm zu erringen, um die Toten zu rächen, um zu sterben – in erster Linie aber, um Wühler zu schlachten.

Klatschend ging ein Sturzbach auf die Leiter neben ihnen nieder. Heiße Spritzer trafen sie an Armen und Gesichtern, kreischende Krieger fielen herab und wälzten sich in den Toten. Als Wolken von Dampf aufstiegen und sich mit dem Nebel vermischten, stank es nach kochendem Fleisch. Einige Schritte weiter wurde eine Leiter von der Mauer geschoben und fiel in die nachfolgenden Massen. Nichts, was sie kümmern musste.

Ragroth schwang sich auf ihre Leiter und erklomm Sprosse für Sprosse. Der Krieger vor ihm erreichte die Mauerkrone. Im selben Moment bohrte sich ein Speer in seine Schulter und stieß ihn in die Tiefe. Ragroth duckte sich, dann schnellte er hinauf, packte den Speer und zog. Ein erschrockenes Gesicht tauchte über der Mauer auf, und Ragroth hieb den Dorn seiner Kriegskeule hinein. Der Besitzer von Gesicht und Speer stolperte nach hinten. Der Aerc ließ sich die letzten Sprossen hinaufziehen, wälzte sich über die Mauerkrone und warf sich zur Seite. Eine eiserne Speerspitze schrammte funkensprühend über die Stelle, an der er soeben gewesen war. Er riss die Keule los und schwang sie tief. Der Hartholzkopf zermalmte ein Knie. Schreiend kippte der Speerträger weg und verschaffte ihm genug Raum, um aufzustehen.

Menschen. Die Krone der Mauer wimmelte von Menschen, die so dicht gedrängt standen, dass sie sich gegenseitig behinderten. Ein eisernes Messer stach nach Ragroth. Grurachs Streitaxt rauschte an ihm vorbei und zertrennte den zugehörigen Ellbogen. Ragroth fing die herabfallende Klinge auf und rammte sie durch ein ledernes Wams, während seine Keule in die Hüfte eines weiteren Menschen biss. Es war beinahe lächerlich einfach, die Verteidigung der Menschen beiseitezufegen. Sie waren schwächlich, die meisten kleiner als ein Aerc, und so, wie sie ihre Waffen hielten, musste man ihnen wohl nur genug Zeit lassen, und sie würden sich selbst damit verletzen. Nicht, dass Ragroth ihnen diese Zeit gab. Er zerhackte einen Speerschaft, packte einen der Menschen am Wams und schob ihn in den nächsten Hieb des Aerc neben sich, riss einem dritten mit den Krallen den ungedeckten Hals auf.

Rechts von ihm stand ein anderer Truppführer der Stämme auf einer der Zinnen. Er hieb seine Stachelkeule auf die Schädel der Verteidiger, bevor er sie in die Höhe riss und ein heiseres Brüllen ausstieß. »Vorwärts, Wölfe! Macht sie nieder! Haut sie in Stücke. Ich will diese Stadt brennen sehen! Für die Stämme, für Rogoru! Ich will …«

Was er noch alles wollte, erfuhr Ragroth nicht mehr. Ein Spieß bohrte sich in den Wanst des Schreihalses und stieß ihn von der Zinne.

Weniger brüllen, mehr hauen. Sonst wird das nichts mit dem Brennen. Ragroth fletschte die Zähne und fegte eine Speerspitze beiseite. In seinem Rücken spürte er die gewohnte Masse der Brüder Urok und Grurach, die auf der anderen Seite wüteten. Hinter ihnen erreichten weitere Krieger die Mauerkrone und fielen über die Menschen her. Aus dem Augenwinkel sah er, wie Grurach unwirsch den Kopf schüttelte.

»Was soll das?«, brüllte der narbige Krieger über den

Schlachtenlärm hinweg. »Dafür sind wir nicht hier! Ich denke, wir sollen Erdmaden töten!«

Grurachs Bruder öffnete den Mund, um etwas zu entgegnen. Doch statt Worten kam die eiserne Spitze eines Zwergen-Kurzpfeils heraus. Urok stolperte einen Schritt rückwärts und kippte langsam über die Zinnen.

Für einen endlos erscheinenden Augenblick blieb die Welt stehen. Grurach starrte dem Körper seines Bruders nach, wie er grotesk langsam hinabtrudelte, den Leichenbergen am Fuß der Wand entgegen. Die Gesichter der Aerc um sie waren stumm, die Fratzen der Menschen zu Schreien verzerrt, doch kein Laut drang bis zu ihnen vor. Dann schlug Urok auf, und sein Blut malte einen dunklen Stern auf den Boden. Die Zeit kehrte zurück und mit ihr der Lärm der Schlacht. Brüllend fuhr Grurach herum, und sein nächster Hieb enthauptete einen der Menschen. Ein zweiter Mensch stach ihm einen Spieß in den Schenkel, doch er bemerkte es nicht einmal.

»Grurach! Zurück in die Formation!«, brüllte Ragroth, doch der narbige Krieger schien ihn nicht zu hören. Er zermalmte seinen Gegner, warf einen dritten von der Mauer und brach einem vierten die Nase.

Ragroth knirschte mit den Zähnen.

Ein schwarzer Pfeil schwirrte aus dem Turm vor ihnen und durchschlug Grurachs Schulter. Plötzlich gehorchte der Arm des bulligen Aerc nicht mehr. Er fiel herab, die Faust öffnete sich ohne sein Zutun, und die Axt entglitt Fingern, die dem Krieger nicht mehr gehorchten. Mit der Linken packte Grurach einen Mann und schlug dessen Gesicht an einer Zinne zu Brei. Wieder surrte ein Kurzpfeil heran. Tief grub er sich in die Brust des Aerc und zerschlug seinen Schrei.

Ragroth sah den großen Aerc schwanken und noch immer auf den Bolzen in seiner Brust starren. Beinahe zögerlich sank der Krieger auf die Knie und kippte schließlich vornüber aufs Gesicht. Etwas Kleines, Schwarzes fauchte an Ragroth vorbei und bohrte sich in einen Menschen neben ihm, der prompt zu kreischen begann. *Scheiße.* Ragroth packte den Schreienden und riss ihn zwischen sich und den Turm. Ein weiterer Bolzen schlug in den Kerl ein und beendete das Gekreische. Ragroth drückte sich zwischen zwei Zinnen und zog den Kopf ein. »Achtung!«, brüllte er. »Pfeilwerfer!«

»Was du nicht sagst, Broca!«, rief der Aerc, den sie den Linken nannten. Er schwenkte seinen Schild, aus dem mindestens drei schwarze Bolzen ragten. »Der ganze Turm da drüben ist voll davon!« Der sehnige, grauhäutige Aerc riss seinen Spieß aus den Eingeweiden eines der Verteidiger. Sein Bruder beförderte den Menschen mit einem Tritt von der Mauer. Hinter ihre Schilde geduckt, liefen die beiden zu Ragroth herüber. Neben ihnen gingen zwei weitere Aerc unter den zornigen Bissen der Kurzpfeile zu Boden.

»Wir haben die Mauer, aber das war's auch, Broca«, meldete der Linke dem Truppführer. »Solange wir nicht in die Türme kommen …«

»… sind wir totes Fleisch«, beendete sein Bruder den Satz. Wieder einmal stellte Ragroth fest, dass er diese Angewohnheit anstrengend fand. Fast noch schlimmer als die Tatsache, dass er die beiden Korrach, wie sich die grauen Aerc aus den östlichen Bergen selbst nannten, nicht auseinanderhalten konnte. Er war schon vor Längerem davon abgekommen, sie mit Namen ansprechen zu wollen. Stattdessen nannte er sie nur den Linken und den Rechten. Je nachdem, welcher wo stand. Sie schien es nicht zu stören. Trotzdem ging es ihm auf die Nerven. »Verluste bisher?«

»Bei uns oder insgesamt?«

Ragroth schnaubte. »Es ist mir scheißegal, wie viele Idioten Drangog zu den Ahnen schickt. Die Weststämme sind sowieso zu groß. Wie sieht's bei uns aus?«

Die Korrach sahen sich an. »Grurach und Urok«, sagte der Linke.

»Außerdem die Fadrach-Brüder«, fügte der Rechte mit einer Spur Bedauern hinzu.

»Dreck.« Ragroth spielte mit dem Gedanken, einen Blick um die Zinne auf den Wehrgang zu werfen. Neben ihnen ging ein Krieger unter gleich drei Kurzpfeilen der Zwerge zu Boden, und er verwarf die Idee wieder.

»Vielleicht ...«

»... sollten wir Modrath hier hochholen.«

Ragroth stierte den Rechten an. »Kannst du mir verraten, wie wir seinen fetten Arsch die Leiter hochbekommen sollen?« Er warf einen schnellen Blick die Außenseite der Mauer hinab. Dort unten schwärmten Hunderte von Kriegern. Ihm fiel auf, dass er sie recht gut sehen konnte. Was bedeutete, dass sich der Nebel lichtete – und das wiederum hieß, dass die Zwerge in den Türmen bald ebenfalls sahen, wohin sie schießen mussten.

Hier oben konnten sie ohnehin niemanden verfehlen, ob mit Fackeln oder ohne. Der Wehrgang auf der Mauer sah anders aus als erwartet: Eine massive Rückwand versperrte Sicht und Zugang zur Stadt. Verlassen konnte man ihn nur über zwei kleine Türen in den Türmen, die ihn flankierten. Doch wie es aussah, waren diese Türen nicht nur mit Eisen beschlagen, sondern auch noch fest verschlossen. Anders war es wohl kaum zu erklären, warum sich die fliehenden Menschen vor ihnen sammelten und panisch dagegenhämmerten, bis sie von den Aerc niedergemacht wurden. Die Krieger der Aerc allerdings fielen ihrerseits unter den Kurzpfeilen, die aus Löchern neben den Türen schwirrten. Jetzt, da die meisten Verteidiger tot waren, hatten die Schützen im Turm freies Schussfeld. Das Ganze war eine verdammte Falle. Nur dass das unten keiner wusste, weshalb unaufhörlich weitere Aerc die Sturmleitern erklommen.

Ragroth stieß ein tiefes Knurren aus. »Holt mir die verdammten Skrag. Sagt ihnen, sie sollen mich einsammeln. Wir müssen die Tür da aufmachen.« Er deutete mit dem Daumen in Richtung Turm. »Hat dieses Arschloch Urumai nicht auch noch ein Paar Skrag?«

Die Korrach sahen sich an und zuckten mit den Schultern.

»Ich glaube …«, sagte der Linke.

»… du hast recht«, ergänzte der Rechte.

»Dann sagt ihm, dass er sie auf den anderen Turm schicken soll. Wir müssen da rein. Sonst gibt es hier oben nur noch Leichen, wenn der Nebel weg ist.«

Der Linke zuckte mit den Schultern. »Wenn du's sagst, Broca.«

»Sag ich. Und dann will ich euch wieder hier oben sehen. Wir haben heute noch Wühler zu schlachten.«

»Geht klar, Broca.« Die beiden Korrach nickten synchron.

Sie stiegen auf die benachbarte Zinne und stießen die dort angelegte Belagerungsleiter von der Wand. Ohne auf die Schreie und Flüche der Krieger zu achten, die gerade daran nach oben kletterten, sprangen sie nacheinander auf die kippende Leiter und rutschten ihre Rückseite hinab.

»Blöde Ärsche«, murmelte Ragroth halbherzig. Er hob den toten Menschen an und schob sich in dessen Deckung hinter der Zinne hervor, um nochmals den Wehrgang zu mustern. Er war breit genug, um auch mit größeren Truppen ordentlich darauf laufen zu können. Ein steiles Schieferdach schützte ihn nicht nur vor Regen, sondern auch gegen Angriffe von oben. Leider war er tatsächlich völlig ungeschützt, was die Schießscharten der beiden Türme an seinen Enden betraf. Was vermutlich auch die Absicht war. Über der kleinen Tür in der Wand des Turms ragte ein Vorsprung aus der massiven Wand.

Nachdenklich leckte sich Ragroth über die Hauer. Das Ganze gefiel ihm überhaupt nicht. Zwei junge Krieger waren auf die eigentlich schlaue Idee gekommen, sich direkt an der Tür aus dem Schussfeld der Zwerge zu ducken. Beinahe hätte Ragroth sie beglückwünscht, als der Vorsprung über der Tür plötzlich zu dampfen begann. Noch ehe die beiden es bemerkten, schoss schäumende Flüssigkeit auf sie herab. Wo immer sie die Haut der Aerc berührte, warf diese sofort Blasen. Und sie berührte viel Haut.

Kreischend und um sich schlagend rannten die beiden Pechvögel den Wehrgang entlang. Grimmig stellte Ragroth fest, dass ihnen kein einziger Kurzpfeil der Zwerge folgte. Panisch prallten sie in die nachkletternden Aerc und sorgten für noch mehr Durcheinander, bevor sie niedergemacht wurden. Angewidert spuckte Ragroth aus. Auf eine derart unehrenhafte Schweinerei konnten auch nur die Erdmaden kommen. Er sparte sich die Glückwünsche.

Weitere Krieger sprangen von den Leitern auf die Zinnen und dann auf den Wehrgang. Dort brüllten sie ihre Herausforderungen und wurden von den Pfeilen der unsichtbaren Verteidiger niedergemacht.

Ragroths mächtige Kiefer mahlten. Jetzt wurde ihm klar, warum die Angriffe an den drei vorangegangenen Tagen gescheitert waren. Die Zwerge hatten gar nicht vor, sich einem ehrlichen Kampf zu stellen. Diese bärtigen kleinen Drecksäcke wollten das einfach aussitzen. Am Ende würden sie sogar erfolgreich damit sein. Schon jetzt wurden die Schüsse vom Turm gezielter. Je mehr Brandherde das schlammige Leichenfeld am Fuß der Mauer beleuchteten, desto mehr Aerc fielen unter den bösartigen, kleinen Pfeilen und den riesigen Feuerkugeln, die krachend von den Türmen geschleudert wurden. »Kommt schon«, murmelte er. »Kommt schon.«

Eine Bewegung am Rande der Dunkelheit zog seine Aufmerksamkeit auf sich. Ein großer blauschwarzer Schatten schoss durch die Nebelschwaden. Er huschte an den heranstürmenden Aerc vorbei, sprang mit kraftvollen Sätzen von Leichenberg zu Leichenberg, setzte scheinbar mühelos über einen umgestürzten Wagen, landete auf allen vieren und galoppierte weiter, ohne im Geringsten langsamer zu werden. Eine zweite Gestalt folgte dichtauf.

Krieger zuckten vor ihnen zurück und änderten die Richtung, sodass sich wie von selbst ein Weg vor den Schatten auftat. Am Fuß des Turms hielten sie an, richteten sich auf und musterten die glatte Wand. Die Skrag. Im flackernden Licht der Brände schienen ihre Körper ebenso rastlos zu zucken wie ihre vielen Schatten. Ragroth war sich beinahe sicher, die schwarzen, breiten Nüstern beben zu sehen, als ihre Blicke die Steine nach oben wanderten.

Der größere der beiden stieß ein tiefes Bellen aus und sprang an der Wand hinauf. Einen Moment lang klebte er am Fels wie eine Fliege, dann zog er sich höher. Der zweite Skrag folgte. Mit unheimlicher Geschwindigkeit erklommen sie die scheinbar fugenlose Mauer, wichen den Schießscharten aus und waren in wenigen Augenblicken in der Dunkelheit verschwunden, die das obere Ende des Turms einhüllte. Ein dumpfes Pochen verkündete, dass sie auf dem Dach des Wehrgangs angekommen waren, und nur Momente später klirrten die schweren Schieferplatten über seinem Kopf. Ein langer, haariger Arm tauchte direkt vor ihm auf, baumelte vom Dachrand herab und streckte ihm eine ledrige Pranke mit schwarzen Klauen entgegen.

Ragroth fletschte die Zähne. Dann spannte er sich an und sprang. Seine Finger fanden raues Fell und krallten sich fest. Für einen langen Lidschlag baumelte er haltlos über verflucht viel Leere, ehe sich die harten Finger um seinen Unterarm schlossen und ihn auf das Dach zogen. Aus dieser Nähe stank der Skrag unglaublich nach nassem Raubtier. Vom Schwall fauligen Atems, der in weißen Wolken zwischen seinen Hauern hervorquoll, ganz zu schweigen. Nur mit Mühe unterdrückte Ragroth den Impuls zurückzuzucken. Stattdessen nickte er unwirsch und tastete sich auf allen vieren über den nassen Schiefer in Richtung Turm. Dem Skrag schien der schmierige Untergrund nicht das Geringste auszumachen. Mit wenigen großen Sprüngen hatte er ihn überholt und polterte über das Dach, als ginge es nicht direkt neben ihnen mehr als acht Mannslängen tief hinab.

Die Wesen waren wie üblich vollkommen unbekleidet. Sofern man kurzes, struppiges Fell und breite Gürtel nicht als Kleidung zählte. In die längeren Haare auf Schädel, Schultern und Rücken waren dünne Zöpfe geflochten, und darin schimmerten kleine Steine, Knochen, Zähne und Federn. Durch alle möglichen und unmöglichen Körperstellen waren Knochensplitter getrieben, die meisten mit seltsamen Ornamenten verziert. Außerdem waren die Skrag muskulöser als alle anderen Aerc, mit langen, sehnigen Gliedmaßen, die einem Krieger glatt den Kopf abreißen konnten. Das Gleiche galt für ihre Füße – Ragroth hatte es schon erlebt.

Er fluchte stumm, jedoch von Herzen. Nein, er konnte die Waldteufel fast noch weniger ausstehen als die Korrach-Brüder. *Ein Aerc sollte diese Kletterei nicht mögen. Scheiße, ein Aerc sollte nicht mal so aussehen!*

Ragroth hatte keine Ahnung, woher sie kamen und was sie in diesem Krieg wollten. Vielleicht waren die Zwerge auch in ihr Stammesland eingefallen, vielleicht wucherten auch dort die steinernen Städte der bärtigen Eindringlinge aus dem Boden, obwohl er keine Ahnung hatte, wo das sein sollte. Er kannte niemanden, der schon einmal ein Dorf der Waldteufel gesehen hatte. Die Kriegsherren der Stämme hatten jedenfalls beschlossen, dass diese Dinger Aerc waren. Ragroth war zwar anderer Ansicht, aber das interessierte ja niemanden.

Immerhin, im Krieg gegen die Wühler sind sie unbezahl-

bar. Das muss man ihnen lassen. Und dabei muss man sie nicht einmal bezahlen.

Es gab nur wenige von ihnen im Heer der Stämme, aber sie alle teilten einen unstillbaren Hass auf Zwerge. In der Regel machten sie, was man ihnen sagte, solange es dazu führte, dass noch mehr Wühler starben. Und dafür waren sie ja hier.

Über ihnen flog mit lautem Krachen eine neuerliche Brandkugel in den Himmel. Ragroth kniff die Augen zusammen und wandte den Blick ab. »Also gut, ihr geht rauf und legt jeden um, den ihr seht.« *Als würdet ihr jemanden am Leben lassen, selbst wenn ich das will.* »Aber vor allem sorgt ihr dafür, dass der Feuerwerfer aufhört, unsere Leute zu beschießen. Dann lasst ihr mir ein Seil runter. Aber keiner geht in den Turm, bevor ich es sage. Verstanden?« *Natürlich habt ihr mich verstanden. Die Frage ist – habt ihr heute Lust, Befehle zu befolgen?*

Die Skrag musterten ihn mit ihren schmalen, im Feuerschein rot glimmenden Augen. Der größere fletschte unwirsch die riesigen Reißzähne und stieß ein dumpfes Grollen aus. Doch der kleinere, das Weibchen, fauchte den anderen an, worauf das Grollen verstummte. Sie schlug die Pranke auf ihre nackte Brust, wandte sich um und kletterte die Wand hinauf.

Der männliche Skrag starrte Ragroth noch einen Augenblick lang an. Der Aerc hielt seinem Blick stand, und am Ende war es der Skrag, der zuerst die Augen senkte. Er wiegte seinen hässlichen Schädel, hob die Pranken und ließ sie auf die Schieferplatten klatschen. Schließlich klopfte er sich selbst auf die Schulter und verschwand ebenfalls die Wand hinauf in der Nacht.

DREI

Mit einem Aufschrei erwachte Glond. Einige Augenblicke lang blieb er schwer atmend liegen und lauschte dem hektischen Hämmern seines Herzens, das sich nur mühsam wieder beruhigte. »Es ist vorbei«, murmelte er benommen. »Es war alles nur ein Albtraum.«

Doch dann spürte er den kalten Steinboden unter sich und erinnerte sich wieder daran, wo er sich befand. Und dass der Albtraum gerade erst begonnen hatte.

Stöhnend richtete er sich auf. Seine Haut brannte, und seine Muskeln waren ein einziger Klumpen dumpfen, pulsierenden Schmerzes. Er spürte jeden Schlag und Tritt so, als hätten sich die Kerkerwächter eben erst über ihn hergemacht und nicht schon vor vielen Stunden. Oder waren es Tage? Wie lange saß er schon in diesem stinkenden Loch?

Durch das vergitterte Fenster in der Tür fiel schwaches Fackellicht und beleuchtete die Silhouette einer fetten Ratte, die vor dem Blechnapf hockte, den sie ihm in die Zelle geschoben hatten. Sie nagte an etwas, das entfernt an einen Finger erinnerte. Kurz hielt sie in ihrer Arbeit inne und warf Glond einen geringschätzigen Blick aus vereiterten Augen zu, ehe sie ihm den Rücken zudrehte und sich erneut über ihren Fund hermachte.

Irgendwo rasselte es, und eine Tür knallte ins Schloss. Schwere Schritte hallten durch die niedrigen Gänge heran. Für einen Augenblick hatte Glond die irrwitzige Hoffnung, dass sie nicht anhalten und einfach an seiner Zelle vorübergehen würden. Dass sie irgendeinen anderen armen Teufel quälen wollten. Aber es war vergeblich. Knirschend drehte sich ein Schlüssel im Schloss, die Tür wurde aufgestoßen.

Die Ratte huschte in eine dunkle Ecke, und zwei Gestalten betraten die Zelle, die so niedrig war, dass sie ihre Fackeln senken mussten. Glond blinzelte in die plötzliche Helligkeit und sah Stahl aufblitzen. Das waren nicht die üblichen Wächter in ihren speckigen Lederharnischen. Die beiden Dalkar trugen schwere Kettenhemden und gut gepflegte Kurzschwerter an den Gürteln. Soldaten.

»Was für ein Dreckloch«, sagte der eine und trat angewidert den Blechnapf zur Seite. Er trug die Barthaare nach Art der Unteren zu Zöpfen geflochten. »Es stinkt nach Pisse.«

»Es gibt Schlimmeres.« Der andere war etwas kleiner als sein Kamerad, und in seinen Augen blitzte eine Spur Mitleid auf. Aber vielleicht hoffte Glond das auch nur. »Bist du Glond ohne Namen? Der Verräter?«

»Wer soll er denn sonst sein?«, brummte der mit den Zöpfen. »Er wird die Zelle sicherlich nicht mit seinem Nachbarn getauscht haben.«

»Vorschrift ist Vorschrift. Wir wollen doch nicht aus Versehen den Falschen abholen, stimmt's?«

»Kommt am Ende doch ohnehin auf das Gleiche heraus.«

»Es gibt Unterschiede.« Der Kleinere strich sich über den

Bart. »Hat man dir eine angemessene Mahlzeit zukommen lassen?«

Glond warf einen Blick auf den umgekippten Blechnapf, dessen undefinierbarer Inhalt träge über die Steinplatten floss. Er zuckte mit den Schultern. Es war vermutlich egal, ob er etwas Angemessenes zu Essen hatte oder nicht. Wie hatte der mit den Zöpfen gesagt? Am Ende kam es ohnehin auf das Gleiche heraus.

»Dann komm jetzt. Kannst du laufen?«

Ragroth wartete einen langen Moment, ehe er behutsam den Atem ausstieß. Diese verdammten Skrag jagten ihm Schauer über den Rücken. Vorsichtig setzte er sich auf den Dachfirst und lehnte sich an die kalte Wand des Turms. Vielleicht war es möglich, ihn hier zu treffen, falls ihn jemand auf dem anderen Turm entdecken sollte. Aber er bezweifelte, dass ihn bei Dunkelheit und Nebel irgendjemand sah. Kein Grund, sich deswegen auch noch den Kopf zu zerbrechen. Wenn er jetzt auf diesem Scheißdach ausrutschte und sich unten das Genick brach, wäre er auch nicht weniger tot. Außerdem war die Aussicht hier oben sehenswert.

Zu seiner Linken, tief unter ihm, brannten inzwischen zahllose Feuer, wo die flammenden Geschosse und Brandpfeile der Zwerge niedergegangen waren. Im flackernd erleuchteten Rauch und Nebel stürmten noch immer zahllose Schatten gegen die Mauern an. Viel zu viele stürzten, von den unablässig regnenden Geschossen von den Mauern und aus den Türmen niedergestreckt. Für einen Moment fühlte

Ragroth so etwas wie Scham, weil er nicht mit den restlichen Stämmen der Aerc kämpfte und starb, sondern hier oben in Sicherheit saß. Das Gefühl hielt allerdings nur sehr kurz an. Dort unten zu verrecken half den Stämmen nicht. Aber wenn es ihnen gelang, den Turm zu öffnen, könnte die Stadt endlich fallen. Und dafür war er schließlich hier oben.

Er wandte sich ab und warf einen ersten Blick auf die Stadt auf der anderen Seite der Mauer. Der Anblick rückte die Schlacht in weite Ferne. Unter ihm erstreckten sich die schemenhaften Silhouetten der Zwergenstadt in den Nebel. Nur wenige Fackeln und Lichter flackerten auf dieser Seite der Mauer. Sie beleuchteten hohe, dunkle und abweisend wirkende Bauten aus Stein.

Beeindruckt sog Ragroth die Luft zwischen den Zähnen hindurch. Derart riesige Häuser hatte er noch nie gesehen. Das waren nicht die Zelte der Wüstenstämme oder die Grassodenhäuser der Aerc in den nördlichen Steppen. Selbst die in den Fels gebauten Burgen der Korrach waren nicht derart riesig. Und auch mit den geduckten Langhäusern der menschlichen Dörfer und Städte des Nordens hatten diese Bauten keine Ähnlichkeit. Fast jedes Gebäude war so hoch wie die Mauer: drei, vielleicht vier Ebenen, vollständig aus Stein geschichtet und mit dunklen Schieferplatten bedeckt. Schmale, dunkle Fensteröffnungen und Rauchlöcher schienen ihn lauernd zu mustern.

Langsam ahnte er, warum es den Kriegsherren so wichtig war, diese Stadt der Wühler zu erobern. Vor ihm lagen mehr Höhlen, als sein ganzer Stamm benötigte – und das war nur das, was er im Nebel erkennen konnte. Was dahinter lag? Vielleicht wussten es die Ahnen. Ragroth bezweifelte allerdings, dass seine Ahnen schon einmal etwas derart Gewaltiges gesehen hatten.

Was allerdings sicher war: Die Ahnen wollten, dass sie die Wühler von hier vertrieben. Sie vernichteten.

Noch vor einhundert Wintern war dies hier heilige Erde der Stämme gewesen. Dann waren die Wühler gekommen. Sie hatten Tod und Verwüstung über die Aerc gebracht und das Land an sich gerissen. Diese monströse Stadt war aus den Knochen ihrer Ahnen gewachsen, eine abartige Wucherung, um die auf mehrere Tagesmärsche kein Platz für Jagdwild mehr war. Oder für Aerc. Schwächliche Menschen bestellten hier schlammige Felder, und die Wühler trieben ihre Schächte in jeden Hügel und Berg, in ihrer unersättlichen Gier nach Gold und Eisen.

Doch nicht mehr lange. Dieses steinerne Wühlernest hier war das Tor zu den Ländern der Menschen und Zwerge. Sobald es gefallen war, würden die Krieger der Aerc jede Siedlung der Bärtigen aus dem Land brennen, wie man schwärende Wunden ausbrannte. Wenn dieser Feldzug vorbei war, würde es wieder den Stämmen gehören. Und es würde heilen können.

Doch zuerst musste diese Stadt aus dem Fleisch des Landes geschnitten werden. Das war es, was die Häuptlinge sagten. Und diese sagten, was ihnen die Drûaka, die Totensprecherinnen, von den Ahnen übermittelten.

Was Ragroth betraf – er brauchte den Ruhm. Wenn er sich in dieser Schlacht einen Namen machte, konnte er vielleicht heimkehren. Gold und Waffen der Feinde waren eine willkommene Zugabe. Doch was er wirklich brauchte, war ein Name, der so groß war, dass die Ältesten nicht länger vorgeben konnten, er würde nicht mehr existieren. Dann bestand die Chance, seine letzten Winter an seinem eigenen Herdfeuer zu verbringen. Wenn er ehrlich war – lange blieb ihm nicht mehr.

Es wurde Zeit für Heldentaten. Oder die Art von Dummheiten, die andere dafür hielten.

Eine Bewegung in der Schlucht zwischen den Zwergenhäusern erregte seine Aufmerksamkeit. Gestalten liefen dort unten in den Nebel, sie zogen einen hoch beladenen Handkarren hinter sich her. Wie es aussah, räumten die Bewohner in aller Hast ihre Häuser. Schien so, als vertrauten die Zwerge ihrer Mauer nicht mehr. Die Kriegsherren würde dieser Anblick freuen.

Irgendjemand brüllte unten hinter der Mauer Befehle, im typisch groben Tonfall der Zwerge. Stiefel donnerten, Waffen klirrten. Vielleicht wollten die Wühler die Verteidigung ihrer Stadt also doch nicht allein den Menschen überlassen. Ihm sollte es recht sein. Dann konnte er doch noch auf einen ordentlichen Kampf hoffen.

Ein Geräusch über ihm ließ ihn zusammenfahren. Metall scharrte auf Stein. Ein Körper rauschte heran und krachte auf das Schieferdach direkt vor seinen Füßen. Aufgerissene Augen starrten ihn an, blutige Lippen versuchten, Laute zu formen. Selbst wenn Ragroth die Sprache der Wühler verstanden hätte, wäre es in diesem Fall wohl nutzlos gewesen. Das einzige Geräusch, das der Zwerg von sich gab, war das leise Blubbern, mit dem das Gemisch aus Luft und Blut aus seiner zerfetzten Kehle strömte. Der Aerc musterte den Sterbenden mit mildem Interesse. Die Skrag hatten ihm seine

Bartzöpfe gelassen. Ragroth fragte sich wirklich, ob die Waldkreaturen Aerc waren. Er kannte keinen Krieger, der sich diese Trophäen hätte entgehen lassen. Leise quietschend löste sich der Körper und rutschte über das Dach weiter nach unten. Auf der Stadtseite.

Fluchend angelte Ragroth nach dem Körper, verfehlte ihn um Fingerbreite und musste von ihm ablassen, um nicht selbst über die nassen Schindeln zu schlittern. Vor seinen Augen glitt der Zwerg über den Rand des Dachs und verschwand. Einen Augenblick später verkündete ein Scheppern, dass der Tote in der Stadt angekommen war. Alarmierte Rufe gellten.

Ragroth stieß einen Strom von Verwünschungen in Richtung Skrag aus und zog sich wieder auf den Dachfirst. Das hätte wirklich besser laufen können. Über ihm krachte es. Mehrfach. Noch mehr Schreie gellten durch die Nacht. Eine Feuerschale flog vom Turm, zog im Fallen einen Schweif aus Funken hinter sich her wie ein fallender Stern und zerplatzte auf einem nahen Dach. Etwas Großes knirschte und zerbarst kurz darauf mit hässlichem Splittern. Dann nichts mehr, nur noch der konturlose Lärm der Schlacht weit unter ihm.

Irgendwann tauchte ein Schatten am Rand des Turms über ihm auf, und er hörte das charakteristische Bellen, mit dem die Skrag auf sich aufmerksam machten. Einen Moment später klatschte das Ende eines dicken Taus neben ihm auf den Schiefer. Ragroth packte den rauen Hanf und zog probehalber. Es schien zu halten. Er warf einen letzten Blick in die Tiefe. Ihm wurde gerade klar, dass er nicht wusste, ob die Skrag überhaupt so etwas wie das Knüpfen von Knoten beherrschten. Er zuckte mit den Achseln. Vermutlich würde er es gleich herausfinden. Mit einem entschlossenen Knurren bleckte er die Zähne und zog sich Hand über Hand nach oben.

Die große Halle der Bergfestung war düster, die Decke wurde von massiven Säulen aus schwarzem Basalt getragen. Die schmucklosen Steinwände wiesen keine Fensteröffnungen auf, und nur eine Handvoll Feuerschalen spendete flackerndes Licht. Ein sicheres Zeichen dafür, dass Standesvertreter aus den Clans der Unteren anwesend waren. Die alten Dalkar lebten schon so lange im Dunkeln, dass ihnen zu viel Helligkeit in den Augen schmerzte.

Von den Oberen hielt sich dagegen keiner gern in düsteren Räumen auf. Ihre Versammlungen fanden zumeist in Amphitheatern unter freiem Himmel statt und ihre Gildentreffen in Räumen mit hohen, offenen Fenstern.

Ihre Vertreter hatten sich in der linken Hälfte der Halle zusammengefunden. Es waren nicht mehr viele da, denn die meisten hatten bereits den Weg nach Süden angetreten. Nach Dunbree oder Gottfeste, wo der Hauptteil der Armeen zusammengezogen wurde.

Rothaar stand noch unter ihnen, den mächtigen Bauch in ein dunkelblaues Gildengewand gehüllt und mit Ketten und Ringen behangen, die wohl mehr wert waren als das Vermögen sämtlicher Anwesenden zusammen. Die unzähligen in seinen Bart gesponnenen Goldfäden erweckten den Eindruck, er würde von innen heraus glühen. Rothaar wischte sich mit dem Ärmel über die schweißnasse Stirn. Er hatte in Derok am meisten zu verlieren. Gerüchten zufolge gehörten ihm die halbe Oststadt und der Großteil der billigen Mietshäuser der Menschen im Westen.

Turak und Anon, die Sprecher des Gildenrats, waren ebenfalls noch da. Die Brüder waren wahrscheinlich zu alt, um die Stadt zu verlassen, und es grenzte schon an ein Wunder, dass sie freiwillig in die Festung am Südufer des Flusses gekommen waren.

Zehn weitere Ratsmitglieder waren geblieben, wahrscheinlich von ihren Familien dazu bestimmt, die letzten Güter in Sicherheit zu bringen, bevor sie ebenfalls den Weg in die sicheren Berge antraten.

Ihnen gegenüber, streng getrennt durch den breiten Mittelgang, standen die Vertreter der unteren Clans. Die Farben ihrer Kleidung waren gedeckter und ihre Mienen finsterer als die der Oberen. Wo die Oberen mit kostbaren Gewändern und goldenen Ketten protzten, hielten die Unteren mit glänzenden Rüstungen und martialischen Waffen dagegen.

Glonds Augen wanderten über ihre Reihen. Ganz vorn stand Meister Dornem, der Hertig des Eirimm-Clans. Er war der Befehlshaber der Bergfestung und offizieller Stadtmeister von Süd-Derok. Neben ihm hatte sich Brückenmeister Bärung positioniert, die mächtigen Arme vor der Brust verschränkt, sein gesamtes Erscheinungsbild ein Ausbund an Unnachgiebigkeit und Härte. Abseits von den anderen standen die Botschafter der Bergclans. Dem Protokoll nach gehörten sie zu den Unteren, doch in Wahrheit bildeten sie eine Partei für sich. Engstirnige Quadratschädel, die vernarbten Unterarme auf mächtige Schlachtenhämmer gestützt und mit einer offen zur Schau gestellten Abneigung gegen alles, was anders war als sie.

Die Halle war erfüllt von dem Gemurmel der Männer und Frauen, gelegentlichen zornigen Wortgefechten und dem ungeduldigen Scharren eisenbeschlagener Stiefel.

Wäre die Situation nicht so ernst für ihn gewesen – Glond wäre in helles Gelächter ausgebrochen. Hier standen die mächtigsten Männer Deroks auf einem Fleck versammelt. Starrköpfige Streithammel, die sich eher die eigenen Bärte abgeschnitten hätten, als miteinander zu reden. Doch der Krieg hatte sie wie Ratten in ihrem Loch zusammengetrieben, und aus lauter Hilflosigkeit begannen sie nun, sich gegenseitig aufzufressen.

Die Wächter stießen ihn vorwärts, und die Räte stellten einer nach dem anderen ihre Streitgespräche und gegenseitigen Anschuldigungen ein und wandten ihm die Köpfe zu.

Ihre Mienen verdüsterten sich zusehends.

Doch die Blicke, die sie ihm zuwarfen, beunruhigten Glond nicht halb so sehr wie das eine Auge des Mannes, der ihn vom Kopfende der Halle aus voller Abscheu musterte. Kearn Einauge war unter den Dalkar eine Legende. Durch sein pechschwarzes Haar zog sich eine Vielzahl grauer Strähnen, und trotzdem war es noch so dicht wie das eines jungen Mannes. Sein Bart war nach Art der Unteren zu vier Zöpfen geflochten, deren Enden von silbernen Klammern zusammengehalten wurden. Den massigen Leib schützte ein schweres Kettenhemd, über dem er einen schwarzen, ornamentverzierten Plattenpanzer trug. Er stützte die Hände auf den Griff eines beinahe mannslangen Streitkolbens, der auf den Namen Rabenschwinge hörte, Zeichen und Privileg seiner adligen Herkunft. Der Hertig des Dornom-Clans war bekannt für seine gnadenlose Härte, und Glond fragte sich, ob er hier war, um als Henker ein Exempel an ihm zu statuieren.

Kearn stand zur Rechten eines steinernen Throns. Erst als er sich zu ihm hinüberbeugte, erkannte Glond, dass darauf jemand saß. Ein uralter Dalkar, dessen eingefallenes Gesicht an die rissige Oberfläche von Tonschiefer erinnerte und dessen mächtiger Bart einem dornigen Gestrüpp ähnelte. Seine Finger klammerten sich wie fette, haarige Spinnenbeine um die steinernen Armlehnen des Throns. Er hielt die Augen geschlossen, und hätte er nicht den Kopf gedreht, hätte Glond ihn für eine Statue gehalten.

Kearn flüsterte ihm etwas ins Ohr. Eine Weile lang geschah nichts, dann machte der alte Dalkar eine wegwerfende Handbewegung, die dem Einäugigen nicht zu gefallen schien. Der Held funkelte Glond mit seinem gesunden Auge an und spuckte auf den Boden. Brüsk drehte er sich um und stapfte zu den Vertretern der Unteren hinüber.

»Du bist also Glond«, stellte der alte Dalkar fest. Seine Stimme klang wie das Donnern eines fernen Gewitters. »Du weißt, wer ich bin?«

Natürlich wusste Glond, wer dieser Dalkar war. Jedes Kind hatte am Kamin den Geschichten gelauscht, die sich die Alten über General Variscit erzählten. Dem einstigen obersten Befehlshaber der Vereinigten Clanbünde, den sie den Drachentöter nannten. Offiziell war er schon vor einem halben Jahrhundert von all seinen militärischen Ämtern zurückgetreten, aber er galt seit Jahren als einer der engsten Vertrauten des Großkönigs. Wenn er in dessen Auftrag unterwegs war, hatte sein Wort das Gewicht der Krone.

Ehrfürchtig neigte Glond den Kopf. »Ay, General Variscit.«

»Gut, dann können wir uns die Zeremonie des gegenseitigen Vorstellens ja sparen.« Der General beugte sich nach vorn. »Auch wenn sie auf deiner Seite ohnehin nicht sehr lang ausgefallen wäre, nicht wahr?«

Bei dieser offensichtlichen Beleidigung zuckte Glond zusammen. Der General wusste also, dass er von seinem Clan verstoßen worden war und man ihm den Stammbaum genommen hatte.

»Glond ohne Namen. Du warst den Gildenverbänden zugeteilt, die den nördlichen Talweg zur Stadt halten sollten. Man berichtete uns, dass du im Augenblick des Angriffs deinen Platz verlassen hast und feige geflohen bist. Deine gesamte Einheit wurde vom Feind ausgelöscht, und du bist der einzige Überlebende. Du hast den Namen deiner Familie entehrt.«

Aufgebrachtes Schnaufen lief durch die Reihen der Ratsmitglieder. Einige stießen zornige Laute aus oder stampften mit den Stiefeln auf.

Rothaar schüttelte ungläubig den Kopf. »Das ist keiner von unserer Art. Das ist … das ist jedenfalls keiner von uns.«

»Es ist eine Seuche!«, rief Anon und schlug mit seinem knorrigen Eichenstab hart auf den Steinboden. »Schaut euch doch nur mal die blauen Flecken auf seiner Haut an. Es ist eine Seuche, die der Feind eingeschleppt hat, um uns zu schwächen.«

»Verbrennt ihn«, schlug einer der Unteren pragmatisch vor.

Über das Gesicht des Generals zog ein freudloses Lächeln. Er hob die massige Hand, und das wütende Gemurmel verebbte.

»Wir haben schon ausgiebig darüber diskutiert, wie es die Art der Dalkar ist. Doch wir sind zu keinem Schluss gekommen, was die Ursache dieses Verhaltens ist. Möglich, dass es sich um eine Seuche handelt. Vielleicht ist es auch ein Fluch oder sogar ein böser Zauber. Was auch immer es sein mag, die meisten von euch sind sich einig, dass es nichts Dalkarisches sein kann und aus der Welt geschafft werden muss.«

Die Ratsmitglieder nickten in seltener Einstimmigkeit.

»Ay«, murmelte Kearn, und sein gesundes Auge funkelte blutgierig.

»Hast du etwas dazu zu sagen?«, wandte sich der General wieder an Glond.

Glond rieb sich über die blauen Flecken an seinem Arm. Was sollte er dazu schon sagen? Eine bessere Erklärung für sein Verhalten hatte er ja selbst nicht. Es gab nichts, was er zu seiner Entschuldigung hervorbringen konnte. Um Gnade betteln? Er hätte auch einen Berg bitten können, ihm den Weg frei zu machen. Stumm schüttelte er den Kopf.

Die tief in ihren Höhlen liegenden Augen des Generals musterten Glond einige Herzschläge lang. Kaum merklich neigte er den Kopf und wandte sich an die Räte. »Noch vor wenigen Jahren hätte ich ihn persönlich an den Barthaaren aus den Höhlen geschleift und ihm unter freiem Himmel den Schädel zertrümmert …«

Zustimmendes Stiefelstampfen.

»Aber die Zeiten ändern sich. Der Feind steht in unseren Städten, und wir sind zu wenige, um ihm zu widerstehen. Jeder Dalkar wird gebraucht, sei er auch noch so unwichtig oder verdorben. Dieser Mann hier lebt in den Gassen der Weststadt. Er kennt die Straßen und die Menschen, die in ihnen leben. Er spricht sogar ihre schreckliche Sprache, die uns in den Ohren schmerzt ...«

»Worauf wollen Sie hinaus? Wollen Sie ihn uns verkaufen?«, rief Turak und erntete Gelächter.

Der General zog eine Augenbraue hoch. »Sie sind ein schneller Denker. Kein Wunder, dass Sie Mitglied dieses Rats geworden sind. Es stimmt. Ich habe beschlossen, diesen Dalkar hier als sechsten Mann mit auf die Mission zu schicken.«

Ein empörter Aufschrei ging durch die Reihen der Ratsmitglieder.

»Wie bitte?« Turak riss die Augen auf. »Was soll der Schwachsinn?«

»Er will uns verhöhnen«, rief Rothaar, der sich mit dem Ärmel über die rotfleckige Stirn wischte.

»Sind Sie verrückt geworden, General?« Anon trat vor und schlug den Eichenstab auf den Boden, nur um Haaresbreite am Fuß seines Bruders vorbei. »Die Orks bestürmen Derok von allen Seiten. Es heißt, dass sie zahlreicher sind als die Ratten in den Kornspeichern – und dass von Stunde zu Stunde mehr von ihnen aus den Bergen herunterkommen. Unsere Armeen haben ihnen nichts entgegenzusetzen, denn sie sind uneins und zerstritten. Das Schicksal unserer Stadt liegt nun einzig und allein in den Händen der Auserwählten. Wenn sie den Tempel des Herrn nicht rechtzeitig erreichen, dann ist alles verloren. Und Sie wagen es, einen Ausgestoßenen mit ihnen mitzuschicken? Einen zum Tod Verdammten? Wollen Sie Gott herausfordern?«

»Meine Herren.« Der General verzog spöttisch die Mundwinkel. »Sie haben diese Entscheidung heute Morgen doch selbst herbeigeführt. Sie hatten entschieden, dass der sechste Auserwählte nur neutral sein kann. Ein Mann, der weder für einen einzelnen Clan noch für eine der Parteien spricht und das Gleichgewicht nicht stören kann.«

»Aber er ist ein Unterer«, donnerte einer der Gildenvertreter.

»Nicht mehr. Wie Sie alle wissen, wurde er von seinem Clan verstoßen. Der ehrenwerte Gildenmeister Rothaar hat vorhin selbst bestätigt, dass er keiner von uns ist. Man kann ihn also mit Fug und Recht als vollkommen neutral bezeichnen. Das war es doch, was Sie wollten. Oder etwa nicht?«

»Das ist …«, stotterte Rothaar.

»Allerdings. Und ich danke Ihnen für Ihre Unterstützung, Meister Rothaar. Es ist schön, dass wir letztendlich doch noch einen gemeinsamen Nenner gefunden haben. Meine Herren, Sie kennen die Regeln. Ich habe in dieser Frage das letzte Wort. Wenn Sie keinen geeigneten Gegenvorschlag machen können, entscheide ich, dass Glond dabei ist.« Variscit fixierte die Reihen der Räte mit eisigem Blick, und einer nach dem anderen schlug die Augen nieder.

Anon hielt einen Augenblick länger stand. »Sind Sie bereit, für ihn zu bürgen, Variscit?«

»Selbstverständlich.«

Anon fuhr sich mit der Hand durch den grauen Bart. »Dann tun Sie, was Sie für richtig halten.«

»Das tue ich immer.«

Anon nickte. Nach kurzem Blickwechsel mit seinem Bruder wandte er sich um und stolzierte zur Tür hinaus. Das eiserne Ende seines Stabs schlug mit jedem Schritt kleine Funken aus dem Steinboden.

VIER

Auf dem flachen Dach des Turms war es dunkel. Lediglich ein paar verstreute Kohlen gaben ein mattes Glimmen von sich, und der im Widerschein der Feuer glühende Nebel tauchte alles in unwirkliches Licht. Beeindruckt bemerkte Ragroth die Größe der Plattform. Selbst hier oben durchmaß der gedrungene Turm noch beinahe zehn Doppelschritte – Platz genug für zwei gewaltige Feuerwerfer und ein nur unwesentlich kleineres Holzgerüst, das über die Stadtseite hinausragte. Einer der Feuerwerfer war zersplittert, und Ragroth stellte fest, dass sein Kletterseil Teil dieser Konstruktion war. Außer mit den Bruchstücken des Werfers war das Dach vor allem mit Leichen bedeckt. Er zählte auf den ersten Blick mehr als zwei Handvoll, alles Zwerge. Allerdings waren sie nur leicht oder gar nicht gepanzert. Vermutlich handelte es sich um die Mannschaften der Wurfmaschinen, die sich hier oben sicher gefühlt hatten, während sie brennenden Tod über die Aerc regnen ließen. Ragroth verspürte lediglich Abscheu, kein Mitleid. Das waren keine Krieger. Seine Gegner mit Wurfgeschossen und Kurzpfeilen zu erledigen war nicht Kriegerart. Auge in Auge mit dem Feind, mit geschleudertem Speer oder geworfener Axt – in

Ordnung. Aber von hier oben aus sicherer Entfernung auf Krieger zu schießen, als wären sie nichts als Jagdwild ... Diese Wühler hatten den Tod verdient. Wie er die Skrag kannte, war er vermutlich zu schnell und zu gnädig gewesen.

Ein leises Geräusch ließ ihn herumfahren. Direkt hinter ihm auf der Brüstung des Turms saß der größere der Skrag, kaum eine Armlänge entfernt. Die rötlich schimmernden Augen musterten ihn. Dann bleckte der Waldaerc die Reißzähne und grollte leise.

Ragroth erwiderte den Blick und entblößte seine Hauer. »Wer war der Trottel, der dieses Arschloch vom Turm geworfen hat?«, fragte er möglichst unbeteiligt.

Der Blick des Skrag flackerte.

»Hm«, sagte Ragroth. »Und die Feuerschale? Wessen Idee war das?«

Das Grollen erstarb.

Ragroth machte einen Schritt auf den riesigen Skrag zu und stand jetzt so nah, dass sich ihre Gesichter beinahe berührten. »Ein schönes Zeichen«, sagte er leise. »Jetzt wissen die Wühler also, dass wir auf dem Turm sind. Vielleicht sollten wir einfach gleich von hier oben springen. Was meinst du? Das würde denen eine Menge Treppensteigen ersparen.«

Der Skrag hielt den Blick noch einen Moment, dann jedoch drehte er das Gesicht weg und berührte mit den Fingern die Stirn.

Ragroth grunzte. Das war mehr Entschuldigung, als er erwartet hatte. Nur hatte er den dumpfen Verdacht, dass sich der Kerl eines Tages nicht entschuldigen, sondern ihm einfach den Kopf abreißen würde. Es gab nicht viel, was er dagegen tun konnte.

Ragroth wandte sich ab und musterte nochmals das Dach. Ein kleiner Holzverschlag fiel ihm auf, aus dessen Innerem Licht drang. Das konnte der Weg nach unten sein. »Also gut, ist nicht mehr zu ändern. Das heißt aber, dass wir nicht auf Verstärkung warten können. Also schwingt eure nackten Ärsche. Wir müssen diesen Turm räumen.« Er warf dem größeren Skrag einen düsteren Blick zu. »Bevor du gleich wieder was Blödes tust: Denk daran, dass die Wühler da unten Pfeilwerfer haben. Jede Menge. Die spicken deinen wertlosen Pelz, bevor du auch nur einen Schritt gemacht hast.«

Der Skrag knurrte.

»Und hör auf zu labern. Das geht mir echt auf den Sack.«

Ragroth riss die Tür des Verschlags auf. Beinahe direkt dahinter befanden sich die verblüfften Gesichter dreier Wühler, die gerade die hölzerne Treppe heraufkamen. Den ersten erwischte er mit der Kriegskeule direkt im Gesicht. Der Zwerg kippte nach hinten und riss die anderen beiden mit sich. Schreiend polterten sie die Treppe hinunter.

Ragroth nickte den Skrag zu. Brüllend sprang der große Waldaerc die Treppe hinab, dicht gefolgt von seiner Gefährtin, die ein ohrenbetäubendes Kreischen ausstieß. Auch Ragroth brüllte, als er in den Turm hinunterrannte. Einer der Zwerge am Fuß der Treppe versuchte sich aufzusetzen. Die Kriegskeule des Aerc schlug ihm den Schädel ein, bevor ihr langer Dorn tief im Brustkorb des anderen versank. Im Lauf riss Ragroth die Waffe heraus und schmetterte sie gegen den Pfeilwerfer, den ein weiterer Zwerg gerade auf ihn richtete. Der Pfeil löste sich und durchschlug die Bauchpanzerung eines anderen Bärtigen. Der Rückschwung der Keule traf den Kerl im Nacken und schickte ihn zu Boden.

Links und rechts neben Ragroth wüteten die Skrag. Das Weibchen hatte zwei lange, gezackte Knochenmesser in den Händen. Mit traumwandlerischer Sicherheit fanden ihre Klingen Hälse, Augen und jede erreichbare Lücke in den Rüstungen der Zwerge, während sie von Gegner zu Gegner sprang, tänzelte und sich zwischen ihren Opfern hindurchwand, die noch immer nicht ganz verstanden hatten, was über sie hereingebrochen war.

Auf der anderen Seite tobte der große Waldaerc. Er verzichtete auf Waffen. Mit brachialer Gewalt sprang er einen der Zwerge an, warf ihn allein durch sein Gewicht um und zerschlug seinen Hinterkopf auf dem steinernen Boden, als wäre er ein Entenei. Den Nächsten packte er am kunstvoll geflochtenen Zopf, riss ihn mit sich und gegen einen Stützpfeiler im Raum und biss im nächsten Moment einem dritten ins Gesicht, während er den abgerissenen Zopf nach einem vierten schleuderte.

Endlich gelang es den verbliebenen Zwergenschützen, nach ihren Waffen zu greifen. Doch was Ragroth betraf, kam das zu spät. Der Aerc glitt bereits die Leiter in das nächsttiefere Stockwerk hinab.

Und ließ sich zu Boden fallen. Dicht über seinem Kopf schlug ein Kurzpfeil in die Leiter ein. Ragroth rollte sich zur Seite und auf die Füße. Keinen Augenblick zu spät, denn eine Kriegsaxt traf dort die Bodendielen, wo er gerade noch gelegen hatte, und riss Splitter aus dem alten Holz. Schnell machte er einen Schritt zurück und sah sich um. Dieser Raum nahm nur einen Teil der Turmebene ein. Vielleicht ein Drittel seiner Grundfläche, wenn Ragroth das richtig schätzte. Es gab hier lediglich eine Leiter nach oben, eine Bodenluke und eine schwere Holzbohlentür zu seiner Linken. Und drei schwer gerüstete Zwerge. Einer davon ließ gerade seinen Pfeilwerfer fallen und griff nach einer Waffe an seinem Gürtel. Ein zweiter lief mit zum Schlag erhobenem Streithammer auf ihn zu, der dritte, der ihm am nächsten stand, riss an seiner Kriegsaxt, um sie aus dem Boden zu befreien. Ragroth trat ihn mit aller Kraft ins Gesicht. Der Zwerg taumelte zurück, befreite dabei mit einem Ruck seine Axt und verlor das Gleichgewicht. Der Aerc packte die ohne Kraft geschwungene Axt hinter dem Kopf, entwand sie dem Zwerg und warf sie nach dem Hammerschwinger. Der schlug das Wurfgeschoss beiseite, doch das war alles, was Ragroth bezweckt hatte. Mit einem Satz war er bei dem Gepanzerten und trieb ihm den Dorn seiner Kriegskeule mit Wucht durch das Kinn hinauf in den Schädel. Etwas pfiff.

Instinktiv ließ Ragroth seine Keule los und warf sich zur Seite. Eine Wurfaxt schepperte dicht neben ihm gegen den Panzer des Aufgespießten und hinterließ eine tiefe Delle. Der Aerckrieger krachte gegen die Wand, stieß sich ab und hechtete nach der Zwergenaxt auf dem Boden. In diesem Moment wurde die Tür aufgestoßen und traf ihn schmerzhaft an der Schulter. Die Tür prallte zurück, fiel wieder zu, und der Aerc warf sich dagegen und drückte den Riegel herunter. Auf der anderen Seite hörte er gedämpfte Rufe. Er verstand kein Wort, doch es gehörte nicht viel Fantasie dazu, sich auszumalen, dass die Zwerge dort drin nicht besonders begeistert waren. Er ergriff die Axt und trieb sie so tief wie möglich ins Holz der Tür, um den Riegel zu blockieren. Dann drehte er sich um.

Der Kerl, der ihn mit der Streitaxt angegriffen hatte, blutete aus der Nase wie eine angestochene Sau. Das hielt ihn aber nicht davon ab, zwei lange Messer aus seinem Gürtel zu ziehen. Der Axtwerfer hingegen hatte sich die Zeit genommen und nach einem Schild gegriffen. In der anderen Hand hielt er inzwischen ein kurzes, breites Schwert. Sie sahen nicht so aus, als würden sie Ragroth nochmals den Gefallen tun, sich hastig auf ihn zu werfen. Warum sollten sie auch? Sie wussten, dass die Zeit für sie spielte. Nur wenige Augenblicke, dann würde Verstärkung eintreffen. Entweder von unten über die Treppe oder aber aus dem Raum neben dem Aerc.

Etwas Schweres polterte gegen die Tür und ließ sie erbeben. Langsam kamen die Zwerge auf Ragroth zu. Der Bluter schniefte und wischte sich mit dem Panzerarm über den tropfenden Bart. Dabei knurrte er irgendeinen zwergischen Fluch. Oder er räusperte sich nur – wer konnte das schon so genau sagen.

Ragroth zog seinerseits einen Krummdolch aus dem Gürtel und lockerte die Schultern. »Na kommt, ihr Maden. Lasst mal sehen, was ihr draufhabt.« Als die Schatten hinter den Zwergen zum Leben erwachten, bleckte er die Zähne zu einem humorlosen Grinsen. Ein leises Grollen ertönte. Alarmiert sahen sich die Zwerge an. Dann kippte der Kopf des Axtwerfers zur Seite und polterte auf den Boden. Noch bevor sein Kamerad auch nur seinen entsetzten Ausruf beendet hatte, wurde er nach hinten gerissen und quer durch den

Raum gegen die Wand geschleudert. Krachend ging er zu Boden, und der große Skrag setzte ihm mit einem Knurren nach.

»Oder auch nicht«, sagte Ragroth, zuckte mit den Schultern und stellte einen Fuß auf den Panzer des toten Hammerschwingers, um mit einem Ruck seine Kriegskeule zu befreien.

Er schnitt dem Toten den Bartzopf ab, stopfte ihn sich in den Gürtel und nickte der weiblichen Skrag zu. Diese leckte ihr Messer ab und verzog das Gesicht.

»Nicht gut?«

Die Waldkriegerin wiegte den Kopf.

»War zu erwarten. Sie stinken schon widerlich in ihren Eisenpanzern.«

Der große Skrag hatte inzwischen aufgehört, auf seinen Zwerg einzuschlagen. Er blutete aus einem halben Dutzend Schnittwunden, was ihm allerdings nichts auszumachen schien. Stattdessen kam er mit wiegenden Schritten herüber und richtete sich vor Ragroth auf.

Wenn du jetzt anfängst, dir auf die Brust zu schlagen, hau ich dir eine rein. »Was willst du jetzt? Ein Lob?«, fragte Ragroth trocken. »Du warst gut. Aber wir haben jetzt wirklich keine Zeit dafür.« Er wandte sich ab und deutete auf die Luke im Boden. »Wir müssen dort runter. Wenn ich das richtig sehe, wartet dort aber ein Haufen Erdmaden mit Pfeilwerfern auf uns. Also werfen wir ihnen besser erst was runter, auf das sie schießen können.«

Die Skrag nickte. Ohne sichtliche Anstrengung riss sie die schwere Luke auf. Gleich drei oder vier Pfeilwerfer klackten, und beinahe im selben Moment fauchten die dazugehörigen Geschosse aus der Öffnung und schlugen in die Decke über ihren Köpfen. Ragroth bedeutete dem großen Aerc, eine der Leichen hinabzuwerfen. Der Skrag fletschte die Hauer. Er packte den nächstliegenden Leichnam und schleuderte ihn so spielerisch durch die Öffnung, als handelte es sich um eine Strohpuppe. Ohne auf weitere Anweisungen zu warten, sprang er direkt hinterher.

»Er hat heute einen schlechten Tag, oder?«

Das Weibchen antwortete mit einem Augenrollen und folgte ihrem Gefährten.

Ragroth seufzte. »Ja, dachte ich mir. Wir müssen wirklich an der Sache mit den Befehlen arbeiten.«

Kopfschüttelnd sammelte er die Wurfaxt ein und trieb sie als Keil unter die Tür, die unter den Hieben der Zwerge dahinter erzitterte. Eins musste man den Wühlern lassen: Sie bauten verdammt stabile Türen.

Am Fuß der Treppe erwarteten ihn Finsternis, der durchdringende Geruch von Blut und verstreute, reglose Körper. Oder fast reglose. Ein Zwerg saß an die Wand gelehnt. Sein Atem ging flach und schnell, die Augen starrten blicklos in die Dunkelheit. Er hielt eine Waffe in der Hand. Ragroth stellte mit Interesse fest, dass sein rechter Arm an der Schulter abgerissen schien. Dann wurde ihm klar, dass die Waffe in der Linken des Zwergs der fehlende Arm war. Er folgte dem Blick des Wühlers. Im Dunkeln auf der anderen Seite des Flurs glühten rötliche Funken. Das Skrag-Weibchen kauerte vollkommen still und ließ den Sterbenden nicht aus den Augen.

»Ihr seid wirklich seltsam, wisst ihr das? Wo ist der

Große?« Ragroth sah sich um. Eine Tür wie die im Stockwerk über ihnen führte ins Innere des Turms. Sie stand offen. Irgendetwas polterte, jemand schrie. Abrupt riss der Schrei ab, und Ragroth hörte den bellenden Ruf des Skrag. Er nickte und musterte wieder den sterbenden Zwerg. Schließlich hob er die Keule und schlug ihm den Schädel ein.

Die Skrag knurrte, doch Ragroth drehte sich nicht um. »Nicht, solange ich Broca dieses Trupps bin. Wir sind keine Tiere.« Er stieg über die Beine des Toten und musterte die Tür am Ende des Gangs. Durch zwei Schlitze in der Wand drangen flackerndes Licht und die Geräusche der Schlacht herein. Die Pforte zum Wehrgang. Zufrieden bleckte er die Zähne. Das ging ja einfacher als gedacht.

Aus Richtung des Treppenaufgangs kam das Geräusch vieler beschlagener Zwergenstiefel. Ragroth fluchte. Mit drei großen Schritten war er bei der Tür und riss an den Riegeln, die sie verschlossen hielten. Einer gab nach, dann der zweite. Die ersten Zwerge polterten bereits die Treppe hinauf, als er noch mit dem dritten Riegel kämpfte.

Hinter ihm krachte es, und ein Kurzpfeil bohrte sich dicht neben seinem Kopf in einen der Türbalken. Eine harte Zwergenstimme bellte etwas und verstummte dann gurgelnd. Die Skrag lachte heiser, und endlich gab der dritte Riegel nach und glitt kreischend zur Seite.

Ragroth riss die Tür auf. »Krieger zu mir!«, brüllte er, und Dutzende Aerc starrten ihn aus hastig aufgehäufter Deckung auf dem Wehrgang an. »Was ist? Glotzen könnt ihr später. Es gibt Wühler zu töten!«

Die Aerc brachen in donnernden Jubel aus, sprangen über die Barrikade und strömten in den Turm. Waffen klirrten,

Schreie erhoben sich und brachen ab, aber Ragroth vermutete, dass es für die Zwerge jetzt zu spät war, um noch eine wirksame Verteidigung aufzubauen. Der Turm war erobert und damit die Mauer. Die Stämme hatten die Oststadt eingenommen. Bald würde auch der Rest von Derok fallen.

Er lehnte sich an die Wand und atmete tief durch. *Das ist doch schon mal gut gelaufen.*

FÜNF

Als auch der Rest der Ratsmitglieder die Halle verlassen hatte – einzig Kearn verharrte regungslos an seinem Platz –, sackte der General in sich zusammen. Ein rasselndes Stöhnen entrang sich seiner Brust. »Ein verdammter Haufen Idioten ist das. Während draußen die Welt vor die Hunde geht, haben diese Ränkeschmiede nichts anderes im Kopf als ihre kleinlichen politischen Streitereien. Sechs Auserwählte müssen es sein. Die magische Zahl, die dem Herrn am nächsten kommt. Kein Unterer zu viel, kein Oberer zu wenig, und wehe, es wird einer der großen Clans übergangen. Und da ich für Hertig Kearn gestimmt habe, durfte der sechste Mann natürlich nicht noch ein weiterer Unterer sein.« Er hielt inne. Seine Miene verzog sich krampfhaft, ein unterdrückter Husten schüttelte ihn. Keuchend lehnte er sich auf seinem Thron zurück.

»Was wollt Ihr im Tempel?«, fragte Glond in die Stille hinein. »Warum müsst Ihr dorthin gelangen?«

Der General wischte sich mit einem fleckigen Tuch über die Mundwinkel und machte eine wegwerfende Handbewegung. »Das wirst du noch früh genug erfahren«, knurrte er. Sein plötzlicher Schwächeanfall schien ihn verärgert zu haben. »Doch so viel kann ich dir jetzt schon sagen: Deine Aufgabe ist es, die anderen fünf schnell und sicher durch die Weststadt zu führen. Das ist nicht so einfach, wie es sich vielleicht anhören mag. Wir wissen im Moment nicht, wie es dort aussieht. Der Feind greift von allen Seiten an, und der Kontakt zu den menschlichen Befehlshabern des Stadtviertels ist vor geraumer Zeit abgerissen. Vielleicht kämpfen sie noch, vielleicht paktieren sie aber auch mit dem Feind.« Er zuckte mit den Schultern. »Eines ist sicher: Wenn ihr versagt, bedeutet das deinen sicheren Tod. Wenn du uns hintergehst oder fliehst, werde ich dich persönlich finden. Und du wirst dir wünschen, von den Orks getötet worden zu sein.« Er kniff die Augen leicht zusammen und hob den Zeigefinger. »Doch wenn du deine Aufgabe gut erledigst, schenke ich dir die Freiheit. Und noch etwas sehr viel Wertvolleres: Ich gebe dir deinen Namen zurück.«

Glond riss die Augen auf. »Das können Sie tun?«, keuchte er.

»Ich habe drei Großkönige und fünf Kriege überstanden.« Der General schenkte ihm ein eisiges Lächeln. »Ich kann Dinge bewirken, die du dir in deinen kühnsten Träumen nicht vorstellst.«

»Aber … wieso gerade ich? Es gibt Dutzende tapfere Dalkar, die sich in der Weststadt auskennen. Ich bin mir sicher, sie würden jederzeit für Euch kämpfen.«

»Du bist ungeduldig. So viel, was du auf einmal wissen willst.« Der General winkte den jungen Dalkar vor den Thron und beugte sich vor, so nah, dass Glond seinen fauligen Atem riechen konnte. Er unterdrückte den Impuls zurückzuweichen.

»Alles zu seiner Zeit, wie es so schön heißt.« Der General lächelte. »Das ist übrigens eine Weisheit, die auf einfache Weise das Wesen der Dalkar beschreibt, findest du nicht? Die Zeit war schon immer auf unserer Seite. Über Jahrhunderte, vielleicht sogar Jahrtausende, ist unser Volk gut damit gefahren. Mit der Zeit auf unserer Seite haben wir Städte erbaut und Kulturen geschaffen und Wissen angehäuft, von dem andere Völker nur träumen konnten. Viele haben uns darum beneidet und uns herausgefordert. Und wir haben einfach nur auf sie warten müssen in unseren Höhlen und Bergfestungen und sie mit unseren überlegenen Armeen und Kriegstechnologien in den Dreck zurückgeworfen, aus dem sie gekrochen kamen. Von dort aus haben wir zugeschaut und uns über ihr Elend amüsiert.« Der General unterdrückte einen weiteren Hustenreiz und legte Glond die Hand auf die Schulter. »Aber diese Orks sind anders. Wir haben sie vor Dunbrigg besiegt. Unten in der Ebenfurth, unter den Gipfeln der drei Gekrönten und an unzähligen anderen Orten. Doch jedes Mal, wenn wir geglaubt haben, dass es zu Ende ist, sind sie wieder aus dem Dreck gekrochen und haben sich gegen uns erhoben. Wie das Meer, das gegen die Uferfelsen anrennt, sooft es auch zurückgeworfen wird. So lange, bis die Felsen eines Tages einstürzen und zerfallen.« Variscits Stimme bekam einen seltsamen Unterton. Mit einem Mal klang sie beinahe so alt und schwach, wie der General tatsächlich sein musste. »Ich habe mich oft gefragt, warum das so ist. Was sie so ausdauernd in ihren Bemühungen macht. Denn sie sind weder so klug wie wir noch so stark. Sie haben auch nicht unser Wissen oder unsere Waffentechnik.«

Glond merkte, wie die Hand auf seiner Schulter zitterte.

»Aber ich habe erkannt, was sie so unermüdlich macht: Es ist ihre Angst. Ihr jämmerliches, kurzes Leben ist erfüllt von Angst vor allem und jedem. Angst vor den Toten und den Göttern. Angst vor allem Unbekannten und vor uns und unserem überlegenen Wissen.« Die zitternden Finger bohrten sich in Glonds Schulter. »Weißt du, warum ich trotz meines Zustands immer noch General dieser Armee bin und den Orks Widerstand leiste, während sich sogar der Großkönig in seine Bergfestung zurückzieht? Ich verrate es dir: Weil ich ebenfalls Angst habe. Ich habe Angst um mein Volk. Ich habe Angst, dass es tatenlos zusieht, wie es langsam aufgerieben wird. Ich habe Angst, dass mir nicht mehr genügend Zeit bleibt, es zu verhindern. Dieses Gefühl lässt mich nicht ruhen. Das ist die Kraft, die meinen Geist am Leben hält, während mein Körper bereits verwest.«

Glond warf einen Seitenblick auf die Finger des Generals, die sich schmerzhaft in seine Schulter bohrten.

»Verstehst du? Das ist der Grund, warum ich dich für diese Mission ausgewählt habe. Wir Dalkar haben verlernt, Angst zu empfinden. Wir glauben, dass wir unbesiegbar sind und niemand uns schaden kann. Aus diesem Grund sehen wir Angst als einen Makel an. Aber das ist sie nicht. Sie ist kein Makel. Sie versetzt dich in die Lage, den Stolz und die Überheblichkeit zu überwinden, die uns Dalkar unentschlossen und träge machen. Sie macht dich geschickt. Sie bringt dich zum Denken. Und sie gibt dir die Kraft zu überleben.« Die Finger bohrten sich so tief in Glonds Schulter, dass dieser einen überraschten Schmerzenslaut ausstieß.

»Hilf mir, Glond, und ich werde dich lehren, deine Angst zu beherrschen. Sie für deine Zwecke einzusetzen und zum Guten zu wenden.«

Als Glond aus dem Saal trat, konnte er immer noch nicht glauben, dass er noch am Leben war. Seltsamerweise schien der General recht gehabt zu haben, als er sagte, dass die Angst ihm dabei helfen würde zu überleben. Wäre er tapfer geblieben, läge er jetzt zusammen mit dem Rest seiner Einheit draußen auf dem Schlachtfeld oder im Kochtopf einer dieser Orkbestien. Damit wäre niemandem gedient gewesen – außer den Orks natürlich.

Er blieb vor einem prachtvollen Gemälde stehen, das den jüngsten Großkönig in der langen Ahnenreihe des Reichs zeigte. Seine königliche Majestät blickte in voller Rüstung und mit missbilligend zusammengezogenen Augenbrauen auf ihn herab. Unter dem Gemälde war in harter Keilschrift »Tapfer bis über den Tod hinaus« in den Stein gemeißelt. Glond seufzte. Es gab nichts Deprimierenderes als einen vorbildhaften König.

Als er sich umdrehte, versperrte ihm plötzlich Kearn den Weg. Glond hatte ihn nicht kommen gehört. Er musste sich so leise bewegt haben wie eine Katze.

Der Held hielt seinen Streitkolben in der Hand. Locker zwar, aber mit dem gleichen Selbstverständnis wie ein Handwerker sein liebstes Werkzeug. Kearns Handwerk war das Töten.

Sein schwarzer Panzerhandschuh schoss nach vorn und stieß Glond grob gegen die Wand. Putz rieselte auf ihn herunter, und der Großkönig schien in seinem Bild für einen

Augenblick die Fassung zu verlieren, ehe er knarrend zum Halten kam.

»Was spürst du in diesem Augenblick?«, fragte Kearn, obwohl er die Antwort bereits kannte.

Angst. Plötzliche, eiskalte Angst.

Kearn stieß ihn noch einmal gegen die Wand. Sein gesundes Auge funkelte in der Dunkelheit. Die Leute erzählten sich düstere Geschichten über den Helden. Es hieß, dass er seinen Streitkolben Rabenschwinge aus der Unterwelt gestohlen hatte. Und dass die Waffe, deren spitzes Ende wie ein Schnabel geformt war, eine eigene Seele besaß und unersättlich nach dem Blut seiner Feinde verlangte. Kearn war nicht der Dalkar, der so einer Forderung widersprach. Ganz im Gegenteil: Die Zahl seiner getöteten Gegner musste so groß sein, dass man mit ihnen ganze Bergwerke füllen konnte.

Für Feiglinge hatte sein Streitkolben aber wohl nicht viel übrig. Der Held zog stattdessen einen kurzen Zweikampfdolch aus dem Gürtel und drückte die Spitze gegen Glonds Kehle. »Der General hat dir erzählt, dass deine Angst keine Krankheit ist, sondern eine Gabe. Und dass er dir helfen wird, sie zu beherrschen.« Er stieß ein Lachen aus. Es wirkte freudlos und beängstigend zugleich. »Ich verrate dir etwas: Menschen, Orks, Tiere. Das sind die Kreaturen, die Angst haben. Nur sie kennen dieses Gefühl, das schwach macht und einen dazu bringt, Freunde und Familie zu verraten und vor dem Feind im Staub zu kriechen. Wir Dalkar dagegen sind mutig und stark.« Kearn zog den Dolch zurück und klopfte sich mit dem Griff gegen die gepanzerte Brust. »Verstehst du? Wir fliehen nicht vor dem Feind und verstecken uns nicht. Wir sind normal, sie sind es nicht – du bist es nicht.« Die Spitze des Dolchs wanderte zurück an Glonds Hals und ritzte ihm in die Haut. »Diese Welt, in der ihr lebt, ist krank. Sie zerstört alles, für das Dalkar wie ich seit Generationen ihr Blut gegeben haben. Sie zerstört den rechten Weg der Dinge. Aber weißt du, was das Schlimmste ist? Dass wir zulassen, dass sie uns damit verseucht. Du bist das beste Beispiel dafür. Du bist die traurige Folge einer Politik, die mit den anderen Völkern Bündnisse anstrebt und ihnen Städte baut, als wären sie uns ebenbürtig. So als könnten wir irgendetwas von ihnen lernen oder von ihrer Ungeschicklichkeit profitieren. Aber ich durchschaue das, weil ich hinter den Vorhang blicke und sehe, was sie uns antun. Sie sind es, die uns schwach machen – und ich werde es verhindern.«

Wieder eine Pause, in der Glond sein Herz heftig in seiner Brust hämmern hören konnte. *Bitte lass es schnell gehen.*

Irgendwo fiel eine Tür ins Schloss, und Kearn schien sich eines Besseren zu besinnen. Das Messer wanderte zurück an seinen Gürtel. »Ich weiß nicht, was der General an dir findet. Ich kann an dir nichts erkennen, das irgendeinen Wert besitzt. Ich rate dir, erledige deine Aufgabe, so gut du kannst, und tu, was ich dir sage. Wenn alles vorbei ist, wirst du deiner Wege gehen und dich nicht umdrehen. Geh nach Ebenfurt oder zum Grubenteufel. Es ist mir egal. Hauptsache, du kommst mir nicht in die Quere. Hast du verstanden?«

Er zog einen kleinen Lederbeutel hervor und drückte ihn Glond in die Hand. Dann klopfte er ihm den Staub vom Hemd, drehte sich um und stapfte mit schweren Schritten den Gang hinunter.

Nach einer kleinen Ewigkeit wagte es Glond, den Beutel zu öffnen. Er war prall gefüllt mit Silberunzen. Für eine solche Summe musste ein Dalkar wie er sicherlich mehr als ein Jahr arbeiten.

Glond starrte das Geld eine Weile sprachlos an und rutschte dann langsam an der Wand hinunter zu Boden. Der Großkönig blickte stirnrunzelnd auf ihn herab.

Krendar erwachte davon, dass ihm jemand auf die Hand trat. Hart. Und vor allem blieb derjenige darauf stehen.

Er wollte aufschreien, doch alles, was sich seiner Kehle entrang, war ein ersticktes Krächzen. Er schnappte nach Luft, doch zu allem Überfluss schien auch noch jemand auf seiner Brust zu hocken. Jemand, der einen höllischen Gestank verströmte. Erst mit einem Augenblick Verzögerung wurde ihm klar, dass er die Augen geschlossen hatte. Er zwang sie auf und starrte in das bärtige Gesicht eines Zwergs direkt vor seinem – so dicht, dass Krendar einen feinen Film aus unzähligen Wassertröpfchen auf der fahlgrauen Haut erkennen konnte. Instinktiv zuckte er zurück – oder versuchte es zumindest, denn sein Hinterkopf war bereits in kalten Morast gepresst und bewegte sich nicht um Haaresbreite. Der Zwerg sah aus, als wäre er aus milchigem Stein gemeißelt. Feine schwarze Verästelungen zogen sich wie Risse über seine Wangen und Schläfen. Die Augen des Zwergs starrten Krendar an, und jetzt erst bemerkte er den trüben Schleier. Und die Tröpfchen, die auch auf den Augäpfeln glitzerten. Der Wühler war tot.

Ein weiteres Stöhnen kroch aus seiner Kehle, und wer

auch immer auf seiner Hand stand, bewegte sich endlich. Einen Moment später entfernte sich das Gesicht des Toten von seinem und kippte zur Seite, aus seinem Sichtfeld. Mit ihm verschwand der mörderische Druck auf seinen Brustkorb. Rasselnd atmete er ein. Über ihm tauchte ein anderes Gesicht auf, dankbarerweise jedoch ein ganzes Stück weiter weg und etwas weniger hässlich. Der Aerc, der auf ihn heruntersah, musste einer Art angehören, die Krendar noch nie gesehen hatte. Er war deutlich kleiner als alle Aerc, die er kannte, beinahe noch dünner als ein Mensch und hatte eine kränklich grün schimmernde Hautfarbe. Mit den fremdartig großen Augen und dem kahl rasierten Schädel erinnerte er absurderweise an einen Ghaat-Frosch aus den Tümpeln des Sommerlagers. Grinsend entblößte der Aerc ein grellrotes Gebiss, und Krendar revidierte seinen Vergleich. Er hatte noch nie einen Frosch mit spitzgefeilten Zähnen gesehen.

»Schau an, schau an, was haben wir denn hier? Ein Kriegerjunges, das noch lebt. Da hat aber jemand Glück gehabt, was?« Der Blutzahn-Frosch hatte einen fremdartig singenden Dialekt. Seine Stimme passte zu seinem Äußeren. Sie klang schleimig.

»Hab ich?«, krächzte Krendar.

Der Froschaerc hockte sich neben ihn und musterte ihn der Länge nach. Dann schniefte er. »Sieht so aus. Jede Menge Kratzer und Schnitte, aber nichts, was einen großen, starken Burschen wie dich umhauen sollte, was?«

Irgendwas hatte ihn aber umgehauen. Krendar verzerrte das Gesicht und betastete mit der Zunge eine geplatzte Lippe. Sein Kopf schmerzte von Augenblick zu Augenblick mehr.

»Ne hässliche Beule hast du da«, kommentierte der Frosch und stach mit einem langen, dünnen Finger nach seiner Stirn.

Der Schmerz explodierte hinter Krendars Augen.

»Hast versucht, den Wühler mit dem Kopf zu erschlagen? Tja, jetzt weißt du's besser, was? Die Dinger haben einen Schädel, auf dem man Schildkröten zerbrechen kann. Außerdem tragen sie Helme. Aber ihr großen Trottel müsst es ja trotzdem versuchen.« Er zerrte an etwas neben Krendar herum, und als der vorsichtig den Kopf drehte, sah er, dass der Frosch versuchte, dem toten Zwerg den Helm vom Schädel zu ziehen. Offensichtlich mit wenig Erfolg.

»Tja, was soll's. Er ist sowieso verbeult. Willst du seinen Panzer haben?«

Krendar setzt sich mühsam auf. Ihn schwindelte. »Hmp«, sagte er, und der Froschaerc nickte, als sei ihm das Antwort genug.

Mit flinken Fingern begann er, den Brustpanzer des Zwergs zu lösen. »Dachte ich mir schon. Ihr großen Krieger habt es ja nicht so mit Rüstungen. Na, jeder, wie er mag. Aber gut getroffen«, sagte er anerkennend. »Diese Gepanzerten sind verdammt schwer zu knacken, was?«

Der junge Aerc betrachtete den Toten genauer. Tatsächlich war der Zwerg von Kopf bis Fuß in Metall gehüllt. Ein Panzerkrieger der Wühler, einer der Häuptlinge des Feindes. Vorsichtig schluckte er. Zwischen Brust- und Rückenpanzer des Zwergs ragte das abgebrochene Ende eines Speers hervor. Nicht seine Waffe, aber Krendar fühlte sich nicht danach, das richtigzustellen. Er begnügte sich damit, unbestimmt zu brummen und zu warten, dass seine Umgebung aufhörte, sich zu drehen. Als er sicher war, sich nicht übergeben zu müssen, räusperte er sich. »Was ist passiert?«

»Was passiert ist?« Wieder grinste der Frosch sein blutrotes Grinsen. »Du warst ziemlich lange weg, was?«

Erst jetzt wurde Krendar bewusst, dass die Nacht einem neuen Tag gewichen war. Der Unterschied war nicht sonderlich auffällig. Das Licht war noch immer dämmrig, es nieselte nach wie vor, und der Nebel war womöglich noch dichter geworden. *Suppe.* Das war der Ausdruck, den sein Stamm dafür verwendete. Dick und undurchsichtig wie eine gute Suppe, mit schemenhaften, undefinierbaren Brocken darin, die genauso gut Stücke von Grünzeug wie Fleisch sein konnten. Es roch sogar danach. *Angebrannt.*

»Ein glorreicher Sieg, das ist passiert. Wir haben die Erdmaden geschlagen. Weggefegt. Zerquetscht.«

»Wir haben gewonnen?«, fragte Krendar überflüssigerweise.

»Gewonnen und das Tor eingenommen. Die Ahnen waren diese Nacht mit unserem großen Kriegsherrn Rogoru, und viele tapfere Krieger sind jetzt bei den Ahnen. Aber das sind die ja gewohnt, was? Du hast also ne ganze Menge Heldentaten verschlafen. Seit Tagesanbruch gehört uns die Oststadt.«

Wie aufs Stichwort zog ein trüber Lichtschein hoch oben im Nebel über sie hinweg und verschwand mit zornigem Fauchen hinter ihnen.

»Na gut, vielleicht verteidigen die Wühler noch einen oder zwei ihrer verdammten Türme, aber das ist nichts, was der große Rogoru nicht in den Griff bekommt.«

Krendar blickte sich um und versuchte, die Neuigkeiten zu verdauen. Die Stadt der Wühler war gefallen. Ihr Angriff auf das Tor war erfolgreich gewesen. Und er war noch am Leben. Er war noch am Leben!

Schlagartig wurde Krendar bewusst, dass die Brocken, die in der Nebelsuppe verstreut lagen, tatsächlich Fleisch waren. Leblose Körper, einzeln in den Morast getreten oder zu kleinen Hügeln aufgehäuft, wo ein heftigerer Kampf stattgefunden hatte. Spieße und Speerschäfte staken in den Leichen oder im zertrampelten Boden und wirkten wie entastete Bäume, die schief aus dem zerstörten Land wuchsen. Ein Flattern. Aus den grauen Schwaden tauchten zwei Krähen auf, die auf einem der Leichenhügel landeten und gemächlich das angerichtete Mahl begutachteten. Sie schienen satt zu sein, denn nach einigen eher lustlosen Schnabelhieben breiteten sie die Schwingen aus und verschwanden mit heiserem Krächzen wieder im Nebel.

Die Bewegung trieb einen klammen Luftzug in Krendars Richtung, und es roch erneut nach verbranntem Braten. Urplötzlich stieg ein brennender Schwall in seiner Kehle auf. Er brachte es gerade noch fertig, den Kopf zu drehen, dann schoss ihm beißender Schleim aus Mund und Nase.

»Sieh an. Angstwürmer – und eine große Portion noch dazu«, kommentierte der Frosch mit gehässiger Stimme. »Ja, irgendwann müssen sie raus. Und das ist nicht der schlechteste Weg. Anderen werden sie mit einer Klinge aus dem Bauch geschnitten. Schätze, das ist dann wesentlich unangenehmer, was?«

Krendar erbrach sich zwei-, dreimal, bis das Würgen nur noch dünne, zähe Fäden aus seinem Magen beförderte. Als er endlich aufblickte, hatte der Froschaerc den Panzer des Zwergs abgeschnallt und unter der Leiche hervorgezogen.

Er tastete die Hose des Toten ab, prüfte den Beutel am Gürtel und warf Panzerhandschuhe und ein Messer in den großen Ledersack zu seinen Füßen.

»Widerliche Geizhälse, diese Wühler. Glaubst du, irgendeiner von denen hätte mal etwas Gold bei sich? Nein, alles, was die aufs Schlachtfeld schleppen, sind Rüstungen und Waffen.« Er versetzte der Leiche einen Tritt, zögerte und beugte sich nochmals herab. »Na, wer sagt's denn?« Er zog ein Messer und durchtrennte mit raschen Schnitten die Bartzöpfe des Toten, um zwei schmale goldene Ringe davon abzuziehen. Die Metallreife ließ er in seinen Sack fallen, die dicken Haarstränge warf er Krendar zu. »Da. Ich gratuliere, junger Krieger. Hol dir noch ein paar, und die Weiber werden sich daheim um dich reißen. Dürften ja sowieso eine Menge übrig sein, nach diesem Gemetzel hier.«

Das erinnerte Krendar an etwas. »Die anderen – meine Doppelfaust. Was ist aus denen geworden?«

Der Frosch zuckte mit den dürren Schultern. »Hier kamen ziemlich viele durch. Zu wem gehörst du?«

»Mein Broca ist Gulragh Schwarzknochen.«

»Nie gehört. Aber nach allem, was ich weiß, haben wir allein auf der Ostseite mehr als zehn mal zehn und zehn Broca. Ist klar, dass ich nicht jeden kenne, was?«

»Der Schwarzknochen ist einer der Helden der Roterde-Stämme. Sein Ruf eilt ihm weit voraus.«

»Tja, bei mir kam der Ruf nicht vorbei. Aber es war ne Menge Gebrüll hier in letzter Zeit. Vielleicht hab ich ihn dabei überhört.« Der Frosch kicherte dünn. »Aber waren diese Roterdestämme nicht die, die den ersten Angriff gegen die Wühler gelaufen sind?«

Krendar nickte, und der andere pfiff leise durch die Zähne. »Ja dann ... Ich schätze, du hast besonders aufmerksame Ahnen. Oder aber die wollten dich nicht sehen.« Der Dünne musterte ihn mit neu erwachtem Interesse. »Ich hatte dich für einen der Jungs aus den Pferdesippen gehalten. Roterde, was? Ist mir ein Rätsel, wie du es bis hierher geschafft hast. Glaube kaum, dass von euch noch viele übrig sind. Die Wühler müssen euch fast vollständig aufgerieben haben.«

Krendar fühlte sich wie vor den Kopf geschlagen. »Was soll das heißen?«

»Das heißt, dass dein Broca ziemlich sicher schon mit den Ahnen um die Wette frisst. So wie der Rest der Roterde-Krieger.« Nachdenklich leckte sich der Dünne über die Zähne, dann zuckte er abermals mit den Schultern. »Na ja, sieh's mal so – wenn du nach Hause kommst, hast du wirklich reichlich Auswahl unter den Weibern. Ist nicht das Schlechteste, was?«

Krendar fröstelte. »Du meinst, mein Stamm ist ... sie wurden ...?«

Der Frosch nickte. »Ausgelöscht. Aufgerieben. Von den ersten Angriffswellen ist nichts übrig geblieben. Na, bis auf dich, wie es aussieht.«

»Aber das ist nicht möglich! Wir sind mehr als fünfzig der besten Krieger der Ebenen ...«

»Junge, heute Nacht sind sicher fünfmal so viele Krieger zu den Ahnen gegangen«, unterbrach ihn der Dünne. »Da ist es ziemlich egal, wie gut sie waren, was? Die Wühler haben es uns wirklich nicht leicht gemacht. Hat schon nen Grund, warum ich mich aus Sturmangriffen raushalte.« Kichernd schüttelte er den Kopf und schob den Zwergenpanzer in seinen Ledersack. Dann stand er auf und starrte nachdenklich in den Nebel. Nach einer Weile drehte er sich zu Krendar um, der wie betäubt vor sich hinstarrte. »Weißt du, du kommst besser mit mir. Hat keinen Wert, hier draußen rumzusitzen, wenn wir's uns auch in einem der Wühlerhäuser bequem machen können. Außerdem muss ich das hier in Sicherheit schaffen.« Er trat gegen den Ledersack, der leise schepperte. »Vielleicht kann dir jemand drin sagen, ob noch was von deinem Stamm übrig ist. Hier draußen wirst du nicht viel erfahren. Und falls nicht – na, dann finden wir für einen wie dich in unserer Doppelfaust sicher noch Verwendung.«

Krendar starrte in den sanft wallenden Nebel, der das Schlachtfeld und die Leichen so vieler Krieger vor ihnen verbarg. Irgendwo stritten sich unsichtbare Krähen, als wäre nicht ohnehin mehr als genug für alle da. Stumm nickte er.

Der Frosch grinste ihn aufmunternd an und schulterte seinen Sack. »Na dann mal los, Großer. Halt dich an mich, dann wirst du den Scheiß hier bald überstanden haben. Zu Hause kannst du dann die prachtvollsten Weiber um dich raufen lassen, was? Ich bin übrigens Dudaki. Und wie nennen die Toten dich?«

Krendar antwortete nicht.

SECHS

Es war kalt geworden, und obwohl es beinahe Mittag sein musste, machten weder Kälte noch Nebel Anstalten, sich zu verziehen. Stattdessen hatte es auch noch angefangen zu nieseln.

Glond stand zitternd am südlichen Ende der Friedensbrücke, direkt vor den massiven Toren der Unterstadt, und starrte zur anderen Flussseite hinüber – dorthin, wo im Nebel nur schemenhaft die Silhouette der Oberstadt zu erahnen war.

Hier und da schlugen vereinzelte rote Flammen aus den Dächern der Häuser, doch ansonsten lag die Stadt überraschend friedlich in ihrem nebligen Leichentuch. Kaum zu glauben, dass es da drüben von Hunderten, vielleicht sogar schon Tausenden der grausamsten Kreaturen auf Erden wimmelte.

Nervös kratzte Glond am Griff des Kurzschwerts herum, das an seinem Gürtel hing. Hatte ihm der General tatsächlich das Leben geschenkt oder nur einen viel grausameren Tod für ihn vorgesehen? Er seufzte leise und schaute sich nach den anderen um.

Kearn war bereits da, die Panzerhandschuhe locker auf den Griff seines Streitkolbens gestützt. Auf den Rücken hatte er einen Schild mit dem Wappen seines Clans geschnallt. In seinem gesunden Auge spiegelten sich die Flammen der brennenden Dächer.

An seiner Seite stand ein Dalkar, fast so hoch wie ein Mensch und breit wie zwei Dalkar. Er trug einen schweren Schlachtenhammer über der Schulter und einen eisernen Rundschild am Arm. Bis auf einen Pferdeschwanz am Hinterkopf war sein Schädel vollständig kahl rasiert. Glond hatte von ihm gehört: Sein Name war Beryll, und er gehörte zu den Clankriegern aus den südlichen Ogerhöhen, die sich für jeden getöteten Gegner ein Zeichen in die Haut ritzten. Berylls Unterarme waren übersät mit Schnitten.

Der Dritte hieß Esse und trug eine lange Armbrust über der Schulter. Eine zweite hatte er sich quer über den Rücken geschnallt. Sein lockiger Bart war bereits schlohweiß, und in seine Stirn hatten sich tiefe Falten eingegraben. Doch in seinen Augen lag ein jugendlich verschmitzter Ausdruck, der sein Alter Lügen strafte. Während die anderen Glond ignorierten, kam Esse ihm entgegen und klopfte ihm grüßend auf die Schulter.

»Einen so verrückten Haufen habe ich noch nicht gesehen«, sagte er kopfschüttelnd. »Und ich habe schon eine ganze Menge gesehen. Ein Held, ein durchgeknallter Clankrieger, ein Angsthase und ein Stein …«

»Ein Stein?«, fragte Glond verwirrt.

»Na der hier.« Esse trat gegen einen Felsblock, der direkt neben seinen Füßen auf der Straße lag.

Der Stein entfaltete sich und richtete sich langsam auf.

Staub rieselte von seinen Schultern. Der Dalkar war klein und knochig, und seine zu wulstigen Strängen verfilzten Haare hingen ihm bis zur Hüfte. Haare und Bart hatte er mit Kalk geweißt, und außer einer einfachen Leinenhose trug er nichts am Leib.

»Das ist Stein«, stellte Esse ihn vor. »Er ist komplett verrückt und selbst für einen Dalkar etwas wortkarg. Dafür redet er selten dummes Zeug – was ihn wohltuend von mir unterscheidet, wie ich meine.«

Stein nickte und bleckte die Zähne.

»Fehlt nur noch unser Anführer, dann ist der Heldentrupp komplett.«

Glond schielte verwundert zu Kearn hinüber, der den Blick unverwandt auf die brennende Stadt gerichtet hielt. »Ich dachte, er ist unser Anführer.«

»Dachte er bis gestern auch noch.« Esse verzog das Gesicht zu einem Grinsen. »Weil er doch ein Hertig ist und ein Held der Unteren. Aber die Räte haben durchgesetzt, dass auf einer Mission in die Oberstadt ein Oberer das Kommando bekommen muss, sofern er allen anderen im Rang mindestens ebenbürtig ist. Ich weiß nicht, wie, aber sie haben es tatsächlich geschafft, über Nacht noch einen Verrückten aus dem Helm zu zaubern. Ich glaube, Kearn ist gerade damit beschäftigt, sich innerlich in den Hintern zu beißen.«

»Ein gleichrangiger Oberer, der Kearns Vorgesetzter sein soll?«, fragte Glond ungläubig. »Geht es noch schlimmer für ihn?«

»Allerdings.« Esse deutete zurück zur Pforte, durch die Glond getreten war.

Dort war eine weitere Gestalt aufgetaucht. Sie war kleiner

und schmächtiger als die anderen und hatte lange braune Haare, die zu einem Zopf geflochten waren. Die Zwergin trug eine einfache Lederrüstung. An ihrem Gürtel hingen zwei langstielige Äxte, sogenannte Spalter, die nur von den Oberen verwendet wurden, weil sie in schmalen Bergwerksstollen eher hinderlich gewesen wären. In den Wäldern der Oberwelt, wo die Dalkar das Holz für ihre Brennöfen schlugen, galten Axtkämpfer als Ehrfurcht gebietende Widersacher.

»Edle Syen. Zweite in der Erbfolge des Berglogga-Clans. Sie ist unser Anführer, wie du wahrscheinlich schon erraten hast. Da sie die beiden Burschen an ihrem Gürtel nicht zur Zierde trägt, nennt man sie meistens auch ›Axt‹.«

»Sie ist die Zweite in der Erbfolge? Was macht sie dann auf dieser wahnsinnigen Mission?«

»Politik. Die ganze Sache hier hat mit Politik zu tun. Ihrem Vater gehört ein Großteil der Wälder rund um Derok. Er muss alles tun, um seinen Anspruch darauf zu verteidigen. Aber er wäre verrückt, wenn er den Thronfolger selbst schicken würde. Dann doch lieber die durchgeknallte Tochter, die mit Äxten spielt – und kein großer Verlust ist, wenn die Sache schiefgeht. Falls wir wider Erwarten aber doch Erfolg haben sollten, kann sich der Herr Papa das auf die eigene Fahne schreiben.«

Axt strich sich eine Haarsträhne aus der Stirn. Sie wirkte völlig entspannt, als würde sie sich auf einen gemütlichen Abendspaziergang freuen. Vertraulich klopfte sie Esse auf die Schulter. »Schön, dich an meiner Seite zu wissen – und nicht als Feind, der versucht, mir den Hintern wegzuschießen.«

»Ay, Anführer. Das wäre eine wahre Schande bei diesem …«

»Apropos wegschießen. Ich habe gehört, dass deine Leute uns heute Nacht auf besondere Art den Weg ausleuchten wollen.«

Esse grinste. »Ay. Immer hilfsbereit. Das ist schließlich auch das Motto unseres Clans.«

»Ich dachte, es wäre ›Bier‹.«

»Das auch. Das kommt später noch reichlich zum Einsatz. Doch zuerst das Feuerwerk.«

Wie auf Befehl ertönte ein lautes Fauchen, und als Glond erschrocken nach oben blickte, sah er dicht über ihren Köpfen einen Kometen hinwegfliegen. Er zog eine bogenförmige Bahn durch den verhangenen Himmel, erreichte irgendwo auf der anderen Seite des Flusses seinen höchsten Punkt und senkte sich beinahe behäbig auf die Dächer der Oststadt herab. Wenige Augenblicke später loderten Flammen auf, und ein fernes Krachen war zu vernehmen. Weitere Kometen stiegen in den Himmel empor und stürzten einer nach dem anderen auf die Oststadt herunter.

Glond starrte ihnen mit weit aufgerissenen Augen hinterher. »Sie zerstören die Häuser«, stieß er hervor. In diesem Augenblick wurde ihm klar, dass ihre Lage weit schlimmer sein musste, als er geglaubt hatte.

»Nur ein kleines Ablenkungsmanöver«, sagte Axt. »Eine ganze Handvoll Standarten der Königlichen steht auf der anderen Seite der Brücke bereit. Sie werden heute Nacht ausrücken und die Orks wieder vor die Mauern zurückdrängen. Das wird ein Kinderspiel.«

»Ein Kinderspiel«, wiederholte Glond.

Adlige lernten wohl andere Spiele als der durchschnittliche Dalkar.

Auf der Mitte der Brücke machte sich ein Trupp Ingenieure mit Spitzhacken und Schaufeln am Kopfsteinpflaster zu schaffen. Rechts und links hingen dicke Seile über die Brüstung, und von unten schallte schwaches Klopfen und Kratzen herauf.

Esse begrüßte einen der Arbeiter mit Handschlag. »Wie lange braucht ihr denn noch für das bisschen Stein?«, fragte er kopfschüttelnd.

Der Arbeiter spuckte auf den Boden. »'s ist solide Handarbeit, beinahe für die Ewigkeit gemacht. Im Prinzip unzerstörbar. Ich gehe jede Wette ein, dass wir fertig sind, bevor ihr zurück seid.«

»Darauf nicht. Lasst euch ruhig Zeit. Ich will das Spektakel von der Südseite des Flusses aus bewundern.«

Der Arbeiter zuckte mit den Schultern. »Wir nehmen uns die Zeit, die wir brauchen, aber verlass dich nicht drauf, dass du es aus dem Süden siehst.«

Esse winkte ab. »Wir werden sehen.«

»Welches Spektakel?« Beunruhigt zupfte Glond an seinem Schwertgurt. »Was machen die da unten?«

Esse musterte den jungen Dalkar. »Kann es sein, dass sie dir nicht alles über unsere Mission erzählt haben?«

»Nur das Nötigste. Ich weiß, dass wir unter allen Umständen den Tempel erreichen müssen, ehe die Orks kommen. Ich habe keine Ahnung, warum, aber es erschien mir besser, als zum Tode verurteilt zu werden.«

Esse nickte. »Dann haben sie dir nicht genug erzählt. Die

Ostbrücke wird noch heute Nachmittag abgebrannt, um den Orks keinen Weg zu bieten. Jetzt bringen sie auf beiden Steinbrücken, der Friedensbrücke hier und der Ewigen, Bohrungen für Pulverladungen an. Sie sollen bis spätestens morgen früh gesprengt werden.«

Axt warf dem Ingenieur einen bösen Blick zu. »Halt besser den Mund, Esse. Unter anderen Umständen könnte ich dir dein Geschwätz als Geheimnisverrat auslegen und dich dafür köpfen lassen.«

»Verzeihung, Anführer. Schon meine Mutter hat mich gewarnt, dass mich mein loses Mundwerk eines Tages ins Verderben reißen wird.« Esse breitete die Arme aus. »Und nun sieh mich an. Ich stehe auf einer Brücke, die jeden Augenblick in die Luft fliegen kann, und bin dabei, mitten in die Arme eines gewaltigen Orkheers zu laufen. Hätte ich doch nur auf meine Mutter gehört.«

»Du weißt, was ich meine.« Axt konnte sich dennoch ein leises Lächeln nicht verkneifen.

»Keine Sorge«, murmelte Glond. »Ich bin nicht der Typ, der zum Feind rennt und ihm unsere Geheimnisse erzählt. Ich bin kein Verräter.«

»Das vielleicht nicht«, sagte Axt. »Aber wenn sie dich zu fassen kriegen und dir bei lebendigem Leib die Haut vom Körper ziehen, dann wirst du ihnen trotzdem alles erzählen, was sie hören wollen. Und dir zusätzlich noch ein paar Sachen ausdenken.«

Das ist doch schon mal ganz gut gelaufen«, sagte der Linke und ließ die Beine baumeln.

»Ganz gut?«, brummte Modrath hinter ihm. Der Oger hielt sich vorsichtig von der bröckligen Mauerkrone entfernt, auf der die Korrach-Brüder saßen. »Wir haben vier Leute verloren, und ich hab keinen einzigen Wühler plattgemacht. Was soll daran gut sein?«

»Entspann dich, Halbzahn, und genieß die Aussicht.« Der Rechte der Korrach wedelte mit ausgesteckter Hand über die beinahe solide Nebelwand, die auch in der Mittagszeit noch die Stadt vor den Blicken der Aerc verbarg. »Du wirst noch genug Gelegenheit bekommen. Eine ganze Stadt …«

»… voller Wühler liegt uns zu Füßen«, beendete der Linke den Satz seines Bruders.

»Da lag sie gestern auch schon. Und was hat mir das heute gebracht?« Modrath schnaubte und lehnte sich versuchsweise gegen die Reste des Feuerwerfers. Das Holzgerüst ächzte protestierend. »Was suchen wir eigentlich hier oben?«

»Es ist ein wundervoller Tag«, erklärte der Ordruk kauend.

Die Beine des Linken stoppten.

»Es pisst«, stellte Modrath das Offensichtliche fest. »Und es ist kalt.«

»Stimmt«, gab der dünne Weststammkrieger zu und biss ein weiteres Stück des zwergischen Schwarzbrots ab, das er im Turm gefunden hatte. Angewidert verzog er das Gesicht und warf den Rest über die Brüstung. »Aber der Broca hat gesagt, wir sollen uns einen Überblick verschaffen. Also verschaffen wir uns einen Überblick über diesen wundervollen, kalten Morgen.«

»Und diese verpisste Stadt«, ergänzte Fograr mit einem

missmutigen Seitenblick auf seinen kauenden Bruder. Trotz der Morgenkühle glänzten Schweißperlen auf seiner Gesichtstätowierung, die ihn als Krieger des Staubviper-Stamms auswiesen.

Der Oger schob den Unterkiefer vor und verschränkte die baumstammgleichen Arme. »Hmph. Und was habt ihr gelernt?«

»In ner Wühlerstadt isses auch nass, wenn's regnet«, schlug der Linke vor.

Dumpfes Grollen drang tief aus dem Brustkorb des Ogers. »Spar dir die Witze, Korrach. Sonst fällst du noch vom Turm.«

Die beiden grauen Aerc wechselten stumme Blicke und zuckten synchron mit den Schultern. »Die Weststämme haben unseren Turm hier und den dort drüben eingenommen. Die Mauer dazwischen natürlich auch.« Der Rechte deutete nach Osten, wo die Reste der Feuerwerfer des benachbarten Turms noch immer schwarzen Rauch in den Vormittagsnebel mischten.

Der massige Fograr kratzte düster mit einem Schleifstein über die Klinge seines Hauschwerts. »Wie's aussieht, schickt der Drangog jetzt Abteilungen, um die Tore in der Ostmauer für den großen Feldherrn Rogoru zu öffnen. Zehn, zwölf Doppelfäuste sind schon in die Stadt gezogen, und es marschieren immer noch mehr die Oststraße runter.«

Der Linke schielte zwischen seinen Füßen nach unten. »Ich schätze, das wird die Schwarzhäute mächtig ärgern, dass es keiner von ihren Leuten war.«

»Urumai hat den anderen Turm eingenommen«, gab Fograr zu bedenken.

»Stimmt. Ich schätze, das ist blöd für Drangog. Das heißt, Urumai wird schnell eine …«

»… Aufgabe bekommen, die ihn möglichst weit weg von Rogoru und Drangogs Ruhm bringt.«

»Da haben wir doch schon eine ganze Menge gelernt. Darüber hinaus kann ich aus eigener Erfahrung sagen: Das Brot, das die bärtigen Scheißer backen, ist ungenießbar.« Ordruk wischte sich die Krümel vom Brustpanzer und seufzte. Ein Lichtschein stieg über den Nebel auf. »Oh, und die Wühler haben begonnen, von den anderen Türmen auf uns zu schießen.«

Stumm betrachteten die fünf Aerc, wie die Feuerkugel über sie hinwegzog, um sich dann nach unten zu senken, dorthin, wo ihre Truppen durch die Stadt marschierten.

»Das wird kein Spaß«, stellte der Linke fest.

Der Oger brummte und bohrte in seinem abgebrochenen Eckzahn. »Und was machen wir?«

Die Korrach zuckten mit den Achseln. Der Linke holte eine Zwergenflasche hervor und warf sie dem Oger zu. »Wir bleiben aus dem Weg, schlafen den süßen Schlaf der Gerechten, freuen uns …«

»… dass wir noch am Leben sind und trinken auf die Toten«, schloss der Rechte. »Wie immer also.«

Modrath schnüffelte geräuschvoll an der Flasche. »Auf die Toten. Mögen die Ahnen sie aufnehmen.« Er nahm einen langen Zug, bevor er sie an Ordruk weiterreichte.

Der dünne Krieger hob die Flasche und prostete dem Himmel zu. »Ich werde sie vermissen. Besonders Urok.«

Die Korrach sahen ihn fragend an, und das Schleifgeräusch aus Fogrars Richtung brach ab.

»Na, vielleicht nicht ihn selbst. Aber er konnte kochen.« Der Dünne leerte die Flasche und warf sie weit hinaus in den Nebel. »Ich hasse kochen. Und ich hasse das, was ihr kocht.«

Die anderen nickten wehmütig.

»Wo ist der Broca?«

Fograr musterte die Klinge seines Schwerts, bevor er die Arbeit mit dem Schleifstein wieder aufnahm. »Ragroth sitzt unten mit Shirach Drangog und den ganzen Raut zusammen. Hoffen wir mal, dass der große Shirach nicht auf die Idee kommt, Ragroth könnte ebenfalls seinen Ruhm schmälern. Sonst dürfen die Wühler auch noch auf uns schießen.«

»Drangog ist ne bruderlose Arschmade«, knurrte der Oger.

Der Linke nickte beeindruckt. »Dass du da auch schon drauf gekommen bist. Aber er ist der Häuptling.«

»Wir haben vier Männer verloren! Karas und Nohrl sind nich mal bis zur Mauer gekommen. Drangog hat seine Doppelfäuste erst stürmen lassen, als der Turm offen war.«

»Modrath, Modrath, wann wirst du das mit dem Krieg verstehen?«, fragte Ordruk kopfschüttelnd.

»Wird er nicht. Er ist ein Oger. Er macht nur Sachen kaputt.« Der Linke räusperte sich und spuckte aus. Interessiert reckte er den Hals, um zu sehen, wo sein Auswurf landen würde. Schließlich grinste er. Von unten war ein Schrei zu hören. »Das ist der Vorteil, wenn man der Häuptling ist. Man kann auf die anderen rotzen, und die können zwar fluchen, aber machen können sie nichts dagegen.«

Der Rechte zog geräuschvoll hoch und spuckte hinterher. »Und wenn man sich beschwert, dann kommt nur noch mehr Rotz von oben.«

»Wobei der, wenn man Glück hat, jemand anderen trifft«, beendete sein Bruder die Feststellung.

Der Rechte zuckte mit den Schultern.

»Aber Ragroth ist ja nicht blöd. Er wird den Rotz kommen sehen und dafür sorgen, dass er auf einem anderen Kopf landet.« Ordruk sah sich suchend um. »Hat einer von euch vielleicht noch was zu essen dabei?«

Modrath grunzte, kratzte sich die Oberarme und starrte in den zähen Nebel. Er wirkte nicht überzeugt.

SIEBEN

Als sie das Hafenviertel erreichten, war es noch finsterer geworden – wenn das überhaupt möglich war. Dicke Nebelschwaden krochen den Fluss entlang und hüllten die Häuser in schmutzig graue Watte. Es war nass und kalt, aber Axt fühlte sich trotzdem gut. Gestern war sie noch die kleine Tochter eines Clanführers gewesen und damit in der Rangordnung irgendwo zwischen den Bullenbeißern des Hausherrn und den zahnlosen alten Kriegern, die sich abends vor dem großen Kamin des Haupthauses aufwärmten.

Doch heute führte sie eine Gruppe Dalkar an, die über das Schicksal Deroks entscheiden würden. Sie machte sich keine Illusionen: Dass sie an diese Stelle gelangt war, hatte weniger mit ihren Fähigkeiten zu tun, als mit dem politischen Ränkeschmieden ihres Vaters. Aber hier war ihre Chance, sich zu beweisen.

Noch vor wenigen Wochen hatte der Hafen um diese Stunde vor Geschäftigkeit gebrummt. Die Promenade war vor Kisten und Fässern, die auf ihre Verladung gewartet hatten, schier übergequollen. Dalkar und Menschen waren umhergehastet und hatten die Bäuche der Lastkähne gefüllt, die den mächtigen Fluss hinunterfuhren. Fuhrknechte hatten sich mit Peitschen und Knüppeln um die günstigsten Verladeplätze gestritten und mit ihrem Geschrei selbst die Rufe der Fischhändler übertönt, die ihre Stände dicht an dicht auf den Brückenbögen aufgestellt hatten.

Mit der Ankunft der Orks verwandelte sich das Hafenviertel für kurze Zeit in ein Tollhaus aus flüchtenden Bürgern und anrückenden Soldaten. Als es eines Morgens hieß, dass das mächtige Gerbertor aufgebrochen und die Gartenvorstadt überrannt worden sei, verschwanden mit einem Mal alle Schiffe. Übrig blieben ein paar vergessene Kisten, eine Menge Unrat und ein umgekippter Wagen, dessen in die Luft ragendes Rad sich quietschend in einem eisigen Luftzug drehte.

Auf der massiven Wehrmauer, die das Hafenviertel von der Weststadt trennte, trotzte eine kleine Gruppe Krieger Kälte und Nieselregen. Unterstützt wurden sie von einer nicht viel größeren Zahl schlecht bewaffneter Freiwilliger aus den Stadtverbänden. Die Dalkar wirkten übernächtigt und verfroren, aber sie zeigten noch immer den unerschütterlichen Gleichmut, der ihnen zu eigen war.

Axt hielt auf einen zu, den sie anhand der Eisenklemmen in seinem Bart als Unteroffizier erkannte. Der Mann war dabei, ein kleines Bierfass anzustechen, und dem Geruch nach war es nicht sein erstes an diesem Tag. Grummelnd stellte er das Fass zur Seite. »Das Tor ist geschlossen.«

»Dann machen Sie es auf.« Axt hielt ihm das Schreiben unter die Nase, das ihr vom Generalstab mitgegeben worden war. Dalkar waren Dickschädel, aber Geschriebenes war ihnen heilig. Zumindest, wenn sie lesen konnten.

Der Unteroffizier beugte sich vor und musterte das Dokument mit angestrengt zusammengekniffenen Augen. Er runzelte die Stirn. »Was steht da?«

»Dass wir auf Befehl von General Variscit unterwegs sind und Sie unseren Anordnungen Folge leisten müssen.« Axt deutete auf das königliche Wachssiegel am unteren Rand des Schreibens.

»Das Siegel ist sehr hübsch. Aber ich kann das nicht entscheiden. Ihr müsst meinen Vorgesetzten fragen.«

»Und wo ist der?«

Der Unteroffizier kratzte sich am Kopf. »Verdammt, wenn ich das wüsste. Hab ihn schon seit einer Weile nicht mehr gesehen.«

Heetmann Talus war ein stiernackiger Kerl mit mehrfach gebrochener Nase und einem mächtigen Bauch. Sie fanden ihn ganz in der Nähe im leer gefegten Schankraum eines kleinen Gasthauses. Offenbar hatte er den Befehl erhalten, sämtliche Küchenvorräte zu vernichten, ehe sie dem Feind in die Hände fielen. Als die sechs Dalkar eintraten, schob er eine halb verspeiste Schweinshaxe zur Seite, nahm einen tiefen Schluck aus seinem Bierhumpen und stieß einen röhrenden Rülpser aus. Zufrieden mit seiner Leistung wischte er sich über den Mund und lehnte sich im Stuhl zurück. Die Rückenlehne knirschte protestierend.

»Das Tor ist geschlossen«, wiederholte Talus die Worte seines Untergebenen.

Wortlos schob ihm Axt das Schreiben des Generals über den Tisch.

Der Heetmann beugte sich wieder nach vorn und überflog es stirnrunzelnd. »Das ist das Siegel von General Variscit«, stellte er überrascht fest. »Hätte nicht gedacht, dass noch jemand vom Generalstab hier bei uns auftaucht. Ist doch noch nicht alles verloren?«

»Hüte deine Zunge, Mann«, funkelte Kearn ihn zornig an. Er trat einen Schritt nach vorn und ließ den Streitkolben auf die Tischplatte donnern.

Talus hob beschwichtigend die Hände. »Ich wollte nicht unverschämt erscheinen. Ich hatte nur geglaubt, dass wir die Letzten sind, die kampflos von diesem elenden Ort hier abziehen. Doch plötzlich stehen Sie vor meinem Tor und wollen hindurchgelassen werden. Darf man fragen, wieso?«

»Wir müssen zum Tempel«, knurrte Kearn. »Alles andere interessiert Sie einen Scheißdreck.«

Axt seufzte. Man hatte sie gewarnt, dass Hertig Kearn kein einfacher Brocken sein würde. Es sah aus, als wollte der Einäugige ihre Erwartungen nicht enttäuschen. Sie räusperte sich. »Wir dürfen Ihnen nichts darüber erzählen.«

Talus schaute sie zweifelnd an. »Sie wollen also in die Kernstadt? Wissen Sie überhaupt, wie es dort aussieht?« Er winkte einen seiner Männer heran und ließ sich eine grob gezeichnete Karte von Derok reichen. Nachlässig wischte er seine Mahlzeit vom Tisch. Mit lautem Klirren zerbarst der Bierkrug auf dem Boden, der Inhalt schwappte über die Reste des Bratens. Talus ließ die Karte auf die frei gewordene Tischplatte fallen und rollte sie aus.

»Das hier ist die Situation der Stadt, wie sie sich uns heute Mittag darstellt. Hier ist das Zentrum, dort die Weststadt und direkt darunter das Hafenviertel, in dem wir uns befinden. Sehen Sie dort oben die vielen roten Kreuze? Das sind die Armeen des Feindes. Die Gartenvorstadt ist bereits gefallen. In der Oststadt führen sie Rückzugsgefechte, und von den Menschen, die den Westwall besetzt halten, bekommen wir nur bruchstückhafte Informationen. Aber selbst die müssen wir mehr als anzweifeln, wenn man bedenkt, was für ein verlogenes Pack das ist. Und sehen Sie das dort?« Sein Zeigefinger zog eine Fettspur schräg über die Karte bis zu dem mächtigen Mauerring, der die Kernstadt umgab. »An dieser Stelle hat der Feind die Mauer bereits überrannt und schickt sich an, in das Zentrum vorzudringen. Daran gibt es wohl nichts mehr zu rütteln.« Talus schaute auf. »Kurz: Wir sind von drei Seiten vom Feind umgeben und ziemlich im Arsch. Was Sie auch vorhaben, es ist zum Scheitern verurteilt. Ich rate Ihnen, gehen Sie zurück in die Südstadt, zapfen Sie sich ein gutes Bier und schauen Sie zu, wie die Ingenieure die Brücken sprengen. Das ist jedenfalls das, was ich in Kürze vorhabe. Und es ist allemal schöner als alles, was Sie dort draußen vorfinden.«

»Wir wissen Ihre Ehrlichkeit zu schätzen, Heetmann.« Axt rollte das Schreiben des Generals zusammen und steckte es in den Ärmel. »Aber unsere Mission ist zu wichtig.«

Der Heetmann hob eine Augenbraue. »Na wenn Sie das sagen. Ich halte es trotzdem nicht für klug, das Tor zu öffnen.«

Axt lächelte. »Lassen Sie das uns entscheiden.«

»Wie Sie wollen.« Der Heetmann zuckte mit den Schultern, stemmte sich ächzend in die Höhe und stapfte auf die Straße. »Unteroffizier Dvergat! Stell endlich dieses verdammte Fass zur Seite und lass die Männer antreten. In Schildformation. Dahinter die Armbrustschützen. Dann öffne das Tor für diese Herrschaften hier.«

Als sich die massiven Flügel des Tors mit widerstrebendem Knarren öffneten, gaben sie den Blick auf einen Platz frei, in dessen Mitte sich eine große Menschenmenge versammelt hatte. Sie standen dicht gedrängt und schwer beladen mit ihren Habseligkeiten. Manche zogen Handkarren hinter sich her, ein paar sogar Schweine, Ziegen und andere Nutztiere. Zwei der Menschen hatten zwischen sich einen langen Stab auf die Schultern gelegt, von dem ein gewaltiger Kupferkessel baumelte. Es waren viele Alte, Frauen und Kinder unter ihnen, mit abgehärmten, verdreckten Gesichtern, die Augen voller Angst und Verzweiflung. Als sie sahen, dass sich das Tor öffnete, ging ein Ruck durch ihre Reihen, und die Ersten drängten eilig nach vorn.

»Was sind das für Leute?«, fragte Axt irritiert. »Was machen die da draußen?«

»Flüchtlinge aus der Weststadt«, erklärte Talus. »Sie wollen zum Hafen, was sonst?«

»Und warum werden sie nicht hereingelassen?«

Talus zuckte mit den Schultern. »Was weiß ich. Vielleicht weil die Boote voll sind oder die Notunterkünfte in der Südstadt sie nicht mehr aufnehmen können. Aber vor allem, weil ich den Befehl erhalten habe, niemanden mehr hereinzulassen.«

Axt runzelte die Stirn. Sie hatte geglaubt, dass die Bürger in Sicherheit gebracht worden waren. Doch vor ihnen standen beinahe hundert, die nicht hereingelassen wurden. Menschen zwar, aber nichtsdestotrotz Bürger von Derok. Sie wusste nicht, was sie sagen sollte.

»Sehr vernünftig«, sagte stattdessen Beryll. »Sie verstopfen doch nur unsere Straßen und behindern die Soldaten.«

»Meine Rede.« Talus zog ein schweres Breitschwert und hob es in die Höhe. »Na dann wollen wir mal, Männer.«

Als die ersten Flüchtlinge auf die vorrückenden Soldaten stießen, wurden zornige Rufe laut, die sich schnell in überraschte Schmerzensschreie verwandelten. Wer nicht schnell genug zur Seite ausweichen konnte, wurde von den Dalkar mit Tritten und Stößen zurückgedrängt. Auf einen Schlag verwandelte sich der Platz in ein Chaos aus schiebenden, drängenden und schreienden Menschen, die sich vergeblich gegen die anrückende Mauer aus Stahl zu stemmen versuchten.

Als die Menge weit genug zurückgedrängt war, nickte Talus und steckte das Schwert zurück in die Scheide. »Viel Erfolg, ihr Verrückten. Wir sehen uns wahrscheinlich erst in der Halle der Helden wieder. Ich werde in der Südstadt ein Bier auf eure Seelen trinken.« Er drehte sich um und marschierte kopfschüttelnd davon. Hinter ihm schlossen sich knarrend die Flügel des Tors.

ACHT

Der Raum im vierten Stockwerk des Turms war groß und dennoch reichlich überfüllt. Und das, obwohl die drei Dutzend Leichen der zwergischen Turmbesatzung inzwischen nach draußen geschafft worden waren. Zusätzlich hatte man die Mannschaftsbetten an der Innenwand gestapelt, um Platz zu schaffen. Das Einzige, was noch in der Mitte des halbrunden Raums stand, war der lange Messtisch, an dem die hier stationierten Soldaten ihre Mahlzeiten verzehrt haben mochten. Im Moment hatten sich fünfzehn Aerc darum versammelt. Die wenigsten wirkten entspannt, und das lag nicht nur daran, dass der Tisch für Aerc-Verhältnisse deutlich zu niedrig war. Es hatte auch damit zu tun, dass die fünfzehn Aerc aus zwölf verschiedenen Stämmen kamen. Und vier Völkern, wenn man schon dabei war.

Vor allem aber lag es daran, dass sie alle gleichermaßen müde und aufgeputscht von der Schlacht waren und darauf brannten, ihre Krieger auf die eroberte Stadt loszulassen. Ein Kriegsrat war so ziemlich das Letzte, was irgendjemand in diesem Raum gerade wollte. Ragroth eingeschlossen.

Doch da müssen wir jetzt wohl durch. Wäre ja nicht auszudenken, wenn Drangog jemanden vor den Kopf stößt, weil er die Meinung von irgendeinem unwichtigen Arschloch übergeht.

Ragroth stand es nicht zu, zwischen den Unterhäuptlingen, den Raut, zu stehen. Also saß er etwas abseits auf einem der Feldbetten. Es stank penetrant nach Zwerg und nach dem Blut, mit dem das Fußende getränkt war. Aber es war besser, als um einen zu niedrigen Tisch zu stehen, sich gegenseitig anzufunkeln und dabei vergeblich zu versuchen, irgendjemandem zu imponieren. Er war ohnehin kleiner als die meisten der Raut, die wie er aus den Stämmen des Graslands kamen. Von den vier Ayubo ganz zu schweigen. Die Schwarzhäute wirkten neben ihm wie Oger. Die beiden Korrach am Tisch waren zwar kleiner als er, aber wer wollte sich schon mit den Felsenkriechern vergleichen. Und der Fischfresser – wenn es nach ihm gegangen wäre, würde er sich nicht einmal im selben Raum mit einer dieser Kreaturen aufhalten. Es ging aber nicht nach ihm. Was ihm, abgesehen von diesem einen Punkt, ganz recht war. *Mit großer Macht kommt große Verantwortung.* Das hatte mal eine Drûaka, eine Schamanin seines Stamms, zu ihm gesagt. Es war ein guter Hinweis gewesen. Deswegen war er nur Broca und versuchte, allzu großer Macht aus dem Weg zu gehen. So mussten große Krieger wie Drangog vorn am Tisch stehen, und er konnte bequem sitzen.

Der Shirach, Drangog, hatte sich am Kopfende des Tischs aufgebaut und starrte missmutig über die versammelten Unteranführer seiner Truppen. Er war riesig, grobschlächtig und wurde an Hässlichkeit nur von seinem Bruder und Leibwächter überboten, der hinter ihm stand und die Raut misstrauisch mit blutunterlaufenen Schweinsäuglein anfunkelte.

Beide trugen die Tätowierungen des Warzeneberstamms und hatten sich die unteren Eckzähne mit den Hauern ihres Totemtiers verlängern lassen. Es machte sie beeindruckender, aber auch schwerer verständlich, fand Ragroth. Und mal ehrlich, wer wollte einen Anführer, bei dem man jeden zweiten Befehl erraten musste?

Rechts neben dem Shirach stand Raut Urumai, die Arme vor der fassförmigen Brust verschränkt und wie üblich mit einem unlesbaren Ausdruck in der nachtschwarzen Visage. *Der Held des Abends.* Der Ayubo hatte seinen rechten Hauer komplett vergoldet, und die schwarze Haut war fast lückenlos mit wulstigen Ritualnarben verziert. Überhaupt war er das augenfällige Gegenstück zu Drangog: beinahe genauso hässlich, noch ein Stück größer und ebenso beschissen gelaunt. Noch ein Grund, warum Ragroth lieber nicht am Tisch stand.

Rund um Urumai hatten sich die anderen drei Raut der Ayubostämme aufgestellt und zeigten Stärke, frische Wunden und jede Menge Goldschmuck. Eine ziemlich zwergische Vorliebe für jemanden, der die Wühler hasste.

»Ich verlange, dass wir sofort in die Stadt einmarschieren«, grollte Urumai gerade. »Unsere Krieger haben gut gekämpft. Sie sollten den ersten Zugriff auf die Beute haben.«

Die anderen Ayubo nickten, dass die verfilzten Zöpfe flogen, und schlugen sich mit den Fäusten auf die nackte Brust.

Drangog drehte ihm langsam den Kopf zu. »Du verlangst viel, Raut. Ziemlich viel dafür, dass der Turm, den du einnehmen solltest, immer noch halb voller Wühler ist.«

Ragroth horchte auf. Das war neu.

»Der Mauerabschnitt ist gesichert«, verteidigte sich

Urumai, »und das Tor offen. Deine Truppen haben ungehinderten Zugang zur Stadt und strömen hinein wie die Schakale, nachdem die Jäger die Beute verwundet haben.«

»Deine Scheißbeute wehrt sich aber noch!«, blaffte Gorotak. »Macht eure Arbeit, dann könnt ihr plündern.« Er gehörte zu Drangogs Anhängern. Ein bulliger Steppenaerc, der wie Ragroth die schwarzen Gesichtstätowierungen der Hyänenstämme trug. Auf seinen massigen Armen und Schultern wuchsen sandfarbene Haare, beinahe so dicht, dass es aussah, als hätte er Fell, und seine breite Nase war so oft gebrochen gewesen, dass sie kaum noch einen Knochen zu enthalten schien. Das fette Schwein war gut einen Kopf kleiner als Urumai, aber mindestens genauso schwer. Außerdem hatte er die widerliche Angewohnheit, sich mit den abgeschnittenen Ohren seiner Feinde zu behängen. Leider verzichtete er darauf, sie vorher ordentlich zu trocknen, sodass sie still vor sich hin faulten und den speckigen Aerc mit einer durchdringenden Wolke von Verwesungsgestank umgaben. Für gewöhnlich hatte er schon deshalb nicht viele Freunde unter den anderen Raut. Doch diesmal nickten einige. Alles Aerc aus den Steppenstämmen.

Urumai ignorierte ihn. »Es ist eine Frage der Zeit, bis wir die oberen Stockwerke des Turms ebenfalls erobert haben. Aber bis dahin plündern eure Krieger die Beute, die von Rechts wegen uns gehört! Wir werden um unser Recht betrogen!«

Natürlich werdet ihr das. Genauso wie ich. Das ist Shirach-ich-scheiß-auf-euren-Anteil-Drangog, mit dem du hier redest. Ragroth kratzte sich getrocknete Blutkrusten vom Unterarm. Er hätte sich gern jetzt schon verdrückt, aber heute würde es sich Drangog nicht nehmen lassen, ihn als seinen Erfolg zu verbuchen.

»Euer Recht? Weißt du, wer den Turm erobert hat, in dem du deine Forderungen stellst, Ayubo?«

Und da kommt es schon.

»Ein einfacher Broca. Ragroth, einer *meiner* Broca, mit nur zwei Kriegern«, Drangog deutete auf ihn, »während du zwei Doppelfäuste verloren hast und wir den Turm immer noch nicht vollständig kontrollieren! Zwei Doppelfäuste Ayubokrieger, drei Oger und einen der Skrag! Das bezeichnest du als Erfolg? Meinst du, dass Kriegsherr Rogoru deine Ansicht teilen wird?«

Vermutlich schon. Ragroth verdrehte die Augen. *Sie sind im Kampf gegen Zwerge gefallen, das wird bei seinen Stämmen immerhin als große Ehre gehandelt. Die Ahnen wissen vielleicht, warum. Nur den toten Skrag könnte man dir eventuell übel nehmen.*

»Solange noch Wühler im oberen Turm sitzen, verlieren wir für alle drei Krieger, die wir durch das Tor bringen, einen weiteren. Das ist nicht akzeptabel!«

Warum? Tote Aerc der Weststämme haben die Kriegsherren doch bisher nicht interessiert. Warum sollten sie es jetzt?

Urumai setzte zu einer Entgegnung an, doch der Shirach rammte ein Messer in den Tisch und brüllte: »Kein Wort mehr davon! Wir sind in einem heiligen Krieg aller Stämme, und euch fällt nichts Besseres ein, als darum zu streiten, wer wann und wo plündert? Seid froh, wenn die Kriegsherren nicht davon erfahren. Sonst würdet ihr euch bei Sonnenuntergang auf der Mauer wiederfinden. Gepfählt!«

Heiliger Krieg? Die Worte verwendest du aber auch zum ersten Mal. Ragroth hielt seine Miene unbewegt, als Drangog seinen Tonfall mäßigte.

Die Augen des Shirach glänzten, während er nacheinander jeden Aerc ansah und mit eindringlicher Stimme weitersprach: »Wenn diese Stadt eingenommen ist, werden wir darüber reden, wer welchen Anteil zu bekommen hat. Aber vor allem sind wir hier, weil wir die Erdmaden vom Land unserer Ahnen tilgen müssen. Die Stämme sind hier, um wiederzuholen, was uns die Wühler genommen haben – und ich werde nicht dulden, dass ihr unsere Ahnen enttäuscht!« Er tippte mit dem Zeigefinger auf die große Stadtkarte, die er mit dem Dolch an den Tisch genagelt hatte.

Die Aerc hatten sie im Zimmer des Turmkommandanten gefunden. Vermutlich hätte Drangog seine Besprechung gern dort abgehalten, aber die Kammer war für all die Unterhäuptlinge zu klein gewesen.

»Wir werden diese Stadt einnehmen und die Zwerge über den Fluss treiben. Wir werden ihre Festung einnehmen und sie zurück in den Süden treiben. Jeder Krieger wird seinen gerechten Anteil bekommen, dafür verbürge ich mich.«

Natürlich. Nachdem du und deine Sippe sich zuerst bedient haben. Aber der Rest wird gerecht aufgeteilt. Da bin ich mir sicher. Unter denen, die dir am tiefsten in den Arsch kriechen. Ragroth verwandelte ein verächtliches Schnauben gerade noch in ein Husten. Trotzdem bedachte ihn Drangog mit einem so durchdringenden Blick, dass er sich genötigt fühlte, etwas zu sagen. »Alles klar, Shirach. Nachdem das geklärt wäre – wie gehen wir jetzt vor?«

Drangog musterte ihn noch einen Moment. Dann tippte

er nochmals auf die Karte. »Das hier ist die Lage, wie sie sich uns gerade darstellt. Hier ist das Zentrum, dort die Weststadt. Die wird immer noch von Shirach Aktog berannt. Nach allem, was wir wissen, wird sie aber nur von Menschen bewohnt, also ist sie für uns uninteressant. Das hier ist die Nordstadt, die wir bereits kontrollieren.«

Schlammige Felder, Obstbäume und armselige Schweinekoben hinter einer bröckeligen Mauer. Ich gratuliere, Shirach.

»Wir haben die Mauer der Oststadt hier durchbrochen. Das ist der Turm, in dem wir gerade stehen. Momentan halten die Wühler noch die Mauer von hier bis hier.« Drangogs krumme Klaue wanderte eine Linie entlang nach Süden. »Doch jetzt, wo wir in der Stadt sind, gehe ich davon aus, dass wir dieses kleine Problem bis zur Dämmerung beseitigt haben. Rogorus Truppen haben heute Morgen das Tor hier eingenommen.« Der Finger blieb auf einem großen Turmsymbol liegen. »Das heißt, Kriegsherr Rogoru wird jeden Augenblick mit seinem Heer zu uns stoßen. Das Ostviertel dieses verfluchten Wühlernests gehört den Stämmen! Und mit ihm die Brücke dort.« Drangog tippte auf ein Symbol der Karte.

Unter den Raut kam Gemurmel auf. Anscheinend hatten sich noch nicht alle die Karte genauer angesehen. Wieso wunderte Ragroth das nicht?

»Und weshalb warten wir dann hier und stoßen nicht sofort zum Fluss vor, um die Brücke zu sichern?«, warf der Ohrensammler ein.

Ragroth nickte. »Die Wühler werden uns alles in den Weg werfen, was sie haben. Solange da eine Brücke steht«, gab er zu bedenken.

Gorotak warf ihm einen Blick zu, der ihm bedeuten solle, sein wertloses Maul zu halten.

Ragroth grinste freundlich zurück.

»Jetzt, wo wir in der Stadt sind, werden sie versuchen, die Brücke abzureißen«, warf der fette Raut ein.

Ragroth amüsierte sich bei dem Gedanken, dass es dem Ohrensammler vermutlich wie Säure im Hals brannte, ihm zustimmen zu müssen. Der Kerl mochte ihn wirklich nicht.

»Ich denke, wir sollten nicht auf Rogoru warten, sondern jetzt handeln«, sagte Gorotak. Er warf Urumai einen verächtlichen Blick zu und beugte sich über die Karte. »Ich sage, stoßen wir so schnell es geht vor, solange sie es nicht erwarten! Werfen wir ihnen alles entgegen, was wir haben, und nehmen die Brücke im Handstreich, bevor sie sich neu organisieren können!«

Urumai schnaubte abfällig. »Die Wühler bauen für die Ewigkeit. Sie werden verdammte Mühe haben, die Brücken abzureißen. Sie haben sicherlich nicht damit angefangen, bevor die Mauern gefallen sind. Das lässt uns Zeit. Warten wir, bis wir Nachricht aus dem Lager des Kriegsherrn haben und geben unseren Kriegern Zeit, zu Atem zu kommen.«

»Warten? So spricht ein Schwächling!« Gorotak spuckte aus und verfehlte Urumai nur knapp.

Der riesige schwarze Aerc lehnte sich von der anderen Seite über den Tisch und funkelte Gorotak an. »Wen nennst du einen Schwächling, du hässlicher Aasfresser?«

Gorotak zog die Lippen zurück und fletschte sein beeindruckend vollständiges Gebiss zu einem tiefen Grollen.

»Jeden, der vorschlägt zu warten und den Erdmaden Zeit

zu geben, sich zu sammeln, nur damit sich seine Krieger *ausruhen* können.«

»Was sollen wir stattdessen tun? Blindlinks vorstürmen, um uns abschlachten zu lassen, damit es Rogorus Leute einfacher haben, wenn sie endlich angekommen sind?«

»Der Sturmangriff ist die ehrenvollste Art, auf die ein Aerc kämpfen kann. Sie werden vor unserem Angriff die Schwänze einziehen und fliehen«, schnappte Gorotak. »Warten und taktieren ist für Feiglinge wie die Wühler.«

»Und dass wir mit Glück die Brücke nehmen, ohne dass der Feldherr der Ayubo beteiligt ist, spielt natürlich keine Rolle.« Erst als die beiden großen Aerc ihn ansahen, wurde Ragroth bewusst, dass er das ein wenig zu laut gemurmelt hatte. Er hob die Hände. »Raut Gorotak, uns ist allen klar, dass du auf eine Gelegenheit brennst, ebenfalls deinen Teil zum Gelingen dieses Feldzugs und zum Ruhm der Stämme beizutragen, so wie … andere hier.«

»Es stinkt ihm, dass wir die Zwergenbauten zuerst betreten haben, weil er seinen fetten Arsch nicht schnell genug die Leiter hochbekommen hat«, warf Urumai ein.

Das auch. Ragroth schoss dem Schwarzen einen düsteren Blick zu. *Und dir stinkt es, dass er jetzt in die Stadt darf. Im Gegensatz zu dir.* »Es nutzt der Sache der Stämme nicht, wenn du zum Zögern rätst, Raut Urumai. Vielleicht hat Raut Gorotak recht, und nur ein schneller, entschlossener Vorstoß kann uns den Weg über den Fluss sichern. So wie unser gemeinsamer Vorstoß uns die Mauer gesichert hat.«

Die Miene Urumais verdunkelte sich in dem Maße, wie ein gehässiges Grinsen auf Gorotaks Gesicht Einzug hielt.

»Falls nicht, können wir immer noch hoffen, dass ihm die

Wühler die Scheiße aus dem Leib prügeln. Nichts für ungut, Gorotak«, fügte Ragroth hinzu.

Der Ohrensammler fuhr herum, während einige der anderen hämisch kicherten.

Ehe der fette Aerc eine Entgegnung hervorbringen konnte, ließ Drangog die Faust auf den Tisch donnern. »Genug!« Er warf Ragroth einen finsteren Blick zu. »Broca, du sprichst nur, wenn du gefragt wirst! Wir sichern das Ostviertel. Das war der Beschluss der Häuptlinge, und daran hat sich nichts geändert. Wir werden die Brücke nicht nehmen, solange es Widerstand in den Türmen und Straßen gibt. Wir wissen, dass sich immer noch viele Wühler in diesem Viertel aufhalten. Wir müssen also davon ausgehen, dass sie uns für jeden Steinwurf Strecke bluten lassen werden. Sie werden Barrikaden aufgestellt haben und sich in Häusern verschanzen, um ihren Weibchen und Jungen die Flucht zu ermöglichen.«

Gorotak grollte. »Shirach, du kannst dich nicht gegen die Tradition stellen. Die Weststämme haben noch nie einen ehrenhaften Sturmangriff verwehrt, nur weil die Chancen ungünstig sind.«

»Ich würde es schätzen, wenn du dir ein Beispiel an Broca Ragroth nehmen würdest und deinen Schädel auch mal für etwas anderes verwendest, als gegen Felsen zu laufen«, schnaubte Drangog. »Ehrenhafte Sturmangriffe sind nicht immer der beste Weg, eine Schlacht zu gewinnen, wie Ragroth heute bewiesen hat.«

Ragroth wandte die Augen ab, als ihn Gorotak und Urumai mit düsteren Blicken bedachten.

Der Ohrensammler richtete sich auf und bellte: »Nur Entschlossenheit und die Kraft unserer Arme werden den

Sieg über die Wühler erringen! Das haben sie immer getan. Das ist unsere Art, das ist der alte Weg!«

»Der alte Weg?« Drangog grunzte verächtlich. »Scheiß drauf. Wenn er so erfolgreich gewesen wäre, würde dieses Wühlernest jetzt nicht hier aus dem Land der Stämme wuchern. Der alte Weg führt in den Tod unserer Völker. Ich würde sagen, es wird Zeit für einen neuen.«

Gorotak funkelte den Shirach an. »Du kannst einem Krieger nicht verweigern, als Held vor die Ahnen zu treten.«

Der Anführer zuckte mit den Schultern. »Keine Sorge, so versessen, wie du darauf bist, wirst du noch früh genug als Held vor die Ahnen treten. Die werden dir liebend gern in deinen fetten Heldenarsch treten, wenn der Sieg über dieses Wühlernest wegen deiner Unbedachtheit in Gefahr gerät. Doch bis es so weit ist, gebe ich die Befehle, und du wirst sie befolgen, verstanden? Es sei denn«, Drangog ließ eine kurze Pause entstehen, »du willst mich herausfordern, um meinen Platz einzunehmen.«

Schlagartig wurde es still im Raum. Alle Augen ruhten auf dem fetten Raut.

Ragroth sah sich verstohlen um, doch keiner der anderen Raut sah so aus, als hätte Gorotak Unterstützung von ihnen zu erwarten. Das schien auch der Ohrensammler zu spüren. Einen langen Moment stand er stumm vor dem Shirach. Das Mahlen seiner Hauer war das einzige Geräusch im Raum. Dann senkte er den Blick. Widerwillig ging er auf ein Knie, neigte den Kopf und entblößte den massigen Nacken.

Na so was. Kein Zweikampf heute. Das war zu erwarten. Ragroth atmete vorsichtig aus. *Aber Drangog hat das Angebot nicht an alle Raut im Raum gerichtet.* Er musterte den

Ayubo vorsichtig. *Er ist sich nicht sicher, ob Urumai das Angebot abgelehnt hätte. Cleverer Hund.*

Drangog nickte. »Gorotak, deine Doppelfäuste und die von Raut Rruuk sind noch frisch und bereits in der Stadt. Ihr werdet bis zum Abend das Viertel von hier bis hier gesichert und von Widerstandsnestern befreit haben.« Drangog zog eine Linie vom kleinen Osttor bis etwa zur Mitte der Innenstadt. »Es ist mir scheißegal, wie viele Krieger ihr dafür benötigt. Rruuk, bereite die Krieger darauf vor. Du und du, unterstützt sie.« Er deutete auf zwei weitere Raut und winkte sie mit einer herrischen Geste aus dem Raum. »Urumai, wähle dir zwei Raut und nehmt endlich diesen verdammten Turm ein. Räumt ihn aus, brennt ihn nieder, egal. Aber sorgt dafür, dass die Wühler aufhören, meine Krieger zu töten. Jetzt!«

Der riesige Wüstenaerc starrte den Shirach an. Er nickte knapp, schlug sich auf die Brust und bedeutete zweien der Ayubohäuptlinge, ihm zu folgen. Die Tür schlug so fest hinter ihnen zu, dass Mörtel aus der Wand rieselte.

Drangog wandte sich den übrigen Unterhäuptlingen zu. »Der Rest von euch bringt seine Krieger in die Stadt. Bezieht Quartier in den Häusern von hier bis hier und sorgt dafür, dass die Krieger ausgeruht sind. Kümmert euch um die Verletzten und bestimmt neue Broca, wenn es nötig ist. Bis es dunkel wird, will ich einsatzbereite Doppelfäuste von jedem von euch gemeldet bekommen.«

Er drehte sich um und musterte Gorotak, der immer noch mit zusammengebissenen Zähnen vor ihm kniete. »Raut, deinen Mut und deine Einsatzbereitschaft in allen Ehren – ich weiß, dass du versessen darauf bist, uns zu beweisen, dass dein taktischer Verstand größer ist als der der Kriegsherren.« Er bedeutete dem Ohrensammler, sich zu erheben. »Aber du solltest nicht vergessen, dass du hier nicht für deinen eigenen Ruhm und deine Ehre als Krieger kämpfst, sondern um das Land unserer Ahnen. Es ist mir völlig egal, ob du da draußen ehrenhaft abkratzt, aber ich werde nicht gestatten, dass du wertvolle Krieger vergeudest, um dir einen Namen vor den Stämmen zu machen. Ich werde es ebenfalls nicht dulden, dass du mir vor meinen Raut widersprichst. Beweise deinen Mut und deine Fähigkeiten bei der Aufgabe, die ich dir zuteile, und ich schwöre dir, dass dein Ruhm am Ende dieser Schlacht dem Urumais nicht nachstehen wird.«

Gorotak stand auf und streckte das massige Kinn vor. »Ich gehorche, Shirach. Aber ich halte es noch immer für einen Fehler, den Wühlern Zeit zu geben, sich zu sammeln, und zu riskieren, dass wir die Brücke verlieren.«

Drangog machte eine wegwerfende Handbewegung. »Wir haben deinen Einwand gehört, Raut. Wir werden Derok noch heute Nacht einnehmen. Doch dazu müssen bis zum Sonnenuntergang alle Wühlernester in diesem Bereich der Stadt gesichert sein. Konzentriere dich auf diese Aufgabe. Wenn der Zeitpunkt gekommen ist, wirst du den Angriff auf die Brücke führen, darauf hast du mein Wort.«

Ein grimmiges Grinsen hielt auf dem plattnasigen Gesicht Gorotaks Einzug. »Ich werde dich nicht enttäuschen, Shirach.«

Drangog nickte. »Das wirst du nicht. Ich werde dir persönlich die Eier abreißen, wenn ich deinetwegen vor Rogoru das Gesicht verliere. Und jetzt beweg deinen Arsch hier raus.«

Das Grinsen verschwand. Abrupt wandte sich der fette Raut um und stampfte aus dem Raum, nicht ohne Ragroth einen mörderischen Blick zuzuwerfen.

Der machte sich nicht die Mühe, sein Feixen zu verbergen. *Na, das ist doch mal ein Wort. Der Tag verspricht, doch noch schön zu werden.* Ragroth erhob sich und wandte sich zum Gehen.

Der Shirach stoppte ihn jedoch. »Broca, du bleibst hier.« *Ach Groshakk.*

NEUN

Beinahe alle Häuser in der Weststadt waren aus einfachen Holzbrettern zusammengenagelt worden: windschiefe, zugige Behausungen, deren strohgedeckte Dächer im Sommer schon beim kleinsten Funken in Flammen aufzugehen drohten und in der kalten Jahreszeit verschimmelten. Stabile Steinkamine waren ein seltener Anblick. Offenbar gaben sich die Menschen mit einem einfachen Loch im Dach zufrieden, oder sie hatten nicht das Wissen, wie man einen Stein auf den anderen setzte. Die aufgewühlten, schlammigen Straßen machten das Vorankommen mühselig.

Beryll trat über eine wassergefüllte Rinne und rümpfte die Nase. »Es stinkt bestialisch.«

»Weil sie ihre Abfälle auf die Straßen werfen«, sagte Kearn. »Sogar ihren eigenen Kot.«

»Bwah. Wie Tiere.«

»Schlimmer. Tiere suchen sich wenigstens einen Platz abseits von ihren Höhlen. Die Menschen scheißen sich gegenseitig vor die Haustür.«

»Kein Wunder, dass sie so früh sterben – hey, was ist das?«

»Was? Sterben?«

»Nein, das dort.« Beryll presste die Augen zu schmalen Schlitzen zusammen. Er deutete in eine enge Seitengasse, in der sich drei seltsame Gestalten mit einem voll beladenen Handkarren abmühten, dessen Räder tief im Schlamm versunken waren. Der Erste war lang, dürr und verwachsen, der Zweite vollständig kahl. Seine Haut war so weiß wie die eines Grubenschreckens, der noch nie das Tageslicht gesehen hatte. Im flackernden Licht der Laterne, die er in die Höhe hielt, leuchteten seine Pupillen dunkelrot. Das Gesicht des Letzten war von hässlichen Schuppen entstellt, die ihm ein echsenhaftes Aussehen verliehen. In der Hand hielt er ein Langmesser, dessen Klinge matt glänzte.

Die drei waren so in ihre Arbeit versunken, dass sie Beryll erst bemerkten, als er in den Lichtschein trat.

Der Echsenmann hob ruckartig den Kopf. »Scheiße«, zischte er. Sein Gebiss war eine Ruine aus verfaulenden Zahnstummeln. Er drehte sich um und verschwand eilig im Inneren des Hauses, vor dem sie standen. Seine Begleiter ließen die Deichsel des Handkarrens fallen und rannten hinterher.

»Ihnen nach!« Beryll riss den Schlachtenhammer in die Höhe und stürmte hinterher.

»Warte!«, rief Axt, aber der Clankrieger hörte schon nicht mehr hin. Fluchend zerrte Axt ihre Waffen aus dem Gürtel.

Sie stellten die drei Gestalten im oberen Stockwerk des Hauses, wo sie mit gezogenen Waffen vor dem Fenster standen. Auch die anderen beiden Kreaturen hielten nun Messer in Händen, doch gegen Berylls mächtigen Schlachtenhammer wirkten sie geradezu lächerlich winzig.

Glond schaute sich in der niedrigen Stube um. In der Mitte stand ein wackeliger Tisch, davor lag ein umgekippter Holzschemel. In der Ecke konnte er eine einfache Bettstatt und eine leere Truhe sehen. An den Deckenbalken waren zerrissene Fischernetze aufgehängt, und auf dem Tisch lag das Werkzeug eines Netzmachers. Auf dem einzigen freien Fleck stand ein zur Hälfte mit Suppe gefüllter Teller und verströmte den schweren Geruch von gekochtem Kohl. Ganz dezent hing noch ein anderer Geruch im Raum. Glond kannte ihn, aber ihm fiel beim besten Willen nicht ein, woher.

»Das sind ja Menschen«, stellte Beryll irritiert fest. »Ich dachte, es wären Orks oder so etwas.« Widerstrebend senkte er den Schlachtenhammer.

Axt seufzte und steckte ihre Waffen in den Gürtel zurück. Sie drehte die leeren Handflächen nach vorn. »Keine Angst, wir haben nicht vor, euch etwas zu tun.«

»Da sind wir aber beruhigt«, zischelte der Echsenmann in leidlich gutem Derok. Er schaute zu den anderen Menschen und fuhr sich mit der Zunge über die Zahnstummel. »Hatten euch im Dunkeln nämlich mit Bösewichtern verwechselt, hm?«

»Wir wollten euch nicht erschrecken, aber unser ungestümer Kamerad hier war wohl über euer seltsames Aussehen beunruhigt.«

»Und wir über eures …«, murmelte der dürre Riese.

Der Echsenmann warf ihm einen bösen Seitenblick zu. »Wir sind gerade dabei gewesen, unsere Sachen zusammenzupacken, und wollten uns dann auf den Weg zum Hafen machen. Dann haben wir eure Waffen aufblitzen gesehen und Angst bekommen.«

»Ich verstehe.« Axt lachte erleichtert auf. Selbst Beryll entspannte sich zusehends.

Esse schüttelte fasziniert den Kopf. »Ihr seht wirklich seltsam aus. Sogar für Menschen.«

»Wir sind ja auch Monster und Narren«, zischte der Echsenmann nicht ohne Stolz. Ein Grinsen stahl sich auf sein Gesicht. Er stellte den umgekippten Schemel auf und ließ sich darauf nieder. »Und was verschafft uns die Ehre Eures Besuchs, werte Herrschaften, hm?«

»Wir sind auf dem Weg zum Tempel«, sagte Esse. »Eine wichtige Mission.«

»Wirklich? Was wollt ihr denn dort?«

»Wir haben etwas zu erledigen«, sagte Axt ausweichend. »Mehr müsst ihr nicht wissen.«

»Geht uns nichts an, hm? Ich verstehe schon. Besser, wenn man uns Menschen nicht allzu sehr vertraut.« Der Echsenmann zwinkerte und hielt sich verschwörerisch den Finger an die schuppigen Lippen. »Aber keine Sorge, ich kann schweigen wie ein Fisch. Oder sagt man bei euch Bierfass?« Er grinste erneut und winkte ab. »Wir wollen euch auch gar nicht weiter aufhalten.«

»Ja, wir müssen weiter.« Axt zögerte kurz. »Es kann sein, dass das Hafentor bereits geschlossen ist, wenn ihr dort ankommt.«

Der Echsenmann zog eine Augenbraue in die Höhe, schien aber nicht besonders beunruhigt über diese Neuigkeit zu sein.

»Aber ich habe gehört«, fuhr Axt fort, »dass es durch die Sümpfe im Westen noch ein paar Wege in die Berge geben soll. Vielleicht versucht ihr besser dort euer Glück.« Sie drehte sich um und winkte den anderen, ihr zu folgen.

Glond wollte ihr schon hinterherlaufen, als er plötzlich innehielt. Eisen! Der andere Geruch, der in diesen Raum lag, war Eisen. Er runzelte die Stirn. Sein Blick wanderte über die Balken mit den Fischernetzen, den Tisch und die Truhe und blieb schließlich an dem schmalen Bett hängen, unter dem er eine zähe, dunkle Flüssigkeit hervorquellen sah. Ein Mensch hätte das Blut in der Düsternis der Kammer wohl nicht entdeckt. Zu dumm, dass Dalkar im Dunkeln weitaus besser sehen konnten.

Glond riss die Augen auf und drehte sich um. Sein Blick traf auf den des Echsenmanns, der den Mund zu einem faulzahnigen Grinsen verzog. Wie ein halbwüchsiger Dalkar, der soeben dabei ertappt worden war, wie er das gute Festbier aus der Speisekammer seiner Eltern stahl. Der Echsenmann riss den freien Arm nach vorn, und plötzlich zischte ein blitzender Dolch durch den Raum. Glond spürte einen Luftzug dicht neben seinem Kopf und dann einen stechenden Schmerz.

Zeitgleich stürzten sich der Riese und der Weißhäutige auf Beryll, der ihnen schon fast den Rücken zugedreht hatte. Der Clankrieger reagierte mit überraschender Leichtigkeit. Er riss den Schild herum und ließ den Dolch des Weißhäutigen davon abgleiten. Als Weißhaut überrascht an ihm vorbeistolperte, schwang er seinen Schlachtenhammer hinterher und zerschmetterte ihm mit solcher Wucht den Hinterkopf, dass Knochensplitter und Gehirn gegen die Wand klatschten. Der Dolch des zweiten Angreifers fuhr über seinen Waffenarm und hinterließ einen roten Streifen. Doch der ungeschlachte Riese konnte den Größenunterschied nicht zu seinem Vorteil nutzen, sein nächster Stich ging ins Leere. Beryll rammte ihm den unteren Rand seines Schilds auf den Fuß, und als sich der Lange krümmte, schmetterte ihm Beryll das hintere Ende des Hammers gegen das Kinn. Mit einem erstickten Gurgeln sackte der Mensch über ihm zusammen.

Als der Echsenmann seine Kameraden sterben sah, stürmte er zum Fenster und ließ sich nach draußen fallen.

»Stehen bleiben!«, brüllte Beryll. Er stieß den toten Riesen beiseite und sprang auf. »Glond!«

Glond nahm die Hand vom Ohr. Blut tropfte an ihr herunter.

»Hinterher!«

»Wie bitte?«, fragte Glond und starrte unverwandt auf das Blut.

»Worauf wartest du noch?« Kurz entschlossen packte der Clankrieger den jungen Dalkar am Kragen, zog ihn hinter sich her und sprang ebenfalls aus dem Fenster.

Glond schrie auf, kniff die Augen zusammen und riss die Arme schützend nach vorn. Er spürte einen kalten Luftzug, prallte gegen irgendetwas und hörte ein Bersten, wie wenn trockenes Holz brach. Er holperte irgendwo entlang, verspürte einen weiteren heftigen Schlag in die Seite – dann lag er still.

Vorsichtig öffnete er die Augen.

Er lag rücklings auf einem riesigen Haufen zersplitterten Holzes, der bis vor Kurzem ein Hasenstall oder etwas Ähnliches gewesen sein mochte. Als er den Kopf hob und an sich hinunterschaute, sah er sein Bein in einem unnatürlichen Winkel vor sich in die Höhe ragen. Benommen schlug er mit der Hand dagegen und fühlte nichts. »Verdammt.« Das hatte ihm gerade noch gefehlt. Wie sollte er mit so einer Verletzung lebend wieder aus Derok herauskommen?

Plötzlich geriet der Haufen in Bewegung. Das Bein begann, kräftig hin und her zu zappeln, und rutschte nach unten weg. An der Stelle, wo es eben noch aufgeragt hatte, tauchte Berylls Kopf auf. Der Clankrieger stemmte sich nach oben. »Was glotzt du so blöd? Hast du dir den Kopf gestoßen?«

Ein schmaler Trampelpfad führte zwischen den Häusern entlang. An seinem entfernten Ende konnte Glond gerade noch die Silhouette des Echsenmanns ausmachen, der humpelnd im Nebel verschwand.

Beryll wühlte seinen Hammer aus dem Holzhaufen hervor. »Den kriegen wir«, grunzte er mit hochrotem Kopf.

»Sollten wir nicht erst auf die anderen warten?«

»Und ihn entkommen lassen? Bist du verrückt?«

»Mit verrückt kenne ich mich aus«, ertönte eine Stimme in ihrem Rücken.

Die beiden Dalkar wirbelten herum. Hinter ihnen hockte Stein im Schneidersitz auf dem Boden, die Haare hingen ihm wirr ins Gesicht. Er lächelte abwesend.

»Ach, du bist es«, grummelte Beryll. »Dein verdammtes Geschleiche ist mir irgendwie unheimlich.« Er packte Glond am Kragen und zog ihn auf die Beine. »Aber zusammen mit dir sollten wir wohl genug sein, um einen einzelnen Menschen zu verfolgen.«

Er zog Glond hinter sich her durch die schmale Gasse, dann in eine breitere hinein und auf der anderen Seite wieder hinaus. Stein folgte ihnen leichtfüßig.

Schritt für Schritt kamen sie dem keuchenden Echsenmann näher, der zwar die längeren Beine hatte, aber durch seine Verletzung nicht mehr in der Lage war, sie abzuhängen. Er warf einen ängstlichen Blick über die Schulter, humpelte unter einem Torbogen hindurch, quer über einen gepflasterten Innenhof und auf ein großes, steinernes Gebäude zu, in dem er verschwand.

Als sie das Gebäude betraten, schlug den drei Dalkar eine Wolke ätzenden Rauchs und übler Gerüche entgegen. Der Gestank kratzte im Hals und ließ ihre Augen tränen. Sie standen in einem düsteren Gewölbekeller, dessen Steinwände schwarz von Ruß waren. Den Boden bedeckte eine dicke Schicht aus Unrat und fauligem Stroh.

Dutzende Menschen hockten dicht gedrängt in den Schatten, viele missgestaltet oder verkrüppelt, einige mit schwärenden Wunden am ganzen Körper. In der Mitte des Raums war ein hölzernes Podest aufgebaut, auf dem eine Handvoll hochlehniger Stühle stand. Auf einem von ihnen fläzte sich ein großer, hagerer Mann, dessen Körper von struppigem Fell bedeckt war. Es verlieh ihm das Aussehen eines hungrigen Wolfs. Die Spitze des Schwerts, das er lässig in der Hand hielt, kratzte kleine Achten in den Bretterboden.

Auf dem zweiten Stuhl saß ein Mann in einem zerschlissenen Mantel und mit tief ins Gesicht gezogener Kapuze. Wo seine Nase sein sollte, klafften zwei faulige Löcher, und sein Mund wirkte eingefallen wie der eines Toten. Um die Hände hatte er schmutzige Leinenstreifen gewickelt.

Der Echsenmann hatte sich bis vor die Füße der beiden geschleppt und warf sich auf die Knie. Die Gespräche erstarben, unzählige Augenpaare richteten sich auf ihn und die drei Dalkar.

Beryll blieb stehen und senkte den Hammer. »Was sind das für seltsame Gestalten?«

»Bettler und Krüppel«, murmelte Glond. »Sie leben über die gesamte Stadt verstreut. Aber auf einem Fleck habe ich noch nie so viele auf einmal gesehen.«

»Was sind Bettler?«

Glond warf Beryll einen irritierten Blick zu. Dann fiel ihm ein, dass der Clankrieger in seinen Bergen bislang wohl kaum Kontakt zu Menschen gehabt hatte. »Bettler sind Menschen, die andere Menschen nach Geld fragen. Damit sie sich etwas zu essen kaufen können.«

»Wieso das denn? Haben sie keine Arbeit?«

»Sie …« Glond zögerte und nickte dann einfach nur.

»Verstehe.« Beryll schob Glond zur Seite. »Lass mich das machen. Ich weiß, wie man mit solchen Leuten umgeht.« Noch ehe Glond etwas erwidern konnte, trat er auf das Podest zu.

»Ich heiße Beryll.« Seine Stimme hallte dumpf durch den Raum. »Ich bin Krieger aus dem Minenclan von Kronh. Der hässliche Mensch dort hat das Gesetz von Derok gebrochen und einen Dalkar angegriffen. Er muss dafür bestraft werden. Wenn ihr ihn mir freiwillig ausliefert, werde ich euch reich belohnen. Ich habe genug Silbertaler in meinen Taschen, damit ihr euch Essen kaufen und eure ungezieferverseuchten Holzbaracken gegen Häuser aus Stein tauschen könnt.«

Glond stöhnte leise. So viel zu: *Ich weiß, wie man mit solchen Leuten umgeht.*

Der Kapuzenmann strich mit der Hand über die fauligen Löcher in seinem Gesicht. »Hm«, machte er nachdenklich. Es klang wie das Scheppern von Kieselsteinen in einer Blechbüchse. »Das Gesetz von Derok habe ich hier schon lange nicht mehr gesehen. Wir wollen doch nicht hoffen, dass ihm etwas zugestoßen ist …«

Einige Menschen fingen an zu lachen. Es klang nicht freundlich, sondern eher wie das bedrohliche Kichern von Hyänen, die auf Beute gestoßen waren.

»Das einzige Gesetz, das hier Gültigkeit hat«, ergänzte der Wolfmann und unterbrach das Spiel mit seinem Schwert, »ist das Gesetz der Straße – und das sind wir!« Er sprang auf und reckte sein Schwert in die Höhe, woraufhin ein vielstimmiges Johlen erklang.

Von irgendwoher kam ein Stein geflogen. Beryll hob seinen Schild, und der Stein prallte harmlos ab. Die bedrohliche Situation schien den massigen Dalkar völlig unbeeindruckt zu lassen. »Wer von euch beiden Bettlern und Krüppeln ist denn der Anführer?«, fragte er selbstbewusst. »Mit wem muss ich verhandeln?«

»Verhandeln?« Der Wolfmann zog eine buschige Augenbraue hoch, und der Kapuzenmann kicherte scheppernd.

ZEHN

Drangog trat an eine der schmalen Schießscharten und starrte hinaus auf die neblige Stadt, während die letzten Krieger den Raum verließen. Als nur noch er, sein Leibwächter und der Broca übrig waren, drehte er sich um und musterte Ragroth. »Das war gute Arbeit, Broca. Du hast den Weststämmen heute einen wertvollen Dienst erwiesen. Niemand wird behaupten können, dass diese Stadt von Rogoru und seinen schwarzen Drecksäcken eingenommen wurde. Ich will, dass das so bleibt. Aber ich traue Gorotak nicht.«

Deine Weitsicht versetzt mich immer wieder in Erstaunen, Shirach. Ragroth nickte vorsichtig.

»Ich fürchte, er wird es trotzdem versuchen. Wenn es ihm tatsächlich gelingt, die Brücke zu sichern, wird das meinen Stand bei den Weststämmen untergraben. Gelingt es ihm nicht, verliere ich das Gesicht vor den Feldherren. Beides werde ich nicht zulassen. Die Einnahme Deroks wird mein Verdienst sein und damit unbestreitbar ein Erfolg der Weststämme. Dann wird es keine tote Ratte wert sein, dass Rogoru oberster Kriegsherr dieses Heers ist.«

Wir reden hier nicht von den Weststämmen, sondern von Shirach Drangog, so viel ist mal klar. Ragroth trug die sorgfältig geübte Miene stupider Aufmerksamkeit, die er sich eigens für die Gegenwart von Ranghöheren zugelegt hatte, und schwieg.

»Wir wissen beide, dass das Gorotak nicht abhalten wird. Er ist ein sturer Sack mit dem taktischen Verstand einer durchgehenden Schweineherde.«

Und das von einem Kerl, der Schweinezähne im Maul trägt. Ragroth nickte vorsichtig. »Was wäre das taktisch Richtige, Shirach?«

»Das Richtige? Hast du diese Festung auf der anderen Seite des Flusses gesehen?« Der Shirach nickte in Richtung der Stadtkarte. Er grunzte und betrachtete einen Moment lang die Zeichnung.

Ragroth brummte diplomatisch.

»Diese Festung der Wühler ist etwas anderes als die Stadt. Was, glaubst du, ist der beste Weg, sie einzunehmen?«

Ragroth musterte die verworrenen Linien auf dem riesigen Pergament. Wenn er ehrlich war, dann sagten sie ihm gar nichts. Aber er hatte die Festung gesehen, die auf der gegenüberliegenden Seite auf einem Felsen thronte, höher als jedes Gebäude Deroks. So hoch, dass sie aus den Nebeln ragte, die dicht über dem Fluss und der Zwergensiedlung klebten. Sie war bereits einen ganzen Tagesmarsch vor der Stadt in Sicht gekommen. Er sah auf und in das Gesicht des wartenden Shirach. »Mit Leitern vermutlich nicht«, mutmaßte er.

Drangog schnaubte. »Mit Leitern nicht, mit Rammböcken nicht und nicht mit dreitausend Kriegern. Oder auch fünftausend. Bei den Ahnen, selbst wenn wir die Feuerwerfer der Wühler verwenden würden – sie würden ihre Geschosse nicht bis dort hinaufbringen. Wir werden diese Festung nicht einnehmen.«

Der Broca nickte langsam. »Aber warum sollten wir? Ich dachte bislang, der Plan des Kriegsherrn sei es, den Fluss zu überqueren und die südlichen Länder einzunehmen. Was kümmern uns die Wühler in ihrem Felsenloch? Wir nehmen ihnen das Umland und schneiden sie vom Nachschub ab. Dann verhungern sie in ihrem Loch, und wir sind sie auf diese Art los.«

»Das ist das Ziel von Rogorus Feldzug, ja.« Drangog starrte wieder auf die Karte. »Aber denk nach. Die Wühler sind nicht blöde. Eine solche Festung wird Nahrung für Jahre eingelagert haben. Also was wird passieren? Die Krieger werden sich über das Land im Süden ausbreiten, brandschatzen, plündern, und das Heer wird in viele Gruppen zersplittern. Vielleicht lässt Rogoru einige Krieger hier, um die Festung im Auge zu behalten, aber er wird sie nicht belagern. So blöde ist er nicht. Soll ich dir sagen, was dann passieren wird?« Der Shirach griff nach einem Becher, einem reich verzierten Zwergenbecher, wie Ragroth feststellte. Er goss sich den Inhalt in den Rachen und warf das Gefäß in die Ecke. »Die Wühler werden mit ihren Großbooten Nachschub den Fluss hinaufbringen. Nachschub, mehr Männer, mehr Waffen. Sie werden die Stadt und die Brücken zurückerobern, noch bevor der Winter anbricht, weil wir nicht genug Krieger hier haben werden, um sie daran zu hindern.«

»Und unser einziger Zugang zu den südlichen Ländern ist auch unser einziger Ausgang.« Nachdenklich sog Ragroth an seiner aufgerissenen Lippe. »Die Wühler würden uns den Rückweg abschneiden.«

Drangog nickte. »Das würden sie. Und die Brücken im Schatten der Festung zurückerobern? Dagegen ist der Angriff auf die Stadt eine Welpenrauferei. Irgendwann kommt der Winter. Die Krieger werden murren, und das Heer wird zerfallen, wenn den Männern aufgeht, dass sie ihre Häuser seit Monden nicht gesehen haben, dass ihre Herden ungezählt und ihre Weiber unbestellt sind.«

»Rogoru wird das nicht stören. Er will, dass die Stämme ihr altes Land im Süden wieder bewohnen.«

Der Shirach bleckte seine Schweinshauer. »Ohne Weiber? Außerdem kennen der Kriegsherr und sein Pack die Winter im Süden nicht. Die Krieger der Weststämme wissen, dass der Hunger kommt, wenn der Schnee bis zur Hüfte liegt. Wenn die ersten Flocken fallen, werden sie sich daran erinnern und in ihre Dörfer wollen. Aber dann wird der Rückweg versperrt sein. Wie viele von uns werden den Winter überleben? Zwei von dreien? Die Hälfte? Und in welchem Zustand? Wenn das Tauwetter kommt, werden die fett gefressenen, ausgeruhten Wühler aus ihren Festungen kommen und diejenigen von uns, die noch leben, einfach zusammentreiben und abschlachten. Als Nächstes werden sie über die Dörfer der Weststämme herfallen. Als Vergeltung – und weil dort jetzt die besten Krieger fehlen. Das ist jetzt ihr Land dort drüben.« Drangog streckte den Arm aus und deutete aus der Schießscharte hinaus in Richtung Fluss. »Sie kennen es inzwischen besser als wir. Das dort ist nicht mehr das Land der Stämme. Wenn wir dorthin gehen, werden die Weststämme untergehen.«

Der narbige Broca trat an die Schießscharte und starrte hinaus, wo außer Nebel jedoch nur die Schemen der nächsten Dächer zu erkennen waren. Irgendwo dahinter lag die

Festung der Zwerge verborgen, doch in diesem Moment hatte er das Gefühl, ihre Präsenz bis hierher zu spüren. »Was willst du tun, Shirach? Dich gegen den Kriegsherrn stellen? Rogoru die Gefolgschaft verweigern?«

Drangog sah gleichfalls nach draußen. »In der Stunde seines bislang größten Siegs?« Ein trockenes Lachen entrang sich seiner Kehle. »Ich bin kein Idiot, Broca. Es wäre einfacher und weniger schmerzhaft für mich, mir die Haut gleich selbst abzuziehen. Was wir brauchen – was die Wühler brauchen, ist Zeit.«

»Zeit, Shirach?«

Der Schweinsgesichtige nickte, ohne den Blick von den wallenden Nebeln zu nehmen. »Zeit, die Brücken abzubrechen, natürlich.«

Ragroth starrte ihn alarmiert an. »Das würde uns den Weg in den Süden versperren! Unser Feldzug wäre zum Stillstand gebracht!«

»Rogorus Feldzug«, korrigierte Gorotak. »Wenn die Wühler von diesem Ufer vertrieben sind, haben die Weststämme alles erreicht, was wir brauchen. Wir haben dreißig Tagesmärsche Land unserer Ahnen zurückgewonnen. Wenn diese Stadt gefallen ist, wird kein lebender Wühler mehr im Norden sein. Wir werden für Generationen dafür sorgen, dass es so bleibt. Aber nur, wenn wir den Fluss nicht überqueren. Das heißt also …«

»Dass wir die Brücken nicht einnehmen dürfen.« Es war eine wirklich lahme Feststellung, nichtsdestoweniger richtig.

Der Shirach nickte.

»Was macht dich so sicher, dass die Wühler die Brücken abbrechen werden?«

Gorotak zuckte mit den fleischigen Schultern. »Es ist das einzig Sinnvolle. Sie können keine drei Brücken halten. Also werden sie begonnen haben, zwei davon niederzureißen, als die ersten unserer Krieger ihren Fuß in die Stadt setzten. Die östliche Brücke wird zuerst fallen. Sie ist aus Holz. Vermutlich brennt sie bereits. Meine Spione haben mir berichtet, dass die Wühler seit Tagen daran arbeiten, die westliche Brücke im Hafen zum Einsturz zu bringen. Noch steht sie, aber Shirach Aktog … sagen wir einfach, er geht bei seinem Angriff auf die Weststadt langsamer vor, als es unbedingt nötig wäre. Wer will es ihm verübeln. Er handelt im besten Interesse seiner Männer und der Weststämme. Kein Grund, etwas zu überhasten.« Drangog grinste kurz. »Im Moment werden die Wühler noch alle drei Brücken verteidigen. Doch sobald diese zwei gefallen sind, werden sie all ihre Krieger an der Brücke im Herzen der Stadt versammeln. Es ist die größte. Es heißt, sie einzureißen wäre ihnen noch nicht einmal gelungen, wenn sie begonnen hätten, als wir ihre Vorhut am Weißwasser-Pass erschlagen haben. Sie werden sie also mit allen Mitteln verteidigen.«

Ragroth nickte. Dann runzelte er die Brauen. »Deine Spione? Wie kannst du Spione in eine Stadt der Wühler senden?«

Der Shirach grinste, als er sich umwandte und zurück an den Tisch trat. »Wieso senden?« Er tippte auf den Westteil der Stadt, der immer noch von den Truppen des Shirach Aktog berannt wurde. »Es leben genug Menschen in dieser Stadt. Viele haben nichts für die Wühler übrig. Gib ihnen Gold und versprich ihnen mehr davon, wenn die Wühler weg sind, und sie verkaufen dir ihre eigenen Schwestern. Menschen sind schwach, aber nützlich. Wie auch immer.«

Er sah auf und starrte Ragroth durchdringend an. »Wenn sie alle Kräfte zusammenziehen, werden sie die Brücke so lange verteidigen können, bis sie gefallen ist. Doch das braucht Zeit. Das Letzte, was wir brauchen können, ist ein ehrgeiziges Arschloch wie Gorotak, das versucht, sich vor Rogoru einen Namen zu machen, indem es die Brücke im Handstreich nimmt, solange die Kräfte der Wühler noch verteilt sind. Das ist nicht im Sinne der Weststämme; es darf nicht passieren!«

So schnell also zerfällt die Macht eines Kriegsherrn. Ich hatte gedacht, dass es zumindest bis zum Winter dauern wird, bevor sich Drangog gegen Rogoru stellt. Hätte mich nicht wundern sollen, wo wir gerade bei ehrgeizigen Arschlöchern waren. Das heißt also, es ist wieder mal Zeit, Drangogs Drecksarbeit zu machen. Ragroth kratzte an der Blutkruste auf seinem Arm, um Zeit zu gewinnen. »Was hat das mit mir zu tun?«

Der Shirach sah auf und fletschte den mächtigen Hauer. »Ich will, dass du Gorotak folgst und jeden seiner Schritte beobachtest.«

Der Broca stellte das Kratzen ein und sah auf. »Warum hast du ihn dann überhaupt geschickt?«

»Stammespolitik«, knurrte Drangog düster. »Sein Stamm war an der Erstürmung der Mauer nicht beteiligt. Außerdem sind sie die Einzigen, die noch ausgeruht und ohne Verluste sind. Ich muss ihnen Gelegenheit geben, sich zu beweisen. Sonst verliere ich die Stimmen der Hyänenstämme im Rat.«

Ich weiß schon, warum ich nie Häuptling werden wollte. Was für ein beschissenes Taktieren. Kompromisse, Kompromisse. »Und warum ich?«

»Warum wohl? Weil du mir unterstehst und nicht den Stämmen. Dich und deine Doppelfaust kann ich einsetzen, wie ich will.«

Soll heißen, was jetzt kommt, ist ein dreckiges Geschäft, und ich habe keinen Stamm hinter mir, der mich davor schützt, dafür gehäutet zu werden, falls es schiefgeht. Wieso frag ich überhaupt? Ragroth seufzte. »Also gut. Und was sollen wir tun, falls du recht hast?«

»Wenn er Anstalten macht, gegen meinen Befehl zu handeln und diese beschissene Brücke stürmt, bringst du ihn um. Keinen Zweikampf – leg die fette Sau um und bring mir seinen Kopf.«

Der Broca hob eine wulstige Braue. »Nicht ganz einfach, Shirach. Er hat vier ausgeruhte Doppelfäuste um sich. Oder mehr. Ich selbst habe gerade noch eine halbe, die die ganze Nacht gekämpft hat. Das könnte schwierig werden.«

Gorotak sah Ragroth mit ausdrucksloser Miene an. »Ich weiß. Wenn jemand dicht genug an das fette Schwein rankommt, dann bist du das.«

Ragroth fluchte innerlich. Ihm war klar, wovon Drangog sprach. Er hatte nur gehofft, dass ... tja. Was eigentlich? Dass der Shirach sein Wissen nicht irgendwann verwenden würde? Dann wäre Drangog nie Shirach geworden. Es war also so weit. Da konnte man nichts machen. Er nickte. »Ist wohl so, Shirach.«

»Löse das Problem für mich, Broca. Du wirst es nicht bereuen. Wenn das hier erledigt ist, könnte ich einen neuen, loyalen Raut gut gebrauchen. Oder stellt das ein Problem für dich dar?«

Ich bereue schon genug. Da kommt es darauf auch nicht

mehr an. Ragroth überlegte kurz, dann zuckte er mit den Schultern. »Kein Problem, Shirach.«

Er meinte es tatsächlich so.

Der Kreis um die Dalkar zog sich unerbittlich zusammen. Die Menschen hielten rostige Messer, Knüppel und Steine in ihren Händen. In einem ehrlichen Zweikampf hätten sie gegen die Waffen der Dalkar nicht viel ausrichten können. Aber sie sahen nicht so aus, als würden sie sich auf so etwas einlassen. Selbst wenn die Dalkar hier lebendig wieder herauskämen, hätten sie sicherlich einen hohen Preis dafür zu bezahlen.

Eine klare, helle Stimme übertönte den Lärm. »Cryn!«

Der Wolfmann drehte den Kopf und senkte das Schwert.

Die Menge teilte sich, und ein kleiner Junge trat zwischen den Menschen hindurch. Er war mager und hatte ein nichtssagendes Gesicht, das die Menschen vielleicht als hübsch bezeichnen würden. Am Leib trug er ein zerschlissenes Hemd, das irgendwann einmal recht teuer gewesen sein musste. Reste von Spitzenbesatz waren am Halsausschnitt und an den Ärmeln zu erkennen. Um den Hals trug er eine Kette, von der ein schwerer goldener Siegelring herunterbaumelte.

Leichtfüßig sprang er auf die Plattform, trat an dem Wolfmann vorbei und lümmelte sich auf den dritten Stuhl, das eine Bein locker über die Armlehne geschwungen. Erwartungsvolles Schweigen legte sich über die Menge.

Der Blick des Jungen wanderte über die Dalkar hinweg, wobei er etwas länger auf Stein verharrte. »Ihr seid eine seltsame Gruppe«, stellte er fest. »Nicht wie die anderen Zwerge. Seid ihr gekommen, um euch uns anzuschließen?«

»Sie haben Veyd gejagt!« Die Stimme des Wolfmanns dröhnte durch den Keller.

»Wirklich?« Der Blick des Jungen glitt über die Menge, bis er den Echsenmann fand. »Wieso das denn?«

»Sie haben Konrad und den Riesen getötet.« Der Echsenmann senkte den Kopf und leckte sich über die Zahnstummel. »Drüben in der Seegarngasse. Und dann wollten sie mich holen. Aber ich bin aus dem Fenster gesprungen und konnte entkommen. Hab mir das Bein dabei verletzt, aber die Stumpen sind glücklicherweise nicht sehr schnell.«

Der Junge musterte den Echsenmann mit ausdruckslosem Gesicht. »Warum? Was ist passiert, Veyd?«

»Haben sie beim Plündern erwischt, die Drecksstumpen.«

»Eine Lüge!«, donnerte Beryll und hob seinen Schlachtenhammer. »Dafür spalte ich dir den Schädel, du Hund!«

Doch Glond hielt ihn schnell zurück. »Wir haben ihn und seine Freunde beim Plündern überrascht. Sie haben einen alten Mann getötet, und der dort hat mich mit einem Messer angegriffen. Wir fordern nur Gerechtigkeit.«

Der Echsenmann stieß abschätzig die Luft aus. »Gerechtigkeit. Lächerlich! Er dreht mir die Worte im Mund herum. Ihr wollt doch wohl einem Zwerg nicht mehr glauben als einem von euch.«

Der Junge legte den Kopf schräg. »Ich weiß nicht. Bislang glaube ich noch gar nichts.«

»Zwerge sind bekannt für ihren Jähzorn«, gab der Wolfmann zu bedenken. »Denen rutscht schnell mal die Waffe aus. Und Veyd hat recht: Wieso sollten wir einem von ihnen glauben? Sie halten uns unten und zwingen uns ihre Gesetze auf. Aber wenn einem von uns Unrecht geschieht, dann gelten die gleichen Gesetze einen Scheiß.«

»Ich lebe und arbeite im Handwerkerviertel«, entgegnete Glond. »Ich richte mich nach den dort geltenden Gildengesetzen. Ich bin nicht anders als ihr.«

Sein letzter Satz rief Erheiterung unter den Menschen hervor.

Aber ein alter Mann trat nach vorn und deutete mit ernster Miene auf Glond. »Der kleine Mann sagt die Wahrheit. Er wohnt drüben im Gesellenhaus. Hat voriges Jahr meinem Schwager das Dach über dem Kopf geflickt und dem alten Sewfrid beim Steineschleppen geholfen. Ein guter Mann. Versteht sein Handwerk. Dafür kann ich mich verbürgen.«

Der Junge nickte. Ein Funkeln trat in seine Augen. »Hörst du das, Veyd? Der Zwerg hat einen Fürsprecher. Hast du denn auch jemanden, der für dich spricht?«

Der Echsenmann fuhr sich mit der Zunge über die Lippen. »Konrad und der Riese würden für mich sprechen. Aber die Zwerge haben beide erschlagen.«

»Das ist schade. Aber so ist das nun mal. Ist hier noch jemand, der für dich sprechen würde?« Der Junge blickte sich mit hochgerecktem Kinn im Raum um. Glond gewann beinahe den Eindruck, dass er amüsiert schien. »Niemand? Wie es scheint, hast du nicht viele Freunde, die die Hand für dich ins Feuer legen würden, Veyd. Das spricht nicht unbedingt für dich.«

»Das braucht es nicht«, zischte der Echsenmann. »Das sind verdammte Zwerge. Ihr Wort gilt nichts in den Straßen.«

»Da hast du vermutlich recht. Hier draußen gelten andere

Regeln. Aber zumindest gilt das Wort des Alten. Und damit steht es Wort gegen Wort.«

»Und was willst du damit sagen?«

»Dass wir die Wahrheit auf einem anderen Weg herausfinden müssen.« Ein Lächeln huschte über das Gesicht des Jungen. »Mit einem Gottesurteil.«

»Was?«

»Du hast richtig gehört. Wir lassen unsere Götter herausfinden, wer die Wahrheit spricht und wer gelogen hat.«

»Das ist doch verrückt!« Der Echsenmann machte einen Schritt auf den Jungen zu, doch der Wolfmann trat schnell dazwischen und stieß ihm mit der Spitze seines Schwerts sanft gegen die Brust.

»Das kannst du nicht machen.« Die Stimme des Echsenmanns bekam einen weinerlichen Tonfall. »Die Zwerge sind das nicht wert, verdammt!«

»Wir werden bald sehen, wer es wert ist«, sagte der Junge.

Der Kapuzenmann trat vor. In seinen Händen hielt er einen großen, alten Tonkrug, in dem es leise klapperte. Er stellte den Tonkrug auf seinem Stuhl ab und kniete sich hin, dann senkte er den Kopf, als würde er beten. Sein lippenloser Mund bewegte sich tonlos. Die Menge war plötzlich ganz still. Nach einer Weile trat der Junge auf ihn zu und legte ihm die Hand auf die Schulter. Der Kapuzenmann schaute auf, und in seinem Blick lag ein Ausdruck unendlicher Einsamkeit. Er schloss die Augen, öffnete sie wieder und nickte dem Jungen zu. Dann stand er ächzend auf und griff in den Krug hinein. Er zog eine Tonscherbe daraus hervor, in die eine menschliche Rune hineingekratzt worden war, und hob sie in die Höhe, sodass jeder sie sehen konnte. »Feuer«, rief er mit rasselnder Stimme.

»Die Feuerprobe!«, rief der Wolfmann. Er streckte das Kinn und stieß ein schauriges Jaulen aus.

Die Menge applaudierte begeistert.

»Die Feuerprobe?«, fragte Beryll verwirrt. »Was ist das?«

Der Junge schaute zu ihm herunter. »Wir werfen eine Münze in einen Kessel mit kochendem Wasser«, erklärte er fröhlich. »Der Echsenmann und einer von euch müssen versuchen, sie wieder herauszufischen. Der, dem es unversehrt gelingt, beweist uns damit, dass er die Wahrheit sagt. Denn die Götter schützen ihn vor dem Feuer.«

»Und wenn es beiden gelingt?«, fragte Glond.

»Eine interessante Frage. Wir werden sie klären, wenn es tatsächlich dazu kommen sollte.«

Die Menschen schleppten einen großen Kupferkessel heran, stellten ihn mitten im Raum ab und entzündeten darunter ein großes Feuer.

Als das Wasser im Kessel Blasen schlug, zog der Junge eine Münze unter seinem Hemd hervor. »Es ist nur eine Kupfermünze, aber eine goldene wäre ja auch ein unfairer Vorteil für die Zwerge, nicht wahr?«

Der Wolfmann grinste. »Die wäre schneller wieder draußen, als du sie reingeworfen hättest.«

»Ich verstehe nicht«, sagte Beryll.

Der Junge lachte. »Die Zwerge sollen beginnen!« Er warf die Münze in den Kessel.

ELF

Beryll schüttelte den Kopf. »Also gut, dann lasst mich diesen Blödsinn hier zu Ende bringen. Für so eine Aufgabe braucht es Nerven aus Stahl. Und wenn die einer hat, dann bin ich das. Ich werde die Münze herausholen.«

Glond betrachtete das bedrohlich brodelnde Wasser und schluckte heftig. »Ist schon gut«, sagte er. »Ich bin der Einzige von euch, der im Kampf nutzlos ist. Ich werde es tun.«

»Du? Glaubst du, ich verlasse mich auf einen Hosenscheißer wie dich? Du hast nicht den Mut dafür und wirst uns am Ende alle umbringen.« Der Clankrieger schob Glond zur Seite.

Doch als er sich dem Kessel zuwandte, stand dort schon Stein. Er hatte den Arm bis zur Schulter im kochenden Wasser versenkt und die Zungenspitze angestrengt zwischen die Zähne geklemmt.

Konzentriert tastete er im Kessel herum. Eine Sekunde verstrich. Danach eine weitere. Eine halbe Ewigkeit.

Die Meute wurde ganz still. Nur das Knacken der brennenden Holzscheite war zu hören. Der Kapuzenmann hatte die Hand halb erhoben, so als hätte er ein Zeichen über der Brust machen wollen und es sich dann anders überlegt.

Der Wolfmann runzelte die Stirn.

Dann endlich riss der Dalkar die Hand nach oben. Sie war krebsrot, schien jedoch ansonsten vollkommen unverletzt zu sein. Als er sie öffnete, lag auf der Handfläche die Münze.

»Geht es um die hier?«, fragte er. »Sie ist nicht viel wert. Aber wenn ihr sie unbedingt beide haben wollt, könnt ihr sie spalten, und jeder bekommt eine Hälfte. Das wäre doch gerecht, oder etwa nicht?«

Dalkar und Menschen glotzten ihn sprachlos an.

Mit einem Mal brach der Wolfmann in schallendes Gelächter aus, und als hätte er damit einen Damm gebrochen, lief eine Welle der Begeisterung durch die Menge. Hier und da brandete sogar Applaus auf.

Der Wolfmann knallte Stein seine Pranke auf die Schulter und gratulierte ihm. Selbst der Kapuzenmann verzog den lippenlosen Mund zu einem Totenkopfgrinsen.

Der Junge trat vor und legte Stein seine Hand auf die andere Schulter. »Ich habe es gewusst«, sagte er so leise, dass es kaum einer der Umstehenden mitbekam. »Du bist einer von uns.« Er nickte ihm zu und drehte sich lächelnd um. »Jetzt soll Veyd die Prüfung ablegen.«

Der Echsenmann riss die Augen auf und fiel vor ihm auf die Knie. Er kroch nach vorn und zog den Jungen schwach am Hosenbein. »Bitte verschont mich, Navorra.«

Der Junge blickte noch immer lächelnd auf ihn herunter. Aber auf seinem Gesicht hatte sich eine Härte eingeschlichen, die Glond einen kalten Schauer über den Rücken jagte. Mit einem Schlag hatte Navorra gar nichts Kindliches mehr an sich. Er entzog sich dem Griff des Echsenmanns und trat einen Schritt zurück.

»Warum sollte ich dich verschonen? Wenn du die Wahrheit gesagt hast, werden die Götter dich schützen. Falls sie es nicht tun, bedeutet das wohl, dass du mich angelogen hast.«

»Ich …«, stotterte der Echsenmann, doch der Junge wandte sich von ihm ab.

Der Wolfmann packte ihn bei den Schultern und stieß ihn grob vor den Kessel.

Als der Echsenmann erkannte, dass jede Gegenwehr zwecklos war und ihn auch aus dem Publikum keine Hilfe mehr erwartete, stieß er einen wilden Schrei aus und rammte den Arm in das kochende Wasser. Die Augen traten ihm aus den Höhlen, und sein Schrei zog sich länger und länger.

Über das Publikum legte sich erneut erwartungsvolle Stille. Als der Echsenmann den Arm endlich wieder aus dem Kessel riss und keine Münze in der Hand hielt, brandete Jubel auf. Münzen wechselten ihre Besitzer, und die Menschen lachten und klatschten, als hätten sie gerade ein besonders gelungenes Gauklerstück bewundern dürfen. Der Echsenmann stolperte zwei, drei Schritte rückwärts und starrte voller Entsetzen auf seine krebsrote, aufgedunsene Hand. Dann knickte er in den Knien ein und erbrach sich in den Dreck.

Der Junge musterte ihn wie ein Gelehrter ein seltenes Insekt auf dem Seziertisch. »In diesem Fall hat die Wahrheit wohl keine zwei Seiten«, stellte er nüchtern fest. »Schafft ihn fort.«

Der Wolfmann nickte zwei der Umstehenden zu, und die packten den winselnden Echsenmann unter den Achseln und schleiften ihn davon.

Der Junge setzte sich zurück auf seinen Stuhl und ließ ein

Bein über die Armlehne baumeln. Der Kapuzenmann und der Wolfmann postierten sich rechts und links von ihm. »Nachdem die Götter gezeigt haben, dass sie euch wohlgesinnt sind, möchte ich mich nun gern offiziell vorstellen: Ich bin Navorra von Andrien, und ihr befindet euch hier im Palast, den mein Vater mir erbauen ließ. Die Edlen und Damen, die ihr an diesem Ort versammelt seht, sind der Hofstaat, der mir zur Seite gestellt wurde und für den ich Sorge trage.« Er blickte sich suchend um. »Eigentlich sollten die Diener Takashas für unser leibliches und geistiges Wohl Sorge tragen, aber wie es aussieht, sind sie allesamt ausgeflogen. Nur Akolut Kettwych ist mir noch geblieben. Er ist mir von all meinen Dienern der treueste.«

Der Kapuzenmann stieß ein rasselndes Kichern aus, doch in seinen trüben Augen schien ein Ausdruck liebevoller Zuneigung zu liegen. Er neigte den Kopf und deutete eine leichte Verbeugung an.

»Ich wüsste nicht, was ich ohne ihn und meinen Knappen Cryn von Norderstadt tun würde.«

»Navorra gibt uns Hoffnung«, sagte der Wolfmann. »Er ist unser Anker in dieser beschissenen Welt. In seiner Gegenwart verschwinden unsere Albträume, und wir können wieder ruhig schlafen. Unser Leben gehört ihm.« Er hob sein Schwert leicht in die Höhe. »Für ihn würden wir sterben.«

Glond musterte die drei seltsamen Gestalten verwundert. Ein aussätziger Priester und ein wolfsgesichtiger Krieger, die für einen Jungen von vielleicht zehn Wintern in den Tod gehen würden. Diese drei führten zusammen ein Heer von Bettlern und Krüppeln an. »Ihr seid also so eine Art Ritter?«, fragte er.

»So wie in den Geschichten?« Der Junge lachte und breitete die Arme aus. »Die Vorstellung gefällt mir. Navorra, der Held. Beschützer der Armen und Verstoßenen. Retter von Jungfrauen und heroischer Drachentöter ... Hat von euch vielleicht schon mal einer einen Drachen gesehen? Ich meine, wo ihr doch wegen des Goldes dauernd Ärger miteinander bekommen müsstet.«

Beryll runzelte die Stirn. »Was hat Gold denn mit ...?«

»Wir kennen sie nur aus Geschichten«, sagte Glond schnell. »Und manchmal stoßen die Minenarbeiter auf Knochenreste, von denen sie glauben, dass es Drachen gewesen sein könnten. Aber einen lebendigen hat noch keiner gesehen.«

»Ich möchte unbedingt mal einen sehen. Es muss ein fantastischer Anblick sein.« Der Junge seufzte. »Könnt ihr euch vorstellen, so frei zu sein wie ein Drache? Einfach so durch die Luft zu fliegen und zu wissen, dass euch niemand auf der Welt etwas anhaben kann, ihr tun und lassen könnt, was ihr wollt. Ich könnte nie einen Drachen töten. Ich wäre selbst gern einer. Dann wäre ich in der Lage, meine Freunde vor den Orks zu beschützen. Ich würde einen Berg für sie aushöhlen, in dem sie in Sicherheit leben und nicht mehr betteln oder stehlen müssten, damit sie nicht verhungern. Keiner würde sie mehr wegen ihres Aussehens verstoßen oder weil sie anders sind.« Der Junge deutete auf Stein. »Den da würde ich auf jeden Fall mitnehmen. Dich vielleicht auch. Nur den Großen nicht. Ich mag ihn nämlich nicht besonders.«

Beryll stieß die Luft aus und verschränkte die mächtigen Arme vor der Brust.

»Aber reden wir von euch: Wer seid ihr, und was führt euch an meinen Hof?«

»Ich bin Glond«, sagte Glond. »Ich gehöre keinem Clan an. Beryll hat sich euch ja bereits vorgestellt, und der dritte von uns ist Stein …« Fragend schaute er Stein an.

»Ay«, sagte Stein.

»Der dritte von uns ist einfach Stein.« Glond zuckte mit den Schultern. »Wir sind auf dem Weg in die Kernstadt. Wir müssen sie erreichen, bevor die Orks dort sind.«

»Ihr seid auf einer Queste?« Der Junge beugte sich interessiert nach vorn. »Das hört sich spannend an.«

»Ihr werdet nicht weit kommen«, brummte der Wolfmann. »Das Tor in der Friedensmauer ist verschlossen.«

»Das Tor ist zu?«

»Sie haben es gleich am Anfang versperrt. Damit die Menschen nicht auf die Idee kommen, aus der Weststadt zu fliehen, sondern kämpfen, wenn die Orks angreifen.«

»Ironie des Schicksals«, unterbrach ihn der Kapuzenmann kichernd, »dass nun die Weststadt noch steht, während der Rest gefallen ist. Die Wege der Götter sind wahrlich unergründlich, nicht wahr?«

»Wir sind nicht dumm«, sagte der Junge mit einer Ernsthaftigkeit, die sein Alter Lügen strafte. »Uns war von Anfang an klar, dass mein Hofstaat nicht durch die Tore gelassen würde. Ihr Zwerge lasst nur diejenigen hindurch, die für euch von Nutzen sind, keine Aussätzigen und Kuriositäten. Wir sind für euch nichts weiter als Abfall, den die Orks entsorgen können. Wir bedeuten ja noch nicht einmal unserem eigenen Volk etwas.«

Glond senkte den Kopf. Diesen Worten konnte er nicht viel entgegensetzen. Er hatte mit eigenen Augen gesehen, dass selbst die einfachen Bürger nicht mehr hindurchgelassen wurden. Warum sollte man es mit diesen armen Kreaturen hier anders handhaben? Wenn es um andere Völker ging, konnten Dalkar in etwa ebenso viel Mitleid aufbringen wie Orks. »Es tut mir leid.«

»Es tut ihm leid ...« Der Wolfmann rollte mit den Augen.

Der Kapuzenmann kicherte. »Ein Stumpen mit Gewissen. Hat man so etwas schon mal gesehen? Ihr zieht wirklich die seltsamsten Gestalten an, Navorra.«

»Davon werden wir uns aber auch nichts kaufen können«, brummte der Wolfmann.

»Vielleicht doch.« Der Junge sprang auf und war mit einem Schlag wieder das aufgeregte Kind von zuvor. »Wir kennen einen Weg unter der Friedensmauer hindurch.«

»Darunter?«, fragte Glond.

»Er führt direkt durch die Kanalisation.«

»Die Kanalisation.« Beryll stieß die Luft aus. »Ihr Menschen wisst doch gar nicht, was das ist. Ihr stapelt euren Dreck doch direkt vor der Haustür.«

»Das stimmt allerdings.« Der Kapuzenmann fuhr sich mit der Hand über das Loch im Gesicht. »Bei uns sieht man den Dreck auf den Straßen liegen, während er bei euch im Verborgenen fließt.«

»Das ist sehr philosophisch«, sagte Stein.

»Navorra meint die Entwässerungstunnel.« Der Wolfmann deutete nach unten. »Sie wurden gebaut, um die Sümpfe trockenzulegen, auf denen die Stadt steht. Die meisten sind schon lange zugeschüttet oder verfallen. Aber eine Handvoll ist noch intakt. Sie werden ab und zu noch als Schmugglertunnel verwendet.«

»Obwohl es in ihnen ja spuken soll«, fügte der Kapuzenmann düster hinzu. »Die Leute behaupten, dass man dort unten in der Dunkelheit Geräusche hört und Gestalten sieht. Wenn sie wieder herauskommen, sind sie manchmal so verängstigt, dass sie vergessen, wer Freund und wer Feind ist. Ein Mann aus der Hohlgasse soll versucht haben, seine Frau zu erwürgen, nachdem er dort unten die Nacht verbracht hat.«

Der Wolfmann winkte ab. »Wenn ihr das Weib kennen würdet, könntet ihr ihn verstehen. Wenn ihr mich fragt, sind das alles nur Gerüchte. Ich war zweimal dort unten und habe nie etwas Seltsames gesehen. Es sind die Enge und die Dunkelheit, die uns Menschen zu schaffen machen. Aus diesem Grund leben wir ja auch hier oben und ihr Zwerge die meiste Zeit unten.«

Beeindruckend, was?« Eilig watschelte der Froschaerc auf das riesige Tor zu, das sich vor ihnen aus dem Nebel schälte.

Ja, es war beeindruckend. Krendar stockte für einen Moment der Atem, als ihm zum ersten Mal bewusst wurde, wie gewaltig die Verteidigungsanlagen der Wühler waren. Die Dörfer der Aercstämme in den Steppen hatten keine Mauern oder Einfriedungen. Ein- oder zweimal war er in Handelsposten der Menschen gewesen, doch auch die waren nicht als aufsehenerregend zu bezeichnen. Eher schon als erbärmlich. Gerade mal grobe Zäune hatten sie umgeben, die wohl in erster Linie die Schweine drin und die Wölfe draußen halten sollten. Die bisher einzige Stadt, die er auf dem Feldzug zu Gesicht bekommen hatte, einige Tagesmärsche nördlich von hier, war von einer Palisadenwand aus behauenen

Baumstämmen umgeben gewesen. Ob die zur Verteidigung getaugt hatte, wusste er nicht. Als er die Stadt erreichte, waren die drei oder vier Dutzend Langhäuser der Menschen bereits in der Hand der Aerc gewesen.

Das hier war anders. Grau und drohend wie eine glatte Felswand erhoben sich die Mauern, gut drei Mannlängen hoch und von düsteren Wehrgängen gekrönt, von deren Schieferdächern das Wasser troff. Direkt vor ihnen wuchs ein massiver Turm in die Höhe, gewaltig, abweisend und fast schwarz vor Nässe. Er erhob sich gut doppelt so hoch wie die Mauern, und erst weit oben durchbrachen schmale Schlitze die Wände. Krendar hatte das Gefühl, dass sie ihn mit stummer Wut beobachteten.

Er erschauerte und riss den Blick los. Sein Begleiter hatte inzwischen den Fuß des Turms erreicht. Ein düsterer Tunnel gähnte vor ihnen, an dessen Mündung die zersplitterten Flügel eines Tors hingen wie Zähne in einem eingeschlagenen Maul. Einige Aerc waren damit beschäftigt, Leichen neben dem Tor aufzuschichten, hier Reihen mit den Körpern von Stammeskriegern, auf der anderen Seite die Kadaver von Wühlern und Menschen in unordentlichen Haufen. Andere waren damit beschäftigt, die Leichen zu durchsuchen und brauchbare Waffen, Rüstungsteile und sonstige Dinge von Wert gesondert zu sammeln. Noch nie hatte der junge Aerc derart viele Tote gesehen. Schon jetzt stapelten sich hier mehr Körper, als sein Heimatdorf Einwohner hatte, und noch immer wurden weitere aus dem Tor geschleift. Ein gewaltiger Baumstamm lag inmitten der Trümmer des Tors. Sein zersplittertes Ende wies ihn als den Rammbock aus, mit dem das Schicksal der Stadt besiegelt worden war.

Krendar kam es irgendwie seltsam vor, dass sich noch niemand die Mühe gemacht hatte, das gewaltige Hindernis zur Seite zu schieben. Der Anblick hätte etwas ganz und gar Unwirkliches gehabt, wäre da nicht der Gestank gewesen, der ihn unmissverständlich daran erinnerte, dass das hier die Wirklichkeit war. Die Wirklichkeit, in der unzählige Stammeskrieger zerhackt, verbrüht, verbrannt und von Pfeilen gespickt worden waren und in der die Stämme blutige Ernte unter den Verteidigern, Menschen wie Wühlern, gehalten hatten. Eine Krähe ließ sich flatternd auf einem der Leichenhügel nieder und zog versuchsweise an einem purpurfarbenen Fleischklumpen, der aus dem Maul eines Wühlers ragte. Mit etwas Verspätung wurde Krendar klar, dass es die aufgequollene Zunge des Toten sein musste. Schließlich gab der Vogel auf und wandte sich den aufgerissenen Augen des Leichnams zu. Schaudernd wandte sich der junge Aerc ab und folgte seinem Begleiter in den gähnenden Rachen des Stadttors.

Im Halbdunkel des steinernen Bogens saß ein gewaltiger Oger, die Beine ausgestreckt, Kopf, Schultern, Brust und Arme verbrannt und mit abgebrochenen Enden der Wühlerpfeile so gespickt, dass es wirkte, als wären ihm Stacheln gewachsen. Der Atem des Riesen kam blubbernd und abgehackt. Blicklos starrte er auf die gegenüberliegende Wand des Tunnels, während ihm ein blutiger Schleimfaden von den zerbrochenen Zähnen troff. Es war deutlich, dass der Oger schon tot war. Nur sein Körper hatte das wohl noch nicht ganz begriffen.

Auf der anderen Seite des Tors wartete Dunkelheit auf Krendar. Instinktiv stockten die Schritte des jungen Aerc, bis er irgendwann ganz stehen blieb. Vor ihm ragten Gebäude auf, so hoch wie Bäume, wie Felsmassive, deren Seiten von düsteren Höhlen und Löchern übersät waren. Kein Holz war hier zu sehen, kein Blatt, kein Grashalm. Nur riesige Wände aus behauenen Felsen, in deren Fugen keine Klinge Platz finden würde. Staunend blickte er sich um. Dutzende dieser Häuser waren aneinandergebaut, meist ohne auch nur einen schmalen Durchgang zu lassen. Jedes der Bauwerke war, so kam es ihm vor, ein steinernes Bollwerk für sich. Den Spuren von Äxten und Rammen an den eingeschlagenen Türen und Fensterläden nach zu schließen, waren auch sie heftig umkämpft worden. Die Reihe dieser Festungen setzte sich nach links und rechts in den Nebel fort und ließ nur eine schmale Schlucht zwischen den Gebäuden und der hoch aufragenden Stadtmauer.

In beiden Richtungen konnte Krendar die Reste eilig aufgeschichteter und niedergerissener Barrikaden erkennen. Noch mehr Leichen stapelten sich hier. Viel mehr.

Die steinernen Platten, die den Boden bedeckten, waren glitschig von Regenwasser, Blut und anderen Dingen. Es war unangenehm. Von irgendwo hinter den Barrikaden war Kampflärm zu hören, seltsam gedämpft und verzerrt durch das wattige Weiß, das zwischen den Mauern wallte. Etwas Kleines, Schwarzes zischte heran, schlug neben ihm auf die Straße, schlitterte funkensprühend davon und prallte mit metallischem Klacken von einer Hauswand ab.

»He, Kerl! Nicht stehen bleiben!«, rief der Froschaerc, der sich dicht an der Stadtmauer hielt. »Oder willst du den Wühlern als Ziel dienen?«

Jetzt wurde Krendar klar, dass das schwarze Ding einer

der metallbeschlagenen Pfeile der Zwerge war. Eilig schloss er zu Dudaki auf.

Der deutete in den Nebel die Straße hinauf. »Sie sehen zwar nicht viel, aber das hält sie nicht davon ab, auf alles zu schießen, was sich bewegt. Wird noch ne Weile dauern, bis wir die aus den Türmen gefegt haben, was? Die kleinen Scheißer sind zäh und wehren sich wie ein Dachs, den man aus seinem Loch zerren will. Komm, komm. Da vorn wird's gemütlicher.«

Krendar warf einen Blick auf den Turm, der in einiger Entfernung schemenhaft aus dem Nebel ragte. Er drückte sich enger an die Wand. Vorsichtig folgte er dem kleinen Aerc über die südliche Barrikade und versuchte dabei, auf keiner der Leichen auszurutschen. Hier hatte noch niemand begonnen, die Toten beiseitezuschaffen.

Auf der anderen Seite des Hindernisses huschte sein Begleiter in eine düstere Gasse zwischen zweien der Gebäude. Dort drehte er sich um und grinste sein rotes Grinsen. »Ab hier kannst du dich entspannen. Die Wühler können uns hier nicht sehen, und die Straße gehört bis zum anderen Ende den Stämmen. Willkommen im neuen Hauptquartier von Rogoru.« Dudaki deutete auf einen offenen Torbogen, vor dem mehrere Stammesabzeichen lehnten. Zwei massige Krieger der Ayubostämme flankierten den Durchgang, beide nahezu einen Kopf größer als er und von alten und frischen Narben bedeckt. Sie musterten ihn und den Froschaerc kurz und schienen sie dann als unwichtig abzutun.

Krendar schluckte. »Kriegsherr Rogoru ist hier?«

Dudaki schnaubte belustigt. »Du glaubst auch jeden Scheiß, was? Natürlich nicht. Der wird wohl erst kommen, wenn es dunkel ist und ihn keiner der Wühler dort oben mit 'nem glücklichen Treffer zu den Ahnen schicken kann. Aber wenn er hier wär, dann wär er genau hier.« Er schien sich über Krendars verwirrtes Gesicht köstlich zu amüsieren. »Die Raut der Truppen, die schon in der Stadt sind, sitzen hier. Sieht man doch auch an der überaus wichtigen Bewachung.« Er machte eine Kopfbewegung in Richtung der beiden Ayubo. »Die schwarzen Ärsche überlassen das Wachestehen doch sonst zu gern deinesgleichen. Stimmt's, Jungs?« Er huschte zwischen den Wächtern durch, die ihn keines Blickes würdigten.

Krendar beeilte sich, ihm zu folgen, und zog unwillkürlich den Kopf ein, als er die Wachen passierte. Hinter dem Tor öffnete sich ein kleiner, von hohen Gebäuden umstellter Hof. Wie schon die Straßen war auch er mit großen Steinplatten gepflastert. Nicht eine Pflanze wuchs hier, sah man von dem Gestrüpp ab, das inmitten von zertretener Erde und den Resten eines großen Tontopfs in einer Ecke des Hofs lag. In der Mitte des Platzes lag halb umgekippt ein schwerer Ochsenkarren mit zerbrochener Achse. Auf ihm türmten sich Haushaltsgegenstände, klobige Möbel und Dinge, die der junge Aerc noch nie gesehen hatte. Wie es aussah, hatten die Bewohner nicht all ihre Habseligkeiten rechtzeitig in Sicherheit bringen können.

Mehrere Krieger wühlten sich durch den Haufen und warfen gelegentlich Gegenstände weg, die auf den Steinen zerplatzten oder scheppernd davonrollten. Ein paar andere saßen unter einem niedrigen Vordach, sahen ihren Brüdern zu und kommentierten die Fundstücke mit bissigen Bemerkungen und rauem Lachen. Die meisten trugen Verbände,

Schienen oder zumindest frisch vernähte Wunden. Als Dudaki an ihnen vorbeilief, warfen sie dem kleinen Aerc finstere Blicke zu. Einer von ihnen räusperte sich geräuschvoll und spuckte Dudaki demonstrativ vor die Füße.

Der Froschaerc grinste. Blitzschnell und zielsicher rotzte er zurück.

Der Spucker riss eilig seine Füße hoch, sodass ihn der rötliche Schleimklumpen knapp verfehlte. Verwundert registrierte Krendar, dass sich die Krieger zwar anspannten, jedoch keiner von ihnen eine Hand rührte oder etwa eine Waffe zog, um dem dünnen Aerc den Schädel einzuschlagen. Stattdessen schossen sie ihm und Krendar nur ein paar weitere, düstere Blicke hinterher. Dudaki kicherte leise und nickte vor sich hin.

»Das war ziemlich mutig von dir«, sagte Krendar einige Schritte weiter leise.

»Von mir? Nein, nicht von mir. Von denen. Sie wissen genau, dass ich jeden von ihnen umbringen könnte.« Der Froschaerc zuckte mit den Schultern. Als er Krendars Miene sah, grinste er hässlich. »Was? Nur weil sie größer sind als ich? Muskeln sind nicht alles. Manchmal behindern sie sogar – beim Denken zum Beispiel. So wie der Kerl gerade. Das war ziemlich respektlos von ihm. Vielleicht sollte ich ihn heute Nacht mal besuchen, was? Was meinst du? Soll ich?« Er bleckte seine Nadelzähne.

Ohne Krendars gemurmelte Antwort abzuwarten, schob er eine schwere Holztür auf und betrat das Haus.

ZWÖLF

»Du hast was?« Kearns gesundes Auge zuckte gefährlich. Abwechselnd ballte er die Hände zu Fäusten, so als wüsste er nicht, mit welcher er zuerst zuschlagen sollte.

»Ich habe versprochen, ihnen zu helfen.« Glond trat sicherheitshalber einen Schritt zurück. Verdammt, er hatte es für eine gute Idee gehalten. Warum musste gerade Kearn das anders sehen? »Außerdem sind sie die Einzigen, die wissen, wie man zu diesem Zeitpunkt noch in die Kernstadt gelangt. Sie kennen die Schleichwege und sind nützliche Kämpfer. Dafür habt ihr mich doch dabei: um mit den Menschen zu sprechen und einen sicheren Weg zu finden.«

Kearn wischte die Bemerkung mit einer schroffen Geste beiseite. »Wir befinden uns auf einer heiligen Mission. Man hat *uns* dafür auserwählt und nicht einen Haufen irrsinniger Menschen. Ich lasse es nicht zu, dass sie alles gefährden.« Sein Zeigefinger zuckte in Glonds Richtung. »Und du solltest das auch nicht tun.«

Axt knetete nachdenklich ihre Unterlippe. »Wenn es stimmt, was sie behaupten? Wenn das Tor tatsächlich geschlossen wurde?«

»Unsinn. Solange ich diese Stadt kenne, wurde es noch

kein einziges Mal geschlossen. Warum sollten sie es also gerade jetzt tun? Ich bezweifle, dass es sich überhaupt noch in den Scharnieren bewegen lässt, so alt wie es ist.«

»Aber wenn es so sein sollte, verlieren wir wertvolle Zeit. Zeit, die wir nicht haben.«

»Wer sagt euch, dass die Menschen uns nicht anlügen? Vielleicht locken sie uns in eine Falle.«

»Noch sind sie unsere Verbündeten.«

Kearn stieß die Luft aus. »Verbündete, auf die nicht mehr Verlass ist als auf eine Herde hungriger Schweine.«

»Sie sind seltsam, diese Menschen«, brummte Beryll. Eine erstaunlich gemäßigte Äußerung aus dem Mund des Clankriegers.

Esse fuhr sich nachdenklich durch die grauen Haare. »Ich muss Hertig Kearn ausnahmsweise recht geben. Wir kennen diese Menschen nicht, und wir wissen nicht, was sie vorhaben. Wir sollten sie ihrer Wege ziehen lassen und allein weitergehen. Falls das Tor wirklich geschlossen ist, werden wir es schon irgendwie aufbekommen.«

Kearn lächelte triumphierend. »Seht ihr? Esse ist der Älteste. Seine Worte haben Gewicht.«

Axt runzelte die Stirn. Von dieser Seite hatte sie wohl am wenigsten Widerworte erwartet. Sie schüttelte den Kopf. »Das überzeugt mich nicht. Ich bleibe dabei, wir gehen den Weg der Menschen.«

Kearn verschränkte die Arme. »Angesichts der Bedeutung unserer Mission und Eurer Sturheit bleibt mir keine andere Wahl: Kraft meines Standes verlange ich eine Abstimmung darüber, ob wir die Menschen mitnehmen sollen oder nicht. Ein Dalkar, eine Stimme.«

Axt schaute ihn verblüfft an. »Ihr fordert Euer Clanrecht? Wegen dieser Sache? Wollt Ihr meine Autorität infrage stellen?«

»Selbstverständlich nicht. Aber wenn Ihr Euch weigert, brecht Ihr uraltes Gesetz. Seid Euch im Klaren darüber, dass Ihr dafür zur Rechenschaft gezogen werdet – ob diese Mission nun scheitert oder nicht.« Kearns Auge funkelte Axt herausfordernd an.

Axt erwiderte seinen Blick unerschrocken. »Ich bin mir darüber voll und ganz im Klaren.«

»Eure Familie wird ebenfalls zur Rechenschaft gezogen. Habt Ihr das auch begriffen?«

Glond klappte der Unterkiefer herunter. Kearns Äußerung kam einer Ohrfeige gleich. Im Rat hätte sie schwere Tumulte provoziert und höchstwahrscheinlich dafür gesorgt, dass die Beteiligten mit den Fäusten aufeinander losgegangen wären. Offenbar war der Held bereit, alle Register zu ziehen, um seinen Willen in dieser Angelegenheit durchzusetzen.

Das Gesicht der Anführerin wurde starr, doch sie sagte kein Wort. Ihre Zähne mahlten. Schließlich nickte sie. »Also gut, dann soll es eben so sein. Wo Clanrecht regiert, hat gesunder Dalkarverstand nichts zu melden. Ich riskiere deswegen keinen Streit. Entscheidet nach Eurem eigenen Gewissen. Ihr seid dafür von allen Eiden entbunden.« Sie hob die Hand. »Meine Stimme dafür, dass die Menschen mitkommen.«

Kearn hob ebenfalls die Hand. »Meine Stimme dagegen.« Er wandte sich Beryll zu.

Der Clankrieger verzog das Gesicht und nickte dem Einäugigen nach kurzem Zögern zu.

»Berylls Stimme ebenfalls dagegen. Das macht schon zwei.«

»Es tut mir leid, Anführer.« Esse warf Axt einen entschuldigenden Blick zu. »Aber in diesem Fall muss auch ich dagegen entscheiden.«

Kearn nickte ihm zu. Ein triumphierendes Lächeln lag auf seinem Gesicht.

Axt schnaufte. »Und Stein?«

»Ay?« Der dürre Dalkar schaute verwirrt auf. Er war gerade dabei gewesen, seine langen Haarzotteln mit Straßenstaub einzureiben.

»Bist du dafür oder dagegen?«

Stein legte den Kopf auf die Schulter und kniff nachdenklich ein Auge zu. »Dafür. Egal, um was es gerade geht.«

»Was?«, polterte Kearn. »Ich protestiere! Wenn du nicht weißt, um was es bei dieser Abstimmung geht, dann solltest du dich besser enthalten.«

»Das ist völlig egal.« Axt funkelte ihn an. »Ein Dalkar, eine Stimme. So lautet das Recht. Das macht also zwei dafür und drei dagegen. Glond, wie lautet deine Entscheidung?«

Glond schloss die Augen. Warum ausgerechnet er? Wenn er dagegen stimmte, würde Kearn gewinnen, und er hätte sein Versprechen gegenüber den Menschen gebrochen. Wenn er dafür stimmte, stünde es unentschieden. Nach Clanrecht hätte in diesem Fall der Anführer das letzte Wort, und die Menschen könnten sie begleiten. Allerdings würde Glond damit endgültig den Zorn des Einäugigen auf sich ziehen, und früher oder später würde er mit einem Dolch zwischen den Rippen im Straßengraben landen.

Wieso tat er sich das eigentlich an? Er spürte das Gewicht

des Geldbeutels unter seinem Hemd. Das Jahresgehalt eines Arbeiters. Er musste nichts weiter dafür tun, als die Klappe zu halten und das machen, was Kearn ihm auftrug. Wenn alles gut lief, erhielt er am Ende vielleicht sogar seinen Namen zurück. Gar kein schlechter Tausch gegen ein paar Menschenleben und seine Ehre.

»Ich …« Er hob die Hand.

Kearn starrte ihn finster an. *Denk an das Geld,* schien sein Blick zu sagen. *Und denk vor allem an den Dolch.*

»Ich stimme dafür.«

Das Innere des Wühlerhauses war angenehm düster und geräumig. Krendar war sich nicht sicher, was er erwartet hatte, aber irgendwie hatten niedrige Decken und Balken, an denen man sich den Kopf stoßen konnte, eine wichtige Rolle gespielt. Stattdessen konnte er mühelos aufrecht gehen. Selbst ein Oger hätte nicht allzu viel Mühe gehabt, sich in dem breiten steinernen Gang zu bewegen. Statuen aus Stein säumten die Wände. Oder hatten sie gesäumt. Jetzt waren die meisten von ihren Sockeln gestürzt oder zerschlagen, und die wenigen verbliebenen waren mit unflätigen Zeichen bemalt. Was übrigens auch für die wenigen Wandteppiche galt. In den angrenzenden Räumen links und rechts konnte Krendar weitere Aerc sehen, die meisten schwarze Ayubo, die Elitekrieger der vereinigten Stämme. Sah er von dem gelegentlichen dunklen Seitenblick auf Dudaki ab, schenkte ihnen niemand Beachtung.

Bei jedem Schritt wuchs Krendars Verwunderung. Dieses Haus war groß, geradezu riesig. Jeder der Räume würde eines der Zelte seines Dorfs fassen, und das hier war nur eine Ebene dieses Bauwerks, von dem es in der Stadt wohl Hunderte weiterer geben musste! Wie viele Wühler mochten hier wohnen? Das Bild eines Wespennests mit seinen unzähligen Waben voller gefräßiger Insassen und panzerbewehrter Wächter kam ihm in den Sinn. »Haben die Wühler eigentlich eine Schwarmmutter?«, fragte er.

Dudaki warf ihm einen Seitenblick zu. »Einen Häuptling, schätze ich. Soweit ich weiß, werden ihre Stämme von den Männchen angeführt. Warum?«

Krendar zuckte mit den Schultern und musterte das bärtige Gesicht einer Wühlerstatue.

Die steinerne Fratze starrte grimmig zurück. Ihre Augen waren so ausdruckslos und milchig wie die des toten Häuptlings draußen auf dem Schlachtfeld. Krendar konnte den kalten Hass beinahe spüren, der von diesem Gesicht ausging. Er schauderte.

Am Ende des Gangs blieb der kleine Aerc stehen und öffnete eine Tür. »Willkommen bei Ruheeles Doppelfaust. Oder was davon noch übrig ist.« Er machte Krendar Platz, und dem jungen Aerc blieb nichts anderes übrig, als einzutreten.

Eine Welle eisigen Schweigens schwappte ihm entgegen.

»Hast du dich verlaufen, Kleiner?«, knurrte ein nachtschwarzer Aerc, der das Wort ›Kleiner‹ mit allem Recht benutzen durfte.

Die Worte rumpelten und rollten auf eine Art aus seinem Mund, dass Krendar einen Moment benötigte, um festzustellen, dass er sie tatsächlich verstanden hatte.

Am Tisch in der Mitte des Raums saßen drei schwarzhäutige Ayubo, Krieger der Wüstenstämme weit im Norden. Von diesen Stämmen, so hieß es, ging der Feldzug gegen die Wühler aus. Krendar hatte sie bisher nur von Weitem zu Gesicht bekommen – die Elitekrieger Rogorus, die schwarzen Jäger. Das Gros des Heers bestand aus den Kriegern der Weststämme; Aerc wie Krendar selbst, die in verstreuten Dörfern lebten und mit ihren Herden die weiten Grasebenen durchwanderten.

Die Ayubo waren anders. Sie lebten nördlich der Ebenen, dort, wo die Herden nicht mehr genug Nahrung fanden, wo Hitze und Sand das Leben bestimmten. Es hieß, sie lebten nur für Krieg und Kampf. Jetzt, wo er sie aus der Nähe betrachten konnte, kam ihm die Vorstellung nicht sonderlich übertrieben vor.

Jeder der drei war gut einen Kopf größer als er. Ihre tiefschwarze Haut war mit Fett eingerieben und glänzte im Licht des Feuers, das hinter ihnen brannte. Unzählige seltsame Narben schlängelten sich über ihre Arme und Gesichter – Reihen knotiger Punkte, wulstige Spiralen und fremdartige Ornamente, die bei jeder Bewegung über die Haut zu kriechen schienen.

Im Gegensatz zu den meisten Kriegern der Weststämme trugen sie Brustpanzer und wuchtige Armschienen aus gehämmertem Metall, und ihre Haare fielen in langen, verfilzten Zöpfen über die Schultern. Vor ihnen auf dem Tisch lagen mehr metallene Waffen aufgetürmt, als Krendars ganze Familie besaß. Wie es aussah, waren sie gerade damit beschäftigt, ihre Klingen zu schärfen.

Krendar schluckte. »Ich …«

»Der Kleine ist mit mir hier«, sagte Dudaki. Er drängte

sich an Krendar vorbei. »Du solltest besser vorsichtig sein, Grendul. Ich hab ihn draußen auf dem Feld gefunden, als ich deine Eier gesucht habe. Der Bursche hat nen Wühlerhäuptling zu den Ahnen geschickt.«

»Du kleiner Fischficker!« Einer der Ayubo fuhr auf, in der riesigen Faust den Dolch, den er gerade geschliffen hatte.

Der Krieger neben ihm reagierte allerdings noch schneller und drückte ihn auf die Bank zurück. »Lass es. Die Froschfresse will dich nur provozieren.« Er funkelte Dudaki mit einem zusammengekniffenen Auge an. Das andere war unter einem fleckigen Verband verborgen, ein Riss klaffte in seiner Lippe. »Warum schleppst du ihn hierher, Dudaki?«

Der Dünne schien nicht beleidigt zu sein. »Er sucht seine Doppelfaust. Dachte, ich kann ihm da weiterhelfen.«

»Ganz selbstlos, wie immer«, schnaubte Einauge und schob demonstrativ ein »Was?« hinterher. Dem Aussehen nach zu urteilen, war er der Bruder des Kerls namens Grendul.

Dudaki feixte breit. »Du bist ein Fuchs, Vraga. Hast mich durchschaut.« Er hielt den Sack hoch. »Außerdem hab ich natürlich die Rüstung von dem Wühlerarsch, den er erlegt hat. Ich denke, das is'n fairer Tausch.«

»Hm.« Einauge grunzte und stand auf. Er überragte Krendar um einen ganzen Kopf, und seine Arme sahen aus, als würden keine weiteren Narben mehr darauf passen. »Nen Häuptling?«

»Jep. Sieht gar nicht so aus, was?«

»Ich hab nicht mit dir gesprochen, Froschfresse.« Vraga musterte Krendar misstrauisch.

Der setzte abermals zu einer Erwiderung an, doch Dudaki

kam ihm wieder zuvor. »Ich hab ihn unter der Leiche vorgezogen. Hat dem Arschloch nen Speer durch den Wanst gerammt und ihm das Gesicht mit der Stirn zu Brei geschlagen. Und dabei dacht ich immer, ihr Klötze würdet den Kopf beim Kämpfen nicht benutzen. So kann man sich irren, was?« Dudaki kicherte.

Der Ayubo sah Krendar abschätzend an. »Mit dem Kopf?«

Krendar war sich da zwar ganz und gar nicht sicher, aber andererseits dröhnte sein Schädel noch immer. Und in irgendeinem Wühler hatte er seinen Speer verloren, so viel stand fest. Also zuckte er mit den Schultern und nickte.

»Nicht schlecht. Ist dein erster Feldzug, hm?« Einauge fletschte die Zähne zu einem breiten Grinsen. Der größte Teil war mit Gold überzogen, nur auf seiner zerschlagenen Gesichtshälfte gähnte eine frische Lücke im Gebiss. »Bist also n echter Krieger. Welcher Stamm?«

»Drei Krähen. Aus der Roterdenation«, murmelte Krendar. »Frakoshs Doppelfaust.« Seine Stimme klang dünn in seinen Ohren.

»Hm«, machte der Ayubo erneut. »Sagt mir nichts. Aber ihr Blassnasen seht für mich sowieso alle gleich aus. Also mach dir mal nichts draus.«

Grendul und der dritte Aerc kicherten.

»Und was sollen wir jetzt mit dem machen?«, fragte der Vraga.

»Ich halt ihn mir als Haustier. Wo doch der Boss schon euch zwei hat, dacht ich, ich könnte auch eins haben.«

Krendar fuhr herum, doch Dudaki zwinkerte ihm zu. »Keine Ahnung. Ich dachte, ich frag mal ein wenig rum.

Vielleicht weiß jemand was. Und wenn nicht – wir sind ein wenig knapp an Leuten. Dachte, wir können ihn vielleicht brauchen, was?«

»Ne kümmerliche Blassnase?«, knurrte Grendul.

»Nen Häuptlingstöter«, sagte Dudaki. Er warf Krendar einen entschuldigenden Blick zu. »Mach dir nichts draus. Wie du siehst, haben wir den sicher nicht zum Denken dabei. Aber der Reihe nach. Die beiden Klötze hier sind Grendul und sein Bruder Vraga. Und das da«, er deutete auf den letzten der Krieger, der bislang geschwiegen hatte, »ist Zorkal. Noch so ein Prachtexemplar.«

Krendar musterte ihn. Zorkal war ebenfalls ein gutes Stück größer als er selbst, trug jedoch wesentlich weniger Narben und Muskeln zur Schau als die anderen beiden. Sein Blick war deshalb aber nicht viel freundlicher. Schweigend schliff er eine Langaxt, die bereits jetzt so aussah, als könnte man damit ein Wildschwein rasieren. Oder spalten.

»Die Schönheit da hinten ist seine Schwester, Sekesh.« Dudaki deutete auf die andere Seite, und erst jetzt nahm Krendar die Gestalt neben der Feuerstelle wahr. Ihm stockte der Atem. Ein Weib hier zu sehen war so ziemlich das Letzte, was er erwartet hatte. Sie war in eine gewebte Decke gehüllt und saß auf einem Hocker. Ihre Augen waren offenbar geschlossen. Ganz sicher war er nicht, denn ihre Haare hingen ihr in fingerdicken, lehmverkrusteten Filzzöpfen über das Gesicht. Sie schien sich zu einer unhörbaren Melodie zu wiegen und schenkte dem Rest keine Beachtung.

»Was …« *bei den Ahnen macht ein Weib hier in der Schlacht?*, wollte er fragen, doch Dudaki, der seinen Blick falsch gedeutet hatte, fiel ihm wieder mal ins Wort.

»Was sie da macht? Keine Ahnung. Muss so ne Schamanensache sein. Sie ist ne Urawi.« Er bemerkte Krendars verständnislosen Blick. »Eine Schamanin. Ihr nennt die Zauberweiber Drûaka, oder? Jedenfalls singen ihr die Ahnen mal wieder was vor oder so was. Aber lass dich nicht täuschen. Sie dürfte schlauer sein als der Rest der Klötze hier zusammen. Ich würd' sie für viel Gold nicht missen wollen.« Er grinste rot. »Na, sagen wir, es müsste schon sehr viel Gold sein.«

»Du weißt wirklich nicht, wann du das Maul halten solltest, Froschfresse«, knurrte ihr Bruder gereizt.

Zorkal erhob sich und baute sich vor Krendar auf. Auch ihm fielen gefettete Haarwürste bis über die Augen, und seine Hauer glänzten weiß in seinem nachtschwarzen Gesicht. »Häuptlingstöter.« Er spie das Wort aus, als wäre es etwas Schlechtes. »Ich finde, er sieht nach Ärger aus.«

Aus der Nähe schätzte Krendar, dass der Ayubo nicht viel älter sein konnte als er selbst. Das sollte also so etwas wie ein Rangordnungsspiel werden, vermutete er. Er richtete sich auf und bleckte das Gebiss. »Und? Hast du Angst vor ein bisschen Ärger?«

Zorkal knurrte tief unten in der Kehle.

Krendar spannte sich und erwiderte das Knurren. Da kam er jetzt wohl nicht mehr raus.

»Was soll das werden?«, rollte eine Stimme direkt hinter ihm, zäh und unangenehm wie halb geronnenes Blut.

Er sah Zorkals Blick an sich vorbeizucken, dann wurden dessen Augen groß, während der Rest der Ayubo irgendwie kleiner zu werden schien. Krendar war sich nicht sicher, ob er den Grund dafür wirklich wissen wollte. Aber da musste er jetzt wohl ebenfalls durch.

»Ich …«

»Hatte ich nicht gesagt: Keine Rangkämpfe, solange ich es nicht gestatte?«

Der junge Ayubo brachte eine Geste zustande, die irgendwo zwischen Nicken und Schulterzucken verhungerte. »Ja, Broca.«

Krendar drehte sich vorsichtig um. Hinter ihm stand ein nachtschwarzer Aerc, der erstaunlicherweise nicht viel größer war als er selbst, dafür etwa doppelt so breit. Er trug die vollständigste Metallrüstung, die Krendar jemals an einem Aerc gesehen hatte. Der Broca musterte ihn mit kleinen Augen, so schwarz, dass sie wie Löcher in seinem Schädel wirkten. »Und was ist das hier?«

»Den hab ich aufgesammelt, Broca«, sagte Dudaki. »Sucht seine Leute.«

»Und die sucht er hier drin? Sehen wir denen etwa ähnlich?«

Die beiden Krieger am Tisch lachten glucksend.

»Ich hoffe nicht.« Dudaki grinste breit. »Aber wenn einer von denen hier ist, müsste er in der Besprechung gewesen sein.«

»Hm.« Krendar fühlte sich zusehends unwohler, während der Broca ihn ausgiebig taxierte.

Der Truppführer nickte. »Welcher Stamm?«

»Drei Krähen. Roterde-Stämme.«

»Roterde?« Der Broca schüttelte den Kopf. »Nein. Die Raut wären froh gewesen, wenn wenigstens einer von denen da gewesen wäre. Aber bis jetzt hat wohl noch keiner hierher gefunden. Vielleicht kannst du ihnen ja erklären, was passiert ist. Es sind verflucht wenige von den Weststämmen da gewesen. Ein verdammtes Chaos.«

»Aber wir sind mindestens drei mal zehn Doppelfäuste!«

»Tja. Da haben sie hoffentlich nen guten Grund, dass keiner davon da war. Sonst reißt ihnen Rogoru den Arsch auf.«

Für einen Moment fühlte sich Krendar, als hätte der Ayubo ihn geschlagen. Sein Magen krampfte sich zusammen. Über dreihundert Krieger der Roterdestämme hatten im Sturm gestanden, und keiner außer ihm sollte es bis hierher geschafft haben?

Der Broca schien den Gedanken von seinem Gesicht ablesen zu können. »So ist das in der Schlacht, Junge. Ein paar bleiben immer auf der Strecke. Aber du lebst ja noch. Mach das Beste draus.« Er wandte sich ab und schien Krendar im selben Augenblick vergessen zu haben. »In Ordnung, Leute. Packt euer Zeug zusammen, wir sind zur Patrouille eingeteilt.«

Die Ayubo stöhnten auf.

»Was? Das meinst du nicht ernst!«, protestierte Grendul.

»Seh ich aus, als würde ich Witze machen? Wir sind nicht zum Spaß hier. Zumindest nicht nur.«

»Ich könnt erst mal 'n paar Stunden Schlaf gebrauchen«, murrte Vraga.

»Und ich könnte 'n Weib, ein halbes Schwein und ein Fass Shranga brauchen. Außerdem jemanden, der mir die Füße massiert, eine Kiste Wühlergold und meinen Bruder, der euch Schwachköpfen Beine macht – aber das Leben ist nun mal ungerecht. Also bewegt eure fetten Ärsche. Ich sag's nicht noch mal.«

Während sich die beiden Krieger unter leisen Flüchen vom Tisch erhoben, sammelte der Broca einen Schild und einen klobigen Helm ein. »Wie's aussieht, hat dieses Loch hier einen Hintereingang, der auf einen Pfad zwischen den Häusern führt. Die Raut wollen, dass wir uns das mal ansehen. Nicht, dass wir von dort eine Überraschung erleben. Wär ja hässlich, wenn eine Horde Wühler hier reintrampelt, wenn sich die Häuptlinge grad aufs Ohr hauen.«

»Jo, wirklich zu schade, wenn die Säcke um ihren Schönheitsschlaf kämen«, murmelte Vraga böse.

»Stimmt. Am Ende sehen sie so scheiße aus wie du, und das will wirklich keiner«, stimmte sein Bruder zu.

»Und der hier?« Dudaki deutete auf Krendar, der unschlüssig an der Tür stand. »Hab ihm gesagt, wir könnten ihn vielleicht brauchen.«

»So, hast du?« Der Broca warf Dudaki einen flüchtigen Blick zu. »Warum?«

Der Froschaerc schnürte mehrere Säcke zusammen und warf sie sich über die Schulter. »Weil uns fünf Krieger fehlen, Ruheele, und weil der Junge einen Wühlerhäuptling erschlagen hat. Ich dacht, so jemanden könntest du brauchen.«

»So. Hat er.« Der nächste Blick der nachtschwarzen Augen des Broca traf wieder Krendar, und diesmal schien so etwas wie Interesse darin zu liegen. »Stimmt das?«

Der junge Aerc zuckte mit den Schultern. Dreihundert. Die Wühler hatten dreihundert der besten Krieger seines Volks abgeschlachtet! Hitze stieg in ihm auf. Diesmal fühlte es sich nicht an wie Übelkeit oder Angst. Ganz im Gegenteil. »Sieht so aus. Vielleicht sogar noch ein paar mehr«, sagte er heiser. »Aber wohl nicht genug.«

Die wulstigen Lippen des Broca verzogen sich zu einem humorlosen Lächeln. »Klingt so, als könnten wir dich vielleicht wirklich gebrauchen. Willst du dich meiner Doppelfaust anschließen?«

Diesmal brauchte Krendar nicht lange zu überlegen. Mit einem Seitenblick auf Zorkal nickte er. »Ich bin jedenfalls nicht hergekommen, um zu schlafen, sondern um Wühler zu töten.« Er neigte den Kopf und bot dem schwarzen Broca den Nacken dar.

Dieser nickte zufrieden. »Wo sind deine Waffen?«

Krendar erinnerte sich nicht. In irgendwelchen Wühlern, vermutlich. Er war sich sicher, dass sein Spieß in einem abgebrochen war. Vielleicht in dem Häuptling. Wahrscheinlich eher nicht, aber wer konnte das jetzt noch so genau sagen.

»Ich könnte einen neuen Spieß gebrauchen«, sagte er deshalb nur. »Und ein Messer.«

Der Broca nickte. Er deutete auf den Haufen Waffen auf dem Tisch. »Nimm dir, was du brauchst. Zorkal, gib ihm deinen Speer, du läufst mit mir. Die Blassnase hier wird auf deine Schwester aufpassen.«

»Was? Keine Chance, Ruheele! Wir können unsere Urawi nicht unbewacht lassen. Sie ist …«

Der Broca stand schneller vor Zorkal, als Krendar es für möglich gehalten hatte, und rammte ihm die Faust in die Magengrube. Wohl auch schneller, als Zorkal erwartet hatte, denn der junge Ayubo prallte zurück und krachte gegen den Tisch. »Seit wann legst du fest, was wir tun, du kleiner Scheißer?«, bellte Ruheele den nach Luft schnappenden Aerc an. »Solange ich Broca bin, wirst du meine Entscheidungen nicht infrage stellen! Oder forderst du mich heraus?«

Der Jüngere zog pfeifend die Luft ein und fiel auf ein Knie, als hätte ihm der Broca die Beine weggeschlagen. »Nein!«, krächzte er und entblößte eilig den Nacken.

Ruheele knurrte mit gebleckten Gebiss. Dann trat er einen Schritt zurück. »Wie ich sagte: Du läufst mit mir. Wir haben meinen Bruder verloren, und ich brauche jemanden, der mir die Seite deckt. Jemanden, auf den ich mich verlassen kann. Vraga und Grendul sind ein Team, also bleibt nur die Blassnase, um auf deine Schwester aufzupassen. Oder willst du, dass ich ihr stattdessen Dudaki an die Seite stelle?«

Vorsichtig hob Zorkal den Blick. Seine Augen huschten zwischen Krendar und dem Froschaerc hin und her. Zögerlich schüttelte er den Kopf.

»Sekesh, hast du etwas dazu zu sagen?«

Die schwarze Frau hob den Kopf und öffnete die Augen. Sie sah Krendar direkt an. Ihre Augen hatten exakt dieselbe orangerote Farbe wie die Erde, deren Namen sein Stamm trug, und sie schienen sich in seinen Schädel zu brennen.

»Er wird uns begleiten«, sagte sie. Ihre Stimme war erstaunlich dunkel. Es klang beinahe so, als würde sie singen. Außerdem war ihre Bemerkung eine simple Feststellung gewesen, so als hätte sie die ganze Zeit gewusst, dass es so kommen würde. Ein Schauer kroch über den Nacken des jungen Kriegers.

Der Broca schien zur selben Feststellung gelangt zu sein. »Die Ahnen haben zu dir gesprochen?«

Sekesh nickte knapp. »Dieser Junge wird sterben, bevor die Sonne wieder aufgeht«, sagte sie. Wieder klang es nach einer simplen Feststellung.

Krendar war unsicher, was ihn mehr störte: ihre Eröffnung oder die Tatsache, dass sie ihn »Junge« genannt hatte. Als wäre er kein Krieger. Kein Häuptlingstöter.

»Na großartig«, murmelte Zorkal. »Und dafür schleppen wir ihn mit?«

Die Augen der Ayubo waren immer noch fest auf Krendar gerichtet, als sie aufstand und ihre Zöpfe zurückwarf. »Begleitet er uns nicht, werden wir alle morgen früh tot sein.«

Einen Moment lang schwiegen alle.

»Tja, damit wäre das wohl geklärt«, stellte Ruheele fest. »Machen wir, dass wir loskommen.«

DREIZEHN

Verdammte Dreckszwergenstumpen.« Der Echsenmann wälzte sich winselnd auf die Seite. Arme, Beine, Bauch und Rücken, im Grunde sein ganzer Körper, schmerzten von den Tritten und Schlägen, die Navorras Leute ihm verabreicht hatten. Dabei war er einiges an Prügel gewöhnt. Von frühester Kindheit an hatten sie ihn fertiggemacht. Zuerst sein Vater, der behauptet hatte, dass die Mutter bei einer Kröte gelegen hatte, dann die eigenen Geschwister. Irgendwann hatten sie ihn aus dem Haus gejagt, und er wurde von den Leuten auf der Straße bespuckt und getreten wie ein Hund. Am schlimmsten waren die Stumpen, die so einen wie ihn nicht gern in ihrer Stadt betteln sahen. Als sie ihn das erste Mal beim Klauen erwischt hatten, konnte er sich beinahe einen Monat lang nur noch kriechend fortbewegen – wie die verdammte Eidechse, als die er geboren war.

Doch zumindest ein Gutes hatte die Sache. Er war ein ziemlich harter Brocken geworden. Konnte mit müdem Lächeln einen Hieb wegstecken, der jeden Preiskämpfer aus den Stiefeln gehauen hätte. Um sein Aussehen musste er sich auch keine Sorgen machen.

Der Echsenmann kicherte und spürte, wie sich seine Muskeln dabei krampfhaft zusammenzogen. Er krümmte sich und erbrach geräuschvoll auf sein Strohlager.

Irgendjemand lachte. Wahrscheinlich Claeß oder Gerlich, einer der beiden Wichser, die ihn bewachen sollten. Als er noch etwas zu sagen hatte, waren sie gern zu ihm gekommen und hatten ihn um Essen und Beute angebettelt. Aber als er einen Fürsprecher brauchte, da hatten sie die Köpfe gesenkt. Die wussten genau, dass Navorra schon länger nicht mehr gut auf ihn zu sprechen war. So wie auf jeden, der mehr Führungsstärke bewies, als ihm lieb war, und der nicht vor ihm kroch wie sein Schoßhund und der verkrüppelte Priester.

Der Echsenmann biss wütend die Zahnstummel zusammen, so fest, dass es blutete.

Navorra … wenn er diesen Namen schon hörte! Der Retter der Rechtlosen, der Beschützer der Armen und Verkrüppelten. Nur weil er adlig war und ihm dieses Haus gehörte, hielt er sich für etwas Besseres. Dabei hatte ihm seine Familie das Hospital nur gebaut, um ihn dorthin abschieben zu können. Hauptsache, er war schön weit weg von ihren feinen Empfängen, damit er dem hohen Haus keine Schande machte und ihm nicht die Geschäfte versaute, das kleine Monster. Sein schadenfrohes Kichern ging in einem schmerzhaften Hustenanfall unter. »Du bist nicht besser als ich«, presste er hervor. Tränen standen ihm in den Augen. »Hörst du?«

»Redest du mit mir?« Claeß, der durch die Pocken ein Auge verloren hatte und deshalb den Kopf immer leicht schief hielt, beugte sich über ihn. Er gab ihm eine spielerische Ohrfeige und grinste. »Hm? Wer ist nicht besser als du? Ich? Na, das werden wir noch sehen.«

»Verdammterscheißwichser«, murmelte der Echsenmann und krümmte sich noch mehr zusammen.

Bevor sie ihn zusammengeschlagen hatten, hatten sie ihm all seine Besitztümer abgenommen. Sein Geld, seine Vorräte und Waffen. Vor allem der Verlust seiner geliebten Wurfmesser schmerzte ihn. Sie waren das einzig wirklich Wertvolle, das er besessen hatte. Er hatte sie immer gut geölt und täglich nachgeschliffen, sodass sie besser in Schuss waren als er selbst. Immer hatte er sorgfältig darauf geachtet, dass kein anderer seine diebischen Finger danach ausstreckte. Ganz im Gegensatz zu Claeß, der mit seinen Waffen noch nie sehr sorgfältig umgegangen war.

Als er sich erneut herunterbeugte, um ihm noch eine Ohrfeige zu verpassen, streckte der Echsenmann unauffällig die gesunde Hand aus, zog ihm den Dolch aus dem Gürtel und rammte ihm die Klinge durch das Kinn in den Kopf.

Es sah irgendwie lustig aus, wie er zappelte und röchelte. Beinahe wie der Gaukler auf dem Töpferplatz, der im letzten Sommer auf einem über die Dächer gespannten Seil herumgeturnt war. Er hatte dabei eine Reihe lustiger Verrenkungen gemacht und die Augen so komisch verdreht, dass sich der Echsenmann beinahe totgelacht hatte.

Claeß' Rumgehample sorgte allerdings dafür, dass sich die Klinge in seinem Kopf verkantete und der Echsenmann sie nicht mehr herausbekam. Mit einer Hand war es verdammt schwierig, sie wieder unter Kontrolle zu bekommen.

»Lass endlich los, du blödes Arschloch!« Irgendwie gelang es ihm, sich so weit herumzudrehen, dass er sich mit dem Bein gegen Claeß' Brustkorb stemmen konnte. Schmatzend löste sich endlich das Messer. Claeß stürzte schwer auf den Rücken und blieb mit zuckenden Gliedern liegen.

»Na, wo bleibt denn jetzt dein edler Retter? Wenn es darauf ankommt, scheint Navorra ja doch nicht zur Stelle zu sein, hm?« Der Echsenmann wischte die blutige Klinge an seinem Hosenbein ab. Er nahm dem Toten die Stiefel ab und zog sie an. Zum Abschied gab er dem Drecksack noch einen kräftigen Tritt in die Seite.

Die Zellen im Kellergeschoss des Hospitals waren allesamt verlassen. Das Gebäude war viel zu nah am Sumpf gebaut worden, was zur Folge hatte, dass in manchen Bereichen das Wasser kniehoch stand und die Wände dick mit Schimmel überzogen waren.

Die Bewohner hielten sich lieber im großen Gewölbesaal auf, der ursprünglich als Tempel gebaut worden war.

Schlecht gelaunt watete der Echsenmann durch die Brühe. Der Kampf hatte ihn die Schmerzen für einen kurzen Augenblick vergessen lassen, aber nun kamen sie mit jedem Schritt umso stärker zurück. Vor allem das verdammte Pochen und Hämmern in seinem verbrannten Arm, der aussah wie eine Wurst mit aufgeplatzter Pelle und bei jeder kleinen Bewegung glühende Pfeile der Pein durch seinen Körper jagte.

Alles nur wegen dieser verdammten Stumpen. Diesen Scheiß-Zwergenkönigen, die sich aufspielten, als würde das Land ihnen gehören und als wären sie die Hüter von Gesetz und Ordnung.

»Habe ich etwa den alten Netzflicker umgebracht, hm?«, murmelte er. Sie wollten den Alten ja noch nicht mal umlegen, aber der Idiot hatte nicht aufgehört zu schimpfen und zu zetern. Bei so etwas reagierte Konrad leider schnell genervt. Er hatte ihm eine ordentliche Kopfnuss verpasst, und der Netzflicker war so unglücklich gestürzt, dass er sich den Hals gebrochen hatte. So etwas kam vor. Im Grunde hatten sie ihm damit sogar einen Gefallen getan, denn die Orks wären ganz anders mit ihm umgesprungen, wenn sie ihn geschnappt hätten.

»Und dann mussten diese Scheiß-Stumpen auftauchen! Als hätten sie es gerochen.« Vor allem der junge. Die anderen waren blöd genug gewesen, ihm zu glauben, aber der junge Zwerg musste seine neugierige Nase direkt unter das Bett stecken. Als hätte er es gerochen.

Langsam hatte sich der Echsenmann richtig in Rage geredet. Einerseits wusste er, dass ihn seine Wut leichtsinnig machte, doch andererseits betäubte sie den Schmerz, der unablässig auf seinen Arm einhämmerte.

Er stapfte eine schmale Treppe hinauf und wäre beinahe in Gerlich hineingerannt, der ihn überrascht anstarrte. Der Echsenmann musste nur noch mit dem Messer zustoßen. Die rostige Klinge fuhr mit einem schmatzenden Geräusch in Gerlichs Bauch und wieder heraus.

Gerlich griff in einem ersten Reflex nach dem Langdolch in seinem Gürtel, überlegte es sich dann aber anders und presste die Hände auf die Wunde.

Der Echsenmann trat einen Schritt zurück. »Hast du gesehen, wie mich dieser Zwerg angeschaut hat? Als hätte ich den Alten ermordet. Er hat das Blut gesehen und sofort gedacht, dass das nur dieser hässliche Mensch mit den Schuppen im Gesicht gewesen sein konnte.«

»Wah…?«, lallte Gerlich. Blut floss ihm aus dem Mund und zwischen den Fingern hervor. Er fiel auf die Knie, die Augen vor Verwunderung und Entsetzen weit aufgerissen.

»Weil es immer die Hässlichen und Verkrüppelten sind, wenn irgendwo etwas angestellt wird. Nie werden die Herrschaften mit den sauberen Gesichtern und der feinen Kleidung verdächtigt. Immer sind wir die Dummen.«

Gerlich kippte nach vorn, und der Echsenmann trat über ihn hinweg. »Die Welt ist so verdammt ungerecht. So verdammt ungerecht.«

»Wie willst du's machen?«

Ragroth grunzte und schob sich einen Streifen Trockenfleisch zwischen die Zähne. »Keine Ahnung.«

Die fünf Aerc saßen auf einem Hausdach über einer der Wühlerstraßen und beobachteten Gorotaks Krieger dabei, wie sie sorgfältig ein Haus nach dem anderen durchkämmten. Bislang hatte der Ohrensammler noch keine Anstalten gemacht, sich abzusetzen. Planmäßig durchsuchten sie jedes einzelne Haus. Zweimal waren sie wohl auf Widerstand gestoßen, wenn man nach den Rufen und dem kurzen, aber heftigen Kampflärm ging.

»So kommen wir jedenfalls nicht an ihn ran. Wir können ihn schlecht mitten zwischen seinen Leuten umlegen«, merkte Fograr an.

»Jupp. Vier Doppelfäuste sind sogar für uns …«

»… ein bisschen viel«, stimmten die Korrach zu.

»Vor allem, wenn wir nicht mal irgendwann was zu beißen kriegen.« Ordruk starrte missmutig in die Gasse. Über ihnen zog ein großes, dunkles Geschoss seine Bahn und schlug einige Hundert Schritt entfernt krachend in eines der Hausdächer ein.

»Ich glaub's immer noch nicht. Die Drecksmaden schießen ...«

»... ihre eigene Stadt kaputt. So führt man doch keinen Krieg«, ergänzte der Linke.

Ordruk musterte sehnsüchtig den Beutel Trockenfleisch des Broca. Ragroth runzelte die Stirn und warf ihm das Päckchen zu. Gierig stopfte sich der dünne Steppenkrieger eine Handvoll der Streifen in den Mund und verzog angewidert das Gesicht. »Ugh. Was ist das? Ratte?«

»Pferd.«

»Schmeckt ja beschissener als Wühlerhund. Ich mochte die Biester noch nie.« Er gab den Beutel an seinen Bruder weiter. »Broca, wenn das dort unten so weitergeht, kriegen wir mächtig Ärger.«

Die beiden Korrach nickten zustimmend. »Glaubst du, dass Gorotak ...«

»... sich am Ende doch nicht absetzt, Broca?«

Ragroth kaute mahlend. Bedächtig schüttelte er den Kopf. »Ich sag euch, der setzt sich ab. Dauert nicht mehr lange. So viel Zeit hat er nicht mehr.« Er starrte in den Nebel, der das Ende der schmalen Straße verbarg, und dann in den Himmel. »Es wird bald dunkel werden.« Er stand auf. »Kommt mit.«

»Wohin gehen wir, Broca?«

»Ich verwette meinen Anteil darauf, dass er sich absetzt, sobald sie auf die nächste größere Wühlerbarrikade stoßen. Er wird aber warten, bis es dunkel geworden ist. Dann fällt das nicht so schnell auf. Aus diesem Grund bewegt er sich gerade so langsam. Er schindet Zeit.«

»Woher willst du das wissen?«, brummte Fograr.

Ragroth sah seine Männer an. »Weil ich's genauso machen würde.«

Die Aerc wechselten einen Blick. Synchron warfen sie ihre Pferdefleischstreifen weg und zuckten mit den Schultern. »Und das heißt?«

»Dass wir jetzt die nächste Wühlerbarrikade suchen. Vielleicht finden wir einen wirklich guten Platz zum Zusehen.«

»Und wenn wir ganz viel Glück haben …«, sagt der Linke.

»… legen ihn die Wühler vorher um«, sagte der Rechte.

»Darauf würde ich nicht wetten. Gorotak ist ein Arschloch. Arschlöcher haben die Angewohnheit, immer zuletzt zu sterben.« Ragroth ließ sich durch die Dachluke hinab in das Haus fallen.

Der Tunnel war niedrig und uneben. Er schien dem natürlichen Verlauf einer Höhle zu folgen. Nur hier und da war er notdürftig mit grobem Werkzeug erweitert worden, sodass ein Mensch mit eingezogenem Kopf aufrecht gehen konnte. Die Höhle hatte etwas Fremdes an sich, das sich mit Worten nicht erklären ließ. Glond kamen unwillkürlich die Erzählungen über Stimmen und Gestalten in den Sinn, die die Menschen gesehen haben wollten.

Kearn stapfte mit finsterer Miene vor sich hin, den Waffenarm leicht ausgestreckt, sodass die spitze Seite seines Streitkolbens mit nervenaufreibendem Kratzen an der Wand entlangfuhr. Sein gesundes Auge funkelte böse im Schein der

Fackeln. Axt war ebenfalls in Gedanken versunken und wechselte nur hin und wieder ein Wort mit Esse, der für seine Verhältnisse beinahe wortkarg geworden war. Selbst die Menschen, die sich in Gesellschaft der mürrischen Dalkar sichtbar unwohl fühlten, hatten nicht das Bedürfnis, sich miteinander zu unterhalten. Einzig ihr Anführer, der Wolfmann, pfiff unbekümmert eine kleine Melodie vor sich hin.

Glond beschleunigte seine Schritte, um neben ihn zu gelangen.

Der Wolfmann unterbrach sein Lied. »Was willst du wissen, Zwerg?«

Glond wäre beinahe gestolpert und kratzte sich peinlich berührt die Wange. »Sind Sie so eine Art Tierwesen?«

Der Wolfmann zog eine buschige Augenbraue in die Höhe. »Nun, es heißt, dass ich mich in Vollmondnächten in ein wildes Tier verwandle. Und in vielen anderen Nächten auch – sagen jedenfalls die Frauen.« Er zwinkerte verschwörerisch. »Im Grunde bin ich aber genauso normal oder unnormal wie die meisten Menschen, die im Hospital leben. Bis auf Navorra vielleicht.«

»Was ist mit ihm?«

»Er ist … anders.«

»Wie anders?«

Der Wolfmann zuckte mit den Schultern. »Ich kann es nicht erklären. Es ist etwas an ihm, das ihn besonders macht. Lass es mich so sagen: Bist du schon einmal jemandem begegnet, dem du bedingungslos folgen würdest? Nicht, weil er besonders klug oder stark erscheint, sondern weil du tief in deinem Inneren weißt, dass er die Macht besitzt, deine Welt zu verändern?«

Glond dachte an General Variscit und dessen schier unerschöpfliche Energie. Das war sicherlich ein Mann, der ganze Armeen motivieren konnte, aber würde er ihm auch bedingungslos folgen?

Er schüttelte den Kopf. »Nein, ich glaube nicht.«

Der Wolfmann nickte. »Vor einiger Zeit hätte ich das auch noch gesagt. Denn das Einzige, dem ich zeit meines Lebens gefolgt bin, war das Geld, das man mir geboten hatte. Das war das einzig Verlässliche in meinem Leben – neben dem Spott der Leute jedenfalls.« Er deutete auf sein haariges Gesicht. »Navorra hat die Gabe, Leute wie mich anzuziehen. Er geht nicht auf die Suche nach ihnen, sie kommen einfach zu ihm. Ich weiß nicht, ob es gut oder schlecht ist. Ich weiß nur, dass es mir richtig vorkommt – und dass ich alles dafür tun würde, es zu erhalten. Der Junge gibt uns ein Zuhause. Nicht nur ein Dach über dem Kopf, sondern die Sicherheit und Ordnung einer richtigen Familie. Das ist etwas, um das ich euch Dalkar immer beneidet habe.«

»Wirklich?« Glond schüttelte verwundert den Kopf. »Ich habe euch Menschen immer um eure Freiheit beneidet.«

»Jeder beneidet die anderen wohl um das, was er selbst am wenigsten hat.«

Glond war sich nicht ganz sicher, ob ihn die anderen Dalkar tatsächlich um seine Angst beneideten. »Haben Sie schon einmal in einer Schlachtenreihe gekämpft?«

»Du meinst Schulter an Schulter, dem Feind furchtlos ins Gesicht geblickt, so wie ihr Dalkar?« Der Wolfmann lachte. »Ich bin doch nicht verrückt.«

»Sie kämpfen lieber ehrlos?«

»Ich kämpfe gar nicht, wenn es sich vermeiden lässt. Für

euch ist das schwer verständlich, oder? Aber es gibt so einen Spruch, der den Unterschied ganz gut beschreibt: Weißt du, wie man einen angreifenden Zwerg besiegt? Man tritt zur Seite, lässt ihn vorbeilaufen und wartet, bis er irgendwann von allein umfällt. Ihr Zwerge seid mutige Krieger, aber ziemlich engstirnig.«

VIERZEHN

Glond stapfte gedankenverloren vor sich hin. Das Wasser in seinen Stiefeln schwappte zwischen den Zehen und rieb seine Fersen auf. In kürzester Zeit war es so kalt geworden, dass sein Atem weiße Dampfwolken bildete. Das Wasser, das in unregelmäßigen Abständen von der Decke tropfte und sich einen Weg unter die Kleidung bahnte, ließ ihn nur noch mehr frösteln. Er zog den Kragen zusammen und fragte sich zum wiederholten Mal, was am Tempel so wichtig war, dass fünf der tapfersten Dalkarhelden ohne Zögern ihr Leben riskierten, um ihn zu erreichen. Und warum ausgerechnet er sie begleiten sollte.

»*Glond.*«

»Ay?« Er drehte den Kopf.

Der Wolfmann lief neben ihm. Die in das Gesicht geklatschten Haare ließen ihn aussehen wie einen begossenen Hund. »Hm?«

»Ich dachte, Sie hätten etwas gesagt.«

»Kein Wort.« Der Wolfmann schüttelte sich und schaute gequält zur Decke. »Scheißwetter hier unten. Da hat man überhaupt keine Lust, etwas zu sagen.«

Glond ging weiter.

»*Komm.*«

Glond fuhr herum.

Der Wolfmann warf ihm einen fragenden Blick zu. »Alles in Ordnung?«

Glond runzelte die Stirn und bohrte mit dem Zeigefinger im Ohr. Wenn der Mensch ihn hinters Licht führen wollte, dann machte er das ziemlich gut. Er starrte den Wolfmann einen Augenblick an und nickte dann.

Seltsam. Auf einmal hatte er das Gefühl, dass sie in die falsche Richtung liefen. Sein Instinkt sagte ihm, dass sie nicht nach Osten laufen sollten, sondern nach Süden. Dorthin, wo schmale Seitentunnel in die Tiefe hinunterführten. Warum, wusste er selbst nicht so genau.

»*Hier entlang.*« Da war die Stimme wieder. Drängender diesmal. »*Komm.*« Sie klang dumpf und gedrückt, so als wäre sie unter Tonnen von Gestein begraben. Doch außer ihm schien sie keiner gehört zu haben.

Die anderen liefen weiter, jeder für sich. Esse streichelte gedankenverloren über die Armbrust in seiner Hand. Einer der Menschen, ein schweinsäugiger Kerl mit schorfigem Ausschlag an den Armen, kaute nervös auf seiner Unterlippe. Sein Name war Luitz, wenn sich Glond richtig erinnerte. Kearn lief direkt hinter ihm. Sein Brustkorb hob und senkte sich, und sein Auge zuckte nervös von einer Seite zur anderen. Als er sah, dass Glond ihn beobachtete, riss er das Auge weit auf. Für einen Augenblick glaubte Glond, so etwas wie Panik in seinem Blick zu erkennen.

Abrupt blieb Kearn stehen und deutete auf ihn. »Lass den Unsinn!« An seiner Schläfe pochte eine Ader.

Glond zuckte erschrocken zurück. »Was?«

»Ich habe gesagt, du sollst den Unsinn sein lassen, Scheißkerl. Hörst du schlecht?«

Glond klappte der Mund auf. Beschwichtigend hob er die Hände. »Ich habe nichts gemacht.«

»So?« Kearn hob den Streitkolben. »Glaubst du etwa, ich merke das nicht?«

»Hertig Kearn!«, sagte Axt. Ihre Hand ruhte wie zufällig auf dem Kopf ihrer Waffe im Gürtel.

Kearn fuhr herum. »Spar dir jedes Wort, *Anführer*. Ich weiß, dass ihr unter einer Decke steckt. Glaub ja nicht, dass du mich davon abhältst, ihm den Schädel einzuschlagen, wenn er mich zum Narren hält.«

»Ihr redet wirres Zeug, Hertig Kearn.«

Kearn runzelte die Stirn. Ein freudloses Grinsen zog über sein Gesicht. »Ach so ist das. Ich verstehe. Ihr wollt mir weismachen, dass ich mir das alles nur einbilde. Aber das werdet ihr bei mir nicht schaffen.« Er machte einen platschenden Schritt auf Axt zu. »Ich werde euch solche Ideen schon austreiben.«

Axt wich bedächtig zurück.

Esse hob die Armbrust und fletschte die Zähne.

Beryll packte den Schlachtenhammer fester und schaute verwirrt von einem zum anderen.

Mit metallischem Schaben fuhr schließlich das Schwert des Wolfmanns aus der Scheide.

Auf einen Schlag wurde es totenstill. Nur das leise Platschen der Wassertropfen war noch zu hören.

Ein grauenvoller Schrei zerriss die Stille.

Luitz, der Mensch mit den Schweinsaugen, lehnte etliche

Meter entfernt an der Tunnelwand. Kopf und Gesicht waren von heftig blutigen Platzwunden gezeichnet, und aus seinem Mund kam unverständliches Gebrabbel. Als sich der Wolfmann zu ihm herunterbeugte, wich er winselnd zurück. »Lass mich. Ich will nicht.«

»Was willst du nicht?« Der Wolfmann packte ihn an der Schulter.

Luitz hob eine Hand, um den Wolfmann von sich zu stoßen, aber ließ sie auf halber Strecke kraftlos fallen.

Der Wolfmann schüttelte ihn. »Was willst du nicht? Was ist passiert?«

Luitz riss in plötzlichem Erkennen die Augen auf. »Oh. Du bist es, Cryn.« Er griff nach dem Arm des Wolfmanns und umklammerte ihn mit beiden Händen. »Hilf mir. Sag ihnen, sie sollen fortgehen, ja?«

»Ganz ruhig, Junge. Sag mir erst mal, wer fortgehen soll. Meinst du die Zwerge?«

Luitz ließ den Wolfmann los und tippte sich gegen die blutige Stirn. »Hier. In meinem Kopf. Ich habe versucht, sie herauszubekommen.« Er deutete auf die Tunnelwand.

Glond schaute auf den blutigen Fels. Der Schweinsäugige hatte versucht, sie herauszubekommen? Wen, verdammt noch mal? Dann dämmerte es ihm. Er drängelte sich nach vorn. »Meinst du die Stimmen? Hast du sie etwa auch gehört?«

Luitz starrte ihn an, als sähe er ihn gerade zum ersten Mal. Dann nickte er.

Glond wurde sich unangenehm bewusst, dass nun auch alle anderen ihn anstarrten.

»Ich habe sie auch gehört«, sagte Esse.

»Scheiße«, sagte der Wolfmann. Er packte Luitz mit beiden Händen und zerrte ihn in die Höhe. »Wir müssen so schnell wie möglich hier raus.« Er drehte sich um. »Egal, was die Geister euch zuflüstern, ihr dürft nicht auf sie hören. Ist das klar?«

»Was hat das zu bedeuten?«, fragte Axt. »Ich dachte, die Geister sind nur Geschichten.«

»Jede Geschichte hat ihren wahren Kern«, grunzte der Wolfmann, während er den Arm des Schweinsäugigen um seine Schulter legte, um ihn zu stützen. »Es ist ab und zu mal vorgekommen. Manchmal stärker, ein andermal wieder schwächer. Diese Stimmen haben den Leuten wirre Gedanken in den Kopf gesetzt, aber meistens sind sie schwach gewesen, und man konnte sie ignorieren. Bis auf dieses eine Mal ist nie etwas Ernsthaftes passiert. Ich dachte, in eure Dickschädel würden sie gar nicht erst hereinkommen, aber ich habe mich geirrt.«

»Es ist schlimmer«, murmelte Luitz. »Schlimmer als jemals zuvor.«

Das gefällt mir nicht«, murmelte Ruheele.
Krendar gab dem bulligen Broca im Stillen recht.

Ihre schmale Gasse hatte sich zwischen mehreren Häusern hindurchgewunden, manchmal so eng, dass die beiden großen Krieger Schwierigkeiten hatten, sich zwischen den schmutzigen Wänden durchzuquetschen. Sie hatten einige winzige, trostlose Hinterhöfe überquert, in denen sich Abfallhaufen und kleine Hütten voller Kaninchen drängten. Vor ihnen endete der Pfad an einem kleinen Platz. Eigentlich war es nur eine Gabelung der steinernen Straße. Die angrenzenden Häuser standen etwas zurückgesetzt, sodass im Zentrum des offenen Platzes Raum für eine Gruppe aus drei überlebensgroßen Statuen von Wühlern blieb. Der Raum zwischen ihnen wurde von einem niedrigen, ummauerten Becken ausgefüllt, in dessen Mitte wiederum das Standbild eines Wühlers aufragte. Diese vierte Statue hielt einen Becher in die Höhe, aus dem unablässig Wasser sprudelte und sich in das Becken zu ihren Füßen ergoss.

Auf der anderen Seite des Platzes waren noch mehr Wühler, diesmal allerdings lebendige. Etwa eine Doppelfaust der kleinwüchsigen Kreaturen und eine Handvoll dürrer Menschen waren damit beschäftigt, eilig eine provisorische Barrikade aus Möbeln und Hausrat aus dem Weg zu räumen. Drei von ihnen trugen gewöhnliche Kleidung und lederne Wämse, der Rest leichte Rüstungen mit metallenen Brustpanzern und Helmen. Vier weitere waren in schwere Panzerung gehüllt. Wirklich schwere Panzerung. Diese Wühler sahen aus wie bewegliche Statuen. Nur dass sie nicht liefen, wie er es von jemandem erwartet hätte, der komplett in Eisen gekleidet war. Im Gegenteil, die Wühler bewegten sich, als würden sie nicht die geringste Belastung spüren. Gegen die dort kämpfen? Krendar ertappte sich dabei zu hoffen, dass die Ayubo nicht so wahnsinnig waren, wie es ihr Ruf unter den Weststämmen vermuten ließ. Er sah zur Seite und glaubte, ein schmales Grinsen in den hässlichen Mienen von Grendul und Vraga zu erkennen. In Ordnung, zumindest hoffte er, dass sie nicht so wahnsinnig waren, es von ihm zu erwarten. Er warf einen Blick auf seine andere Seite, wo die Urawi hoch aufgerichtet neben ihm im Schatten der Gasse stand. Ihre bernsteinfarbenen Augen waren unbewegt auf die Wühler gerichtet, doch Krendar hatte das unheimliche Gefühl, dass sie nicht sah, was er sah. »Muss sie da so …«, flüsterte er Zorkal zu. »Könnte sie sich vielleicht hinhocken oder so?«

Der junge Ayubo neben ihm zischte. »Sekesh ist eine Urawi, du Trottel. Sie können sie nicht sehen.«

Aber ich kann sie sehen, und das macht mich nervös. Krendar schluckte und konzentrierte sich auf die Wühler. Die vier waren damit beschäftigt, eine Barrikade auf der anderen Seite eines kleinen Platzes auseinanderzureißen. Ein weiterer stand hinter zwei schweren Ochsenkarren und schien den Platz selbst im Auge zu behalten.

Zwischen ihnen machten sich mehrere dürre Menschen an den Geschirren der Ochsen zu schaffen. Dieser Punkt war besonders interessant. Die Wagen waren von einer Bauart, wie sie Krendar noch nie gesehen hatte. Die schweren, scheibenförmigen Räder waren, soweit er das erkennen konnte, komplett mit Blech beschlagen. Was auch für den übrigen Wagen galt. Denn beide Gefährte hatten nicht die übliche, offene Ladefläche, sondern kastenförmige Aufbauten, die vollkommen mit Metall verkleidet schienen und dazu mit eisernen Bändern verstärkt waren. Vor jedem der Wagen waren vier Ochsen angeschirrt. Das war wohl auch das Problem der Wühler: Nicht alle Zugtiere standen auf ihren Beinen. Die Menschen waren, wie es schien, damit beschäftigt, die laut muhenden Zugtiere zu beruhigen und mehrere Kadaver aus den Geschirren zu schneiden.

»Jakkar«, sagte die Urawi, als hätte sie seine Gedanken gehört. »Seht ihr die dunklen Haufen vor der Barrikade?

Fünf Jakkar. Sie haben drei der Ochsen, zwei Wühler und ein paar Menschen erledigt, bevor sie starben.«

Jetzt schauderte Krendar tatsächlich. Jakkar. Er hatte davon gehört, dass die schwarzen Aerc aus den Wüsten diese Bestien als Kriegshunde hielten. Als könnte man diese geschuppten Fressmaschinen zähmen. Wie gesagt, die Ayubo waren irrsinnig.

»Aber warum bei allen Sandteufeln sollten diese Scheißviecher die Ochsen anfallen?«, murmelte Grendul neben ihm.

»Machen sie immer. Ist ihre liebste Beute«, sagte Krendar. Plötzlich ruhten alle Augen auf ihm.

Selbst Ruheele drehte sich fragend zu ihm um. »Was verstehst du denn von Jakkar, Blassnase?«

Krendar zögerte. »Sie kommen manchmal bis in unsere Herdenlager. Einer oder zwei, höchstens. Sie kommen wegen der Rinder. Ignorieren alles andere, außer man greift sie an.«

»Und das hast du getan?«

Krendar hob die Schultern. »Natürlich. Das ist die Aufgabe der Herdenwächter.«

»Na großartig. Wir haben einen Kuhhirten unter uns!« Zorkal rümpfte angewidert die Nase.

»Und 'n Großmaul, das noch keinen Wühler erlegt hat«, murmelte Grendul. »Aber haben wir uns beschwert?«

Sein Bruder kicherte.

Zorkal ignorierte die beiden. Er rückte zu Ruheele auf. »Worauf warten wir, Broca? Es sind nur vier Krieger, und nur einer hat seine Waffe in der Hand. Diese Wagen sehen aus, als würden sie etwas Wertvolles von hier wegbringen.

Wir können sie erschlagen, bevor sie überhaupt merken, dass wir hier sind!«

»Da muss ich dem Kleinen zustimmen«, flüsterte Vraga. »Vorräte werden sie in den Wagen nicht grade wegschaffen.«

Warum dann so wenige Wächter? Krendar kniff nachdenklich die Augen zusammen und musterte die Zwerge. *Was auch immer in diesen Wagen ist – entweder es kann nicht so wertvoll sein, oder diese Panzerwühler sind wirklich gefährlich. So oder so …* »Irgendwas gefällt mir nicht«, murmelte er.

»Hm?«

»Wenn es was Wertvolles wäre, warum dann so wenige Wächter?«

Grendul schnaubte. »Wenn's nicht wertvoll wäre, warum sollten sie überhaupt welche mitschicken?«

»Wir sind hinter den feindlichen Linien, wenn ich das recht seh. Sieht nicht so aus, als sei schon irgendwer von unseren Kriegern hier gewesen«, ergänzte Vraga. »Vier Gepanzerte mit irgendwelchen Wagen durch die Straßen zu schicken, statt sie uns in den Weg zu stellen – das ist verdammt viel, wenn ihr mich fragt.«

»Warum sollten wir das tun?«, kicherte Dudaki. »Wir fragen ja auch nicht meine Stiefel nach ihrer Meinung.«

Vraga holte aus, doch ein Blick Ruheeles stoppte ihn. Der Broca kratzte sich den Nacken. »Ihr habt recht. Die schaffen irgendwas Wertvolleres weg als Teller, Krüge und Betten. Wir kriegen keine bessere Gelegenheit, herauszufinden, was es ist. Sekesh, kannst du etwas gegen den Posten unternehmen?«

Die Urawi schüttelte den Kopf. »Ich nicht. Aber Vress.«

Ruheele nickte. »Dann schick ihn los. Haltet euch bereit.«

Sekesh griff in ihr Haar und löste eine kleine, grünlich schillernde Eidechse, die Krendar bislang für ein Schmuckstück gehalten hatte. Das kaum fingerlange Reptil klappte sein winziges, zahnbewehrtes Maul auf und ringelte den langen, dünnen Schwanz um das Handgelenk der Frau. Die Urawi flüsterte dem Tier etwas zu und warf es mit einer schnellen Bewegung in die Luft.

Zu Krendars Überraschung fiel das Tier nicht wie ein Stein zu Boden, sondern entfaltete grellbunte Schwingen. Geräuschlos glitt es davon und schwirrte zwischen den Statuen hindurch auf den Zwergenwächter zu. Einen Moment später schlug sich dieser mit einer gepanzerten Hand auf die Wange und bellte etwas Unverständliches. Dann wandte er sich ab und suchte in der Luft nach seinem winzigen Angreifer. Dudaki fing Krendars verständnislosen Blick auf. »Ein Spilo«, flüsterte er. »Vermutlich das Einzige hier, das giftiger ist als ich. Fiese kleine Bastarde. Lass dich nie von ihnen beißen.« Er grinste und ließ seine blutroten Zähne sehen.

Für einen langen Augenblick geschah nichts. Dann nickte Sekesh, und der Broca hob eine Pranke. »Grendul und Vraga – die beiden Gepanzerten links. Zorkal, wir übernehmen die Wühler rechts. Dudaki, Vress' Beute ist für dich. Erledige ihn.« Er zog sein gewaltiges Haumesser, und die anderen drei Ayubo hoben ihre Waffen. Der Froschaerc und die Urawi zogen lange Messer.

»Und ich?«

Ruheele warf Krendar einen Blick zu. »Du hilfst Sekesh dabei, die Menschen zu entsorgen. Los!«

Die Ayubo sprangen auf und liefen lautlos auf den Platz

hinaus. Krendar fluchte leise, umklammerte seinen Speer und beeilte sich, ihnen zu folgen.

Etwa fünfzig Doppelschritte lagen zwischen der schmalen Gasse und den Wagen. In wenigen Augenblicken waren die Ayubo rechts und links an den Statuen vorbeigestürmt, ohne dass die Zwerge sie auch nur bemerkt hatten. Doch dann sah eine der bärtigen Kreaturen in ihre Richtung und gab ein alarmiertes Bellen von sich. Beinahe im selben Moment hörte Krendar ein hässliches Zischen.

Irgendetwas traf Zorkal und warf ihn aus der Bahn, als hätte ihn jemand in die Seite getreten. Wieder zischte es. Ein schwarzer Schatten traf Vraga ins Gesicht. Der Kopf des Aerc wurde nach hinten gerissen, während seine Beine noch zwei Schritte machten, bevor der riesige Krieger krachend auf den Rücken fiel. Klappernd rollte seine Stachelkeule über die Steine, und seine rechte Hand zuckte grotesk in der Luft. Das gefiederte Ende eines Wühlerpfeils ragte aus seinem Gesicht.

Dudaki ließ ein schrilles Quieken hören, brach zur Seite aus und verschwand platschend im Wasserbecken.

Ohne Vorwarnung war der Angstwurm wieder da. Er biss Krendar mit aller Gewalt in den Magen. »Groshak!«, fluchte er und versuchte, auf dem feuchten Pflaster zu stoppen. »Zurück! Das ist eine Falle!«

Auch Sekesh wurde instinktiv langsamer.

Ruheele und Grendul dagegen stießen gleichzeitig ein ohrenbetäubendes Brüllen aus und beschleunigten. Mit wenigen, gewaltigen Sätzen legten sie die letzten Schritte bis zur Barrikade zurück und warfen sich auf die Wühler. Das Haumesser des Broca traf auf die Schulter eines ungepanzerten Wühlers und biss tief hinein. In einem Schauer aus Blut riss er die Klinge heraus und hieb nach dem Kopf des Gepanzerten unmittelbar vor ihm. Der riss einen Arm in die Höhe, und das Schwert glitt kreischend an den Stahlschienen ab. Ruheele rammte ihm die Faust ins geöffnete Visier.

Auf der anderen Seite krachte Grenduls Axt auf den Helm eines der Panzerwühler und spaltete dessen Kopf beinahe bis zum Hals. Noch während sein Gefährte fiel, schlug der zweite Wühler mit dem Balken, den er gerade aus dem Weg wuchten wollte, nach dem Aerckrieger.

Ein zorniges Summen erfüllte die Luft und riss Krendar aus seiner Erstarrung. Fluchend warf er sich zur Seite, prallte in die Urawi und warf sie zu Boden. Klappernd schlitterte sein Speer davon. Ein weiterer Wühlerpfeil fauchte knapp über sie hinweg und biss ein Stück aus einer der Statuen. »Scheißescheißescheiße!«

»Lass mich los, verdammt noch mal!« Sekesh rammte ihm ein Knie in den Magen. »Fass mich nicht an! Niemand fasst eine …«

Krendar grunzte und rollte sich eilig von ihr herunter. Er packte die protestierende Ayubo am Fußgelenk und robbte in Richtung der Wühlerstatue, die ganz in der Nähe aufragte.

»Was machst du da? Wir sind mitten im Kampf!«, schrie die Schamanin.

»Wonach sieht's denn aus?« Krendar griff sie am beschlagenen Lederwams und stieß sie grob in die Nische zwischen Statue und dem niedrigen Rand des Beckens, bevor er sich hinterherwarf. Ein Wühlerpfeil kreischte dort über die

Steine, wo er soeben noch gelegen hatte. »Ich rette dein Leben!«

»Du rettest …? Dort vorn kämpft meine Doppelfaust!« Sekesh funkelte den jungen Krieger wütend an und versuchte, sich aus seinem Griff zu befreien.

Krendar riss sie grob nach unten. Die scharfkantigen Nieten ihrer Rüstung schnitten ihm schmerzhaft in die Hände. »Die Arschlöcher haben Pfeilwerfer! Ich sehe nicht, wie wir ihnen helfen können.«

Aus Richtung der Barrikade kam ein ohrenbetäubendes Brüllen, vermischt mit den harten Rufen der Wühler. Waffen klirrten auf Metall.

»Idiot! Ich bin eine Urawi!«

»Und?«

»Das heißt, ich kann das hier!« Sekesh schloss die Augen. Sie zog an einem Lederband, das um ihren Hals befestigt war, und förderte eine kleine Figurine aus ihrem Ausschnitt zutage. Soweit Krendar es erkennen konnte, stellte sie einen weiblichen Körper dar. Ohne Kopf und Gliedmaßen, dafür mit mehr Brust und Hintern, als einem Aercweib guttat. Und das war nach Krendars Ansicht schon eine Menge. Eine Stammesmutter. Jede Schamanin besaß eines dieser Amulette. Sie waren so heilig, dass nur die Drûaka sie berühren durften.

Sekesh umschloss die Figur mit der Faust, so fest, dass ihre Knöchel weiß hervortraten. Sie sang eine kehlige Tonfolge, bei der sich die Haare des jungen Aerc aufrichteten. Als sie die Augen wieder öffnete, schienen sie weit intensiver zu glühen als zuvor. Instinktiv zog Krendar seine Finger zurück. Noch ehe er reagieren konnte, sprang die junge Ayubo auf, den Dolch in der einen, die Figur in der anderen Hand.

»Verdammt, was machst du?« Krendar fuhr hoch, warf sich jedoch fast im selben Augenblick wieder flach zu Boden, als ein Pfeilwerfergeschoss an ihm vorbeijagte. Statt jedoch in Sekesh einzuschlagen, scherte der Pfeil eine Winzigkeit aus, trudelte davon und klapperte funkensprühend über die Straße.

»Wie …«

Ein neuerliches markerschütterndes Brüllen endete in einem hässlichen Knirschen.

Dass die tiefschwarze Ayubo so bleich werden konnte, hätte Krendar nicht gedacht. Sie sackte neben ihm zusammen, und für einen Moment erwartete er, auch aus ihr einen Wühlerpfeil ragen zu sehen. »Was ist?«

Die Schamanin öffnete den Mund, schloss ihn wieder und setzte erneut an. Seltsam tonlos flüsterte sie: »Sie haben Ruheele geköpft! Die kleinen Drecksäcke zerhacken ihn einfach wie ein Stück Vieh.«

Großartig. Und wenn sie damit fertig sind, sind wir wohl dran. »Und was machen wir jetzt?«

Sekesh sah ihn von der Seite an. »Wieso fragst du mich? Du bist der Häuptlingstöter.«

Sicher. Geschenkt. Krendar schnaubte. »Weil die Ahnen zu dir reden. Du weißt schon. Ich bin der, der die Nacht nicht überlebt.« *Anscheinend bin ich nicht der Einzige.* »Was haben dir die Ahnen zu der Sache hier gesagt?«

Ein hilfloser Ausdruck trat in das Gesicht der jungen Aerc. »Nichts. Sie haben nichts dazu gesagt. Nur dass wir alle nicht überleben, wenn du uns nicht begleitest.«

Dicht neben ihnen kicherte jemand humorlos. »Na, viel bleibt ja nicht mehr übrig.«

Die beiden Aerc sahen sich an. »Dudaki?«

Ein leises Plätschern, dann ein Flüstern. »Keine Sorge, mir geht's blendend. Hier drin ist alles voller Blut. Außerdem schwimmt ein toter Jakkar neben mir. Beste Deckung also, was? Wusstet ihr, dass die tot noch schlimmer stinken als lebendig?«

»Wusste ich«, murmelte Krendar. »Irgendwelche Ideen, wie wir hier rauskommen?«

»Ich für meinen Teil werd hier gar nicht rauskommen«, antwortete der Froschaerc bestimmt. »Mit ein bisschen Glück vergessen sie mich. Denn einer von uns muss ja überleben, damit die Ahnen recht behalten.«

»Feiger Scheißer«, knurrte Sekesh.

Krendar musterte die Ayubo. Er deutete auf die kleine Figur, die sie immer noch umklammert hielt. »Was ist mit diesem Ding da?«

Sekesh folgte seinem Blick. »Das ist ein Geschenk der Ahnen an uns Urawi.«

»Glück für uns, was?«

Sie schüttelte den Kopf. »Es schützt nur mich.«

»Oh.« Krendar starrte in den Nebel, zurück zu der dunklen Lücke zwischen den Gebäuden, aus der sie gekommen waren. Sie schien unglaublich weit weg. »Glück für dich.« *Wirklich großartig*. Er holte tief Luft. »In Ordnung. Dann gehst du. Du läufst schneller als die Kurzbeinigen, und ihre Pfeilwerfer können dich nicht treffen.«

»Was?«

»Einer muss die Raut informieren. Vielleicht ist das, was die Wühler wegbringen, wirklich wichtig.«

Sekesh starrte ihn an, und Krendar hatte das Gefühl, sie sehe ihn zum ersten Mal wirklich an. Sie nickte. »Du hast recht, Häuptlingstöter. Die Ahnen werden dich mit Freude aufnehmen.«

Ich kann mir nichts Schöneres vorstellen. Er fletschte die Zähne. »Hau endlich ab.«

FÜNFZEHN

Plitsch, platsch. Poch. Zwei Schritte, dann der Schmerz. Danach wieder zwei Schritte, und wieder Schmerz. So schleppte sich der Echsenmann durch den Tunnel voran. Das Hämmern in seinem Arm brachte ihn beinahe um den Verstand. Es dröhnte durch seinen Körper, von den Fingern bis zu den Fußspitzen und von dort hinauf bis in den Kopf. So gleichmäßig wie der Schlag eines Schmiedehammers auf den Amboss.

Er wusste nicht, wie lange er sich schon durch die stinkenden Abwässer quälte. Die Fackel war bereits zur Hälfte heruntergebrannt, aber es fiel ihm schwer, daraus auf die Zeit zu schließen, die er unterwegs war. So wie es ihm überhaupt schwerfiel, irgendeinen klaren Gedanken zu fassen. Das Einzige, was neben dem Hämmern noch Platz in seinem Kopf hatte, war die bärtige Fratze dieses Stumpenzwergs, die ihn vorwurfsvoll angestarrt hatte: *Du bist ein Mensch, und du hast Schuppen im Gesicht. Sieh dich an, du kannst nichts anderes als ein verdammter Mörder sein.*

Der Echsenmann wollte sein Messer mitten hineinstoßen, so oft, bis die rostige Klinge darin zerbrach. Und dann weiter, bis dieser Blick ausradiert war und aufhörte, ihn anzuglotzen.

Plitsch, platsch. Poch.

Er kannte die Tunnel von früher, war ein oder zwei Mal selbst bei einer Schmuggelunternehmung dabei gewesen. Allerdings nur als Träger. Die Tunnel gehörten anderen. Eigentlich war er auch ganz froh darüber, denn die niedrigen, verzweigten Gänge hatten ihm jedes Mal einen Schauer über den Rücken gejagt, wenn er sie betrat. Es war, als würde sich eine Klaue um seinen Brustkorb legen und langsam und unerbittlich zudrücken, je länger er sich in ihnen aufhielt. Den meisten anderen erging es ähnlich. Das sah er an ihren Augen, die unstet hin und her huschten, wenn sie unterwegs waren.

Plitsch, platsch. Poch.

Klopf.

»Zwei Schritte, dann der Schmerz«, murmelte der Echsenmann. »Dann wieder zwei Schritte, und wieder Schmerz.«

Doch dazwischen vernahm er ein anderes Geräusch, zaghaft und kaum hörbar. Ein leises Klopfen, wie der einzelne Schlag eines Herzens. Er blieb stehen, wartete den Hammerschlag in seinem Arm ab und lauschte.

Klopf.

Da war es wieder, stärker diesmal. Sein eigener Herzschlag konnte es nicht sein. Der war laut und unregelmäßig, aber trotzdem keine Störung, die es wert war, die Gedanken an die Drecksstumpen beiseitezudrängen.

Klopf.

Es klang wie der Herzschlag eines uralten Wesens, das nach langem Schlaf erwacht. Als hätte es nur auf ihn gewartet.

Klopf. Klopf.

Es rief nach ihm.

Der Echsenmann drehte sich im Kreis und versuchte, mit der Fackel im ausgestreckten Arm die Finsternis um sich herum zu verscheuchen. Vielleicht hatte es sich irgendwo in einer dunklen Ecke versteckt? »Warte«, murmelte er. Er lief los. Zuerst zögerlich und unsicher, dann immer schneller.

Bis er schließlich rannte. »Warte auf mich.« Mit einem Mal waren alle Schmerzen vergessen. Er achtete nicht darauf, wo er hinrannte, stürmte einfach immer geradeaus und ließ sich von dem Klopfen leiten.

Er rannte in einen halb überfluteten Nebengang und kämpfte sich mehr schwimmend als laufend voran. Die Fackel zischte und flackerte protestierend, aber das war ihm egal. Hinter einer Kurve presste er sich durch einen schmalen Spalt, den ein zufällig Vorbeikommender kaum entdeckt hätte. Er gelangte in einen niedrigen Gang, der noch viel älter wirkte als die vorhergehenden. An den Wänden fanden sich kaum Spuren von Bearbeitung, und über den unebenen Boden schien vor ihm noch kein anderer Mensch gegangen zu sein.

Immer tiefer führte ihn der Weg. Er wusste nicht, wie lange er schon lief. Minuten, Stunden oder Tage. Es war ihm egal. Alles, was zählte, war das Klopfen. Mit jedem Schritt, den er ihm näher kam, dröhnte es lauter und regelmäßiger in seinen Ohren. »Warte!«

Und plötzlich war es fort.

Er hastete noch einige Schritte weiter und blieb keuchend stehen. Verwirrt starrte er in die Dunkelheit. Von der Fackel in seiner Hand war kaum noch etwas übrig.

»Wo bist du?« Er sank auf die Knie und ließ die Fackel fallen. Seine Gedanken drehten sich im Kreis. Er lauschte in den Gang, presste die schuppige Wange gegen den kühlen Stein und versuchte, in ihn hineinzuhorchen. »Lass mich nicht allein!«

Ein lautes Knirschen war zu hören, und die Wand gab unter seinem Gewicht nach.

Der Echsenmann verlor das Gleichgewicht, versuchte, sich irgendwo festzuhalten, doch der Stein zerbröselte unter seinen Händen zu Staub. Mit einem Schrei stürzte er in das entstandene Loch. Er überschlug sich, rutschte mit ohrenbetäubendem Klacken und Scheppern über scharfkantiges Geröll, stieß sich den Schädel und blieb hustend und nach Luft schnappend liegen.

Stöhnend rollte er sich herum. Von schräg über ihm drang flackerndes Licht zu ihm herunter. Die Fackel. Also war er nicht sehr weit gefallen. Er schaute sich um. Direkt vor seinen Augen steckte ein großer runder Gegenstand im Geröll. Er drehte ihn mit der gesunden Hand herum und starrte in ein bösartig grinsendes Gesicht ohne Nase und mit gefährlich langen Eckzähnen.

Wieder schrie er, ließ den Schädel fallen und krabbelte rückwärts von ihm fort. Unter ihm knirschte und klapperte es, und als er sich umschaute, sah er, dass er mitten in einem riesigen Berg aus Schädeln und Knochen hockte, die rund um einen etwa mannslangen Steinblock aufgeschichtet worden waren.

»Verdammter Mist«, keuchte er und machte ein Schutzzeichen gegen das Böse.

Auf dem Stein lag ein beinahe vollständig erhaltenes Skelett, dem lediglich ein Arm fehlte. Der Form und Größe nach musste es ein Ork gewesen sein. Von seiner Kleidung war nicht mehr viel übrig geblieben. Was noch vorhanden war, zerfiel bei der leichtesten Berührung in seine Einzelteile. In der Stirn des Toten prangte ein gezacktes Loch, als hätte ihm jemand mit einem schweren Gegenstand den Schädel eingeschlagen. Um den Hals trug er ein kaum handgroßes, grob behauenes Amulett, das Ähnlichkeit mit einer dicken Frau mit fast schon grotesk großen Brüsten aufwies.

Der Echsenmann fuhr mit dem Zeigefinger über die Knochen und stieß die seltsame Frauenfigur an. Sie kippte leicht zur Seite. Er leckte sich über die Zahnstummel und hob sie am Kopf in die Höhe, drehte sie ein paarmal hin und her und zog dem Toten das Amulett vom Hals. Mit leichter Verwunderung registrierte er, dass er es mit seiner verbrannten Hand hielt – und dass der Schmerz darin einem kaum beachtenswerten, dumpfen Ziehen gewichen war.

Ein Zischen des Skrag warnte sie.

Ragroths Doppelfaust war über verwinkelte Hinterhöfe, ein Dach und durch zwei der düsteren Wühlerhäuser geklettert, ohne auf eine einzige lebende Seele zu treffen. Nicht einmal Ratten schien es in diesem Wühlerbau zu geben, und die Geräusche der Schlacht waren zwischen den engen Hauswänden nur gelegentlich und beruhigend weit weg zu hören. Inzwischen waren sie wieder auf dem Boden angekommen und, wie Ragroth annahm, Gorotak und seinem Trupp mindestens eine halbe Straße voraus. Im Moment führten die Waldaerc den Trupp an. Jetzt duckten sich die beiden Skrag in den Schatten zwischen den Häusern. Ihre beweglichen Ohren zuckten.

Lautlos nahmen Ragroths Leute Verteidigungsposition ein. Einen Moment später konnten auch sie es hören: Schritte. Schritte einer einzelnen Person in vollem Lauf. Auf ein Nicken des Broca hin huschten die Waldaerc bis an die Einmündung, und beinahe im selben Moment umrundete eine Gestalt die Hausecke. Die schwarzledrige Faust des Skrag rammte sich mit brachialer Gewalt in ihren Unterleib, doch bevor auch nur ein Laut aus ihrer Kehle dringen konnte, hatte sich die andere Pranke des Waldaerc schon um ihren Hals geschlossen und riss sie hinab auf den Boden. Der Skrag und sein Opfer überschlugen sich nahezu lautlos, bevor die Gestalt lang ausgestreckt liegen blieb. Der massige Aerc hockte über ihr und fletschte seine Hauer dicht vor ihrem Gesicht. Ragroths Blick huschte zu dem Skrag-Weibchen, das noch immer an der Ecke saß und jetzt einige hastige Gesten machte. »Was will sie?«

»Sie sagt, das war alles. Der dort ist allein«, rumpelte Modrath.

»Die dort«, korrigierte der Rechte.

»Ist'n Weib«, ergänzte der Linke. »Eine von den schwarzen Drecksäcken.«

»Was zum …« Verwundert musterte Ragroth die hochgewachsene Aerc. Sie krümmte sich vergeblich und rang ebenso vergeblich nach Luft. Letzteres, weil die Pranke des Skrag ihren schlanken Hals so fest umklammerte, dass er fast schon ihren Kehlkopf knirschen hörte. Ihre Adern traten hervor, und die bernsteinfarbenen Augen quollen ihr beinahe aus den Höhlen.

Der Gestank aus seinem Hals trägt sicherlich sein Übriges dazu bei. »Das reicht«, zischte Ragroth.

Der Skrag stieß ein leises Grollen aus. Er zögerte einen winzigen Moment, bevor er dem Befehl des Broca nachkam. Nicht lange genug, um es zu kommentieren, doch ausreichend, um es zu bemerken.

Die schwarze Aerc sog pfeifend die Luft ein. Noch bevor sie husten konnte, legte ihr Ragroth die Hand auf den Mund.

»Pssst. Immer schön leise«, flüsterte er. »Tief durchatmen.«

Er nickte den Korrach-Brüdern zu, sich auf die vor ihnen liegende Einmündung zu konzentrieren. Dann sah er wieder auf die Ayubo hinab und wartete, bis sie zwei, drei tiefe Atemzüge genommen hatte. »So. Du verstehst mich?«

Die Aerc blinzelte.

»Gut. Ich nehme jetzt die Hand weg. Falls du schreien willst, wird dir mein haariger Freund den Hals zerquetschen. Einfach so. Klar?«

Die Aerc blinzelte erneut, und Ragroth hob die Hand.

»Also, was gibt es zu rennen?«

Die Aerc holte nochmals rasselnd Atem. »Wühler«, krächzte sie.

»Deswegen sind wir hier. Die ganze Stadt ist voll davon.«

»Nein!« Die Ayubo schaffte es tatsächlich, die Augen zu verdrehen. Damit stieg sie in Ragroths Ansehen. »Gleich dort vorn. Es ist eine Falle. Sie haben fast meine gesamte Doppelfaust ausgelöscht.«

Der Broca runzelte die Stirn. »So viele?«

»Nicht viele. Aber sie haben Gepanzerte bei sich. Und Pfeilwerfer oben in den Gebäuden.« Ihre Augen zuckten zu einem Punkt hinter dem Skrag.

»Hm. Das ist ziemlich blöd für deine Leute. Und du läufst davon?«

Die Aerc entblößte ihre Zähne zu einem wütenden Fletschen. Es war ein ausgesprochen schönes Gebiss. Weiß und vollständig, soweit Ragroth sehen konnte. »Ich fliehe nicht. Wir benötigen Hilfe!«

Ragroth hob eine wulstige Braue.

»Im Namen Rogorus und des Bunds der Stämme verlange ich eure Unterstützung!«

Der Broca hob auch noch die andere Braue. »Du verlangst? Heißt das, du forderst mich heraus?« Er nickte leicht in Richtung des Skrag, der sie immer noch am Boden festhielt. »Bisschen blöde Lage für ne Herausforderung, findest du nicht?«

Die Augen der Ayubo flackerten wieder. Irgendetwas schwirrte leise, und aus dem Augenwinkel nahm Ragroth ein buntes Flirren wahr. Der Skrag reagierte wesentlich schneller als er. Seine Pranke ließ den Hals der Ayubo los und zuckte nach oben, dicht an Ragroths Kopf vorbei. Im selben Augenblick schoss die Hand der Aerc vor und griff nach dem Dolch im Gürtel des Broca. Nicht schnell genug allerdings, denn noch bevor sie die Klinge ziehen konnte, umschloss eine felsharte Pranke ihre Hand und drohte, ihre Finger am Griff der Waffe zu zerquetschen.

»Halt!«, donnerte Ragroth.

Sowohl Ayubo als auch Skrag hielten inne.

»Halt«, wiederholte er ruhiger. »Wir tun jetzt alle nichts Unbedachtes und bewegen uns schön langsam. Tut mir leid, Kleine, aber der einzige Weg für dich, an meinen Dolch zu kommen, ist, wenn ich ihn dir zwischen die Rippen stecke. Und was hast du da?« Er nickte dem Skrag zu.

Der Waldaerc hielt ihm die Faust hin. In der Pranke zappelte eine zornige und etwas zerknittert wirkende kleine Echse, die wütend zischte, sich wand und erfolglos an der dicken Hornhaut in der Handfläche des Skrag kratzte. Ihr Kopf mit dem weit aufgesperrten Maul voller nadelspitzer Zähne war säuberlich zwischen Daumen und Zeigefinger eingeklemmt. Der Skrag grinste und machte ein schmatzendes Geräusch.

»Nicht so hastig, Großer.« Ragroth musterte die Ayubo. »Ich vermute, das kleine Ungeziefer gehört dir?« Auf das wütende Funkeln in ihrem Blick hin schüttelte er den Kopf. »Du meine Güte! Und ich reg mich über Modraths Wanzen auf. Also pass auf: Den einen Versuch lass ich dir durchgehen. Er war blödsinnig, aber immerhin hast du Eier.« Der Skrag warf ihm einen Seitenblick zu, den Ragroth überging. »Wie auch immer: Wenn du so dämlich bist, noch mal so etwas zu versuchen, zerquetsch ich deinen Schädel an der Wand und erlaube dem Skrag, dein Ungeziefer zu fressen. Verstanden?«

Die junge Aerc bleckte die Zähne und sog zischend die Luft ein. Sie nickte.

»Gut. Dann steh auf und verschwinde.«

Sie stemmte sich auf die Füße. »Was wird aus meinen Leuten?«

Ragroth zuckte mit den Schultern. »Wir haben schon eine Aufgabe. Da muss sich wohl jemand anderes drum kümmern.«

Die Bernsteinaugen zuckten in die Richtung, aus der die Aerc gekommen war, und dann weiter die dunkle Schlucht zwischen den Häusern entlang. »Aber dafür bleibt keine Zeit!«

»Dann solltest du dich wohl beeilen.« Ragroth bedeutete Modrath, den Weg durch die Gasse frei zu machen, und wandte sich ab. Statt zu gehen, sog die Ayubo jedoch nur genervt die Luft ein.

»Die Wühler versuchen, mit einem Schatz zu fliehen!«, stieß sie hervor.

Ragroth stoppte, und die Köpfe der Korrach-Brüder fuhren herum. »Was?«

Sie nickte. »Wir haben sie dabei überrascht, wie sie zwei eiserne Wagen durch eine Barrikade bringen wollten. Große, schwere Wagen mit jeweils vier Zugrindern davor.«

Plötzlich ruhten alle Augen auf ihr.

»Eiserne Schatzwagen?«, fragten Fograr und Ordruk im Chor.

»Ihr nicht auch noch.« Ragroth warf ihnen einen düsteren Blick zu. »Warum hast du das nicht gleich gesagt?«

»Ich war mir sicher, an euer Ehrgefühl als Krieger zu appellieren würde reichen«, entgegnete sie schneidend.

»Das, oder sie hat angenommen, dass wir blödes Fußvolk keiner Ayubo widersprechen würden«, murmelte Fograr.

Ragroth nickte mit einem schmalen Grinsen. »Also noch mal zu den Eisenwagen. Du bist sicher, dass sie einen Schatz transportieren?«

»Was sollte es sonst sein? Sie haben vier Gepanzerte und eine Handvoll leicht Gerüsteter abgestellt. Wer weiß, wie viele mehr noch mit Pfeilwerfern dort lauern, nur um diese Wagen vor den Stämmen wegzubringen. Was denkst du, was dort drin ist? Käse?«

»Bier«, brummte Modrath.

Die Ayubo warf ihm einen irritierten Blick zu, und der

Oger hob ungerührt die Schultern. »Modrath weiß, wie Wühler denken. Fressen und Bier. Was anderes haben die nicht in ihren hässlichen Köpfen.«

Die Ayubo wollte schon den Mund öffnen, als sie das leise Kichern der Korrach hinter sich hörte. Wütend biss sie die Zähne zusammen, während ein breites Grinsen über die Visage des Ogers kroch. Er leckte über seinen abgebrochenen Eckzahn. »Na gut. Oder Gold«, stellte er fest. »Das wär auch möglich.«

»Gold klingt gut …«

»… für uns, Broca.« Die beiden Korrach nickten synchron.

»Viel Gold klingt gut, Ragroth«, rumpelte der Oger.

»Gut ist gar kein Ausdruck«, grinste Ordruk.

Auch die beiden Skrag grunzten zustimmend.

Ragroth schob den Kiefer vor und musterte den verhangenen Himmel. Es war in Nebel, Rauchschwaden und Nieselregen nicht genau zu sagen, aber er hatte das Gefühl, als wäre es finsterer geworden. Wenn er recht hatte, blieb ihnen nicht mehr viel Zeit, bis sich Gorotak absetzte. Wenn sie ihn dann verloren …

Er zuckte mit den Schultern. »Scheiß drauf. Sehen wir uns das mal an. Wie ist dein Name, Weib?«

Der Nebel am Ufer war so dicht geworden, dass man ihn mit einer scharfen Klinge hätte schneiden können. Heetmann Talus musste sich schon anstrengen, um auch nur den Beginn der Ewigen Brücke zu erahnen, deren trutzige Pracht an sonnigen Tagen sämtliche Bauwerke in ihrer Umgebung verblassen ließ. Nur das unablässige Klopfen und Hämmern der Ingenieure deutete an, wo sie sich im grauen Zwielicht über den Fluss erhob.

Talus seufzte. Wenn die Ingenieure mit ihrer zerstörerischen Arbeit fertig waren, würde kaum noch etwas übrig sein, das es wert war, prächtig oder gar ewig genannt zu werden. Seit frühester Kindheit war er ein Bewunderer der Schaffenskraft seines Volks gewesen. Gern hätte er selbst zum Hammer gegriffen, um große Kunstwerke aus dem Stein zu meißeln. Stattdessen war er in einen Clan hineingeboren, der mit dem Hammer bevorzugt Dinge zerstörte. »Eine Schande ist das«, murmelte er.

»Allerdings«, knurrte Unteroffizier Dvergat, der mit dem Messer am Spundloch eines kleinen Bierfasses herumhebelte. »Da rühmen wir uns einiger der fähigsten Ingenieure im Weltenrund, und die bringen es nicht fertig, einen einfachen Öffnungsmechanismus für diese Dinger zu erfinden.«

Talus bemühte sich ein letztes Mal erfolglos, die Nebelschwaden allein mit der Kraft seines Blickes zu durchdringen. Er ließ die Schultern sinken und wandte sich ab. »Du trinkst zu viel, Dvergat.«

»Würde ich ja gern, Heetmann. Aber dazu müsste ich diese Scheißdinger erst mal aufkriegen.«

»Heetmann Talus?« Ein junger Offizier trat auf die beiden zu und schlug sich mit der Faust gegen den Brustpanzer. Seine stählerne Rüstung glänzte in der Dunkelheit.

Talus erwiderte den Gruß halbherzig und musterte den Mann mit gerunzelter Stirn. Ein Königlicher? Er konnte sich nicht daran erinnern, ihn vorher schon einmal gesehen zu haben. Aber irgendwie sahen diese verrückten Elitekrieger auch alle gleich aus, mit ihren blank polierten Panzerungen und dem verkniffenen Gesichtsausdruck, der vermuten ließ, dass sie zum Lachen in den Keller gingen und dort noch ein Loch gruben.

»Jarl Dornbirn von der Zwölften Königlichen«, stellte sich der Offizier vor. Zur Bekräftigung schlug er sich ein zweites Mal blechern gegen die Brust. »Ich bin der Standartenträger des befehlshabenden Kommandeurs in Abschnitt B. Und Sie sind der Kommandeur des Inneren Hafentors, wenn meine Informationen korrekt sind.«

Ich war der Kommandeur des Inneren Hafentors. Bis sie uns abgezogen haben, weil es nicht mehr benötigt wird. In der Weststadt gibt es nämlich niemanden mehr, der es wert wäre, von unseren Generälen gerettet zu werden. »Ay. Wir haben uns dort drüben heldenhaft gegen Menschenfrauen und halb verhungerte Kinder zur Wehr gesetzt.«

»Sehr gut, Heetmann.« Die Ironie in Talus' Worten schien spurlos an dem Standartenträger vorübergegangen zu sein. »Dann hatten Sie also bereits Feindkontakt. Das kann für uns in den nächsten Stunden noch nützlich werden.«

»Wenn die Orks ihre Frauen und Kinder mitgebracht haben, ja.« Talus rieb sich die schiefe Nase. Er hätte liebend gern auf Feindkontakt verzichtet und dafür ein kühles Bier in der Südstadt getrunken. So wie er es schon seit ein paar Stunden vorhatte. Doch dummerweise hatte man die Mauerwacht nicht über den Fluss abgezogen, wie man es ihm versprochen hatte. Stattdessen wurden sie hierhin gebracht. Es musste wirklich schlimm um die Stadt stehen, wenn die Generäle noch nicht einmal mehr auf alte Männer und Krüppel verzichten konnten. »Sie sind sicherlich nicht gekommen, um über die Lage in der Weststadt aufgeklärt zu werden, Standartenträger.«

»Ay, Heetmann. Die Weststadt ist bedeutungslos. Folgen Sie mir.«

SECHZEHN

In Höhe der Schleiferstraße gelangte der kleine Trupp aus Dalkar und Menschen wieder an die Oberfläche. Sie folgten dem Verlauf eines beinahe vollständig ausgetrockneten Bachbetts nach Osten, bis sie die wohlhabenderen Dalkarviertel am Fuß des Stadthügels erreichten. Dort wichen sie einer Gruppe von Flüchtlingen aus. Es waren vier Wagen, jeder bis in schwindelerregende Höhe vollgepackt mit Waren und wertvollen Besitztümern, die von den Ochsen nur mit größter Kraftanstrengung über das holperige Kopfsteinpflaster gezogen werden konnten. Die langen Peitschen der Treiber flogen unablässig über ihre Rücken hinweg, und mit jedem Knall schüttelten die riesigen Tiere unwillig die Köpfe und verdrehten die winzigen, blutunterlaufenen Augen. Auf den wenigen frei gebliebenen Stücken Ladefläche drängten sich Frauen, Kinder und schwer Verwundete. Hinter den Wagen humpelten mit gesenkten Köpfen die leichter Verletzten mit blutigen Kopfverbänden und in Schlingen gelegten Armen.

Kurz darauf begegneten sie den ersten Orks. Stein hatte sie als Erster entdeckt, und so konnten sie gerade noch rechtzeitig in einer dunklen Seitengasse verschwinden.

Die Orks tauchten wie Dämonen aus dem Nebel auf.

Muskelbepackte Bestien, halb nackt wie Tiere, aber mit scheußlichen Waffen aus Knochen, Stein und Eisen in den Klauen.

Mindestens ein Dutzend, vielleicht auch mehr, stürmten knurrend und bellend die Straße hinunter.

Ein besonders hässliches Exemplar mit langen, verfilzten Haaren blieb direkt vor dem Eingang zur Gasse stehen und sog witternd die Luft durch die Nase.

Glond hatte einmal einen gefangenen Ork gesehen, der in einem Käfig auf dem Obermarkt ausgestellt worden war. Das war eine jämmerliche, abgemagerte Gestalt gewesen, deren kantiger Kopf auf dem zerschundenen Körper beinahe grotesk riesig gewirkt hatte. Die Marktbesucher hatten ihn ausgelacht und mit Unrat beworfen, den die Kreatur ungeachtet der Erniedrigungen hungrig in sich hineinschaufelte.

Der hier war anders. Er war groß und breit wie ein Ochse. Seine kränklich braungrün schimmernde Haut spannte sich über mächtige Muskelberge, und in seinen Augen glühten rote Funken aus Jähzorn. Seine gezackte Knochenkeule schien in der Lage zu sein, selbst schwerste Plattenrüstungen mühelos zu knacken. Sein Blick wanderte aufmerksam über die Mauern, Fenster und Türen hinweg.

Glond spürte, wie sich ihm die Nackenhaare aufstellten. Die Dalkar um ihn herum spannten ihre Muskeln an. Als Beryll den Griff um seinen Schlachtenhammer verstärkte, knackte es leise.

Der Ork bleckte die Zähne. Ein tiefes Grollen drang aus seiner Brust, und er trat einen Schritt in die Gasse hinein. Esse hob langsam seine Armbrust.

Plötzlich wurde der Ork von hinten angerempelt. Er fuhr

herum und riss die Keule in die Höhe. Ein ebenso hässlicher Ork war an ihn herangetreten und bellte ihm ins Gesicht. Er grunzte eine kurze Erwiderung, und die beiden Kreaturen hasteten weiter die Straße hinab.

»Das war knapp.« Esse senkte die Armbrust.

»Ay«, gab ihm Beryll recht. »Die haben verdammt viel Glück gehabt.«

Die Flüchtlinge dafür umso weniger, dämmerte es Glond voller Entsetzen. Die Orks würden sie in kürzester Zeit eingeholt haben. »Wir müssen sie warnen«, stieß er hervor.

»Wen?« Beryll runzelte die Stirn. »Die Schweineschnauzen?«

»Die Flüchtlinge! Sie sind nicht schnell genug. Die Orks werden sie einholen.«

»Du sagst es.« Kearn funkelte ihn an. »Sie sind nicht schnell genug. Was bringt es also, sie zu warnen?«

»Aber die Orks werden sie töten, wenn wir ihnen nicht helfen.«

»Sie werden kämpfen wie echte Dalkar, und wenn es sein muss, werden sie sterben wie echte Dalkar. Sie verstehen das, weil es ihre Aufgabe ist. Unsere Aufgabe ist eine andere. Wir müssen unter allen Umständen den Tempel erreichen. Das ist ungleich wichtiger, denn davon hängt das Schicksal der gesamten Stadt ab. Wir können das nicht wegen ein paar Frauen und Kindern in Gefahr bringen.«

»Aber …« Hilfe suchend schaute Glond zu den anderen.

Der Armbrustschütze schüttelte nur den Kopf, Axt sah stumm zur Seite.

»Hör mir gut zu.« Kearn trat dicht an ihn heran. Er legte die Hand um den Griff von Glonds Kurzschwert und zog es mit einem Ruck aus der Scheide. »Wenn du diesen Dalkar so unbedingt helfen willst, dann nimm deine Waffe in die Hand und lauf ihnen hinterher.« Er drückte das Schwert gegen Glonds Brust. »Deine Aufgabe war es, uns sicher durch die Weststadt zu bringen. Das hast du ja nun geschafft. Und du hast bewiesen, dass du genug Mut hast, mir zu widersprechen. Jetzt beweise uns, dass du auch Mut hast, wenn es darauf ankommt.« Er drückte das Schwert fester gegen Glonds Brust. »Also los, geh, du großer Held.«

Glond starrte auf den Griff hinunter. Sein Atem ging schnell, er spürte, wie sich die Muskeln seiner Hände verkrampften.

»Hertig Kearn«, sagte Axt.

»Nimm endlich das verdammte Schwert in die Hand und geh! Wir brauchen dich hier nicht mehr.«

»Hertig Kearn«, wiederholte Axt, diesmal schärfer. Sie trat zwischen die beiden und drückte das Schwert nach unten. »Lassen Sie ihn in Ruhe. Sie haben recht, wir haben eine wichtige Aufgabe zu erfüllen. Aber dafür brauchen wir jeden Mann. Aus diesem Grund verlässt niemand die Gruppe. Wir gehen alle gemeinsam weiter.«

Kearn stieß geringschätzig die Luft aus. »Ay… Anführer.« Er ließ das Schwert fallen, trat von Glond zurück und spuckte auf den Boden.

Aus dem schmalen Spalt zwischen den Häusern musterte Ragroth nachdenklich den kleinen Platz. Vor ihm kauerte das Skrag-Weibchen, direkt neben ihm stand die junge Ayubo.

Er grunzte. »Kannst du dich vielleicht hinhocken oder so was?«

Sie schniefte. »Ich bin eine Urawi«, flüsterte sie. »Sie können mich hier nicht sehen.«

»Aber ich kann dich sehen, und das macht mich nervös. Also hock deinen Arsch hin, wenn ich es sage.«

Widerstrebend ging Sekesh in die Hocke.

»Du hast gesagt, sie haben Pfeilwerfer eingesetzt. Von wo?«

Sekesh zuckte mit den Schultern. »Ich bin mir nicht sicher.« Sie deutete auf die hohen Gebäude auf der linken Seite des Platzes. »Irgendwo von dort, denke ich.«

»Hm.« Ragroth musterte die düsteren Fronten. Durch den leichten Nieselregen waren zahlreiche leere Fensterlöcher zu sehen. Leider aber auch nicht mehr. Wenn es danach ging, konnte dort oben eine Doppelfaust Wühler mit Pfeilwerfern lauern. Oder auch nur ein einziger. Oder gar keiner mehr.

»Verfluchte Suppe«, murmelte er.

Auf der anderen Seite des Brunnens schien es den Zwergen beinahe gelungen zu sein, die Barrikade zu beseitigen. Ragroth konnte nichts Genaues erkennen, doch so wie es aussah, hatten die Wühler es auch geschafft, einen Wagen mit einem vollständigen Gespann auszustatten.

»Scheint so, als seien sie mit deinem Trupp fertig«, stellte Ordruk fest.

»Schon weniger übrig …«

»… mit denen wir teilen müssen«, merkten der Linke und der Rechte von hinten an.

Die Ayubo warf ihnen einen finsteren Blick zu.

Ragroth massierte sich die Unterlippe. »Diese Eidechse von dir«, sagte er. »Kann sie die Wühler dort oben finden?«

Sekesh nickte. »Das schon. Aber Vress tötet nicht schnell genug.«

»Ich habe nicht gesagt, dass das Vieh sie töten soll. Ich muss nur wissen, wo sie sind.« Der Broca grinste gehässig. »Oder besser: Unsere beiden Skrag-Freunde hier müssen das wissen. Kann es sie hinführen?«

Sekesh musterte die Skrag mit sichtlicher Abscheu. »Ich denke schon.«

»Dann los. Das Vieh soll die Skrag leiten. Ihr zwei folgt ihm und lasst euch nicht erschießen.«

Die Skrag stieß ein leises Bellen aus, das verblüffend nach einem verächtlichen Lachen klang. Sie schüttelte ihre knochenbehangene Mähne und begann, die nasse Hauswand hinaufzuklettern. Der große Skrag folgte ihr lautlos.

Sekesh sah den zwei schwarzen Schatten zu, wie sie in wenigen Augenblicken auf dem Dach verschwanden, und schauderte.

Ragroth grinste sie an. »Geht mir genauso. Sie sind ziemlich unheimlich.«

»Ich verstehe nicht, wie ihr mit diesen Tieren zusammenarbeiten könnt«, flüsterte Sekesh.

Ragroth zischte. »Lass sie das mit dem Tier nie hören«, murmelte er. »Dem Letzten, der das laut gesagt hat, haben sie die Arme ausgerissen. Aber wo wir schon bei Tieren sind – du solltest dein Ungeziefer mal losschicken.« Er deutete auf die Flugechse, die auf Sekeshs Schulter herumkletterte. Das winzige Tier zischte aufgebracht und spreizte die grellbunten Flughäute.

Die Schamanin strich ihm beruhigend über den Rücken und flüsterte ihm einige Worte in einem seltsamen Singsang zu. Dann nahm sie den Spilo in die Hand und warf ihn hoch in die Luft. Mit einem Zwitschern verschwand er im Nieselregen. Sekesh drehte sich um und lächelte. »Er mag das Ungezieferwort nicht. Und er ist giftig genug, um dich dafür zu töten. Was tun wir jetzt?«

Ragroth schnaubte, um das leise Kichern der Korrach zu übertönen. »Wir warten.«

SIEBZEHN

Sie waren noch zwei Häuserblocks von der Tempelanlage entfernt, die an der höchsten Stelle des Hügels im Nebel lag. Immer wieder stießen sie nun auf verstümmelte Leichen. Mehr Orks als Dalkar zwar, aber allein die Tatsache, dass so viele von ihnen so weit in den Stadtkern vorgestoßen waren, ließ das Schlimmste befürchten. Die Dalkar lagen mit zertrümmerten Schädeln und aufgeschlitzten Bäuchen im Dreck. Die meisten waren bis auf das Hemd ausgeplündert, die Bärte der Männer mit groben Klingen vom Kinn gesäbelt.

Das Gildenhaus der Leinenweber stand in Flammen und tauchte den kleinen Marktplatz, auf dem die Tuchhändler noch vor wenigen Tagen lautstark ihre Waren angepriesen hatten, in unwirkliches Licht.

Die aufgeheizte Luft trug einen abartigen Gestank aus Blut, Schweiß und ranzigem Fett heran. Am Brunnen hatte sich eine Gruppe Orks versammelt, die eine schwarze Knochenstandarte mit sich führte. Auf dem aufgespannten Fell prangte ein krudes Sonnensymbol.

Stein hatte zehn plus drei gezählt. Eine sogenannte »Doppelfaust«, hatte er ihnen erklärt. Die Orks versperrten den einzigen Weg, der von dieser Seite des Hügels zum Tempel hinaufführte. Leider machten sie nicht den Eindruck, als würden sie sich in nächster Zeit von dieser Stelle fortbewegen. Allen war klar, was das bedeutete.

Der Anführer der Orks war eine pechschwarze Bestie mit verfilzten Haaren und einem vergoldeten Hauer im Maul. Im Feuerschein glänzten unzählige wulstige Narben auf seiner Haut. Er lachte dröhnend und scheuchte die Männer herum. Einen Unvorsichtigen, der nicht schnell genug sprang, riss er an den Haaren in die Höhe und schleuderte ihn quer über den Platz. Seinem Nebenmann gab er einen so heftigen Tritt, dass der mit dem Gesicht voran auf das Pflaster knallte. Unter dem Gelächter der anderen Bestien verkrochen sich die beiden in einer dunklen Ecke.

Der Einzige, um den der Goldzahn einen Bogen machte, war ein wahrer Gigant aus Fleisch und Muskelmasse, der es sich im Schatten des Brunnens bequem gemacht hatte und sich von den anderen bedienen ließ. Ein Oger. Drei Armbrustbolzen ragten ihm aus Schulter und Oberarm, und er schien sie nicht einmal zu bemerken. Jedes Mal, wenn er sich rührte, zuckten die anderen zusammen und dämpften ihr Gebrüll.

Am Rand des Lagers war nur ein einsamer Wachtposten abgestellt worden, der sich auf seinen Speer stützte und gähnte. Die Orks mussten sich sehr sicher fühlen, wenn sie inmitten einer feindlichen Stadt nur eine Wache abstellten. Oder sie waren einfach nur dumm.

Der Wachtposten blickte sich träge um und stieß ein Grunzen aus. Er kratzte sich ausgiebig die Brust, als er ein

Geräusch zu bemerken schien und innehielt. Mit einem scharfen Zischen schoss ein Armbrustbolzen durch die Luft und nagelte ihm die Hand auf der Brust fest.

Dumpf starrte der Ork auf das Geschoss hinunter, das aus seinem Handrücken ragte. Es schien, als brauchte sein Gehirn einige Augenblicke, bis es begriff, dass er tot war. Lautlos sackte er in sich zusammen.

»Nachladen«, befahl Esse und reichte Glond die Armbrust nach hinten.

Die beiden hatten sich in der Ruine eines Bürgerhauses verschanzt. Sie sollten den anderen den Rücken frei halten, während diese einen Angriff starteten, um den Weg frei zu kämpfen. Es war riskant, aber sie hatten keine andere Wahl. Wenn die Dalkar rechtzeitig ankommen wollten, bevor die gesamte Stadt besetzt war, mussten sie alles wagen. Fünf Kämpfer und eine Handvoll Menschen gegen dreizehn Orks waren keine schlechte Quote. Vor allem, wenn das Überraschungsmoment auf ihrer Seite war.

Glond reichte Esse die zweite Armbrust nach vorn. Angst kroch in ihm hoch. Gebannt starrte er nach draußen.

Die zwei von Goldzahn gedemütigten Orks wühlten vor dem Gildengebäude im Schutt. Der eine hielt etwas in die Höhe, das entfernt an einen Lederball erinnerte. Als er es umdrehte, erkannte Glond eine Nase, milchig weiße Augen und einen aufgerissenen Mund. Der andere Ork lachte heiser und streckte die Hand danach aus.

Auf einmal war Axt zwischen ihnen. Mit einem einzigen Schlag ihres Spalters trennte sie die Hand des Orks sauber vom Gelenk. Noch bevor der Schmerz sein Gehirn erreichen konnte, schlug sie ihm mit ihrer zweiten Waffe den Schädel ein. Sie riss den Spalter heraus, drehte sich einmal im Kreis und zertrümmerte dem anderen Ork das Bein.

Kearn und Beryll stürmten rechts und links an ihr vorbei. Beryll schmetterte seinen Schild gegen den Schädel eines aufspringenden Orks, schwang den Kriegshammer hinterher und zertrümmerte dem rückwärts Taumelnden die Kniescheibe. Noch in der Rückholbewegung hieb er nach einem weiteren Gegner. Der Ork sah den Angriff kommen und wich ihm seitlich aus. Er rannte direkt in Kearns Streitkolben. Das spitze Ende von Rabenschwinge schlug ihm ein Loch in die Stirn. Es knackte, Blut und Knochensplitter spritzten durch die Luft.

Von rechts rückten die vier Menschen vor, laut brüllend, um sich gegenseitig Mut zu machen. Ihre Schwerter und Messer blitzten im Schein des Feuers, und sie erweckten den Eindruck, als wären sie drei- oder viermal so viele. Die völlig überrumpelten Orks spritzten vor ihnen auseinander wie ein Haufen aufgescheuchter Hühner, direkt in die Arme der Dalkar.

Kearn ignorierte sie. Er stieß einen heiseren Kampfschrei aus und rannte an den Flüchtenden vorbei – geradewegs auf den Ork mit dem Goldzahn zu. So mussten die Helden aus den Geschichten der Alten ausgesehen haben. Die mächtigen Krieger, die auch im dichtesten Kampfgetümmel den stärksten Gegner des Feinds entdeckten und ihn zum Duell herausforderten. Nur dass in diesen Geschichten die Gegner keine Tiere waren, die sich einen Dreck um Heldentum scherten. Gleich zwei der Kreaturen rauften sich zusammen, um ihren Anführer zu beschützen, beide mit gefährlich gezackten Stoßspeeren bewaffnet.

Kearn blieb stehen. Die Spitze seines Streitkolbens deutete auf den Goldzahn. »Du gehörst mir!«, brüllte er. Als würde das etwas nützen.

Der Goldzahn musterte ihn stumm. Er wiegte seinen mächtigen Schädel hin und her. Dann schlug er sich mit den Knöcheln gegen den Brustpanzer und knurrte die beiden Speerträger an, die widerstrebend zurückwichen. Der Goldzahn streckte eine Knochenaxt und einen langen Dolch in die Höhe, reckte das Kinn in den Himmel und stieß ein markerschütterndes Gebrüll aus.

Das Bedürfnis, Hals über Kopf in die Nacht hinauszufliehen, wurde in Glond beinahe übermächtig. Sein Magen krampfte sich zusammen. Er wollte sich in einem finsteren Loch verkriechen, wie er es schon einmal getan hatte. Weit fort von dem Lärm und dem Elend des Tötens und Sterbens.

»Schneller.« Esse streckte ungeduldig die Hand aus. Wenn der Vorhang aufging, musste alles perfekt laufen, durfte niemand mehr aus der Reihe tanzen.

Der alte Dalkar schloss die Augen und lauschte dem rhythmischen Klicken der Kettenglieder, während die Kurbel den Bogen spannte. Klick, klick, klick. Die Sehne rastete in der Halterung ein, und die Armbrust vibrierte vor Spannung. Der junge Dalkar reichte sie ihm nach vorn. Esse nickte ihm zu und strich liebevoll über das glatte Holz. Er kannte jede Unebenheit, jede Kante und jeden Nagel. Stahl und Holz, von seinen eigenen Händen zu einer einzigartigen Konstruktion aus Perfektion und Tödlichkeit verschmolzen. Er legte einen Bolzen ein und presste den Kolben gegen die Schulter. Brachte Kimme und Korn übereinander und zielte.

Aus diesem Winkel schien die Schlacht meilenweit entfernt. So als spiele sie sich auf einer Puppenbühne ab, und er beobachte das Spektakel aus der letzten Reihe. Dort, wo das einfache Volk stand und für eine Kupfermünze nur erraten konnte, um was es in diesem Stück ging.

Die Kämpfer waren kleine, hölzerne Puppen, die von unsichtbaren Spielern an Fäden gezogen wurden. Dort kämpfte eine weibliche Dalkarpuppe gegen zwei Orkpuppen gleichzeitig. Ihre Bewegungen wirkten seltsam abgehackt und unnatürlich, aber dennoch elegant. Vor ihren Füßen wälzte sich eine Orkpuppe im Dreck. Holzwolle quoll aus ihrem aufgeschnittenen Stoffwams. Am Brunnen schlug sich ein schwarzer Grubenteufel mit einem einäugigen Narren.

Der Einäugige erinnerte Esse an jemanden. Er hielt inne.

Zeit seines Lebens war er ein ehrbarer Dalkar gewesen. Wie alle Männer in seiner Familie war er bei einem Ingenieurmeister in die Lehre gegangen. Er hatte das Handwerk des Waffenbaus gelernt und war später selbst ein Meister seines Fachs geworden. Seinen ruhigen Händen und dem scharfen Auge verdankte die königliche Waffenkammer einige der bemerkenswertesten Stücke militärischer Schmiedekunst. Seine Schießfertigkeiten waren lange Zeit in aller Munde gewesen.

Dann war der Schmerz in seine Gelenke gekrochen, und die Augen waren trüb geworden. Seine Arbeiten wurden von Jahr zu Jahr schlechter, seine Bolzen verfehlten immer öfter das Ziel, und eines Tages hatte er festgestellt, dass er ein alter Mann geworden war. Einer von diesen Greisen, die in der Herdhalle dicht vor dem prasselnden Feuer hockten und ihre kalten Knochen und die ewig gleichen Geschichten aus der guten alten Zeit aufwärmten. Dalkar, die von niemandem mehr benötigt wurden.

Der General hatte das gewusst. Er hatte gewusst, dass Esse nur auf die Chance gewartet hatte, noch einmal ganz oben zu stehen. Noch einmal ein Held zu sein, über den man voll Ehrfurcht und Respekt sprach. Variscit hatte die Räte dazu gebracht, ihn auszuwählen, und er war nur zu gern gekommen. Er musste dafür nichts weiter tun, nur den Anordnungen des einäugigen Narren folgen. Im richtigen Augenblick seinen Stand und seinen Clan verraten und sich auf die Seite der Unteren stellen. Aber was war da schon dabei? Was hatte er schon zu verlieren?

Außer seiner Ehre.

Der schwarze Grubenteufel und der einäugige Narr umkreisten einander wie Wiesel und Schlange. Mal schlug der eine zu, dann wieder der andere. Sie schienen einander ebenbürtig zu sein. Keiner konnte sich einen klaren Vorteil gegenüber dem anderen verschaffen. Ihre Bewegungen wurden langsamer.

Der einäugige Narr stand nun mit dem Rücken zu Esse, genau vor seiner Armbrust. Er musste nur noch abdrücken.

Ein Riese stapfte von rechts durch die Kulisse und schmetterte eine grauenhaft schlechte Arie. Er reckte die mächtigen Arme in die Höhe und schüttelte die Fäuste. Was für ein schlechtes Theaterstück.

Esse schloss die Augen. Er wartete. Als der Riese vorbei war, atmete er tief durch und krümmte den Zeigefinger um den Abzug.

Glond sah, wie sich der Oger aus dem Schatten des Brunnens erhob. Der Gigant gähnte und streckte sich und blickte sich träge um. Einer der Orks wollte sich hinter seinem Rücken in Sicherheit bringen, doch er fegte ihn beiseite wie eine lästige Fliege. Er grollte und machte einen unentschlossenen Schritt auf die Menschen zu, als ein blitzender Schatten durch die Luft gewirbelt kam und in seine Schulter einschlug.

Der Oger brüllte auf und fuhr herum. Wütend zerrte er an der Axt, die tief in sein Fleisch eingedrungen war, riss sie mit einem Ruck heraus und warf sie scheppernd auf das Straßenpflaster. Seine Augen funkelten vor Wut.

Glond konnte seinen Zorn selbst auf diese Entfernung spüren. Axt stand ihm furchtlos gegenüber, über und über mit Blut bespritzt, wie eine Rachegöttin. Neben ihr hob Beryll seinen Schild. Ein irres Grinsen lag auf seinem bärtigen Gesicht. Der Oger stürmte los. Viel schneller, als man es einem so behäbigen Koloss zugetraut hätte, den Rücken tief gebeugt und die Schulter nach vorn gestreckt. Mit zwei, drei gewaltigen Sprüngen war er bei ihnen.

Beryll stemmte die Füße in den Boden und riss im letzten Augenblick den Schild in die Höhe. Der Oger prallte mit voller Wucht dagegen. Der Clankrieger wurde zurückgeschleudert und landete krachend auf dem Rücken, doch dem Oger erging es nicht besser. Er torkelte rückwärts und schüttelte benommen den massigen Schädel. Verwundert starrte er den Clankrieger an, so als könnte er nicht glauben, dass jemand genauso stark war wie er.

Axts Angriff brach den Bann. Pfeifend sauste ihr Spalter durch die Luft und zog eine blutige Spur über den Schenkel des Ogers. Brüllend fuhr er herum und schlug nach ihrem Gesicht. Doch die Dalkar war schon längst woanders. Dann war Beryll wieder auf den Beinen und bedrängte ihn von der anderen Seite. Rasend vor Wut schlug der Oger zurück, doch die meisten seiner Hiebe prallten wirkungslos am Schild ab. Dennoch gelang es ihm irgendwie, den Rand zu fassen zu bekommen und dem Clankrieger den Schild vom Arm zu reißen.

Beryll geriet ins Straucheln. Die Faust des Ogers schmetterte in seine Rüstung und hinterließ eine tiefe Delle darin.

Beryll krümmte sich und schnappte nach Luft. Der Oger lachte und hob erneut die Faust.

»Esse!« Etwas traf den Schützen am Arm. Kein Schlag, nur eine leichte Berührung – doch sie reichte aus, damit er die Waffe verzog. Der Schuss löste sich, und der Bolzen raste in die Nacht hinaus.

Der Grubenteufel riss die Arme in die Höhe, taumelte einen Schritt rückwärts und schaute sich verwundert um. Der Bolzen steckte tief in seiner Stirn. Er ließ die Waffen fallen und tastete mit beiden Händen über sein Gesicht. Dann knickte er weg, als hätte ihm der Puppenspieler die Fäden durchschnitten. Der einäugige Narr blieb mit hängenden Armen vor ihm stehen. Von Weitem wirkte er nun wahrhaft lächerlich.

Esse stieß einen Fluch aus. Wütend drehte er sich zu Glond um. Der junge Dalkar deutete stumm nach draußen, wo Axt und Beryll in einen Kampf gegen den Oger verwickelt waren. Der Gigant hatte schon einige Verletzungen davongetragen, doch die hielten ihn nicht davon ab, Beryll zu

Tode zu prügeln. Im Grunde war es schade um jeden Schlag, der danebenging. Der dämliche Idiot hatte diese Abreibung schon lange verdient. Aber Axt war ebenfalls dabei, und er musste ihr beistehen.

Er riss Glond die zweite Armbrust aus der Hand, legte fließend einen neuen Bolzen ein und schoss. Er konnte nicht verfehlen. Der Oger war groß wie ein Haus. Sein massiger Kopf zuckte herum – für ihn war es nur ein Mückenstich, aber er reichte aus, um ihn abzulenken, und so konnte Axt ihm den Spalter in die Wade treiben. Der Oger ging in die Knie, und Beryll rollte sich herum und entkam seiner Reichweite.

Gezielt deckten die zwei Dalkar das Monster nun von beiden Seiten mit Schlägen ein. In fast regelmäßigem Takt schoss Esse weitere Bolzen in seinen gewaltigen Körper, bis es Beryll endlich gelang, ihm mit einem hohen Hammerschlag das Schlüsselbein zu zertrümmern.

Der Oger brach endgültig zusammen. Keuchend wälzte er sich herum und stierte die Dalkar mit rot glimmenden Augen an. Sein Atem ging rasselnd und ungleichmäßig. Geifer troff ihm aus dem aufgerissenen Maul und vermischte sich mit einer sich rasch ausbreitenden Blutlache auf dem Boden.

»Der Vorhang ist gefallen.« Esse legte die Armbrust zur Seite und strich sich über das Gesicht. »Wir hoffen, das Stück fand eure Anerkennung. Es handelte von Ehre und Mut, und es hat ein offenes Ende, das zum Nachdenken anregen soll.«

Glond schaute ihn fragend an.

Esse winkte ab und humpelte nach draußen. Er fühlte sich müde und ausgelaugt.

Beryll ging vor dem Oger in die Hocke und stieß ihm den Kopf des Schlachtenhammers in die Seite. Das Monster stöhnte auf, seine Pranke zuckte schwach nach vorn. Beryll grinste. »Hast du immer noch nicht genug? Möchtest du weiter mit uns spielen?«

Axt schaute kopfschüttelnd auf ihn hinunter. »Wir sind keine Orks«, sagte sie angewidert. »Bring es endlich zu Ende.«

»Ay, Anführer.« Beryll legte den Hammer zur Seite und zog ein langes dünnes Messer aus dem Gürtel. Die dunklen Augen des Monsters folgten aufmerksam jeder seiner Bewegungen. Der Dalkar streckte den anderen Arm aus und zog das Messer langsam quer über die vernarbte Haut.

Der Oger runzelte die Stirn.

»Das hier wird mich immer an dich erinnern, mein hässlicher Freund.« Beryll wischte die Klinge an seinem Hosenbein ab. Er hob den Schlachtenhammer auf und zertrümmerte dem Oger den Schädel.

ACHTZEHN

Ich hab das Warten satt. Die Wühler ließen sich erstaunlich viel Zeit, um ihn zu töten, fand Krendar. *Kommt endlich, ihr Drecksäcke!* Schon seltsam, auf welche Gedanken man kam, wenn man hinter einer monströsen Wühlerstatue hockte und darauf wartete, dass ein gepanzerter Zwerg kam, um einem den Schädel einzuschlagen. Dinge wie: *Wieso bin ich eigentlich hier?* und: *Wofür der ganze Scheiß?*

Die zweite Frage war nicht so einfach zu beantworten, wenn er jetzt darüber nachdachte. Ein Bote des Roterde-Stammesrats war in ihr Dorf gekommen. Man sprach davon, dass sich die Weststämme erhoben. Nicht nur sie – die Stämme der nördlichen Ebenen hatten sich ihnen ebenfalls angeschlossen, und aus den Dobrog-Bergen und den Tälern der Grûshnak-Kette kamen Kriegshorden der Korrach. Es hieß, dass dies der größte Feldzug der Stämme sei, den die Welt je gesehen habe. Sein Ziel: die Vernichtung der Wühler.

Krendar hatte noch nie einen Wühler gesehen, doch in dieser Nacht hatten die Ältesten das Dorf zusammengerufen und eine Geschichte erzählt. Davon, wie die Aerc zur Zeit der Ahnen das gesamte Land bewohnt hatten, von den heißen, graslosen Einöden im Norden bis zu einem kalten, salzigen Wasser im Süden, so groß, dass es kein Aerc je umlaufen oder durchschwommen hatte. Die Aerc waren zahlreicher gewesen als die Grashalme, und es gab weder die kümmerlichen Menschen noch die verfluchten Zwergwüchsigen. Diesen Teil der Geschichte hatten die Ältesten sichtlich genossen und sich Zeit gelassen, bis alle genügend Shranga getrunken hatten, bevor sie zum düsteren Teil der Legenden gekommen waren.

Zuerst waren die Menschen gekommen. Anfangs wenige, die Siedlungen am Ufer des großen Wassers gegründet hatten: lächerliche Dörfer voller stinkender Kümmerlinge, schwächer als Kinder, die kein Aerc ernst nahm. Die Ahnen hatten ihnen ihre schlammigen Felder gelassen und beschlossen, sie zu ignorieren. Doch es folgten mehr Menschen. Viel mehr. Und mit ihnen kamen die Zwerge, die Festungen aus Stein erbauten und die Aerc mit Waffen aus Eisen jagten. In nur wenigen Generationen war der Süden verloren. Die Stämme, die einst die Küsten, Wälder und Sümpfe jenes Stammeslands bewohnt hatten, waren verschwunden. Die steinernen Städte der Zwerge waren immer weiter nach Norden vorangekrochen und in ihrem Schatten die Siedlungen der Menschen. Dort, wo die Aerc vertrieben waren, rissen die Zwerge die Erde auf, um aus ihren Knochen weitere Festungen zu bauen und in ihrer unersättlichen Gier tief in ihren Eingeweiden nach Gold und Eisen zu wühlen.

Die Stämme der Aerc aber, entzweit durch Stolz und uralte Blutfehden zu Ehren der Ahnen, verloren ihr Land. Sie wurden immer weiter nach Norden gedrängt, in die baumlosen Ebenen und die unwirtlichen Bergtäler der Grûshnak. Mit den Gebeinen aus den Knochengruben der Ahnen düngten Menschen ihre Felder, während die Wühler ihre Schächte in ihre heiligen Stätten trieben. Die Stimmen der Ältesten hatten gezittert vor Wut und Scham, und die Krieger hatten ihren Zorn in die Nacht hinausgebrüllt, bis das Heulen der Schakale verstummt war.

Dann hatte der Bote das Wort ergriffen. Jetzt sei Schluss damit, hatte er verkündet. Die Ahnen hätten gesprochen. Ein Krieger hatte sich erhoben und alle Stämme der schwarzen Aerc im Norden unter sich vereint. Die Ayubo hatten mächtige Krieger und Boten ausgesandt, die Verhandlungen führten oder, wenn nötig, Zweikämpfe gewannen. Nun endlich, in dieser Nacht, hatte der Aufruf auch sie erreicht. Der Kriegsherr Rogoru würde marschieren und mit ihm die Aerc, jedes Volk, jeder Stamm, jedes Dorf, jedes Haus. Sie würden die Städte der Zwerge niederreißen und das Land der Ahnen mit dem Blut der Wühler reinwaschen. Sie würden die heiligen Stätten der Völker befreien und aus den Knochen der Erdmaden neue Schreine für die Ahnen errichten.

Ruhm würde ihnen zuteilwerden, Ehre und all dieses Zeug, das hier im Schatten der Wühlerstatue plötzlich ziemlich viel an Reiz eingebüßt hatte. Aber dort, am Feuer des Dorfrats, hatte es wirklich gut geklungen, das musste Krendar zugeben. Vier Krieger jedes Hauses würden sich dem Heer anschließen, so beschlossen es die Ältesten in jener Nacht, und die jungen Krieger der Häuser hatten um die Ehre gekämpft, einer der vier zu sein. Krendar hatte zu den Siegern, den Glücklichen gehört. Zu denen, die Ruhm und Sieg für die Stämme erringen würden. Das hatte er zumindest geglaubt, als er gemeinsam mit den fünf Doppelfäusten des Dorfs Drei Krähen aufgebrochen war.

Was die andere Frage anging, wieso er eigentlich hier war – das war schnell beantwortet: Weiber.

Er stammte aus einem kleinen Haus und hatte keinen Namen als Krieger. Wenn er aber mit den Bärten von Wühlern zurückkehrte, mit Ruhm, Geschenken und Waffen aus Stahl, dann würden die Weiber des Dorfs ihn sehen und mit auf ihr Lager nehmen. Scheiß auf das Dorf – er würde sich im ganzen Stamm das Haus aussuchen können, dem er Nachkommen schenken würde. Das war zumindest der Plan gewesen.

Stattdessen kauerte er hier im Nebel zu Füßen der Wühlerstatue, die voller Verachtung auf ihn herabstarrte, und wartete auf das Ende. Aber die verschissenen Wühler ließen sich verdammt viel Zeit damit.

Er knirschte mit den Zähnen und ballte die Fäuste. Doch der Wurm nagte tief in seinen Eingeweiden und hinderte ihn daran, aufzustehen und seine Herausforderung zu brüllen. Also blieb er hocken und wartete. So viel zum Helden Krendar.

Es war einige Zeit her, dass die Ayubo in den Gassen verschwunden war. Sie hatte recht behalten: Die Ahnen schienen sie vor den Pfeilen der Zwerge zu bewahren. Zwei Geschosse hatten sie wild trudelnd verfehlt, als sie aus der Deckung gesprungen und die Straße hinabgerannt war. Wider Erwarten hatten die Wühler sie nicht verfolgt. Zugegeben, die Schamanin war langbeinig und schnell. Was man von den Wühlern nicht behaupten konnte. Aber er saß verdammt noch mal hier fest. Warum also holten sie ihn nicht?

Eine Bewegung auf der anderen Seite des Platzes ließ ihn

aufschauen. Ein schwarzer Schatten huschte über den Rand eines der nebelverhangenen Dächer. Lautlos sprang er auf das benachbarte Haus und verschwand. Ein zweiter folgte ihm. Krendar kniff die Augen zusammen. Was bei den Ahnen war das? Noch mehr Wühler? Kaum.

Irgendetwas blitzte in der dunklen Gasse zwischen den Häusern auf, aus der sie auf den Platz gestürmt waren. Krendar runzelte die Stirn. Die Ayubo?

Von oben auf der anderen Seite des Wasserbeckens kam ein erstickter Ausruf und riss plötzlich ab.

Eine harsche Wühlerstimme stieß einen alarmierten Ruf aus. Die anderen Wühler fielen ein, und ein Chor knirschender Stimmen erfüllte den Platz, gemischt mit den hellen Stimmen von Menschen und dem Muhen eines Ochsen. Sie klangen alle nicht glücklich.

Ein zweiter Schrei gellte gedämpft zwischen den Häusern und brach ebenso abrupt ab wie der erste. Die Rufe der Wühler wurden aufgeregter. Was es auch war, das die Wühler erschreckt hatte, Krendar gefiel es.

Wieder bewegte sich etwas in der Gasse und zog Krendars Aufmerksamkeit auf sich. Etwas Großes, Dunkles schob sich aus der Schlucht zwischen den Gebäuden, und der junge Aerc brauchte einen Augenblick, um zu erkennen, was es war. Bei den Ahnen! Irgendjemand trug einen ganzen verdammten Torflügel auf den Platz! Im selben Moment donnerte ein Brüllen zwischen den Häusern hindurch. Ein Kriegsschrei der Aerc. Der Torflügel begann, sich zu bewegen. Ein Wühlerpfeil schlug im Holz ein, doch ihm folgte kein weiterer. Im nächsten Moment hob sich die hölzerne Platte, und Krendar konnte den riesigen Oger sehen, der sie über dem Kopf trug, als würde sie nicht mehr wiegen als eine getrocknete Rinderhaut. Im Schatten dieses riesigen Schilds liefen weitere Krieger, die Mäuler brüllend aufgerissen, die Waffen bereit. Ein zweiter Pfeil blieb wirkungslos in dem Schild stecken, dann waren die Krieger heran und stürmten johlend an ihm vorbei. Zu seiner eigenen Verblüffung ertappte sich Krendar dabei, wie er aufsprang, neben den Kriegern herlief, wie sie aus vollem Hals brüllte und in großen Sätzen auf die Wühler zujagte. Die kleinwüchsigen Bastarde hatten einen der Wagen fahrbereit gemacht und bildeten eilig einen Schildwall zwischen dem zweiten und den Resten der Barrikade. Krendar konnte allerdings nur noch einen der Gepanzerten sehen. Er stand auf einem der toten Ochsen und erwartete ihren Ansturm mit eigentümlicher Ruhe. Seine Kriegsaxt balancierte er auf der Schulter. Hinter ihm knallte eine Peitsche, und die Ochsen brüllten. Laut quietschend setzte sich der Wagen in Bewegung.

Dann waren sie da. Nur wenige Schritte, bevor die Aerc auf den Schildwall prallten, sanken die Zwerge auf die Knie und hoben etwas vom Boden auf. *Spieße,* erkannte Krendar. Lange, eiserne Spieße, massiv genug, um selbst einen Oger aufzuhalten. Und sie hielten in vollem Lauf darauf zu.

Er versuchte zu stoppen, glitt aus und geriet ins Stolpern. Doch gerade bevor sie in die geschliffenen Spitzen prallten, wuchtete der Oger den Torflügel noch höher und schleuderte ihn mit einem markerschütternden Brüllen nach vorn. Die Wühler stießen Schreckensschreie aus, ließen ihre Spieße fallen und sprangen zur Seite. Nicht alle waren schnell genug. Einer der kleinen Krieger wurde unter den mächtigen Holzbohlen begraben, ein zweiter hatte weniger Glück. Die

Platte bedeckte ihn nur halb und zertrümmerte ihm vermutlich Beine und Unterleib. Mit vor Schreck geweiteten Augen starrte er auf die heranstürmenden Aerc. Nicht lange allerdings.

Der Oger sprang aus vollem Lauf auf den Torflügel. Unter erschreckend lautem Knirschen brach der Brustkorb des Wühlers und versprühte einen Schauer aus Blut. Im gleichen Augenblick war ein riesiger Streithammer in der Faust des Ogers aufgetaucht und donnerte auf den eilig erhobenen Schild eines weiteren Wühlers. Der eiserne Schild knickte ab, als bestünde er aus dünnem Blech. Seine obere Kante wurde tief in den Schädel seines Besitzers getrieben. Die anderen Aerckrieger nutzten die entstandene Lücke und warfen sich auf die Zwerge. Noch bevor die ihre Waffen ziehen konnten, war ein weiterer unter den Speerklingen der zwei Korrach-Krieger gefallen.

Dann hatte Krendar keine Zeit mehr, sich um den Rest zu kümmern. Noch immer stolpernd prallte er gegen den Schild eines der Wühler, wurde von den Füßen gerissen und ging zu Boden. Was ihm vermutlich das Leben rettete – schon wieder.

Der Zwergenkrieger ignorierte ihn und schwang seine Axt nach dem Rücken des nächsten Aerc – dem des alten Broca, der soeben seine Kriegskeule auf den Helm eines anderen Zwergs krachen ließ. Die Axt hinter seinem Rücken konnte er unmöglich sehen.

O verdammt. Krendar trat nach den Füßen des Zwergs, traf einen gepanzerten Knöchel und ließ den Wühler stolpern, sodass dessen Hieb danebenging und klirrend Funken aus dem steinernen Boden schlug. Mit einem wütenden Bellen fuhr der Zwerg herum und starrte Krendar an. Seine Axt fuhr erneut in die Höhe. Erst jetzt ging Krendar auf, dass ihm selbst etwas fehlte. Eine Waffe. *Groshakk!*

Der junge Aerc warf sich herum und stieß gegen etwas Schweres, Glitschiges. Etwas Schwarzhäutiges, Narbiges, das in einer Lache aus Blut lag. Die Leiche eines der Ayubo. Eilig wälzte er sich über den Leichnam. Die Axt biss tief in das schwarze Fleisch und schien sich irgendwo zu verhaken. Der Wühler stieß einen kratzenden Fluch aus und zerrte an der Waffe, doch da entdeckte Krendar das schwere Haumesser neben der Leiche. Ohne zu überlegen, packte er die Waffe und schwang sie mit einem Aufschrei herum. Der Aufprall fuhr ihm bis in die Schulter.

Der Wühler starrte ihn an und stieß dann ein eigentümlich hohes Wimmern aus. Krendars Hieb hatte ihm den Arm beinahe vollständig durchtrennt. Lediglich die eiserne Armschiene verband seine Hand noch mit dem Körper. Krendar riss die Klinge aus dem Arm und rammte sie über dem herabgesunkenen Schild tief in den Hals des Zwergs. Blut sprühte über seinen Arm und sprenkelte sein Gesicht.

»Modrath, halt den verschissenen Wagen auf!« Ragroth scherte nach rechts aus, ließ seine Kriegskeule auf einen Schild krachen, wich einem Schwertstoß aus und drosch einem Zwerg die Faust ins Gesicht. Wie aus dem Nichts tauchte die Ayubo neben ihm auf und rammte einen langen Dolch durch das Maul des Wühlers. Ein Arschloch weniger.

Ragroth beachtete sie nicht weiter. Ihn interessierte nur ein einziger der Gegner – es hatte keinen Zweck, sich von Unwichtigem ablenken zu lassen. Der gepanzerte Sack stand noch immer auf dem toten Ochsen und hatte sich noch immer nicht gerührt. Jetzt allerdings schien er Ragroths Blick aufzufangen, denn er nickte kaum merklich und hob die Axt von seiner Schulter. Es war eine verflucht hässlich aussehende Waffe, beinahe groß genug, um auch in Modraths Pranken gefährlich zu wirken. Die Leichtigkeit, mit der der Wühler die Axt bewegte, rief so etwas wie Achtung in Ragroth hervor. Und Vorsicht. Entweder war die Waffe leichter, als sie aussah – oder der Bastard war stärker, als es einem Wühler zustand. Ein echter Gegner, so viel war sicher. Ragroth blieb stehen. Kein Grund, dem Kerl mehr Vorteile zu geben als nötig. Er zog sein Messer aus dem Gürtel, dann bleckte er die Zähne, breitete die Arme aus und präsentierte dem Zwerg die Brust für den ersten Schlag.

Der Wühler schlug zu, ohne im Geringsten zu zögern. Seine Waffe kam so schnell, dass Ragroth nur um Haaresbreite vermeiden konnte, seine Innereien über den toten Ochsen verteilt zu sehen. Fluchend sprang er zurück und entging knapp dem Rückschwung der Klinge, die dicht vor seinem Gesicht vorbeizischte. Noch bevor die Axt ihren Schwung vollendet hatte, sprang Ragroth vor und hieb mit der Keule nach dem Unterleib des Zwergs. Der Treffer rief lediglich ein dumpfes *Klonk* hervor; der Kopf der Waffe glitt an der schweren Panzerplatte ab, und sein eigener Schwung brachte ihn ins Straucheln. Die Axt kehrte zurück und zwang ihn, wieder Abstand zu gewinnen. Die langstielige Waffe wog den Reichweitenvorteil des Broca mehr als auf, sodass die nächsten Schlagwechsel dem Broca eine flache Schnittwunde am Oberarm einbrachten.

Ragroth fluchte, und der Wühler antwortete mit einem

harschen Rumpeln. Vermutlich verspottete der kleine Drecksack ihn. Ragroth trat einen Schritt zurück. Spott war eine wirkungsvolle Waffe gegen einen Aerc. Die meisten Krieger sprangen schon auf eine eingebildete Beleidigung an. Doch Ragroth gehörte nicht zu den meisten – und er hatte den Trick selbst zu oft angewandt, um darauf hereinzufallen. Er warf einen Blick zurück. Nur drei der restlichen Wühler standen noch, bedrängt von den Korrach, der Ayubo und einem weiteren Aerc. Woher der plötzlich gekommen war, mochten die Ahnen wissen. Etwas weiter entfernt hackten Fograr und Ordruk auf die letzten beiden der Menschen ein. Ragroth sah den Gepanzerten an.

»Du blödes Arschloch weißt schon, dass du verloren hast? Ich muss dich da gar nicht runterholen.« Er nickte in Richtung Ochsenkarren, der ein ganzes Stück die Straße entlanggerumpelt war, und grinste.

Das Dumme an Ochsengespannen war, dass sie es nie mit der Geschwindigkeit eines Aerc aufnehmen konnten. Von einem Oger ganz zu schweigen. Modrath hatte das Gefährt beinahe erreicht. »Was meinst du dazu, hm? Ich weiß, ich sollte hier bleiben und dir 'nen ehrenhaften Kampf liefern, wie in den alten Liedern. Aber weißt du was? Von mir aus kannst du auf deinem Scheißochsen bleiben, so lange du willst.«

Er umrundete den Kadaver und wandte sich ab. Der Wühler brüllte ihm etwas zu. Vermutlich sollte er stehen bleiben und kämpfen wie ein Mann oder so ähnlich. *Na sicher doch.*

Aus dem Augenwinkel sah er, wie der Gepanzerte sein Gewicht verlagerte, um von dem toten Koloss zu springen.

Genau das, worauf Ragroth gewartet hatte. Er warf sich herum, tauchte unter der zischenden Axt hindurch und rammte seinen Dolch in den fetten Wanst des Ochsen. Blitzschnell rollte er sich beiseite, und die gebogene Klinge schlitzte das Tier der Länge nach auf. Mit einem furzenden Geräusch entwichen Luft und Gas aus der Bauchhöhle des Kadavers, und die grünlich grauen Innereien des Ochsen quollen hervor und ergossen sich klatschend auf das Pflaster der Straße. Die Stiefel des Wühlers sackten in die erschlaffende Haut des Tiers, gerieten in die schleimigen Gedärme, und mit einem Aufbrüllen verlor der Zwerg den Halt, glitt aus und krachte rücklings in den stinkenden Haufen Gekröse.

Ragroth warf sich herum und trieb den Dorn seiner Kriegskeule mit aller Kraft in die Brustplatte des Zwergs. Der Schrei riss mit einem verblüfften Husten ab. Die Panzerhandschuhe griffen nach Ragroths Hals, erreichten ihn jedoch nicht. Stattdessen öffneten und schlossen sie sich zuckend, wie die gepanzerten Scheren eines Krebses, bevor der Wühler die Arme sinken ließ. Schwer atmend starrte der Aerc in die dunklen Augen hinter dem Sehschlitz des Panzerhelms. Der Zwerg hustete nochmals und murmelte etwas. Ragroth nickte. »Du warst ein fairer Gegner«, sagte er. »Blöd für dich, dass ich's mit fair nicht so habe. Es ist Krieg, du blöder Arsch. Da ist für so etwas kein Platz.« Damit stieß er seinen Dolch unter dem Helm hindurch in den Schädel des Zwergs. Dann riss er seine Keule aus dem Brustkorb des Toten, rollte sich auf die Füße und lief los.

Auf dem Platz am nördlichen Ende der Brücke hatten sich unzählige Zwerge versammelt. Ein Großteil waren schwer gepanzerte Königliche, die mit stoischer Gelassenheit auf ihren Einsatz warteten. Es mussten weit über hundert sein und noch einmal die gleiche Menge an Freiwilligen aus den Stadtverbänden. Sogar ein verlorenes Häuflein Menschen befand sich unter ihnen; dürre Gestalten in Straßenkleidung und mit lächerlich leichten Waffen, die gegen einen Ork wenig ausrichten würden. Aus ihren weit aufgerissenen Augen, die im Dunkeln kaum etwas sehen konnten, sprach die nackte Angst.

Talus' Blick wanderte die Reihen entlang. Auf den ersten Blick wirkte ihre Zahl beeindruckend, aber er kannte die tatsächliche Situation besser als die meisten Dalkar. Gegen die erdrückende Übermacht der Orks waren sie bei Weitem nicht genug. Viel zu wenige, um selbst diese eine Brücke längere Zeit zu halten.

Jarl Dornbirn deutete nach vorn. »Die Zwölfte Königliche bewacht den Straßenabschnitt dort drüben.« Sein ausgestreckter Zeigefinger beschrieb einen weiten Bogen nach Osten. »Von der Markthalle bis hinunter zu den Lagerhäusern am Ufer. Sie und Ihre Männer schützen unsere linke Flanke.«

Talus verzog das Gesicht. Er konnte nicht viel erkennen, was es dort unten zu bewachen gab. Eine Handvoll Bäume, ein paar Hütten und dazwischen eine Menge aufgewühlter Erde. Ein denkbar ungünstiger Ort, um sich gegen eine Übermacht blutrünstiger Orks zur Wehr zu setzen. »Sind Sie sicher, dass wir uns so weit vorn aufstellen sollten? Sieht mir alles ziemlich offen aus. Ich könnte mir vorstellen, dass wir am Kai besser positioniert sind. Dort stehen uns zumindest ein paar Mauern zur Verfügung, hinter denen wir uns verschanzen können.«

Der Standartenträger warf Talus einen Blick zu, der erkennen ließ, dass er ernsthaft an seinem Verstand zweifelte. »Die Position ist klug gewählt. Die Orks greifen von der Oststadt aus an. Hier im Westen erwarten wir keine nennenswerten Zwischenfälle. Der Generalstab plant daher, von dieser Stelle aus einen schnellen Gegenangriff zu führen.«

»Einen schnellen Gegenangriff?« Talus unterdrückte einen Hustenanfall. »Ich habe nicht gewusst, dass so etwas in der derzeitigen Situation vorgesehen ist.«

»Jetzt wissen Sie es. Die Zwölfte führt Derok zum Sieg.«

»Verstehe. Irgendwer muss es ja tun.« Talus schob die Hand unter den Brustpanzer und kratzte sich den Bauch. »Bei diesem stolzen Vorhaben schützen wir natürlich gern eure Flanke. Bekommen wir wenigstens Material, um Barrikaden zu bauen?«

»Ihr seid selbst die Barrikaden. Der Feind wird sich an euch die Zähne ausbeißen.«

»Ganz schön niedrige Barrikaden sind wir, was, Heetmann?« Unteroffizier Dvergat stellte sein Bierfass ab und klopfte sich mit der Hand auf den Helm. »Ich denke, wir sollten uns übereinander aufstellen. Obendrauf ein paar Armbrustschützen positionieren, dann sind wir uneinnehmbar.«

Talus spuckte auf den Boden. »Mach endlich das verdammte Bierfass auf, Dvergat.«

Modrath brüllte frustriert. Die Straße war schmal, und der Ochsenkarren schaukelte gefährlich hin und her, streifte einmal links, dann wieder rechts die steinernen Fassaden der Häuser, und seine eisernen Räder ließen Funken sprühen. Modrath ließ seinen Hammer gegen die Rückseite des Gefährts krachen, doch außer einem dumpfen Dröhnen des eisernen Kastens bewirkte er damit nichts. Auf dem schwankenden Dach tauchte ein Wühler auf und richtete einen Pfeilwerfer auf ihn. Der Oger warf sich zur Seite, entging knapp dem Geschoss, prallte heftig gegen die Hauswand zu seiner Rechten und fiel zurück. Fluchend fing er sich und versuchte, abermals zu dem davonschlingernden Wagen aufzuschließen.

»Ihr beschissenen Arschmaden! Ich reiß euch die Beine aus!«

Der Wühler auf dem Dach des Fahrzeugs entgegnete etwas, das Modrath über dem Rumpeln und Kreischen auch dann unverständlich geblieben wäre, wenn er diese Sprache beherrscht hätte. Der Sinn kam allerdings an. Vermutlich sollte er sie an ihren mickrigen, haarigen Ärschen lecken oder etwas in der Art.

Für einen Moment wurde die Gasse breiter, und links tat sich eine Öffnung auf. Der Oger grunzte und verdoppelte seine Anstrengung. Mit drei gewaltigen Sätzen war er neben dem Wagen. Doch bevor er das Gefährt überholen konnte, schwankte es auf seine Seite und drohte, ihn an der Hauswand zu zermalmen. Modrath war groß, doch selbst er hatte dem eisernen Karren nicht viel entgegenzusetzen. Neuerlich fluchend ließ er sich zurückfallen.

Plötzlich war Ragroth neben ihm. »Ich hab dir doch gesagt, du sollst das Scheißding aufhalten! Ist das zu viel verlangt?«

Er bleckte den gewaltigen Hauer. »Leck mich, Broca«, keuchte er. »Kannst du mir auch verraten, wie?«

Ragroth lachte auf. »Japp. Wirf mich.«

»Was? Du bist kein Zwerg!«

»Scheiß drauf. Dann lauf dicht ran.« Der Broca beschleunigte.

Modrath schloss keuchend auf. »Was hast du vor?«

»Was wohl. Ich will da rauf. Beweg deinen Arsch!«

Der Oger grunzte und warf sich gegen das Heck des Wagens.

Gleich darauf kratzten die Stiefel des Broca über seinen Rücken.

Ragroth stieß sich von den Schultern des Ogers ab und schwang sich auf das blecherne Dach. Direkt vor ihm kniete ein Zwerg und war fieberhaft damit beschäftigt, seinen Pfeilwerfer zu spannen. Er hob im selben Augenblick den Kopf, in dem das Gesicht des Aerc vor ihm auftauchte. Ragroth schlug zu. Der Wühler brachte seine Waffe gerade noch rechtzeitig hoch, um die Kriegskeule des Broca abzuwehren – was ihm nicht viel nützte, denn die Wucht der Kriegskeule warf ihn aus dem Gleichgewicht. Mit einem Aufschrei kippte er zur Seite und rutschte vom Dach. Er prallte gegen die nahe Hauswand und verschwand mit hässlichem Knirschen im Spalt zwischen Mauer und Wagen. Das Gefährt schwankte und rumpelte einen Augenblick, dann richtete es sich knarrend wieder aus.

Ragroth atmete tief durch. Er fasste seine Keule fester und stand auf.

Von hier oben konnte er die schmale Straße sehen – vor allem aber die vier panisch brüllenden Zugtiere. Ochsen im vollen Lauf zu stoppen war gar nicht so einfach, das wusste Ragroth aus Erfahrung. Aber es war möglich. *Wenn man völlig bescheuert ist.*

Er atmete nochmals tief durch. Mit gefletschten Zähnen lief er los und sprang vom vorderen Rand des Dachs direkt zwischen die Zugtiere. Sofort wurden Schreie hinter ihm laut. *Kein Grund zur Aufregung. Ich bleib nicht lange.*

Er bekam die Geschirre der hinteren beiden Ochsen zu fassen und kämpfte einen Moment damit, die Füße auf die Deichsel zu bekommen. Eine Peitsche knallte neben seinem Kopf, und heißer Schmerz verriet ihm, dass er gerade ein Stück seines linken Ohrs eingebüßt hatte. *Drauf geschissen.*

Endlich fanden seine Füße Halt, und er warf sich nach vorn. Der nächste Peitschenhieb traf den Rücken seines ledernen Panzers wie ein Tritt und stieß ihn beinahe unter die Hufe der Ochsen. Knurrend richtete sich Ragroth auf. Direkt neben ihm liefen die beiden vorderen Zugtiere. Ragroth grinste und holte mit seiner Kriegskeule aus. Mit einem gewaltigen Hieb trieb er den handlangen Dorn der Waffe direkt in die Stirn des linken Leittiers und ließ los. Ohne auch nur einen Augenblick zu verlieren, stieß er sich von der Deichsel ab und sprang nach vorn, so weit er konnte. Neben ihm brach der Ochse zusammen, als hätte ihn der Blitz getroffen. Die vier Beine des Tiers versagten beinahe zeitgleich ihren Dienst. Die Deichsel schwang herum, schlug gegen die Hauswand zu ihrer Linken, und während der Ochse hinter dem Gefällten brüllend in das fleischige Hindernis rannte, trieben die restlichen beiden Zugtiere und das bloße Gewicht des Wagens das Gefährt vorwärts in eine unmöglich enge Kurve. Die Deichsel barst knallend, und Ochsen und Wagen überschlugen sich in einer kreischenden, brüllenden, berstenden, alles zermalmenden Lawine aus Fleisch, Holz, Knochen und Metall.

Ragroth kam hart auf, stolperte vorwärts, stürzte und rollte das Kopfsteinpflaster entlang. Schließlich blieb er mit rasselndem Atem liegen.

Einige schwere Atemzüge lang lag er einfach nur auf dem Rücken und rang nach Luft. *Verfluchter Scheiß. Ich werde langsam zu alt für so was.*

Erst als die Welt aufhörte, sich um ihn zu drehen, richtete er sich vorsichtig auf. Etwas Weißliches steckte in seinem rechten Oberschenkel. Für einen Moment fürchtete er, es könnte sein eigener Schenkelknochen sein. Dann erkannte er ein etwa handlanges Stück Holz, das sich durch seine lederne Hose gebohrt hatte. *Groshakk.* Das würde so was von wehtun.

Missmutig saugte er Blut aus einem Riss in seiner Oberlippe und bewegte vorsichtig das Bein. O ja. Es *würde* wehtun. Aber immerhin würde es ihn tragen – das war das Wichtigste. Vorsichtig stemmte er sich in die Höhe.

Vom Wagen, seinen Insassen und den Zugtieren war lediglich ein chaotischer Haufen Trümmer übrig geblieben, aus dem ein gequältes Muhen drang. Ein Rinderhuf zuckte schwach in der Luft. Mindestens ein Rindvieh hatte das Gemetzel also überlebt. Also – noch ein Rindvieh außer ihm. Er spuckte einen Fladen blutigen Speichel aus. Sein Blick fiel auf seine Keule, die noch immer im Schädel des Ochsen steckte. Grunzend riss er sie aus dem Hirn des Tiers.

Ein paar Schritte weiter lag ein Gepanzerter, allerdings derart verdreht, dass sich Ragroth keine Gedanken darüber machte, ob sich der Wühler jemals wieder erheben würde. Die sich langsam ausbreitende Blutlache, die ihre Finger nach nahen Pfützen ausstreckte, war ein guter Hinweis. Weitere Gestalten waren nicht zu sehen, aber im Moment verspürte er keine Lust, in dem blutigen Trümmerhaufen zu wühlen.

Etwas krachte hinter den Resten des Wagens, und Modraths hässlicher Kopf tauchte auf. »Jetzt weiß ich wieder, warum dich die Lieder als wahnsinnig bezeichnen, Broca.« Der Oger schüttelte den massigen Kopf. Ein breites Grinsen kroch auf seine hässliche Visage.

»Die Lieder übertreiben.« Ragroth warf noch einen Blick auf die Trümmer. »Ein wenig.« Er grinste und verzog das Gesicht. »Na gut, schauen wir mal, wie unser Geschenk aussieht, Großer.«

»Gern.« Modrath packte die verzogene Tür des Wagens und wuchtete sie zur Seite. Das Grinsen bröckelte langsam aus seinem Gesicht. »Broca, das solltest du sehen.«

Ragroth runzelte die Stirn. »Wird es mir gefallen?«

»Ich fürchte, nein.«

Mühsam kletterte Ragroth auf den Trümmerberg und starrte in die dunkle Öffnung. Er stieß einen unflätigen Fluch aus. Der Wagen war vollkommen leer.

NEUNZEHN

Der Himmel brannte nun auch im Norden, und der rötlich glühende Nebel verwandelte sich mehr und mehr in stinkenden Qualm, der im Hals kratzte und die Augen tränen ließ. Unablässig zogen brennende Geschosse über den Köpfen der Dalkar durch die Finsternis und schlugen donnernd in Hausdächer und auf der Stadtmauer ein. Von Osten trug der Wind Kampflärm zu ihnen heran.

Um den Tempel herum war es dagegen ruhig. Das Haus des Herrn war ein gedrungener Gebäudekomplex, der mehr an eine steinerne Festung erinnerte als an den Ort zur Ehrung eines Gottes. Ganz anders als die Tempel der Menschen, die sich gegenseitig darin übertrafen, in den Himmel zu streben, drängte er sich dicht an den Boden, aus dem die Dalkar der Überlieferung nach entsprungen waren. Die Mauern waren hoch und massiv, und das niedrige Tor vermittelte den Eindruck, selbst dem Zorn der Götter standhalten zu können. Das einzige Gebäude, das die Mauern überragte, war der trutzige Glockenturm im Nordosten.

Die Dalkar standen im Schatten eines Herrenhauses direkt gegenüber dem Tor. Auf der Straße war weit und breit keine Spur mehr von Orks zu erkennen. Trotzdem schlug

Glond das Herz bis zu den Ohren. Er hatte gesehen, wie schnell sich die Bestien bewegten. Innerhalb kürzester Zeit konnte der Platz von ihrem wütenden Bellen widerhallen.

Esses Blick wanderte die hohe Mauer entlang. »Wie groß ist die Chance, dass die Orks noch nicht dort drin sind?«

»Der Tempel ist gut befestigt und hat ein stabiles Tor«, sagte Kearn. »Wenn sie nicht wissen, was sich in seinem Inneren befindet, haben sie sich sicherlich noch nicht die Mühe gemacht nachzuschauen. Sie sind feige und besitzen kaum brauchbares Belagerungsgerät.«

»Einer dieser Oger genügt vollkommen.«

»Wir werden es nicht herausfinden, wenn wir hier sitzen bleiben und Bierfässer rollen.« Axt schulterte ihren Spalter und marschierte den anderen voran über die Straße.

Glond atmete tief durch. Er drängte das ungute Gefühl beiseite, das ihn beim Anblick des Tempels befallen hatte, warf einen nervösen Blick über die Schulter und folgte den anderen eilig.

Niemand reagierte auf ihr Klopfen. Vielleicht waren die Panzerwagen ja doch gekommen, und die Tempeldiener waren bereits abgezogen? Vielleicht hatten die Orks auch einen anderen Zugang gefunden und die Bewacher des Tempels massakriert?

Oder das hier war eine Falle. Je länger man darüber nachdachte, desto mehr unangenehme Dinge gingen einem durch den Kopf. Manchmal hatte es etwas für sich, so fantasielos zu sein wie Beryll oder so unerschrocken wie Kearn.

Der einäugige Held presste das Gesicht gegen eines der schmalen Gucklöcher im Tor und versuchte, in der Dunkelheit dahinter etwas zu erkennen.

»Verdammt dunkel hier. Ich kann absolut nichts sehen. Doch, halt. Da bewegt sich etwas. Sieht aus wie … wie eine verdammte Armbrust!« Kearn fuhr zurück.

»Keine Bewegung.« Die Spitze der Armbrust schob sich aus der Öffnung heraus. »Wenn du dich auch nur eine Handbreit bewegst, jage ich dir einen Bolzen durchs Auge. Dann kannst du dich in Zukunft ›der Einäugige‹ nennen. So wie dieser Hertig Kearn. Nur dass deine Geschichte weniger heldenhaft klingen wird als seine.«

»Ich *bin* Hertig Kearn …« Der Held drehte den Kopf so, dass der Besitzer der Armbrust seine Augenklappe sehen konnte.

Hinter der Tür wurde es für einen Augenblick still. Dann ertönte das Kratzen von schweren Riegeln, und im Tor schwang eine schmale Tür auf.

Der Tempeldiener hatte dünnes, graues Haar und ein faltiges Gesicht, aus dessen Mitte eine rot geäderte Trinkernase ragte, wie sie typisch für die Diener des Herrn war. Er trug ein schlichtes graues Leinengewand und darüber einen wollenen Überwurf, der an so vielen Stellen geflickt und ausgebessert war, dass von der einst bunten Musterung kaum noch etwas zu erkennen war. Die Armbrust in seiner Hand schwankte leicht von rechts nach links.

»Hertig Kearn! Was für eine Ehre, dass Ihr uns besuchen kommt. Ich bin Dion, der Zweite Diener im Haus. Verzeiht, dass ich Euch nicht gleich erkannt habe, aber die Wirkung des Göttertrunks ließ mich für einen Augenblick in dem Glauben, Ihr wärt ein Dalkar mit zwei Augen im Kopf.«

Mit einer gefährlich schwankenden Bewegung seiner

Armbrust bat er sie herein. Sie folgten dem Alten über einen ausgestorbenen Innenhof zur Tempelhalle.

»Die Panzerwagen sind nicht aufgetaucht. Sie hätten schon vor vielen Stunden da sein sollen, aber wir haben nichts von ihnen gehört. Wir haben lange gewartet und dann die Hoffnung aufgegeben und die meisten Diener fortgeschickt. Nur noch ich bin dageblieben und mit mir die Tempelwächter und eine Handvoll Freiwilliger, die dabei helfen, die Schätze zu verbergen.«

Im Inneren der Tempelhalle war es kühl und dunkel, und die Schritte der Dalkar hallten hohl von dem steinernen Boden wider. An etlichen Stellen hatten die Freiwilligen die schweren Bodenplatten herausgehebelt und Löcher in das Erdreich gegraben. Über einem davon waren vier Männer damit beschäftigt, mittels eines Flaschenzugs eine Kiste in die Tiefe hinabzulassen. Als sie die Neuankömmlinge bemerkten, blickten sie besorgt von ihrer Arbeit auf.

»Wenn die Orks kommen, werden sie nichts weiter vorfinden als leer geräumte Hallen. Wir lassen ihnen in den Schatzkammern ein paar Brotkrumen zurück, an denen sie sich erfreuen können. So werden sie nicht auf die Idee kommen, dass noch mehr zu holen ist.«

Ganz in der Nähe des Altars war eine unscheinbare Tür in die Wand eingelassen, und direkt daneben brannte eine Feuerschale, über der sich drei weitere Helfer die Hände aufwärmten. Dion nickte ihnen zu und entzündete eine Fackel an der Flamme. Er zog einen schweren Schlüssel unter dem Gewand hervor und schloss die Tür auf. Steile Stufen führten in die Tiefe hinab. »Gebt auf eure Köpfe acht.«

Der Abstieg schien ewig zu dauern, doch irgendwann gelangten sie in einen lang gestreckten Gewölbekeller, der bis zur Decke mit Kisten und Truhen zugestellt war.

»In diesem Raum lagern Devotionalien aus aller Herren Länder.« Dion streckte die Fackel in die Höhe und drehte sich langsam im Kreis. »Goldschmiedekunst aus Ishkar, bestickte Tuche aus Vyndport und unzählige Statuen aus den Besitztümern der Clans. Dort drüben seht ihr den Grubenkopf eines Stamms aus den Unterhöhen. Ein grauenhaft hässliches Teil, aber es wäre unhöflich gewesen, es abzulehnen. Eines der wenigen Dinge, das ich gern den Orks überlasse. Aber es finden sich hier auch viele Artefakte von unschätzbarem Wert.« Liebevoll strich er über einen vergoldeten Bierkrug. »Wenn es uns nicht gelingt, sie in Sicherheit zu bringen, haben wir Schande über uns gebracht. Ich bete zum Herrn, dass sein Zorn auf uns bald versiegt.« Er seufzte. »Aber ihr seid nicht gekommen, um das Gejammer eines alten Mannes zu ertragen. Ihr seid wegen etwas anderem hier. Hier entlang bitte.«

Am Ende des Kellers gelangten sie zu einer Tür, die von fünf grimmigen Dalkar in altertümlichen Rüstungen bewacht wurde. Sie schienen beinahe ebenso alt zu sein wie der Tempeldiener, hatten aber Arme wie Eichenstämme, und ihre Waffen waren gut gepflegt. Zwei von ihnen trugen Hellebarden, zwei andere schwere Kriegshämmer und Schilde.

Der vorderste der Wächter war ein hässliches Monstrum, das nur aus Stahl und Waffen zu bestehen schien. Sein mächtiger Bart umrahmte ein narbendurchfurchtes Gesicht. Die Scharniere an seiner Rüstung quietschten leise, als er einen Schritt nach vorn trat und die Hand hob. »Keinen Schritt weiter!« Sein Bass dröhnte durch den Raum und ließ die Fackel flackern. »Ihr kommt hier nicht vorbei.«

»Keine Aufregung«, rief der Tempeldiener. »Ich bin es nur.«

»Dion?« Der Wächter kniff die Augen zusammen. »Bist du das? Sag, warum stehst du im Dunkeln?«

Dion drehte sich um und deutete vielsagend auf seine Augen. »Das ist Syik Graustein, der Heetmann der Tempelwacht. Er sieht nicht mehr allzu gut.« Er verneigte sich vor dem Wächter. »Ich bringe die Boten des Rats, ehrwürdiger Wächter. Sie sollen das Allerheiligste in Sicherheit schaffen. Lass uns vorbei, ich bitte dich.«

Der Wächter rührte sich nicht. Er verschränkte die Arme vor der Brust und musterte die Dalkar mit zusammengekniffenen Augen. »Sind die das? Ich kann nicht behaupten, dass es mir leichtfällt, ihnen zu trauen. Sie sehen ziemlich jung aus.«

»Vertrauen, mein lieber Syik, ist das Einzige, was uns in diesen schweren Zeiten noch bleibt.«

»Ich vertraue dem Herrn, meiner Axt und dem Bier, das ich selbst gebraut habe. Alles andere wäre leichtsinnig.«

»Und Leichtsinn ist eine Todsünde. Lob dem Herrn.«

Syik verzog keine Miene. »So wie Müßiggang, Feigheit und ein Übermaß an Jugend.«

Der Tempeldiener rollte mit den Augen. »Ihr müsst ihn entschuldigen«, murmelte er hinter vorgehaltener Hand. »Die Tempelwächter kommen nicht viel raus. In seinem Fall, soweit ich weiß, überhaupt nicht.« Er wandte sich wieder an den Wächter. »Gut gesprochen. Doch keiner der hier Anwesenden sieht mir aus, als wäre er leichtsinnig, ein Müßiggänger oder gar Feigling. Deine Erfahrung und dein Adlerblick sollten dir das sagen.«

»Allerdings. Sonst hätte ich euch alle schon zum Grubenteufel gejagt. Feiglinge, junge Dalkar und Frauen erkenne ich nämlich sofort. Ich traue keinem von denen über den Weg.«

»Frauen?« Dion warf Axt einen entschuldigenden Blick zu. »Müßiggänger meintest du wohl.«

»Die auch. Und Wasser.« Syik zog einen schweren Schlüssel unter seinem Brustpanzer hervor. »Das kann ebenfalls sehr tückisch sein. Es zerstört die natürliche Schutzschicht des Körpers und macht anfällig für alle Arten von Krankheiten.« Er scheuchte die vier anderen Wächter zur Seite und steckte den Schlüssel in das Türschloss. Dann spuckte er kräftig in die Hände und stemmte sich mit solcher Kraft gegen den Schlüssel, dass die Adern an Hals und Armen hervortraten. Mit einem Krachen drehte sich der Schlüssel im Schloss.

Der Raum war nicht größer als die Zelle, in der Glond noch am Morgen eingesperrt gewesen war. In seiner Mitte stand eine einzelne Truhe auf einem steinernen Sockel. Sie war von einer Machart, die Glond noch nie zuvor gesehen hatte. Unzählige Runenmuster durchzogen das alte Holz. Die Zeichen aller Clans und Städte waren darunter, aber auch viele unbekannte Symbole, die zu untergegangenen Familien gehören mochten, vielleicht aber auch eine völlig andere Bedeutung hatten. Acht Schlösser waren an ihrer Seite angebracht.

»Eines für jeden der alten Clans.« Syik Graustein war der Erste, der sich in den Raum hineinbewegte. Ehrfürchtig wischte er mit der Hand über den staubigen Deckel der Truhe. »Das Wichtigste ist, dass sie in Sicherheit gebracht wird. Alles andere ist zweitrangig.« Er drehte sich um. Eine Träne lief über seine Wange. »Versteht ihr das? Wenn sie den Großkönig nicht erreicht, ist alles verloren.«

Ragroth biss die Zähne zusammen. Er sah auf den großen Aerc zu seinen Füßen. Der Ayubo atmete flach und stoßweise, und ein dünner Blutfaden rann aus seinem Mundwinkel über die Wange, um sich auf der Straße mit noch mehr Blut zu vermischen. Viel mehr Blut. Der junge Krieger lag in einer ganzen Lache davon, die in seine verfilzten Zöpfe kroch und sie wie fette Würmer wirken ließ, die sich in seinen Kopf bohrten.

Der Broca musterte die Verletzungen des Jungen. Sein Kiefer war gespalten, die rechte Schulter zertrümmert. Ein abgebrochener Wühlerpfeil steckte auf der linken Seite in seiner gepanzerten Brust, und in seinem Oberschenkel klafften zwei Axthiebe, aus denen noch immer beachtliche Mengen Blut sickerten. Viel konnte da nicht mehr kommen; der Ayubo hatte eine seltsam gelbgraue Farbe angenommen wie Talg, der mit Asche vermischt worden war. Die hässlichste der Wunden aber klaffte in seinem Unterleib, wo ihn eine Klinge direkt unterhalb des eisernen Brustpanzers getroffen hatte. Die zitternde Linke des Aerc lag noch immer auf dem Bauch, vergeblich bemüht, die entsetzliche Wunde verschlossen zu halten. Ragroths Augen wanderten zu der jungen Ayubo, die neben dem Sterbenden kniete, nach vorn gebeugt, sodass ihre Zöpfe beinahe das zerschlagene Gesicht streiften. Sie weinte nicht, gab keinen Laut von sich und rührte keinen Muskel. Ihre Hände lagen untätig in ihrem Schoß.

Was sollen sie auch tun? Da gibt es nichts mehr. Oder nur noch eines. Falls die Schamaninnen der Ayubo nicht Dinge konnten, die die magischen Frauen der Weststämme nicht beherrschten. Hinter ihm trat der junge Weststamm-Aerc unsicher von einem Fuß auf den anderen.

Ragroth räusperte sich. »Kannst du etwas tun?«

Die Urawi reagierte nicht. Erst als Ragroth schon ein zweites Mal fragen wollte, zuckte sie mit dem Kopf. Ein winziges Rucken nur, das Ragroth mangels Alternativen als Kopfschütteln deutete.

»Hm. Dann ist es jetzt vermutlich Zeit.« Er hob seine Kriegskeule leicht in die Höhe.

Wieder zuckte Sekeshs Kopf, diesmal eher als Nicken zu interpretieren.

»Soll ich?«

»Nein«, flüsterte Sekesh tonlos. »Geht.«

»Sicher? Ich hab das schon öfter …« *Im Totschlagen bin ich gut.*

»Geht«, wiederholte die Ayubo. Nicht lauter, aber mit einer Kälte, die Ragroth verstummen ließ. »Er ist mein Bruder. Das ist meine Aufgabe.«

»Hm«, machte Ragroth. Er zuckte mit den Schultern und drehte sich zu dem Jungen um. »Komm mit. Wir haben Arbeit.«

Hinter ihm zog Sekesh ein langes, dünnes Messer.

Als der Oger seinen Hammer heftig auf die Tür des Ochsenkarrens krachen ließ, zuckte Krendar unwillkürlich zusammen. »Was?«, fragte er abwesend.

»Ich hab dich gefragt, was du hier machst«, knurrte der narbige Broca, der sich als Ragroth vorgestellt hatte. Der alte Krieger saß auf dem Rand der Barrikade und pulte unentschlossen an einem großen Holzsplitter herum, der aus seinem Oberschenkel ragte. »Der Rest der Aercleichen hier ist schwarz wie die Nacht. Abgesehen von dem da.« Ragroth nickte in Dudakis Richtung.

Der Froschaerc war aus dem Brunnen geklettert und durchsuchte ebenso wie die beiden Weststammkrieger und die Korrach-Brüder die Leichen nach Wertvollem. Er schien kein Problem damit zu haben, Finger oder Nasen abzubeißen, um an einen goldenen Ring zu kommen. »Einer aus den Sümpfen. Widerliche kleine Bastarde.« Ragroth spuckte angewidert aus. »Seltsame Gesellschaft für einen aus den Weststämmen.«

Krendar hob die Schultern und ließ sie wieder fallen. »Ich habe meine Doppelfaust verloren. Sie haben mich eingesammelt. Also habe ich mich ihnen angeschlossen. Kam mir wie eine gute Idee vor.« *Zumindest, bis das Gemetzel losging. Dann – nicht mehr so.*

Abwesend betrachtete Krendar die Leiche eines Zwergs, die nur zwei Schritte entfernt über den Resten der Barrikade lag. Es war nicht einfach, in dem hässlichen Gesicht zu lesen, aber irgendwie beschlich den Aerc das Gefühl, dass ihn der Tote verwundert anstarrte. Verwundert darüber, dass die uneinnehmbare Stadt der Zwerge jetzt in der Hand der Stämme war? Verwundert darüber, dass es letzten Endes doch gar nicht so schwierig war, einen Wühler zu töten? Oder vielleicht erstaunt über das zugige Loch, das der Speer des Korrach in seiner Brust hinterlassen hatte.

Andererseits – er war tot, oder? Krendar hatte keine Ahnung, ob Zwerge von ihren Ahnen erwartet wurden oder von irgendwelchen Göttern. Eine ganz neue Welt auf jeden Fall. Wenn das kein Grund war, ein wenig erstaunt auszusehen?

Trotzdem hatte Krendar plötzlich den dringenden Wunsch, dass das Gesicht des Toten irgendwo andershin staunte. Unauffällig streckte er einen Fuß aus.

»So – du hast also deinen Broca verloren?«

Krendar zuckte zusammen, zog den Fuß zurück und nickte. »Ich …« Er stockte. »Ich weiß es nicht genau. Dudaki – der mit dem Froschgesicht dort – hat mich nach dem Sturm auf das Osttor auf dem Schlachtfeld eingesammelt. Ich hatte die Besinnung verloren.« Seine Hand wanderte halb zur Platzwunde an seiner Stirn, bevor er sich daran erinnerte, dass er das besser lassen sollte.

Der Broca zupfte versuchsweise an dem Splitter in seinem Bein und verzog das Gesicht. »Hm. So was kommt vor. Solange man wieder aufwacht, gibt's Schlimmeres.«

Krendar nickte. »Jedenfalls war außer mir niemand von meinem Trupp da. Oder von meinem Stamm. Ich habe keine Ahnung, wo sie sind. Vielleicht leben sie ja noch.«

»Vielleicht.« Der alte Krieger klang nicht so, als würde er daran glauben. »So etwas kommt vor. Dann hast du dir also einen zweiten Broca gesucht.« Er deutete mit dem Kinn auf den zerhackten Leichnam Ruheeles. »Hat ja nicht lange gehalten.«

Krendar zuckte etwas hilflos mit den Schultern. »Das Weib da, ihre Drûaka, meinte, ich muss mitkommen, weil sie sonst alle sterben würden.« Dass er selbst die Nacht nicht überleben würde, ließ Krendar aus. Das war schließlich seine Sache.

Ragroth schnaubte belustigt. »Als Glücksbringer taugst du ja offenbar nicht viel. Und jetzt brauchst du schon wieder einen neuen Broca.« Er zog sein Messer und holte von irgendwoher eine knotige, gelbe Wurzel hervor. Er trennte zwei Stücke ab und reichte eines dem jungen Aerc. »Hier. Kauen, bis sie bitter wird. Danach noch mal so lange. Hilft gegen das Hämmern.« Sein Messer zeigte auf Krendars Kopfwunde. Das andere Stück schob er sich selbst zwischen die Zähne.

Krendar musterte die Wurzelscheibe stirnrunzelnd. »Pranok?«

Der Broca nickte.

»In unserem Dorf wird es getrocknet und geraucht. Aber nur in der Versammlung der Männer, wenn wir mit den Ahnen in Kontakt treten. Es ist eine heilige Pflanze!«

»Na sieh mal an«, sagte Ragroth gleichmütig kauend. »Das war in meinem Dorf genauso. Aber für die Ahnen taugt es nur geraucht. Frisch hält es vor allem munter und dämpft den Schmerz. Du siehst aus, als könntest du das dringend brauchen.« Er steckte Messer und Wurzel wieder weg und sah Krendar an. »Also was ist? Meine Doppelfaust könnte ein paar Leute gebrauchen.«

Krendar überlegte einen Moment, dann steckte er die Wurzelscheibe in den Mund und nickte. Es sah immer noch nicht so aus, als hätte er etwas Besseres vor. »Ich denke schon. Aber wie gesagt, ich weiß nicht, ob mein Broca noch lebt.«

Der Ältere zuckte mit den Schultern. »Wenn wir ihn treffen, kannst du dich immer noch entscheiden. Bis dahin kannst du dich nützlich machen.«

Krendar zögerte kurz, bevor er den Kopf senkte, um den Nacken zu entblößen.

Ragroth brummte zufrieden. Er betrachtete den Leichnam des Ayubo. »So. Und was war die Taktik der Schwarzhäute? Sturmangriff?«

»Hm.«

Ragroth grunzte. »Ich staune immer wieder, wie weit Rogoru damit gekommen ist.«

Krendar runzelte die Stirn. »Ihr habt doch auch gerade …«

Der Broca sah auf. »Blödsinn. Wir haben es so aussehen lassen, weil die Wühler erwarten, dass wir brüllend auf sie zulaufen und uns abschlachten lassen. Wichtig waren nicht wir, sondern die dort.« Er deutete auf das Dach hoch über der Barrikade.

Krendar folgte seinem Fingerzeig. Dort oben entdeckte er in einem der Fensterlöcher zwei schwarze Schatten. Eine der Gestalten bellte gedämpft. Mit unglaublichem Geschick hangelten sich die beiden aus dem Fenster und kletterten die Wand hinab.

Krendar schluckte. »Was bei den Ahnen ist das?«

»Wir nennen sie Skrag. Aerc aus den Wäldern hinter den Gipfeln der Grûshnak im Westen. Wie's scheint, haben die auch dort inzwischen Bekanntschaft mit den Wühlern gemacht. Es hat ihnen nicht gefallen. Die zwei und noch 'n paar andere scheinen jedenfalls nichts Besseres vorzuhaben, als allen Wühlern die Hälse umzudrehen. Das ist eine ihrer Spezialitäten. Sie sind besonders nützlich, wenn die kleinen Ärsche Hinterhalte mit Pfeilwerfern legen, wie du siehst.« Die kleinere der beiden Gestalten erwiderte Ragroths Nicken mit einem breiten Grinsen. Sie hob sechs Finger und krachte mehrfach mit ihrem beeindruckenden Gebiss. Der Broca nickte zufrieden.

»Drei Pfeilwerfer-Gruppen. Damit hätten sie den Platz eine ganze Weile halten können. Doch jetzt würde ich wirklich gern wissen, was in diesem zweiten Scheißwagen ist.« Der alte Aerc hob die Stimme. »Wie sieht's jetzt aus?«

Die Korrach drehten sich um und hoben die Hände. »Nichts, kein Schlüssel, gar nichts. Die haben weder …«

»… Münzen dabei noch beschriebene Pergamente noch sonst irgendwas.«

»Noch nicht mal was zu saufen«, knurrte Ordruk. »Es ist traurig. Sollen wir ihnen was zustecken?«

Ragroth zog die Brauen zusammen. »Seid ihr sicher, dass ihr alle Wühler durchsucht habt?«

Die drei Aerc sahen sich an und nickten.

»Kann man wohl nichts machen.« Ragroth seufzte. »Modrath, wie kommst du mit dem Wagen voran?«

Der Oger setzte den Hammer ab und musterte die Tür. Zahlreiche Schläge hatten das dunkle Blech verbogen. Nieten waren abgeplatzt, und einige der Holzbohlen wiesen Risse auf, doch noch schien sich der Kasten erfolgreich zu widersetzen. »Wird nich' mehr lange dauern, Broca«, rumpelte er. »Aber eins sag ich dir – so wie das Ding dröhnt, kann da nicht viel drin sein.«

Ragroth nickte düster. »Das fürchtete ich schon, seit ich

den ersten Wagen gesehen habe«, brummte er mehr zu sich selbst. »Ich versteh's nur nicht.«

»Warum sie leere Wagen mit Gepanzerten schützen sollten?«, fragte Krendar. »Das habe ich mich auch schon gefragt.«

Der Broca sah Krendar wachsam an. »Hast du? Eine gute Frage, Junge. Aber interessanter ist die Frage: Warum steht die Barrikade hier?« Er nickte die Straße hinab, die nach Süden im Nebel verschwand. »Der Fluss und die Brücken liegen in dieser Richtung.« Dann zeigte er nach Norden. »Unsere Krieger kommen von dort. Ich hätte den Widerstand dort erwartet, wenn sie ihren Leuten Zeit verschaffen wollten. Warum also hier?« Sein Daumen deutete über die Schulter in die schmale Straße, die den Hügel hinauf nach Westen führte. »Was liegt in dieser Richtung, das wichtiger wäre als ihre Brücken?«

Hinter ihnen drosch der Hammer des Ogers erneut auf den eisernen Wagen ein. Donnernd hallte es zwischen den Häusern wider.

»Das Stadtzentrum?«, wagte Krendar eine Vermutung.

Ragroth sah ihn von der Seite an. »Sicher. Aber das ist verloren. Das wissen die kleinen Ärsche so gut wie ich. Also warum?«

»Ich ...« Krendar verstummte. Unter dem lauernden Blick des Broca kehrte das Gefühl zurück. Das Gefühl, das er in der Gasse gehabt hatte, bevor die Ayubo ihren Sturmangriff gestartet hatten und alles irgendwie chaotisch geworden war. Dieses Gefühl, dass irgendetwas nicht stimmte. Er musterte die Straße, die ohne Hindernisse von Norden nach Süden führte, und dann die Reste der Barrikade. Irgendwie kam ihm der Anblick vertraut vor. »Viehtrieb«, sagte er langsam.

Ragroth sah ihn ausdruckslos an.

»Das sind Schluchten.« Krendar deutete auf die abweisenden Wände der Wühlerbauten. »Wenn wir Herden durch die Schluchten getrieben haben, haben wir die Seitenpfade abgesperrt. Wenn die Herde einmal in Schwung ist, laufen Rinder immer den offensichtlichen, freien Weg entlang und beachten keine Abzweigung.« Im narbigen Gesicht des Broca rührte sich noch immer kein Muskel, und Krendar fügte lahm hinzu: »Daran erinnert mich das jedenfalls.«

»Du denkst nicht wie ein Krieger«, stellte Ragroth fest.

Ist das so offensichtlich? Krendar seufzte. »Na ja, ich ...«

Ein Grinsen kroch auf Ragroths Visage. »Gefällt mir, Junge. Ich frage mich: Wenn ihr von Norden gekommen wärt und keine Wühler zu sehen gewesen wären – was wäre passiert?«

Krendar musterte den alten Krieger. »Wir hätten die Gasse hier ignoriert?«, vermutete er vorsichtig.

Ragroth nickte. »Denk ich auch.« Nachdenklich starrte er in den Nebel Richtung Süden. »Sie wollen, dass wir die Rindviecher sind. Dass wir dorthin gehen. Zur Brücke. Zum offensichtlichen, leichten Ziel. Das heißt ...«

Hinter ihnen krachte es erneut, diesmal jedoch begleitet von einem deutlichen Splittern. Krendar und der Broca sahen sich um.

Modrath zog seinen Hammer aus dem Loch in der Tür des Wagens und sah vorsichtig in die dunkle Öffnung. Er schnaufte schwer. »Mist.« Enttäuscht leckte er sich über den abgebrochenen Zahn. »Du hattest recht, Broca. Der hier is' auch leer.«

Die Korrach hielten inne und starrten ihn an. »Leer?«, fragten sie im Chor.

»Völlig.«

»Tja. Man kann's nicht oft genug sagen. Diese Wühler sind völlig durchgeknallte Drecksäcke, was?« Dudaki grinste breit.

ZWANZIG

»Heetmann Talus?«

»Hm?« Talus öffnete die Augen. Er hatte es sich im Inneren eines verlassenen Lagerhauses bequem gemacht, die Arme hinter dem Kopf verschränkt und auf einen Hafersack gebettet. Irgendjemand hatte ihm einmal erklärt, dass das Warten der schlimmste Teil des Kriegs war. Er konnte diese Einstellung beim besten Willen nicht teilen. Für ihn war es die einzige Zeit, in der er die Augen schließen und seinen Tagträumen nachhängen konnte. Träume von einem Haus in den Hügeln und steinernen Kunstwerken, die er mit seinen eigenen Händen geschaffen hatte.

Unteroffizier Dvergat steckte den Kopf durch ein Loch im Dach nach unten und riss ihn aus seinen Tagträumen.

»Schauen Sie mal, Heetmann.«

»Was denn?«, brummte Talus. »Hast du das Fass aufbekommen?«

»Leider nicht. Aber ich glaube, ich habe jemanden gesehen.«

Auf dem Dach wehte ein eisiger Wind. Er war vom Fluss heraufgekommen und hatte begonnen, die Nebelschwaden auseinanderzutreiben. Noch immer hingen sie dicht über dem Boden, doch hier und da sah man vereinzelt Hausdächer und Bäume zwischen ihnen hervorblitzen.

Talus zog den Umhang fester um die Schultern. Er hustete trocken.

»Dort drüben war es.«

Er folgte dem Fingerzeig seines Unteroffiziers am Brunnen vorbei, zwischen den Gildenhäusern hindurch und bis hinauf zu den Stufen der Markthalle, die er im Nebel nur erahnen konnte. Er kniff die Augen zusammen. »Ich kann nichts erkennen.«

»Ich hatte mir eingebildet, dass dort jemand am Tor der Markthalle steht. Aber jetzt kann ich auch nichts mehr sehen.« Dvergat zuckte mit den Schultern. »Vielleicht waren es nur Trugbilder, die der Nebel erzeugt hat. Ich sitze schon viel zu lange hier oben und friere mir den Hintern ab.«

»Und deswegen musst du mich hier hochjagen?« Talus ließ den Blick weiterwandern.

Östlich der Ewigen Brücke drangen dumpf die Trommeln und Kriegshörner der Dalkar durch den Nebel. Es hieß, dass sie die Lage dort langsam wieder in den Griff bekamen. Wenn man den Berichten Glauben schenken konnte, hatten die Elfte und Fünfzehnte mehrere Hundertschaften der verfluchten Orks zurückgeschlagen und sogar einen ihrer Shirach gefangen genommen. Ein Sieg, der die Männer für einen Augenblick vergessen ließ, dass man von der Dreizehnten und den Gildenverbänden am Ostwall schon seit Stunden kein Lebenszeichen mehr gehört hatte.

Im Norden hatten ebenfalls heftige Kämpfe getobt. Auf der Prachtstraße hinauf zum Tempelberg war es einem Rudel dieser dreckigen Jakkar gelungen, irgendwie an den

Barrikaden vorbeizuschlüpfen und einen Trupp Ingenieure zu zerfleischen, ehe sie von herbeigeeilten Clankriegern zum Grubenteufel gejagt wurden. Nur hier im Westen war es noch immer vollkommen ruhig. Doch Talus war lange genug Heetmann der Mauerwacht, um zu wissen, dass das nicht unbedingt ein gutes Zeichen sein musste.

In Höhe des Marktbrunnens nahm er auf dem Boden eine Bewegung wahr. Vielleicht ein Nebelfinger, der lustlos über den Boden waberte, oder ein herrenloser Straßenköter, der im Dreck nach Futter scharrte. Jedenfalls nichts, was irgendwie einem Ork ähnelte. Dafür war es viel zu niedrig.

Es sei denn, die Dreckskerle bewegten sich kriechend vorwärts …

»Verdammt!« Talus' Augen zuckten zurück zum Brunnen. Ein kalter Schauer lief ihm über den Rücken. Sie hatten die Türen und Fenster der Häuser im Auge behalten und die Zugänge zu den Gassen. Orks waren groß und plump, und sie bewegten sich mit viel Lärm und Geschrei voran. Wie große, dumme Tiere, die in blinder Wut alles angriffen, was sich ihnen in den Weg stellte. Wer kam denn da auf die Idee, dass sie sich den Nebel zunutze machten, um sich klammheimlich auf allen vieren anzuschleichen wie gottverdammte Ratten? Er packte Dvergat am Kragen und zog ihn herum. »Schlag Alarm. Sofort!«

Als der lang gezogene, hohe Ton des Signalhorns vom Dach herunter über das Ufer scholl, wandten die Dalkar am Boden den beiden Männern auf dem Dach noch verwundert die Köpfe zu. Erst als ein zweites Horn den Ruf aufnahm und an die weiter entfernt positionierten Königlichen weitergab, begriffen sie endlich, was vor sich ging, und zogen ihre Waffen.

Auf dem Marktplatz und entlang der Uferstraße gaben die Orks ihr Versteckspiel auf und sprangen auf die Füße. Es war ein Anblick, als wären die Toten in ihren Gräbern erwacht und erhöben sich nun aus der Erde, um alles Leben auszulöschen. Es waren Dutzende, vielleicht sogar an die Hundert, die sich unbemerkt an die Dalkar herangeschlichen hatten. Ihre hässlichen Fratzen hatten sie zur Tarnung mit Dreck beschmiert und die Klingen ihrer Waffen dunkel gefärbt, um sie besser verbergen zu können. Doch nun gaben sie alle Heimlichkeit auf, reckten Messer, Äxte und Keulen in die Höhe und stimmten ein furchterregendes Gebrüll an. Auf ein unsichtbares Zeichen hin setzten sie sich einer nach dem anderen in Bewegung und drängten mit gebleckten Hauern und wutverzerrten Grimassen voran; wurden mit jedem Schritt schneller und schneller, bis sie wie der Zorn des Herrn über die Reihen der überraschten Dalkar hereinbrachen.

Ragroth knirschte mit den Zähnen. *Zwei leere Wagen, und die Erdmaden verteidigen sie mit ihrem Leben. Das ergibt überhaupt keinen Sinn!*

Das Holzstück in seinem Oberschenkel schmerzte. Es schien bei der kleinsten Muskelbewegung direkt über den Knochen zu kratzen. Erneut widerstand er dem Drang, den Splitter herauszureißen. Das brachte nichts. Er würde nur bluten wie ein Schwein und nicht weniger Schmerzen haben.

Normalerweise hätte sich Grurach darum gekümmert. Aber der lag tot am Fuß der Stadtmauer zwischen Hunderten anderer Toter und würde nie wieder Wunden flicken.

Also blieb ihm nichts anderes übrig, als möglichst still sitzen zu bleiben und zu warten, bis die Schamanin fertig war mit dem, was sie bei ihrem toten Bruder trieb. Was auch immer das sein mochte. Er schüttelte den Kopf. »In Ordnung, Leute. Sammelt zusammen, was wir brauchen können. Ich will so schnell wie möglich von hier verschwinden, bevor Gorotak auftaucht. Ihr zwei …« Er drehte sich zu den Skrag um.

Die beiden Waldaerc zuckten nervös mit den Ohren. Das Weibchen schnüffelte leise. Sie gab eine Reihe gutturaler Laute von sich und vollführte einige komplizierte Gesten.

Ragroth zog die Brauen zusammen. *Irgendwann muss ich mir vielleicht doch mal die Mühe machen und rausbekommen, was ihr euch da ständig zusammenwackelt.* »Was ist?«

Das Weibchen zischte gereizt. Sie blies die Backen auf, zupfte sich am Ohr und klopfte auf ihre Brust.

»Was?«

Ein Ruf ließ ihn herumfahren. Auf der anderen Seite des Platzes schälten sich dunkle Gestalten aus dem Nebel. Aerc. Ragroth warf der Skrag einen Blick zu und erntete ein schiefes Grinsen. »Gorotak, richtig?«

Die Skrag nickte.

»Groshakk.«

»Ein Feind?« Der junge Aerc neben ihm tastete nach seiner Waffe.

Ragroth warf ihm einen resignierten Blick zu. »Kann man so nicht sagen.«

»Eher ein …«

»… Arschloch«, sagten der Linke und der Rechte. Sie hoben ihre Speere auf und traten neben den Broca, um den Neuankömmlingen entgegenzusehen.

»Das kannste laut sagen«, rumpelte Modrath. Der Oger trat hinter sie und ließ den Kopf seines Hammers schwer zu Boden fallen.

»Kann man«, sagte Ragroth trocken. »Aber das ist die Luft nicht wert.«

»Rückzug?«, fragte Fograr. Eine dicke Schweißperle rann ihm über den Nasenrücken.

Vorsichtig streckte Ragroth sein verletztes Bein aus. »Was meint ihr, wie weit ich damit komme, bevor die hier sind? Wir warten.«

»Und unser Auftrag?«, brummte Modrath.

»Der wartet auch.« Ragroth sah Krendar an. »Schon mal was vom Ohrensammler gehört?«

Der junge Aerc schüttelte den Kopf.

»Sag ihm das besser nicht. Das hört er nicht gern. Am besten, du hältst den Mund und bist unauffällig. Das gilt im Übrigen auch für dich.« Er warf Dudaki einen Seitenblick zu. »Ihr habt gleich die Ehre, Raut Gorotak zu begegnen, dem hässlichen Stolz der Hyänenstämme. Er ist ebenso stolz wie übel riechend, noch ehrgeiziger als beides zusammen, und er mag keine Aerc, die nicht zu den Weststämmen gehören. Noch weniger als die, die dazugehören.« *Aber vermutlich immer noch mehr als mich.*

Modrath schien einen ähnlichen Gedanken gehabt zu haben. »Der Broca und Gorotak sind keine Freunde«, rumpelte er.

»Was daran liegt, dass Ragroth dem fetten …«

»… Schwein die Nase gebrochen hat«, sagten die Korrach.

»Zweimal, um genau zu sein.« Ordruk grinste breit.

Ragroth fing den Blick des jungen Aerc auf und zuckte mit den Schultern. »Damals war er noch kein Raut. Aber wie das so ist – Scheiße schwimmt meistens oben.« *Noch ein Grund mehr, den Mund zu halten, wenn gleich ein ganzer Haufen davon vorbeischwimmt.*

Aus Richtung der Neuankömmlinge erscholl ein Ruf.

»Wären hier noch Wühler mit Pfeilwerfern, wären die Idioten jetzt schon tot«, murmelte Dudaki.

Die Korrach kicherten.

Dagegen lässt sich nichts sagen. Ragroth hob grüßend die Hand. Wenig später ragte sein Lieblings-Raut über ihm auf. Gorotaks Ohrenkette wies zwei Neuzugänge auf, die ihm die Brust beschmierten. Zwei bullige Krieger flankierten ihn mit kampfbereiten Äxten, und hinter ihm ragte ein glatzköpfiger Oger auf, gegen den Modrath eher zierlich wirkte.

Ragroth machte sich nicht die Mühe aufzustehen. Er löste den Blick von der widerlichen Trophäensammlung und grinste den Raut an. »Gorotak. Sieh an. Was treibt dich hierher? Wolltest du nicht eine Brücke einnehmen?«

Der fette Raut fletschte die Zähne. »Komm mir nicht mit dem Scheiß, Ragroth. Du kennst meine Befehle.« Er ließ den Blick über Ragroths Trupp streifen. »Die Frage ist doch, was macht ihr Säcke hier? Ich hätte gedacht, dass ihr euch nach der letzten Nacht auf die faule Haut legt.«

Ragroth winkte ab. »Du kennst uns. Wir langweilen uns schnell. Also hat uns Drangog eine Aufgabe gegeben – und hier sind wir.«

»Eine Aufgabe? Und die wäre?«

Dir deinen hässlichen Arsch aufreißen. »Hm. Dir etwas von deiner Arbeit abnehmen? Nicht, dass du noch ins

Schwitzen gerätst.« Ragroth streckte das gesunde Bein aus und trat gegen die Leiche des Zwergs. »Wie du siehst, waren wir recht erfolgreich.«

Gorotak zog die wulstigen Brauen zusammen und betrachtete die verstreuten Leichen. »Eine ziemliche Sauerei habt ihr angerichtet, würde ich sagen.« Sein Blick blieb an den zerhackten Überresten eines der Ayubo hängen. Seine Brauen krochen noch näher zusammen, sodass sie wie eine fette, haarige Raupe wirkten. »Und die da?«

Ragroth hob die Schultern. »Die waren zuerst hier. Haben die Hauptarbeit gemacht. Wir haben nur noch ein wenig aufgeräumt.«

»Ayubo?«

»Sie sehen so aus. Bisschen groß für Wühler, meinst du nicht?«

Der Raut fletschte die Zähne. »Übertreib es nicht, Ragroth.«

Ragroth beschloss, dass er den Raut genug gereizt hatte. Er deutete auf die Ayubo, die noch immer neben dem Leichnam ihres Bruders kniete. »Ayubo. Sie sind von Osten bis hierhergekommen. Sieht so aus, als sei der Ostteil dieses Wühlernests bis hierher in unserer Hand. Die sind erst an dieser Stelle auf Widerstand gestoßen.« Er tätschelte die Reste der Barrikade. »Frag den da.« Er nickte zu Dudaki.

Gorotak musterte den rotzahnigen Aerc, der eilig den Kopf senkte. Er schnaubte. »Ein Fischfresser? Ich dachte, ihr Schleimer wärt längst alle verrottet.«

Dudakis Augen blitzten auf. Dann jedoch kroch ein rotes Grinsen über sein Gesicht. »Oh, es gibt noch ein paar von uns, Raut. Wir sind ziemlich gut im Abtauchen, was? Und wir lieben es, Wühler zu schlachten.«

»Schlachten?« Gorotak schnaubte. »Wohl eher vergiften und im Schlaf umbringen.«

»Wenn das einfacher ist – natürlich, Raut. Spricht nichts dagegen.«

Der Ohrensammler musterte ihn einen Augenblick lang. Angewidert schüttelte er den Kopf und sah Ragroth an. »Schwarzhäute, Waldaffen, Weiber und Fischfresser. Dieser Feldzug ist ein Witz.«

»Wem sagst du das.« Ragroth nickte. »In Ordnung, Gorotak. Ich denke, wir haben den Platz hier im Griff. Wie wär's, wenn ihr euch die Straße weiter unten anseht?« Er deutete nach Süden. »Ich bleib noch ein wenig hier sitzen, bis jemand Zeit hatte, sich um das hier zu kümmern.« Er tippte auf den Splitter in seinem Oberschenkel und schaffte es gerade so, nicht aufzustöhnen.

Gorotaks Augen verengten sich zu schmalen, gelben Schlitzen. »Ich traue dir nicht«, sagte er langsam. »Du verschlagenes Arschloch bist zu höflich. Irgendwas stimmt hier nicht.«

Verdammt. Du bist zu schlau für deine hässliche Visage. Ragroth zuckte mit den Schultern. »Du kannst denken, was du willst, Gorotak. Wir sind nur zufällig hier und haben eben ein paar Wühler umgelegt. Was soll daran nicht stimmen?«

Der Ohrensammler schnaubte abfällig. »Ich kenne dich, Ragroth. Du kämpfst nicht einfach so. Ihr habt etwas entdeckt, das ich nicht wissen soll.« Gorotak ließ den Blick über die Leichen wandern. An der Metallrüstung eines der

Zwerge blieb er hängen. »Das sind keine normalen Truppen«, stellte er fest.

Entschieden zu schlau. Ragroth bemühte sich, ungerührt auszusehen.

Der Raut ging zu dem toten Zwerg und tippte mit der Spitze seines schartigen Hauschwerts auf dessen Brustpanzer. »Solche Rüstungen tragen nur ihre Hauptleute«, stellte er fest. Er sah sich um. »Ich sehe drei davon.«

»Ist mir nicht aufgefallen«, murmelte Ragroth.

Gorotak schnaubte abermals. »Das ist ziemlich viel für so ne kleine Barrikade, findest du nicht? Zu viel. Ich frage mich, was sie bewacht haben.«

Hinter Ragroth sog Modrath geräuschvoll an seinem abgebrochenen Eckzahn.

Gorotak sah sich weiter um und musterte schließlich den Wagen. »Was ist da drin?«

Ragroth seufzte. »Nichts. Vermutlich wollten sie mit dem Ding nur ihre Barrikade verstärken. Sieht ja stabil genug aus.«

»Barrikade verstärken?« Gorotak schoss ihm einen Blick zu. »Mit angeschirrten Ochsen?«

»Na ja, die Viecher sind tot. Viel mehr Verwendung gibt's für die ja nicht mehr. Aber wenn du sie fressen willst, tu dir keinen Zwang an.«

Der Raut fletschte unwirsch die Zähne. »Halt einfach die Fresse. Ihr da«, er deutete auf zwei seiner Krieger, »geht nachsehen, was da drin ist.«

»Spar dir die Mühe«, sagte Ragroth. Doch niemand beachtete ihn.

Die Aerc stemmten die verbeulte Tür auf und starrten ins

Innere des Wagens. »Leer«, rief einer von ihnen gleich darauf. »Der Wagen ist völlig leer.«

»Hab ich doch gesagt«, murmelte Ragroth.

»Aber dort hinten ist noch so was wie eine Barrikade.« Der Krieger deutete in die Gasse auf den Trümmerhaufen des zweiten Wagens.

Ragroth seufzte abermals. »Nur noch mehr Müll«, sagte er. Genau diesen Moment wählte einer der Ochsen in der Gasse, um kläglich zu muhen. »Und noch mehr Rindviecher«, fügte er hinzu.

»Noch ein Wagen?« Der Ohrensammler musterte Ragroth argwöhnisch.

Verdammt. Der Broca hob die Schultern und ließ sie wieder fallen. »Auch leer. Haben wohl versucht, damit abzuhauen.«

Der Raut kratzte sich die zermatschte Nase. »Irgendetwas stinkt hier gewaltig.«

Das bist du. Aber davon abgesehen hast du leider recht. »Wer weiß schon, was in den Schädeln der Erdmaden vorgeht. Es ist Krieg, da passieren ständig Dinge, die keinen Sinn ergeben. Und es stinkt grundsätzlich.« Ragroth stemmte sich auf die Füße. Als er sich sicher war, dass sein verletztes Bein ihn tragen würde, hinkte er zu Gorotak hinüber. Er betrachtete den toten Zwerg, als sähe er ihn gerade zum ersten Mal, und nicht, als hätte er ihn vor Kurzem erst abgestochen. »Tja. Schöne Rüstung. Hat ihm aber wohl nicht viel genützt. Hör mal, deine Aufgabe ist es, die Straßen hier zu säubern. Was hältst du davon, dass sich meine Leute das hier in Ruhe ansehen? Zu holen ist hier nichts. Siehst du ja. Mit der Gasse da werden wir auch noch allein fertig.«

Gorotak beachtete ihn nicht. Stattdessen betrachtete er ebenfalls die Rüstung des Toten. »Das Zeichen da«, sagte er, mehr zu sich selbst, »das kenne ich.«

Ragroth starrte auf die Verzierung, die in den Brustpanzer des Zwergs eingraviert war. Möglich, dass er dieses Symbol schon mal gesehen hatte. Andererseits – diese Krakeleien der Wühler sahen doch alle gleich aus, oder?

Der Ohrensammler hob den Kopf. »Es ist auch auf dem Wagen.«

Tatsächlich. Jetzt, wo er es sagte, sah Ragroth es auch. Im Grunde war es kaum zu übersehen. Es war immerhin die einzige Verzierung auf der Seite des gepanzerten Gefährts. Das hätte ihm auch auffallen können. Ragroth verfluchte sich im Stillen.

»Es war auch auf dieser Stadtkarte auf Drangogs Tisch«, unterbrach Gorotak seine Gedanken.

War es? Verdammt. Er hätte sich wirklich besser mit der Karte beschäftigen sollen. »Hm.«

»Ist dir auch aufgefallen?«

Ragroth wiederholte sein »Hm«.

Gorotak nickte. »Tempelkrieger«, stellte er fest. »Ich wette, die Ärsche haben in den Wagen ihr Gold weggeschleppt.«

Ragroth musterte den toten Krieger. »Gold?«, fragte er zweifelnd.

Der fette Raut winkte ab. »Gold, Kupfer, Edelsteine. Was auch immer die kleinen Scheißer wertvoll finden. Ihre Tempel sind voll davon.«

»Ich hab so was gehört«, gab Ragroth zu. *Es gibt nur einen Haken.*

»Ich hab's gesehen. In dieser Stadt im Norden waren die Leute von Raut Bragnoc die Ersten, die den Wühlertempel gefunden haben. Einen verdammten Haufen Gold haben sie weggeschleppt. Dabei war das ein Drecksnest im Vergleich zu dieser Stadt hier.« Gorotak klang beinahe ehrfürchtig. Für einen Augenblick schien er sogar vergessen zu haben, wer neben ihm stand. Und noch etwas anderes lag in seiner Stimme. *Gier,* schätzte Ragroth.

»Kannst du dir vorstellen, was in einem Tempel wie in diesem Wühlernest hier liegt? Zwei Wagen. Denk drüber nach – ein Wagen ist nicht genug, sie haben zwei Wagen voller Gold!«

»Klingt verlockend«, sagte Ragroth und entlastete sein schmerzendes Bein. »Es gibt nur ein Problem, Raut. Der zweite Scheißwagen ist auch leer.«

Das Grinsen aus Gorotaks Gesicht verschwand. Er sah Ragroth an. Der abfällige Ausdruck kehrte zurück. »Ihr Drecksäcke habt also schon nachgesehen.«

Scheißt ein Gnarra in die Wüste? Natürlich haben wir nachgesehen, du Arsch. Ragroth zuckte mit den Schultern. »Wer würde nicht in zwei gepanzerten Wagen nachsehen, ob irgendetwas Interessantes drin ist?«

»Du wolltest das Gold für dich allein«, stellte der Ohrensammler fest.

Du meine Güte, heute bist du aber schnell von Begriff. Ragroth hob abermals die Schultern. »Gold. Was auch immer. Wir hätten auch Bier genommen. Du weißt ja, was sie über Zwerge sagen.«

Gorotak sah ihn verwirrt an. »Was?«

»Vergiss es. Jedenfalls sind die Wagen leer. Also wird's

wohl nichts mit deiner Beute.« Der Broca musterte die Zwergenleiche. Vor seinem geistigen Auge sah er die Karte auf dem Tisch des Shirach. *Wo war der Tempel? Vielleicht gibt es einen Grund, warum die Wagen nicht Richtung Brücke gefahren sind. Vielleicht …* Er musste sich zusammenreißen, um nicht plötzlich zu grinsen. Als er aufsah, entdeckte er, dass ihn der Raut lauernd ansah. »Was?«

Der Ohrensammler hob die Schultern. »Ich frage mich gerade, warum die Wühler ihre Wagen dort entlangschicken. Noch dazu leer. Die Brücken liegen doch im Süden.« Er machte eine knappe Kopfbewegung die schmale Seitenstraße hinauf.

Verdammt. »Und?«

»Was liegt in dieser Richtung?«

Ich habe eine Ahnung. Ich hoffe nur, du nicht auch. »Keine Ahnung. Das Stadtzentrum, denke ich.« Ragroth spuckte aus. »Sie werden wissen, dass die Oststadt jetzt den Stämmen gehört. Vielleicht dachten sie, sie kommen auf dem Weg einfacher in Sicherheit. Woher soll ich wissen, was in den Köpfen der Erdmaden vor sich geht?«

Gorotak bleckte sein Gebiss zu einem humorlosen Grinsen. »Komm, Ragroth, du warst schon immer ein schlechter Lügner. Du hast ein zu ehrliches Gesicht.«

Das kann man nicht von allen hier sagen. Ragroth seufzte. »Der Tempel. Sie wollten zum Tempel.«

»Verdammt richtig, zum Tempel. Sie wollten ihr Gold retten. Deswegen die leeren Wagen. Zwei Wagen. Überleg dir das: so viel Gold, dass sie zwei Wagen geschickt haben, um es zu holen!« Gorotaks Grinsen wurde breiter. »Weißt du, was das Beste daran ist?«

»Sie sind nicht dort angekommen.«

»Genau. Das heißt, das ganze schöne Gold ist noch im Tempel. Die Ahnen mögen wissen, was sonst noch alles. Waffen, Rüstungen, was immer die Wühler für wirklich wertvoll halten, das opfern sie in ihren Scheißtempeln.«

»Du willst dorthin.« Es war keine Frage.

»Natürlich. Ich könnte nicht vor die Ahnen treten, wenn ich mir diese Gelegenheit entgehen lassen würde! Vor allem, wenn ich zulassen würde, dass irgendwelche Schwarzhäute zuerst ihre dreckigen Finger danach ausstrecken. Was glaubst du, was dann noch für uns übrig bleiben würde?«

Da ist was dran. »Nicht viel, vermute ich.«

»Einen Scheiß hätte ich dann noch davon!« Gorotak spuckte aus und drehte sich um.

»Was ist mit deinem Auftrag?«, fragte Ragroth.

Gorotak schnaubte. »Du hast selbst gesagt, dass die Ayubo beinahe schon hier sind. Dann können die sich um die letzten paar Wühler gefälligst selbst kümmern. Ich werd ihnen nicht den Arsch abwischen, wenn es einen Tempel zu plündern gibt.«

»Drangog legt dich um, wenn du dich absetzt. Das ist dir schon klar?«

Der Raut warf ihm einen Blick zu. »Scheiß drauf. Es ist schon fast dunkel. Bald werden die Trommeln schlagen, und der Kriegsherr wird den letzten Angriff beginnen. Kein Arsch wird dann noch wissen, wo irgendjemand ist. Wie soll er's denn erfahren?«

Ich habe nicht die geringste Ahnung. Möglich, dass es ihm jemand erzählt, oder? Möglich, dass er schon jemanden geschickt hat, um deinen fetten Arsch zu den Ahnen zu beför-

dern. »Hm.« Ragroth rieb sich die gesprungene Unterlippe. »Wir kommen mit.«

Der Raut fuhr herum und bleckte die Zähne.

»Du kannst uns schlecht zurücklassen, jetzt, wo wir davon wissen, meinst du nicht?«

Ein leises Knurren stieg hinter Gorotaks gebleckten Zähnen auf. »Ich könnte dich und dein Pack einfach umlegen lassen, und niemand würde davon erfahren.«

Ragroth hielt seinem Blick stand. »Könntest du versuchen. Vielleicht würdet ihr das sogar schaffen. Möglicherweise könntest du mich diesmal sogar in einem Zweikampf besiegen. Vielleicht geht morgen früh die Sonne auf, und wir stellen fest, dass sich über Nacht alle Wühler in Schweine verwandelt haben. Ich trau's ihnen zu.«

Gorotak trat mit einem schnellen Schritt an ihn heran. »Forderst du Arschloch mich heraus?«

Der Broca rührte sich nicht, senkte aber auch nicht den Blick. »Den Gefallen werde ich dir nicht tun, Gorotak«, sagte er leise. »Ich wollte dich nur drauf hinweisen, dass du die da nicht aufhalten kannst.« Er wandte den Kopf und nickte zu den beiden Skrag, die auf der Barrikade saßen und sie aufmerksam beobachteten. »Wenn du irgendwelche Scheiße versuchst, wird Drangog davon erfahren. Verlass dich darauf.«

Der Ohrensammler folgte seinem Blick und knirschte hörbar mit den Zähnen, als die beiden Skrag ihre Hauer fletschten.

»Ich habe diese Wagen gefunden, ich habe diese Erdmaden hier zertreten, und ich beanspruche mein Recht auf die Beute«, sagte Ragroth sachlich. »Aber ich denke, wir können noch mit ein paar Kriegern teilen, die beim Tragen helfen.« Er gestattete sich ein schmales Grinsen.

»Beim Tragen helfen? Du verkennst deine Stellung, Broca. Ich bin der Raut von uns, also gebe ich die Befehle.«

»Völlig klar.« Ragroth sah Gorotak von der Seite an. »Solange du nicht erwartest, dass wir sie befolgen. Ich bin Drangogs Mann, vergiss das nicht. Also, sind wir uns einig?«

Der fette Raut zog geräuschvoll den Rotz aus seiner fleischigen Nase und spuckte nochmals aus. »Also gut, Drangogs Hund, wir nehmen uns diesen Tempel gemeinsam vor. Was wir finden, wird nach dem Gesetz der Ahnen geteilt. Das ist meine Jagd, Bruder.«

Ragroth nickte und wandte sich ab. »Du bist der Raut. Es ist deine Jagd.« *Und auf jeder Jagd gibt es Unfälle.*

Er war bereits einige Schritte gehumpelt, als Gorotak hinter ihm die Stimme hob. »Und was ist mit deinem Auftrag für Drangog?«

Ragroth blieb stehen. *Mein Auftrag? Der kann wohl noch warten.* Er hob die Schultern und ließ sie wieder fallen. »Mein Auftrag? Der muss wohl noch warten.«

Brüllend stürmten die Orks auf die Reihen der Verteidiger zu, die sich viel zu langsam zu formieren begannen. Die vorderste Reihe der Steinmetzverbände wurde überrannt, ehe sie auch nur an Gegenwehr denken konnte. Schlagend und hackend fraßen sich die Orks weiter, genau durch das schwächste Glied der Verteidigungslinie. Die Königlichen waren viel zu weit entfernt, um rechtzeitig eingreifen zu können.

Dvergat beugte sich so weit nach vorn, dass Talus schon fürchtete, dass er jeden Augenblick vom Dach stürzen würde. »Sie überrennen die Steinmetze«, stellte er fest. Als ob Talus das nicht selbst sehen würde. »Wir müssen etwas tun!«

»Wir haben den Befehl, die Position zu halten. Also werden wir das tun und nichts anderes.«

»Ich kann sogar das Feldzeichen eines Raut erkennen. Verdammt.« Dvergat ballte die Hand zur Faust und schlug auf sein Bierfass. »Es ist eine verdammte Schande. Dort unten kämpft ein leibhaftiger Orkanführer, und wir sitzen hier oben und drehen Däumchen. Es ist eine Schande.«

»Wir wären ohnehin nicht rechtzeitig dort.«

Ungestört tobten die Orks über das Schlachtfeld. Sie schnitten Bärte von getöteten Dalkar ab, stritten sich um erbeutete Waffen und vergaßen darüber den eigentlichen Angriff. Das verschaffte den versprengten Dalkar genügend Zeit, sich zu sammeln und eine Schildformation zu bilden. Ein Zug Armbrustschützen kam in Schussweite und ließ einen tödlichen Bolzenregen auf die Angreifer niederregnen. Erleichtert sah Talus, wie die Dalkar endlich begannen, sich den angreifenden Orks entgegenzustellen. Hinter den Lagerhallen im Osten erklangen Kriegshörner. Kurz darauf tauchte das Feldzeichen der Zwölften aus dem Nebel auf. In Keilformation stießen die Elitekrieger in den wilden Haufen hinein und trieben ihn auseinander. Endlich schien sich das Kampfesglück zu wenden.

Dvergat stampfte begeistert auf. Das Dach knirschte bedrohlich unter seinen Stiefeln. »Zeigt es den Bastarden. Treibt sie zurück in ihre Höhlen!« Ein breites Grinsen zog über sein Gesicht.

Mit jeder Minute, die verging, erlahmte der Kampfesmut der Orks. Erst vereinzelt, dann in immer größerer Zahl wandten sie sich zur Flucht. Eine Handvoll leistete noch kurze Zeit Widerstand, ehe auch sie auseinandergetrieben wurden. Ein Kriegshorn der Orks gab einen klagenden Laut von sich, und das Feldzeichen des Raut zog sich in die Gassen der Stadt zurück. Der Angriff war abgewehrt.

»So macht Krieg Spaß.« Dvergat rieb sich die Hände. »Heute werden Heldengeschichten geschrieben, sage ich dir. Das Feldzeichen holen wir uns am Ende auch noch.«

Talus beobachtete, wie sich die Königlichen sammelten und diszipliniert in das Weberviertel einrückten, um die fliehenden Orks zu verfolgen. Der stählerne Keil verjüngte sich mehr und mehr zu einem lang gezogenen, dünnen Pfeil.

Eine denkbar ungünstige Formation für einen Kampf, dachte der Heetmann. Nachdenklich fuhr er sich mit der Hand über die Glatze.

»Schnappt euch den Scheißkerl«, brüllte Dvergat dicht neben seinem Ohr. »Spießt den verdammten Raut auf seiner eigenen Standarte auf. Lasst euch die Chance nicht entgehen!«

Lasst euch die Chance nicht entgehen. Talus fingerte am Griff seines Breitschwerts herum. Warum erschien ihm das mit einem Mal so falsch? »Das ist ein verdammt cleverer Angriff gewesen«, brummte er. »Wieso haben die Orks ihn nicht durchgezogen? Sie hätten uns verdammt zusetzen können, wenn sie nicht wie Kinder auseinandergerannt wären.«

»Weil sie wie Kinder sind, Heetmann. Nichts als spielen im Kopf. Zu unserem Glück.«

»Nichts als spielen, hm?«

Die letzten Orks wurden von dem Schildwall der Königlichen in die Gassen zurückgedrängt wie Schafe auf der Weide. An den schwer gepanzerten Elitekriegern bissen sich selbst ihre wildesten Kämpfer die Zähne aus. Es hätte schon ein paar Oger gebraucht, um sie aufzuhalten. Aber diese Kolosse wären bei so einem Überraschungsangriff wohl reichlich fehl am Platz gewesen.

Zum zweiten Mal runzelte Talus die Stirn. »Ja genau, die Oger. Wo sind eigentlich die verdammten Oger?«

»Hoffentlich weit fort, Heetmann.«

Talus schüttelte den Kopf. »Die Oger entfernen sich nie sehr weit von ihren Anführern. Ich hätte gedacht, dass sie spätestens kurz nach dem Angriff das Schlachtfeld betreten würden.«

Dvergat drehte sich zu ihm um. Ein nachdenklicher Ausdruck trat auf sein Gesicht. »Wenn sie nicht auf dem Schlachtfeld waren, wo sind sie dann, Heetmann?«

Talus nickte. »Das ist die entscheidende Frage.«

EINUNDZWANZIG

Die Nacht war gekommen, und sie stand in Flammen. Sie waren in die Gasse hinter der Barrikade eingedrungen, und schon an der nächsten Kreuzung waren sie auf Leichen gestoßen. Beinahe alles Aerc, zerhauen von den Klingen der Wühler. Hinter den Toten brannte eine weitere zerstörte Barrikade, und über ihnen zog jetzt Feuerschweif um Feuerschweif seine Bahn durch den Nebel und senkte sich auf die Stadt herab. Zweimal bereits waren brennende Felsen direkt in ihrer Nähe niedergegangen. Einer davon war über der Vorhut in einer Giebelwand eingeschlagen und hatte einen der Krieger unter sich begraben. Vorsichtig hatten sie die lodernden Trümmer umgangen, während über ihnen die beiden Waldaerc von First zu First sprangen und heisere Rufe aus der rot flackernden Dunkelheit bellten.

Je weiter sie vordrangen, desto offenkundiger wurden die Verwüstungen. Zerstörte Häuser, deren wie Fackeln in die Höhe ragenden Dachbalken den Weg säumten. Brennende Bäume. Selbst der Himmel brannte.

Krendar hatte sich zurückfallen lassen und lief nun beinahe am Ende ihres Trupps. Lediglich der haarige Oger und vier Krieger des fetten Raut marschierten noch hinter ihm.

Der Raut traute Ragroths Doppelfaust nicht, so viel war ihm inzwischen klar, und das schloss Krendar wohl leider mit ein.

Niemand hatte ihn gebeten mitzukommen. Aber was hätte er sonst tun sollen? Auf eigene Faust zurückgehen zu den Ayubo? Und dann?

Also war er geblieben so wie Dudaki und Sekesh. Für die Hyänenkrieger gehörte er zu Ragroth, und solange ihm nichts Besseres einfiel, beließ er es dabei.

Ein weiterer Feuerball zog über sie hinweg und verschwand hinter den Dächern. Krendar zog unwillkürlich den Kopf ein und fasste seinen Speer fester. Die Ayubo lief direkt vor ihm. Seit dem Eintreffen der Hyänenkrieger hatte sie kein Wort gesprochen, wenn man von der Beschwörung absah, die sie über dem verletzten Bein des narbigen Broca gemurmelt hatte. Er schauderte bei dem Gedanken daran, wie sich das zerrissene Fleisch gewunden hatte und zu einer roten Wulst zusammengekrochen war. Immerhin schien die frische Narbe besser verschlossen zu sein als durch eine Naht. Der alte Krieger hatte lediglich knapp genickt und war mit zusammengebissenen Kiefern davongehumpelt. Weniger schmerzhaft war es also wohl nicht. Seitdem liefen sie durch den verdammten Nebel in das Herz der Wühlerstadt.

Krendar schnaufte. Die Platzwunde an seiner Stirn bescherte ihm bei jedem Schritt einen stechenden Kopfschmerz, doch das würde niemanden interessieren, also hielt er den Mund. Sie waren im Krieg, da war keine Zeit für derartige Kleinigkeiten. Er presste die Zähne aufeinander und richtete den Blick nach vorn. Vor Sekesh liefen die beiden Korrach, leichtfüßig und in völligem Gleichklang. Dudaki hatte sich den Staubviperkriegern angeschlossen und unterhielt sich gedämpft mit den ungleichen Brüdern. Gelegentlich lachte einer von ihnen leise. Vor den fünfen stampfte der andere Oger neben dem hinkenden Broca, und weiter vorn, mit einigem Abstand, marschierten die drei Doppelfäuste des fetten Raut. Wenn Krendar es richtig verstanden hatte, bildete eine vierte Doppelfaust die Vorhut. Die Aerc schienen ein Ziel zu haben. Allerdings hatte sich niemand die Mühe gemacht, ihm zu sagen, welches. Das Durchsuchen der düster aufragenden Wühlerhäuser schien jedenfalls nicht dazuzugehören.

Der junge Aerc beschleunigte und schloss zu Sekesh auf. Die Ayubo starrte düster nach vorn; ihre Kiefer mahlten sichtbar.

»Alles …«, begann er und unterbrach sich sofort. *Alles in Ordnung? Wolltest du das tatsächlich gerade fragen? Alles in Ordnung mit dir, Krendar?* Er schüttelte den Kopf. »Irgendeine Ahnung, wohin wir gehen?«

Sekesh antwortete nicht.

Warum sollte sie auch. Was für eine blöde Frage. Sie hat kein Wort mit irgendjemandem gewechselt und …

»Wir werden Wühler töten«, sagte die Ayubo in einem Ton, der Krendar den Rücken hinabrann wie eisiges Wasser.

»Oh. Das ist … gut. Glaube ich. Weißt du auch, wo?«

»Die Ahnen wissen es.«

Beruhigend. »Sie haben es dir nicht zufällig verraten?«

Sekesh sah ihn nicht an. »Es ist kein Zufall, dass ich überlebt habe. Die Ahnen wollen es so.«

Vermutlich, weil du mit ihnen sprechen kannst. Sie reden

ja nicht mit jedem. »Ist das der Grund, warum du mit uns gehst?« Diese Frage beschäftigte Krendar schon seit ihrem Aufbruch. Er selbst war ein Krieger der Weststämme, so wie Ragroth, Gorotak und ihre Männer. Und er hatte dem Broca seinen Nacken dargeboten.

Aber warum sollte die Ayubo bei ihnen bleiben? Sie hätte zurück zu den Kriegern ihres Volks gehen können. Stattdessen war sie bei ihnen geblieben. Die anderen Aerc hatten keine Fragen gestellt. Es war schließlich immer gut, eine Schamanin bei sich zu haben. Das steigerte die Überlebenschancen.

Sekesh lief einige Schritte wortlos neben ihm her. Sie nickte knapp. »Aber ich wäre ohnehin mit euch gegangen. Sie haben Zorkal ermordet.«

Na ja, er ist ... war Krieger, und wir sind im Krieg. Er ist ja nicht der Einzige. Krendar räusperte sich. »Es tut mir leid um deinen Bruder. Die Ahnen werden ihn in Ehren aufnehmen.«

Sekeshs Kopf ruckte herum. Ihre Augen schienen in der Dunkelheit zu glühen. »Es war keine Ehre in seinem Tod! Er war verletzt, und sie haben ihm keinen Kampf gewährt. Sie haben ihn zerhackt wie ein Stück Vieh. Schlimmer! Wir töten Vieh, bevor wir es ausweiden! Diese Wühler sind Tiere, und wir werden sie wie Tiere jagen und vernichten. Jeden einzelnen. Deshalb sind wir hier.« Leichtfüßig sprang sie über die Reste eines herabgebrochenen Giebels, der ihnen im Weg lag.

Krendar hatte Mühe, auf dem losen Geröll nicht zu stürzen. *Das war ja der Sinn dieses Feldzugs, oder? Die Wühler vom Land unserer Ahnen zu vertreiben und so.* »Von mir aus. Aber warum gehen wir dann hier entlang? Ich denke, die Wühler sind am Fluss?«

Sekesh warf ihm einen kalten Seitenblick zu. »Stellst du immer die Befehle infrage?«

Krendar runzelte die Stirn. »Tu ich doch gar nicht. Aber ich glaube, es hat etwas mit den leeren Wagen zu tun, meinst du nicht?«

Die Ayubo entblößte ihre Zähne, schwieg jedoch.

Wieder liefen sie schweigend nebeneinanderher. Dunkelheit und Nebel waren hier so dicht, dass Krendar kaum noch den breiten Rücken des Ogers ausmachen konnte. »Ich habe gesehen, dass du die Knochen geworfen hast, bevor wir aufgebrochen sind«, sagte er leise.

Sekesh antwortete nicht.

»Haben die Ahnen dir etwas gesagt? Also – außer dass ich sterben werde? Komm, gib mir einen Hinweis. Ich möchte nicht so draufgehen wie dein Bruder.« *Eigentlich möchte ich gar nicht draufgehen. Weder so noch anders.* Diesen Gedanken behielt er allerdings für sich.

Die Ayubo schwieg noch immer.

Frustriert knirschte Krendar mit den Zähnen. »In Ordnung, vergiss es. Behalt's für dich. Wenn du recht hast, werde ich bald selbst bei den Ahnen sein.« *Und weißt du was? Vielleicht geh ich dir dann einfach so auf den Sack wie du mir gerade.* Er beschleunigte seine Schritte, um zu Dudaki und den Korrach aufzuschließen.

»Sie haben eine Aufgabe für dich«, rief ihm Sekesh hinterher.

Krendar wurde wieder langsamer. »Hat es einen Sinn zu fragen, welche?«

»Ich weiß es nicht. Noch nicht. Aber wenn die Zeit kommt, werden sie es mir sicherlich sagen.«

»Sie spielen wohl gern geheimnisvoll.« Andererseits – es ergab schon einen gewissen Sinn. Die Stammesältesten taten das schließlich auch gern. Vermutlich änderten sie sich später nicht, nur weil sie tot waren.

»Du solltest sie nicht verärgern«, schnappte Sekesh.

»Ach. Warum? Könnte es sonst sein, dass ich die Nacht nicht überlebe?«

Sekesh sah aus, als wollte sie etwas Scharfes entgegnen, überlegte es sich dann jedoch anders. Sie lächelte schmal und nickte. »Eine Urawi teilt ihr Wissen nicht mit jedem.«

Krendar konnte nicht anders. Er grinste schief. »Aber sie sprechen mit den Toten, richtig? Da kannst du bei mir nichts falsch machen.«

Das Lächeln wirkte irgendwie traurig. »Sie werden uns jemanden senden«, sagte Sekesh schließlich.

»Jemanden?«

»Ich habe keine Ahnung, wen. Aber ich werde es erkennen.«

»Ah. Und … haben die Ahnen noch was über mich gesagt?«

Die Ayubo schnaubte. »Warum sollten sie? Was willst du? Eine Prophezeiung?«

»Na ja. Du weißt doch: Ich bin der, der die Nacht nicht überlebt.«

Das Lächeln verschwand, als wäre es nie da gewesen. »Viele werden sterben«, entgegnete Sekesh grimmig.

Na, das ist ja was Neues. Krendar verdrehte die Augen.

Sekesh wollte noch etwas hinzufügen, dann jedoch riss sie die Augen auf und stolperte. Ihre Hand zuckte zu dem Amulett um ihren Hals, und sie stürzte beinahe zu Boden.

Ohne nachzudenken, griff Krendar nach ihrem Arm, doch Sekesh schlug seine Hand beiseite. »Fass mich nicht an!«, fauchte sie. Dann krümmte sie sich und keuchte vor Schmerz.

»Was?« Krendar starrte sie alarmiert an.

»Eine Mutter«, stieß die Ayubo durch zusammengepresste Zähne hervor. Ihre Faust umklammerte das Amulett. »Eine Mutter ist hier.«

»Hä?« Krendar verstand gar nichts.

Der Echsenmann wanderte zwischen umgestürzten Wagen entlang, deren Ladung kreuz und quer über das Pflaster verteilt war. Aufgebrochene Truhen, zerschmetterte Tonkrüge und zertretene Körbe. Eine einzelne, eisenbeschlagene Truhe war heil geblieben, bis auf ein paar Dellen auf dem Deckel. Das Schloss hatte gehalten. *Solides Zwergenhandwerk,* dachte er. *Beinahe unzerstörbar – im Gegensatz zu seinen Besitzern.* Sie lagen zu Haufen aufgetürmt im Dreck. Männer, Frauen und Kinder. Die Schädel eingeschlagen und die Bäuche aufgeschlitzt wie Schlachtvieh. Manchen waren die Finger abgeschnitten worden.

Der Echsenmann runzelte die Stirn. Ach ja, Plünderer. Es war einfacher, einen Finger abzuschneiden, als mühsam Ringe von geschwollenen Gelenken zu ziehen. Oder beißen die Orks sie einfach ab wie fette Würste von der Schnur? Es wäre das Einfachste für sie. Die Zähne dafür hatten sie ja.

Der Echsenmann gluckste. *Stumpenwurst.* Die Vorstellung amüsierte ihn. Beinahe genauso wie die zahlreichen dunklen Schatten, die vor ihm durch den Nebel huschten. Leichtfüßig und beinahe unhörbar. Sie hielten sich außerhalb seiner Sichtweite, sorgfältig darauf bedacht, nicht von ihm bemerkt zu werden. Sie glaubten tatsächlich, sie wären unsichtbar für ihn, aber der Echsenmann hatte sie längst bemerkt. Ihre Schritte dröhnten in seinen Ohren, ihr Gestank drang in seine Nase, und ihr Atem wurde vom Wind herangetragen. Es kam ihm vor, als könnte er die Bewegung eines jeden erfühlen. Verschwörerisch legte er den Zeigefinger an die Lippen und kicherte leise.

Einer der Schatten löste sich aus dem Nebel und sprang mit großen Schritten auf ihn zu, die Keule hoch über den Kopf erhoben, das Maul weit aufgerissen, sodass er sein Raubtiergebiss im Dunkeln aufblitzen sah.

Der Echsenmann bewegte sich erst im allerletzten Augenblick. Drehte sich nur leicht zur Seite, gerade weit genug, dass die Keule an seiner Schulter vorbeischrammte. Zornige Augen blitzten auf, und die Raubtierzähne schlugen heftig aufeinander. Der Ork geriet ins Straucheln, taumelte an ihm vorbei und verschwand wieder im Nebel. Die Klinge des Echsenmanns glänzte dunkel vor Blut.

Die nächsten beiden griffen von zwei Seiten gleichzeitig an. Sie waren groß gewachsen und dürr, und sie ähnelten sich wie ein Ei dem anderen.

Der Echsenmann sprang den linken an. Schwach spürte er, wie dessen Waffe an seinem verbrannten Arm entlangfuhr und Haut und Fleisch durchschnitt. Es kümmerte ihn nicht. Seine Finger stießen vor und bohrten sich in die Augen des Gegners. Er drehte sich an dem Ork vorbei, legte ihm den Arm um den Hals und brachte ihn wie einen Schild zwischen sich und den zweiten Angreifer, der ihn wie eine Sau aufspießte. Der Echsenmann stieß den Ork nach vorn und stieß mit dem Messer nach. Zwei, drei schnelle Bewegungen, die das Auge kaum wahrnahm. Dann stürzten die Zwillinge in inniger Umarmung zu Boden.

Der Echsenmann blickte ihnen nach und glaubte zu sehen, wie sich ihre Seelen aus den blutenden Leibern lösten. Plötzlicher Schwindel erfasste ihn, und er schloss die Augen. Es fühlte sich gut an. Er breitete die Arme aus und drehte sich langsam im Kreis.

Jetzt kamen sie von allen Seiten.

Er lachte laut und schrill. Sein Messer fuhr herum und traf auf Widerstand. Kratzte über Knochen oder Stahl und wühlte sich durch Fleisch, Muskeln und Sehnen wie die Sichel durch das Kornfeld. Jemand packte ihn am Arm und zerrte ihn herum. Ein narbiges Gesicht glotzte ihm entgegen. Nur eine Handbreit entfernt, mit heimtückisch blitzenden Augen, das Maul weit aufgerissen vor Wut, Angst oder Anstrengung.

Der Echsenmann bog den Kopf nach hinten, schmetterte die Stirn mitten hinein in die Hässlichkeit, und das Gesicht explodierte in einer Wolke aus Blut und Geifer. Der Echsenmann lachte auf, drehte sich weiter und suchte nach neuem Fleisch, in das er sein Messer bohren konnte.

Es war wie ein Rausch. Zeit und Raum verloren ihre Bedeutung. Das Einzige, was zählte, war der Augenblick.

»Stirb«, rief er und stach erneut zu. Es fühlte sich so unglaublich gut an. »Stirb«, und seine Klinge zog eine blutige

Spur. Ein hohles Kreischen drang an sein Ohr. Vielleicht war das einer seiner Gegner, vielleicht aber auch er selbst. »Stirb«, und das war die einzige Wahrheit, die zählte.

Etwas schlug ihm hart gegen den Rücken. Er stolperte nach vorn. Ein zweiter Schlag streifte seinen Arm, und das Messer entglitt seinen Fingern. Er versuchte noch, danach zu greifen, aber ein weiterer Schlag in den Magen raubte ihm die Luft zum Atmen. Er hustete und taumelte zurück. Schwielige Pranken griffen von allen Seiten nach ihm, umklammerten seine Arme und Beine und zerrten ihn zu Boden. Er trat um sich und spürte, wie etwas unter seinem Tritt zerbrach. »Stirb!«

Dann waren sie über ihm und drückten sein Gesicht in den Dreck. Ein Knie bohrte sich in seinen Rücken. Für einen Augenblick hatte der Echsenmann die vertrauten Gesichter der Straßenkinder wieder vor Augen, die sich einen Spaß daraus gemacht hatten, ihn halb zu ersäufen und so lange zu treten, bis er blutend und heulend im Dreck lag und um Gnade winselte. Nur die hier würden nicht von ihm ablassen. Sie würden ihn treten und schlagen, bis sie jedes Leben aus seinem Körper herausgeprügelt hatten. Ein passendes Ende für jemanden wie ihn. »Stirb.«

Doch es kam nichts.

Nach einer ganzen Weile drehte er den Kopf zur Seite und schaute nach oben. Ein schmächtiger Ork hatte sich so nah vor ihm in den Dreck gehockt, dass ihm sein Schweißgeruch in der Nase brannte. Der Ork hatte ein weicheres Gesicht als die anderen, und der Echsenmann stellte mit Erstaunen fest, dass es die Züge einer Frau waren. Er hatte sich noch nie Gedanken darüber gemacht, ob diese Kreaturen Frauen hatten. Andererseits, wie sollten sie sich sonst fortpflanzen? Durch böse Magie etwa?

Sie hatte ein breites, tiefschwarzes Gesicht, und über ihre hohen Wangen zogen sich wulstige, ineinander verschlungene Muster. Ein spitzer Knochen war quer durch ihre platte Nase gerammt worden, zwei weitere standen wie Stacheln aus ihren Mundwinkeln.

Sie griff nach dem Amulett um seinen Hals, zog es dicht vor ihre Nase und sog witternd die Luft ein. Ihre bernsteinfarbenen Schlitzaugen wurden größer, und sie zischte etwas Unverständliches.

»Es gehört mir«, knurrte der Echsenmann. Seine Augen funkelten zornig. »Lass deine hässlichen Finger davon.«

Die Orkfrau runzelte die Stirn. Sie legte den Kopf auf die Seite und musterte ihn eine Weile. Behutsam ließ sie das Amulett zurückgleiten und stand auf.

Irgendjemand stieß einen kehligen Ruf aus, und der Echsenmann wurde in die Höhe gezerrt. Etwas sauste heran und schlug hart gegen seinen Kopf. Dunkelheit.

ZWEIUNDZWANZIG

Was bei den Ahnen ist das?«, grollte Gorotak düster. Die Krieger hatten sich um die seltsame Kreatur versammelt. Drei Aerc hielten die schlaffe Gestalt, die schmächtig genug wirkte, um von einem einzelnen Krieger in der Mitte durchgebrochen zu werden. Dennoch lagen vier Hyänen in langsam wachsenden Blutlachen und rührten sich nicht. Ein Krieger saß auf dem nassen Pflaster und presste die Hand auf seinen Bauch, aus dem graurosa und blutig die Schlingen seiner Gedärme quollen. Zwei weitere Männer hatten klaffende Schnittwunden davongetragen.

Der narbige Broca trat dicht an die Kreatur heran und sog schnüffelnd die Luft ein. »Stinkt nach Mensch«, stellte er fest.

»Red keinen Scheiß«, bellte Gorotak. »Du willst mir nicht erzählen, dass ein Mensch das da«, er machte eine Geste, die die Leichen und Verwundeten einschloss, »fertigbringen würde. Mit einem Messer? Schau dir seine Fresse an. So sieht kein Mensch aus!«

Krendar starrte in das Gesicht des Wesens und gab Gorotak im Stillen recht. Er hatte Menschen gesehen. Sie waren schmächtig, weich, blass, stanken nach Pisse und waren keine

Gegner, die ein Aerckrieger ernst nehmen würde, der seine ersten Krûnar-Riten hinter sich hatte.

Dieses Wesen sah anders aus. Schuppen bedeckten sein gesamtes Gesicht und gaben ihm entfernt das Aussehen einer Echse. *Vielleicht ein Bastard zwischen Menschen und Aerc?* Auch einer seiner Arme war vollständig schuppig, bis hin zu den gelben, brüchigen Fingernägeln. Den anderen Arm überzogen große Blasen. Zumindest dort, wo sie noch nicht aufgeplatzt waren und lose Haut über rohem, entzündetem Fleisch klebte. Blut und Wundflüssigkeit sickerten an der entstellten Gliedmaße herab. Krendar erschauerte unwillkürlich.

Ragroth warf Gorotak einen Blick zu und zuckte mit den Schultern. »Hab auch nicht behauptet, dass er wie einer aussieht. Nur, dass er wie einer stinkt. Ich hab so was auch noch nie gesehen.«

Gorotak knurrte unwirsch. Er trat an das Wesen heran und sog schlürfend die Luft durch seine platte Nase. Angewidert verzog er das Gesicht und starrte es für einen langen Moment von oben herab an. Er fletschte die Zähne.

Oder aber es ist das Werk der Wühler. Im Heerlager ging das Gerücht, dass die Zwerge mit dunklen Geistern in Verbindung standen. Am Ende war tatsächlich etwas dran. Krendar sah, wie einige der Krieger Zeichen zur Abwehr des Bösen machten, und tat es ihnen verstohlen nach.

Gorotak packte die Gestalt unter dem Kinn und drehte den schlaffen Kopf hin und her, um ihn von allen Seiten zu betrachten.

»Vielleicht ist es ja das, was sie aus gefangenen Aerc machen«, schlug Grahul vor. »Vielleicht erschaffen sie Monster und missbrauchen sie für ihre düsteren Zwecke.«

Gorotak zuckte mit den Schultern. »Was es auch ist – wir haben keine Zeit dafür. So gern ich ihm jeden Finger einzeln abschneiden würde. Leg es um.«

Der Bullige spie aus und hob seine Kronenfaust. Noch bevor er die eiserne Keule gegen den Gefangenen schwingen konnte, trat Sekesh dazwischen.

»Nein«, sagte sie fest. »Er steht unter dem Schutz der Ahnen.«

Krendars Kiefer klappte herunter, und auf einmal herrschte atemlose Stille unter den Aerc.

Grahul ließ verblüfft die Waffe sinken.

Gorotak wirbelte herum, eine mächtige Faust erhoben. Noch bevor er zuschlagen konnte, stand Ragroth neben ihm und packte seinen Unterarm. »Nicht! Sie ist eine Drûaka.«

»Du erhebst die Hand gegen mich?«, fauchte der Raut.

»Eigentlich hält er sie nur fest«, sagte Modrath, der plötzlich hinter dem alten Broca aufragte.

Der Ohrensammler schoss ihm einen wütenden Blick zu. Seine Augen zuckten zur Ayubo, dann riss er seinen Arm los.

»Hör's dir erst mal an, Raut«, fügte Ragroth eilig hinzu und senkte den Kopf, um den Nacken zu entblößen.

Auch Modrath senkte den mächtigen Schädel. Krendar fand, dass das den Oger nur noch gefährlicher aussehen ließ.

Für einen langen, atemlosen Augenblick rührte sich niemand.

Schließlich öffnete Gorotak langsam die Faust.

Krendar stellte fest, dass er den Atem angehalten hatte. Vorsichtig stieß er die Luft aus. Neben ihm atmeten die Korrach durch und senkten unauffällig die Speere.

»Unter dem Schutz *meiner* Ahnen steht er sicher nicht«,

grollte Gorotak düster. »Wessen Ahnen sollten das sein? Deine?«

Sekesh hatte den Blick nicht gesenkt. Ihre orangefarbenen Augen glommen in der Dunkelheit. »Natürlich nicht«, entgegnete sie scharf. »Ich spreche von dieser Stadt. Vor den Wühlern lebten hier Aerc. Ihre Ahnen wohnen noch immer an diesem Ort.« Sie deutete auf die Figurine, die um den Hals der Gestalt hing. »Ihr seht doch die Stammesmutter. Das heißt, diese Kreatur steht unter ihrem Schutz. Es wäre wohl nicht klug, sie zu töten.«

Krendar musterte den Anhänger. Er war kaum so groß wie ein Gänseei, grob gearbeitet und darüber hinaus zerkratzt und abgestoßen. Dennoch erkannte er die Figur wieder. Es war unverkennbar eine Abbildung derselben Frauengestalt, wie sie die Ayubo um den Hals trug.

Der Ohrensammler schnaubte. »Kein Mann kann eine Stammesmutter berühren«, knurrte er abfällig. »Und diese Kreatur sieht nun wahrlich nicht aus wie eine Drûaka. Also trägt er nur eine schlechte Kopie, mehr nicht.«

Sekesh lächelte kalt. »Wenn du dir sicher bist, Raut, gibt es einen einfachen Weg, das herauszufinden. Nimm sie in die Hand.«

Gorotak zögerte. Er sah zwischen dem Amulett und der Ayubo hin und her. Sein Blick fiel auf den Krieger zu seinen Füßen, der noch immer seinen Bauch umklammert hielt und leise stöhnte. »Du da. Fass das Ding an.«

Die Augen des Verwundeten flogen auf. »Raut, ich …«

»Mach schon!«

Auf seinen Wink hin zerrten zwei Krieger den Verletzten auf die Füße. Unerbittlich stießen sie ihn vor den Gefangenen.

Der Krieger streckte eine blutige Hand aus, so zögerlich, als hätte der Raut von ihm verlangt, die Hand in einen Kessel kochendes Wasser zu stecken. Seine Finger schlossen sich um das Amulett. Für einen Moment geschah nichts. Dann begann er zu schreien. Hoch, gellend, beinahe wie der Schrei eines Neugeborenen. Die Adern an seinem Hals traten hervor. Er begann heftig zu zucken, wobei er seine Innereien über seine Füße verteilte. Seine Hand krampfte um das Amulett, so heftig, dass Krendar meinte, die Knochen knacken zu hören. *Nein,* korrigierte er sich gleich darauf. *Ich höre es tatsächlich*. Die Knochen in der Hand des Aerc brachen, einer nach dem anderen. Und noch immer schrie er.

Endlich nickte der Raut. Mit einem schnellen Hieb seines Hauschwerts durchtrennte er den Arm des Kriegers. Der Rückschwung spaltete das Gesicht des Aerc vom Kinn bis zum Scheitel. Als der Mann zusammenbrach, riss das Schreien ab.

Gorotak zerrte seine Klinge aus dem zertrümmerten Schädel und wandte sich Sekesh zu. Die Ayubo hatte ihren Blick nicht vom Raut gelassen. Der Ohrensammler grunzte. »Wie's aussieht, hast du recht. Die Ahnen wachen tatsächlich über dieses Ding. Sollen sie sich um den Drecksack kümmern. Lasst ihn liegen.« Er wandte sich ab und winkte seinen Kriegern. »Und ihr passt gefälligst besser auf. Wer weiß, ob noch mehr davon hier herumlaufen. Ich trau den Wühlern jeden Scheiß zu.«

Krendar schluckte. »Raut«, sagte er vorsichtig.

Gorotak hielt inne und sah ihn irritiert an. Beinahe so, als würde er ihn zum ersten Mal wahrnehmen. Was vermutlich sogar stimmte. »Was?«

Krendar entblößte eilig den Nacken. »Wie wäre es, wenn … Vielleicht sollten wir ihn befragen, oder?«, schlug er leise vor.

»Be… was? Befragen?«

Krendar nickte, ohne den Blick zu heben. »Wenn ihr recht habt, und er hat Aercblut in sich, versteht er vielleicht auch unsere Sprache.«

»Das hat mit dem Blut nicht viel zu tun.« Ragroth musterte den Echsenmann nachdenklich. »Aber es ist was dran an dem, was der Junge da sagt. Wir sind nahe am Grenzland. Es gibt eine Menge Menschen, die einige Brocken Frakra können. Genug, um zu handeln. Vermutlich auch genug, um uns einiges über die Straßen hier zu verraten. Und vielleicht auch über den Tempel.«

Der fette Raut schnaubte.

»Außerdem spricht Ragroth selbst ganz gut die Zunge der Menschen«, warf Modrath ein.

Gorotak sah den Broca scharf an.

Der seufzte. »Das auch, ja.« Er warf dem Oger einen Blick zu und schüttelte resigniert den Kopf. »Manchmal würde ich dir gern befehlen, dir selbst die Blödheit aus dem Schädel zu prügeln. Aber ich fürchte, du würdest dich dann nur totschlagen.«

Modrath kratzte sich verlegen den Kopf. »Jo. ’tschuldige.«

Ragroth verzog das Gesicht und wandte sich dem misstrauischen Raut zu. »Aber stimmt, ich kann auch ’n paar Brocken. Hatten in den letzten drei Sommern ziemlich viel mit den Kümmerlingen zu tun. Ich würde sagen, es ist einen Versuch wert.«

Gorotak fletschte die Zähne. Einen langen Moment starrte er in den wabernden Nebel, als versuchte er herauszubekommen, ob noch weitere Scheußlichkeiten in der Dunkelheit der Wühlerstadt lauerten. »Weckt ihn auf«, knurrte er.

Talus und Dvergat starrten schweigend in die neblige Dunkelheit. Wie lange war es nun her, dass die Königlichen den Orks in die Gassen gefolgt waren? Eine halbe Stunde? Zwei? Ein halber Tag? Die Zeit war schwierig abzuschätzen, wenn man untätig herumsaß und noch nicht einmal die Sterne sehen konnte.

Kurz nachdem die letzten Königlichen im Nebel verschwunden waren, hatten sie Waffengeklirr gehört, Geschrei und das lang gezogene Klagen von Kriegshörnern. Dann war es wieder still geworden.

Ein Bote hatte gemeldet, dass sie auf Widerstand gestoßen waren. Es musste ein paar heftige Scharmützel gegeben haben. Ein paar letzte Orks, die genug Mut oder Verrücktheit besessen hatten, den vorrückenden Truppen Widerstand zu leisten. Die Königlichen waren im Handumdrehen mit ihnen fertiggeworden. Es hieß, dass sie den Raut in die Enge getrieben hatten, dass es nur noch eine Frage der Zeit war, bis sie ihn eingeholt hatten.

Aber wie viel Zeit?

Dvergat trommelte nervös auf seinem Bierfass herum. »Mit Ihrem Gerede von Ogern haben Sie mich ganz schön nervös gemacht, Heetmann. Ich bilde mir die ganze Zeit ein, sie da draußen herumstampfen zu sehen.«

Talus nickte. Verdammte Nebelschwaden. Jede Bewegung

konnte nichts sein oder eine ganze Armee Orks, die zum Angriff blies.

»Dort!«, rief Dvergat plötzlich so laut, dass Talus zusammenzuckte und beinahe vom Dach stürzte. »Dort kommt jemand.«

»Die Königlichen?« Talus trat schnell einen Schritt zurück.

Eine einsamer Dalkar kam zwischen den Häusern hervorgestolpert. Er hatte sichtlich Mühe, sich auf den Beinen zu halten.

»Vielleicht ein Bote«, sagte Dvergat.

»Er scheint verletzt zu sein.«

Der Dalkar hatte kaum die Hälfte der Strecke zwischen den Häusern und den Reihen der Dalkar zurückgelegt, als er ins Straucheln geriet und stürzte.

Eine Gestalt tauchte hinter ihm aus dem Nebel auf. Dann eine zweite und eine dritte. Hochgewachsen, muskulös und hässlich wie die Nacht. Orks. Sie stießen ein wildes Brüllen aus, reckten ihre Waffen in die Luft und stürmten hinter dem Dalkar her.

Der Dalkar drehte den Kopf, jaulte auf und kroch auf allen vieren weiter.

»Armbrustschützen!«, brüllte Talus nach unten. »Haltet die Drecksäcke auf.«

Die ersten Bolzen, hastig und ungezielt abgefeuert, gingen weit daneben. Erst der dritte fand sein Ziel und traf eines der Monster in die Schulter. Der Bolzen schien den Ork kaum zu stören, aber zumindest wurde er langsamer. Erst als die nächste Salve auf sie niederging, drehten die Orks ab und verzogen sich zurück in den Nebel.

»Gut gemacht.« Talus hob den Daumen. »Und jetzt holt mir den Mann dort aus der Schusslinie.«

»Lasst mich!« Unwirsch schüttelte der Dalkar die helfenden Hände ab. Er war über und über mit Schlamm und Blut bespritzt. Seine Rüstung war zerbeult, und über seine Stirn zog sich eine hässliche Fleischwunde. »Ich muss zum General. Ich habe eine wichtige Botschaft für ihn.«

Es dauerte eine Weile, bis Talus den Mann unter all dem Dreck wiedererkannte.

»Jarl Dornbirn? Sind Sie das?«

Ein breites Grinsen zog über das Gesicht des Standartenträgers. Er schielte leicht. »Ah, General Variscit. Endlich! Ich dachte schon, diese unfähigen Trottel würden mich nie zu Ihnen vorlassen.« Er schlug sich gegen den Brustpanzer. »Ein großer Sieg, General. Wir haben den verdammten Raut in die Enge getrieben, diese feige, stinkende Ratte.«

»Tatsächlich?« Talus zog eine Augenbraue in die Höhe. »Ihr habt also gewonnen? Und Sie hat man zu uns zurückgesandt, um uns das mitzuteilen?«

»Die Zwölfte führt Derok zum Sieg, General.«

»Sind Sie nicht der Standartenträger der Zwölften?«, fragte Dvergat. »Müssten Sie nicht bei Ihrer Standarte sein?«

Jarl Dornbirn drehte sich zu dem Unteroffizier um und schlug sich gegen den Brustpanzer. »Keine Sorge, General. Ich habe sie gut versteckt.«

»Die Standarte?«

»Die Orks werden sie niemals bekommen.« Jarl Dornbirn schwankte leicht. »Nur über meine Leiche.«

Talus hielt ihn fest. »Wo sind die anderen? Was ist passiert?«

Jarl Dornbirn glotzte ihn verständnislos an. »Die Zwölfte führt Derok zum Sieg«, wiederholte er, als hätte er ein begriffsstutziges Kind vor sich. Schlagartig wurde seine Stimme schrill. »Sie sind alle tot!« Er schlug die Hände vor das Gesicht und schluchzte. »Wir hatten den Raut auf dem Untermarkt gestellt. Er stand ganz allein. Mit ihm vielleicht noch zwei Dutzend der Monster, die sich um seine Standarte geschart hatten. Wir waren so sicher, dass wir ihn hatten. Der Sieg schien zum Greifen nah. Doch plötzlich kamen sie von allen Seiten hervorgestürmt, aus den Häusern und Gassen. Orks! Es müssen Hunderte gewesen sein. Und die Oger ... wir hatten keine Chance. Als wir begriffen, dass wir in eine Falle gelaufen sind, war es bereits zu spät. Ich weiß nicht, wie ich entkommen konnte. Ich schlug auf alles ein, was sich mir näherte, und ich verteidigte die Standarte mit Händen und Füßen. Irgendwann wurde ich am Kopf getroffen. Als ich wieder klar denken konnte, war ich allein. Ich versteckte die Standarte und machte mich auf den Rückweg. Im Nebel hörte ich überall um mich herum das Brüllen und Toben der Teufel, doch ich ließ mich nicht von meinem Weg abbringen. Und jetzt bin ich hier, um Bericht zu erstatten. Denn sie kommen. Und sie sind unaufhaltsam!«

Talus stieß die Luft aus. Seine schlimmsten Befürchtungen waren wahr geworden. Die Zwölfte war auf einen der ältesten Tricks der Kriegsgeschichte hereingefallen und hatte sich selbst den Kopf abgeschlagen. Übrig blieben die, die man dazu abgestellt hatte, ihre Flanke zu schützen. Die Invaliden, die Alten und die Ehrlosen. Männer, von denen die wenigsten eine eigene Rüstung besaßen, geschweige denn eine richtige Waffe. Gerade einmal hundert Mann, wenn es hochkam.

Dieser Haufen sollte allen Ernstes die Stellung gegen eine übermächtige Armee von Orks und Ogern halten? Eine Armee, die scheinbar mühelos mit den Besten ihrer Krieger fertiggeworden war?

Ragroth gab dem Echsengesichtigen eine weitere Ohrfeige, die dessen Kopf auf die andere Seite baumeln ließ. »Komm schon, wach auf, du Arschloch.« Sie hatten den Gefangenen auf eine ausgehängte Tür gebunden und an die nächste Hauswand gelehnt.

Gorotak hatte seine Männer ausschwärmen lassen, um die Straße im Blick zu behalten. Vollkommen unnötig – die Skrag würden Ragroth rechtzeitig warnen, wenn sich jemand nähern sollte. Aber der Broca hütete sich, etwas dazu zu sagen. Immerhin waren die Krieger auf diese Art beschäftigt und standen ihm nicht auf den Füßen herum. Seine eigene Doppelfaust wartete in der Nähe in einem düsteren Toreingang. *Hat schließlich keinen Sinn, den Ohrensammler aus den Augen zu lassen.*

Der fette Raut stand neben ihm, flankiert von seinem Handlanger Grahul, der gelangweilt mit den Goldringen in der Augenbraue spielte. Er hatte seine Kronenfaust nachlässig gegen die Tür mit dem Gefangenen gelehnt. *Schöner Leibwächter, den du da hast, Gorotak.* Ragroth verbiss sich ein grimmiges Lächeln und holte zum dritten Mal aus.

»Nicht.« Die Ayubo hatte einen Finger gehoben und musterte den Echsenmann eindringlich. »Er ist bereits wach.«

»Sehr schön.« Ragroth verabreichte der Kreatur noch eine Ohrfeige. Nur zur Sicherheit. »Verstehst du mich?«, fragte er in der groben Sprache der Menschen.

Der Echsenmann hob langsam den Kopf und öffnete die Augen. Er zischelte etwas, das Ragroth nicht ganz verstand. Vermutlich war es eine Beleidigung, denn er grinste und zeigte dabei ein Maul voller fauliger Zahnstümpfe.

Angewidert verzog der Broca das Gesicht. Er packte das Ohr des Echsenmanns und schnitt es mit einer schnellen Bewegung ab.

Blut spritzte, und der Schuppige riss quiekend die Augen auf. Ragroth musterte das Stückchen Fleisch und warf es achtlos beiseite. Interessiert sah er zu, wie das Blut das grobe Wollhemd des Mannes tränkte. Dann blickte er auf und schenkte dem Echsenmann ein makelloses Grinsen. »Nachdem ich deine Aufmerksamkeit habe, noch mal: Verstehst du mich?«

Der hässliche Mensch starrte ihn hasserfüllt an. Er nickte.

»Gut.« Ragroth schob das Messer in den Gürtel und nickte Gorotak zu. »Er ist ganz Ohr. Irgendwas Bestimmtes, das ich ihn fragen soll, Raut?«

Der Ohrensammler schürzte die Lippen. »Frag ihn, was er ist und warum er meine Krieger angegriffen hat. Warum haben ihn die Wühler geschickt?«

Ragroth hob eine Braue. *Gute Idee. Ich kann ihn auch gleich noch nach den Kriegsplänen der Zwerge fragen, wo ich schon dabei bin.* Er wandte sich an den Gefangenen. »Der Raut will wissen, was du bist.«

»Was ich bin? Wie sieht es denn aus?« Der Echsenmann sah das Zucken in Ragroths Gesicht und beeilte sich hinzuzufügen: »Ich bin ein Mensch. Lass dich nicht von diesem schönen Gesicht täuschen.«

Ein Mensch? Erzähl keinen Scheiß. Kein Mensch tötet fünf Krieger mit einem Messer. Nicht mal Schwachköpfe wie die.

Der Echsengesichtige kicherte über Ragroths Miene. »Ich bin schon was Besonderes«, murmelte er. »Ein verdammter Günstling der Götter. Vom Glück auf den Arsch geküsst.«

»Götter?« Ragroth musterte ihn misstrauisch. »Die Zwergengötter haben dich dazu gemacht?«

Der Mensch kicherte, bis ihm ein Speichelfaden vom Kinn tropfte. »Die Götter der Stumpen? Warum sollten sich diese Wichser um jemanden wie mich kümmern? Das tun sie nie.«

»Wer? Eure Götter?«

Der Echsenmann verzog das schuppige Gesicht, als hätte er es mit einem besonders schwerfälligen Kind zu tun. »Unsere Götter, deren Götter – scheiß auf alle! Ich meine die Stumpen. Sie kümmern sich nich' um uns. Wir sind nur Dreck für sie. Ein notwendiges Übel, wie Scheiße auf den Feldern. Widerlich, aber wer fressen will, muss damit leben. Nein, mit denen bin ich fertig. Ich habe jetzt neue Götter. Tote Götter.« Er grinste hässlich und zischelte: »Sie sprechen zu mir!«

»Was erzählt er?«, grollte Gorotak ungeduldig.

»Er sagt, er ist Scheiße auf dem Feld«, sagte Ragroth, ohne sich umzusehen. »Außerdem spricht er mit irgendwelchen Totengöttern.« Er musterte den dürren Menschen nachdenklich. »Du magst die Zwerge nicht?«

Das Echsengesicht lachte hässlich auf. »Mögen? Mag ich Furunkel am Arsch? Ich mag sie so sehr, wie sie mich mögen. Und sie mögen mich so sehr, dass ich ihnen das da verdanke.« Er schielte auf sein verbrühtes Handgelenk, wo sich rund um die Fesseln die Haut abschälte. »Ihretwegen sollte ich in den Kessel. Verstehst du das? Meine eigenen Leute wollten, dass ich wegen der Stumpen meinen Arm in den Scheißkessel stecke! Aber dafür lege ich sie um. Alle, wenn es sein muss. Die Götter haben es beschlossen!«

Der Broca kaute nachdenklich auf der Lippe.

Gorotak wurde zusehends ungeduldiger. »Was ist jetzt?«

»Seine Götter haben ihn beauftragt, die Wühler zu töten«, sagte Ragroth abwesend. »Scheint, die Erdmaden haben versucht, ihn zu kochen.«

»Kochen? Du meinst, die fressen Menschen?« Der fette Raut starrte den Echsenmann angewidert an.

Ragroth zuckte mit den Schultern. »Frag mich doch nicht. Erdmaden halt. Jedenfalls will er sie alle töten.«

Gorotak starrte ihn an. »Wieso bringt er dann meine Krieger um? Sehen wir vielleicht aus wie verdammte Wühler?«

»Hätten mich halt nicht angreifen sollen«, sagte der Schuppengesichtige ungerührt. Unvermittelt legte er den Kopf auf die Seite, als lausche er. Als er den Mund wieder öffnete, klang seine Stimme schärfer, kälter: »Die Götter sagen, sie dulden es nicht, wenn ich aufgehalten werde.« Seine Augen glänzten fiebrig. »Also mach mich los. Mach mich los, du verdammter Scheißwichser! Oder ich bringe jeden von euch um.«

Ragroth seufzte. »Er sagt, sie standen einfach nur im Weg. Wenn du mich fragst, er ist total verrückt.«

»Die Ahnen sprechen aus ihm«, warf Sekesh ein.

Sie musterte noch immer das Amulett um den Hals des

Echsenmanns. »Die Ahnen schützen ihn nicht nur, sie sprechen zu ihm«, wiederholte sie.

»Wir reden immer noch von Aerc-Ahnen, oder?«, fragte Gorotak verständnislos.

Die Ayubo nickte, doch sie sah unsicher aus. »Ich weiß nicht, warum sie diese Kreatur erwählt haben.« Sie nickte in Richtung des Amuletts. »Doch sie haben es getan. Sie sind es, die er für Götter hält.«

»Und was sagen sie, die Ahnen?«

»Ich ... ich weiß es nicht. Ich kann sie nicht hören.«

»Hä?« Gorotak sah sie von der Seite an. »Ich denke, du bist eine Drûaka.«

»Eine Urawi. Natürlich!«, schnappte Sekesh. »Aber das heißt nicht, dass ich die Ahnen aller Aerc hören kann. Meine Vorfahren sprechen zu mir, aber nicht eure und nicht die dieser Stadt hier. Jeder Stamm hat seine eigenen Ahnen und seine eigenen Urawi!«

Interessant. Ragroth zog eine Braue hoch. *Wenn ich mir überlege, wie sehr sich die Stämme mögen, kann ich mir vorstellen, dass auch die Ahnen nicht immer einer Meinung sind.*

»Scheiß drauf. Womöglich könnte uns der Kerl tatsächlich nützlich sein«, sagte Gorotak nachdenklich. »Wenn wirklich die Ahnen der Stadt zu ihm sprechen, dann mögen sie die Wühler vermutlich noch weniger als wir.«

Ragroth nickte und wandte sich dem Menschen zu, der sie mit stechenden Augen beobachtete. »Hilf uns, die Wühler vom Land deiner Götter zu vertreiben.«

»Vertreiben?« Der Echsengesichtige begann schrill zu kichern. »Wenn es nach mir geht, könnt ihr jedem dieser

Stumpen die stinkende Haut bei lebendigem Leib abziehen. Dabei würde ich euch mit Vergnügen helfen.«

»Tatsächlich.« Der Broca rieb sich das Kinn. »Weißt du, wo der Tempel der Zwerge ist?«

Der Echsenmann grinste breit. »Natürlich weiß ich, wo der Tempel ist. Jeder hier weiß, wo der Scheißtempel ist.«

»Wir sind aber nicht von hier«, sagte Ragroth.

Der Echsenmann kicherte wieder. »Das kann ich sehen. Die Stumpen freuen sich ganz und gar nicht, dass ihr da seid, das ist sicher.«

»Dann wird er uns hinbringen«, stellte Gorotak fest. »Wenn er das macht, lassen wir ihn laufen.«

»Im Ernst?«

»Wen interessiert's? Er ist nur ein Mensch.«

Ragroth zuckte mit den Schultern und richtete die Botschaft aus.

Das Grinsen des Echsenmanns verschwand. In seinem Gesicht arbeitete es. »Nein«, sagte er dann.

»Nein?«

»Nein. Wenn ich euch hinbringe, dann will ich einen Teil davon.«

Ragroth runzelte die Stirn. »Einen Teil wovon?«

»Ich weiß genau, was ihr wollt. Ich bin ja nicht blöde. Ihr wollt das Gold der Stumpen. Jeder weiß, dass die Deckskerle Gold horten. Die denken an nichts anderes. Außer an Bier vielleicht. Und ich weiß, dass es noch dort ist.«

Woher willst du das wissen? Die Stadt ist gefallen. Man sollte meinen, dass sie ihr Gold schon lange fortgeschafft haben.

Ragroth schwieg.

Ein Glitzern trat in die Augen des Menschen, als er Ragroth taxierte. »Du glaubst mir nicht. Aber ich habe sie gesehen, die Stumpen! Sie wollten ebenfalls zum Tempel. Ist noch gar nicht so lang her. Sie wollten etwas von dort holen.« Er senkte seine Stimme zu einem heiseren Flüstern. »Wozu sollten die Drecksäcke sonst jemanden schicken? Leute retten wollten die jedenfalls nicht. Ich will was davon abhaben. Ich bringe euch hin, ihr tötet die Stumpen, und ich ziehe ihnen die verdammte Haut ab. Und ich bekomme einen Anteil.«

Für einen Moment kaute Ragroth auf der Unterlippe. Dann gab er sich einen Ruck. »Er kann uns hinführen«, erklärte er Gorotak. »Aber er will einen Anteil.«

Der Raut schnaubte verächtlich. »Sonst noch was?«

»Ja. Er will den Wühlern die Haut abziehen.«

»Die Haut?« Der Ohrensammler fletschte die Zähne. »Der Bastard fängt an, mir zu gefallen.«

Das hatte ich befürchtet. Ragroth hielt seine Miene möglichst unbewegt und starrte nachdenklich die Gasse entlang. Nebelschwaden krochen unablässig vom Fluss herauf und rissen nur für kurze Augenblicke weit genug auf, um mehr als ein paar Schritte zu sehen. Drohend ragten die Bauten der Wühler über ihnen auf, einer am anderen. Für Ragroth sahen sie alle gleich aus. »Ich denke, er ist unsere beste Chance, den Tempel schnell zu finden«, sagte er schließlich. »Wer weiß, wie lange wir ohne ihn in diesem verdammten Nebel brauchen.«

Ein dumpfes Grollen entrang sich der Kehle des fetten Raut. Er musterte den Gefangenen argwöhnisch. »Meinst du wirklich, wir können dem da trauen?«

»Was das angeht – ich schätze, ich traue ihm fast so sehr wie dir.« Ragroth entblößte die Zähne zu einem spöttischen Grinsen. »Aber er kann uns ja trotzdem führen.«

DREIUNDZWANZIG

Auf dem Hof ging es hoch her. Die Helfer hatten von irgendwoher einen Wagen aufgetrieben und zwei kräftige Ponys vorgespannt. Die zotteligen Tiere betrachteten gelassen das Chaos, das um sie herum tobte. Kisten, die vor wenigen Stunden noch im Boden des Tempels versenkt worden waren, wurden aufgebrochen und ihr Inhalt auf dem Wagen verladen. Devotionalien wurden herangeschleppt, und Kearn, Esse, Beryll und die Tempeldiener stritten sich leidenschaftlich darüber, was mitgenommen und was zurückgelassen werden sollte.

Dion war mit einem dicken, in Leder geschlagenen Buch unterwegs, streng beäugt von Syik, der die Hand keinen Augenblick vom Griff seiner Waffe nahm und ohne dessen Erlaubnis niemand näher als drei Schritte an den Wagen herankam.

Dion deutete mit der Schreibfeder auf zwei seltsame Steinobelisken. »Das sind die heiligen Grotterfüße von Trollbergen. Die müssen auf jeden Fall mit hinauf. Dafür lassen wir die Tonkrüge hier. Versenkt sie wieder in der Grube.«

»Nur über meine Leiche.« Kearn funkelte ihn böse an. »Die Tonkrüge sind meinem Clan heilig. Lieber verzichte ich auf die Dornenrüstung von Qum.«

»Ich konnte die Qumen noch nie leiden«, knurrte Beryll.

Axt rieb sich die Schläfe. Eigentlich hätte auch sie die Ansprüche ihres Clans verteidigen müssen. Aber im Grunde war es ihr herzlich egal, welche dieser hässlichen Zurschaustellungen der Macht sie auf den Wagen packten und welche nicht. In ihrem eigenen Haus hätte sie ohnehin keines davon sehen wollen. Sie zweifelte daran, dass es ihr Gott anders sah. Einen so schlechten Geschmack konnte nicht mal er haben. Aber auch hierbei ging es nicht um Gott, sondern um Politik. Die Unteren wollten dieses Artefakt, die Oberen jenes in Sicherheit bringen. Der Tempeldiener wollte am liebsten überhaupt nichts hergeben. Doch letztendlich würde man sich irgendwie einigen müssen. Je weniger sich daran beteiligten, umso schneller ging es. Hoffte sie.

Sie schaute über den Hof. Entgegen aller Befürchtungen hatten sie es tatsächlich bis zum Tempel geschafft und sich dabei als schlagkräftige Gruppe erwiesen. Auf Esse und Beryll war Verlass, und selbst Kearn schien eingesehen zu haben, dass ihre Mission Vorrang vor allen Streitigkeiten hatte. Auch wenn er ihr hin und wieder finstere Blicke zuwarf. Aber damit kam sie zurecht.

Abgesehen von Stein gab es nur einen Mann in der Gruppe, der ihr Rätsel aufgab. Er saß etwas abseits im Hof unter dem alten Birnbaum, sein Kurzschwert hatte er quer über die Knie gelegt. Er sah keine Spur so hinterhältig und gedankenlos aus, wie er ihr beschrieben worden war. Eher nachdenklich. Als sie auf ihn zutrat, schaute er überrascht auf.

Sie setzte sich neben ihn. »Du hast heute verdammt viel

Mut bewiesen, als du Hertig Kearn deine Stimme vorenthalten hast.«

Glond verzog das Gesicht. »Meinst du?«

»Nicht jeder hätte gewagt, ihm in dieser Situation so offen zu widersprechen. Er ist ein einflussreicher Mann. Und sehr nachtragend.«

Glond schaute auf sein Schwert hinunter. »Das soll mich jetzt vermutlich aufbauen.«

»Ich sage nur, wie es ist«, befand Axt lahm. Dieses Gespräch hatte sie ja wirklich mal intelligent angefangen.

»Schon verstanden.« Glond lächelte. »Vielleicht besteht ja doch noch Hoffnung für mich.«

Axt schaute ihn an. »Jedenfalls wollte ich mich bedanken. Ohne deine Stimme wäre ich nicht mehr Anführer.«

»Ay.«

»Wenn es nach den Unteren ginge, wäre die Stadt schon längst aufgegeben worden. Sie wollen sich in ihre Höhlen zurückziehen und abwarten, bis der Feind wieder fort ist. So, wie sie es schon immer gemacht haben. Aber wir können nicht zulassen, dass das geschieht. Wir haben eine Verantwortung gegenüber den Bewohnern von Derok.«

Verantwortung gegenüber den Bewohnern von Derok. Das klang irgendwie gut. Wenn sie es nur oft genug anderen erzählte, glaubte sie es am Ende vielleicht sogar selbst. Es klang zumindest besser als der wahre Grund. »Kearn ist das Schicksal der Stadt egal. Er ist die rechte Hand von General Variscit und wird alles tun, um ihm und den Unteren einen Vorteil zu verschaffen.«

Glond nickte. »Ich weiß. Mehr als das.«

»Wie meinst du das?«

Glond zuckte mit den Schultern. »Er ist …«

»Ein schönes Plätzchen ist das, nicht wahr?« Dion war an die beiden Dalkar herangetreten. Er stellte ein kleines Fass auf dem Boden ab und füllte drei Bierkrüge. Zwei davon reichte er an Glond und Axt weiter. »Entschuldigt bitte. Ich wollte euch nicht unterbrechen, aber ich dachte, dass ihr vor der Rückreise eine kleine Stärkung ganz gut gebrauchen könnt.«

»Schon gut.« Axt warf einen Seitenblick auf Glond. »Wir haben gerade über die Stadt geredet. Über das Ende von alldem hier.«

Dion lächelte wehmütig und legte die Hand auf die knorrige Rinde des Birnbaums. »Dieser Baum ist wie ein Sinnbild für Derok. Es heißt, er wäre einst von unserem Stadtgründer gepflanzt worden.«

»Von Meister Steinhand? Nach allem, was ich über ihn weiß, war er kein besonders großer Pflanzenfreund.«

»Nach allem, was man über ihn erzählt, war er in sämtlichen Belangen nicht sehr groß. Aber Bäume hat er gepflanzt wie ein echter Herrscher. Fragt mich nicht, wer mit dieser Sitte angefangen hat, aber das ist so ein Ding, das gut beim Volk ankommt. Es symbolisiert Tatkraft und einen grünen Daumen. So etwas in der Art jedenfalls. Außerdem macht es sich gut für die Analogie, die ich euch erzählen will.«

Axt nickte.

»Als Steinhand diesen Baum hier pflanzte, war der noch winzig klein und schwach. So wie diese Stadt. Es kostete viel Kraft und Mühe, ihn auf dem sumpfigen Boden am Leben zu erhalten. Damals stand hier nicht mehr als eine Handvoll windschiefer Hütten aus Holz. Ein Haufen Flüchtlinge hatte sich mitten im Sumpf niedergelassen. Der Großteil von ihnen waren Familien aus dem Korung-Clan, der heute nicht mehr existiert. Ein paar Menschen waren auch dabei, geflohene Sklaven oder Verbrecher aus Dunbree. Sie waren halb verhungert und litten an Krankheiten und der Kälte. Zu allem Überfluss mussten sie sich auch noch gegen Angriffe wilder Orks zur Wehr setzen, die hier damals durch die Wälder streiften. Sie hätten kaum einen weiteren Winter überlebt.«

»Doch dann kam Steinhand.«

Dios nickte. Er hob den Krug. »Dann kam Steinhand. Seine Expedition war auf der Suche nach den wertvollen Eisenerzen. Sie hatten den Auftrag, den Flusslauf zu erforschen und Minen zu gründen. Steinhand wollte ursprünglich nur die Winterstürme aussitzen. Er ließ die Hütten erneuern und einen Palisadenzaun errichten, um die Wilden fernzuhalten. Außerdem baute er eine Wegestation, das erste Gebäude aus Stein. Dort, wo heute die Maurergilde steht. Der Winter kam, und irgendwann ging er wieder. Dank Steinhand überlebten die meisten Bewohner, und aus lauter Dankbarkeit errichteten sie ihm zu Ehren an dieser Stelle hier einen Schrein.«

»Und Steinhand pflanzte den Baum.«

Dion lächelte. »Das muss in etwa zu dieser Zeit gewesen sein. Aber nicht vor Rührung über diesen Bau, sondern wegen etwas in seinen Augen noch sehr viel Rührenderem: Als der Fluss im Winter zugefroren war, entdeckten seine Prospektoren auf der anderen Seite reiche Eisenerzvorkommen. Steinhand hatte daraufhin seine Reise unterbrochen und sich an die Erschließung der Ader gemacht. In den darauffolgenden Jahren ist Derok rasant gewachsen.«

»Das hat den wilden Orks nicht gefallen«, vermutete Glond.

Dion winkte ab. »Ach was, ganz im Gegenteil. Sie waren mit einem Mal ganz wild auf die Errungenschaften unserer Zivilisation. Auf Stoffe, Bier und Schmuckstücke. Und natürlich Waffen. Die hatten es ihnen ganz besonders angetan. Echte Waffen aus Metall hatten sie zuvor ja noch nie gesehen. Die kleinen Häuptlinge übertrafen sich gegenseitig in der Anhäufung von Äxten, Messern und Speeren aller Art, von denen sie so viele am Körper trugen, dass sie beinahe nicht mehr laufen konnten. Da Steinhand aber ein kluger Mann war, verkaufte er sie ihnen gegen Land. Das Sumpfland, das für die Orks ohnehin nicht von Wert war. Sie fanden dort weder Nahrung, noch bauten sie ihre Zelte auf dem nassen Grund. Ein Geschäft also, das für beide Seiten von Vorteil war.«

Axt nahm einen Schluck aus ihrem Krug. Allmählich spürte sie eine angenehme Wärme im Bauch. »Und warum wurden sie dann unsere Feinde?«

»Weil der Baum eines Tages ausgewachsen war und Früchte trug. Die Orks sahen den Wohlstand, den sich die Bewohner von Derok im Schweiße ihres Angesichts erarbeitet hatten, und wollten sich nicht mehr mit einzelnen Früchten zufriedengeben. Als die Arbeit getan war, wollten sie die ganze Ernte für sich haben. Es fing damit an, dass sich die Überfälle auf Reisende häuften. Zu Anfang hielt man es nur für Zufall: vielleicht eine Gruppe ausgestoßener Orks, die sich nicht an die Regeln hielt, oder eine fremde Familie, die bald wieder von den Stämmen verjagt würde. Aber eines Tages erhielt die Stadt Nachricht von einer Siedlung im Westen, deren Bewohner angegriffen und aufs Schlimmste gefoltert und massakriert worden waren. Wie hieß sie noch gleich? Bructal oder Brucweiler, glaube ich. Es ist eine Schande, dass ich mich nicht mehr genau erinnere. Dabei sollten wir uns erinnern, schon allein zu Ehren der Toten.« Dion starrte nachdenklich ins Leere. »Als die Orks wieder verschwanden, war keiner mehr am Leben. Männer, Frauen, Alte und Kinder. Sie wurden ausnahmslos abgeschlachtet. Steinhand schickte daraufhin eine Gruppe geachteter Männer los, um mit den Häuptlingen zu verhandeln. Doch die Orks töteten auch sie – bis auf einen, dem sie den Bart abschnitten, um ihn ehrlos und unbewaffnet zurückzuschicken. Der Mann berichtete, dass die Stämme einen neuen Shirach hätten, wie die Orks ihre Großhäuptlinge nennen. Ein grausames Monstrum aus dem Norden, das alle anderen Häuptlinge in Zweikämpfen besiegt hatte und ihre Zähne an einer Kette um den Hals spazieren trug. Die widerliche Bestie hat vor den Augen des Unterhändlers die Steintafeln zerschlagen, in die man die Verträge eingemeißelt hatte.« Dion ballte die Fäuste. »Versteht ihr? Sie waren in Stein gemeißelt. Sie waren heilig. Er hat darauf gespuckt und gebrüllt, dass die Worte der besiegten Häuptlinge nicht mehr als Schall und Rauch wären. Dass von nun an nur noch sein Wort gelte. Und dann hat er Steinhand dazu aufgefordert, sich ihm in einem Kampf auf Leben und Tod zu stellen.«

Axt biss sich auf die Unterlippe. Sie konnte sich nur zu gut vorstellen, wie die Bestie getobt haben musste und wie ihr der Geifer aus dem Maul gespritzt war, als sie ihre Herausforderung gegen die Mauern der Stadt gebrüllt hatte. »Ist er darauf eingegangen?«

Dion schüttelte den Kopf. »Gegen eine solche Bestie? Ein Zweikampf ist eine heilige Handlung, die nur zwischen Männern von Ehre zustande kommen kann. Männern, die Gesetz und Vertrag in Ehren halten. Doch diese Orks kennen keine Ehre. Sie treten die Gesetze mit Füßen. Steinhand hat die Räte zusammengerufen, und die haben das einzig Richtige entschieden: Sie haben die Dalkar bewaffnet und sind gegen die Bestien ins Feld gezogen. Die Orks kämpften wild und grausam, aber sie waren unkoordiniert und schlecht bewaffnet. Nach Tagen heftiger Kämpfe konnten wir sie mit Gottes Hilfe besiegen. Denn wir waren im Recht. Wir verjagten die Orkbrut, und endlich konnten die Bewohner von Derok wieder ohne Angst ihrem Tagwerk nachgehen.«

Ein Pfeifen kam näher, und ein brennendes Geschoss raste über den Tempel hinweg. Weiter nördlich krachte es laut. Axt zog unwillkürlich den Kopf ein. »Aber das war vor langer Zeit. Was ist heute? Was glaubt ihr, warum uns die Orks heute so heftig angreifen?«

Dion breitete die Arme aus. »Das wissen wohl nur Gott und die Orks. Vielleicht tun sie es aus Rache, vielleicht aus Habgier. So muss es wohl sein. Sie fällen den Baum, um an die Ernte zu gelangen.«

»Und wir fällen ihn von der anderen Seite«, sagte Glond. Er starrte auf das Schwert auf seinen Knien. »Wenn er kippt, begräbt er uns alle unter sich.«

Dion runzelte die Stirn. Er schüttelte den Kopf. »Wir schlagen nur die fauligen Äste ab. Die Wurzel, die Bergfestung auf der anderen Seite des Flusses, bleibt ja bestehen.«

Axt warf einen nachdenklichen Blick auf Glond. »Solange wir nur abschlagen, was sich nicht vermeiden lässt, wird das den Baum gesund und stark machen. Aber was, wenn wir zu viel entfernen? Ohne Stamm können auch die Wurzeln nicht überleben und neues Grün austreiben.«

»Redet ihr von dem Baum hier?« Beryll ging vor dem Fass in die Hocke und hielt einen Bierkrug darunter. »Er scheint gut gewachsen zu sein. Wenn ihr ihn fällt, wird er genügend Holz für ein paar hervorragende Kisten abwerfen. Und auch für den einen oder anderen stabilen Schild.« Er drehte den Zapfhahn auf, doch es kam nichts heraus.

Dion lächelte. »Da spricht ein echter Clankrieger. Immer praktisch veranlagt und denkt nicht über den Tag hinaus. Wenn der Baum fällt, wirst du deinen Teil sicherlich abbekommen.«

»Wirklich? Das ist sehr großzügig. Aber im Augenblick wäre mir ein kühles Bier lieber.«

Dion stand auf und nahm ihm den Krug aus der Hand. »Ich bringe es dir, mein Sohn. Im Keller haben wir noch genügend Vorräte. Es wäre schade, wenn sie irgendwelchen hirnlosen Monstern in die Hände fielen.«

Axt stand auf und stellte ihren Krug ab. »Wir müssen los. Es sieht so aus, als wäre der Wagen fertig beladen.« Sie hob ihre Waffen auf und drehte sich noch einmal zu Glond um. »Es war interessant, sich mit dir zu unterhalten.«

Glond schaute ihr hinterher, als sie mit federndem Gang und wippendem Zopf davonlief. Irritiert stellte er fest, dass seine Mundwinkel zu einem dümmlichen Grinsen verzogen waren. Es musste ziemlich peinlich aussehen, aber er konnte nichts dagegen tun. Axt hatte ihm gesagt, dass er Mut bewiesen hatte. Auch wenn es nicht im Kampf gewesen war. Kein heldenhafter Zweikampf, den er gegen einen übermächtigen Ork gewonnen hatte, aber immerhin hatte er sich gegen Kearn gestellt.

Andererseits war sie die Anführerin. Anführer mussten wahrscheinlich ab und an so etwas sagen. Er seufzte.

Die Aerc duckten sich hinter die Trümmer eines zusammengebrochenen Hauses und starrten auf einen weiteren, nebelverhangenen Platz. Der echsengesichtige Mensch hatte sie anhalten lassen und zischelte jetzt etwas, das Ragroth flüsternd übersetzte: »Der Tempel liegt direkt vor uns.« Als hätten sie nur darauf gewartet, trieben die Nebel für einen Moment auseinander und gaben den Blick auf ein massives, nachtschwarzes Gebäude frei. Es schien sich zwischen den spitzgiebeligen Wühlerhäusern regelrecht auf den Boden zu ducken.

»Das ist eine …«

»… verdammt hohe Mauer«, murmelten die Korrach-Zwillinge beeindruckt, und Krendar wurde klar, dass sie recht hatten. Was er sah, war kein Gebäude, sondern eine mehr als zwei Mannlängen hohe Mauer, die den Blick auf alles dahinter Liegende versperrte. Das Einzige, was die Mauer noch überragte, war ein massiger Turm, der gleich einer einsamen Klippe im rot glühenden Nebel über ihnen verschwand. Einer von Gorotaks Kriegern stieß einen unterdrückten Fluch aus.

Das ist der heilige Ort der Wühler?, dachte Krendar. *Warum sperren sie ihn hinter Mauern ein? Mitten in ihrem eigenen Nest?*

Ragroth neben ihm lockerte die Schultern. »Das ist wieder mal typisch für die Wühler«, murmelte er. »Sie zäunen gern Land ein. Wir hätten damit rechnen können, dass sie ihre heiligen Orte selbst vor ihresgleichen abschirmen.«

»Hätten wir? Es ergibt überhaupt keinen Sinn«, knurrte Gorotak, und Krendar gab ihm im Stillen recht.

Ein Platz, an dem die Ahnen wohnten, musste doch offen sein, damit jene jederzeit kommen und gehen und alles Leben im Dorf sehen konnten. Aber vielleicht waren die Götter der Zwerge ja nicht besonders erpicht darauf, allzu viel Besuch von Wühlern zu bekommen. Man konnte es ihnen nicht verdenken. »Dieser Ort sieht düster aus«, murmelte er. »Vielleicht haben die Wühler ihn ja schon verlassen?«

Ragroth schüttelte den Kopf. »Seht euch den Nebel an«, gab er zurück.

Die Krieger drehten den Kopf und musterten die wallenden Massen über dem Tempel.

»Joh«, brummte Grahul und kratzte sich den Nacken. »Dick wie Narrga-Kotze. Und?«

»Er leuchtet«, sagte Ragroth. »Fackelschein. Oder Feuer oder Lampen. Sie sind noch drin.«

Gorotak grinste. »Das bedeutet, das Gold ist ebenfalls noch dort. Gibt keinen vernünftigen Grund, 'ne leere Festung zu beleuchten.«

»Hm. Vernunft und Wühler in einem Satz passen nicht gut zusammen. Aber ich denke, du hast recht.«

»Und wie kommen wir da rein?«

Krendar räusperte sich. »Vielleicht hat der Echsengesichtige eine Ahnung. Er wohnt ja schließlich hier.« Er nickte zu dem Menschen hinüber.

Der Echsenmann zuckte mit den Schultern und spuckte

auf den Boden, als Ragroth die Frage weitergab. Er zischelte etwas, und Ragroth schüttelte den Kopf. »Er weiß es nicht. Er war noch nie da drin. Sie lassen keine Menschen in ihren Tempel.«

»Möchte wissen, wieso wir das Arschloch überhaupt mitschleppen«, murmelte Grahul.

»Das ist eine Frage, die man nicht nur über ihn stellen könnte«, murmelte Modrath, und Krendar zuckte zusammen, als Ordruk hinter ihm hämisch kicherte.

Auch Ragroth schien ein Grinsen zu unterdrücken. »Also gut, ihr Witzbolde – irgendwelche hilfreichen Vorschläge?«, fragte er.

Krendar musterte das massive Tor und die Mauer, in die es eingelassen war. Die Torflügel waren mit Eisenbändern beschlagen und hielten wahrscheinlich sogar einem Oger stand. Zumindest für eine Weile. Auf jeden Fall aber lange genug, um jeden auf sie aufmerksam zu machen, der sich dahinterbefand. Wenn es in diesem Fall Wühler mit Pfeilwerfern waren, standen ihre Chancen nicht gut. »Wie wäre es mit Leitern?«, schlug er unsicher vor.

»Oder wir könnten eure beiden Waldaffen über die Mauer schicken, damit sie das Tor öffnen«, warf der Ohrensammler ein.

Ragroth schüttelte den Kopf. »Vergesst es. Wenn die da drin Pfeilwerfer haben, wovon wir ausgehen müssen, wäre jeder, der über die Mauer kommt, ein leichtes Ziel.« Er schnaubte. »Außerdem vermute ich, dass die Wühler dieses Tor nicht mit einem einfachen Balken verschlossen haben. Sie neigen dazu, einfache Sachen kompliziert zu machen. Und Schlösser sind nicht gerade die Stärke der Skrag.«

Gorotak bleckte die Zähne. »Und dieses Tor brechen wir nicht so schnell auf, so viel steht fest. Also gut. Verteilt euch. Wir suchen einen anderen Eingang.«

»Gute Idee«, flüsterte der Linke. »Oder aber, wir könnten einfach ...«

»... durch das Tor gehen, wenn es offen ist«, ergänzte der Rechte.

»Was?« Die Aerc starrten die Zwillinge an.

Die beiden Korrach grinsten synchron und streckten die Zeigefinger aus.

Die Köpfe der Truppe fuhren herum.

Mit offenem Mund starrte Krendar auf den schmalen Streifen Licht, der jetzt durch das Tor bis direkt vor ihre Füße fiel.

»Oder so«, sagte Ragroth.

Der Ohrensammler stieß einen verblüfften Fluch aus.

Die Tempeldiener hatten den vollgepackten Wagen in den Hof gezogen und die Ponys vorgespannt. Zwei der Wächter standen in der Nähe des Tors und machten sich über einen jungen Dalkar lustig, der erfolglos versuchte, das schwere Tor aufzuziehen. Ein älterer Dalkar mit Lederschürze und einem dicken Schlüsselbund am Gürtel, Dion hatte ihn als den Hofmeister vorgestellt, stapfte fluchend zu ihm hinüber. Er deutete auf einen großen Holzkeil, der unter dem Torflügel klemmte. Eine einfache, aber wirkungsvolle Methode, ein Tor geschlossen zu halten. Je stärker man von außen dagegenschob, desto mehr verkeilte es sich.

Als sie das verdatterte Gesicht des jungen Dalkar sahen,

lachten die beiden Wächter schallend. Der Hofmeister beugte sich kopfschüttelnd zu dem Keil hinunter und zog an dem Ring, der daran befestigt war.

Glond runzelte die Stirn. Sollten sie nicht warten, bis Stein die Umgebung ausgekundschaftet hatte? Oder war der kleine Dalkar inzwischen schon wieder aufgetaucht, und er hatte ihn nur übersehen? Gewundert hätte es ihn nicht. Er warf einen Blick zu Axt hinüber, als ihn ein Schrei zusammenzucken ließ.

Der junge Dalkar am Tor zappelte und brüllte wie am Spieß, während ein massiger Ork versuchte, sich durch den Torspalt an ihm vorbeizudrängen.

Ein Armbrustbolzen schoss an Glond vorbei und bohrte sich durch die Stirn des Orks, der lautlos in sich zusammensackte. Gleich darauf kletterten zwei weitere Orks über ihn hinweg und stürmten auf die Wächter zu.

VIERUNDZWANZIG

Los, los, los!«, brüllte der Broca neben Krendar. »Aus dem Weg, ihr dämlichen Bastarde!« Er stieß zwei der Krieger Gorotaks aus dem Weg, um an den Spalt im Tor zu kommen. Krendar wurde gegen das Tor gequetscht. Direkt vor seiner Nase stak ein Axtblatt im nassen Holz. Es hatte sich durch eine gepanzerte Hand und tief in den Torflügel gegraben. Den Besitzer der Hand konnte er nicht sehen. Der befand sich auf der anderen Seite des Tors.

Vor Krendar versuchte ein massiger Krieger vergeblich, sich durch den Spalt zwischen den Torflügeln zu zwängen. Als sich sein Brustpanzer verkeilte, fluchte er unflätig. Mitten im Wort brach er ab, sein Kopf schnellte nach hinten. Blut spritzte über Krendar, und plötzlich ragte die Spitze eines Wühlerpfeils aus dem Hinterkopf des Kriegers. Mit einem rasselnden Seufzen sackte der Krieger zusammen. *Groshakk!* Krendar zuckte zurück. *Das hätte ich sein können!*

»Du bist der Nächste.« Ragroth packte ihn an der Schulter und zog ihn beiseite.

Die beiden Korrach sprangen auf den Rücken des toten Aerc und quetschten sich durch den Spalt.

»Was?« Krendar starrte den Broca an.

»Du trägst keine Rüstung, du bist der Nächste.« Die Pranke des alten Aerc drehte ihn um und stieß ihn gegen den toten Krieger.

Krendar blieb nichts anderes übrig, als auf den Leichnam zu steigen. Für einen grässlichen Moment hatte er die Befürchtung, ebenfalls stecken zu bleiben, dann war er durch und rutschte von dem Toten herunter auf das Pflaster des Hofs. Ein Spieß stach knapp neben seinem Gesicht durch das Tor. Sein Spieß. Er packte den Schaft und wirbelte herum. Direkt neben ihm stand ein mickriger Wühler, der mit verständnislos geweiteten Augen an sich hinabstarrte. Seine Hand war noch immer auf der Außenseite des Tors festgenagelt, doch er schien es gar nicht wahrzunehmen. Stattdessen betrachtete er verwundert das Loch in seinem Bauch, das der Speer eines der Korrach hinterlassen hatte. Blut sprudelte in kräftigen Stößen heraus und durchnässte seine Hose.

Krendar dachte an Wühlerpfeile, warf sich zur Seite und sah sich hastig nach Angreifern um. Der Hof war voller Zwerge. Die meisten befanden sich auf der anderen Seite, in einem weit geöffneten Tor, das in das größte Wühlergebäude hineinführte, das er je gesehen hatte. Sie schienen sich gerade mit einem großen Karren beschäftigt zu haben und rissen jetzt ihre Waffen hervor. Erleichtert stellte Krendar fest, dass niemand einen Pfeilwerfer auf ihn gerichtet hielt. Dudaki wand sich neben ihm durch den Spalt, dicht gefolgt von dem alten Broca. Aus dem Augenwinkel nahm er eine Bewegung wahr und ließ sich fallen. Ein Beil fauchte dicht über seinen Kopf und prallte mit dumpfem Pochen vom Tor ab. Dudaki sprang über ihn hinweg und krachte in einen Wühler, den

Krendar wohl übersehen hatte. Der bärtige Krieger trug eine Lederrüstung, eine langstielige Axt und einen dornartigen Dolch im rechten Auge. »Gah«, sagte er und sackte neben Krendar zu Boden.

Der Froschaerc riss seine Waffe aus dem Schädel des Wühlers und bedachte Krendar mit einem roten Grinsen. »Immer schön die Augen offen halten, Häuptlingstöter. Und Finger weg von dem Bart.« Er deutete auf den Toten. »Das ist meiner.«

Krendar sah in das Gesicht des toten Wühlers, dessen verbliebenes Auge anklagend zurückzustarren schien.

Als er sich endlich losriss, war Dudaki schon weitergelaufen. Einige Schritte links von ihm stachen die beiden Korrach mit ihren Speeren auf einen Leichtgerüsteten ein, der sich verzweifelt mit einem Kurzschwert wehrte.

Ragroths Stiefel tauchten neben Krendar auf. Der Broca packte ihn im Kragen und riss ihn auf die Füße. »Mach das Tor frei!« Er deutete auf die Leiche eines massigen Zwergs, der vor dem Torflügel zusammengesunken war.

Krendar nickte, und mit einem Grunzen war Ragroth wieder verschwunden. Der junge Aerc warf einen schnellen Blick über die Schulter. Die ersten Zwerge rannten mit donnernden Stiefeln auf ihn zu, ihnen voran ein wahrhaft furchterregender Gepanzerter, der eine Kriegsaxt über den Kopf hob. Weiße Bartzöpfe hingen unter seinem Helm hervor, doch das Erschreckende an diesem Wühler war sein vollkommen unbewegter, grimmiger Gesichtsausdruck. Krendar fand es unmöglich, aus der steinernen Miene etwas herauszulesen, und das machte die Angstwürmer in seinen Eingeweiden nur noch hektischer. Er ließ den Speer fallen und packte den Toten mit dem gespaltenen Schädel an den Stiefeln. Verflucht, der Kerl war schwerer als ein totes Schwein! Grunzend zerrte er an dem Leichnam. Irgendwie schaffte er es, den Wühler vom Tor wegzurollen – und erstarrte. Es war nicht der Tote, der das Tor blockierte. Dort, wo der Wühler gelegen hatte, steckte ein massiver hölzerner Keil unter dem Torflügel. Er war zusätzlich mit eisernen Bändern beschlagen, die sich unter dem Druck des Tors verformt hatten. Der Block hatte sich in den Fugen des Pflasters verkantet, und Krendar wurde schlagartig klar, dass er allein keine Chance hatte, dieses Hindernis zu entfernen. *Groshakk!*

Erneut fluchte er aus vollstem Herzen und wagte einen weiteren, gehetzten Blick hinter sich. Der Gepanzerte war nur noch wenige Schritte entfernt. Hastig griff er nach seinem Speer. In diesem Moment gelang es einem schweinsgesichtigen Aerckrieger, sich durch den Spalt im Tor zu quetschen. Er fletschte die Zähne, hob ein gewaltiges Haumesser und brüllte dem Wühler eine Herausforderung entgegen. *Verschwinde! Hau ab! Lauf!*

Alles in Krendar schrie danach, den Speer wegzuwerfen und sein Heil in der Flucht zu suchen. Aber wohin? Panisch warf er einen letzten Blick auf das verdammte Tor, und plötzlich sah er es. Etwa in der Mitte des Torflügels waren zwei massive, eiserne Riegel befestigt. Sie hielten eine knapp mannshohe Pforte verschlossen, so geschickt in das Tor eingebaut, dass sie ihm bis jetzt entgangen war.

Hinter ihm krachten Wühler und Aerckrieger aufeinander, doch diesmal sah sich Krendar nicht um. Mit einem Sprung war er am Tor, packte den ersten Riegel und zerrte ihn aus seinen Führungsringen. Das Brüllen des Aerckriegers riss mit einem feuchten Knirschen ab. Krendar ließ seinen Speer fallen und stemmte sich mit aller Kraft gegen den zweiten Riegel, der mit einem leisen Schaben beiseiteglitt. Etwas pfiff, und er warf sich zur Seite, ohne die Tür loszulassen. Sie schwang erstaunlich leicht auf, nur einen Lidschlag bevor die Klinge einer Kriegsaxt weniger als eine Handbreit von seinem Brustkorb entfernt in das Holz biss. Die Wucht des Aufpralls schleuderte die Tür vollends auf und warf Krendar gegen das Tor.

Draußen erschollen erstaunte Rufe, dann brandete zorniger Jubel auf. Als der erste Krieger durch die Pforte sprang, stolperte Krendar zur Seite. Der Aerc lief direkt in den Rückschwung der Axt, die der gepanzerte Wühler anscheinend mühelos aus dem Holz gerissen hatte. Benommen taumelte der Aerc ein, zwei Schritte auf den Hof hinaus, wo ihm ein zweiter Panzerwühler ein Schwert in die Kehle stieß.

Ein weiterer Krieger drängte durch die Pforte und hieb in einem wilden Ausfall seine Keule gegen den Weißbärtigen. Der Zwerg parierte den Schlag mit dem Stiel der Axt. Blitzschnell griff er zu, packte den Aerc am Ohr und riss so hart daran, dass der Krieger mit einem überraschten Aufschrei vorwärtsstolperte, direkt in das Knie des Wühlers. Der Zwerg stellte seinen Fuß wieder auf den Boden. Aus der Panzerung seines Knies tropfte Blut von einem handlangen Dorn. Mit einem hohen Wimmern brach der Aerc zusammen, doch sein Gegner beachtete ihn schon nicht mehr. Immer mehr Hyänenkrieger drängten auf den Hof. Sie warfen sich mit Todesverachtung gegen den Gepanzerten, der nun Schritt für Schritt zurückweichen musste, wenn auch nur, um seine Axt effektiver einsetzen zu können. Ein dritter von Gorotaks Leuten fiel, von der Axt beinahe in zwei Hälften geteilt. Die restlichen Aerc jedoch hatten jetzt Platz genug, um ungehindert durch die Pforte zu strömen. Der Wühler brüllte abgehackte, harsche Worte. Vielleicht meinte er seine zwei Männer, vielleicht die Wühler, die jetzt vom Wagen den Aerc entgegenliefen. Eventuell beschimpfte er auch nur seine Angreifer. Es spielte keine Rolle. Der Wühler zu seiner Linken ging zu Boden, sein Gesicht von einer Kriegskeule zertrümmert. Der bärtige Krieger zu seiner Rechten erhielt eine tiefe Schnittwunde, die ihm beinahe den Oberarmmuskel durchtrennte. Der glückliche Aerc stieß einen Jubelschrei aus, der jedoch abrupt endete, als der Wühler ihm mit der anderen Hand das Schwert ins Gesicht stach. Dann fielen drei Stammeskrieger über den Bärtigen her und hackten ihn buchstäblich in Stücke.

Krendar glaubte, jetzt das erste Mal so etwas wie Unsicherheit im Blick des Gepanzerten zu erkennen. Im nächsten Moment jedoch schwang der Wühler seine gewaltige Axt und brüllte etwas, das laut über den Hof hallte.

Ein Aerc nutzte die kurze Ablenkung. Er sprang vor und rammte dem Wühler seinen Spieß in die Beine. Die eiserne Spitze der Waffe glitt mit einem hässlichen Kreischen an der Panzerung des Zwergs ab, fand dann jedoch eine Lücke und drang tief in das Knie des Gegners. Der Aerc stieß einen triumphierenden Schrei aus, doch die Axt des Wühlers belehrte ihn darüber, dass dieser noch lange nicht am Ende war. Das gewaltige Blatt fuhr herab, durchschlug den hölzernen Schaft des Spießes, biss in den Oberschenkel des Aerc und zertrümmerte den Knochen. Schreiend kippte der

Krieger nach hinten. Der Rückschwung der großen Waffe hinterließ eine tiefe Delle im Brustpanzer seines Nebenmanns und schleuderte diesen zurück. Von dem gesplitterten Rest des Speers in seinem Bein tropfte dunkles Blut, doch der Wühler schien die Wunde nicht einmal zu bemerken. Er verzog keine Miene. Während seine Axt kraftvolle, tödliche Kreise zog, beobachtete er aufmerksam die übrigen Aerc. Jetzt schien auch den eifrigeren Kriegern Gorotaks klar zu werden, dass es keine gute Idee war, ihm zu nahe zu kommen. Für einen langen Augenblick wagte sich kein weiterer mehr in die Reichweite der mörderischen Waffe. Krendar warf einen schnellen Blick auf den Eingang des Tempelgebäudes. Was immer der Gepanzerte gerufen hatte, es schien die restlichen Wühler dazu veranlasst zu haben, den Karren wieder in das Innere des Gebäudes zurückzuschieben. *Das wird Gorotak und Ragroth nicht gefallen.*

Wie um ihn zu bestätigen, tauchte der Ohrensammler in seinem Blickfeld auf und stieß einen üblen Fluch aus. »Kann mir einer sagen, was dieser Scheiß soll?«, donnerte er. »Warum lebt dieser Sack noch?« Dann fiel sein Blick auf den Karren, der gerade im Inneren des Tempels verschwand, und sein nächster Fluch geriet noch unflätiger. »Holt mir diesen Wagen!« Er deutete mit dem Haumesser über den Platz. »Wenn diese Ärsche damit verschwinden, reiß ich euch die Köpfe ab! Der hier«, er wandte sich dem Gepanzerten zu und fletschte die Zähne, »der gehört mir.«

Auf seinen Befehl hin löste sich der Kreis um den bärtigen Verteidiger auf, und ein gutes Dutzend Krieger jagte über den gepflasterten Hof, dem Karren hinterher. Dorthin, wo sich jetzt zwei gewaltige Torflügel zu schließen begannen. Es würde knapp werden, ging Krendar auf. Sehr knapp. Dass sich drei bewaffnete Wühler vor dem Tor aufgestellt hatten, machte es nicht besser. Mit grimmiger Entschlossenheit erwarteten sie die anstürmenden Aerc.

»Ich werde deine Ohren tragen«, sagte Gorotak, und Krendar riss den Blick vom Tor los.

Der Ohrensammler bleckte drohend sein Gebiss und schlug sich auf die grausigen Trophäen an seiner Brust. Die Miene des Bärtigen verdüsterte sich. Grimmig starrte er auf die abstoßende Sammlung, dann hob er den behelmten Kopf und stellte seine blutige Axt vor sich auf den Boden. Ein abfälliges Lächeln erschien auf seinem hässlichen Gesicht, als er den Panzerhandschuh hob und den Ohrensammler zu sich heranwinkte. Es war eine unmissverständlich herablassende Geste, und der Raut reagierte, wie es zu erwarten war, mit einem wütenden Knurren. »Du stirbst umsonst, kleiner Mann«, zischte er. »Meine Krieger werden euren Tempel einnehmen, und du kannst nichts mehr dagegen tun.« Langsam beschrieb er einen Halbkreis um den Zwerg, während die Spitze seines Hauschwerts über das Pflaster kratzte und tickte. Der Wühler folgte ihm mit den Augen. »Aber weißt du was? Du Drecksack hast den letzten Aerc abgeschlachtet. Für dich ist hier und jetzt Schluss.« Ohne Vorwarnung warf sich Gorotak nach vorn. Die Axt des Wühlers zischte herum und verfehlte den Ohrensammler nur um Haaresbreite, als dieser abrupt stehen blieb. Krendar wurde plötzlich klar, dass der Zwerg auf eine Finte hereingefallen war. Normalerweise hätte das dem Ohrensammler nichts genützt, doch als der Wühler der Bewegung seiner Axt folgen wollte, gab sein verletztes Knie nach, und er wäre beinahe gestürzt. Ein wildes Grinsen zog über das Gesicht des Raut, als er nun wirklich vorsprang. Er versuchte gar nicht erst, den Wühler zu treffen, sondern trat mit aller Gewalt auf das Holzstück in dessen Knie. Mit einem Aufschrei verlor der Zwerg endgültig das Gleichgewicht. Als er versuchte, sich abzufangen, klirrte seine Axt gegen das Pflaster. Gorotak riss sein Schwert hoch und ließ es in den Winkel zwischen Schulterpanzer und Helm des Wühlers krachen. Die klobige Klinge biss tief. Für einen Moment kniete der Gepanzerte auf allen vieren vor dem Aerc. Dann hebelte Gorotak das Schwert aus der Wunde, und der Zwerg sackte zusammen.

Ohne Umschweife zerrte der Raut den Helm vom Kopf des Zwergs und zog seinen krummen Dolch. Ein Hieb, und das rechte Ohr des Wühlers klatschte leise auf die Steine. Anschließend packte Gorotak den Bart des Toten und säbelte ihn mit groben Schnitten vom Kinn ab, bevor er sich aufrichtete und die Faust mit seiner Trophäe in den Nachthimmel reckte. Er stieß ein markerschütterndes Brüllen aus, in das seine Krieger einfielen. Dann stürmten Gorotaks Aerc wie eine donnernde Flut auf die Wühler zu, die verzweifelt versuchten, das Portal des großen Gebäudes zu schließen.

Sie passt ganz wunderbar.« Dvergat schlug Talus so kräftig auf den Rücken, dass es schepperte. Nachdem der Unteroffizier beinahe eine Ewigkeit an den Riemen und Gurten herumgezerrt hatte, schien die alte Vollrüstung des Heetmanns einigermaßen zu sitzen. Mehr aber auch nicht.

Talus stieß einen Seufzer aus. Es war schon eine ganze Weile her, dass er den Harnisch der Ambosser das letzte Mal getragen hatte. Damals war er ihm noch bedeutend geräumiger vorgekommen. Vor allem um den Bauch herum.

»Manche wachsen irgendwann im Leben über sich selbst hinaus«, sagte Dvergat. »Sie immerhin über ihre Rüstung.«

Talus grunzte und hob versuchsweise den Arm. Es klappte unerwartet gut. »Gib mir mal die Axt.«

Mit beinahe religiöser Ehrfurcht reichte Dvergat ihm die doppelblättrige Streitaxt. Sie war ein Meisterwerk dalkarischer Schmiedekunst, geschaffen für Meister des Tötens.

Ehemalige Meister, korrigierte sich Talus. *Ausgemusterte und abgestellte Meister, die die meiste Zeit des Tages in billigen Gasthäusern verbringen und sich den Wanst vollschlagen.*

Jetzt war er froh, dass er zumindest die Streitaxt hin und wieder bewegt hatte, um die alten Muskeln geschmeidig zu halten und dem stetig wachsenden Bauch nicht vollends das Feld zu überlassen. Seine Finger fuhren liebevoll über das abgewetzte Griffleder, erkannten jede Unebenheit und jede raue Stelle, als wären sie alte Freunde. Es war ein gutes Gefühl. Trotz allem.

Er schwang die Axt nach vorn. Für ihre Größe war sie erstaunlich leicht, und das musste sie auch sein, wenn sie in einer Schlacht geschwungen werden wollte, deren Ende nicht absehbar war. Ein schwerer Arm hatte schon so manchen Krieg entschieden.

»Sie sehen gut aus, Heetmann.«

»Verdammt. Ich hatte gehofft, dass ich eher böse aussehe.« Talus spuckte auf den Boden. »Na ja, das ist nun auch nicht mehr zu ändern.«

Dvergat grinste. »Sind Sie bereit?«

»Ein bisschen nervös.«

»Das ist normal.« Dvergat klopfte dem Heetmann noch einmal auf den Rücken, zog einen Riemen nach und schickte ihn nach draußen. »Auf in die Schlacht. Zeigen Sie es ihnen!«

Die Männer hatten sich in einem großen Halbkreis um das Tor der Lagerhalle herum aufgestellt. Es waren ausgemergelte Gestalten, vom Alter geschrumpft und von Kämpfen gezeichnet, die meisten ausgediente Veteranen aus verschiedenen Teilen der Armee, denen die Mauerwacht als Auffangbecken diente. Andere waren einfache Arbeiter, die es nicht zu Reichtum und Ehren geschafft hatten und denen keine Familie den Zugang zu einer der ehrenwerten Gilden ermöglicht hatte. Männer und Frauen, die ihr Leben lang auf der untersten Sprosse der Leiter festsaßen. Nicht unbedingt ein Haufen, der es verdiente, Armee genannt zu werden.

Talus' Blick glitt nervös über ihre Reihen.

Zumindest wussten die Männer seiner Mauerwacht, wie man sich Respekt verschaffte. Um den steten Strom der Händler und Reisenden am Laufen zu halten, mussten sie ordentlich brüllen können und sich nicht zu schade sein, die Ärmel hochzukrempeln, um kräftige Kopfnüsse auszuteilen. Das war es aber auch schon. Handfeste Keilereien kamen unter Dalkar zwar häufiger vor und hier und da eine Messerstecherei zwischen Menschen, aber die Ehre verbot es den Dalkar, ohne Herausforderung mit tödlichen Waffen aufeinander loszugehen. Dazu kam, dass die Wachtleute in ihrem Leben schon eine Menge Reden gehört hatten. Allein am Tor mussten sie tagtäglich die Bitten und Drohungen der

Reisenden über sich ergehen lassen, die von ihnen abgewiesen worden waren. Wer das mal ein paar Jahre mitgemacht hatte, war durch nichts mehr so leicht zu beeindrucken.

»Folgen Sie einfach Ihrem Instinkt«, zischelte Dvergat. »Sagen Sie etwas Großes.«

Talus schnaufte. Dvergat hatte gut reden, der stand ja nicht an seiner Stelle. Er atmete tief durch, umklammerte den Griff seiner Axt und trat vor. Auf in die Schlacht.

»Läuft gerade ziemlich beschissen da draußen, was?« Die Männer blickten ihn finster an, die Lippen zusammengepresst und die Arme vor den Körpern verschränkt.

Das war vielleicht kein guter Anfang, aber es war zumindest einer. Nun gab es kein Zurück mehr.

»Ich meine, so richtig beschissen.« Talus' Axt wies auf die brennenden Dächer der Stadt. »Die Ostmauer ist gefallen. Die Drecksorks haben sie einfach überrannt und sind bis zum Amphitheater vorgedrungen. Aus der Weststadt haben wir seit Stunden keine Lebenszeichen gehört, und die Brücken hinter unseren Rücken sollen gesprengt werden.« Eisiges Schweigen. »Die Stadt wird aufgegeben, so viel steht fest. Unsere Familien – sofern wir überhaupt welche haben – sind bereits in den Süden geflohen.« Talus rieb sich über die Glatze. Trotz der Kälte fühlte sie sich schweißnass an. »Dem Generalstab sind wir völlig egal. Sonst hätten sie uns nicht wie Menschen an irgendwelchen Flanken postiert und eine Bande von Kindern vor die Bärte gesetzt, die uns Befehle geben. In glänzenden Panzern und mit Waffen am Gürtel, an deren Klingen noch keine einzige Scharte ausgewetzt wurde. Die meisten von denen sind noch keine fünfzig Winter alt.« Bedeutungsvoll spuckte er auf den Boden.

Die alten Gesichter wurden noch finsterer, und hier und da knackte und knirschte es, wo sich vernarbte Hände zu Fäusten ballten.

»Und dann verpatzen sie es. Mit einem Mal sind wir die Einzigen, die diesen gottverdammten Platz hier verteidigen sollen. Ganz so, als ob wir ihnen etwas schuldig wären.« Talus breitete die Arme aus. Ein schlecht sitzender Lederriemen drückte sich ihm in den Rücken, und er bewegte unauffällig die Schultern, bis er in Position rutschte. »Aber sind wir ihnen etwas schuldig? Ich glaube nicht. Also warum, so frage ich euch, warum sollen wir eigentlich kämpfen?«

Er warf einen fragenden Blick in die Runde. Vom Leben enttäuschte Gesichter schauten zurück, verschlossen, verbittert und desillusioniert. Sogar ein paar junge waren darunter. Die, die schon früh vom Glück verlassen worden waren, denen eine Hand, ein Fuß oder ein Auge abhandengekommen war und denen Anerkennung und Ehrung für alle Zeit verwehrt bleiben würden.

Er räusperte sich und hob die Stimme. »Ich verrate es euch: Weil es jemand tun muss!« Die Axt beschrieb einen Bogen über die Stadt. »Diese ganzen Idioten in ihren glänzenden Panzern haben uns den Schlamassel eingebrockt. Solange noch Ruhm zu verdienen war, sind sie herumstolziert und haben große Reden geschwungen. Doch jetzt, wo es nur noch Dreck zu fressen gibt und das Volk der Dalkar wirklich Hilfe braucht, sind sie nutzlos wie Menschen. Jetzt ist es an der Zeit, hinauszugehen und unsere Arbeit zu tun. So, wie wir es schon immer getan haben, weil andere sich zu schade dafür waren. Weil wir uns nicht zu schade dafür sind. Weil wir Dalkar sind.«

Als er fertig war, standen die Männer eine Weile schweigend da, und Talus hielt die Luft an. Ein alter Dalkar trat vor. Das halbe Gesicht von einer üblen Brandnarbe verunstaltet, auf der nicht einmal mehr der Bart wuchs. Ein halber Dalkar, bezeichnend für sie alle. Er baute sich direkt vor Talus auf und stemmte die Arme in die Hüften. »Ay.« Er nickte langsam. »Weil es jemand tun muss.«

»Ay«, stimmte ihm ein einarmiger Schmied zu, der eine Hand durch eine stählerne Prothese ersetzt hatte.

»Ay«, sagten der Henker und der Totengräber beinahe zeitgleich.

»Ay«, sagten die Viehhüter und Fronknechte, die Abdecker und Gassenkehrer und Hundsschläger.

Irgendjemand klopfte mit der Waffe auf seinen Schild, und andere stimmten mit ein.

Und damit war es entschieden. Auf Dalkar-Art.

Talus drehte den Kopf zu Dvergat, der grinsend wie ein Dachseber neben ihm stand.

»Ich habe ihm geraten, etwas Großes zu sagen, und er hat etwas Unsterbliches verkündet.« Der Unteroffizier wischte sich mit dem Handrücken über die Augen. »Das ist mein Heetmann.«

FÜNFUNDZWANZIG

Glond saß mit vor Entsetzen weit aufgerissenen Augen unter dem Birnbaum und starrte über den Hof. Es war einfach ungerecht. Im einen Augenblick war noch alles in bester Ordnung gewesen, Axt hatte ihn für seinen Mut gelobt, der Wagen stand vollgepackt im Hof, und die Dalkar waren bereit zum Abmarsch zurück in die Sicherheit der Südstadt.

Und im nächsten Augenblick quoll der Hof über vor blutgierigen Orks, die sich mit Klauen, Zähnen und den bösartigsten Waffen, die Glond je zu Gesicht bekommen hatte, über die Dalkar hermachten. Vier waren tot, ehe die anderen auch nur an Widerstand hatten denken können. Der Rest wurde von den heranstürmenden Angreifern ernsthaft bedrängt. Wäre der alte Tempelwächter nicht gewesen, hätte es schlecht ausgesehen. Seine Axt beschrieb tödliche Kreise und hielt die vordersten Orks auf Distanz, während ihm zwei einfache Wachleute die Flanken deckten.

Axt und Beryll bildeten mit gezückten Waffen eine zweite Verteidigungslinie vor dem Wagen.

Glond dachte daran, zu ihnen hinüberzurennen. Aber dazu hätte er den halben Hof überqueren müssen, mitten durch die Reihen der angreifenden Orks hindurch, die kurzen Prozess mit ihm gemacht hätten. Er sah sich selbst, wie er sich ihnen nur mit seinem winzigen Kurzschwert bewaffnet entgegenstellte. Allein bei dem Gedanken daran begann seine Hand wieder zu zittern. Also blieb er unter den Ästen des Birnbaums sitzen und presste den Rücken so dicht gegen den Stamm, wie es ihm möglich war.

Esse kam in Sichtweite, in der einen Hand die Armbrust, in der anderen sein Schwert. Von der anderen Seite des Baums stürmte ein dürrer Ork auf ihn zu. Esse drückte ab und erwischte ihn an der Schulter. Der Ork hielt nur kurz inne, zerrte knurrend an dem Bolzen und stürmte dann weiter – um direkt über Glonds Füße zu stürzen. Esse sprang auf ihn zu und gab ihm mit dem Schwert den Rest.

Er nickte Glond zu. »Gute Arbeit, Junge. Und jetzt sollten wir machen, dass wir von hier fortkommen. Irgendwelche Vorschläge?«

Glond zuckte mit den Schultern und schaute sich um. Sein Blick fiel auf den Turm des Tempels, keine zwanzig Schritt von ihnen entfernt. Es war ein Wehrturm alter Bauart. Aus schweren, dunklen Quadern zusammengesetzt, hatte er kaum etwas gemeinsam mit den kunstvoll behauenen, lichten Gebäuden, die Derok berühmt gemacht hatten. Er wirkte eher wie eine hässliche Kröte, die sich in einen idyllischen Teich gesetzt hatte, um alles, was ihr zu nahe kam, mit bösem Blick zu verscheuchen. Der Eingang befand sich mehr als sieben Schritt über dem Boden. Eine einzige schmale Holztreppe führte zu ihm hinauf. Im Notfall konnte sie mit wenig Aufwand zerstört werden, und der Turm wurde beinahe uneinnehmbar.

»Dort hinauf?« Er deutete nach oben.

»Gute Idee.« Esse warf Glond die zweite Armbrust zu, und sie rannten los.

Ein großer Schatten kreuzte ihren Weg. Glond konnte nicht erkennen, ob es ein Ork oder ein Mensch war oder etwas völlig anderes. Esse schien es sofort zu erkennen – oder es war ihm egal. Sein Kurzschwert schoss nach vorn, Blut spritzte. Die Gestalt stieß einen schrillen Schrei aus, wie ein Schwein auf der Schlachtbank, und stolperte in die Dunkelheit davon. Hastig kletterten sie die steilen Stufen zum Turm hinauf. Die Tür stand offen.

Esse warf einen vorsichtigen Blick durch den Eingang und fuhr so heftig zurück, dass er beinahe rückwärts über das Geländer gekippt wäre. Glond erwischte ihn gerade noch am Ärmel und zog ihn von der Brüstung fort.

Im Inneren des Turms, halb im Dunkel verborgen, stand Kearn.

Als erste Reaktion wäre Glond am liebsten die Treppe wieder hinuntergestürzt und geflohen. Doch unten warteten die Orks. Er konnte sich nicht entscheiden, was schlimmer war. Also blieb er einfach stehen.

In seinem Rücken ertönte das Brüllen von Orks. Eine der Bestien deutete mit der Waffe zu ihnen hinauf und winkte zwei weitere heran.

»Kommt.« Kearn machte eine einladende Geste. Sein Auge funkelte.

Esse gab sich einen Ruck und drängte sich an ihm vorbei.

Glond stieß die Luft aus und folgte ihm.

Kearn trat in den Türstock. Mit zwei gezielten Schlägen seines Streitkolbens löste er die Bolzen, die die Treppe am Turm befestigt hielten. Das Holz knarrte widerstrebend, hielt aber. Die Orks waren schon fast oben angekommen. Sie brüllten aus vollem Hals und schwangen ihre Waffen. Kearn beugte sich weit nach vorn und löste die Treppe mit kräftigen Stiefeltritten von der Wand, bis sie knarrend ins Leere kippte.

Die Orks kreischten auf und versuchten, sich springend in Sicherheit zu bringen. Der Oberste warf sich nach vorn und krallte sich am Türrahmen fest. Kearn schmetterte mit Rabenschwinge auf seine wulstigen Finger ein, doch der Ork ließ nicht los und versuchte, sich weiter in die Höhe zu ziehen. Kearn legte ihm die gepanzerte Hand auf das Gesicht und schob. Der Ork starrte ihn zwischen den gespreizten Fingern hindurch mit blutunterlaufenen Augen an. Er grunzte und schnaufte, doch Kearn schob unerbittlich weiter. Es hatte den Eindruck, als würde er lächeln. »Flieg, kleiner Vogel.«

Die zerschundenen Finger des Orks rutschten über den Stein und verloren einer nach dem anderen den Halt. Kearn drückte noch einmal kräftig zu, und mit einem Aufschrei verschwand der Ork in der Tiefe.

Der Held schlug die Tür zu und schob den Riegel vor. Schlagartig wurde es finster.

»Verdammt«, murmelte Glond und wich langsam zurück. Sein Fuß stieß irgendwo an, und er hielt inne. Lauschte. Links vernahm er Esses rasselnden Atem, direkt vor ihm an der Tür – Stille.

Metall schabte über Metall. Ganz langsam, als würde eine Klinge gezogen. Dann ertönte ein Reißen, Funken sprühten.

In Kearns Hand loderte ein kleiner Kienspan auf. Behutsam entzündete er an der Wand eine Fackel und nahm sie aus der Halterung. »Wir hatten wohl alle denselben Gedanken«, sagte er und hielt die Fackel in die Höhe. »Der Turm ist gut zu verteidigen. Sie brauchen schon eine Leiter, um hier hereinzukommen, doch selbst dann kann nicht mehr als einer gleichzeitig angreifen.« Er nickte zu einer Holztreppe hinüber, die in das nächste Stockwerk hinaufführte. »Ihr könnt sie von oben in aller Ruhe mit Bolzen spicken.« Er streckte Esse die Fackel entgegen. »Und ich bleibe hier unten und sorge dafür, dass euch niemand dabei stört.«

Krendar wurde sich plötzlich bewusst, dass er allein am Hoftor stand. Trotzdem verspürte er nicht den Wunsch, sich dem Brüllen und Stürmen anzuschließen. Langsam trat er hinter der Tür hervor und betrachtete den toten Gepanzerten, der dort in einer Lache seines eigenen Blutes lag. Seltsam. Jetzt sah er gar nicht mehr gefährlich aus. Eigentlich nur alt. Wirklich alt.

Zugegeben, er kannte sich mit Wühlern nicht aus. Wer wusste schon, wie alt diese Kreaturen wirklich wurden. Die Lieder sagten, dass ein Wühler in seinem Leben mehr als zehn Generationen von Aerc sehen konnte. Vielleicht war der hier nicht so alt gewesen, aber dass er die Blüte seiner Jahre schon weit überschritten hatte, konnte selbst Krendar erkennen. Zehn Generationen. Möglicherweise war dieser alte Zwerg dabei gewesen, als diese Stadt auf dem Stammesland erbaut worden war. Und er hatte dieses Stück Land mit seinem Leben verteidigt, obwohl er gewusst haben musste, dass der Kampf aussichtslos war. So, wie es ein Aerc für sein Dorf tun würde. Widerwillig stellte Krendar fest, dass er so etwas wie Achtung für den Toten empfinden konnte. Mit einem Grunzen riss er seinen Blick los – und bemerkte Sekesh, die ihn nachdenklich ansah.

»Ich lebe noch«, stellte er fest.

Ein kaum merkliches Lächeln zuckte in den Mundwinkeln der Ayubo. »Tatsächlich. Du lebst noch. Aber die Nacht ist noch nicht vorbei.«

»Stimmt auch wieder.« Krendar seufzte. »Irren sich die Ahnen gelegentlich?«

Sekesh hob die Schultern. »Wenn, dann habe ich noch nicht davon gehört.«

Man wird ja wohl hoffen dürfen. »Aber möglich ist es.«

»Wer weiß schon, was alles möglich ist«, gab sie zurück.

»Lass mich raten«, murmelte Krendar und hob seinen Speer auf, der zwischen den Leichen an der Pforte lag. »Die Ahnen.«

Das Lächeln der Ayubo war wieder verschwunden. »Möglich.« Sekesh sah nicht aus, als würde sie daran glauben. »Aber es ist gut, dass du überlebt hast.«

»Hm.« In diesem Punkt stimmte Krendar von ganzem Herzen mit ihr überein.

»Wir hätten sonst weit mehr Krieger bei der Erstürmung des Tempels verloren.«

Krendar warf ihr einen irritierten Blick zu und zuckte mit den Schultern. »Ist doch schön, wenn ich noch zu etwas gut sein kann. Ich meine, wo ich doch die Nacht nicht überlebe.«

Die Ayubo verdrehte die Augen.

Der Kampfschrei von Gorotaks Aerc ging jetzt in ein Wutgeheul über. Krendar drehte sich um und sah gerade noch, wie sich der Letzte der Wühler durch einen engen Spalt im Portal zwängte. Mit einem endgültigen Rumpeln schlossen sich die schweren Flügel, nur wenige Schritte von den anstürmenden Aerc entfernt.

Krendars Blick fiel auf eine hölzerne Treppe, die links des Eingangs an eine Tür in der Wand des Turms hinaufführte. Der Großteil der Krieger schien sie nicht wahrgenommen zu haben. Lediglich drei oder vier hasteten die Konstruktion hinauf, an deren oberem Ende drei Gestalten im Inneren des Turms verschwanden. »Sekesh, siehst du das? Vielleicht …«

In diesem Moment brach der Aufgang unter lautem Getöse in sich zusammen und riss die Krieger mit sich.

Sekesh sah sich um. »Was?«

»Nichts. Hat sich erledigt.«

»Verdammte Wühler!«, schimpfte Modrath hinter ihren Rücken. Krendar warf einen Blick zurück auf die Pforte, durch die sich gerade Ragroths Oger zu quetschen versuchte. »Die haben das Loch hier garantiert absichtlich so klein gebaut.«

»Es lässt sich so besser verteidigen«, stellte Sekesh fest.

»Verteidigen?« Grunzend wuchtete sich der Riese in den Hof und richtete sich auf. »Du meinst, sie haben erwartet, dass irgendwann Oger vor ihrer Tür stehen? Also, wie sieht's aus? Bin ich zu spät?«

»Grrroshakk!« Den Fluch des Ohrensammlers konnte nicht einmal der wallende Nebel dämpfen.

»Sieht so aus.«

»Ich denke, sie finden noch genug für dich zu tun«, sagte Krendar.

Die Aerc am anderen Ende des Hofs begannen, gegen das geschlossene Portal zu hämmern.

»Ein Haufen Esel ist das!« Jarl Dornbirn kam mit rotgeränderten Augen aus dem Lagerhaus getorkelt. Unter seinem Kopfverband sickerte frisches Blut hervor, in den Mundwinkeln klebte getrockneter Speichel.

Er klammerte sich an den Türrahmen. »I Ahh! I Ahh! Immer im Kreis um die Mühle herum. Und wenn der Herr verschwunden ist, wollen sie selbst die Herren spielen. Dabei wissen sie doch nicht einmal, für was die Mühle gut ist oder wie sie funktioniert.«

Dvergat ballte die Fäuste. »Halt's Maul.«

Jarl Dornbirn lachte meckernd. »Ihr wollt eine Armee sein? Ihr habt doch noch nicht einmal eine Standarte. Ich habe noch keine Dalkar-Armee gesehen, die ohne Standarte gekämpft hat. Ohne Standarte seid ihr nichts weiter als ein wilder Haufen. Ein wilder Haufen Esel.«

»Pah. Wir brauchen keine Standarte. Wir können auch ohne so einen Blödsinn kämpfen.«

»Hmhm«, machte der Alte mit den Brandnarben nachdenklich. »Es stimmt schon. Eine Dalkararmee benötigt eine Standarte.«

»Ay.« Der Schmied nickte und verschränkte die Arme. »Ohne Standarte sind wir keine richtige Armee. So war es, und so wird es immer sein.«

»Dann gib uns deine.« Dvergat trat auf Jarl Dornbirn zu und hob die Hand. »Oder ich prügle sie eigenhändig aus dir heraus.«

Der Standartenträger zuckte zurück und winselte leise. »Ich habe sie versteckt, niemand wird sie finden. Schon gar nicht ihr. Ihr seid nicht würdig, die Standarte der Königlichen zu tragen. Sie passt nicht zu eurer Art.«

»Das werden wir ja sehen.« Dvergat packte ihn am Kragen und schüttelte ihn.

»Warte«, hielt Talus ihn zurück. »Der Standartenträger hat recht: Die Standarte der Königlichen passt nicht zu uns.«

»Nicht?«

Talus trat zu Dvergats Bierfass und wuchtete es in die Höhe. »Ich glaube, das hier passt viel besser.«

Die Dalkar starrten ihn an – zuerst verwundert, doch dann zuckten ihre Mundwinkel nach oben. Gelächter brandete auf.

»Seht her: Das hier ist unsere Standarte! Die Standarte der Mauerwacht und der einfachen Leute.«

Ein Sturm der Begeisterung fegte über den Platz hinweg. Waffen wurden gegen Schilde geschlagen, Stiefel stampften auf, dass der Schlamm nur so spritzte, und Hochrufe wurden laut.

Talus stellte das Fass ab. *Wenn schon sterben*, dachte er, *dann wie ein echter Dalkar.* Er rückte den Brustpanzer gerade. »Standartenträger?«

»Wie?« Völliger Unglaube lag in Jarl Dornbirns Blick. Irre kichernd griff er sich an den Kopf.

»Nicht du. Ich meine ihn.« Talus winkte Dvergat heran. »Such einen guten Standplatz für unser Schmuckstück, und lass die Männer ein paar Barrikaden drum herum errichten. Beeilt euch. Ich fürchte, wir haben nicht mehr viel Zeit.«

»Ay, Heetmann.« Dvergat salutierte zackig. Vielleicht zum ersten Mal in seinem Leben. Vielleicht auch zum letzten Mal.

SECHSUNDZWANZIG

»Los, ihr faulen Ärsche! Brecht dieses verdammte Tor auf!«

Einer der Aerc hieb seine Streitaxt gegen das Portal des Tempels. Das Blatt prallte funkensprühend von den eisernen Nägeln im Holz ab und enthauptete beinahe seinen Nebenmann, der seinerseits fluchend rückwärtsstolperte. Der Schlag ließ das gewaltige Eichenportal dröhnen, hinterließ jedoch kaum einen Kratzer. Die Krieger hatten es schnell aufgegeben, sich mit den Schultern gegen das Holz zu werfen, denn die unzähligen vorstehenden Nagelköpfe hatten die ersten ungestümen Versuche mit schmerzhaften Prellungen quittiert. Der Ohrensammler überschüttete seine Männer mit einem Strom unflätiger Flüche, nur unterbrochen von ausgesuchten Beschimpfungen der Zwerge, die dieses Hindernis erdacht hatten.

Ragroth wischte sorgfältig den letzten Rest Wühlerblut von seiner Kriegskeule und musterte das düstere Portal. Anerkennend schnalzte er mit der Zunge. *Das muss man den kleinen Scheißern lassen. Wenn sie etwas bauen, dann richtig.* Seufzend trat er neben Gorotak. »Was soll das werden, wenn's fertig ist?«

Der Raut fuhr herum. »Wonach sieht's denn aus? Wir müssen durch dieses verschissene Tor!«

Ragroth massierte seinen Oberschenkel. Die frische Narbe schmerzte höllisch. »Müssen wir?«

Gorotak fletschte die Zähne. »Wer hat dir denn ins Hirn geschissen?«

Der Broca zuckte mit den Schultern und überblickte den nebligen Hof. Ein neuerlicher Windhauch trieb die Schwaden auseinander und gab den Blick auf das mit Leichen übersäte Areal frei. »Was glaubst du, wie lange wir brauchen, um dort durchzukommen?«

»Spielt das eine Rolle?«

»Nicht, wenn es dir egal ist, wie viele Doppelfäuste bis dahin noch auf die Idee kommen, dass es sich lohnen könnte, sich diesen Wühlertempel mal anzusehen. Noch bevor die Nacht vorbei ist, wird diese Stadt von den Kriegern der Stämme nur so wimmeln. Mit wie vielen willst du teilen?«

Der Ohrensammler öffnete den Mund. Dann kniff er die Augen zusammen. »Verdammt. Da ist was dran«, knurrte er widerstrebend.

Du bist so scharfsinnig, es wundert mich, dass du dich nicht an deinem eigenen Verstand schneidest. »Würde ich auch sagen.«

Gorotak trat von dem Portal zurück und musterte die abweisende Front des Bauwerks. »Was sollten wir deiner Meinung nach dagegen tun?«

»Wenn du so fragst – ich würde sagen, wir suchen einen Nebeneingang.«

»Was?«

»Ich glaube nicht, dass die Wühler blöder sind als Ratten.

Sie werden mehr als einen Ausgang aus ihrem Bau haben. Wir sollten die anderen finden, bevor sie sich aus dem Staub machen.« Ragroth deutete auf die Nebengebäude, die den Hof zu beiden Seiten einrahmten.

Links von ihnen ragte ein zweigeschossiges Haus mit hohem Spitzdach auf, über dessen gesamte Front sich ein tief gezogenes Vordach erstreckte. Ein Wohnhaus der Wühler, wie es aussah. Auf der Ostseite des Platzes war im Nebel gerade noch ein klobiger, fensterloser Bau mit großem Tor zu erahnen. Ein Lufthauch trug den süßlichen Geruch von Pferden und Dung heran. »Aber das musst natürlich du wissen, Raut.«

Der Ohrensammler warf dem alten Krieger einen Seitenblick zu. »Deine vorlauten Bemerkungen kannst du dir sparen«, knurrte er.

Ragroth zuckte abermals mit den Schultern. »Wie du meinst.«

Gorotak funkelte ihn einen Moment lang wütend an. Dann brüllte er einen Befehl, und seine Krieger hielten in ihren sinnlosen Angriffen auf das Tor inne.

Ragroth gestattete sich ein schmales Lächeln. »Lass sie weitermachen. Die Wühler sollen uns ruhig für blöde genug halten, unsere Kräfte hier zu verschwenden.« *Womit sie ja bei einigen von uns völlig richtigliegen.* »Vier oder fünf Männer, die hier ordentlich Lärm machen, sollten ausreichen. Der Rest sucht einen anderen Zugang. Außerdem sollten wir das Tor schließen und die verdammten Fackeln löschen. Kann nicht schaden, wenn es aussieht, als sei niemand mehr zu Hause.«

Gorotak sah über den von flackernden Fackeln erhellten

Hof und nickte. »Macht es so«, fuhr er seine Krieger an. »Ihr fünf, versucht weiter, das Tor zu öffnen. Boshuluk hilft euch dabei.« Er winkte seinen Oger heran, der grunzend die eisenbeschlagene Keule schwang. »Vielleicht habt ihr ja Erfolg. Und ihr«, er deutete auf zwei weitere, »schließt das Tor und behaltet die Straße im Auge. Ich will keine Überraschungen erleben.« Der Raut wandte sich Ragroth zu. »Du und deine Leute können ...«

Der Broca neigte den Kopf. »Wir werden uns ebenfalls nützlich machen. Meine Drûaka kann sich um die Verletzten kümmern.« Er nickte zu den Trümmern der Treppe unterhalb des Turms, in denen sich zwei stöhnende Krieger regten. »Was machen wir mit dem Turm?«

Gorotak sah hinauf zu der dunklen Türöffnung, die jetzt ohne Zugang mehrere Mannlängen über ihren Köpfen lag, und hob die Schultern. »Was soll damit sein? Wir kommen kaum hinauf, aber ich glaube auch nicht, dass uns die Wühler von da oben anspringen.«

»Anspringen nicht«, brummte Ragroth und musterte nachdenklich den Turm.

Wind war aufgekommen und trieb die Schwaden um die Spitze des Bauwerks auseinander. Es war zu dunkel, um Einzelheiten zu erkennen, aber er würde darauf wetten, dass es dort oben Fenster gab, durch die man hervorragend den Hof überblicken konnte. »Ich denke eher an Pfeilwerfer. Es wäre wirklich eine gute Idee, die Fackeln zu löschen.«

Gorotak stieß die Luft aus. »Schick doch deine verdammten Waldaffen dort hoch.«

Ragroth sah sich um. Sein Blick verdüsterte sich, doch er nickte. »In Ordnung. Meine Leute und ich werden ...«

Argwöhnisch sah ihn Gorotak an. »Deine Leute vielleicht. Du nicht. Du bleibst bei mir.«

Ragroth unterdrückte ein Seufzen. »Dreizehn Winter, und du bist noch immer so negativ eingestellt, Gorotak. Man könnte glauben, du bist nachtragend.« Er konnte es ihm nicht einmal verdenken. Wer mit einer derart zertrümmerten Nase herumlaufen musste, neigte vermutlich dazu, so etwas nur schwer zu vergessen. Vor allem, wenn die Nase der kleinere Teil des Problems war.

»Ich traue dir nicht. Einmal Verräter, immer Verräter.«

»Das war und ist Ansichtssache.« Der alte Raut atmete tief durch. »In Ordnung, ist dein Kommando. Ich schlage vor, wir sehen uns das Haus dort drüben genauer an. Das auf der anderen Seite sieht mir nach Ställen aus. Ich glaube nicht, dass wir etwas finden, aber es sollte sich trotzdem jemand dort umsehen. Krendar!« Er winkte seine Leute heran. »Krendar, du, Modrath und die Drûaka schaut euch den Stall an. Seht euch bei der Gelegenheit nach etwas um, das sich als Rammbock eignet. Man kann nie wissen.« Der junge Aerc nickte. »Und falls die Skrag ihre nackten Ärsche endlich mal blicken lassen, schick sie auf den Turm. Ich will ihn so schnell wie möglich frei von Wühlern haben. Und wenn es dort einen Eingang in diese Festung gibt, will ich das wissen. Ihr vier kommt mit mir.« Er gab Ordruk, Fograr und den beiden Korrach ein Zeichen. »Der Raut will, dass wir uns mit ihm im Haus umsehen. Sorgen wir dafür, dass er sich da drin nicht verläuft.«

»Sollen wir dem faulen Sack vielleicht noch die Hand halten?«, murmelte Ordruk, vielleicht eine Spur zu laut, denn Gorotak schoss ihnen einen düsteren Blick zu.

Ragroth winkte ab. »Nein, lass bleiben. Wie oft denn noch: Du sollst nicht immer alles anfassen, was herumliegt. Du holst dir irgendwann noch was dabei.«

Die Krieger kicherten, und auch Ragroth machte sich nicht die Mühe, sein Grinsen zu verbergen. Hinkend marschierte er Gorotak und seinen Kriegern hinterher auf das düstere Wohngebäude zu.

Mit aller Kraft stemmten sich die Tempelwächter gegen das Tor, bis es endlich krachend ins Schloss fiel. Schnell schoben sie zwei schwere Balken in Position, jeder so dick wie ein Baumstamm. Stark genug, um einen Oger draußen zu halten. Vielleicht auch zwei, jedenfalls für eine gewisse Zeit.

Im Inneren des Tempels herrschte beinahe andächtige Stille. Das Geschrei und Waffengeklirr aus dem Hof klangen nur noch gedämpft zu ihnen herein, lediglich das Hämmern der Orks am Tor hallte dumpf durch den Raum.

Axt strich sich die Haare aus dem Gesicht und holte keuchend Luft. Sie fühlte eine warme Flüssigkeit durch den Stoff ihres Ärmels sickern und warf einen Blick darauf. Quer über ihren Oberarm zog sich ein langer, blutiger Schnitt. Vorsichtig schob sie den Stoff auseinander und atmete erleichtert auf. Nur ein Kratzer.

Neben den zwei Wächtern hatten sich die meisten Tempeldiener noch rechtzeitig in Sicherheit bringen können. Zwei Menschen waren auch noch da sowie Dion, der zweite Tempeldiener. Aus ihrer Gruppe war nur Beryll übrig geblieben. »Wo sind die anderen?«

Beryll zuckte mit den Schultern.

Ein lang gezogener Schrei drang von draußen herein und brach abrupt wieder ab. *Nur nicht daran denken.* Sie konnte jetzt ohnehin nichts mehr für sie tun. »Dion! Gibt es noch einen anderen Ausgang?«

Der Tempeldiener schüttelte den Kopf. »Das ist das einzige Tor. Der Wagen passt nirgendwo sonst hindurch.«

»Der Wagen? Und was ist mit uns? Gibt es einen Ausgang, durch den wir passen?«

Dion runzelte die Stirn. Er verschränkte die Arme. »Ihr werdet doch nicht ohne die Schätze gehen wollen.«

»Wenn es sein muss, schon. Das Einzige, was wirklich zählt, ist die Kiste. Hat das nicht Syik Graustein selbst gesagt?«

Dion dachte darüber nach. Seine Kiefer mahlten, dann nickte er. »Ja, das ist wohl so. Das Einzige, was zählt, ist die Kiste. Sie ist der Anfang von allem. Wir sollten noch das Tempelgeschirr mitnehmen, doch der Rest … Wir können darauf verzichten.«

»Wir müssen«, stellte Beryll fest.

Etwas krachte von außen gegen das Tor und ließ die gesamte Halle dröhnen. Eilig hasteten sie den Säulengang hinunter, ihre Schritte hallten laut auf dem Steinboden wider. Einer der Wächter lief voran, dahinter folgten Axt, Beryll und die beiden Menschen Luitz und der Wolfmann, dessen Fackel flackernde Schatten auf die Wände warf. Die Tempeldiener schleppten sich mit zwei Kisten ab, die Dion nicht aus den Augen ließ. Den Abschluss bildeten mit grimmigen Gesichtern die zwei übrigen Tempelwachen.

Der Wächter führte sie über einen Korridor in einen staubigen Raum, in dem Kerzen und liturgische Gewänder eingelagert waren. Hinter einer niedrigen Tür schloss sich ein kurzer Gang an, der aussah, als wäre er nachträglich zwischen zwei Gebäuden angebracht worden, um trockenen Fußes vom einen zum anderen zu gelangen. Er war bis unter die Decke mit Kisten und Stapeln von Holzbänken gefüllt. Nur ein schmaler Pfad war zwischen den Reihen frei gelassen worden.

»Vorsichtig jetzt«, mahnte Dion. »Stoßt nirgendwo an. Wenn das ins Rutschen kommt, besteht die Gefahr, dass wir verschüttet werden.«

Als sie das Ende des Gangs erreichten, hörten sie linker Hand ein dumpfes Krachen. Ihr Führer hielt an und hob warnend die Hand.

Axt holte keuchend Luft. Sie hörte Beryll fluchen, der beinahe in sie hineingelaufen wäre.

Der Führer drehte sich verärgert um und legte den Finger an die Lippen. »Seid still. Sie sind bereits in die Gebäude eingedrungen.«

Mann, ich habe keine Ahnung, warum wir hier unten sind.« Ordruk stieß eine schäbige Holztür auf und leuchtete mit der Laterne in den dahinterliegenden Gewölbekeller. Die blakende Kerze im Inneren der Lampe warf nicht genug Licht, um mehr als nur die nächsten paar Fuß ihrer Umgebung zu beleuchten, doch das konnte ihnen egal sein. Sie waren Aerc, und ihre Augen ließen sie auch dort noch sehen, wo ein Mensch hilflos in der Dunkelheit herumgetappt wäre. Nicht, dass es sich in diesem Fall lohnte. Dieser

Keller war nur wenige Doppelschritte tief und endete an einer Wand aus massivem Fels. Er beherbergte nichts als einige Regale, einen Stapel Säcke und ein paar Kisten mit dunklen Wurzeln, die den Wühlern vermutlich als Nahrung dienten. Oder was sie sonst damit anstellten. Die Ahnen mochten es wissen, aber was Fograr betraf, durften sie es ruhig für sich behalten.

»Ich würde sagen, weil ein gewisser Jemand sein vorlautes Maul nicht halten konnte. Manchmal frage ich mich, ob ich wirklich mit dir verwandt bin.« Der Massige sah nervös den dunklen Gang entlang. »Komm schon, Ordruk. Diese verdammten Tunnel machen mir 'ne Gänsehaut.«

»Gorotak hat mich provoziert. Hat uns faule Schweine genannt«, verteidigte sich der Dünne. Er trat an ein Regal und griff sich zwei der Äpfel, die hier in dichten Reihen eingelagert waren. Einen davon warf er seinem Bruder zu, biss in den anderen und verzog das Gesicht. »Ugh. Mehlig. Wer lagert denn so was ein? Verdammte Wühler.«

Fograr fing den Apfel und stopfte ihn unter seinen Panzer. »Wir sind nicht wegen dem verdammten Obst hier. Gorotak kann dich provozieren, so viel er will. Er ist unser groshakk Raut. Und solange du ihn nicht herausfordern willst, kann er uns auch nennen, wie er will. Jetzt beweg dich. Hier drin ist sicher kein Eingang in den Wühlertempel.«

»Wenn du mich fragst, ist in diesem ganzen dämlichen Keller kein Eingang. Was sollten sie auch damit? Damit nachts die Tempeldiener schneller an 'nen Apfel kommen, wenn sie der Hunger plagt? Das würde den Aufwand nicht lohnen. Bah.« Irgendetwas rumpelte entfernt, und die beiden Aerc sahen zur Decke hoch. Ordruk spuckte den Bissen aus. »Die haben uns nur hier runtergeschickt, damit sie die ganzen feinen Sachen oben ohne uns durchwühlen können.«

»Ach ja?«, knurrte Fograr. »Und wem haben wir das zu verdanken? Vergiss es. Wenn wir erst das Gold der Wühler finden, wirst du mehr zu schleppen haben, als dir lieb ist.« Schweiß prickelte ihm im Nacken. Wenn er ehrlich war – ein Vorratskeller war ein ebenso guter Platz für einen Eingang wie jeder andere. Und waren die Wühler nicht dafür bekannt, sich in den Eingeweiden der Erde wohlzufühlen? Ein Keller war da schon ziemlich nah dran. Zu nah für seinen Geschmack.

»Mehr, als mir lieb ist? Sehr unwahrscheinlich.« Sein Bruder zuckte mit den Achseln, biss einen zweiten Apfel an und trat aus dem Keller. Abrupt hörte er auf zu kauen und sog die Luft ein.

»Was?«

»Ich rieche …«

»Menschenfleisch?«, murmelte Ordruk, nicht sicher, ob er über den alten Witz grinsen sollte.

»Halt's Maul.« Sein Bruder spie abermals aus und schnüffelte weiter. »Braten«, sagte er und deutete den Gang hinab. »Ich rieche Braten.«

SIEBENUNDZWANZIG

Sie stiegen eine kurze Treppe hinab und betraten einen niedrigen Gewölbekeller, in dem es nach frischem Speck und Geräuchertem duftete. Axt spürte schmerzlich im Bauch, dass sie seit Stunden nichts Anständiges mehr gegessen hatte. Aber immerhin war sie noch am Leben, im Gegensatz zu den anderen, die ihrem Befehl anvertraut worden waren.

Sie gelangten in eine große Küche, deren niedrige Decke aus zahlreichen Kreuzgewölbekassetten bestand. Zwei lange Reihen massiger Säulen trugen die Decke und boten einer Vielzahl von Küchenwerkzeugen Platz. Direkt neben ihnen war in die Stirnseite des Raums ein gewaltiger Kamin eingemauert. Er musste ein Vermögen gekostet haben. Unzählige speckig-schwarz glänzende Figuren und Muster zierten seine Umrandung, und der Grillspieß war so groß, dass man einen ganzen Ochsen daran braten konnte. Der Raum roch nach Asche und kaltem Fett.

Weitere Ausgänge waren zu sehen. Auf der rechten Seite befand sich eine schwere, zweiflüglige Eichentür, die mit eisernen Riegeln verschlossen war. Ihr gegenüber führte eine steile Treppe mit ausgetretenen Steinstufen in ein höheres

Stockwerk, und hinter einer Reihe von kleineren Türen warteten wohl weitere Räume des Küchentrakts.

Ihr Führer deutete auf die Eichentür. »Das ist der Lieferanteneingang. Er führt in eine schmale Gasse zwischen der westlichen Außenmauer und den Nachbargebäuden.«

»Ist doch mal eine gute Nachricht«, brummte Beryll.

Im Stockwerk über ihnen krachte es erneut, diesmal sehr viel näher. »Sehen wir zu, dass wir hier rauskommen, bevor sie uns entdecken.«

Axt konnte ihm nur zustimmen. »Behaltet die Treppe im Auge.« Sie musterte die Verriegelung der Tür. Ein altertümliches Schloss sicherte die beiden schweren Eisenbolzen. Es war von langen Jahren häufiger Benutzung abgeschliffen, jedoch gut geölt und in hervorragendem Zustand. Wie es aussah, legte der Tempel Wert darauf, dass seine Pforten auch von innen nur von befugten Händen geöffnet werden konnten. »Also gut, wie bekommen wir das auf?«

Dion trat neben sie und hakte seinen Schlüsselbund vom Gürtel. Quälend langsam durchsuchte er die Schlüssel, einen nach dem anderen. Er schien Axts Ungeduld zu bemerken und sah entschuldigend auf. »Mit Schlüsseln ist es wie mit Gürteltaschen. Der richtige ist immer der letzte.«

»Dann nehmt den doch zuerst«, warf Beryll ein. Er ließ die Treppe nicht aus den Augen.

Dion schnaubte. Verwirrt musterte er den Bund und kratzte sich am Kopf. »Er ist nicht da.«

Axt sah ihn alarmiert an. »Was heißt, er ist nicht da? Wo soll er denn sonst sein?«

»Der Hofmeister hat ihn.«

Axt öffnete den Mund und schloss ihn wieder. »Der Hofmeister, der tot vor dem Haupttor liegt?«

»Es ist der einzige Schlüssel. Er muss wohl vergessen haben, ihn zurückzuhängen, nachdem er die Außentore gestern verriegelt hatte. Anders kann ich es mir nicht erklären.«

Axt schloss die Augen und atmete tief durch. »Dann brechen wir das Tor eben auf.«

»Es ist mindestens so stark wie das Haupttor.«

»Dann bricht Beryll es eben auf.«

»Da kommt jemand«, zischte dieser und deutete mit dem Hammer quer durch den Raum: »Diese Tür dort. Stimmen. Und Licht.«

Axt unterdrückte einen Fluch. Sie warf einen Blick auf die Fackel des Wolfmanns. »Geht in Deckung.«

Die Dalkar starrten sie an. »Macht schon! Wenn sie uns entdecken, haben wir im Nu den ganzen Haufen auf dem Hals.« Sie deutete auf die langen Reihen der Arbeitsplatten, die den Raum durchzogen.

Dion nickte und gab seinen Männern ein Zeichen. Eilig huschten die Dalkar unter die Tische.

Lediglich Beryll rührte sich nicht. »Wir sollen uns verstecken?«, fragte er unwirsch.

Axt verdrehte die Augen. »Wir gehen in Deckung. Für das Überraschungsmoment.«

»Aber …«

»Die Mission erfordert es, Beryll.«

Der Hüne starrte sie düster an, bevor er widerstrebend nickte und sich hinter eine der Säulen schob.

Der Wolfmann trat an ein Wasserfass neben dem Herd und warf seine Fackel hinein.

Schlagartig wurde es dunkel.

Du denkst auch nur ans Fressen.« Fograr verdrehte die Augen.

»Weil's hier wirklich nichts Anständiges gibt. Komm.« Der Dünne warf den Apfel weg, zog sein Schwert und lief vorsichtig weiter. Fograr fletschte die Zähne und folgte ihm. Am Ende des Gangs erwartete sie eine weitere Tür, wie die anderen aus dicken Bohlen gefertigt. Alter hatte sie schrumpfen lassen, sodass zwischen ihnen Dunkelheit lauerte.

Ordruk schnüffelte an einer der Spalten.

»Wühler?«, flüsterte Fograr.

»Schwierig zu sagen«, murmelte der Dünne. »Hier stinkt einfach alles nach ihnen. Ziemlich stark.« Er legte sein Ohr an die Tür und lauschte. »Aber ich glaube, da ist niemand drin.«

»Gehen wir rein?«

Der Dünne nickte. »Wir gehen rein.«

Sein Bruder machte sein Schwert zum Schlag bereit, was ihm einen irritierten Blick einbrachte. »Vorsichtig.«

Fograr nickte. »Richtig.«

»Mach auf.« Der Dünne deutete auf den Türöffner.

Dahinter lag ein großer, vollkommen dunkler Raum. Der Dünne hob die Laterne und trat zögerlich vor.

»Und?«

Der Dünne drehte sich um und grinste erleichtert. »Niemand hier.«

»Woher willst du das wissen? Sie könnten sich verstecken.«

Ordruk schnaubte. »Wühler? Wenn wir eins über sie wissen, dann, dass sie sich nicht verstecken. Sie stellen sich eher mitten in den Raum und schwingen die Axt. Ich schätze, sie sind furchtbare Jäger. Ich meine, furchtbar schlechte. Vielleicht haben sie deshalb die Pfeilwerfer erfinden müssen. Sonst wären sie wohl verhungert.« Interessiert sah er sich um. »Wo wir gerade bei Hunger sind: Ich glaube, wir haben ihre Herdhöhle gefunden.«

Fograr schnaubte. »Ich kann es sehen.« Der Raum war groß, jedoch niedrig.

Flache, sorgfältig gemauerte Bogen spannten sich so dicht über ihren Köpfen, dass die beiden Aerc den größten Teil der Decke mit den Händen hätten berühren können. Reihen von steinernen Säulen stützten die Gewölbe, und zwischen ihnen standen lange, hölzerne Tische, die eine Vielzahl von Schüsseln, Hackbrettern und seltsamen Kochutensilien trugen. An den Säulen hingen Messer, Bratspieße und Pfannen oder dicke Bündel von getrockneten Kräutern, unterbrochen von Fackelhaltern, in denen jedoch nur heruntergebrannte Reste steckten. Ihnen gegenüber gähnte eine gewaltige Feuerstelle in der Wand, so groß, dass sich darin ein ganzer Ochse braten ließ.

Staunend gingen die beiden Krieger zwischen den Tischreihen entlang und sahen sich um. Rechts von ihnen führte eine steinerne Treppe nach oben, vermutlich zurück ins Erdgeschoss; in der westlichen Wand befand sich ein zweiflügliges Tor, groß genug, um drei Aerc nebeneinander passieren zu lassen. Ihnen direkt gegenüber führten einige Stufen hinauf zu einem dunklen Durchgang, und weitere Türen verbargen angrenzende Räume.

»Das gefällt mir nicht«, sagte Fograr mit gedämpfter Stimme. Schweiß kitzelte ihn in der gezackten Narbe am Hals.

Sein Bruder grinste breit. »Mir schon. Meinst du, die haben hier auch ein Fass von diesem Gesöff, diesem Wühlerbier, von dem alle reden? Wollte ich immer schon mal probieren.«

»Hoffentlich nicht«, murmelte der Massige. »Wenn Gorotak herausfindet, dass du gesoffen hast, hängt er deine Ohren an seine verdammte Kette. Ich bin mir nicht sicher, ob er sich die Mühe machen würde, sie vorher von deinem dämlichen Schädel zu schneiden.«

»Ach komm, Bruder. Du musst es ihm ja nicht sagen. Davon abgesehen«, er drehte sich um und deutete grinsend auf eine Platte, auf der ein gewaltiges Stück kalter Braten lag, »wird er zumindest nichts dagegen haben, wenn wir uns wenigstens was zu fressen gönnen. Wir haben schon den ganzen Tag nichts Essbares gefunden. Wie sollen wir denn gegen Wühler kämpfen, wenn wir vom Fleisch fallen?« Ordruk stellte die Laterne auf den Tisch. Er betrachtete sein schartiges Schwert, zuckte mit den Schultern und legte es neben den Braten, um den Dolch zu ziehen.

»Deine Fresserei wird uns noch mal umbringen.« Fograr betrachtete das Tor. Es war aus dicken, rußgeschwärzten Bohlen gefertigt und wurde von eisernen Bändern zusammengehalten, die selbst einem Oger Widerstand bieten mochten. Zwei kompliziert aussehende Riegel hielten es verschlossen. »Was meinst du, wohin das führt? In den Tempel?«

Der Dünne sah auf. »Hm? Kaum. Der müsste auf der anderen Seite liegen.« Er deutete über die Schulter und betrachtete seinen ebenfalls schartigen Dolch. »Vermutlich geht's da raus auf die Straße. Wozu sonst die Riegel?« Kurz entschlossen steckte er seine alte Klinge wieder ein, griff sich eines der glänzenden Messer von der Säule neben sich und begann, eine große Scheibe Fleisch von dem Braten zu schneiden. »Ich sag dir, von Messern haben die kleinen Scheißer echt Ahnung, so viel steht fest. Willst du auch was?« Er stopfte sich einen Brocken zwischen die Zähne und kaute genüsslich. »Ist großartig. Ich glaube, ich habe endlich mein Abendessen gefunden.«

Fograr schüttelte den Kopf. »Ich wüsste lieber, wo es da hinten weitergeht.« Er nickte zu dem Durchgang.

»Find's doch heraus. Oder wartest du drauf, dass du jemanden nach dem Weg fragen kannst?« Ordruk stopfte sich einen weiteren Brocken Fleisch in den Mund. »Du weißt nicht, was du verpasst«, nuschelte er. »In dem Zusammenhang fällt mir ein Witz ein. Ein Wühler latscht durch die Steppe. Hat sich völlig verirrt und ist schon halb verhungert. Du weißt ja, wie unfähig die kleinen Scheißer sind. Verhungern in einem Land, in dem es an jeder Ecke etwas zu beißen gibt. Vermutlich hat er seinen Pfeilwerfer verloren, also kann er nicht mal jagen. Als er jedenfalls kurz vor dem Verhungern ist, sieht er auf einmal einen Aerc und beschließt in seiner Verzweiflung, ihn nach dem Weg zu fragen. Er ruft also ... Arghh!«

Fograr fuhr herum. Direkt hinter seinem Bruder war ein Wühler unter dem Tisch aufgetaucht und hatte ihm eine Klinge in die Nieren gerammt.

Ordruk wirkte verblüfft. Das Fleisch fiel ihm aus dem Mund, gefolgt von einem Schwall Blut, der im trüben Licht der Kerze tiefschwarz wirkte. Unsicher streckte er die Hand nach seinem Schwert auf dem Tisch aus, verfehlte den Griff und stieß die Laterne um, als er vornüberkippte. Die Lampe rutschte über die Tischkante, und die Kerze flammte ein letztes Mal hell auf, bevor sie am Boden erlosch. In diesem Aufflackern konnte Fograr weitere untersetzte Gestalten sehen, die unter Tischen und hinter Säulen hervorkrochen. Dann umhüllte ihn Schwärze.

Für einen endlos scheinenden Augenblick stand er wie erstarrt in der absoluten Finsternis. Einer Finsternis, die erfüllt war vom Schnaufen von Wühlern, dem Scharren von Stiefeln und dem Kratzen von Metall auf Stein. Er meinte sogar, einen letzten pfeifenden Atemzug seines Bruders zu hören. Sie hatten Ordruk ermordet! Seinen Bruder. Seinen dämlichen, verfressenen, nichtsnutzigen und viel zu unvorsichtigen Bruder.

Ein Brüllen stieg in seiner Kehle auf und bahnte sich den Weg nach außen, ohne dass er es hätte aufhalten können. Blind schwang er sein Hauschwert vor sich durch die Dunkelheit. Irgendwer fluchte. Zumindest glaubte er, dass es ein Fluch war. Es hörte sich ganz so an, auch wenn er kein Wort der verdammten Wühlersprache verstand. Er hechtete in die Richtung. Seine Klinge traf auf Widerstand und prallte scheppernd ab. Schnell warf er sich zur Seite. Irgendetwas fauchte dicht vor seinem Gesicht vorbei und krachte in einen Tisch. Das Klirren von platzendem Steingut hallte durch die Dunkelheit.

Gehetzt sah sich Fograr um. Die Schwärze war vollkommen. Nicht der geringste Schimmer Licht war zu entdecken; lediglich die Nachbilder der erlöschenden Kerze blitzten vor seinen Augen. In dieser Finsternis zu kämpfen war zwecklos. Nach allem, was er wusste, war es gut möglich, dass die Wühler auch jetzt noch sehen konnten. Angeblich waren die Drecks-Erdmaden ja aus den tiefsten, lichtlosen Löchern der Erde gekrochen. Er war geliefert. Er war so gut wie tot. Tot wie Ordruk. Grimmig fletschte er die Zähne. Wo verdammt noch mal war diese Treppe gewesen? Hinter ihm? Weiter rechts? Links von sich hörte er das leise Schaben von Stiefelsohlen, und etwas weiter weg fauchte eine harsche Stimme Unverständliches, das nach Befehlen klang. Sahen sie ihn? Hatten sie ihn bereits eingekreist? Schweiß brannte zwischen seinen Schulterblättern und tropfte ihm jetzt auch noch in die Augen. Mit einem gepressten Fluch warf er sich herum und lief los, das Schwert weit vorgestreckt. Seine Schulter streifte eine Säule und riss eine Kaskade von Pfannen und Töpfen herab, die die Schwärze mit ohrenbetäubendem Lärm erfüllten.

Eine Zwergenstimme polterte erschreckend dicht neben ihm. Er hieb in diese Richtung, trat hastig zur Seite, glitt auf etwas Metallenem aus und stolperte weiter. Der Wühler stieß einen alarmierten Ruf aus. Ein Schlag streifte seinen Oberschenkel und hinterließ einen brennenden Kratzer. Fograr biss die Zähne zusammen, stolperte ein, zwei Schritte voran und stieß gegen einen Tisch. Er ließ sich auf alle viere fallen, um darunter Schutz zu suchen. Als er die niedrige Platte über seinem Kopf spürte, hielt er inne und zwang sich, seinen Atem zu beruhigen, durch die Nase zu atmen, keinen Laut von sich zu geben. Nachzudenken.

Was, wenn ihn die Wühler doch nicht sehen konnten? Wenn sie genauso blind waren wie er selbst? Die Menschen konnten schon bei Nacht kaum etwas erkennen, wo einem Aerc das Licht der Sterne vollkommen genügte. Vielleicht waren die Augen der Wühler ja genauso schlecht. Dann war das Einzige, was ihn verriet – die Geräusche, die er machte. Wenn er sich still verhielt … Er knirschte mit den Zähnen, um gleich darauf wieder damit aufzuhören. Keinen Laut. *Horche, Fograr, horche. Wo sind die verdammten Säcke?*

Mehrere Herzschläge lang herrschte völlige Stille. Dann ein heiseres Flüstern, irgendwo in der Finsternis. Es schepperte, als jemand gegen einen Gegenstand stieß, der über den Boden rollte. Ein unterdrücktes Fluchen.

War es möglich, dass er Glück hatte und die Wühler tatsächlich nichts sahen? Dann war er sicher, solange sie ihn nicht hörten. Er musste nur diese Treppe finden, es hinauf in das nächste Stockwerk schaffen. Dort warteten Gorotak und die anderen Krieger. Langsam tastete er sich rückwärts.

Ein leises Scharren verriet ihm, dass sich jemand der Stelle näherte, an der er soeben noch gekauert hatte. Fograr erstarrte. Sie hatten ihn hier festgesetzt wie einen Schroggra in seinem Loch. Sie jagten ihn wie ein Tier! Übelkeit stieg in ihm auf. Sie hatten seinen Bruder abgestochen. Sie hatten ihm keine Chance gelassen, sich als Krieger zu beweisen, sondern ihn in den Rücken gestochen, als wäre er nichts als ein Stück Vieh, das es zu schlachten galt. Kalt und gefühllos. Die Lieder sagten, die Wühler hätten keine Gefühle. Selbst Tiere hatten Gefühle: Wut, Hass, Lust, Furcht. Angst wie die, deren Würmer sich gerade durch seine Eingeweide nagten. Die Angst hielt einen Krieger am Leben. Nur durch das

Überwinden der Angst erlangte ein Krieger Ehre. Es hieß, die Erdmaden kannten keine Angst. Wie konnten sie dann Ehre haben? Nur Tote und Wahnsinnige hatten keine Angst.

Grauen stieg in Fograr auf, und er biss die Zähne so hart aufeinander, dass er Blut schmeckte. Wieder Schritte, sacht, leise, nah. Er spielte mit dem Gedanken zuzuschlagen. Aber was würde es ihm bringen? Es war unwahrscheinlich, dass er unter dem Tisch hervor einen wirksamen Treffer erzielen konnte, und es würde den Wühlern seine Position verraten. Sollte er sitzen bleiben? Die Erdmaden mussten nur ein Licht anzünden, um ihn zu finden. Er würde unter einen Tisch gekauert sterben. Fograr war sich ziemlich sicher, dass die Ahnen in diesem Fall keinen Ehrenplatz für ihn bereithalten würden. Ehre erwuchs nur aus der Überwindung der Angst. Also schob er sich weiter.

Sein Fuß streifte etwas Hölzernes, und der Tisch rutschte kratzend über den Boden. Fograr erstarrte und hielt den Atem an. Die Schritte waren verstummt. Der Aerc lauschte in die Dunkelheit, die ihn umgab wie ein schwerer, feuchter Kokon. Plötzlich krachte etwas so heftig auf den Tisch über seinem Kopf, dass er befürchtete, die Platte würde herunterstürzen und ihn unter sich begraben. Unsichtbare Tongefäße regneten um ihn herum, zerplatzten auf dem Steinboden und verschossen Scherben in alle Richtungen. Scheiß drauf, er würde nicht unter einen Tisch gekauert sterben! Er gab jede Vorsicht auf, rappelte sich auf und rannte nach links. Irgendwo dort musste die verdammte Treppe sein. Wenn er sie fand, hatte er eine Chance. Ein Hindernis rammte unerwartet sein Schienbein; er strauchelte, stürzte, überschlug sich und krachte schwer auf den steinernen Boden. Sein

Schwert flog ihm aus der Hand und schlitterte davon. Fograr fluchte durch zusammengebissene Zähne. Es spielte keine Rolle. Er musste Ragroth erreichen und ihn warnen. Hinter ihm krachten schwere Stiefel auf dem Steinboden. Halb benommen kämpfte sich der Aerc nach oben.

In diesem Augenblick sah er ein Licht. Schräg vor ihm, am oberen Ende der Treppe, die sich jetzt nur wenige Doppelschritte vor ihm in der Dunkelheit abzeichnete. Das Flackern von Fackeln. Strauchelnd kam Fograr auf die Füße. »Wühler!«, brüllte er aus vollem Halse. »Das ist eine Falle! Hier ist alles voller verdammter Wüh…«

Das letzte Wort blieb unvollendet, als etwas Großes heransauste und so heftig in seinem Rücken einschlug, dass er nach vorn geschleudert wurde und den letzten Rest des Wegs bis zum Fuß der Treppe rutschte.

Verwundert schielte er auf das Ende des Axtblatts, das aus seinem Halsansatz ragte. Auf der Treppe waren jetzt die Gestalten mehrerer Aerckrieger zu sehen, die brüllend herabgestürmt kamen. Fograr rang vergeblich nach Luft, fühlte, wie Blut seine Lungen füllte. Seine Arme und Beine fühlten sich kalt an und brannten gleichzeitig wie Feuer. Nein, das stimmte nicht. Er spürte sie überhaupt nicht mehr. Flüssiges Feuer hatte sie ersetzt. Fogrars Kopf sackte nach vorn, und die Dunkelheit umhüllte ihn erneut. Diesmal für immer.

ACHTUNDZWANZIG

Der Axtwurf hatte den verdammten Ork endlich zum Schweigen gebracht. Aber es war bereits zu spät. Seine Schreie hatten weitere Orks alarmiert, die nun die Treppe heruntergepoltert kamen.

Den Ersten machten die von allen Seiten auf ihn eindringenden Dalkar im Handumdrehen nieder. Ein anderer zog sich mehrere Schnittwunden zu, ehe er sich mit einem Sprung unter einen Tisch in Sicherheit bringen konnte. Berylls Hammer schlug dumpf auf die Platte und brach sie in der Mitte entzwei. Immer mehr Orks kamen die Treppe heruntergestürmt und warfen sich mit Todesverachtung auf die Dalkar. Ein älterer Tempeldiener wurde von einem Speer durchbohrt, warf sich schreiend herum und verletzte einen anderen mit dem Dolch, den er in der Hand hielt.

Axt wurde im dichten Gedränge von einem Ellbogen im Gesicht getroffen. Sie taumelte rückwärts und riss den Spalter im letzten Augenblick in die Höhe, um einen Schwertstreich abzuwehren. Noch ehe ihr Gegner nachsetzen konnte, wurde er seinerseits von einem heranstürmenden Dalkar so heftig gegen die Wand gestoßen, dass seine Nase mit einem hässlichen Knirschen brach und das Blut beinahe bis zur Decke spritzte. Axt schlug mit dem Spalter hinterher, aber der enge Raum bot ihr nicht genügend Platz, um auszuholen, und die Klinge rutschte harmlos an der fettigen Lederrüstung des Orks ab. In der Dunkelheit stieß der Wolfmann ein schauriges Jaulen aus, und ein Ork antwortete mit einem schrillen Kreischen, als sich ihm eine Klinge durch den Oberschenkel bohrte. Innerhalb kürzester Zeit verwandelte sich die Küche in einen Hexenkessel aus wild kämpfenden Kontrahenten, die kaum noch darauf achteten, wer Freund und wer Feind war, und wahllos auf alles einschlugen, was sich bewegte.

Ein Ork mit einem Ring in der Nase, wie ihn sonst nur Ochsen trugen, drängte sich schnaubend auf Axt zu. Die Dalkar duckte sich unter dem Schlag seiner Keule weg und rammte ihm das Knie in den Unterleib. Der Ork verdrehte die Augen und verschwand im nächsten Augenblick aus ihrem Sichtfeld. Keuchend schaute sie sich nach einem neuen Gegner um, als ein gewaltiger Schatten das obere Ende der Treppe verdunkelte. Ein Schatten von der Art, die jeden Kämpfenden innehalten und nach dem Urheber schielen ließ. Für einen winzigen Augenblick schwiegen die Waffen.

Der Ork war beinahe so breit wie hoch, eine unglaubliche Masse aus Fett, Fleisch und Muskeln. Eine Kette aus Ohren hing um seinen speckigen Hals und verströmte eine übel riechende Wolke aus Verwesung. In der Hand hielt er ein blutiges Hauschwert mit überbreiter Klinge, von dem in dünnen Schlieren das Blut auf den Boden tropfte. Das Ding war weniger eine Waffe als vielmehr ein Mordwerkzeug, mit dem einfach alles zerhackt wurde, was einem im Weg stand. Die Küche schien der passende Ort dafür zu sein.

Langsam stapfte der fette Ork die Stufen herab. Die anderen Orks wichen vor ihm zurück und warfen ihm ängstliche Blicke zu.

»Gorotak«, flüsterte einer von ihnen ehrfürchtig.

Auf das hässliche Gesicht des fetten Orks legte sich ein bösartiges Grinsen. Er schien den Auftritt sichtlich zu genießen, trat ein paar Schritte in den Raum hinein und schaute sich um. Seine winzigen Schweinsaugen huschten über die Anwesenden hinweg. Er knurrte etwas in der seltsamen Sprache der Orks. Die Hand mit dem Hauschwert fuhr nach vorn und beschrieb einen langsamen Halbkreis.

Axt musste die Worte nicht verstehen, um zu begreifen, was er wollte. Für Dalkar waren Herausforderungen nichts Unbekanntes, auch wenn sie selten von riesigen, unförmigen Schweinen ausgesprochen wurden. Aber eine Herausforderung war dennoch eine Herausforderung, eine Frage der Ehre. Solange die Waffen schwiegen, wäre es ehrlos gewesen, sie zu ignorieren. Als Anführerin musste sie entscheiden, ob sie die Herausforderung annahm oder weitergab. Nein, hier gab es keine Entscheidung. Hier gab es nur eines zu tun. Sie straffte die Schultern.

»Ich nehme die Herausforderung an.« Beryll schob sich an ihr vorbei und trat vor. Den Hammer halb erhoben, auf dem schweißnassen Gesicht ein Grinsen, das kaum weniger bösartig war als das des Orks. »Ich wollte schon immer mal ein fettes Wildschwein mit bloßen Händen erlegen.«

Beryll hatte die Rangfolge übergangen, aber Clankrieger waren nicht unbedingt für ihre Disziplin bekannt. Einmal ausgesprochen, war die Herausforderung bindend. Axt warf ihm einen zornigen Blick zu.

Der Ork griff schneller an, als seine massige Gestalt erahnen ließ. Blitzschnell fuhr das Haumesser herab.

Beryll zuckte zurück, krachte gegen einen Tisch und ließ Bierkrüge, Teller und Besteck fliegen. Ein langer, blutiger Schnitt zog sich über seinen Arm. So viel also zur Ehre der Orks.

Das Hauschwert zuckte zum zweiten Mal heran, doch diesmal war Beryll vorbereitet. Sein Schlachtenhammer fuhr nach oben und schlug die Klinge funkensprühend zur Seite, so hart, dass der Ork das Gleichgewicht verlor, stolperte und nun ebenfalls gegen einen Tisch krachte. Er entkam dem nächsten Schlag nur, indem er sich seitlich über die Tischplatte rollte, die nur wenige Handbreit hinter ihm zersplitterte. Als er sich wieder aufgerappelt hatte, war das Grinsen aus seinem Gesicht verschwunden. Knurrend wischte er sich den Schweiß von der Stirn. Damit war die Vorstellungsrunde wohl abgeschlossen.

Zeitgleich stürzten sie aufeinander zu. Das Schwert kam von der einen Seite, der Hammer von der anderen. Beryll duckte sich unter dem ungezielten Hieb weg, der gerade einmal ein paar Haare von seinem fliegenden Zopf abspaltete. Sein Hammer traf den Ork im Bauch. Ebenso gut hätte er mit einem Stock auf ein Kissen einprügeln können.

Sie stießen heftig zusammen und krallten sich aneinander fest. Fest umschlungen stolperten sie durch den Raum wie zwei Ringkämpfer, die versuchten, einander aus dem Ring zu drängen.

Der Ork beugte seinen Schädel nach vorn und riss das Maul auf. Seine spitzen Zähne schnappten zusammen und verbissen sich im Ohr des Clankriegers. Blut spritzte über die Gesichter der beiden Kontrahenten.

Beryll brüllte auf. Doch noch während sich der Ork auf seine unfaire Attacke konzentriert hatte, war es dem Clankrieger gelungen, den Hammer so zu drehen, dass der Stiel nach oben zeigte und er ihn dem Dreckskerl von unten gegen den Kiefer rammen konnte. Der Ork heulte auf und taumelte rückwärts.

Beryll drehte den Hammer, schlug erneut zu und streifte ihn an der Schläfe. Jaulend sprang der Ork zur Seite und schüttelte benommen den massigen Schädel. Inzwischen keuchte und schnaufte er wie ein Ochse vor dem Pflug. Sein Hauschwert zuckte vor und zurück und schlug Löcher in die Luft. Beryll wich den ungelenken Angriffen spielerisch aus und revanchierte sich mit einem scheppernden Stoß gegen seinen Brustpanzer, der den Ork hustend und nach Luft schnappend zurückweichen ließ. Sein Hauschwert schlug in ein Regal, zerschmetterte einige Holzbretter und blieb stecken. Verzweifelt zerrte er am Griff und knurrte und brüllte dabei wie ein Wahnsinniger.

Beryll trat einen Schritt zurück und lächelte siegessicher. Entspannt stützte er sich auf den Stiel des Schlachtenhammers und wartete, bis der Ork die Waffe befreit hatte. Als der sich wieder umwandte, meinte Axt, so etwas wie Angst in den winzigen Augen zu erkennen. Trotzdem war er noch nicht besiegt. »Mach dem Ganzen ein Ende«, flüsterte sie.

Beryll hob den Hammer und stapfte vorwärts. Der fette Ork wich Schritt um Schritt zurück.

In diesem Augenblick geschah es. Unter einem der Tische bemerkte Axt eine schnelle Bewegung. Eine dürre Gestalt tauchte aus den Schatten auf. Sie war viel zu klein für einen Ork, wies entfernte Ähnlichkeit mit einer Kröte auf, schien aber ein Teil dieser Brut zu sein. Die dürre Hand des Krötenorks zuckte nach vorn, schnell wie der Kopf einer Schlange. So schnell, dass es außer Axt niemandem aufzufallen schien. Für einen kurzen Augenblick sah es aus, als steckte eine lange, dünne Nadel in Berylls Bein. Dann bewegte sich die Hand seitwärts, fuhr zurück und verschwand wieder unter dem Tisch, als wäre sie nie da gewesen.

Beryll stieß ein Schnaufen aus, wischte sich mit der freien Hand über das Hosenbein und schwang den Hammer um seinen Kopf.

Der fette Ork winselte und hob schützend die fleischige Pranke über seinen Schädel.

Beryll hielt inne und verharrte einen Augenblick. Er stieß ein trockenes Husten aus. »Was …?« Ein verwundertes Keuchen entrang sich seiner Kehle. Er ließ den Hammer sinken, taumelte und schüttelte den Kopf. »Was ist los?«

Der Ork knurrte und hob sein Hauschwert. Es zitterte in seiner Hand.

Beryll verfolgte seine Bewegung mit den Augen. Er hob den Hammer halb in die Höhe, fuchtelte halbherzig vor der hässlichen Nase des Orks herum, hustete, keuchte und griff sich an die Brust.

Mit einem Mal waren die Rollen vertauscht. Erfüllt von neuem Mut ging der Ork zum Angriff über, hieb und stach und rückte unaufhaltsam vorwärts, während Beryll Schritt für Schritt an Boden verlor und mit schmerzverzerrtem Gesicht die Attacken abwehrte. Der nächste Hieb hinterließ eine Kerbe im Stiel des Schlachtenhammers, rutschte ab und schnitt in Berylls Hand. Der Clankrieger ließ den Hammer mit einem Aufschrei fallen. Doch es gelang ihm, das Handgelenk des Orks zu packen zu kriegen und weiter nach unten zu drücken. Gleichzeitig trat er dem Ork mit dem Stiefel gegen das Knie. Der Ork knickte ein, und die Kontrahenten stürzten in die Menge der Zuschauer, die erschrocken auseinanderspritzten, um von den beiden Kolossen nicht erdrückt zu werden.

Der Ork kam auf Beryll zu liegen, die Hand mit dem Hauschwert immer noch halb erhoben. Er nahm die zweite Hand dazu und drückte die Klinge mit aller Kraft nach unten, auf den Hals des Dalkar zu, während Beryll mit beiden Händen versuchte, die Arme des Orks von sich wegzudrücken.

Der Ork lehnte sich mit seinem gesamten Gewicht auf das Schwert. Langsam, Zentimeter für Zentimeter, drückte er die Klinge nach unten und spuckte dem Dalkar vor Anstrengung Blut und Geifer ins Gesicht. Mit jedem Ruck, den sich die Klinge näher auf Berylls Hals zubewegte, grunzte und knurrte er lauter und selbstbewusster.

Dann war es vorbei. Knirschend fuhr die Klinge durch Berylls Hals und kratzte über den Steinboden. Beryll stieß ein Röcheln aus, als hätte jemand die Luft aus seinem Brustkorb gelassen. Er öffnete den Mund zu einem lautlosen Schrei und hustete Blut. Ein Zucken fuhr durch seinen Körper, lief vom Kopf hinunter bis zu den Stiefeln, die verzweifelt über den Boden kratzten und nach Halt suchten.

Atemloses Schweigen legte sich über die Anwesenden.

Der Ork holte tief Luft, zog die Klinge in der Rückwärtsbewegung noch einmal über Berylls Hals und hob sie in die Höhe. Er legte den Kopf in den Nacken und stieß einen triumphierenden Schrei aus. Kleine Blutstropfen fielen wie Regen von der Klinge auf sein Gesicht. Er beugte sich nach vorn, griff nach Berylls Ohr und ließ das Hauschwert nach unten sausen.

»Nein!« Axts Spalter fuhr mit einem Klirren dazwischen und lenkte die Klinge zur Seite ab.

Orks, Dalkar und Menschen sprangen auf und zückten ihre Waffen.

Der fette Ork blickte auf und bleckte die Zähne.

»Nein«, wiederholte Axt und starrte ihm fest in die wütend zusammengekniffenen Augen. »Du hast ihn besiegt, aber du wirst ihn nicht zu deiner Trophäe machen. Das lasse ich nicht zu.«

Der fette Ork knurrte und spannte die Muskeln.

Schnell trat Dion nach vorn, in seinen Händen die erneut geladene Armbrust. Er bellte etwas Unverständliches, woraufhin die Orks innehielten und ihn erstaunt ansahen.

Dion nickte und wedelte mit der Armbrust in Richtung des fetten Orks. »Ay, ihr Drecksäcke. Ihr habt richtig verstanden. Keine Bewegung, sonst geht das Teil hier los. Ihr könnt sicher sein, dass der Bolzen mindestens einen eurer zwei fetten Anführer durchbohren wird. Die beiden sind ja kaum zu verfehlen. Wenn es gut läuft, erwischt er auf dem Weg ein paar von euch anderen gleich noch mit.« Dion legte die Hand vor den Mund. »Es sind doch zwei, oder?«, fragte er in Axts Richtung.

»Du sprichst ihre Sprache?« Axt schaute ihn ebenso erstaunt an wie die Orks.

»Nur ein paar Brocken. Was man so im Laufe der Jahre aufschnappt, wenn man der einen oder anderen dieser Kreaturen begegnet. Es reicht zumindest, um ihnen verständlich zu machen, dass die Spannfeder dieser Armbrust mächtiger ist als das Schwert.«

Axt nickte und deutete auf Beryll. »Helft mir mit ihm.«

Der Wolfmann und der Wächter sprangen vor und packten den Toten unter den Armen. Gemeinsam zogen sie ihn aus der Reichweite der Orks.

Der fette Ork kniete einfach nur da und ließ es geschehen, keuchend und schwitzend. Unter seinem Auge zuckte ein Muskel.

Was ist hier passiert?« Ragroth hinkte die letzten Stufen hinab. Sein Blick wanderte durch die grottenartige Küche. Es sah ganz danach aus, als hätte hier ein heftiger Kampf getobt. Es hatte sich auch danach angehört.

Er entdeckte Gorotak auf den Knien in der Mitte des Raums. Er sah wütend genug aus, um Gefahr zu laufen, einfach so zu platzen. Blut rann ihm aus der zertrümmerten Nase über das Kinn. *Was für ein Glück, dass du nicht noch hässlicher werden kannst.* Mehr Blut tropfte vom Haumesser des Raut, und sein Brustpanzer wies eine tiefe Delle auf. Zornig wirbelte der fette Aerc herum und funkelte Ragroth an. »Wonach sieht's denn aus?«

Als hätte dir jemand mächtig den Arsch versohlt. Ragroth behielt diesen Gedanken für sich. Es gab Grenzen, und Gorotak sah aus, als hätte diese bereits jemand anderes ausgereizt. Der alte Broca hatte nicht vor, dem Fetten einen Anlass zu geben, sich an ihm abzureagieren. »Ihr seid auf Wühler gestoßen«, stellte er fest.

»Du bist ein verdammtes Genie, Broca. Wie kommt es eigentlich, dass du kein Raut bist?« Der Ohrensammler saugte schlürfend Luft durch die Nase und spie einen großen Fladen Blut und Schleim aus. »Ach ja, weil du eine feige Sau bist, die sich ums Kämpfen drückt.«

Ragroth knirschte mit den Zähnen. »Ich bin noch am Leben, weil ich nicht in jede Falle renne, die mir gestellt wird«, knurrte er. »Und das gilt nicht nur für mich.«

»Red dich nur raus. Um Ausreden warst du ja noch nie verlegen.«

Ragroth beschloss, Gorotaks Spitze zu ignorieren. »Irgendwelche Verluste?«

Der Ohrensammler hob die speckigen Schultern und ließ sie wieder fallen. »Drei von meinen Leuten. Zwei von deinen«, bemerkte er mit mehr als nur einer Spur Gehässigkeit. Er deutete auf den Körper zu Ragroths Füßen.

Der alte Broca sah sich den Leichnam genauer an und knirschte hörbar mit den Zähnen. »Fograr«, murmelte er. Ein tiefer Spalt klaffte im Rücken des stämmigen Aerc. Vermutlich von einer Axt. Ragroth nickte grimmig und sah auf. »Sein Bruder?«

Der Raut zuckte mit den Schultern und wedelte irgendwo in die Tiefe des Raums. »Da drüben. Ist mir scheißegal. Wichtiger ist doch, dass uns die Drecksäcke hier aufgelauert haben. Hat nicht viel gefehlt, und wir hätten noch viel mehr Leute verloren.«

»Ich sehe keine Wühlerleichen«, stellte Ragroth fest.

»Weil es verdammt noch mal keine gibt«, fauchte Gorotak und hieb sein Haumesser tief in eine Tischplatte hinein. »Ich hab einen der kleinen Drecksäcke abgestochen, aber sie haben ihn mitgenommen.«

»Mitgenommen ...«

»... wofür?«, fragten die beiden Korrach, die sich neugierig in dem Küchengewölbe umsahen.

Gorotak warf ihnen einen irritierten Blick zu. »Ich habe keine Ahnung. Vielleicht fressen sie ihre Toten oder so was. Was weiß denn ich! Auf jeden Fall haben es deine zwei Ärsche hier gründlich verbockt.«

Ragroth fasste seine Kriegskeule fester und machte einen Schritt auf Gorotak zu. Grahul musste seine Absicht erahnt haben, denn der Leibwächter trat zwischen ihn und den Raut und hob seine Waffe. »Verschwinde«, knurrte der Broca leise.

Grahul strich sich mit einer Hand über die goldenen Ringe in seiner Braue. »Denk ich nicht, alter Mann.«

Hinter Ragroth hoben die beiden Korrach ihre Speere.

Der Broca sah den Leibwächter von oben bis unten an. »Du bist sicher, dass du das Arschloch verteidigen willst?«

Grahul grinste schmal. »Das ist die Aufgabe von Brüdern, oder?«

»Sollte man meinen, was?« Ragroth atmete aus und senkte seine Waffe. »Ich bin mir sicher, dass er das nicht für dich tun würde.«

Gorotak betrachtete ihn einen langen Moment. Dann wandte er sich mit einem dünnen Grinsen um und blaffte einen seiner Krieger an, der gerade aus einem düsteren Gang kam. »Was ist?«

»Sie haben den Weg verbarrikadiert, Raut«, meldete der Aerc kleinlaut.

»Und? Räumt ihn frei!«

Der Mann senkte eilig den Kopf und entblößte den Nacken. »Unmöglich, Raut. Der ganze Gang ist bis oben hin vollgestopft mit Holz. Tische, Stühle, Kisten, keine Ahnung. Es ist ein einziges Chaos. Wir würden die ganze Nacht brauchen. Dabei wissen wir nicht einmal, was auf der anderen Seite ist.«

»Wenn sie schlau sind, warten sie auf der anderen Seite mit Pfeilwerfern«, murmelte Ragroth.

»Groshakk!« Jetzt war es Gorotak, der mit den Zähnen knirschte. »Kein Weg für uns?«

»Kein schneller«, bestätigte der Krieger vorsichtig.

»Scheiß drauf.« Der Ohrensammler riss knurrend sein Haumesser aus der Tischplatte. »Wir finden einen anderen Weg. Raus hier.«

Seine Hyänenkrieger trampelten an Ragroth vorbei die Treppe hinauf.

»Broca? Was machen wir ... mit Fograr und Ordruk?« Die Korrach sahen Ragroth erwartungsvoll an.

Ragroth musterte Fogrars Leichnam, bevor er mit den Schultern zuckte. »Nichts. Sie sind bei den Ahnen. Hat keinen Sinn, sie mitzuschleppen.« Ohne den Ohrensammler anzusehen, wandte er sich um und hinkte die Treppe hinauf. Die Korrach-Brüder folgten ihm.

»Er ist ein wirklich harter Knochen, was?« Dudaki saß auf einer Tischkante, ließ die Beine baumeln und stopfte sich Braten zwischen die roten Zähne.

Gorotak wirbelte herum und war schneller bei ihm, als der überraschte Froschaerc reagieren konnte. Der Hieb seines Handrückens erwischte den Rotzahnigen quer über den

Mund und fegte ihn von seinem Sitz. Dudaki quiekte erschrocken und versuchte, unter den Tisch zu fliehen, doch Gorotak stellte ihm einen Stiefel auf den Rücken und presste ihm die Klinge des Hauschwerts gegen seinen Hals. »Du mieses kleines Stück Gnarrascheiße«, zischte er. »Ich sollte dir deinen widerlichen Schädel abschlagen. Was fällt dir ein, dich in meinen Kampf einzumischen?«

Dudaki schnappte nach Luft, quetschte letztendlich jedoch nur ein schwaches »Was?« hervor.

Der Raut sah sich in der jetzt leeren Küche um, bevor er sich nah zu ihm hinunterbeugte. »Versuch gar nicht erst, es zu leugnen. Vielleicht ist es dem Rest entgangen – und du darfst deine fischigen Ahnen darum bitten, dass es so ist –, aber ich habe dich gesehen. Du hast dem Wühler etwas ins Bein gestochen. Was war das?«

»Ich habe nur geholfen!«, quiekte Dudaki eilig. »Ich dachte, du wüsstest das zu schätzen!«

»Was? Dass du mir meinen Kampf stiehlst?«

»Dass der Wühler schwach genug wird, damit du ihn töten kannst!«

Der Ohrensammler nahm etwas Gewicht von seinem Fuß. »Und wie das?«

»Furashak-Gift. Es macht benommen und schwach. Du hast es doch gesehen.«

Gorotak nickte nachdenklich. »Zeig es mir.«

»Wenn du von meinem Rücken gehen würdest …«

»Zeig es mir!«, donnerte der Raut und presste den Fuß so fest auf den Froschaerc, dass dessen Rippen knackten.

Dudaki quiekte abermals erschrocken. »In meinem Gürtel! Schmale, braune Hülle! Eine Lokka-Schote!«

Gorotak beugte sich hinab und zog die Schote aus dem Gürtel des Dünnen. Etwas unschlüssig drehte er sie in der Hand. »Und wie …?«

»Wie schon? In der Schote ist ein Dorn, getaucht in das Gift. Du stichst das Ding in das Ziel, und das Gift beginnt zu wirken. Etwas davon, und jedes Tier bricht zusammen. Ende der Geschichte, was?«

»Und viel davon, um einen Wühler zu töten?«

Der Froschaerc stieß ein leises Kichern aus. »Etwas mehr. Aber töten wird es sie. In unserem Stamm benutzen wir das Zeug, um Krokodile zu jagen. Es lässt ihre Herzen explodieren. Es sollte also vollkommen reichen, um ein paar bärtige Arschlöcher zu beseitigen.«

»Gift, um Wühler zu töten. Das ist widerlich.«

»Solange es sie umbringt, ist mir das recht. Hab ich doch gesagt!«

Der fette Aerc betrachtete die Schote nachdenklich. »Es könnte nützlich sein.«

»Das ist genau das, was ich immer sage!«

Gorotak hob den Fuß und ließ Dudaki aufstehen. Er schob die Schote in seinen Gürtel. »Ragroth hat jetzt also einen Giftmischer in seiner Doppelfaust. Wer hätte gedacht, dass sich der große Ragroth dazu herablässt.«

Der Dünne zuckte mit den Schultern. Ein seltsames Glitzern trat in seine Augen. »Ich arbeite vor allem für mich«, sagte er ausweichend. »Ich habe niemandem Gefolgschaft geschworen.«

»Ist das so? Das ist eine Sache, die wir ab sofort ändern müssen. Du schwörst sie mir. Oder stirbst hier. Du kannst es dir aussuchen.«

Dudaki zuckte zusammen, und der Ohrensammler quittierte das mit einem schmalen Grinsen. »Keine Sorge, ich bezahle meine Leute gut. Frag sie. Ich bin bekannt dafür, gute Beute zu machen.«

Dudaki schluckte. Dann hob er die Schultern und grinste ebenfalls. »Na, wenn es so aussieht – ich arbeite immer gern für Gewinner.« Er neigte den Kopf und präsentierte Gorotak seinen Nacken.

NEUNUNDZWANZIG

Krendar eilte müde dem Oger hinterher, der mit großen Schritten zu dem Gebäude auf der Ostseite des Platzes stapfte. Die Stallungen durchsuchen, hatte Ragroth befohlen. *Natürlich. Wohin schickt man einen Viehtreiber auch sonst.* Sie würden im Stall sicher keinen Eingang in den Tempel finden, also was sollte das?

Modrath hielt kurz inne und musterte den knorrigen alten Baum, der einsam in einem morastigen Stück Erde vor den Stallungen stand. Seine Blätter begannen bereits, ihre Farbe zu verlieren, doch seine Krone war dicht und reichte an mehreren Stellen beinahe bis zum Boden. »Birne«, rumpelte er anerkennend. »Alt. Gutes Holz.«

Krendar sah den Aerc im Schatten der ausladenden Äste. Axt oder Schwert hatten einen Weg vorbei an seinem Brustpanzer in seinen Hals gefunden, doch wider alle Wahrscheinlichkeit lebte der schlanke Krieger noch. Bereits zu schwach, um aufzustehen, presste er die Hand auf den Hals. Den Strom, der zwischen seinen Fingern hervorsickerte, konnte er nicht aufhalten. Mit trüben Augen starrte er Krendar an. Der junge Aerc wandte sich instinktiv zu der Ayubo um, doch Sekesh erwiderte seine stumme Frage mit einem

Kopfschütteln. »Er ist bereits tot«, sagte sie leise. »Er ist nur zu stur, es einzusehen.« Nachdenklich betrachtete sie den mächtigen Baum, der zwischen all dem Stein hier fehl am Platz wirkte. »Ein mächtiger Wald«, murmelte sie.

»Ich weiß ja, dass ihr wenig Wälder im Norden habt«, rumpelte Modrath. »Aber ein Scheißbaum ist für euch schon ein Wald? Ihr seid komisch.«

Die Ayubo schoss dem Oger einen düsteren Blick zu. »Hier stand einst ein mächtiger Wald. Die Wühler haben vielleicht nur noch einen einzigen Baum übrig gelassen – aber solange er steht, ist der Wald noch immer hier.«

Krendar trat neben sie und Modrath und sah an dem Birnbaum empor. »Und das ist gut, nehme ich an?«

»Die Zwerge haben den Wald abgeholzt, die Erde in ihrer ewigen Gier nach Metallen verwüstet und ihren Leib mit Steinen bedeckt. Sie haben den Reichtum des Stammeslandes geplündert und geerntet, was ihnen nie zustand.«

»Hm«, machten Krendar und Modrath fast gleichzeitig.

»Aber solange der Wald da ist, und wenn auch nur in diesem einen Baum, ist das Land noch nicht tot. Es wird uns helfen.«

»Tatsächlich«, brummte der Oger und kratzte sich den Nacken. »Wir könnten den Stamm nehmen, um das verdammte Tor aufzubrechen.«

Diesmal würdigte ihn Sekesh keines Blickes. Modrath grinste und zwinkerte Krendar zu.

»Die Ahnen haben uns hierhergeführt. Und sie haben auch ihm eine Aufgabe zugedacht.« Sekesh deutete auf den verblutenden Krieger, und der Schimmer in ihren Bernsteinaugen ließ Krendar erschauern, als sie sich umwandte und ihr schmales Messer zog. »Ich bleibe hier.«

»Was hast du vor?«

Modrath legte ihm seine schwere Pranke auf die Schulter. »Das willst du nicht wissen«, grollte er, und diesmal klang er überhaupt nicht amüsiert. »Sie ist 'ne Drûaka, und das klingt nach einer Drûaka-Sache.«

»Aber ...«

»Wir sind nur Fußvolk, Häuptlingstöter.« Die Hand des Ogers schloss sich fester um seine Schulter und zog ihn mit sich, als sich der Koloss in Bewegung setzte. »Wir machen, was dem Fußvolk gesagt wird, und lassen sie machen, was immer Drûaka so machen. Also schauen wir uns die groshakk Ställe an. Vielleicht finden wir ja 'nen Balken für das Tor.«

Auf der anderen Seite des Baums stand ein lang gezogenes, zweigeschossiges Gebäude, aus Stein wie alle anderen Häuser der Zwerge. Gemauerte Säulen trugen ein flaches, schiefergedecktes Vordach, unter dem ein breites Tor zu sehen war. Eine einsame Lampe flackerte neben ihm im auffrischenden Luftzug und tauchte den Säulengang in tanzende Schatten. Missmutig musterte der Oger das Vordach, ehe er den Kopf einzog und sich darunter duckte. »Also?«

Krendar zuckte mit den Schultern. »Lass uns nachsehen.« Er nahm die Lampe vom Haken und bedeutete Modrath, das Tor zu öffnen. Würziger Stallgeruch schlug ihnen entgegen. Heuaroma, eine Mischung aus altem Stroh, Rinderdung und Schweinemist, mit Spuren von Lederfett und der ranzigen Note von Talg. Der plötzliche, vertraute Duft ließ Krendar innehalten.

»Was ist?« Der Oger sah ihn aufmerksam an.

»Nichts.« *Ich hatte nur gerade den dringenden Wunsch, nachzusehen, ob es meinen Rindern gut geht. Typische Reflexe eines Stammeskriegers, würde ich wetten. Du verstehst das sicher.* Krendar schüttelte den Kopf. »Lass uns nachsehen«, wiederholte er.

Das Innere des Gebäudes bestand aus einem einzigen großen Raum. Mächtige Holzsäulen ragten bis hinauf zum Balkengerippe des Dachs. Auf hölzernen Plattformen über ihren Köpfen lagerten Berge von Heu und Bündel aus Stroh. Darunter war der große Raum in Boxen aufgeteilt. Boxen, die nichts als Stroh und Tierkot enthielten. Krendar war sich dessen schon beim ersten Atemzug ziemlich sicher gewesen. Ein Stall, in dem sich Tiere befanden, roch anders. Lebendiger. »Leer«, stellte er leise fest.

»Nichts mehr hier?« Modrath reckte den Hals, um in die weiter entfernten Abteile zu sehen.

»Sie haben die Tiere spätestens gestern weggebracht.« Der junge Aerc sog prüfend die Luft ein. »Man überlässt einem Feind keine gesunden Tiere. Wäre ja schön blöde, ihn zu füttern.«

»Es wäre eine nette Geste«, brummte der Oger. »Ich hätte nichts gegen ein kleines Schwein einzuwenden.«

Krendar und der Oger gingen langsam den Gang zwischen den Boxen und Koben entlang, die Lampe hoch über den Kopf erhoben. »Kein Glück, fürchte ich. Modrath, darf ich etwas fragen?«

»Hm?«

»Was ist zwischen dem Broca und Gorotak? Die beiden scheinen sich zu hassen.«

Der Oger zuckte unbehaglich mit den Schultern. »Jupp. Sie mögen sich nicht gerade.«

»Aber sie sind vom selben Stamm. Sie tragen beide die Tätowierungen des Hyänenstamms. So wie du auch.«

Modrath nickte. »Der Broca und ich waren beide Hyänen.«

»Aber jetzt nicht mehr«, stellte Krendar fest. »Die anderen in unserer Doppelfaust sind aus allen möglichen Stämmen. Warum?«

»Warum was? Ragroth sammelt eben die Besten um sich. Egal, aus welchem Stamm.«

Krendar warf dem Riesen einen Seitenblick zu. »Du hast gesagt, ihr wart Hyänen. Warum seid ihr es nicht mehr?«

Der Oger schnaufte schwer. »Du stellst zu viele Fragen, Kleiner.«

»Ich gehöre jetzt zu Ragroths Doppelfaust. Ich wüsste gern, worauf ich mich da eingelassen habe.«

Modrath starrte über die leeren Koben. Schließlich seufzte er und nickte. »Na gut. Ist ja eigentlich kein Geheimnis«, sagte er. »Gorotak.«

»Was?«

»Wir gehören wegen Gorotak nicht mehr zum Stamm.«

Krendar blieb stehen und sah den Oger aufmerksam an.

»Ragroth war Broca in unserem Stamm. Gorotak und ich haben beide zu seiner Doppelfaust gehört. Wir waren auf einem Kriegszug gegen Siedler der Menschen, die ihre stinkenden Hütten auf unserem Stammesland bauen. Eines Tages fanden wir ein ganzes Dorf. Keine Verteidiger, nicht einmal ein verdammter Zaun. Es war jämmerlich – und Ragroth beschloss, sie am Leben zu lassen. Wir hatten bis dahin eine Pechsträhne gehabt, und die Krieger waren unruhig. Als wir dieses Scheißdorf gefunden haben, waren also alle dafür, es dem Erdboden gleichzumachen und so wenigstens zu etwas Beute zu kommen. Der Raut war dagegen. Er hat gesagt, es läge keine Ehre darin, die Bewohner dieser jämmerlichen Hütten abzuschlachten. Er wollte sie ziehen lassen, solange sie unser Stammesland verließen. Das kam nicht gut an. Gorotak hat schon immer auf Ehre geschissen, wenn es was zu holen gab.«

»Er hat Ragroth herausgefordert?«

Modrath schnaubte abfällig. »Dafür hat er nicht die Eier gehabt. Nein, sie haben sich gestritten. Ragroth brach ihm die Nase. Aber in der folgenden Nacht hat der Ohrensammler die Krieger überzeugt, dass Ragroth nicht geeignet ist, die Doppelfaust zu führen, weil er ihnen die Beute vorenthält. Sie haben Ragroth zusammengeschlagen, aufgehängt, das Dorf gestürmt und es niedergebrannt.«

Mit »sie« meinst du »wir«, vermutete Krendar, schwieg jedoch.

»Wie sich herausstellte, hatte das mistige Dorf einen Goldschatz versteckt. Gorotak kam im Triumph zu unserem Stamm zurück und wurde zum neuen Broca gemacht.«

»Und Ragroth?«

»Wir dachten, wir hätten ihn tot zurückgelassen. Aber der zähe Hund hat überlebt und kam zurück. Er brach Gorotak zum zweiten Mal die Nase, vor dem versammelten Stammesrat.«

»Er hat ihn zum Zweikampf gefordert?«

Der Oger grinste. »Dazu war er viel zu wütend. Er hätte die fette Sau einfach so totgetreten, wenn sie ihn nicht niedergerungen hätten. Haben den halben Stammesrat dafür gebraucht. Blöderweise hatte Gorotak da schon den Häuptlingen die Geschichte vorgesetzt, dass Ragroth den Stamm verraten hätte. Alles sprach dafür, auch wenn er es natürlich nicht beweisen konnte. Hätte Ragroth keinen Fürsprecher gehabt, hätten sie ihn auf der Stelle hingerichtet.«

Krendar musterte das ungeschlachte Gesicht des Ogers. »Der Fürsprecher warst du«, stellte er fest.

Der Riese leckte sich über seinen abgebrochenen Zahn und zuckte abermals mit den Schultern. »Ich wusste doch, dass das blöde Schwein gelogen hatte. Aber der Rest der Doppelfaust hielt zu Gorotak. Also stand es Wort gegen Wort. Gorotak war der Held, Ragroth ... er hat sich oft genug über die Regeln hinweggesetzt, um sein Wort anzuzweifeln. Aber meines konnte niemand anzweifeln. Hab mich angeboten, für meine Ehre und Ragroths Wort zu kämpfen. Aber ich bin 'n Oger. Niemand wollte gegen mich antreten. Hätten sie aber müssen, um den Broca hinzurichten. Also taten die Häuptlinge das Einzige, was ihnen blieb: Sie verbannten uns für fünfzehn Winter aus dem Stamm.« Er grunzte. »Reicht dir das?«

Glond und Esse standen im obersten Stockwerk des Turms am Fenster. Ein kalter Wind pfiff durch das Dachgebälk und ließ die Flamme der Fackel flackern.

»Alles geht den Bach runter.« Esse strich sich über die dünnen, grauen Haare, die ihm traurig am Kopf klebten. Er atmete schwer.

»Ay.« Glond konnte das nicht leugnen. Im Osten brannte

die Stadt lichterloh. Was er eigentlich für unmöglich gehalten hatte, wo sie doch zum größten Teil aus Stein bestand. Aber selbst Stein schien in diesen Tagen nicht mehr das zu sein, was er einmal war. Im Westen sahen die Menschen einem ungewissen Schicksal entgegen, und direkt unter ihnen am Fuß des Turms fand ein blutiges Gemetzel statt.

Er drehte den Kopf zu Esse hin. »Ist das alles meine Schuld?« Er machte eine ausladende Geste. »Ich meine das hier? Sind wir Dalkar durch den Kontakt mit den anderen Völkern wirklich verseucht worden? Haben wir unseren Untergang selbst herbeigeführt?«

Esse runzelte die Stirn. Er verschränkte die Arme. »Das sind ziemlich seltsame Worte. Sind es tatsächlich deine?«

Glond zuckte mit den Schultern. »Lord Kearns Worte. Und ich bin das Ergebnis des Ganzen. Ein ängstlicher Dalkar, der nicht kämpfen kann. Eine Laune unserer Natur. Langsam glaube ich, dass es wahr ist. Ich meine, wenn ich mir das Geschehen da unten anschaue ...«

Esse verzog das Gesicht. »Ja, das klingt ganz nach Lord Kearn, dem alten Drecksack.« Er deutete auf die Armbrust in Glonds Händen. »Los, nachladen, Junge.« Er stellte seine eigene Armbrust auf den Boden, stemmte sich dagegen und spannte die Sehne. »Hör zu: Nicht du bist das eigentliche Problem oder unsere Kontakte zu den anderen Völkern, sondern Leute wie er. Leute, die in den Strukturen unserer Gesellschaft so sehr gefangen sind, dass sie nicht mehr selbstständig denken können.« Er schaute auf und tippte sich gegen die Stirn. »Unsere Gesellschaft mit ihren Gilden und Clans ist so einfach: Wir werden geboren, wir leisten unseren Beitrag, wir sterben. Jeder an seinem vorherbestimmten Platz.«

»Die Gilden sind doch eine ganz gute Einrichtung. Der Wolfmann sagt, er beneidet uns darum.«

»Sie sind ja auch nicht grundsätzlich falsch. Sie waren eine gute Idee, als sie noch nicht so eingefahren waren. Als es noch nicht einzig und allein um Ehre, Status und Standesdünkel ging. Als noch nicht jeder darauf bedacht war, sich einen Vorteil gegenüber den anderen zu verschaffen. Heute sind wir doch nicht besser als die Orks.«

»Was wäre dann die bessere Lösung? Was sollten wir tun?«

»Was weiß ich.« Esse legte einen Bolzen in seine Armbrust. »Wenn ich die Lösung kennen würde, dann würde ich nicht hier oben stehen und mir die Zehen abfrieren. Dann säße ich irgendwo in Steingart auf einem Thron und würde dunkles Bier trinken.« Er hob die Armbrust. »Das Einzige, was ich dir raten kann, ist: Denk darüber nach. Denken ist immer gut.«

Esse spähte über die Brüstung hinab zu den Orks, die wie geschäftige Ameisen über den Hof wuselten. Große Ameisen zwar, aber nichtsdestotrotz nur ein unkoordinierter Haufen ohne Sinn und Verstand. Kreaturen, die nichts anderem gehorchten als ihrem Hunger und der Gier nach Status und Beute. *Gar nicht mal so viel anders als wir.*

Die Wächter hatten einige von ihnen erwischt. Sie wälzten sich brüllend im Dreck, krochen auf allen vieren sinnlos im Kreis oder suchten verzweifelt nach ihren abgehackten Körperteilen. Die anderen Ameisen krochen gedankenlos über sie hinweg. Sie waren unwichtig. Wo einer fiel, rückten unzählige weitere nach. Die Gesunden hatten wichtigere Dinge zu tun. Sie plünderten die toten Dalkar, schnitten ihnen die Bärte ab und die Ringe von den Fingern.

Früher einmal hätte Esse dieser Anblick sicherlich wütend gemacht oder irgendein anderes Gefühl in ihm hervorgerufen. Aber so war der Krieg nun einmal. Er stumpfte ab und machte gefühllos. Am Ende blieb nicht viel von einem Dalkar übrig, das ihn von einer Ameise unterschied. Vielleicht noch die Ehre. Aber den letzten Rest davon hatte Esse aufgegeben, als er diesen Auftrag angenommen hatte.

Er stützte die Armbrust auf der Brüstung auf und verlagerte das Gewicht nach vorn.

Leichter Wind war aufgekommen. Einerseits trieb er die Nebelfetzen auseinander, sodass die Sicht besser wurde, andererseits machte er das Zielen zu einem Glücksspiel. Es kam Esse entgegen, dass die Orks nicht nach oben schauten. Sie waren voll und ganz auf ihre Beute konzentriert und auf das Tempeltor, das sie mit Hämmern und Äxten einschlagen wollten.

Vorhang auf. Bühne frei.

Der erste Bolzen wurde von einer Windböe nach unten weggedrückt und durchschlug einem Ork den Oberschenkel. Das überraschte Monster knickte ein, versuchte mit einem schnellen Vorwärtsschritt das Gleichgewicht wiederzufinden, und fiel der Länge nach in den Dreck. Niemand schien sich daran zu stören oder eilte ihm zu Hilfe. Die Ameisen bahnten sich weiter stur ihren Weg. Den Nächsten traf der Bolzen mitten in die Brust. Ihm blieb immerhin noch genügend Zeit, wie am Spieß zu brüllen, bevor er Blut spuckend zu Boden ging. Die Orks schauten ihn entsetzt an, wedelten mit ihren Waffen und deuteten kreuz und quer über den Hof. Wie Schauspieler, die ihren Text vergessen hatten und die peinliche Stille mit improvisierter Theatralik überspielen wollten.

Der dritte Bolzen bohrte sich einem direkt in den Schädel. Für ihn war kein Text vorgesehen. Lautlos brach er zusammen, zuckte noch ein-, zweimal mit Armen und Beinen und lag dann still.

Jetzt endlich hatten sie es begriffen, ließen alles stehen und liegen und spritzten wie aufgescheuchte Hühner auseinander. Ein paar flüchteten in die Stallungen an der Ostmauer, der Rest unter das Vordach der Wohngebäude im Westen. Übrig blieben diejenigen, die im nächsten Akt des Stücks keine Rolle mehr spielen würden.

Krendar kaute auf der Lippe und musterte die steinerne Rückwand des Stalls. »Jo«, sagte er endlich. »Gorotak ist wohl ein ziemliches Arschloch. Aber warum arbeitet Ragroth dann jetzt mit ihm zusammen?«

Modrath musterte die Stirnwand, die an das Tempelgebäude grenzen musste. Nackter Stein erstreckte sich von einer Seite zur anderen. »Das musst du den Broca schon selbst fragen«, sagte er ausweichend. »Jetzt suchen wir erst mal eine Tür. Siehst du eine?«

Krendar sah sich um. »Nein. Nicht hier unten.« Er deutete auf die Plattform über seinem Kopf. »Wir könnten auf dem Heuboden …« Ein Schrei von draußen unterbrach ihn.

»Was verdammt noch mal …?« Modrath und Krendar fuhren herum. Sie rannten zurück ans Tor und starrten auf den Hof hinaus. Einer von Gorotaks Kriegern lief ihnen entgegen, brüllte etwas. Zwei Schritte bevor er die Säulenreihe des Vordachs erreicht hatte, zischte ein schwarzer Schatten heran und schlug mit dumpfem Knacken in seinen Schädel ein. Er fiel zu Boden wie vom Blitz gefällt. Für einen Moment zuckten seine Arme und Beine grotesk, dann lag er still.

»Groshakk!«, fluchte der Oger. »Pfeilwerfer!«

»Pfeilwerfer!« Krendar griff das Wort auf und schrie es über den Hof. »Geht in Deckung!«

Mehr Rufe wurden laut, als die übrigen Krieger auseinanderliefen. Drei von ihnen retteten sich in den Säulengang des Stalls, die anderen rannten in die entgegengesetzte Richtung.

Modrath packte Krendar am Kragen und riss ihn zurück ins Innere des Stalls, gerade noch rechtzeitig, bevor ihn ein weiterer Kurzpfeil nur um Handbreite verfehlte. Der Oger schlug ihm die Laterne aus der Hand und trat darauf. Mit einem hässlichen Knirschen erlosch das Licht. »Verdammte Drecksmaden«, knurrte der Riese. »Wie kann man Krieg nicht Auge in Auge führen?«

Das liegt auf der Hand, wenn man gegen dich kämpfen muss. Die gehen dir doch nicht mal bis zum Schritt. Krendar atmete tief durch und versuchte, sich den Schreck nicht anmerken zu lassen. Das war verdammt knapp gewesen. »Wo sind eigentlich diese Skrag?«, fragte er schroff und hoffte, dass seine Stimme nur für ihn selbst seltsam klang. »Such sie und mach, was der Broca gesagt hat. Schick sie da rauf!« Er deutete auf den Turm.

Der Oger nickte und runzelte die Stirn. »Und was machst du?«

Krendar deutete hinaus auf den Hof, dorthin, wo in der

Nähe des Tors ein dunkles Bündel am Boden lag. »Der seltsame Mensch. Sekesh und Ragroth wollten, dass er überlebt.«

Modrath starrte hinüber. »Das ist blödsinnig. Willst du dich wegen einem Menschen erschießen lassen?«

Der junge Aerc biss die Zähne zusammen. »Quatsch«, knurrte er. »Aber Sekesh dachte, er wäre wichtig. Bei uns zu Hause hört man auf die Drûaka.«

Modrath sah ihn nachdenklich an. Schließlich nickte er. »Warte. He, du da!« Er winkte einen der Hyänenstammkrieger heran, der sich inzwischen ebenfalls unter das Vordach geflüchtet hatte. Ohne weitere Worte entriss er dem verblüfften Aerc den Schild und drückte ihn Krendar in die Hand. »Das wirst du brauchen.«

Der junge Aerc nickte, hob den Schild über sich und lief los.

»He …!«

Modrath wandte sich dem empörten Aerckrieger zu. »Irgendwas nicht in Ordnung? Musst du nur sagen.«

Der Aerc sah hinauf in das ausdruckslose Gesicht des Ogers, das eine Armlänge über ihm schwebte, und schluckte den Rest seines Protests hinunter.

Modrath grinste. »Na, das freut mich doch sehr.« Er holte tief Luft und brüllte nach den beiden Skrag.

Krendar hielt sich den Schild über den Kopf und fragte sich, ob die Konstruktion aus geflochtenem Holz und Leder auch nur einen einzigen Wühlerpfeil aufhalten würde. Sicherheitshalber schlug er einen Haken, dann noch einen. Einige Schritte entfernt lag ein Krieger, dem ein Kurzpfeil aus der

Brust ragte. Er stieß abgehackte, rasselnde Atemzüge aus und starrte in den rot glühenden Nachthimmel. Krendar lief an ihm vorbei und konzentrierte sich auf sein Ziel. Die Aerc hatten den Echsengesichtigen an Händen und Füßen gefesselt in der Nähe des Tors liegen lassen. Dort, wo er gut zu sehen war – auch vom Turm aus, für jeden Schützen. Was für eine großartige Idee! Schlitternd kam er neben dem Menschen zum Stehen und ließ sich auf die Knie fallen. Der Mann starrte mit weit aufgerissenen Augen zurück. Wahrscheinlich konnte er so gut wie nichts erkennen. Inzwischen waren fast alle Laternen gelöscht, und der Hof musste für die Augen eines Menschen in undurchdringlicher Dunkelheit liegen. »Verstehst du mich?«, fragte Krendar langsam und deutlich.

Die Augen des Menschen huschten über sein Gesicht, ohne ihn richtig anzusehen. Der Mann sagte etwas, Laute, die für den jungen Aerc keinen Sinn ergaben. Dann grinste er ein fauliges Grinsen und hielt ihm die gefesselten Hände entgegen. Die Lederschnüre schnitten so tief in seine Arme, dass die Finger bereits angeschwollen waren. Zumindest an der einen Hand war das zu erkennen. Die der anderen sahen ohnehin aus wie gekochte Würste, die jeden Moment abfallen konnten.

Krendar schüttelte den Kopf. Er deutete hinauf in Richtung Turm und hielt den Schild über sie. »Die verdammten Wühler schießen auf uns. Ich bring dich hier weg. Dort rüber.« Er zeigte in Richtung des nahen Haupthauses. »Ich hoffe, du kannst laufen.«

Der Echsengesichtige nickte und hielt ihm erneut die Hände hin. Vielleicht hatte er Krendar verstanden, vielleicht auch nicht. Auf jeden Fall nahm er wohl an, dass ihn der Aerc retten wollte. Oder befreien?

Krendar schnaubte. »Kannst du vergessen.« Er zog sein Messer und zerschnitt die ledernen Schnüre, die die Füße des Menschen aneinanderfesselten. Dann schob er sich die Klinge in den Gürtel, packte die Hände des Echsenmanns und zerrte ihn hoch. Der Mensch wog nicht viel mehr als ein Aerckind. »Lauf«, sagte Krendar und stieß den Menschen vorwärts.

Der strauchelte und stürzte beinahe.

Krendar packte ihn an der Schulter und schob ihn vorwärts. »Lauf!«, brüllte er. *Wenn ich deinetwegen einen Pfeil abbekomme, erwürg ich dich.* Mehr stolpernd als rennend und wider Erwarten, ohne getroffen zu werden, erreichten sie den Schutz des Vordachs.

DREISSIG

»Sie kommen«, sprach Dvergat das Offensichtliche aus. Es war in der Tat nicht zu übersehen.

Der Wind hatte den Nebel zurück in die Straßen getrieben und mit jedem Atemzug mehr von ihnen enthüllt. Groß gewachsene, muskelbepackte Kreaturen, die dicht gedrängt die Gassen hinuntergewalzt kamen und sich unaufhaltsam wie eine Flut über den Platz ergossen. Es mussten Hunderte sein, die sich dort aufstellten. Keine Spur von Heimlichkeit mehr. Kein Tricksen, keine Fallen. Beide Seiten wussten nun, wie es stand: auf der einen Seite ein elendes Häuflein Dalkar, kaum genug, um die Reihen geschlossen zu halten. Auf der anderen eine Übermacht Orks, die mit einem Fingerschnippen die gesamte Zwölfte der Königlichen ausgelöscht hatte.

Es war klar, wie diese Schlacht ausgehen würde, und lediglich eine Frage der Zeit, wann es zu Ende ging. Zeit, die für oder gegen die Brücke sprach.

Scheppernd bewegte Talus die Schultern. »Irgendwelche Nachrichten vom Generalstab?«

»Keine guten.« Dvergat fuhr sich mit der Hand über den Schädel. Es war ungewöhnlich, dass er mal nicht an seinem

Bierfass herumwerkelte. Seit es zu einer Standarte befördert worden war, behandelte er es mit deutlich mehr Respekt. »Sie sagen, wir sollen die Stellung halten. Die Einheiten im Osten werden stark bedrängt, und von Norden her strömen ganze Rudel dieser beschissenen Höllenhunde heran. Momentan können sie dort keinen einzigen Mann entbehren.«

»Hast du ihnen gesagt, dass die Königlichen ausgelöscht wurden?«

Dvergat zuckte hilflos mit den Schultern. »Sie glauben es nicht. Sie können es sich einfach nicht vorstellen. Nicht eine komplette Einheit unserer besten Krieger.«

»Ich hätte mir auch nie träumen lassen, dass diese Kreaturen intelligenter sind, als sie aussehen. Dass sie sogar intelligenter sind als unsere Anführer. Aber so ist es nun mal. Wie weit sind sie mit der Brücke?«

Dvergat zuckte abermals mit den Schultern. »Es gestaltet sich schwieriger als gedacht. Sie zerbrechen reihenweise ihre Spitzhacken am Stein. Aber sie schuften wie die Grubenteufel.«

Talus nickte. »Die Leute haben gesagt, dass diese Brücke für die Ewigkeit gebaut worden ist. Sie haben es voller Stolz gesagt. Heute verfluchen sie vermutlich ihre Worte – und die Baumeister gleich mit dazu. Aber es ist, wie es ist.« Talus sah zu den Orkmassen hinüber, die kaum noch Platz auf der freien Fläche fanden. Und es strömten immer noch mehr von ihnen aus den Gassen nach. Eine Knochenstandarte schwankte über dem Meer an Leibern heran wie ein Schiff auf stürmischer See. Das musste die Standarte eines Raut sein. In ihrer unmittelbaren Nähe wurden lange Spieße in die Höhe gestreckt, auf deren Spitzen die behelmten Köpfe von Dalkarkriegern steckten. Wenn es noch eines letzten Beweises bedurft hätte, dass die Zwölfte vernichtet war, dann sahen sie ihn nun vor sich.

Talus spuckte aus. Eine menschliche Armee hätte der Anblick vielleicht mit Schrecken erfüllt. Einen Dalkar machte er nur noch zorniger. Das war ihr erster Fehler in diesen Stunden. Im Krieg konnten Kleinigkeiten entscheidend sein.

Auf dem Platz hatten sich nun wohl genügend Orks eingefunden. Der Strom aus den Gassen kam langsam zum Erliegen. Ruhe breitete sich über den beiden Armeen aus, nur durchbrochen vom einsamen Schrei einer Eule, die irgendwo weit über ihren Köpfen hinwegglitt. Aufgescheucht durch Lärm und Feuer, die ihre sonst so ruhige Nachtwache störten.

Kriegstrommeln setzten ein, nicht nur hier auf dem Platz. Auch von Norden und Osten drangen die tiefen Töne dumpf zu ihnen herüber und drangen durch Mark und Bein. Wie es aussah, wollten es die Orks tatsächlich wissen und griffen von allen Seiten gleichzeitig an. Als Antwort erklang ein Kriegshorn. Lang gezogen und schrill wie das klagende Muhen eines Kormsrinds.

Mit einem Ruck setzten sich die Orks in Bewegung.

»Also dann.« Talus umfasste den Griff seiner Axt fester. »Ihr wisst, was zu tun ist, Männer. Tut es, so gut ihr könnt.«

Die Welt schrumpfte um den Heetmann zusammen, bis sie nicht viel mehr war als ein winziger Fleck vor der Spitze seiner Axt.

Die Schlacht hatte begonnen.

Glond stemmte sich gegen die schwere Armbrust und spannte sie mit einem gepressten »Hauruck« neu. Er legte einen Bolzen ein und reichte die Waffe nach vorn zu Esse, der in einer einzigen fließenden Bewegung anlegte, zielte und nach unten feuerte. Vom Hof drang das Geschrei der verwundeten Orks herauf, und irgendwo in den Wirtschaftsgebäuden war das Geräusch von Stahl zu hören, der auf Stahl und Knochen schlug. Jeder Treffer ein zerstörtes Leben. Jeder Schrei vielleicht der letzte.

Glond schloss die Augen und konzentrierte sich auf den Wind, der durch das Gebälk des Turms pfiff, und auf die Regentropfen, die wie vereinzelte Kiesel auf das Schieferdach klopften. Es wurden mehr. Er versuchte, alles andere beiseitezudrängen. Nachzudenken. So wie Esse es ihm geraten hatte.

Irgendetwas schabte in der Tiefe des Turms langsam über den Steinboden. Glond riss die Augen auf. Er wusste zwar, dass Kearn irgendwo in den unteren Stockwerken unterwegs war, dennoch spürte er, wie sich ihm die Nackenhaare aufstellten. Oder vielleicht gerade deshalb. Er warf einen fragenden Blick auf Esse. Doch der alte Zwerg war viel zu sehr mit seiner todbringenden Arbeit beschäftigt, um etwas zu bemerken.

Leise stand er auf und schlich die Wand entlang zur Treppe. Er blieb am Geländer stehen und lauschte in die Finsternis. »Hertig Kearn?« Keine Antwort. Angestrengt starrte er nach unten.

Das Schaben erklang erneut. Leiser diesmal, aber dennoch kein zufälliges Geräusch, das der Regen verursacht haben könnte. Und es kam nicht vom Boden, sondern aus dem Gebälk direkt über ihm! Glonds Kopf zuckte nach oben.

Etwas raste auf ihn zu, schlug hart gegen seine Schläfe und ließ den Turm in tausend bunten Farben explodieren. Glond verlor das Gleichgewicht, spürte dumpf, wie er irgendwo gegenstieß und zu Boden stürzte.

»Wah?« Aus den Augenwinkeln sah er, wie sich direkt über ihm schemenhaft zwei Kreaturen von den Deckenbalken herunterhangelten, elegant auf den Dielen abfederten und mit wenigen ausgreifenden Schritten bei Esse waren.

Der alte Dalkar fuhr im letzten Augenblick herum. Ein Bolzen löste sich, bohrte sich einer der Kreaturen in den Bauch und schleuderte sie zurück. Esse stieß die Armbrust nach vorn und riss mit der freien Hand sein Kurzschwert aus der Scheide. Doch das andere Monster war schneller. Es umfasste sein Handgelenk mit langen, kräftigen Fingern und wirbelte den Dalkar mit unglaublicher Kraft herum. Es knackte, das Schwert fiel scheppernd zu Boden. Mit voller Wucht warf sich das Monster auf den Dalkar und prügelte mit schrillen, abgehackten Schreien auf ihn ein.

Langsam verschwand der Sternenregen vor Glonds Augen. Stöhnend richtete er sich auf und tastete sein Gesicht ab. Seine Wange schien auf das Doppelte angeschwollen zu sein, und Blut tropfte von seiner Schläfe zu Boden. Doch der Kopf war wohl noch dran.

Glond schüttelte die Benommenheit fort und starrte mit entsetzter Faszination auf die Kreatur, die sich auf Esses Brustkorb geschwungen hatte. Sie war groß und hässlich und wirkte wie eine grauenhafte Mischung aus Mensch und Tier. Er erinnerte sich an die Geschichten von böser Magie, mit der die Orks erschaffen worden sein sollten. Vielleicht war das einer der ersten Versuche oder die Vollendung des düsteren Werks. Er stemmte sich in die Höhe, schwankte und hielt sich an der Wand fest. Dann schielte er zur Treppe hinüber. Es waren nur wenige Schritte, und die Kreatur war abgelenkt. Wenn er leise genug war, konnte er unbemerkt verschwinden.

Nichts hätte er in diesem Augenblick lieber getan. Er wollte fort. Fort von diesem Turm und diesen Monstern. Fort aus Derok, fort von diesem beschissenen Auftrag, der ihn nichts anging, und diesen Dalkar, zu denen er nicht gehörte. Sie hatten ja recht: Er war keiner von ihnen. Er konnte nicht einmal eine Waffe in der Hand halten, ohne das große Zittern zu kriegen. Sollte sich doch Kearn um ihn kümmern, wenn er nicht selbst schon getötet worden war.

Dummerweise war da noch etwas anderes. Axt, die ihm gesagt hatte, dass er Mut bewiesen hatte. Die ihm klargemacht hatte, dass er weniger ängstlich war, als er dachte. Esse selbst, der ihn zum Nachdenken gebracht hatte, und nicht zuletzt die Menschen, denen er versprochen hatte, sie aus Derok herauszuholen. Das konnte er nicht, wenn er floh. Er atmete tief durch und zog sein Schwert. Zögerlich trat er auf die Kreatur zu.

»Hey, Mistvieh!«

Die Kreatur drehte sich um. Sie legte den Kopf zur Seite und musterte Glond mit winzigen, bösartigen Augen. Sie waren glänzend schwarz wie dunkle Tümpel. Nur an den Rändern ließ der flackernde Schein der Fackel an der Wand sie rötlich glimmen. Die Kreatur drehte den Kopf langsam von rechts nach links. Ihre platte Nase sog schnüffelnd die Luft ein. Sie verzog das Gesicht zu einer wütenden Grimasse und riss das Maul auf. Speichel spritzte. »Hrrr …« Ansatzlos sprang sie auf und stürmte auf Glond zu, wobei sie ihre langen Arme wie ein zweites Paar Beine einsetzte.

Glond stolperte rückwärts und streckte das Schwert aus.

Die Kreatur kreischte, verzog das hässliche Gesicht zu einer wütenden Grimasse und fegte die Klinge beiseite wie eine lästige Mücke. Scheppernd rutschte sie über den Steinboden davon.

Glond riss den Arm schützend vor das Gesicht, doch der nächste Schlag erwischte ihn so heftig, dass er sich beinahe überschlug und gegen das Treppengeländer geschleudert wurde. Krachend gab das alte Holz unter ihm nach und polterte in die Tiefe. Für einen Augenblick hing er in der leeren Luft, doch dann packte ihn die Kreatur am Kragen und zerrte ihn zurück auf den sicheren Boden – allerdings nur, um ihm einen mächtigen Hieb in die Seite zu versetzen.

Glond hustete Blut und ging in die Knie. Wie aus weiter Ferne beobachtete er, wie er erneut hochgerissen wurde, wie weitere Schläge auf ihn einprasselten, beinahe so, als spielte die Kreatur mit ihm, und wie er sich irgendwann auf den Steinboden übergab.

Dann waren die schwarzen Knopfaugen direkt vor seinem zugeschwollenen Gesicht. Zwei schraubstockartige Klauenfinger packten sein Kinn und drehten es hin und her. Wie ein Stück Schlachtvieh, das der Metzger begutachtete, schoss es Glond durch den Kopf. Die Kreatur schnaufte leise und hob die Pranke.

»Er gehört mir«, hörte Glond die Stimme von Kearn direkt hinter seinem Rücken.

Die Kreatur zuckte zusammen und ließ den jungen Dalkar fallen. Knurrend sprang sie auf und stürzte sich ansatzlos auf den neuen Gegner.

Glond nahm alles wie durch einen Nebel wahr. Den Steinboden, auf dem er kniete, das Blut, das von seiner Schläfe tropfte. Esse, der zerschunden am Fenster lag, die Kleidung zerrissen und den Kopf unnatürlich verdreht. Die Augen starrten blicklos ins Leere. Vor ihm ein Haufen aus Fell und Klauen, zusammengerollt über einem Bolzen, der beinahe obszön aus ihm zur Decke ragte. Ganz in der Nähe zwei Gestalten, die sich unbarmherzig bekämpften. Kearn kämpfte konzentriert und mutig, aber die Gestalt griff mit einer ungezügelten Mordlust an, die Glond bei noch keinem Wesen zuvor gesehen hatte.

Glond wischte sich das Blut aus dem Gesicht, stemmte sich in die Höhe und versuchte, auf die Beine zu kommen. Doch nach mehreren vergeblichen Versuchen brach er zusammen und verlor das Bewusstsein.

Er war wohl nicht lange ohnmächtig gewesen, denn es hatte sich nicht viel verändert. Esse lag noch immer an der gleichen Stelle, der Regen klopfte nach wie vor auf das Dach, und noch immer brannten die Dächer der Stadt. Der einzige Unterschied war das Fehlen von Kampfgeräuschen. Die Kreatur, die gegen Kearn gekämpft hatte, lag mit eingeschlagenem Schädel in einer sich langsam ausbreitenden Blutlache.

Der Einäugige kniete vor Esse auf dem Boden und fühlte nach seinem Puls. Dann stand er auf, schulterte seinen Streitkolben und drehte sich um.

»Ist er tot?«, fragte Glond.

Kearn nickte.

Glond biss sich auf die Unterlippe. »Er war ein guter Dalkar.«

Kearn warf ihm einen seltsamen Blick zu. »Er hat versucht, mich zu töten.«

Glond riss die Augen auf. »Was?«

»Tu nicht so überrascht. Vorhin, als wir auf dem Marktplatz gegen die Orks kämpften. Ich hatte ihren Anführer herausgefordert, und er hat ihn erschossen. Normalerweise würde es kein Dalkar wagen, einen Zweikampf auf diese Art zugunsten eines anderen Dalkar zu entscheiden. Ich brauchte ein bisschen, ehe mir dämmerte, dass der Bolzen in Wirklichkeit mir gegolten hatte.«

»Aber wieso sollte er so etwas tun?«

Kearn schnaufte amüsiert. »Das müsste eigentlich ich dich fragen. Ihr habt doch sicherlich darüber geredet. Der alte Mann ist nicht besser gewesen als du. Er hat sich ebenfalls für ein paar lumpige Goldstücke kaufen lassen und für die Möglichkeit, ein Held zu sein. Ich vermute, du hast ihn letzten Endes davon überzeugt, dass er sich zu billig verkauft hat.«

Glond schüttelte den Kopf. »Ich wusste nicht, dass Ihr ihn bezahlt habt.«

Kearn zog eine Augenbraue hoch. »Nicht? Das überrascht mich. Dann hat ihn zum Schluss vielleicht ja doch sein schlechtes Gewissen eingeholt.« Er zuckte mit den Schultern. »Wie dem auch sei. Er hatte gewusst, auf was für ein Spiel er sich einlässt. Er hatte die Wahl. Es ist nicht meine Schuld, wenn er sich gegen mich entschieden hat.«

»Und jetzt?«

»Du hattest ebenfalls die Wahl.« Kearn nahm den Streitkolben von der Schulter und machte einen Schritt auf Glond zu. »Ich hatte dich davor gewarnt, mir in die Quere zu kommen. Du hättest auf mich hören sollen. Du hättest einfach nur tun müssen, was ich dir sage. Stattdessen wolltest du das ganze Brot.« Er trat einen weiteren Schritt näher und musterte Glond kopfschüttelnd. »Ich verstehe wirklich nicht, was der General an dir findet. Du bist weder ein Kämpfer noch ein besonders kluger Kopf. Verrate mir, wieso er dich ausgewählt hat.«

Glond wich langsam zurück. »Ausgewählt? Ich verstehe nicht. Ich bin hier, weil ihr mich brauchtet, um durch die Weststadt zu kommen.«

Kearn lachte freudlos. »Spiel nicht den Dummen. Wir sind hier oben unter uns, niemand hört uns zu. Du kannst es mir sagen. Warum will der General so jemanden wie dich als meinen Nachfolger haben?«

Glond hatte alles erwartet, nur das nicht. Er starrte Kearn an und versuchte in seinen Augen zu lesen, ob der sich über ihn lustig machen wollte. Aber da war nichts außer Zorn. Vielleicht hatte er sich ja verhört, oder Kearn hatte etwas ganz anderes gemeint. »Was?«, fragte er, da ihm nichts Intelligenteres einfiel.

Kearn funkelte ihn an. »Spreche ich undeutlich? Er will dich zu meinem Nachfolger machen.«

Glond öffnete den Mund – und schloss ihn wieder. »Aber warum sollte er so etwas tun?«

»Weil ich alt werde.« Verbitterung lag in Kearns Stimme. Er begann, Rabenschwinge aus dem Handgelenk kreisen zu lassen. Der Kopf mit dem Rabenschnabel erzeugte ein leises Sirren. »Weil ich ihn zu langweilen beginne oder weil meine

Kräfte nachlassen. Such dir etwas aus.« Kearn bleckte die Zähne. Seine Stiefel klackten leise über den Boden, als er näher kam. »Das alles hätte ich noch akzeptieren können, wenn Variscit einen wahrhaft würdigen Nachfolger für mich auserwählt hätte. Doch was tut er? Er demütigt mich noch, indem er jemanden wie dich nimmt. Einen Dalkar, der keinen Namen hat, der von seinem Clan verstoßen wurde, weil er feige geflohen ist, als sein Volk ihn am nötigsten brauchte. Einen Dalkar, der Angst hat.« Er schüttelte den Kopf, die silbernen Klemmen an seinem Bart klickten leise gegeneinander. Dann war er heran. Rabenschwinge raste herab, und Glond blieb nichts anderes übrig, als sich fallen zu lassen. Der Streitkolben schlug über seinem Kopf Steinsplitter aus der Wand. Er spürte, wie einer davon seine Wange streifte, verzog das Gesicht und rollte sich zur Seite.

Ungerührt folgte ihm Kearn und schlug erneut zu. Die Spitze des Streitkolbens verfehlte Glond nur um Haaresbreite. Kearn schloss die Augen und schüttelte den Kopf. »Nicht einmal jetzt besitzt du den Mut, dich zu wehren oder wenigstens ehrenvoll zu sterben. Nicht einmal jetzt beweist du mir, dass du würdig bist.«

Glond rappelte sich auf und stolperte rückwärts, direkt auf das Fenster zu. Vorbei an der Kreatur mit dem Armbrustbolzen in der Seite und an Esse, dessen tote Augen ihn jetzt beinahe mitleidig anzustarren schienen. Sein Fuß stieß gegen die Mauer, und er warf einen Blick über die Schulter. Hinter der Fensteröffnung ging es steil in die Tiefe. Ein Sturz aus dieser Höhe war mindestens genauso tödlich wie Kearns Streitkolben.

»Stattdessen rennst du fort wie ein Mensch.« Grimmig

lächelnd spazierte Kearn hinter ihm her. »Du bist nichts weiter als ein Feigling.«

Glond hob die Hand. »Warte!«, rief er.

»Worauf?«

Ja, worauf eigentlich? Darauf, dass Hilfe kam? Dass ein Wunder geschah und Kearn vom Blitz getroffen wurde? Die Chancen standen ziemlich schlecht. »Ich weiß nicht«, sagte er lahm.

»Ich habe viel zu lange gewartet. Es gibt nichts mehr zu warten.« Kearn verzog das Gesicht zu einem breiten Grinsen. Sein Auge funkelte irre. Er hob den Streitkolben, als ein dunkler Schatten auf ihn zugerast kam. Im nächsten Augenblick wurde er von der Kreatur mit dem Bolzen in der Seite von den Beinen gefegt. Seine Waffe wurde ihm aus der Hand gerissen und schlitterte über den Boden davon.

Tretend und schlagend rollten die beiden über den Boden. Die Kreatur kämpfte sich schließlich nach oben. Ihre Klaue schoss herab, und Kearn gelang es gerade so, sie mit dem Panzerhandschuh abzufangen. Ein hässliches Kreischen erfüllte den Turm, als die Krallen am Metall entlangkratzten. Die Kreatur brüllte vor Enttäuschung auf. Geifer spritzte aus ihrem weit aufgerissenen Maul, und die bösartigen Augen funkelten halb wahnsinnig vor Schmerz und Wut. Ihr Kopf fuhr nach vorn, und die hässlichen Zähne schnappten nach Kearns Kehle. Der Einäugige revanchierte sich mit einer Kopfnuss, die die Kreatur jedoch nur streifte. Wütend schüttelte sie den mächtigen Schädel.

Glond blinzelte verwirrt, während er den Kämpfenden zuschaute. Obwohl sein Atem schnell und heftig ging, fühlte er tief in seinem Inneren eine seltsame Ruhe. Sein Blick fiel auf Kearns Streitkolben, der vergessen auf dem Boden lag. Jede Scharte der alten Waffe trat deutlich hervor, jeder Blutspritzer, der sich bis hinunter zu dem abgewetzten Leder zog, das um den Griff gewickelt worden war. Rabenschwinges Auge schien ihn aufmerksam zu beobachten. Der Schnabel war leicht geöffnet, und dazwischen schaute die Zungenspitze hervor. Wie bei einem hungrigen Tier, das Witterung aufnahm.

Langsam setzte Glond einen Fuß vor den anderen und bewegte sich schwankend auf die Waffe zu. Er beugte sich nach unten, seine Finger schlossen sich um den Griff. Er spürte kaum das Gewicht der Waffe, als er sie hob. »Ich bin kein Feigling«, murmelte er und trat von hinten an die Kämpfenden heran.

Die Kreatur fuhr im letzten Augenblick herum und riss den Arm über den Kopf. Rabenschwinge zerschmetterte den Knochen so mühelos, als wäre er aus Papier. Die Kreatur brüllte auf. Glond taumelte und riss die Waffe erneut in die Höhe. Der zweite Schlag traf die Schulter. Das Monster kreischte auf und warf sich zur Seite. Jaulend versuchte es, aus seiner Reichweite zu kriechen, doch Glond stolperte hinterher. Ein weiterer Schlag, und das Blut spritzte quer über den Boden. Die Blicke von Dalkar und Monster begegneten sich. Die schwarzen Augen der Kreatur waren weit aufgerissen und voller Unverständnis. Glond zögerte. Lange genug, dass sich die Kreatur nach vorn werfen konnte. Ihre kräftigen Zähne schlugen eine Handbreit vor seinem Gesicht zusammen. Rabenschwinge schoss nach unten und zerschmetterte der Kreatur den Schädel.

Schwer atmend starrte Glond auf sie hinunter. Mit einem

Mal wog die Waffe unglaublich schwer in seiner Hand. Er spürte, wie die Beine unter ihm nachgaben, und sank auf die Knie.

Erst nach einer ganzen Weile hatte er genug Kraft gesammelt, um sich wieder in die Höhe zu stemmen. Er drehte sich zu Kearn um, der immer noch an der gleichen Stelle lag und verwundert zu ihm aufschaute. In seiner schwarzen Runenrüstung hatte er etwas von einem übergroßen Käfer, den man auf den Rücken gedreht hatte und der nicht mehr in der Lage war, sich aus eigenen Kräften aufzurichten. »Ich bin kein Feigling«, sagte Glond und trat auf ihn zu. »Ich habe keine Angst. Nicht vor dir und vor keinem anderen auf der Welt.«

»Nein, das hast du nicht.« Kearn sprach die Worte beinahe ehrfürchtig aus. »Du hast deine Angst besiegt.« Erstaunt schüttelte er den Kopf. »Ich hätte es besser wissen müssen. Der alte Fuchs hatte schon immer ein Gespür für das Besondere im Dalkar. Er hat sich auch in dir nicht getäuscht. Du hast offenbar doch das gewisse Etwas, das es dir ermöglicht, über dich selbst hinauszuwachsen. Ich hatte es das erste Mal gesehen, als du dich offen gegen mich gestellt hast. Aber zu diesem Zeitpunkt habe ich es noch für Dummheit gehalten. Doch jetzt ... jetzt ist es eindeutig. Ich liege hier im Dreck, und du hältst Rabenschwinge in der Hand. Du bist die neue Art, von der Variscit geredet hat. Ein Dalkar, der erst nachdenkt, bevor er die Waffe hebt. Der sich auf ungewohnte Situationen einstellen kann und verhandelt und abwartet, bis der richtige Zeitpunkt gekommen ist, um dann gnadenlos zuzuschlagen. Die neue Art für eine neue Zeit.«

»Und nun?«

»Was weiß denn ich?« Kearn zog unwirsch die Stirn in Falten. »Du bist doch die neue Art für eine neue Zeit. Wenn du tatsächlich glaubst, dass du besser bist als ich, dann entscheide selbst. Geh da raus und rette die Dalkar auf deine Art, du Held.« Mühsam stemmte er sich auf die Ellbogen. Eine Träne lag in seinem gesunden Auge. »Na los doch! Bring es hinter dich. Gib mir endlich den Rest. Dann kannst du nach draußen gehen und beweisen, wie großartig du bist.«

»Von was redest du?« Glond starrte ihn entgeistert an. »Wie kommst du darauf, dass ich dich töten will? Oder ist das etwa so eine Art Tradition unter euch Helden, dass der Neue den Alten erst totschlagen muss, bevor er seine Nachfolge antreten darf?«

Kearn runzelte die Stirn. »Nein, natürlich nicht. Aber ich habe es verdient. Ich habe versucht, dich umzubringen, und du hast mich im Kampf besiegt. Es ist nur recht, wenn du dem Ganzen auf diese Art ein Ende machst. Jetzt, nachdem du bewiesen hast, dass du keine Angst mehr hast und ich nur ein nutzloser alter Mann bin.«

Glond schnaufte. »Es ist in der Tat verdammt verlockend, dir den Schädel einzuschlagen.« Er betrachtete die Waffe in seiner Hand. »Aber du irrst dich immer noch in mir. Es ging von Anfang an nicht darum, meine Angst zu besiegen. Es ging noch nie darum. Das verstehe ich jetzt.«

»Um was ging es dann?«

»Darum, dass sich alles in mir dagegen sträubt, jemanden einfach so zu töten. So wie wir Dalkar es schon immer getan haben, wenn uns das Gesicht eines anderen nicht gefiel.« Glond warf einen Blick auf die tote Kreatur, um deren Kopf sich eine größer werdende Lache dunklen Blutes auszubreiten begann. Er verzog das Gesicht. »Du hast dein Möglichstes getan, mich von dieser Einstellung abzubringen, doch es ist dir nicht vollends gelungen. Vielleicht hat der General nicht so ganz unrecht. Vielleicht bin ich wirklich der erste Vertreter einer neuen Zeit, und mir gelingt es, mich dieser dalkarischen Angewohnheit weitestgehend zu verweigern. Auch wenn es mir besonders in diesem Augenblick sehr schwerfällt.« Er bemerkte Kearns verwunderten Blick und zuckte mit den Schultern. »Ich will nicht behaupten, dass meine Einstellung die bessere ist. Es ist eben nur … meine Einstellung.« Er warf dem Einäugigen den Streitkolben zu. »Keine Sorge, das ändert nichts daran, dass für Leute wie dich immer noch genug zu tun bleibt. Zum Beispiel dort unten. Dort warten nämlich eine ganze Menge Orks, die die gute alte Zeit noch zu schätzen wissen. Kümmere dich besser um die statt um mich.«

EINUNDDREISSIG

Einer der Menschen lehnte an der Wand. Sein Atem ging stoßweise und rasselnd, das Hemd war blutdurchtränkt. Es war viel zu viel Blut. Wolfmann stand mit sorgenvoller Miene vor ihm. Sie hatten gut gekämpft, musste Axt zugeben. Ohne sie hätte es wesentlich schlimmer ausgesehen. Dion kauerte vor dem Verletzten. Er hatte ihm die Hand auf die Schulter gelegt und murmelte ein Gebet. Ob der Mensch wusste, dass es ein Totenritus war? Vermutlich nicht. Aber es schien ihn zu beruhigen. Ein kleiner Trost für einen Sterbenden.

Die übrig gebliebenen Wächter präsentierten grimmig ihre blutigen Waffen und klopften sich gegenseitig auf die Schultern. Einer sagte etwas und zog eine Grimasse, die wohl einen Ork darstellen sollte. Sie lachten schallend.

Noch heute Morgen wäre Axt stolz gewesen, bei ihnen stehen zu können, um in das gegenseitige Schulterklopfen einzufallen. Doch jetzt lagen so viele von ihnen tot im Tempel, und sie hatte nichts dagegen unternehmen können.

Es war einfach, ein Held zu sein, wenn alles gut lief.

Wenn sie als Kind mitbekommen hatte, dass sich die Alten um den Kamin versammelten, hatte sie sich oftmals heimlich aus der Küche geschlichen, um ihren Kriegsgeschichten zu lauschen. Am liebsten mochte sie die Erzählungen, in denen Heldinnen in blitzenden Kettenpanzern und mit flügelbewehrten Helmen vorkamen. In den Geschichten der Alten waren sie blondbezopft und furchtlos, und sie erschienen immer im Augenblick der größten Not, um die Dalkar aus einer schier aussichtslosen Lage zu befreien. Syen fand ihre Rüstungen zwar reichlich unpraktisch, aber ihre Taten hatten sie beeindruckt.

Wenn es die Zeit zuließ, hatte sie mit der Axt geübt und Linien und Kreise in den Sand gemalt. Diese Linien waren ihre eigenen Armeen gewesen. Bärtige Krieger in glänzenden Rüstungen und mit scharf geschliffenen Beilen bewaffnet, sauber in Reih und Glied aufgestellt. Frauen waren natürlich auch unter ihnen. Meistens als Anführer. Die Kreise stellten die ungeordneten Haufen der Feinde dar, die meist in der Überzahl waren, aber am Ende des Tages den disziplinierten Dalkar weichen mussten. Danach gab es jedes Mal ein großes Fest, viel Schultergeklopfe und noch mehr Bier. In ihrer Vorstellung schloss ihr Vater sie voller Stolz in die Arme, und ihre Brüder neigten ehrfürchtig die dumpfen Quadratschädel.

Die Wirklichkeit sah anders aus. Als sie ihre Armeen sahen, hatten sie gelacht, ihre Einheiten in den Staub getreten und Axt kurzerhand in die Brennnesseln geworfen. Damals hätte sie nicht geglaubt, dass sie damit besser auf das wahre Leben vorbereitet wurde als durch alles andere.

»Er ist gegangen.« Dion stand auf und wischte sich die blutigen Hände am Kittel ab. »Zu wem auch immer ihr Menschen geht, wenn ihr tot seid.«

»Takasha«, murmelte der Wolfmann. Es schien ihm nicht sonderlich viel Trost zu spenden.

Die Menschen hatten sich Axt auf die vage Hoffnung hin angeschlossen, dass die ihnen helfen konnte. Dass sie ihre Angehörigen aus der belagerten Stadt brachte. Doch diese Hoffnung schwand von Stunde zu Stunde mehr. Es war ihre Entscheidung gewesen, ihnen zu helfen. Genauso, wie es ihre Entscheidung gewesen war, diese Mission zu führen – und ihre Verantwortung, wenn sie scheiterte.

Sie presste die Lippen zusammen. Konnte es eigentlich noch schlimmer kommen?

»Was ist das hier?« Ragroth musste laut werden, um sich gegen eine plötzliche Windböe verständlich zu machen. »Warum steht ihr hier herum? Ihr sollt das verdammte Tor aufbrechen!«

Einer der Hyänenkrieger drehte sich um. »Pfeilwerfer!«, rief er zurück und deutete hinaus auf den dunklen Hof, dorthin, wo sich der massige Turm erhob. »Die Wühler haben Pfeilwerfer auf dem Turm und schießen auf alles, was sich dort draußen bewegt!« Er und eine Handvoll der anderen Krieger hatten sich unter das niedrige Vordach des Gebäudes geflüchtet. Inzwischen lag der Hof selbst in tiefer Dunkelheit. Alle Laternen waren gelöscht, und der Wind hatte den Nebel vertrieben. Eine neuerliche Bö trug einen seltsam monotonen Singsang heran.

»Und was bei den Ahnen ist das?«

»Sekesh.« Ragroth drehte sich um und entdeckte Krendar auf der anderen Seite des Eingangs. Er stand neben dem zusammengesunkenen Echsenmenschen. »Das ist die Drûaka. Sie ist dort vorn, unter dem Baum.«

Ragroth starrte in die Dunkelheit unter der ausladenden Baumkrone und glaubte, für einen Moment orangefarbene Augen glimmen zu sehen. »Was tut sie da?«

Der junge Aerc zuckte mit den Schultern. »Sie singt.«

»Das höre ich selbst. Was soll das?«

»Wir haben keine Ahnung, Broca. Das geht schon eine Weile so. Kurz darauf kam der Wind und hat den Nebel vertrieben. Und schau mal nach oben.« Krendar deutete in den Himmel, und Ragroth wagte einen schnellen Blick unter dem Vordach hervor. »Was zum …?«

Über ihnen wallten tief hängende Wolken, jagten von Osten heran und wurden von heftigen Windstößen förmlich über den Himmel gepeitscht. Sie reflektierten in zornigem Rot den Feuerschein der brennenden Stadt. Ein schwarzer Schatten stach aus den Wolken hervor, hinterließ ein fransiges Loch und verschwand hinter den Dächern im Osten. Einen Moment später war ein dumpfes Rumpeln zu hören. Der alte Broca betrachtete fasziniert das flackernde Wetterleuchten in den dahinrasenden Wolken. »Wie macht sie das?« Der Wind riss ihm beinahe die Worte aus dem Mund.

Krendar trat neben ihn. »Sie sagte, dass sie die Ahnen um Hilfe bitten würde.«

Ragroth pfiff anerkennend. *Wie's aussieht, haben die beschlossen, sich heute wirklich mal nützlich zu machen.* »So etwas habe ich noch nie erlebt.«

Der Echsengesichtige rief etwas und grinste breit.

»Was hat er gesagt?«

Der Broca runzelte die Stirn. »Oder es sind nicht unsere

Ahnen, sondern die der Stadt. Der Mensch sagt, dass ein Sturm kommt.«

»Sieht ganz danach aus, Broca.«

In diesem Moment trat Gorotak aus dem Gebäude. »Was bei den Ahnen …?«

»So weit waren wir schon«, murmelte Ragroth. »Sind die Skrag endlich aufgetaucht, Krendar?«

Der junge Aerc nickte. »Modrath hat sie vorhin auf den Turm geschickt. Das ist das Letzte, was ich weiß.«

»Der Turm ist klar?«

Krendar zuckte mit den Schultern. »Keine Ahnung, Broca«, rief er, um das Pfeifen des Winds zu übertönen. »Wir haben sie seitdem nicht mehr gesehen.«

Ragroth knirschte mit den Zähnen. »Solange sie sich nicht zurückmelden, können wir nicht sicher sein, dass die Pfeilwerfer ausgeschaltet sind.«

»Scheiß drauf!«, fauchte Gorotak. »Bei diesem verdammten Sturm trifft uns ohnehin niemand. Was steht ihr hier noch herum?«, blaffte er seine Krieger an. »Bewegt eure faulen Ärsche dort raus und brecht dieses Tor auf! Und was ist das für ein Gejaule dort draußen? Ich hab euch nicht für einen Singkreis mitgenommen!«

Ragroth wollte gerade zu einer Bemerkung ansetzen, als ein Fauchen die Luft erfüllte. Die Aerc wandten abermals ihre Augen zum Himmel, an dem jetzt ein großer Schatten auftauchte. »Woah!«

Mit bösartigem Sausen senkte sich ein riesiger Felsbrocken herab, verfehlte den Baum nur knapp und schlug mit einem infernalischen Donnern in der Stirnwand des Zwergentempels ein.

Ein ohrenbetäubendes Krachen ertönte, und über ihrem Kopf explodierte die Mauer. Axt wurde von den Füßen gefegt und wie ein Blatt im Sturm herumgewirbelt. Sie krachte mit der Schulter irgendwo dagegen, dann wurde ihr schwarz vor Augen.

Hustend und würgend kam sie wieder zu Bewusstsein, Mund, Augen und Nase voller Staub. In ihrem Kopf dröhnte es, als hätte ihn jemand als Kriegstrommel missbraucht. Keine Handbreit neben ihr lag ein gewaltiges Stück Mauer auf dem Boden. Genau an der Stelle, wo soeben noch der sterbende Mensch gelegen hatte.

Sie spürte, wie sie jemand unter den Armen fasste und auf die Beine zog. »Was ist passiert?«

»Ein riesiger Steinbrocken«, sagte der Wolfmann mit seinem komischen, menschlichen Akzent. Mehr denn je ähnelte er einem streunenden Straßenköter. Sein Fell war weiß von Staub. »Er hat die Wand durchschlagen, als wäre sie aus Lehm oder Holz. Keine Ahnung, woher er gekommen ist. Vielleicht haben ihn ja die Orks auf uns geworfen.«

»Wie sollten sie das angestellt haben? Mit Magie? Die Orks haben keine Katapulte«, krächzte Axt und begriff im gleichen Augenblick, woher das Geschoss gekommen sein musste. Sie stieß einen lauten Fluch aus.

Der Wolfmann sah sie alarmiert an. Eine Welle ohnmächtiger Wut durchfuhr Syen. Es gab sehr wohl Katapulte, die die Stadt erreichen konnten: auf den Wehrtürmen, vor allem aber auf der Festung. Wenn sie jetzt sogar den Tempel des Herrn beschossen, dann war wirklich alles verloren. Sie wischte sich die staubigen Hände an ihren noch staubigeren

Hosenbeinen ab und schaute sich verzweifelt um. »Wurde jemand getroffen?«

»Nur Luitz.« Der Wolfmann deutete auf das Mauerstück, unter dem sein toter Kamerad lag. »Aber ich vermute, es wird ihm nichts mehr ausgemacht haben.«

Axt presste die Hand auf ihr Ohr. Das Dröhnen machte sie halb wahnsinnig. Sie schüttelte den Kopf. In etwa zwei Metern Höhe klaffte ein gewaltiges Loch in der Mauer. Der Boden dahinter war mit Steinbrocken und Schutt übersät. Kleine Steinchen fielen von oben herab und klickerten über den Boden davon. Es war, als hätte eine göttliche Faust ein zweites Tor in den Tempel geschlagen. Ein Tor, das direkt hinaus in den Hof führte, wo unzählige Orks auf ihre Chance warteten.

Axt bückte sich nach ihrer Waffe und begann, den Schuttberg hinaufzuklettern. Es war mühsam. Das Gestein war gefährlich lose, immer wieder rutschten Steinbrocken nach. Der Wolfmann war mit einem Satz an ihr vorbei, zog sich mit seinen langen Armen schwungvoll an der Mauer in die Höhe und schielte durch das Loch nach draußen. Er reichte Axt die Hand und zog sie zu sich nach oben. Die Nachtluft schlug ihr eiskalt entgegen.

Im Hof waren inzwischen alle Fackeln und Laternen erloschen, doch der zornig rot glühende Himmel tauchte die Szenerie in unheimliches Widerlicht. Das Pflaster war übersät mit Leichen, Dalkar und Orks gleichermaßen. Die Dalkar waren grausam zugerichtet und ausgeplündert. Es bestand keine Hoffnung mehr, dass einer von ihnen noch am Leben war. Auch von den Orks war keine lebendige Seele mehr zu sehen.

Einen Moment lang schwiegen alle Aerc, während eine Staubwolke über den Hof quoll. Der nächste Windstoß riss die Wolke mit sich und offenbarte ein gähnendes Loch in der Front des Tempels. Einzelne Steinbrocken lösten sich aus der beschädigten Wand und polterten in den Hof hinunter. Für einen langen Augenblick war bis auf ein fernes Donnergrollen nichts zu hören. Selbst der Gesang der Schamanin war verstummt.

»Was bei den Ahnen war das?«, fragte Gorotak. Er klang zutiefst beeindruckt.

»Wonach sah es deiner Meinung nach aus?«, gab Ragroth zurück.

»Diese Ahnen sind aber wirklich sauer.« Krendar nickte mit offenem Mund.

Die Aerc vor dem Eingang des Tempels rappelten sich auf. Einer von ihnen wagte sich langsam auf den Hof hinaus, um den Trümmerhaufen in seiner Nähe zu begutachten.

Krendar hielt den Atem an, und die Aerc in seiner Nähe schienen dasselbe zu tun. Doch kein Kurzpfeil streckte den Mutigen nieder, während er sich unter den gespannten Blicken seiner Kameraden der neu entstandenen Bresche in der Tempelmauer näherte. Vorsichtig schlich er bis an den Schutthaufen, der sich unter dem in etwas mehr als einer Mannhöhe klaffenden Riss türmte. Flackerndes Licht fiel in staubigen Strahlen aus dem Loch und ließ Schatten auf dem Hof tanzen. Als der Krieger den Fuß des Schutthügels erreicht hatte, tauchten oben zwei Schemen auf.

»Sieht aus, als hätten es die Wühler überlebt«, stellte Ragroth fest.

Einer der Hyänenkrieger ließ ein verhaltenes Kichern hören, und Gorotak grunzte. »Sorgen wir dafür, dass es nicht lange so bleibt.« Er sah sich um. »Worauf wartet ihr Säcke?«, schnauzte er und zog sein Hauschwert. »Vorwärts! Macht sie nieder!«

Die Aerc sahen sich an. Irgendeiner stieß ein triumphierendes Geheul aus. Die anderen Krieger fielen ein und stürmten hinaus auf den Hof.

Sie kamen von allen Seiten. Knurrend und brüllend schwenkten sie ihre Waffen und behinderten sich gegenseitig im Bestreben, als Erster in den Tempel zu gelangen.

Axt schob mit dem Stiefel Dreck und Geröll zur Seite, um sicheren Stand zu bekommen, während sich der Wolfmann seelenruhig auf einen Mauervorsprung hockte und die langen Beine baumeln ließ.

»Wie kann man in so einer Situation nur so gelassen sein?«, fragte Axt verwundert. »Ich hatte bislang immer geglaubt, ihr Menschen würdet von Angst beherrscht.«

»Mein ganzes Leben ist von Angst beherrscht.« Der Wolfmann kratzte sich an der haarigen Wange. »Doch wenn man so viel Elend erlebt hat wie Menschen meiner Art, dann lernt man schnell, aus allem das Beste zu machen. In diesem Augenblick stelle ich zum Beispiel mit Erstaunen fest, dass ich weit und breit der bestaussehende Mann im Hof bin. Das ist eine ganz neue Erfahrung für mich.« Er grinste und zeigte seine abgewetzten Zähne.

Die ersten Orks hatten den Schutthaufen am Fuß der Tempelmauer erreicht und begannen, an der Mauer emporzuklettern. Die Steine waren glatt behauen und beinahe fugenlos aufeinandergesetzt, sodass ihre Kletterversuche elendig scheiterten. Die nachfolgenden Orks machten es sich einfacher, indem sie über die Rücken ihrer gestürzten Kameraden hinaufsprangen.

Der Oberste stocherte mit einem langen Speer nach ihnen. Axt schlug den Stiel beiseite und zerschmetterte dem Ork mit dem Spalter den Schädel. Ein zweiter stützte sich auf der Schulter des Sterbenden ab und stach mit einem langen Messer nach ihren Beinen. Axt sprang zurück und gab ihm dadurch genügend Zeit, sich ganz auf die Mauer hinaufzuziehen. Mit aufgerissenem Maul sprang er nach vorn – direkt in Wolfmanns lange Klinge hinein, die sich ihm mit einem leisen Schmatzen in den Bauch bohrte. Der Wolfmann zog die Klinge nach oben und schlitzte ihn bis zum Brustkorb auf. Dann gab er ihm einen kräftigen Tritt, und der Ork stürzte rückwärts von der Mauer und riss dabei gleich drei weitere Angreifer mit sich.

Axt blieb kaum genügend Zeit, Luft zu holen, ehe die Nächsten heran waren. In schnellem Takt schwang sie den Spalter auf und ab. Dort, wo sie nicht rechtzeitig hinlangte, sauste Wolfmanns Schwertklinge heran, schnitt tiefe Wunden, zerfetzte Muskeln oder schlug vorgestreckte Keulen und Messer zur Seite.

Die Orks waren nun vorsichtiger geworden und stürmten nicht mehr blindlings herauf, sondern versuchten, die beiden Verteidiger mit ihren langen Speeren zurückzutreiben, um es den Kletterern zu ermöglichen, sich oben festzusetzen. Zweien von ihnen gelang es, am äußersten Rand des Lochs sicheren Stand zu bekommen und von der Seite her anzugreifen. Die Orks jubelten und brüllten ihnen zu, und der

Mutigere der beiden rückte vorsichtig näher, während er eine scharfkantige Keule schwang, die aus dem Unterkieferknochen eines Maulesels geformt zu sein schien.

Der Wolfmann wehrte einen tiefen Schlag zu spät ab und zog sich einen blutigen Schnitt am Oberschenkel zu. Der Ork lachte triumphierend und holte aus, als sich ihm ein Armbrustbolzen in die Seite bohrte. Von schräg unten fuhr die langstielige Axt eines Tempelwächters heran und zerschmetterte knackend seinen Unterschenkel. Noch während der Ork brüllend zu Boden ging, kamen hinter ihm drei Tempeldiener den Schuttberg heraufgeklettert und machten sich mit Stangen und Messern über ihn her. Der zweite Ork riss entsetzt die Augen auf und rettete sich mit einem Sprung in den Hof.

Es gibt zwei Arten von Krieg«, hörte Talus seinen alten Ausbilder bei den Ambossern sagen. Der Hüne hatte die Angewohnheit, jeden Satz mit einem Nicken seines massigen Schädels zu bekräftigen. Gerüchtehalber konnte er mit dem gleichen Nicken einem Oger die Kniescheibe zertrümmern.

Die eine Art von Krieg wurde am Tisch gespielt mit Landkarten und kleinen Figuren, die sorgfältig aus Holz oder Bein geschnitzt und mit Zahlen und bunten Farben bemalt worden waren. Generäle mit wallenden, weißen Bärten und Clanlords in Ehrenroben und goldenem Harnisch spielten dieses Spiel. Sie standen Met trinkend beisammen, diskutierten ausgiebig und klopften Schultern, bis ihnen die Hände abfielen. Das war die Art von Krieg, die man aus dem Lehrbuch kannte.

Und dann gab es noch den richtigen Krieg. Der, den man nicht sah, wenn man stundenlang auf bunte Figuren starrte, von denen nach und nach eine verschoben, zur Seite gekippt oder ganz vom Tisch entfernt wurde. Diese Art konnte man nur sehen, wenn man selbst eine der Figuren war und bis zum Hals in Blut und Gedärmen watete.

Auf dem Tisch war Talus' Einheit eine heroische Figur mit drei goldenen Türmen und einer Zwölf auf dem breiten Brustpanzer. Beinahe übermächtig im Vergleich zu den hässlichen Lehmklumpen, die die Orks symbolisierten.

Im echten Leben konnte man sie leicht selbst mit einem Lehmklumpen vergleichen.

Die Orks waren in breiter Front herangestürmt. Brüllend, trommelnd und Waffen schwingend. Wie die Flut gegen das Ufer. Ein furchterregender Anblick, der ausgereicht hätte, um so manche Armee in die Flucht zu schlagen. Aber die Dalkar fletschten nur die Zähne, rückten dichter zusammen und stemmten die Stiefel in den Dreck.

Je näher die Orks kamen, umso unsicherer wurden sie. Gegen Dalkar zu stürmen war, wie sehenden Auges gegen eine Mauer anzurennen.

Die Unsicherheit schlug in nacktes Entsetzen um, als die Spießzäune aufgerichtet wurden. Einfache Konstruktionen aus zusammengebundenen, oben angespitzten Holzpfählen, die vor dem anstürmenden Feind ruckartig in die Höhe gezogen wurden.

Die Vordersten konnten nichts tun, rannten ungebremst in die Pfähle hinein und spießten sich selbst an ihnen auf. Andere versuchten, seitlich auszuweichen, aber die Nachrückenden schoben sie einfach weiter oder brachten sie zu Fall und trampelten über sie hinweg.

Einigen gelang es, über die zuckenden Leiber ihrer Vordermänner hinweg auf die Zäune zu klettern. Sie wurden umgehend mit Spießen, Äxten und Hämmern niedergemacht.

Der erste Angriff geriet ins Stocken. Die vordersten Reihen waren fest ineinander verkeilt, gehalten von einer Mauer aus halb lebenden, halb toten, aufgespießten, schreienden und winselnden Orks.

Am rechten Flügel wankte die Linie der Verteidiger. Einigen dunkelhäutigen Orks war es gelungen, eine Lücke aufzubrechen und die Dalkar zurückzudrängen.

Talus schwang die Axt, brüllte aus Leibeskräften und zerhackte im Vorbeistürmen Kniescheiben wie Unkraut im Garten. Er schwang die Axt um seinen Kopf herum, zerschmetterte einen Brustpanzer und spaltete einen Schädel. Ein Speer kratzte über seinen Armschutz und rutschte harmlos zur Seite weg. Eine Keule prallte von seinem Schulterschutz ab und hinterließ nicht einmal einen Kratzer auf dem harten Metall. Talus kümmerte sich nicht darum und hackte weiter. Seine Rüstung gehörte zum Besten, was Dalkar in ihren Schmieden erschaffen konnten. Sie war für Männer geschmiedet worden, deren Aufgabe es war, im dichtesten Getümmel die Reihen der Feinde aufzubrechen, Furcht und Panik zu verursachen und Lücken zu schlagen, in die die nachrückenden Krieger hineinstoßen konnten.

»Die Reihen schließen. Nachrücken!« Talus hatte keine Ahnung, ob man seine Worte hörte. Aber seine Axt übersetzte sie in eine Sprache, die die Dalkar auch im größten Kampfeslärm verstanden.

Sofort rückten ein paar Männer mit Schilden nach, machten sich über die durcheinandergewirbelten Orks her und trieben sie zurück, bis die Reihe wieder dicht stand.

Das verschaffte ihnen eine kurze Atempause. Talus holte tief Luft und senkte die Axt. Irgendwer stieß einen Jubelschrei aus, und die anderen griffen ihn auf und reckten triumphierend ihre Waffen in den Himmel.

Als hätten sie die verdammte Schlacht bereits gewonnen. Talus schüttelte den Kopf, aber er ließ ihnen den kleinen Triumph.

Dvergat tauchte an seiner Seite auf. Er klopfte auf das Bierfass, das schon arg ramponiert aussah, aber wie durch göttliche Fügung immer noch heil war. »Das war doch gar nicht so schlecht, würde ich sagen. Darauf haben wir uns alle einen kräftigen Schluck verdient.«

Talus blickte an ihm vorbei auf die Reihen der Feinde. »Keine Zeit«, sagte er und hob die Axt. »Sie greifen wieder an.«

Dvergat verzog das Gesicht. »Ich hätte nie gedacht, dass ich mal durch Verdursten sterben würde.«

ZWEIUNDDREISSIG

Axt betastete behutsam den Schnitt in ihrem Oberarm. Er war zwar nicht tief und blutete nicht mehr, aber er würde früher oder später genäht werden müssen, wenn er sauber verheilen sollte. Doch im Moment ging die Verletzung des Wolfmanns vor. Menschen hatten die seltsame Angewohnheit, manchmal selbst an den kleinsten Kratzern zu sterben, wenn sie nicht gereinigt und von bösen Geistern befreit wurden. »Schwaches Blut« nannten es die Heiler, wenn sie sich über die zerbrechliche Konstitution der Menschen ausließen. Im flackernden Licht einer Fackel zog Dion den Verband um Wolfmanns Oberschenkel fest, während oben im Loch drei Mann Wache standen und der Rest sich von den Kämpfen erholte. Die Orks waren für den Augenblick zwar zurückgeschlagen worden, aber die gegenseitigen Gratulationen der Tempelwächter waren ebenfalls verstummt. Jeder wusste, dass es nicht sehr gut um sie stand. Trotz der Pattsituation waren die Chancen, noch einmal lebend aus dem Tempel zu entkommen, inzwischen verschwindend gering. So hing jeder seinen eigenen Gedanken nach und wartete auf die nächste Unglücksnachricht.

Axt blickte überrascht auf, als sich schwere Schritte näherten.

»Wer ist da?« Einer der Tempelwächter trat neben sie, die Hand am Griff seiner Axt.

»Ich glaube es ja nicht. Das ist dieser Kearn – und Glond!« Im Hintergrund stieß der Wolfmann ein freudiges Jaulen aus. Wie der Mensch die beiden Dalkar in der Dunkelheit so schnell erkennen konnte, war Axt ein Rätsel. »Ich wusste, dass wir diesen jungen Zwerg wiedersehen würden«, rief der Wolfmann begeistert. »Er hat ganz gewiss etwas Besonderes an sich.«

Lächelnd blieb der junge Dalkar vor ihnen stehen. Kearn warf ihm einen finsteren Seitenblick zu und schritt wortlos an ihm und den anderen Dalkar vorüber zu dem Bierfass, das die Tempeldiener an der Wand aufgestellt hatten. Axt runzelte irritiert die Stirn und wandte sich Glond zu. Sie hätte sich über jeden Dalkar gefreut, der den Angriff der Orks auf wundersame Weise überlebt hatte. Doch über Glonds Erscheinen freute sie sich ganz besonders. Sie wusste nicht, wieso, es war einfach so. »Du lebst«, war das Einzige, was sie schließlich über die Lippen brachte. Mit einem Mal schwirrten tausend Gedanken durch ihren Kopf. »Ich hatte geglaubt, ich … wir hätten dich verloren.«

Glond schüttelte den Kopf. »Wir konnten im letzten Augenblick in den Turm entkommen. Kearn, Esse und ich. Esse hat die Orks von oben mit Bolzen gespickt. Er hat ihnen ordentlich eingeheizt. Er war ein echter Held.«

»War?«

Glond senkte den Blick. »Die Orks haben uns zwei ihrer bösartigsten Kreaturen hinterhergeschickt. Sie sind einfach die Wände hinaufgeklettert und haben uns von hinten überfallen. Sie haben Esse getötet.«

Axt schloss die Augen. Kurz hatte sie die Hoffnung gehabt, sie alle lebend wiederzusehen. »Das ist furchtbar. Doch immerhin geht es euch beiden gut, dir und Kearn.«

Bei der Erwähnung des Einäugigen verfinsterte sich Glonds Miene schlagartig. Man musste kein Hellseher sein, um zu erkennen, dass im Turm mehr vorgefallen war, als er erzählt hatte. Wortlos presste er die Lippen zusammen.

Axt bedrängte ihn nicht. Er würde schon erzählen, wenn es etwas zu erzählen gab. Das Wichtigste war, dass zumindest zwei von ihnen noch am Leben waren. »Es ist gut, dich zu sehen.«

Glond brachte ein schwaches Lächeln zustande.

Der Wolfmann stemmte sich in die Höhe, humpelte an Axt vorbei und legte den Arm um Glonds Schulter. »Du kommst genau rechtzeitig, Zwergenritter. Wir wollten gerade entscheiden, ob wir den Orks in einem letzten verzweifelten Ausfall gegenübertreten oder uns klammheimlich durch einen eurer berühmten Zwergenfluchttunnel davonmachen.«

Glond schaute ihn überrascht an. »Es gibt einen Fluchttunnel?«

Der Wolfmann zuckte mit den Schultern. »Das hatte ich bis heute gedacht. Unter uns Menschen hält sich nämlich das hartnäckige Gerücht, dass jede Zwergenbehausung irgendwo einen Tunnel hat, über den sie mit den anderen Häusern verbunden ist. Aber deine Anführerin hat mir erzählt, dass es sich dabei nur um ein Gerücht handelt. Ich fürchte, wir müssen es daher mit dem verzweifelten Ausfall versuchen.«

Axt nickte. »Ich wünschte, ich könnte dir etwas Besseres berichten, aber wir haben keine Wahl.«

»Wir haben immer die Wahl«, sagte Glond. »Das hat mir ein dummer alter Narr einmal gesagt. Inzwischen weiß ich, dass es wahr ist.«

»Und welche? Was sollten wir denn deiner Meinung nach tun?«

»Das, was wir Dalkar am besten können.«

Axt dachte darüber nach. Sie warf einen zweifelnden Blick auf ihre Waffe. Soweit sie es beurteilen konnte, hatten sie das bereits zur Genüge getan, und es hatte nichts genutzt.

Glond grinste. »Denkt doch mal darüber nach: Wir werden von einer kleinen Armee Orks angegriffen. Wir stellen uns ihnen zum Kampf und schlagen sie zurück. Mehrfach. Normalerweise hätten sie uns doch das Dach über dem Kopf angezündet oder zumindest auf Verstärkung gewartet.«

»Das glaube ich nicht«, sagte der eine der Tempelwächter. »Sie sind wie hungrige Tiere, die Blut gewittert haben. Sie denken nicht nach, stürmen einfach wild drauflos, um uns zu töten. Egal, wie hoch die Verluste sein mögen.«

Glond schüttelte den Kopf. »Als wir oben auf dem Turm waren, hat es nicht danach ausgesehen. Sie sind vorsichtig vorgegangen, nicht blindlings vorangestürmt. Als sie durch das Tor kamen, hatten sie nur nicht mit so starkem Widerstand gerechnet. Sie wurden ebenso überrascht wie wir. Doch nachdem sie gesehen hatten, dass wir uns zu wehren wissen, wurden sie vorsichtiger. Nicht wie blutgierige Tiere, sondern wie verständige Wesen.«

»Na und?« Der Tempelwächter kratzte sich am Kopf. »Das ändert doch nichts an der Situation.«

»Das ändert alles. Wie es scheint, sind sie aus einem besonderen Grund hier. Und dieser Grund sind nicht wir.«

Axt runzelte die Stirn. Es war ein abwegiges Gespräch. Sie befanden sich mitten in einem Kampf auf Leben und Tod und unterhielten sich darüber, ob die Orks sie aus Blutgier angegriffen hatten oder aus einem anderen Grund. Es änderte tatsächlich nichts an ihrer Situation. Nichts, was die Dalkar tun könnten, würde sie irgendwie verbessern.

Außer …

Axt räusperte sich. Dieser Gedanke war so abwegig, dass er nur von einem Dalkar wie Glond kommen konnte. Und doch war er vielleicht gar nicht so dumm, wie er zu sein schien. Sie warf Glond einen respektvollen Blick zu. »Außer wir tun das, was wir Dalkar am besten können«, murmelte sie.

»Wir tun was?« Dion blickte von Axt zu Glond und wieder zurück. Seine Augen schienen ihm beinahe aus den Höhlen zu fallen.

Die anderen Dalkar wirkten ebenso verwirrt.

»Wir reden mit ihnen«, wiederholte Glond. »Wir gehen hinaus und fragen sie, was sie wollen. Vielleicht können wir ja mit ihnen verhandeln.«

»Verhandeln?« Kearns Stiefel knallte hinter ihnen auf den Boden. Er verschränkte die Arme und schüttelte energisch den Kopf. Sein Auge funkelte von einem zum anderen. »Seit wann verhandeln wir mit Orks?«

»Schon immer.« Glond deutete auf Dion. »Die Stämme

haben doch früher mit uns verhandelt, nicht wahr? Ihr habt es uns selbst vorhin unter dem Baum erzählt.«

»Und vorhin in der Küche haben sie auf eure Worte gehört«, fügte Axt hinzu.

»Eher auf die Armbrust.« Dion strich sich über den Bart. »Aber ja, sie haben mir zumindest zugehört. Wenn sie wirklich wilde Tiere wären, hätten sie einfach weitergekämpft.«

»Was haben wir also zu verlieren?«, fragte Glond.

»Unseren Stolz«, knurrte Kearn. »Und am Ende auch unser Leben, wenn wir uns auf einen Handel mit ihnen einlassen. Sie lügen und betrügen. Das weiß jedes Kind.«

»Sicherlich nicht mehr als die meisten eurer ehrbaren Händler«, sagte der Wolfmann und fing sich einen bösen Seitenblick ein.

»Es ist eine völlig verrückte Idee!«

»Und aus diesem Grund gefällt sie mir.« Der Wolfmann grinste. »Ich finde, ihr solltet auf euren Ritter hören.«

Immer wieder prallte der Heerhaufen der Orks gegen die dünne Reihe der Verteidiger am Fluss. Immer wieder wurde er zurückgeschlagen. Die Dalkar rückten nach jedem Angriff nur gerade so weit zurück, dass die Lücken geschlossen wurden, die die Bestien schlugen.

Der Regen wurde von Minute zu Minute stärker und verwandelte das Schlachtfeld in ein einziges Schlammbad. Ganze Sturzbäche strömten aus der völlig überlasteten Kanalisation die Straßen hinunter und ergossen sich in den Fluss. Das bremste den Ansturm der Orks, aber es erschwerte Talus auch das Vorankommen. Seine Arme, die die Axt schwangen, waren bleischwer geworden. Die Muskeln an seinen Beinen brannten wie Feuer, und die Zunge klebte ihm am Gaumen.

Er wehrte einen zaghaften Schlag ab, schlug ein rostiges Schwert zur Seite und warf einen Blick über die Schulter. Er kniff die müden Augen zusammen.

Zartes Rot leuchtete hoffnungsvoll am östlichen Horizont auf. Wenn die Sonne über dem Horizont erschien, hatten sie es geschafft. Das Licht des neuen Tages würde die Horden der Finsternis in die Flucht schlagen, sie zurück in die finsteren Höllenlöcher treiben, aus denen sie gekrochen waren. Ihre Haut würde zu rauchen beginnen, zusammenschrumpfen wie verfaulende Äpfel und schließlich in Flammen aufgehen und herunterbrennen bis auf die Knochen. Talus stieß ein lautes Lachen aus und schwang die Axt gegen einen neuen Gegner. Sonnenaufgang. Sie hatten es geschafft!

»Die Oststadt brennt lichterloh«, sagte Dvergat, der seinem Blick gefolgt war. Er hatte das Bierfass unter den Arm geklemmt und schwang sein breites Schwert wie eine Sense.

Nein, sie brennt nicht, du blinder Idiot. Das dort sind die ersten Strahlen der Sonne.

»Und die verdammten Ingenieure sind immer noch nicht so weit. Ich weiß nicht, wie lange wir noch standhalten können. Ich habe das Gefühl, es werden von Minute zu Minute mehr Orks.«

Das ist völlig egal. Wenn die Sonne aufgeht, haben wir gewonnen. So war es schon immer in den Geschichten.

Der Angriff kam zum Erliegen. Langsam zogen sich die Orks zurück, um sich zu sammeln.

Talus stützte sich schwer auf den Griff seiner Axt, schob den Helm nach oben und wischte sich das Blut aus dem Gesicht. Er schloss die Augen. In der relativen Ruhe waren die Schreie der Verletzten und Sterbenden umso deutlicher zu hören. Winselnd und bettelnd krochen sie durch den Schlamm oder riefen nach ihren Ahnen und ersoffen in den zahlreicher werdenden Wasserlöchern. Letztere waren wahrscheinlich am besten dran. Die anderen litten nur länger, ehe sie starben. Ihnen konnte da draußen ohnehin keiner mehr helfen. Wer zwischen den Fronten gefangen war und nicht mehr laufen konnte, war verloren. Egal, ob Ork oder Dalkar.

Talus ließ die Krieger eine neue Reihe bilden. »Die rechte Flanke braucht Verstärkung«, brüllte er. Genauso wie die linke. Und die Mitte. Eigentlich die ganze verdammte Reihe.

Gorotak tobte. »Was ist los mit euch feigen Hunden? Rein dort, hoch mit euch! Wollt ihr euch von ein paar stinkenden Erdmaden entehren lassen? Kämpft, ihr Säcke!«

Der Ansturm seiner Krieger auf den Mauerriss war zum Erliegen gekommen.

»Sie haben Pfeilwerfer, Raut«, warf Grahul vorsichtig ein.

Die beiden Zwerge, die mit den tödlichen Waffen oben im Mauerriss hockten, hatten den Ausschlag gegeben. Gegen Pfeilwerfer konnte man nicht kämpfen. Nicht so. Widerstrebend hatten die Aerc ihren Ansturm abgebrochen und waren in die Deckung der Vordächer zurückgekehrt.

Für einen Moment sah es so aus, als wollte der Ohrensammler seinen Leibwächter schlagen. Schließlich ballte er jedoch nur seine Faust so hart, dass die Knöchel krachten, und hieb in die Wand neben dem Kopf des Bulligen. Grahul entblößte eilig den Nacken.

»Er hat recht«, warf Ragroth ein. »Wir haben sechs Krieger verloren.« *Und mit ›wir‹ meine ich dich.* »Und soweit ich weiß, keinen von ihnen erwischt. Nicht einen. Du kannst den Rest deiner Männer auch noch verschleißen, aber ich bezweifle, dass uns das weiterbringen wird. Solange die Männer über Kopf kämpfen müssen, bringt uns das Loch genauso viel, als wäre es nicht da.« *Mit genügend Leichen hätten wir allerdings eine schöne Rampe. Das könnte schon gehen.* »Das wird so nicht gehen.« Er starrte über den Hof auf den Riss in der Mauer, in dem die Umrisse der beiden Wächter zu erkennen waren.

Einer der Gefallenen stöhnte leise, doch die Zwerge schienen nicht daran interessiert, ihn zu erledigen. Warum auch. Es wäre ein verschwendeter Pfeil.

»Was sollen wir deiner Meinung nach tun?«, knurrte Gorotak. »Leitern bauen? Eine verdammte Rampe?«

Der Broca nickte. »Vielleicht noch einen Schild, der die Pfeile abhält, bis wir dort sind.«

»Genug Bänke und Tische sind da drin ja.« Grahul deutete durch die Tür in das Haus.

Die Kiefer des fetten Raut mahlten. »Aber das kostet Zeit. Und bei den Ahnen – Zeit haben wir nicht.«

Ragroth zuckte mit den Schultern. »Wie du willst. Es ist deine Jagd.«

»Der Broca hat nicht unrecht«, warf Grahul vorsichtig ein. »Wir brauchen nur die Tische und Bänke zusammenzufügen, sodass genügend Raum für zwei Krieger ist. Die Oger könnten sie anheben und …«

»Was ist das?«

Ragroth sah sich um. Hinter ihm stand Krendar, der sich aus der Deckung einer Säule des Vordachs gewagt hatte und in Richtung Tempel deutete.

Im Mauerloch war eine weitere Gestalt aufgetaucht. Sie hielt eine lange Stange in den Händen. Vielleicht einen Speerschaft. Daran festgebunden hing ein großes weißes Stück Tuch, das der Zwerg so lange bewegte, bis es gut sichtbar durch die Luft wehte. Ein Totentuch.

Der Raut stieß eine Reihe ausgesucht widerlicher Flüche aus. »Bei den Arschhaaren Drumaks, jetzt verhöhnen uns die kleinen Drecksmaden auch noch? Ich werde ihnen die Bärte aus dem Gesicht reißen! Jedem einz…«

»Ich glaube, sie meinen das anders«, sagte Krendar.

»Was?« Gorotak und Ragroth sahen ihn gleichermaßen verwundert an.

»Haben die Wühler überhaupt eine Ahnung von den heiligen Farben der Ahnen?«

Die anderen Aerc starrten ihn an.

»Symbole«, ergänzte Krendar. »Wissen wir, was das Tuch für *sie* bedeutet? Ich habe nicht mal die Hälfte der Symbole der Ayubo verstanden. Und die sind immerhin Aerc. Für uns ist das ein Totentuch – aber für Wühler?«

Gorotak öffnete den Mund, doch der Broca winkte ab. Er wirkte nachdenklich. »Der Häuptlingstöter könnte recht haben. Für die ist es vielleicht nur ein weißes Tuch. Oder so was wie ein Unterhändlerstab. Was, wenn sie uns nur auf sich aufmerksam machen wollen?«

»Als ob wir mit etwas anderem beschäftigt sein könnten«, murmelte Grahul.

Ragroth und Gorotak ignorierten ihn. »Was, wenn sie reden wollen?«

»Wozu sollten sie dann ein Totentuch über uns schwenken?«, murrte der Fette.

Eine Stimme hallte über den Hof. Die Stimme eines Wühlers.

»Was?« Gorotak starrte misstrauisch in Richtung Tempel.

»Sie wollen reden«, bestätigte Ragroth.

»Worüber?«

Der Broca hob die Schultern. »Tja. Vielleicht sollten wir das rausfinden.«

»Oder es ist eine Falle«, warf Grahul ein.

Der Ohrensammler spie einen Batzen Schleim aus. »Ich traue den Bastarden nicht. Vielleicht wollen sie uns nur herauslocken. Sie haben Pfeilwerfer.«

Ragroth fing den Blick des jungen Aerc auf. Krendar schluckte sichtbar, doch dann straffte er die Schultern. »Ich gehe«, sagte er mit belegter Stimme und trotzigem Blick.

»Du?« Der fette Raut sah ihn argwöhnisch an.

Krendar nickte. »Wir werden nicht herausfinden, was sie wollen, wenn keiner von uns geht. Und ich …« Er zuckte linkisch mit den Schultern. »Die Drûaka sagt, ich werde die Nacht ohnehin nicht überleben. Also was soll's.«

Ragroth musterte den jungen Krieger. *Du hast Mumm in den Knochen, Häuptlingstöter.* Er nickte. »Was haben wir zu verlieren?«

Gorotak verzog das Gesicht. »Es ist dein Mann. Mach, was du willst.« Er wandte sich an Grahul: »Hol den Unterhändlerstab. Und sag den Leuten, sie sollen anfangen, diese Rampe zu bauen. Für alle Fälle. Ich will in diesen Tempel. So oder so.«

Ragroth nickte dem jungen Aerc zu. »Die Ahnen mögen dich beschützen«, murmelte er.

Krendar erwiderte das Nicken. »Das wäre … nett von ihnen.« Er schien nicht davon überzeugt.

DREIUNDDREISSIG

Axt kaute nervös auf ihrer Unterlippe. Sie hatte keine Ahnung, ob die Orks auf ihre Rufe reagieren würden. Aber sie beobachteten die Dalkar, so viel war sicher. Axt konnte ihre Blicke beinahe körperlich spüren.

Doch würden sie auch kommen? Und falls sie es taten – würden sie dann mit ihnen reden oder sie mit ein paar gezielten Speerwürfen von der Mauer fegen? Je länger es dauerte, desto nervöser wurde sie.

»Sie kommen«, murmelte Glond und lächelte ihr aufmunternd zu.

Axt stellte eine neue Selbstsicherheit an ihm fest. Was auch immer im Turm vorgefallen war, es hatte ihn verändert.

Ein schlaksiger Ork löste sich aus der Gruppe, die in der Deckung des Vordachs versammelt stand. Er musste noch recht jung sein, denn seine Gesichtszüge waren noch nicht so ausgeprägt eckig wie die der älteren Monster. Er war nur leicht gerüstet und trug lediglich einen ledernen Brustpanzer und eine Fackel. Nervös huschte sein Blick über die wartenden Dalkar hinweg und kurz auch nach oben zur Spitze des Turms.

Also wussten die Orks noch nicht, dass Esse tot war. Das konnte sich als Vorteil erweisen.

Sichtbar erleichtert, dass er nicht auf der Stelle von einem Armbrustbolzen durchbohrt worden war, straffte der Ork die Schultern, hob einen mit Federn behängten Stab und schwenkte ihn über dem Kopf.

Axt runzelte die Stirn. »Kann mir einer sagen, was das Ding da zu bedeuten hat?«

Der Wolfmann zuckte mit den Schultern, die Dalkar ebenfalls.

»Vielleicht ist das so eine Art Friedenszeichen der Orks«, vermutete Glond.

»Hm.« Axt hob die Hand und machte eine einladende Geste.

Der Ork nickte und sah kurz über die Schulter. Aus der Gruppe unter dem Vordach lösten sich drei weitere Orks. Der Erste war ein zäher Bursche mit dem wachsamen Blick eines alten Kriegers. Narben zerfurchten seine tätowierte Visage und überzogen beinahe jedes freie Stück Haut an den Armen. Axt bemerkte ein leichtes Hinken. Eine frische Verletzung?

Der Zweite war größer und wesentlich bulliger. Er trug einen fleckigen Eisenharnisch, der mehrere hässliche Dellen aufwies. Dalkar-Arbeit, das konnte sie bis hier sehen, jedoch bedauernswert ungepflegt. Vermutlich war der Panzer gestohlen, genauso wie das Gold der vielen Ringe, die seine Augenbrauen herunterzuziehen drohten. Immer wieder sah sich der Bullige um, als erwarte er jeden Moment einen Hinterhalt. Er konnte seine Nervosität nur schlecht verbergen. Das sollte sich ausnutzen lassen.

Den Letzten erkannte Axt auf den ersten Blick wieder. Die unförmige Gestalt, die nur aus Fett und Muskeln zu bestehen schien, das hässliche Gesicht und vor allem die stinkende Kette mit den abgeschnittenen Ohren. Axt musste sich zusammenreißen, um nicht die Waffe zu ziehen und sie dieser Kreatur mitten in die Fratze zu schleudern.

Der Fette blieb in sicherem Abstand vor dem Loch stehen und verschränkte die Arme. Die anderen stellten sich mit einem Schritt Abstand seitlich hinter ihm auf.

Also war das der Anführer. Das konnte ja heiter werden.

Der Zähe mit den wachsamen Augen rief etwas in der Menschensprache, und Glond übersetzte.

»Ich bin Ragroth, und ich spreche im Namen von Gorotak, unserem Anführer. Wir sind gekommen, um zu reden.«

Axt atmete auf. »Reden«, murmelte sie. »Das ist gut. Das ist etwas, womit wir Dalkar uns auskennen.« Sie warf Glond einen erleichterten Blick zu. »Stell uns vor und sag ihnen, dass wir ebenfalls reden möchten. Wir wollen über eine friedliche Lösung dieses Konflikts verhandeln.«

Glond nickte und übersetzte. Als er fertig war, rümpfte der Orkanführer die zertrümmerte Nase und knurrte etwas in seiner Sprache.

»Frieden ist ein ungewohntes Wort aus dem Mund eines Zwergs«, übersetzte Ragroth in die Menschensprache. »Aber Gorotak ist bereit, euch zuzuhören. Sagt, was ihr zu sagen habt.«

Axt stemmte die Hände in die Hüften. »Dieser Kampf kann sich noch ewig hinziehen. Wir sind gut gerüstet und haben Vorräte für eine lange Zeit. Ihr seid zu wenige, um uns leicht besiegen zu können.«

Der Orkanführer grunzte abfällig. Es hatte ganz den Anschein, als wäre er anderer Meinung.

Ragroth kniff die Augen zusammen. »Weiter.«

»Aber es wäre eine Lüge, wenn wir behaupteten, dass wir gern hierbleiben. Wir wollen auf die andere Seite des Flusses.« Sie deutete nach Süden. »Zurück zu unseren Familien.«

Gorotak schien das Wort »Familie« nicht zu beeindrucken. Er gab ein Geräusch von sich, das gleichzeitig Ablehnung, Lachen oder Gähnen sein konnte. Der Junge und Ragroth schienen schon eher gewillt, weiter zuzuhören. Vor allem der Junge bekam einen sehnsüchtigen Gesichtsausdruck. Aber überzeugen musste sie in erster Linie den Fetten. »Lasst uns in Frieden aus dem Tempel ziehen, und wir überlassen euch, was ihr darin findet.«

Die Orks horchten auf. Selbst der Fette wirkte mit einem Mal interessiert.

»Und was wäre das?«, fragte Ragroth.

Axt lächelte. Also hatte Dion recht gehabt. Es ging den Orks nicht um Rache oder irgendwelche Heldentaten. Sie wollten einfach nur den Baum abernten, dessen Früchte sie in all den Jahren hatten wachsen sehen. Zumindest diese hier, wenn sie das gierige Flackern in ihren Augen richtig deutete. Sie nickte Glond zu. »Sag es ihnen.«

Anstelle einer Antwort zog Glond einen kleinen Lederbeutel unter seinem Wams hervor. Nachdenklich wog er ihn in der Hand und ließ einige Augenblicke verstreichen, ehe er ausholte und ihn nach unten warf.

Der junge Ork zuckte zusammen, als der Beutel aufschlug, und der Große mit den Ringen in den Brauen spannte sich sichtbar an. Der Wortführer und der fette Anführer hingegen sahen scheinbar ungerührt zu, wie der Beutel vor ihren Füßen aufplatzte und sich sein schimmernder Inhalt über die feuchten Pflastersteine des Hofs ergoss. Schließlich stieß der Fette eine Reihe unwirscher Laute aus. Es klang abfällig. Der Wachsame runzelte die Brauen. Dann nickte er und sah zu Axt auf.

»Gorotak möchte wissen, warum ihr glaubt, dass ihr eure Freiheit erkaufen könnt? Die Stadt ist gefallen und in der Hand der Orkstämme. Dieser Tempel wird so oder so eingenommen werden. Welchen Grund hätte Gorotak, euch abziehen zu lassen?«

»Seine Ehre als Krieger«, entgegnete Axt bestimmt.

Bei Glonds Übersetzung verzog Ragroth das Gesicht. Er wirkte nicht sonderlich beeindruckt. »Darauf gibt Gorotak nichts. Vor allem nicht, wenn er euresgleichen töten kann«, gab er zurück.

Das hatte Axt schon befürchtet. Allerdings registrierte sie auch, dass der Ork geantwortet hatte, ohne vorher für seinen Anführer zu übersetzen. Der fette Ork hatte es auch bemerkt, denn er knurrte seinem Übersetzer etwas zu, woraufhin der eine knappe Antwort gab. Der Blick, den die beiden Orks wechselten, war für Axt schwierig zu entschlüsseln, doch es kam ihr vor, als würde darin ein ordentliches Maß an Rivalität mitschwingen.

»Gorotak sagt, dass er nicht viel auf die Ehre von Kreaturen gibt, die aus der Ferne mit Armbrüsten töten, statt sich einem ehrlichen Kampf zu stellen«, übersetzte Glond den nächsten Wortschwall des Orks.

»Wenn das wirklich so wäre, dann wäre er jetzt bereits tot«, gab Axt zu bedenken und nickte in Richtung Turm.

Immerhin schienen die Orks diese Geste gut genug zu verstehen, denn ihre Augen zuckten hinauf in die Dunkelheit, noch bevor Glond übersetzt hatte.

Axt unterdrückte ein Seufzen. Ihnen lief die Zeit davon. Die Hafenbrücke musste längst zerstört sein, und wer wusste schon, wie lange die Ewige Brücke noch stehen würde. Erreichten sie die nicht, bevor sie fiel, waren sie alle tot. Es lag ganz bei ihr. Und bei diesen hässlichen Kreaturen dort unten – die Orks erwarteten ihre Antwort. Das hieß, bis auf den mit den Ringen im Gesicht. Verstohlen starrte er auf die schimmernden Münzen zu seinen Füßen. Zeit. Zeit und Gier, das waren die Schlüssel, wurde ihr in diesem Moment klar. Auch für die Orks. Es war ins Blaue hinein geraten, doch jeder wusste schließlich, dass Orks gierig waren.

Axt schluckte ihren Ärger hinunter und nickte. »Wie gesagt, wir können diesen Tempel noch lange Zeit verteidigen. Es wird euch vermutlich gelingen, uns zu überrennen, das ist richtig. Aber wann? Wenn die Kämpfe vorüber sind und es hier vor Orks wimmelt? Was glaubt ihr, bleibt dann noch für euch übrig?«

»Woher wollt Ihr wissen, dass sie nicht nur auf Verstärkung warten?«, flüsterte der Wolfmann.

»Ich weiß es nicht«, gab Axt leise zurück.

Mit den Dingen, die sie nicht wusste, konnte man wohl Bücher füllen.

Die Orks auf dem Hof wechselten hastige Worte, als Ragroth übersetzt hatte. Selbst der Bullige mit den Ringen riss die Augen von den Münzen los und flüsterte etwas. Axt war sich auch jetzt nicht sicher, die Mienen der Kreaturen richtig zu deuten, doch sie meinte, so etwas wie Besorgnis darin zu erkennen.

»Ihr habt da einen Nerv getroffen, scheint mir«, sagte der Wolfmann leise.

»Hoffentlich keinen schmerzhaften«, murmelte Glond auf der anderen Seite.

Axt hoffte allerdings, dass es schmerzhaft war. Schmerzhaft genug, um ihr Angebot interessanter werden zu lassen.

Die Kreaturen schienen zu einem Ergebnis gekommen zu sein, denn Ragroth sah auf. »Also gut«, sagte er laut. »Gorotak ist bereit, darüber nachzudenken. Zu seinen Bedingungen.«

»Und die wären?«

Der Wortführer zuckte mit den Schultern. »Ihr werdet jetzt gehen. Ihr werdet nichts mitnehmen. Euer Gold reicht ihm nicht. Ihr werdet auch den Karren hierlassen und zudem sämtliche Schlüssel. Dafür lassen wir euch ziehen. Nicht, weil Gorotak befürchtet, nicht mit euch fertigzuwerden, sondern weil er dieser Geschichte hier langsam überdrüssig wird. Es gibt Ruhm auf dem Schlachtfeld zu holen. Er wäre gern dort, bevor das Kämpfen vorbei ist.«

Axt sah hinauf in den rötlich beleuchteten Himmel, an dem bedrohlich aussehende Wolken dahinjagten. Oder Rauchwolken der brennenden Stadt; so genau war das nicht zu sagen. Dumpf grollte Donner, und die Tropfen fielen jetzt dichter. Sie hasste Regen. Und sie hasste Entscheidungen wie diese. Trotzdem musste sie genau jetzt eine treffen. »Akzeptiert«, sagte sie mit lauter, fester Stimme. »Sofern ihr unsere Bedingungen ebenfalls annehmt.«

Der fette Anführer der Bestien knurrte etwas, das selbst

für Orkverhältnisse unfreundlich klang. Diesmal war sich Axt sicher, dass Ragroth nicht übersetzte, was sein Anführer gesagt hatte. »Nennt sie«, lautete die viel zu kurze Antwort.

»Erstens werden wir unsere Verwundeten mitnehmen. Zweitens unsere persönliche Ausrüstung. Drittens werdet ihr das Tor für uns öffnen. Weit.« Sie deutete über den Hof. »Und viertens werdet ihr den Hof räumen. Solange sich einer von euch draußen befindet, werden wir den Tempel nicht verlassen. Fünftens: Ihr werdet uns ziehen lassen und nicht verfolgen.«

Diesmal huschte ein Lächeln über das Gesicht des Orks. Oder war es nur ein Zähnefletschen? Verdammt, sie konnte die Mimik eines Hundes besser lesen als die dieser Kreaturen!

»Ihr traut uns so wenig?«, rief der Wortführer der Orks zurück.

»Ich traue niemandem, der nicht an meiner Seite kämpft.«

»Darin sind wir uns einig.« Der Ork nickte, als habe er nichts anderes erwartet, und gab ihre Bedingungen an den Fetten weiter.

Einige Augenblicke später nickte der Anführer und verschränkte die Arme vor der breiten Brust. Der junge Ork trat vor und klemmte seine Fackel zwischen zwei der Steine am Fuß des Geröllhügels.

»Sie akzeptieren«, gab Glond seine Antwort weiter.

Axt wurde bewusst, dass sie die Luft angehalten hatte, und atmete langsam aus.

»Sie geben uns so lange, bis die Fackel dort erloschen ist. Jeder Mensch oder Dalkar, der dann noch hier ist, wird von ihnen getötet.«

»Aber es regnet«, warf der Wolfmann ein.

Axt sah hinunter auf die Flamme, die im Wind flackerte. Schwere Regentropfen zischten in ihr.

»Dann sollten wir uns beeilen. Wir haben nicht viel Zeit.« Sie hob eine Hand zum Zeichen, dass sie verstanden hatte.

Der Anführer der Orks drehte sich ohne ein weiteres Wort um und marschierte zurück zum Haupthaus. Der Bullige folgte ihm. Ragroth hingegen sah noch einen langen Moment direkt zu ihr hinauf. Er nickte kaum merklich und sagte etwas, das über das Rauschen des Winds im Birnbaum beinahe nicht zu hören war, bevor er sich ebenfalls abwandte.

»Was hat er gesagt?«

Glond runzelte die Stirn. »Geht schnell und seht euch nicht um. Gorotak hat nicht viel Geduld. Es könnte sein, dass er die Fackel auspisst, wenn es ihm zu lange dauert.«

Der Wolfmann knurrte leise. »Sie haben keine Ehre, diese Tiere.«

Axt war sich nicht sicher, was Ehre damit zu tun haben sollte. Sie kannte genug Dalkar, die dasselbe tun würden.

Aber darüber nachzudenken war jetzt müßig. Sie musste sich auf das Wesentliche konzentrieren. Dion hatte recht. Alles, was zählte, war die Kiste. »Also los«, sagte sie und begann, über den Schutthaufen nach innen zu klettern. »Ihr habt den Ork gehört. Machen wir, dass wir wegkommen.«

VIERUNDDREISSIG

He, Häuptlingstöter! Fang!«

Dudaki stand oben auf dem voll beladenen Karren inmitten der lachenden Krieger Gorotaks und warf Krendar einen prall gefüllten Lederbeutel zu.

Das Wurfgeschoss verfehlte ihn um eine volle Armlänge und platzte auf. Schwere Räder aus Gold verteilten sich klirrend auf dem fein polierten Steinboden des Tempels und rollten in alle Richtungen davon. Die Aerckrieger grölten vor Erheiterung. Zwei der Männer zerrten eine große Holzkiste vom Wagen und ließen sie krachend fallen. Mehr Gold ergoss sich über den Boden.

»Die sind bescheuert, die Wühler«, rumpelte Modrath gut gelaunt. Er wedelte mit zwei gewaltigen, schimmernden Äxten in Ragroths Richtung. »Sieh dir das an, Broca. Gold!« Kraftvoll schlug eine der Waffen gegen den Wagen, und die fein ziselierte Klinge wies plötzlich eine tiefe Kerbe auf, ohne dass die hölzerne Wand mehr als einen Kratzer bekam. »Die Scheißer haben Waffen aus purem Gold gemacht. Wie blödsinnig ist das denn?«

Ragroth grinste zurück. »Nicht nur«, entgegnete er und hieb die breite Klinge eines Schwerts in das Holz. Der Schlag spaltete das oberste der Eichenbretter. »Ein paar davon sind immerhin brauchbar.«

Die Krieger quittierten die Zerstörung mit johlendem Beifall.

Gorotaks Oger fädelte sich inzwischen eine mit Edelsteinen verzierte Kette nach der anderen auf den Arm und kicherte mit kindlicher Freunde und erstaunlich hoher Stimme.

Nach dem Abzug der Zwerge hatten die Aerc den Wagen im Eingang des Tempels gestürmt und begonnen, die darauf aufgehäuften Schätze auseinanderzureißen. Es war überwältigend. Kisten voller geschliffener und ungeschliffener Edelsteine, silberne Trinkgefäße, Gegenstände aus massivem Gold, deren Zweck Krendar verborgen blieb, wundersame Waffen und reich verzierte Rüstungen lagen aufgeschichtet zwischen Mänteln aus schimmernden Stoffen, mit seltsamen Runen übersäten Tongefäßen, Statuetten von Wühlern und Tieren, zwischen Krügen und Fässern mit Flüssigkeiten und seltsam riechenden Pasten. Aber vor allem Gold. Kisten voller Münzen, Klumpen und sogar Stücke, die Krendar an kleine Lehmziegel erinnerten. Nur dass auch sie aus Gold waren.

Einer der Krieger hatte ein Fass von der Ladefläche des Karrens gewuchtet, den Deckel zerschlagen und damit begonnen, goldene Becher voll schäumenden Zwergenbiers an seine Kameraden weiterzureichen.

»Ich würde sagen …«, rief der Linke, und der Rechte ergänzte selig: »… wir sind scheißreich!«

»Wem habt ihr das zu verdanken?«, brüllte der Ohrensammler, und seine Stimme hallte durch den Zwergentempel.

»Gorotak!«, kam es donnernd aus einem Dutzend und mehr Kehlen.

Die Krieger brüllten den Namen ihres Raut immer und immer wieder, bis das Echo ihrer Stimmen den Innenraum des Tempels dröhnen ließ. Der fette Anführer saß mit zufriedenem Grinsen auf einer reich verzierten Truhe und ließ die Hochrufe seiner Männer genüsslich über sich ergehen. Er hatte sich einen mit Goldfäden bestickten Pelzmantel umgehängt. Statt des Haumessers steckte jetzt ein breites Schwert in seinem Gürtel.

Krendar bewunderte die sanft geschwungene Klinge eines Dolchs, dessen Scheide und Griff mit bunten Steinen geradezu überkrustet waren. Der Stahl schimmerte bläulich und schien beinahe von innen zu leuchten. Die Schneiden wirkten so scharf geschliffen, dass sie fast nicht zu sehen waren. Er stieß die Klinge zurück in ihr Bett und schob sich die Waffe in den Gürtel. *Scheißreich. Ja, das kann man so sagen.* Reicher, als er es je zu träumen gewagt hatte. Der junge Aerc machte sich nicht die Mühe, sein breites Grinsen zu verbergen. Und wie ihn die Weiber beachten würden! Er würde sich sein Haus aussuchen können. Oder sogar ein eigenes gründen. Kurz spielte er mit dem Gedanken, ein silbriges Kettenhemd anzuziehen, verwarf ihn jedoch. Es sah nicht so aus, als würde es einem Aerc passen. Stattdessen griff er sich einen Lederbeutel und füllte ihn mit ganzen Händen voller schwerer Münzen.

Dabei entdeckte er die Ayubo, die etwas abseitsstand und nachdenklich das Innere des Tempels betrachtete. Krendar hängte sich den Beutel um, ging hinüber und versuchte zu ergründen, was die junge Schamanin suchte. Der große

Raum war von zahlreichen Fackeln erleuchtet. Etwas Geröll lag an der Stirnwand der Halle, dort, wo der Felsbrocken eingeschlagen war. Rund um diese Stelle hatten die Zwerge eilig eine Barrikade aus Bänken und anderen Möbelstücken errichtet. In ihrer Nähe lagen einige Leichen, Zwerge ebenso wie Menschen. Davon abgesehen war der riesige Innenraum des Tempels beinahe leer. Kein Vergleich mit den vollgestopften, heiligen Zelten der Schamanen. Krendar konnte keinerlei Trophäen, getrocknete Teile von Feinden oder heilige Sandbilder entdecken. Einige steinerne Zwergenstatuen, die die feiernden Aerc missmutig zu beobachten schienen, und ein paar Feuerschalen voller übel riechender Holzkohle, das war alles. Wie die Wühler ihre Ahnen oder Götter oder wen auch immer verehrten, es konnte weder freudig noch leidenschaftlich sein.

Er wandte sich zu Sekesh um, und ihre Bernsteinaugen begegneten seinem Blick. »Und dafür hat sich das alles gelohnt?«, fragte sie leise. Dennoch hallte ihre Stimme in dem kavernenartigen Raum nach.

»Also wenn du mich fragst, schon. Ich denke, die anderen stimmen mir da zu.« Krendar deutete feixend auf den Wagen und die johlenden Männer. »Dafür sind wir doch hier, oder?«

»Ich bin mir nicht sicher.«

»Nicht?« Der junge Aerc runzelte die Stirn. »Weshalb denn dann?«

Die Ayubo hob die Schultern. »Die Ahnen haben uns hierher geführt. Mehr kann ich dir auch nicht sagen.«

»Vielleicht ist etwas von ihnen auf dem Wagen?« Krendar beobachtete die Krieger, die sich lachend mit wertvollem

Essgeschirr bewarfen und mit reich verzierten Stoffen und goldenen Ketten behängten.

»Möglich. Oder es geht ihnen um etwas völlig anderes.« Einen Augenblick lang sahen sie schweigend zu, wie Dudaki einen viel zu großen, goldenen Wühlerhelm auf dem Kopf balancierte und sich in Pose warf. Die restlichen Aerc schienen das zum Brüllen komisch zu finden.

Modrath wuchtete einen grauenhaft hässlichen Steinkopf vom Wagen und betrachtete ihn verständnislos. »Kann mir jemand sagen, warum sie etwas so Scheußliches vor uns retten wollten?«, fragte er. »Ich werde diese Wühler nie verstehen.« Er ließ den Brocken fallen. Die Büste hinterließ einen Riss in einer der Bodenplatten und rollte davon.

Krendar schüttelte den Kopf. »Wir haben gewonnen. Die Wühler sind geschlagen, die Stadt ist eingenommen. Wir sind, wie die Korrach richtig festgestellt haben, scheißreich. Ich denke, die Ahnen können zufrieden mit uns sein.«

Sekesh sah ihn von der Seite an. Zweifel lag in ihrem Blick. »Und was, wenn …« Sie hielt inne und legte den Kopf schief. »Hörst du das?«

»Hm?«

»Der Mensch mit der Echsenhaut, der das Bild der Ahnenmutter trägt. Er ruft etwas.« Die Ayubo deutete zum Eingang. »Komm mit.« Sie marschierte an dem Karren vorbei zum Ausgang. Krendar schüttelte seufzend den Kopf, bevor er ihr folgte.

Draußen ging wolkenbruchartiger Regen nieder. Windstöße peitschten die Tropfen von Osten her durch die Nacht und ließen sie hart wie Kiesel auf die beiden Aerc prasseln. Das

Rauschen des Wassers überdeckte beinahe das Grollen des Himmels, als sie den noch immer gefesselten Echsenmenschen zum Eingang des Tempels zerrten. Die Kreatur stieß unentwegt einen Schwall Worte aus, die sie jedoch im Prasseln des Regens nicht einmal dann verstanden hätten, wenn sie der Sprache der Menschen mächtig gewesen wären.

»Broca! Gorotak!«, rief die Ayubo, um den Lärm der feiernden Krieger zu übertönen. »Der Mensch will euch sprechen!«

Die Aerc verstummten einer nach dem anderen, als sich die Aufmerksamkeit aller auf ihn, Sekesh und den Menschen richtete. Unbehaglich zog Krendar den Kopf ein. Darauf hätte er gut verzichten können.

Der noch immer an den Händen gefesselte Echsenmensch richtete sich dagegen hoch auf und sagte etwas in die eintretende Stille hinein.

Gorotak zog die wulstigen Brauen zusammen. »Ragroth! Was will dieses Stück Dreck?«, knurrte er gereizt.

Der Broca hörte den Lauten des Menschen einige Augenblicke lang zu. »Er sagt, er hat sein Wort gehalten. Er will jetzt seine versprochene Belohnung.«

Gorotak schnaubte. »So. Will er.« Schwerfällig erhob er sich von seinem Sitz und trat vor den Echsengesichtigen, den er um mehr als einen Kopf überragte. »Ich denke, du hast gar nichts zu wollen. Du bist ein mieser kleiner Verräter. Ich sollte dich einfach abstechen.« Er starrte auf den Menschen hinab, der seinen Blick ungerührt erwiderte. Plötzlich zog er einen Dolch aus dem Gürtel. Schneller als irgendjemand reagieren konnte, zuckte die Klinge vor und durchschnitt die Handfesseln des Gefangenen. »Andererseits«, grinste Gorotak und steckte die Klinge wieder weg, »hast du wirklich Mumm in den Knochen. Außerdem hast du dein Wort gehalten. Wenn man's genau nimmt, hast du nur die Wühler beschissen. Dagegen ist ja nun wirklich nichts zu sagen.« Er machte eine unbestimmte Geste in Richtung Ausgang. »Lasst den Scheißer laufen.«

Der Echsenmann schüttelte die Reste der Fesseln ab und massierte sich vorsichtig die Handgelenke. Er leckte sich über die rissigen Lippen und äußerte ein paar Worte in seiner Sprache.

»Er fragt nach seiner Belohnung«, übersetzte Ragroth erstaunt.

Die Miene des Ohrensammlers verdüsterte sich. »Er sollte es besser nicht übertreiben.«

Der alte Broca hob die Schultern. »Immerhin war das die Abmachung«, warf er ein.

Gorotak warf ihm einen irritierten Blick zu. Dann deutete er auf Krendar. »Du da. Gib ihm deinen Beutel.«

»Was?« Krendar starrte den Raut verständnislos an.

»Du sollst ihm deinen verdammten Beutel geben.« Der Ohrensammler zeigte auf den Ledersack, den Krendar soeben noch mit Goldmünzen gefüllt hatte.

»Aber …«

Mit einem Knurren entriss ihm der fette Raut den Sack und warf ihn dem Echsengesichtigen zu. »Das sollte reichen. Und jetzt verschwinde, bevor ich es mir noch anders überlege.«

Der Echsenmann schüttelte den schweren Lederbeutel. Ein faulzahniges Grinsen zog auf sein Gesicht, und er richtete einige weitere Worte an Ragroth.

»Er dankt und will dir noch sagen, dass du einen großen Fehler begangen hast«, teilte Ragroth laut mit.

Gorotaks massiger Kopf fuhr herum. »Will mir das Stück Scheiße etwa drohen?«, fragte er ungläubig.

Der Broca gab die Frage mit ungerührter Miene weiter, woraufhin der Mensch heftig den Kopf schüttelte und die Hände hob. Von dem mit Blasen übersäten Arm ging ein ekelhaft süßlicher Geruch aus, der Krendar beinahe den Atem verschlug. Der Mensch schien es nicht einmal zu bemerken. Eilig stieß er eine Entgegnung aus.

»Sieht nicht so aus«, kommentierte Ragroth. »Er sagt, wir sollten wissen, dass es ein Fehler war, die Wühler ziehen zu lassen.«

Gorotak fletschte die Hauer. »Ich glaube nicht, dass ich meine Entscheidungen vor einem stinkenden Menschen rechtfertigen muss«, grollte er.

Ragroth zog eine Braue hoch. »Ich glaube, er meint das anders.«

Das Echsengesicht plapperte noch immer etwas vor sich hin. Sekesh hob die Hand, um den fetten Raut zurückzuhalten. »Warum ist es ein Fehler?«, fragte sie leise.

Ragroth warf ihr einen Blick zu und gab die Frage weiter. Die Augen des Menschen hefteten sich auf das Gesicht der Ayubo, während er mit großer Eindringlichkeit etwas erwiderte.

»Die Kisten«, übersetzte Ragroth. »Die Kisten, die die Wühler bei sich hatten, als sie den Hof verließen. Er sagt, sie seien das, weshalb die Erdmaden überhaupt hierhergekommen sind.«

Krendar erinnerte sich. Die Zwerge hatten tatsächlich

Kisten bei sich gehabt. Einige von ihnen, jene, die keine Waffen mit sich führten, hatten vollgepackte Säcke auf den Rücken geschleppt. Und zwischen sich hatten sie zwei lange Kisten getragen. Sie waren ihm unwichtig vorgekommen im Vergleich zu dem, was sie auf dem hoch bepackten Karren sehen konnten. Warum sollte das Wenige, was sie enthalten konnten, wichtiger sein als all die Reichtümer auf dem Wagen und das, was der Tempel sonst noch bereithalten mochte?

Der Kopf des Menschen ruckte in die Richtung des Karrens, als er etwas hinzufügte. Ragroths Miene verfinsterte sich. »Der Rest ist unwichtig. Sagt er.«

Der Ohrensammler starrte den Menschen zweifelnd an. »Woher will er das wissen? Ich denke, er war noch nie hier?«

»Er hat diese Wühler schon mal getroffen«, antwortete der Broca nach einem Augenblick. »Andere Menschen haben ihnen den Weg zum Tempel gewiesen, um dort etwas zu holen. Etwas, das wertvoller ist als Gold.«

Der Raut zog lauernd die Augen zusammen. »Etwas, das den Wühlern wertvoller ist als Gold? Was sollte das sein?«

Der Echsenmann stieß einen Schwall eindringlicher Worte aus.

»Er weiß es nicht«, übersetzte Ragroth. »Aber seine Götter sagen, dass die Wühler etwas in diesem Tempel aufbewahrt haben, das für sie wichtiger ist als die Bewohner dieser Stadt. Etwas, das hier liegt, seit diese Stadt gegründet wurde, und das sie so eifersüchtig sogar vor ihresgleichen verbergen, als würde es über das Schicksal der Stadt selbst entscheiden.«

»Seine Götter?«

»Die Ahnen der Stadt«, warf Sekesh ein.

Gorotak wirkte plötzlich nachdenklich. »Etwas, das über das Schicksal der Stadt entscheidet? Und das ist es, was sie fortbringen?«

Der Echsenmann nickte entschieden, als Ragroth ihm die Frage übermittelte. »Das ist es, was seine G... die Ahnen ihm sagen«, gab der alte Broca seine Entgegnung weiter. »Er wünscht uns viel Glück, und wir sollen Wühler für ihn töten.«

Der Echsenmann schulterte den schweren Ledersack, schenkte ihnen ein letztes Grinsen voller brauner Zähne und verschwand im Regen, bevor einer der Aerc reagieren konnte.

Ein abfälliges Grunzen zeigte, was der Ohrensammler von den Ahnen der Stadt hielt. »Widerlicher Scheißer«, murmelte er. »Was hat er wohl gemeint?«

»Eine Waffe vielleicht.« Die Bemerkung rutschte Krendar heraus, bevor er sich dessen bewusst war. »Ich meine, was sollte das Schicksal der Stadt entscheiden, wenn nicht eine Waffe?«, fügte er schnell hinzu, als er die Augen der anderen auf sich fühlte. »Die Wühler sind dafür bekannt, grausame Waffen zu erschaffen. Pfeilwerfer, Feuerwerfer ... wer weiß, was sie noch erschaffen haben?«

Ragroth nickte nachdenklich. »Der Häuptlingstöter könnte recht haben.«

Krendar zuckte bei diesem Titel zusammen, doch niemand schenkte dem Beachtung.

Der fette Raut starrte für einen Moment vor sich hin.

Dann bleckte er die Zähne und stieß einen unflätigen Fluch aus. »Diese kleinen Drecksäcke haben uns also doch hintergangen!« Er fuhr herum. »Grahul!«, brüllte er durch den Raum. »Sammle die Männer! Wir gehen Wühler jagen!«

Der alte Broca sog scharf die Luft ein. »Gorotak. Du hast ihnen freien Abzug gewährt! Auf deine Ehre als Raut der Weststämme!«

Gorotak zog Schleim hoch und spuckte ihn in hohem Bogen in den Regen. »Sie hatten ihren freien Abzug. Der Vorsprung ist groß genug, würde ich sagen. Zeit, uns diese verdammte Waffe zu holen.« Er wandte sich um, doch Ragroth vertrat ihm den Weg. »Du hast bei der Ehre der Weststämme geschworen. Wir lassen sie ziehen!«

»Geh mir aus dem Weg.«

»Sicher nicht. Ich sage, wir lassen sie gehen. Die Krieger der Weststämme stehen zu ihrem Wort.«

»Das Wort ist nichtig!«, donnerte der Ohrensammler. »Es wurde Wühlern gegeben, nicht Aerc. Und jetzt tritt beiseite!« Er legte die Hand auf das Schwert in seinem Gürtel.

Ein humorloses Lächeln wanderte über Ragroths Gesicht. Mit einem Mal stand Modrath hinter ihm, und die beiden Korrach flankierten den Oger, ihre Speere in den Händen. Krendar machte einen vorsichtigen Schritt zurück und tastete nach dem Griff des Dolchs in seinem Gürtel. Der Broca jedoch schüttelte kaum merklich den Kopf. »Sind wir also wieder an diesem Punkt, Gorotak. Du brichst schon wieder dein Wort. Was kommt als Nächstes? Willst du mich wieder töten?« Er beugte sich vor und fletschte die Zähne. Für einen Moment starrten sich die beiden Aerc aus weniger als einer Armeslänge Entfernung in die Augen.

Perfekte Spiegelbilder, schoss es Krendar durch den Kopf. *Wenn der Raut nicht so fett wäre.*

Gorotak ließ ein tiefes Grollen hören. »Du willst mich herausfordern?«

»Kommt drauf an, würd ich sagen. Würdest du eine Herausforderung denn annehmen?«

»Verreck einfach, Wühlerficker!«

Der Schlag kam so schnell, dass Krendar erschrocken zusammenzuckte. Die Hand des Ohrensammlers traf den Broca hart an der rechten Schulter. Etwas knackte, und Ragroth wurde zurückgestoßen. Er taumelte gegen Modrath, stieß sich ab und erwiderte Gorotaks Schlag mit einem harten Hieb, der den Kiefer des fetten Aerc fand und ihm die Lippe aufplatzen ließ. Gorotak rammte ihm im Gegenzug die Faust in den Magen, glitt jedoch vom ledernen Harnisch des Broca ab, dann schlossen sich Ragroths Hände um seinen Hals. Knurrend rammte er sein Knie gegen den verletzten Oberschenkel seines Gegners. Ragroths Bein knickte ein, und seine Finger glitten vom schwammigen Hals des Broca ab. Er stolperte, und plötzlich trat ein verwunderter Ausdruck auf sein Gesicht. Sein nächster Schlag kam so schwach und unkoordiniert, dass Gorotak leicht ausweichen konnte. Ragroth blinzelte verwirrt und schwankte. Der folgende Hieb des fetten Raut traf ihn mit voller Wucht und katapultierte ihn durch das Tor hinaus in den Hof, wo er haltlos aufschlug. Keuchend versuchte er, sich auf die Knie zu stemmen. Er blinzelte in den strömenden Regen und stieß ein seltsames Röcheln aus. Seine Arme zitterten, dann sackte er in sich zusammen.

Gorotak starrte schwer atmend auf ihn hinab. »Steh auf,

du feiges Schwein«, knurrte er. Seine Hände öffneten und schlossen sich abwechselnd. Als sich Ragroth nicht rührte, wischte er sich das Blut von der Lippe und zog sein Schwert.

»Genug«, grollte Modrath hinter ihm.

Krendar, der dem plötzlichen Gewaltausbruch mit fasziniertem Entsetzen gefolgt war, ohne sich zu rühren, zuckte zusammen. »Es reicht, Gorotak.«

Der Raut musterte den Oger, der hinter ihm aufragte. Verächtlich verzog er das Gesicht, schob die Waffe zurück in den Gürtel und spuckte aus. »Du stellst dich schon wieder auf seine Seite?«

Modrath ließ den Blick über die Krieger des Ohrensammlers streichen, die aufgehört hatten, den Karren der Zwerge zu durchwühlen, um nach ihren Waffen zu greifen. Er ließ den Kopf seines riesigen Streithammers mit dumpfem Klacken auf den steinernen Boden fallen und leckte sich über den abgebrochenen Hauer. »Nein. Nicht schon wieder. Immer noch.«

Gorotak starrte zu ihm hinauf. »Geh mir aus dem Weg.«

»Vergiss es.« Ohne Gorotak aus den Augen zu lassen, wandte er sich an die beiden Korrach. »Linker, geh und hol die Skrag. Wir könnten sie hier gebrauchen.«

Einer der Bergzwillinge nickte und war im nächsten Augenblick im Tempelinneren verschwunden.

Im Gesicht des Ohrensammlers arbeitete es. Nach einer Weile trat er einen Schritt zurück, hob die Hand, um seine Leute zurückzuhalten, und nickte. »Wie du willst. Du warst schon immer ein Trottel, Modrath. Selbst für einen Oger. Du lernst nie, wer verloren hat und wer gewonnen.« Lauter fügte er hinzu: »In Ordnung. Nachdem das nun geklärt ist: Wir rücken ab. Jetzt! Wir holen uns die Erdmaden und ihre Kisten. Ich will ihre Köpfe auf Pfählen sehen!«

Seine Krieger brachen in brüllende Zustimmung aus, und der fette Aerc grinste. Dann fiel sein Blick auf Krendar und Sekesh. »Das gilt auch für euch.«

Die Ayubo betrachtete Ragroth, der im Regen lag und erstickt keuchte. Sie hob den Blick und fixierte Gorotak mit ihren eiskalten Augen. »Unser Broca lebt noch«, sagte sie leise, und die winzige Echse in ihrem Haar zischte. »Ich glaube nicht, dass du uns Befehle geben kannst.«

Gorotak wich unwillkürlich einen weiteren Schritt zurück und schaute zu Krendar. Der sparte sich eine Antwort. Er trat neben Modrath und den zweiten der Korrach, der wachsam die restlichen Krieger im Auge behielt.

Der Raut interpretierte seine Reaktion richtig. Mit einem Knurren spie er einen weiteren Fladen blutigen Speichels aus. »Wie ihr wollt. Grahul, vier Männer kümmern sich um den Karren. Der Rest kommt mit!« Er wandte sich ab und marschierte an Ragroth vorbei hinaus in den Regen, ohne den Gefallenen eines Blickes zu würdigen. Seine Krieger folgten ihm.

Zu Krendars Verblüffung schloss sich Dudaki ihnen an. Der Froschaerc fing seinen erstaunten Blick auf und zuckte mit den Schultern. »Wir treffen alle unsere Entscheidungen, Häuptlingstöter«, sagte er mit rotem Grinsen.

»Und du entscheidest dich für dieses Arschloch?«

Der Aerc winkte ab. »Nichts für ungut, Häuptlingstöter, aber ich halte mich grundsätzlich an Gewinner. Dein Broca ist ja ganz offensichtlich keiner.« Schnell stopfte er sich noch eine Handvoll Goldketten unter den Brustpanzer und folgte eilig den abrückenden Kriegern. Binnen Augenblicken hatten die Regenschleier auch ihn verschlungen.

Modrath atmete vorsichtig aus. »Broca?«, rumpelte er besorgt. »Ragroth? Was ist mit dir los?«

Krendar hockte sich neben den alten Aerc. Der Atem des Broca kam nur noch flach, rasselnd und stoßweise. Ein eisiger Schauer lief Krendar den Rücken hinab. Er stammte nicht vom Regen. Dort, wo Gorotak ihn getroffen hatte, hatte sich Ragroths Oberarm seltsam verfärbt. Aus dem Zentrum dieser Verfärbung ragte das kurze Ende eines Holzspans.

FÜNFUNDDREISSIG

Seltsam, wie sich das Antlitz einer Stadt wandeln konnte, wenn sie vom Feind angegriffen worden war. Es waren nicht so sehr die sichtbaren Dinge, wie die brennenden Dächer, die eingetretenen Türen oder die auf den Straßen verstreuten Besitztümer der Dalkar – es lag vielmehr an dem allgegenwärtigen Gefühl der Unsicherheit, das einem die eigene Heimat fremd machte. Man konnte nie wissen, wer einen aus den schwarzen Fensteröffnungen heraus beobachtete oder mit blankgezogener Klinge hinter der nächsten Hausecke lauerte. Eine verlassene Straße konnte im nächsten Augenblick vor Feinden wimmeln, eine dunkle Gasse sich in eine tödliche Falle verwandeln. Trotzdem hatte Glond zum ersten Mal seit Ewigkeiten ein gutes Gefühl. Die Orks waren auf ihren Handel eingegangen, und bis jetzt schienen sie keine Anstalten zu machen, ihnen zu folgen.

»Wir haben es geschafft«, murmelte er unter der Last der Kiste mit den acht Schlössern, die er gemeinsam mit einem der Tempelwächter schleppte.

Als er gegen den Rücken seines Vordermanns stieß, der unvermittelt stehen geblieben war, machte sein Herz einen Sprung. Der Griff der Kiste entglitt seinen Fingern, und erst im allerletzten Augenblick gelang es ihm zu verhindern, dass sie mit lautem Krachen auf dem Kopfsteinpflaster aufschlug. Der Tempelwächter warf ihm einen vorwurfsvollen Blick zu.

Ächzend stemmte Glond seine Seite der Kiste wieder in die Höhe. »Was ist los? Warum halten wir an?«

Axt deutete wortlos nach vorn.

Zuerst hätte Glond die Gestalt beinahe für eine Statue gehalten. Aber Statuen standen selten einfach so mitten auf der Straße herum. Ungläubig kniff er die Augen zusammen. »Stein?«, fragte er verwundert. Es war eigentlich nicht möglich, aber es sah tatsächlich so aus, als wäre der kleine Dalkar noch am Leben.

Stein neigte den Kopf ganz langsam von rechts nach links, so als müsste er sich erst wieder daran erinnern, wie man ihn bewegte. Er grinste und nickte ihnen zu, als wäre er nur mal eben um die Ecke verschwunden.

Axt trat auf ihn zu und klopfte ihm erfreut auf die Schulter. »Du lebst!«

»Ay«, sagte Stein, und sein Grinsen wurde noch eine Spur breiter.

Der Wolfmann streckte die langen Arme aus und umarmte den kleinen Dalkar. »Ich wusste, dass dir nichts passieren kann. Du bist von Navorra gesegnet. Genauso wie Glond, wenn nicht sogar noch mehr.«

»Ich bin Stein«, sagte Stein.

Kearn klopfte ihm als Einziger nicht auf die Schulter. Seine Hand ruhte auf dem Griff des Streitkolbens. »Wo hast du die ganze Zeit gesteckt?«, blaffte er ihn an. »Man könnte fast meinen, du hättest dich verdrückt, als es gefährlich wurde.«

»Ich war unvorsichtig.« Stein machte ein trauriges Gesicht. »Ich war dabei, die Gegend auszukundschaften, als ich von zwei Skrag überrascht wurde. Sie hätten mich beinahe entdeckt, doch es gelang mir, sie in die Irre zu führen. Skrag sind gefährliche Jäger, aber wenn sie die Witterung verlieren, verlieren sie auch bald das Interesse. Doch sie hielten mich lange genug auf, um mir die Möglichkeit zu nehmen, euch rechtzeitig zu warnen. Es tut mir leid. Es war mein Fehler.«

»Wir haben alle Fehler gemacht«, sagte Axt. »Wir haben viel zu viel Zeit mit Diskussionen verschwendet, und wir hätten das Tor nicht aufmachen dürfen, bevor du zurück warst. Das hat sich bitter gerächt. Beryll ist tot und Esse auch. Eine Menge anderer tapferer Männer sind ebenfalls gestorben.«

»Esse?« Stein schüttelte bedauernd den Kopf. »Ich habe ihn gemocht. Er war ein weiser Mann. Ich hoffe, ich kann dazu beitragen, seinen Tod zu sühnen.«

»Das kannst du sicher.« Axt warf einen Seitenblick auf Kearn. »Ich denke, wir sollten das alle versuchen.«

Am südlichen Ende der Schustergasse stolperten sie über einen Ork, aus dessen Rücken ein Armbrustbolzen ragte. Er schien noch nicht lange tot zu sein. Sie folgten seiner Blutspur die Straße hinunter und bogen um eine Hausecke. Etwa fünfzig Schritte weiter bot sich ihnen ein grauenvoller Anblick. Auf dem Tuchplatz stapelten sich zu Hunderten die verstümmelten Leiber von Orks und Dalkar. Die Dalkar lagen zusammengedrängt im Zentrum des Platzes, und die meisten waren von gewaltigen Steinbrocken regelrecht zerschmettert worden.

»Die Orks sind von allen Seiten gleichzeitig gekommen«, sagte Stein. »Sie haben sie eingekreist und dann mit Steinen beworfen, die die Oger aus dem Straßenpflaster gebrochen haben. Bei den Dalkar handelt es sich um Königliche. Sie haben sich tapfer gewehrt, aber sie konnten nirgendwohin ausweichen. Die Orks haben ihnen jeden Fluchtweg versperrt, indem sie die Gassen mit der puren Masse ihrer Körper verstopften.« Er deutete nach Süden. »Gleich danach sind sie weitergezogen. Alles, was noch laufen konnte, ist die Straße hinuntermarschiert. Sie haben sich nicht einmal die Mühe gemacht, ihre Verwundeten zu versorgen.«

»Direkt auf die Ewige Brücke zu.« Axt wischte sich nachdenklich eine Haarsträhne aus dem Gesicht. »Sie wissen, wie wichtig die Brücke ist.«

Stein nickte. »Sie ist nun auch unser einziger Weg über den Fluss geworden.«

»Das wird ein heißes Gemetzel«, brummte Kearn und knackte mit den Knöcheln.

»Wir werden uns wohl kaum durch die Reihen der Orks kämpfen können«, sagte Axt.

»Und wie sollen wir dann auf die andere Seite kommen? Sollen wir es gleich noch einmal mit Verhandeln versuchen?« Der Einäugige warf Glond einen Seitenblick zu. »Vielleicht lassen sie uns ja ziehen, wenn wir ihnen auch noch das Altargeschirr hinterherwerfen.«

»Wir könnten nachschauen, ob noch irgendwo ein Boot im Hafen liegt«, schlug der Wolfmann vor. Als er die Blicke der Dalkar bemerkte, hob er die Hände. »Oder auch nicht. War ja nur so eine Idee.«

Kearn schüttelte entnervt den Kopf. »Boote sind für Menschen gemacht und nicht für Dalkar. Niemand würde freiwillig in eines einsteigen, dessen Kiel nicht mindestens so dick ist wie die Wand eines Hauses. Doch von denen liegt schon seit Tagen keines mehr im Hafen.« Er deutete auf die Haufen der getöteten Orks. »Boote wären eine genauso dumme Idee, als würden wir uns wie Orks verkleiden und uns zwischen ihren Reihen hindurchschleichen.«

»Hm«, sagte Dion und strich sich über den Bart. »Der Herr ist zu früheren Zeiten oft unerkannt durch die Straßen der Sterblichen gewandelt.«

»Er ist aber auch ein wenig mächtiger als wir. Glaubt ihr denn, die Orks würden nicht erkennen, wenn in ihren Rüstungen Dalkar stecken? Sie sind zwar dumm, aber sicherlich nicht blind.«

»Das ist wahr. Doch der Herr liebt verrückte Ideen. Und diese klingt so verrückt, dass er uns sicherlich einen Teil seiner Macht leihen wird, um sie umzusetzen.«

»Ihr wollt Magie wirken?«, fragte der Wolfmann erstaunt. »Ich wusste nicht, dass ihr Zwerge so etwas beherrscht.«

»Die Macht des Herrn hat mit menschlichem Hokuspokus nichts zu tun. Ich bitte lediglich um seinen Beistand, und er wird ihn mir gewähren. Sofern er geneigt ist.«

»Der Beistand des Herrn lässt in letzter Zeit arg zu wünschen übrig«, grummelte Kearn. »Findet ihr nicht auch?«

Dion warf ihm einen strafenden Blick zu. »Er wird sich schon etwas dabei gedacht haben, dass er so lange wartet. Möglicherweise mangelte es seinen Kindern ja bislang am nötigen Respekt.«

Glond rollte mit den Augen. Da war sie wieder, die berühmte dalkarische Art, alles ausdiskutieren zu wollen. Kein Wunder, dass viele der Sache aus dem Weg gingen, indem sie sich das Denken gleich ganz sparten und lieber mit dem Kopf durch die Wand liefen. Mit einem entschuldigenden Blick auf den Tempelwächter ließ er seine Seite der Kiste laut knallend auf das Pflaster prallen. Nachdem er sich der Aufmerksamkeit der anderen sicher war, trat er vor und legte dem Tempeldiener die Hand auf den Arm. »Wenn ihr eine Idee habt, dann sprecht. Wir werden euch zuhören.«

Dion warf einen entsetzten Blick auf die Kiste, ehe er sich fing und Glond zunickte. »Jeder von euch sammelt ein paar Felle und Kleidungsfetzen ein. Werft sie euch über die Schultern und folgt mir so unauffällig wie möglich. Tut, was ich sage, was immer auch geschehen mag. Wenn niemand direkt nach uns sucht, haben wir gute Chancen, unerkannt zu bleiben.«

»Und wenn wir es nicht bleiben«, murmelte Kearn, »hat sich der Herr sicherlich etwas dabei gedacht.«

Mit gesenkten Köpfen folgten sie dem Verlauf der Straße nach Süden. Vorbei an weiteren Toten, die mit eingeschlagenen Schädeln am Straßenrand lagen. Die schattenhaften Umrisse von Orks tauchten wie Geister aus dem Regen auf. Die meisten blutend, mit zerschlagenen Gesichtern und klaffenden Wunden im Fleisch. Wortlos hasteten sie an den Dalkar vorüber und verschwanden so schnell wieder in der Dunkelheit, wie sie aufgetaucht waren.

Hier und da kauerten verwundete Orks am Straßenrand und starrten mit leerem Blick zu Boden, jammerten, grunzten oder warteten schweigend auf Hilfe. In einem Hauseingang stritten sich zwei plündernde Orks um eine Schüssel, die verdächtige Ähnlichkeit mit einem Nachttopf aufwies. Ein dritter stapfte in einem traditionellen Dalkar-Hochzeitskleid an ihnen vorüber und erntete neidische Blicke.

Je weiter sie kamen, umso unsicherer wurde Glond. Die nassen Felle, die sie sich über die Schultern geworfen hatten, stanken nicht nur zum Himmel, sie waren auch eine mehr als lächerliche Tarnung. In dieser Verkleidung hatten sie kaum etwas mit Orks gemeinsam, eher mit einem Rudel nasser Jahrmarkthunde. Kearn würde recht behalten. Jeden Augenblick musste sie jemand erkennen und Alarm schlagen. Aber irgendetwas hatten sie tun müssen. Alles war besser, als stundenlang zu diskutieren.

Sie ließen die Gassen hinter sich und näherten sich dem Marktplatz. Um den großen Gildenbrunnen drängte sich eine große Menge Orks. Sie standen dicht gedrängt im Regen, schlugen Schilde und Waffen gegeneinander und brüllten sich gegenseitig Mut zu, während sie darauf warteten, sich in die Schlacht stürzen zu dürfen, die weiter unten am Fluss tobte. Die Front konnte nicht mehr weit sein. Der Wind trug bereits ihre typischen Geräusche heran. Das Schlagen von Metall auf Metall, vereinzelte Schreie und das allgegenwärtige Dröhnen der Kriegstrommeln.

Direkt vor ihnen erscholl ein wütendes Bellen, und ein riesiger schwarzer Ork trat ihnen in den Weg. Die nassen Haare klebten ihm im Gesicht, heißer Atem quoll aus seinem halb geöffneten Maul mit den spitzen Eckzähnen. Seine rot geränderten Augen starrten übermüdet, aber misstrauisch auf die verkleideten Dalkar hinunter. Mit einer schweren Knochenkeule deutete er auf Dion und schleuderte ihm einen Schwall unverständlicher Worte entgegen. Als der Tempeldiener ihm nicht schnell genug antwortete, schlug er mit den Knöcheln gegen die fassartige Brust und wiederholte seine Worte. Eine in unmittelbarer Nähe stehende Gruppe ganz ähnlich aussehender Orks drehte die Köpfe und blickte misstrauisch zu ihnen herüber. Glond wurde mit einem Mal bewusst, dass sie nun der Mittelpunkt des allgemeinen Interesses geworden waren.

»Ich habe gleich gewusst, dass das eine bescheuerte Idee war«, knurrte Kearn zwischen zusammengebissenen Zähnen. Unauffällig hob er seinen Streitkolben. »Dann spielen wir wohl jetzt wieder nach meinen Regeln.«

Dion legte die Hand auf seine Waffe und drückte sie sanft nach unten. Er trat direkt vor den Ork und schielte unter seiner haarigen Verkleidung zu ihm empor. Er reichte dem Riesen gerade einmal bis zum Bauch. »Geh mir aus dem Weg, du Warzenschwein«, zischte er und schlug sich ebenfalls mit den Knöcheln gegen die Brust.

Der riesige Ork runzelte die Stirn und wischte sich den Regen aus den Augenwinkeln. Grunzend beugte er sich zu Dion hinunter und sog witternd die Luft ein. Seine Nasenflügel bebten mit jedem Atemzug.

»Groshakk!«, donnerte Dion mit einem Mal so dröhnend, dass der riesige Ork wie ein junger Hundewelpe zurückzuckte und etliche der Zuschauer hastig die Blicke abwandten. »Hashok! Aus dem Weg mit dir, du Ork!« Glond konnte sich beinahe bildhaft vorstellen, wie der Alte im Tempel die Sieben Reden des Herrn intonierte und die Gläubigen in Ehrfurcht erstarren ließ.

Ein erschrockenes Grollen drang aus den Kehlen der

Orks. Zwei oder drei wichen einen Schritt zurück. Ein offenbar noch sehr junger Ork aus der Gruppe fiel platschend auf ein Knie und beugte den Kopf so tief, dass sogar die Dalkar seinen Nacken sehen konnten.

Der riesige Ork fuhr grollend herum und zerrte den Knienden am Ohr wieder auf die Beine. Offenbar schien ihm dessen Verhalten ganz und gar nicht zu gefallen. Dabei konnte Glond den Jungen nur zu gut verstehen. Gegen die befehlende Stimme des Alten schien selbst Generals Variscits dröhnender Bass nur ein jämmerliches Fiepen. Für einen kurzen Moment war er selbst versucht gewesen, demütig auf die Knie zu fallen.

Mit einer Hand am Ohr des winselnden Jungorks und der anderen am Griff seiner Waffe schwankte der Riese unschlüssig hin und her. Auf seinem Gesicht wechselten sich nacheinander Regungen von Zorn bis tiefster Verwirrung ab.

Ganz in der Nähe ertönte das Klagen eines Kriegshorns. Erneut zuckte der riesige Ork zusammen. Er schüttelte den massigen Schädel, und seine langen Haarsträhnen klatschten ihm ins Gesicht. Das schien ihn aus seiner Erstarrung aufzuwecken. Er brüllte der Orkgruppe etwas zu und deutete mit der Waffe in Richtung Flussufer. Die anderen Orks begannen nun ebenfalls, wild durcheinanderzubrüllen, und rafften eilig ihre Ausrüstung zusammen. Ohne noch einen weiteren Gedanken an die Dalkar zu verschwenden, stürmte die gesamte Gruppe durch den Regen davon.

Hinter Glond klappte der Wolfmann das Visier seines rostigen Orkhelms nach oben und stieß die Luft aus. »Ist das gerade eben wirklich passiert?«, fragte er langsam. »Hat er dem Ork befohlen, aus dem Weg zu gehen?«

»Er hat ihn ein Warzenschwein genannt«, sagte Axt.

»Ich dachte bis heute, er wäre einfach nur verrückt«, murmelte hinter Glonds Rücken einer der Tempeldiener.

»Das ist er auch«, murmelte ein anderer. »Offenbar gefällt das dem Herrn tatsächlich.«

»Aber wenn er so etwas noch einmal macht«, knurrte Kearn, »dann bringe ich ihn um. Gottgefallen hin oder her.«

Hinter dem Marktplatz endeten die Reihen der Gildenhäuser. Linker Hand ragte die düstere Außenmauer des Brauhauses in die Höhe, rechts fiel die Böschung steil zum Flussufer hin ab. Dazwischen war der Boden aufgeweicht und durchpflügt, als hätte eine Herde Schweine darin getobt.

Die Dalkar schlossen sich im Schutz des immer heftiger strömenden Regens einer Reihe leicht gerüsteter Orks an, die sich rutschend und fluchend einen Weg durch den Morast bahnten. Vorbei an verstümmelten Leichen und schlammverschmierten Verwundeten, die ihnen Hilfe suchend die Hände entgegenstreckten.

Vor ihnen tauchte eine Handvoll geduckter Lagerhäuser aus den Regenschleiern auf. Dahinter war in einiger Entfernung bereits der mächtige Umriss der Ewigen Brücke zu sehen, die unbeeindruckt von den Geschehnissen den Fluss überspannte.

»Sie steht noch«, sagte Axt. Die Erleichterung war ihrer Stimme deutlich anzuhören. »Und die Orks haben sie nicht erobern können.«

»Noch nicht«, murmelte Glond mehr zu sich selbst.

Die Linie der Verteidiger war von dieser Stelle aus recht gut zu erkennen – sie schien geradezu lächerlich dünn gegen die Masse der Orks, die gegen sie anstürmte. Allein ihre Zahl war überwältigend. Hätten die Orks sie auf offenem Feld einsetzen können, wäre die Schlacht bereits entschieden. Wenn es auf den anderen Wegen zur Brücke ebenso stand, dann war es nur eine Frage der Zeit, bis es den Orks gelang, an irgendeiner Stelle durchzubrechen – auch wenn es so aussah, als müssten sie für jeden Schritt, den sie vorankamen, einen hohen Blutzoll zahlen.

Ein Ork, dessen Arm nur noch an wenigen Fetzen aus Haut und Muskeln hing, taumelte keuchend an ihnen vorüber. Einige Schritte weiter stürzte er in den Schlamm, zog die Beine dicht an den Oberkörper und blieb zusammengerollt liegen. Wie er so dalag, hatte er kaum noch etwas von einer bösartigen Bestie. Er sah einfach nur aus wie ein jämmerliches Lebewesen, das zur falschen Zeit am falschen Ort war.

Nachdenklich kaute Glond an seiner Unterlippe. »Kommt weiter!«

»Ragroth. Broca!«

Das Erste, was er fühlte, war Schmerz. Dumpfer, wühlender Schmerz, der immer gleißender wurde, je mehr er ins Bewusstsein zurückfand. Sein gesamter Körper schien in Flammen zu stehen. *Aaaaahh …* »Aaahh … Groshakk!« Die Worte brannten auf seinen Lippen, und er brauchte einen Moment, um festzustellen, dass die Stimme seine eigene war.

Ragroth zwang sich, die Augen zu öffnen. Es gelang ihm beim rechten.

»Hoi. Da ist er wieder. Den Ahnen sei Dank!« Dicht über

ihm schwebte die narbige Visage Modraths, die sich zu einem erfreuten Grinsen verzerrte.

Verflucht! Die Ahnen können mir gestohlen bleiben. Das wollte er sagen. Doch alles, was sich seiner Kehle entrang, war ein krächzendes Stöhnen.

In die Miene des Ogers mischte sich Besorgnis. »Alles in Ordnung mit ihm?«

Ein Scheiß ist in Ordnung! Könnte mich mal jemand löschen?

»In Ordnung? Er ist immer noch einen Fingerbreit vom Tod entfernt. Scher dich aus dem Weg und gib ihm Platz zum Atmen!«

Modraths Gesicht wich zurück und gab den Ausblick auf die nachtschwarzen Züge der Ayubo frei. Was schon mal eine wesentliche Verbesserung darstellte.

»Hier, Broca. Trink das.« Sie setzte ihm eine Schale an die Lippen, aus der eine bittere Flüssigkeit rann. »Alles«, setzte sie befehlend hinzu, als er nach dem ersten Schluck würgte.

Diese Pisse macht dich gleich wesentlich weniger sympathisch. Doch er trank gehorsam die Schale leer. Es war nie eine gute Idee, einer Drûaka zu widersprechen. Er hustete, und jeder Atemstoß trieb ein glühendes Messer durch seinen Kopf. *Ach verdammt.* »Wo ist der Rest?«, flüsterte er.

Modrath deutete stumm zur Seite, und Ragroth brachte es im zweiten Anlauf fertig, den Kopf zu drehen. Krendar und die beiden Korrach standen ebenfalls bei ihm.

»Gorotak hat schon wieder versucht, mich umzubringen«, stellte er fest. Jedes Wort schmerzte.

»Wär ihm auch fast wieder gelungen«, rumpelte der Oger. »Es war verdammt knapp.«

»Wie?«

»Mit Gift.« Modrath spuckte voller Abscheu aus. »Der verdammte Drecksack hat dich vergiftet.«

»Ah.« *Das erklärt einiges.*

»Sekesh hat dir ein Gegengift gegeben«, warf Krendar ein.

»Großartig.« Allerdings fühlte er sich überhaupt nicht so. Sein Herz hämmerte rasend schnell, und jeder Schlag trieb flüssiges Feuer durch seine Adern.

»Du hast Glück gehabt, Broca«, stimmte die Ayubo zu. »Großes Glück.«

So fühlt sich also Glück an. Keine Ahnung, was die Leute daran finden. Ragroth verzog das Gesicht.

»Er hat Furashak-Gift verwendet.«

»Und das ist gut?«

Die Ayubo zuckte mit den Schultern. »Ich vermute, es ist äußerst schmerzhaft.«

Wider Willen entfuhr Ragroth ein Schnauben, das beste Lachen, das er gerade zustande bringen konnte.

»Furashak sind mit denen hier verwandt.« Sekesh griff sich ins Haar, und die winzige Flugechse kletterte auf ihren Finger. »Es scheint, dass ihr Gift das gleiche ist. Und um das zu behandeln, hatte ich das Nötige bei mir.«

Die Echse gurrte und musterte Ragroth mit leuchtend grünen Augen.

»So fühlt man sich, wenn man von dem da gebissen wird?«, krächzte der Broca.

Die Ayubo schüttelte den Kopf. »Man stirbt etwas langsamer.«

Großes Glück. Ragroth schauderte und riss den Blick von dem winzigen Monster los. »Ich werde es also überleben?«

Sekesh hob die Schultern. »Ich denke schon. Wenn dein Herz bis jetzt nicht gerissen ist, wird es wohl halten. Wenn du eine Weile ruhig liegst.«

Ragroth grunzte. Im Moment blieb ihm wohl auch gar nichts anderes übrig. Er sah sich um. Irgendjemand, vermutlich Modrath, hatte ihn ins Innere des Wühlertempels getragen. Das Tor stand weit offen, und aus den flammenbeschienenen Wolken strömte noch immer unablässig der Regen. Der Tempel selbst war leer, wenn man von einigen herumliegenden Münzen und Scherben absah. Eine ausgesprochen hässliche Steinbüste starrte ihn aus dem Schatten einer Säule an. Niemand hatte sich die Mühe gemacht, sie einzusammeln. Alles andere allerdings war verschwunden, ebenso wie Gorotak und seine Krieger.

»Und das fette Schwein?«

»Weg. Sie sind alle weg.«

»Er will die Wühler.«

Modrath nickte.

Der Broca seufzte, dann runzelte er die Stirn. »Die Skrag?«

Die Zwillinge schüttelten die Köpfe. »Bei den Ahnen«, sagte der Rechte.

»Die Wühler haben sie erwischt«, ergänzte sein Bruder. »Hässlicher Anblick«, schloss der Rechte.

»Beide?«

Die Korrach nickten.

Muss ein verdammtes Massaker gewesen sein. »Wie viele Wühler?«

Die Korrach sahen sich an. »Einer«, murmelte der Linke. »Zumindest haben die Skrag nur einen getötet«, stellte der andere klar.

Ragroth seufzte. Selbst das tat weh. *Kann man wohl nichts machen.* »Krendar«, flüsterte er. »Die Pranok-Wurzel in meinem Gürtel. Ich brauche sie.«

Der junge Aerc kniete sich neben ihn und nestelte die Wurzel aus seiner Gürteltasche. Unschlüssig sah er sie an. »Wie viel willst du?«

Wie viel? »Schieb sie mir einfach zwischen die Zähne.«

»Alles?«

Ragroth nickte. Er schloss die Augen und zwang sich zu kauen.

Langsam rückte der brennende Schmerz in den Hintergrund und ließ nicht mehr als das dumpfe, schnelle Hämmern seines Herzens zurück. Er fühlte, wie die Energie in seinen Körper zurückströmte. Was natürlich nur eine Täuschung war. Er würde den Preis dafür zahlen müssen. *Wie immer. Aber später. Zuerst muss jemand anderes zahlen.*

Er öffnete die Augen. »Hilf mir auf, Modrath.«

»Was hast du vor, Broca?«

»Was wir gestern schon hätten tun sollen«, knurrte Ragroth. *Was ich schon lange hätte tun sollen.* »Wir erledigen unseren Auftrag.«

»Welchen Auftrag?«, warf Krendar ein.

Ragroth stemmte sich auf den Ellbogen und sah die Reste seiner Doppelfaust einen nach dem anderen an. »Wir finden Gorotak und legen ihn um.«

Sekesh setzte zum Protest an. »Du musst Ruhe halten. Das Gift wird dich umbringen! Es wird …«

»Das Gift, Gorotak, die Wühler, das Wetter, meine Füße … Irgendwas wird mich sicher umbringen. Aber wenn es so weit ist, will ich meine Arbeit erledigt haben. Außerdem bin ich es leid, dass das fette Schwein auf die Ehre unseres Stamms pisst. Und jetzt hilf mir endlich auf, du Riesentrottel.«

Ein Grinsen kroch auf das Gesicht des Ogers. Er leckte sich über den abgebrochenen Hauer. »Wird verdammt noch mal auch Zeit, Broca.«

SECHSUNDDREISSIG

»Dort vorn sind sie!«, rief Boshuluk und deutete mit einem dicken Zeigefinger über die Köpfe der Aerc vor ihnen.

Gorotak kletterte auf die Reste einer Barrikade und starrte durch den Regen in die Richtung. Vor ihnen drängten sich mehrere Doppelfäuste von Kriegern auf einem offenen Platz, der langsam in Regen und Morast versank. Ganze Berge von Leichen übersäten die Fläche, so hoch, dass sich die nachrückenden Aerc mühsam einen Weg um sie herum suchen mussten. Von Weitem war das helle Klirren von Stahl auf Stahl zu hören, und die Schreie von Kämpfenden und Verwundeten vermischten sich mit dem misstönenden Klang der Kriegshörner, dem steten Hämmern der Trommeln und dem Rauschen des Regens zu einem einzigen monotonen Kriegsgeräusch. Etliche der umstehenden Gebäude brannten, und die Flammen ließen Lichter auf blanken Klingen, nassen Rüstungen und in den Augen der Männer tanzen. Viele der Augen waren bereits tot.

Tatsächlich, gut hundert Doppelschritte entfernt am anderen Ende des Platzes, inmitten der vorrückenden Stammeskrieger, entdeckte er eine Gruppe von Figuren, die unmöglich Aerc sein konnten. Sie waren viel zu klein und trugen zwei Kisten mit sich. Seine Kisten. Die dämlichen Aerc schienen sie überhaupt nicht wahrzunehmen.

Der Ohrensammler stieß ein wütendes Brüllen aus, das zwischen den Häusern widerhallte. »Wie bei allen Geschwüren an Rogorus Arsch sind sie dahin gekommen? Worauf wartet ihr Arschlöcher?«, herrschte er seine Männer an und sprang von seinem Aussichtspunkt. Er riss sein Schwert aus dem Gürtel. »Die kleinen Scheißer dürfen uns nicht entkommen! Holt sie mir! Holt mir die verdammten Kisten!« Er stürmte auf den Platz hinaus und bahnte sich rücksichtslos den Weg durch die protestierenden Krieger. Seine Männer folgten ihm dichtauf.

Krendar rannte. Die Gasse war übersät mit den Leichen von Zwergen und Aerc. Mehr Aerc als Zwerge, doch wie es aussah, hatte den bärtigen Kriegern alle Gegenwehr nichts genutzt. Die Stadt schien inzwischen vollkommen in der Hand der Stämme zu sein. Immer wieder kamen sie an Gruppen von Aerc vorbei, die die Häuser der Wühler plünderten, Möbel auf die Straße warfen und sich um Beutestücke stritten. An der letzten Straßenecke hatte eine Gruppe Krieger johlend zwei halb nackte Menschenweiber aus einem Hauseingang gezerrt. Für einen Augenblick hatte der Gesichtsausdruck der Männer Ekel in ihm aufwallen lassen, als ihm klar wurde, welches Schicksal den beiden bevorstand. Zu jeder anderen Zeit würde kein Aerc eines dieser dürren Weiber auch nur ansehen. Doch das hier war Krieg, und wie es schien, brachte der die seltsamsten Dinge mit sich.

Ragroth hatte seine Schritte nicht verlangsamt, und die Schreie der Menschen waren bald hinter ihnen zurückgeblieben.

Mehr und mehr Stammeskrieger strömten aus den Seitengassen und begannen, die Straße zu verstopfen und ihr Fortkommen zu verlangsamen. Schließlich wurde das Gedränge so dicht, dass sie kaum mehr als ein zügiges Marschtempo zustande brachten. Zudem verwandelte der anhaltende Regen die abschüssige Steinstraße in einen schlüpfrigen Wasserlauf, auf dem sich die meisten Aerc lieber vorsichtig fortbewegten. Ragroths Trupp hatte diesen Luxus nicht. Knurrend übernahm Modrath die Führung und rempelte die langsamen Krieger beiseite. Eine Welle wütender Rufe breitete sich hinter ihnen aus.

Krendar schloss zu Ragroth auf, der mit zusammengebissenen Kiefern und versteinerter Miene dicht hinter dem Oger marschierte.

»Broca, wohin gehen wir eigentlich?«, keuchte er. »Ich glaube nicht, dass die Wühler diesen Weg genommen haben.«

»Kaum«, gab der Broca zurück. »Aber Gorotak. Es ist der direkte Weg zum Fluss. Und zur Brücke. Egal, wie sie dorthin kommen, der Fette wird sie dort abfangen wollen.«

»Aber woher will er wissen, welche Brücke die Wühler nehmen?«

Ragroth warf ihm einen Seitenblick zu. »Er wird gefragt haben.« Mit einem raschen Seitenschritt griff er sich einen Aerc, der neben ihnen durch das Wasser stolperte. »Du da! Werden die anderen Brücken noch umkämpft?«

Der fremde Aerc setzte zu einem wütenden Protest an, doch irgendetwas in Ragroths Anblick brachte ihn dazu, es sich anders zu überlegen. Er schüttelte den Kopf. »Die Ostbrücke ist schon lange abgebrannt. Und soweit ich weiß, ist die flussabwärts eingestürzt, kurz bevor der Regen anfing. Ihr müsst das Donnern gehört haben. Hab keine Ahnung, wie, aber die bärtigen Bastarde haben es geschafft, das Ding einzureißen.« Der Aerc schüttelte keuchend den Kopf. Er musste sich beeilen, um mit Ragroth Schritt zu halten, der nicht stehen geblieben war. »Jetzt zieht Rogoru alle Fäuste an der dritten zusammen. Das ist dort«, fügte er überflüssigerweise hinzu und deutete nach vorn, wo sich undeutlich das Ende der abschüssigen Straße abzeichnete. Ragroth ließ ihn so plötzlich los, dass er stolperte, ausglitt und mit einem Fluch im Wasser landete.

»Wie ich schon sagte. Die Wühler müssen da vorn durch, wenn sie es noch auf die andere Seite schaffen wollen. Und Gorotak will sie dort abfangen.«

»Und was willst du tun?«

»Wir finden ihn, und ich schlage ihm den Schädel ein.«

Krendar musterte das narbige Gesicht des Broca. Zwischen Tätowierungen, Regen und dem flackernden Licht brennender Häuser konnte er nicht sicher sein, doch es kam ihm vor, als sei der alte Krieger fahler geworden. »Das ist der Plan?«

Ragroth nickte. »Das ist der Plan.«

»Der ganze?«

»Der ganze.«

»Aber du hast doch gesagt, Sturmangriffe sind …«

»… wirksam. Wenn das andere Arschloch nicht weiß,

dass du überhaupt noch lebst. Ich hab nicht vor, Gorotak vorher Bescheid zu sagen.« Ragroth starrte verbissen geradeaus, wo sich die Straße jetzt zu einem großen Platz zwischen hohen Häusern öffnete. Hunderte Stammeskrieger kämpften sich über den morastigen Grund, über die Reste von Barrikaden und die Leichen Gefallener und zwischen Haufen noch mehr Toter hindurch. Alle strömten in eine Richtung. In dieselbe, in die auch sie zogen. Zum Fluss. Zur Brücke.

»Er ist dort«, murmelte Ragroth.

Krendar kam es vor, als sei es gleichermaßen eine Feststellung wie eine Beschwörung.

»Er ist dort. Ich kann es fühlen.«

Krendar starrte über den Platz in die Regenschwaden, in denen Lichter flackerten und massige Schatten marschierten. Alles, was er fühlte, war der Regen, der ihm unter die Rüstung kroch, und das leise Nagen des Wurms in seinen Eingeweiden. Sekeshs Worte kreisten jetzt ständig in seinem Kopf. *Ich werde die Nacht nicht überleben.* Es war beinahe Morgen, und sie marschierten geradewegs ins Zentrum der Schlacht um Derok.

Krendar fröstelte. Er konnte sehen, dass der alte Broca bereit war zu sterben. Er war sich ziemlich sicher, dass er selbst es nicht war.

Irgendwo hinter den Dalkar dröhnte ein zorniges Brüllen durch den Regen. Direkt vor ihnen drehten sich gleich zwei der hässlichen Bestien nach der Ursache des Gebrülls um und fuhren zurück. Langsam wurden ihre Augen größer, und ihre massigen Unterkiefer klappten nach unten. Der Linke deutete mit ausgestrecktem Finger auf Dion und stieß einen krächzenden Warnruf aus.

»Ich fürchte, wir sind entdeckt.« Dion zuckte mit den Schultern. »Das war es wohl mit unserer Tarnung.«

»Dann spielen wir jetzt endlich nach meinen Regeln.« Kearn drängte sich an ihm vorbei und schlug dem rufenden Ork ein Loch in die Stirn.

»Hurgh?«, grunzte der Ork, als der Einäugige die Spitze seines Streitkolbens aus ihm heraushebelte.

»Was du nicht sagst.« Kearn schubste ihn auf den zweiten Ork. »Folgt mir.« Er verzog das Gesicht zu einer furchterregenden Grimasse und sprang vorwärts, ohne sich noch einmal umzudrehen. Dann rammte er einem Speerträger von hinten den Rand seines Schilds in die Kniekehlen, stieß ihn kopfüber in den Schlamm und benutzte seinen Rücken als Brücke, um zum nächsten zu gelangen. Im Vorbeigehen zerschmetterte sein Streitkolben ein Schulterblatt und dann ein Gesicht, das sich ihm halb zugewandt hatte und erstaunt die Augenbrauen zusammenzog, ehe es in einer Wolke aus Blut und Knochensplittern zerstob. Innerhalb von zwei Lidschlägen hackte sich Kearn eine Schneise durch die Reihen der Orks, die so überrascht waren, dass sie gar nicht erst an Gegenwehr denken konnten.

Axt stieß einen Fluch aus, schlug nach einem Gegner, der sich ihr unvorsichtigerweise genähert hatte, und deutete Kearn mit dem Spalter hinterher. »Folgt ihm!«

»Sicher?«, fragte der Tempelwächter, aber Glond hatte bereits die Kiste angehoben und rannte los. Das hieß, eigentlich stolperte er mehr, als dass er lief. Je weiter sie kamen, umso stärker war der Boden aufgewühlt und vom Regen durchtränkt. Wie Blutegel sog er sich an den Stiefeln fest, und ein ums andere Mal rutschte jemand aus oder versank bis weit über die Knie im Dreck.

Doch Kearn gönnte ihnen keine Pause. Kämpfend stapften sie an Reihen von Holzpfählen vorüber, auf deren angespitzten Enden sterbende und tote Orks steckten, und dann an größer werdenden Haufen erschlagener Dalkar. Linker Hand kamen sie an einer Anzahl gestreckter Lagerhäuser vorüber und näherten sich Schritt für Schritt der Brücke und dem dichtesten Gedränge an der Frontlinie. Kearn zögerte keine Sekunde. Wie eine Naturgewalt schob er sich durch die Orks, zerschlug Arme, Beine und Schädel, schwang seinen unheiligen Streitkolben und fütterte ihn unablässig mit dem Blut seiner Gegner.

Jetzt kamen sie von allen Seiten, eine geifernde Meute aus Waffen und Zähnen. Doch noch hielten die Klingen der Dalkar sie auf Distanz, zerfetzten Haut und Muskeln und bahnten sich Schritt für Schritt ihren Weg voran. Kurz glaubte Glond, das Ende des Schlachtfelds zu erkennen, doch dann tauchte ein hässliches Gesicht vor ihm auf, und ein Arm folgte, der eine noch viel hässlichere Keule schwang. Glond duckte sich unter dem Schlag, und der Ork stürmte an ihm vorbei und griff die Träger der zweiten Kiste an. Der vordere stürzte mit eingeschlagenem Schädel zu Boden. Der hintere ließ den Griff der Kiste los und zog ein Messer aus dem Gürtel. Ein Speer zischte auf ihn zu, und dann versperrten gleich mehrere Orks die Sicht.

Glond hielt entsetzt inne, doch dann schüttelte er den Kopf. Es hatte keinen Zweck. Er konnte ihnen nicht mehr helfen. »Lauf weiter!«, brüllte er dem Tempelwächter am anderen Ende der Kiste zu. Er krallte die Finger um den Griff und stolperte vorwärts.

Gorotak brüllte vor Frustration. Die Zwerge waren dicht vor ihm, beinahe zum Greifen nahe. Aber eben nur beinahe. Drei oder vier Reihen Aerckrieger standen noch zwischen ihm und seinem Ziel, dicht gedrängt und begierig darauf, sich auf die Wühler zu werfen und ihn um seine Beute zu bringen, selbst wenn sie es nicht wussten. Und die Zwerge hatten die zerrissene Linie erreicht, die ihre Kameraden noch immer vor der Brücke hielten. Die Leichen von Stammeskriegern und Ayubo türmten sich hier so hoch, dass die angreifenden Aerc auf den Körpern der Gefallenen standen. Ströme von Blut und der unablässige Regen machten jeden Schritt zu einem glitschigen Albtraum. Wer stürzte und sich nicht selbst an einer der zahllosen Waffen aufspießte, die aus dem Leichenberg ragten, der wurde ziemlich sicher von den Stiefeln der nachrückenden Krieger zertrampelt.

»Boshuluk, mach uns den Weg frei! Hyänen, tötet jeden, der sich uns in den Weg stellt! Sie dürfen nicht entkommen!«

Grendul sah ihn verwirrt an. »Aber sie gehören zu uns, Broca!«

Der Ohrensammler fletschte das Gebiss. »Drauf geschissen!« Er zog einen Dolch und stach ihn dem Aerc vor sich in den Nacken. Der Krieger brach ohne einen Laut zusammen. Ein anderer Krieger starrte Gorotak mit verzerrtem, blutbespritztem Gesicht an und öffnete den Mund, um zu protestieren. Der Raut schlug ihm das Heft des Schwerts in die

Zähne. Der Aerc stolperte rückwärts, glitt aus und verschwand unter den Füßen der anderen.

Neben Gorotak begann Grahul, auf die Aerc vor ihnen einzuhacken. Boshuluk packte einen Krieger an der Rüstung und warf ihn kurzerhand über die anderen nach vorn, wo er unter den Waffen der Wühler verschwand. Nur noch wenige Schritte!

Die Hyänen um Gorotak bahnten sich eine blutige Schneise durch die Stammeskrieger, die den Tod von hinten nicht kommen sahen. Ihre Schreie gingen im Tosen der Schlacht unter.

Ein bärtiges Gesicht tauchte vor Gorotak auf, und er spaltete es mit einem Hieb bis zum Kinn. Ein Zwergenspieß fand seinen Weg durch das Gedränge und schlitzte ihm den Oberschenkel auf. Der Ohrensammler zerhackte ihn, bevor er seinen Dolch tief in die Fratze des Zwergs rammte. Für einen Augenblick konnte er einen Blick auf die Kiste werfen. Dann taumelte ein Ayubokrieger vor ihn, und er verlor die Zwerge aus den Augen. Wutentbrannt stieß er den Mann in den nächsten Hieb eines der Zwerge, parierte den Axthieb eines anderen und drosch mit dem Schwert auf einen dritten ein.

Schon komisch, was einem so alles durch den Kopf ging, wenn man sich mitten in einer Schlacht befand. Heetmann Talus hatte es zuerst gar nicht bemerkt, aber in den letzten Minuten hatte er angefangen, eines dieser alten Heldenlieder zu singen, für die die Dalkar in seiner Heimat so berühmt waren. Irgendetwas von Ehre, Blut und Bier.

Singen war vielleicht der falsche Ausdruck. Während sich die glänzende Axt hob und senkte und Schädel spaltete, hatte er jedes Wort einzeln herausgebrüllt. Es den Orks, die es wagten, sich ihm entgegenzustellen, in die verdutzten Gesichter hineingeschmettert. Falls man irgendwann einmal Geschichten über ihn schreiben sollte, würde dieses Lied sicherlich gut mehrere Seiten füllen, und keiner würde sich die Mühe machen, es zu lesen. Und wer es doch tat, würde feststellen, wie dämlich es war.

Talus ließ die Axt in den Brustkorb eines Speerträgers fahren. Knochen splitterten, Blut spritzte.

Eine Stachelkeule kam auf ihn zugesaust. Er wehrte sie mit dem gepanzerten Handschuh ab und stieß sie gegen das Gesicht ihres Besitzers zurück, der sich beinahe selbst an den Stacheln aufspießte. Talus rammte ihm den Ellbogen in den Bauch und stieß ihn zur Seite.

Was fanden die Leute eigentlich an diesen Heldenliedern? Die meisten hatten ja noch nicht einmal einen richtigen Reim, geschweige denn eine Melodie, die man im nüchternen Zustand ertragen konnte. Talus hatte von einem Clan im Norden gehört, der sogar Wettkämpfe austrug, um zu ermitteln, wer der beste Sänger in ihren Reihen war. Fehlte nur noch eine Laute oder wie dieses schreckliche Musikinstrument hieß, mit dessen grässlichen Tönen man ganze Heerscharen in die Flucht schlagen konnte.

Ein schwarzer Ork mit langen Zottelhaaren und vernarbtem Gesicht stolperte schreiend auf ihn zu, die Axt hoch über den Kopf erhoben. Talus duckte sich unter seinem Schlag weg und zertrümmerte ihm die Kniescheibe. Als der Ork vornüberkippte, schlug er ihm mit geballter Faust die

Zähne aus dem hässlichen Gesicht. Von irgendwoher fuhr ein Spieß heran, bohrte sich in die Seite des Orks und brachte ihn endgültig zu Fall.

Soweit er sich erinnern konnte, war dieser Clan im Norden von wilden Ogern beinahe vollständig ausgelöscht worden. Wahrscheinlich waren die ebenso begeistert von der Musik gewesen wie er.

»Dort drüben! Aufhalten!« Er fuchtelte mit der Axt in der Luft herum und deutete in Richtung Fluss, wo eine Gruppe bunt bemalter Orks versuchte, sich an den Verteidigern vorbeizuschmuggeln. »Nicht dorthin. Die andere Richtung, ihr Trottel. Folgt mir!« Fluchend kletterte er über einen Haufen Toter hinweg und hoffte, dass sich ihm tatsächlich jemand anschloss.

Vielleicht waren es ja die Trommeln und Kriegshörner, die aus diesen Liedern etwas Besonderes machten. Ja, das könnte es tatsächlich sein.

Er wehrte einen halbherzig geführten Schlag gegen seinen Kopf ab und bleckte die Zähne. Er musste einen furchterregenden Anblick bieten. Von Kopf bis Fuß in blutbesudeltes Metall gehüllt, der Bart verfilzt, wie ein Irrer brüllend und mit einer Waffe in den Händen, die selbst einem Oger zu Ehren gereicht hätte. Wie ein Dämon aus einem orkischen Albtraum.

Sein Gegner ließ die Waffe fallen und wandte sich zur Flucht.

Talus lachte ihm hinterher und machte einen langen Schritt, um ihn einzuholen.

Und da passierte es. Sein Bein versank bis zur Hüfte in einem verborgenen Wasserloch. Er ruderte mit den Armen und stürzte kopfüber in den Schlamm. Für einen Augenblick blieb ihm die Luft weg, er schlug um sich und versuchte, sich irgendwo festzuhalten. Doch alles, was er zu fassen bekam, waren aufgeweichte Dreckklumpen, die zwischen seinen Fingern zerrannen. Dann bekam er etwas Festeres zu fassen, den Arm oder das Bein eines Toten, und zog sich daran in die Höhe. Keuchend holte er Luft, glücklich darüber, dass sein Leben nicht unter Wasser enden sollte, als ein dunkler Schatten auf ihn fiel. Der Ork, der soeben noch vor ihm Reißaus genommen hatte, stand jetzt direkt über ihm. In seiner Hand blitzte die doppelblättrige Streitaxt des Heetmanns. Talus musste sie bei seinem Sturz verloren haben.

Ein hässliches Grinsen zog über das Gesicht seines Gegners. Er hob den Fuß und trat von oben gegen seinen Brustpanzer. Langsam wurde Talus wieder zurück in das Wasserloch gedrückt.

Hilfe suchend schaute er sich um, doch in seiner Nähe war kein Dalkar mehr zu sehen. Nur noch Unmengen von Orks, die schnaufend und grunzend an ihm vorüberzogen. Mit plötzlicher Klarheit erkannte er, dass er verloren war. Er hatte kaum noch genügend Kraft, den Arm zu heben.

»Immerhin war es ein guter Kampf«, sagte er erschöpft. »Ich hoffe, auf der anderen Seite erwartet mich ein gutes Bier.«

Der Ork grunzte etwas, das Zustimmung sein konnte oder auch eine üble Bemerkung über seine Mutter. Er trat noch fester zu, und Talus hörte seine eigenen Rippen knacken. Zähnefletschend hob der Ork die Axt und holte aus, als plötzlich sein Kopf zur Seite gerissen wurde und Blut und Knochensplitter durch die Luft spritzten.

»Mit Bier kann ich leider nicht dienen.« Hinter dem Ork tauchte ein schwer gepanzerter Dalkarkrieger auf. Er trug eine pechschwarze, runenverzierte Plattenrüstung, in der Hand hielt er einen schweren Streitkolben in Form eines Rabenkopfs. Der Krieger ließ den getöteten Ork achtlos in den Schlamm fallen, und als er den Kopf drehte, bemerkte Talus, dass er nur ein Auge besaß. Er musterte Talus von oben bis unten. »Ich kenne Sie«, stellte er erstaunt fest. »Sie sind der Heetmann vom Hafentor. Ich habe nicht gewusst, dass Sie ein Ambosser sind.« Etwas wie Anerkennung schwang in seiner Stimme mit. »Ich dachte, von euch wäre keiner mehr übrig.«

Talus schaute an sich hinunter und zuckte mit den Schultern. »Viel ist auf jeden Fall nicht mehr da.«

Der Einäugige grinste und streckte dem Heetmann die gepanzerte Hand entgegen.

»Entweder bin ich doch gestorben«, sagte Talus kopfschüttelnd, »und wir befinden uns hier in der Halle der Helden, oder ihr Verrückten habt tatsächlich das Unmögliche geschafft.« Er ließ sich von Kearn auf die Beine helfen und verzog das Gesicht, als ein heftiger Schmerz durch seine geschundenen Rippen fuhr.

»Das haben wir allerdings.« Die junge Dalkar, die sich am Hafentor als Axt vorgestellt hatte, trat neben Kearn. Sie deutete mit ihrem langstieligen Spalter auf eine Kiste, die von zwei weiteren Dalkar hinter ihr hergetragen wurde.

Talus blinzelte überrascht. »Acht Schlösser und die Zeichen der Clans. Ist es tatsächlich das, was ich glaube?«

Axt nickte.

»Dann verstehe ich eure Hartnäckigkeit.« Talus hob mit schmerzverzerrtem Gesicht seine Streitaxt auf und stützte sich auf den Griff. »Und ich kann mir einbilden, dass es einen besonderen Grund gibt, warum ich mich immer noch an diesem verfluchten Ort hier aufhalte, statt in der Südstadt ein kühles Bier auf eure Seelen zu trinken.«

»Das macht es zumindest leichter.« Axt klopfte ihm auf den Schulterschutz. »Wir müssen die Kiste so schnell wie möglich über die Brücke bringen.«

Talus riss sich vom Anblick der Kiste los. »Die Königlichen lassen außer ihren eigenen Leuten keinen mehr in ihre Nähe. Nicht einmal mich würden sie jetzt noch passieren lassen. Jeden, der es trotzdem versucht, würden sie mit Armbrustbolzen spicken.«

»Das wagen sie nicht«, knurrte Kearn.

»Ihr kennt die Königlichen besser als ich. Ihr wisst, dass es wahr ist. Sie machen niemals eine Ausnahme.« Talus fuhr sich mit der Hand über die Glatze. »Es sei denn … ihr hättet selbst einen Königlichen bei euch.«

SIEBENUNDDREISSIG

Gorotak!« Ragroths Brüllen war sogar für ihn selbst über den Lärm des Gemetzels kaum zu hören. Vor ihnen drängten sich die Krieger so dicht, dass sich auch Modrath keinen Weg mehr zu bahnen vermochte, ohne rohe Gewalt anzuwenden. Ihm war nicht ganz klar, warum, aber es schien, als führte der Ohrensammler den blutigen Sturm auf die Front der Zwerge an. Dutzende Krieger waren seinem Beispiel gefolgt und warfen sich jetzt mit Todesverachtung gegen die Verteidiger. Alle Vorsicht und Taktik schienen vergessen, egal, wie viele Aerc sie in Stücke hackten. Die Linie der bärtigen Schlächter war zerbrochen und zerfaserte zusehends, als sich die Krieger Rogorus in die Lücken drängten, sie in wildem Taumel niedermachten und in Richtung Brücke stürmten.

Du willst der Held des Tages werden, Arschloch? Nicht mit mir. Ragroth sparte sich einen zweiten Ruf. Die bloße Anstrengung hatte ihm fast den Schädel zerrissen, und jeder Schlag seines Herzens ließ einen Blitz vor seinen Augen zucken. Vier oder fünf Doppelschritte waren nur noch zwischen ihm und dem Ohrensammler. *Es könnten genauso vier- oder fünfhundert sein. Ich komme nicht …*

Er biss die Zähne aufeinander und stieß den Oger neben sich an.

»Broca?«

»Wirf mich, Modrath.«

»Was?« Der Riese starrte ihn ungläubig an. »Aber du bist …«

»Quatsch nicht, mach!«

»Sicher?«

»Nein. Wirf mich trotzdem.« *Bevor ich es mir doch noch mal überlege.*

Modrath starrte einen Augenblick lang auf ihn hinunter, dann nickte er und ging in die Hocke.

Mit einem infernalischen Brüllen richtete sich der Oger auf und schleuderte Ragroth von seinen Schultern hoch hinauf in den Regen und über die Köpfe der Krieger. Für einen kurzen Moment schien er über dem Schlachtfeld zu schweben, den Geistern der Ahnen gleich, die in jedem Kampf auf die Krieger der Stämme herabsahen und ihren Favoriten ihre Gunst schenkten oder jenen, die sie für nicht würdig befanden, Niederlage und Tod brachten.

Ahnen? Für Niederlage und Tod bin ich heute wohl selbst zuständig.

Dann kehrte die Zeit zurück und riss ihn rasend schnell in den Rachen des Schlachtfelds zurück. Genau auf den fetten Raut zu. *Verflucht!*

Mit der Wucht eines Streithammers krachte er in den breiten Rücken des Ohrensammlers und rammte diesen zu Boden. Gleißender Schmerz flammte in Ragroths lädierter Schulter auf und durchdrang sogar das Polster aus Pranok-

Saft und Müdigkeit. Er rollte weiter, unter der Axt eines Zwergs hindurch, und warf sich herum, um dem Stiefel eines der nachrückenden Aerc zu entgehen. Der Aufprall hatte ihm die Kriegskeule aus der Hand gerissen, seine Lippe war wieder gesprungen, und heißes Blut lief ihm über das Kinn. *So war das nicht geplant.*

Er erhaschte einen Blick auf Gorotak, der sich in der Deckung seines Ogers auf die Knie kämpfte. Die Rüstung auf seiner rechten Schulter war verbogen und stand in einem grotesken Winkel ab. Das Blech war eingerissen und hatte dem Fetten einen klaffenden Schnitt am Kopf beschert. So tief, dass sein Ohr nur noch lose an einem großen Lappen Haut hing. Wie passend. *Ach, scheiß auf Planung.* Ein wölfisches Grinsen wanderte auf Ragroths Gesicht. Er packte den Gürtel des Aerc neben sich und zog sich auf die Füße, wobei er die Augen nicht von Gorotak ließ.

Es war fast, als würde der Ohrensammler seinen Blick spüren. Die Augen Gorotaks fanden seine und weiteten sich in plötzlichem Erkennen.

Ragroth lief los. Er stieß einen Aerc aus dem Weg und zog den Dolch aus seinem Gürtel. Ein Speer schrammte über seine Rüstung. Vielleicht ein Wühlerspieß, vielleicht die Waffe eines Aerc – der Broca achtete nicht darauf. Es gab nur noch eines, das wichtig war. Stolpernd kam der fette Raut auf die Füße. Er schwang sein Schwert gegen Ragroth, doch die Klinge verfing sich am Unterarm eines Ayubo und blieb für einen Augenblick im Fleisch des brüllenden Kriegers hängen. Dann war Ragroth heran. Er warf sich gegen den fetten Aerc und stach nach dessen Unterleib. Gorotak ließ sein Schwert los und wehrte die krumme Klinge im letzten

Moment mit der Unterarmschiene ab. Metall kreischte über Metall. Der Dolch des Ohrensammlers kratzte über den Lederpanzer Ragroths und verhakte sich, als der Broca seinen Arm mit der freien Hand festhielt. Für einen Moment standen sie sich mit blutüberströmten Gesichtern gegenüber. In diesem Moment glichen sich die Kontrahenten mehr als je zuvor. Unsicherheit flackerte durch Gorotaks Blick und wurde ebenso schnell von eisiger Wut verdrängt. »Willst du Arschloch denn ewig leben?«, knurrte er entnervt.

»Nur lange genug.« Ragroths Kopf ruckte vor, doch Gorotak riss sein Gesicht zurück und stieß den Broca von sich.

»Ich hätte mich doch vergewissern sollen«, knurrte er.

Ragroth nickte. »Das hättest du schon beim ersten Mal.« Irgendwoher tauchte ein brüllender Zwerg auf und hieb mit einer Axt nach Gorotak, doch Ragroth rammte ihm den Dolch ins Auge. Noch bevor der Fette reagieren konnte, hatte er seine Klinge wieder befreit. »Jetzt ist es wohl zu spät, sich darüber Gedanken zu machen, Bruder.«

Gorotak zog eine Grimasse. »Mit einem Bruder wie dir war ich schon immer gestraft.«

Der Broca grinste humorlos. »Schon immer klingt hart. Ich würde sagen, erst als du beschlossen hast, mich umzubringen.«

»Hätte ich schon viel früher tun sollen.« Gorotak machte einen Ausfall, den Ragroth gerade noch parieren konnte. »Im Wanst unserer Mutter hätte ich dich erwürgen sollen.«

»Du warst eben schon immer ein unfähiger, fettiger Haufen Schweinescheiße«, sagte Ragroth und kniff die Augen zusammen. Jeder Herzschlag donnerte wie eine Trommel in seinen Ohren. Wurden die Schmerzen wieder schlimmer? Er ließ den Dolch vorschnellen, doch Gorotak parierte den Angriff mit Leichtigkeit. Die Faust, die sein zerfetztes Ohr traf, erwischte ihn dagegen mit voller Wucht. Grunzend taumelte er gegen den Rücken eines Stammeskriegers und stieß sich gerade noch rechtzeitig ab, um Ragroths nächstem Dolchstoß zu entgehen. Die Klinge verfehlte seinen Hals nur um Haaresbreite und hinterließ einen klaffenden Schnitt in seinem Doppelkinn.

Sein Ellbogen schnellte nach oben und traf seinen Bruder mit voller Wucht im Gesicht. Ragroth fühlte sein Nasenbein splittern. Wasser schoss ihm in die Augen, und er glitt auf etwas aus, das einmal ein Krieger gewesen war. Im nächsten Moment umarmte Gorotak ihn und presste ihn an sich.

Für einen langen Moment starrten sich die Brüder in eiserner Umarmung in die Augen.

Beiläufig registrierte Ragroth, wie um sie herum Jubel aufbrandete. *Gilt das mir oder ihm?*

Dann wurde ihm klar, dass niemand sie beachtete. Die Verteidigung der Zwerge war endgültig zusammengebrochen, und die Aerc pressten vorwärts, rempelten sie an, schoben sich an ihnen vorbei.

Gorotak und Ragroth rührten sich nicht. Der eiserne Brustpanzer des Raut drückte gegen Ragroths ledernen Harnisch. Als der Fette seinen Klammergriff verstärkte, bog er sich nach innen, und Ragroth fühlte eine Rippe brechen. Sein Herz stolperte und setzte aus. Einen Schlag, zwei. Dann kehrte es zurück, und Ragroth bäumte sich auf. Sein Dolch fand den Spalt hinter Gorotaks Panzer und glitt bis zum Heft hinein. Mit einem Grunzen verstärkte der Ohrensammler nochmals den Druck, und der Schmerz in Ragroths Brust explodierte, als eine weitere Rippe brach und noch eine. Wieder blieb ein Schlag aus. Diesmal kehrte er nicht zurück. *Das kommt … ungelegen.* Ein Ächzen glitt über seine Lippen.

Gorotak musste es in seinen Augen gesehen haben, denn plötzlich ließ er los, und Ragroths Knie gaben unter ihm nach. Haltlos sackte er zusammen, als hätte ihm jemand die Sehnen durchtrennt. Nach Luft schnappend lag er auf dem Rücken und fühlte, wie sich der Schmerz in seiner Brust ausbreitete und sich bis in Arme und Beine fraß. Die Krieger der Stämme strömten jetzt in vollem Lauf an ihnen vorbei auf die Brücke zu, doch weder er noch Gorotak beachteten sie. Noch immer starrten sie sich in die Augen. Dann zog der fette Aerc Ragroths Dolch aus seiner Seite und sank neben ihm auf die Knie. Er ließ eine schwere Pranke auf Ragroths eingedrückten Brustpanzer fallen und hob die Klinge. »Dieses Mal beenden wir es richtig«, keuchte er.

Ragroth lauschte auf einen weiteren Schlag in seiner Brust, doch wie es aussah, sollte keiner mehr kommen. »Ist egal«, murmelte er. »Du hast verloren.«

Der Ohrensammler runzelte die Stirn. »Das bezweifle ich.«

»Überraschung«, flüsterte Ragroth und grinste schwach. Regen fiel auf sein Gesicht. Er schien nachzulassen, aber das mochte eine Täuschung sein. Sein Gesichtsfeld verdunkelte sich, und in seiner Brust herrschte Stille.

Das südliche Ende des Fischerplatzes war komplett von den Königlichen abgeriegelt worden. Direkt hinter den Rücken der Gepanzerten spannte sich die Ewige Brücke in einem eleganten Bogen über den Fluss. Unzählige Fackeln steckten in den schmiedeeisernen Halterungen entlang der steinernen Brüstung und tauchten den Weg in ein gespenstisch flackerndes Licht. So weit sie es erkennen konnten, war kein Dalkar mehr auf ihrer Mitte unterwegs.

»Sofort stehen bleiben!«, brüllte ihnen der Anführer der Königlichen entgegen. »Kommt keinen Schritt näher.«

»Wir sind im Auftrag des Generals hier«, rief Axt zurück. »Wir müssen über die Brücke.«

»Wir sind ebenfalls im Auftrag des Generals hier«, antwortete der Anführer. »Er hat uns befohlen, niemanden mehr auf die andere Seite zu lassen. Die Brücke wird in Kürze gesprengt.«

»Aber es sind doch noch Dutzende Krieger dort draußen. Wollen Sie die alle ihrem Schicksal überlassen?«

Der Anführer schnaubte. »Ihr Tod wird nicht umsonst gewesen sein.«

»Genug geredet.« Jarl Dornbirn schob sich an Axt vorbei und schlug sich mit der Faust gegen den zerbeulten Brustpanzer. »Ich habe eine wichtige Botschaft, die keinen Aufschub duldet.«

»Ich erkenne euch, Fahnenträger.« Der Anführer trat vor. »Ihr dürft natürlich passieren. Aber nicht die anderen.«

»Sie sind die Botschaft, General.«

»Wir sind die Botschaft an den General, wollte er sagen«, verbesserte Axt ihn schnell.

»Ich weiß, wer ich bin«, schnauzte Dornbirn. »Und nun gebt den Weg frei. Wir sind in Eile.«

Zweifelnd blickte der Anführer zwischen den beiden hin und her, als ein Schrei ihn herumfahren ließ.

»Sie brechen durch!«, kreischte ein Beobachtungsposten mit sich überschlagender Stimme. Sein zitternder Finger wies nach Norden, wo sich eine unüberschaubare Orkflut aus den Straßen ergoss und direkt auf die Brücke zuhielt.

Das Gesicht des Anführers sackte nach unten. »Nun ist alles zu spät«, sagte er tonlos. »Nun werden sie die Brücke sprengen, egal, wer sich noch auf dieser Seite des Flusses befindet. Selbst wir kommen nicht mehr rechtzeitig hinüber.«

»Wie lange dauert es, bis die Zündschnüre heruntergebrannt sind?«, fragte Glond. Gemeinsam mit dem Tempelwächter trat er nach vorn und stellte die Kiste ab. Nachdenklich rieb er sich die schmerzenden Handgelenke.

Der Anführer zuckte resigniert mit den Schultern. »Was spielt das schon für eine Rolle? Dreihundert, höchstens vierhundert Herzschläge. Nicht lang genug jedenfalls.«

»Das könnte reichen, oder?« Glond warf einen fragenden Blick auf Axt, die ihn erstaunt ansah. »Bist du jetzt genauso verrückt geworden wie Dion?«, fragte sie.

Glond grinste. »Bist du dabei?«

»Auf jeden Fall.« Sie drehte sich zu den anderen um, und einer nach dem anderen nickte entschlossen.

Glond und der Tempelwächter stemmten die Kiste in die Höhe.

Dornbirn legte dem Anführer der Königlichen den Arm um die Schulter und schob ihn sanft zur Seite. »Entschuldigt uns bitte, General, aber die Termine. Sie wissen ja, wie das ist.«

Schnell drängten sie sich an den überrumpelten Königlichen vorbei und stürmten den Aufgang zur Brücke hinauf.

Die Steine waren glitschig vom Regen, und mehr als einmal rutschte jemand aus und legte sich beinahe der Länge nach hin. Hinter ihnen nahm der Lärm der heranstürmenden Orks zu. Langsam kam die Mitte der Brücke mit ihren in Stein gehauenen Statuen von alten Dalkarhelden näher. Auf der anderen Seite des Flusses waren bereits die Linien der Verteidiger zu erahnen, die mit geladenen Armbrüsten auf sie zielten. Aber noch ging kein tödlicher Bolzenhagel auf sie nieder. Entweder hatten die Verteidiger erkannt, wer sich ihnen dort näherte, oder sie warteten nur noch, bis sie näher heran waren und ein leichteres Ziel boten.

Sie hatten die Brücke beinahe zur Hälfte überquert, und noch immer war keine Explosion erfolgt. Dafür kamen die Orks immer näher heran.

Glond warf einen schnellen Blick über die Schulter und stellte voller Entsetzen fest, dass die schnellsten unter ihnen sie bald eingeholt hatten. Vorneweg lief ein langbeiniger Kerl, der eine gefährlich wirkende Steinkeule über dem Kopf schwenkte und aus voller Kehle brüllte. Glond zog den Kopf ein und rannte weiter.

Verdammt, Modrath, schaff uns endlich einen Weg!«, rief Krendar, um den Lärm der Schlacht zu übertönen.

Sie folgten dem massigen Oger, dessen riesenhafte Gestalt den Strom der vorrückenden Aerc brach wie ein Felsblock das Wasser eines reißenden Gebirgsflusses.

Die anderen vier von ihnen hatten diesen Vorteil nicht. Mühsam kämpften sie sich über die rutschigen Leichenberge vorwärts, immer in Gefahr, von den kampfeswütigen Stammeskriegern niedergetrampelt oder mit fortgerissen zu werden. Die Reihen der Zwerge waren durchbrochen, und die Krieger stürmten mit neuer Energie vor. Wie es schien, wollte jeder der Erste auf der Brücke sein, der Erste, der seinen Fuß auf das südliche Ufer des Flusses setzte. Vermutlich der Erste, der sich dort niedermetzeln ließ. Irgendwo in diesem Gewühl vor ihnen befand sich Ragroth. Nur wo …

»Dort!« Sekesh deutete nach links, wo eine riesige Gestalt eine Axt schwang. Boshuluk, der Oger des Ohrensammlers. Krendar nickte. Sie waren abgedrängt worden. Er packte den Gürtel Modraths. »Bring uns dort rüber!« Einem Ayubo, der sich zwischen ihm und dem Oger hindurchdrängen wollte, rammte er den Speerschaft zwischen die Beine. Der schwarze Hüne stürzte und riss Krendar die Waffe aus der Hand.

Der junge Aerc unterdrückte einen Fluch. Keine Zeit. Modrath watete durch die rutschigen Leichenberge, stieß knurrend jene Aerc beiseite, die ihm nicht schnell genug auswichen, und schwang seinen Hammer, um sich Platz zu verschaffen. Plötzlich tauchten die vertrauten Gesichtstätowierungen der Hyänenstämme vor Krendar auf. Gorotaks Männer. Einer der Krieger erkannte ihn. Sein Gesicht verzerrte sich zu einer Fratze, und er schwang sein Haumesser nach dem jungen Aerc. Der Schild eines der Korrach fuhr dazwischen und fing den Schlag ab. Der Spieß des anderen Zwillings glitt schmatzend in den Wanst des Aerc und stieß ihn beiseite.

Sekesh hatte jetzt zwei lange Messer in den Händen und versenkte sie in einem anderen. Neben ihm prallten Modrath und der glatzköpfige Oger aufeinander, doch Krendar schenkte ihnen keine Beachtung.

Der nächste Krieger vor ihm war Grahul. Dreckverschmiert stierte ihn der Bullige an, die Zacken der Kronenfaust in seiner Hand troffen von Blut und Fetzen des Gemetzels. Die Hälfte der Ringe in seiner Braue war verschwunden. Sie hatten ein fransiges Loch hinterlassen, aus dem Blut über sein Gesicht strömte. Für einen Moment starrte er Krendar mit gebleckten Zähnen an. In diesem Augenblick hielten die Angstwürmer in Krendars Magen inne und verschwanden. Einfach so. Ein Lächeln schlich sich auf sein Gesicht. *Ich werde sterben. Der Morgen kommt, die Nacht ist zu Ende. Also werde ich jetzt zu den Ahnen gehen. Scheiß drauf. Kein Grund, das nicht aufrecht zu tun.*

Er musterte den Bulligen. »Geh mir aus dem Weg!«, sagte er.

Grahul versteifte sich und hob seine Waffe, doch das Lächeln des jungen Aerc ließ ihn zögern. Er deutete ein Nicken an. Dann fuhr er herum und schmetterte seinen Streitkolben in die Brust eines leicht gepanzerten Zwergs, der hinter dem nächsten Leichenberg auftauchte. Einen Augenblick später hatten ihn die nachrückenden Aerc weggedrängt, und Krendars Weg war frei. Ihm blieb keine Zeit, sich zu wundern. Nur zwei Schritte vor ihm lag Ragroth am Boden. Der fette Raut kniete neben ihm, presste ihn mit einer Hand in den Schlamm. Ragroths Nase war inzwischen ebenso zertrümmert wie die des Ohrensammlers, und die Ähnlichkeit der beiden traf Krendar wie ein Schlag. Die beiden Krieger wechselten Worte, die Krendar nicht verstand. Für einen Lidschlag irrten Ragroths Augen zur Seite und fanden seine. Ein schwaches Grinsen wanderte auf das Gesicht des Broca, als Gorotak den Dolch hob.

Mit einem Aufschrei hechtete Krendar vorwärts, krachte mit vollem Gewicht gegen den Ohrensammler und riss ihn um. Krendar landete auf dem massigen Krieger und rammte sich um ein Haar den Dolch in dessen Hand selbst ins Auge. Er zuckte zurück, und Erkennen flackerte durch den Blick Gorotaks. Der Ohrensammler stieß ein wütendes Brüllen aus und stach mit seiner Klinge nach Krendar. Dieser hämmerte ihm eine Faust gegen den Unterarm, und die Waffe entglitt den Fingern des Fetten und verschwand irgendwo im Gedränge. Gorotaks andere Hand schnellte empor und packte Krendar im Genick. Er riss den Kopf des jungen Aerc zu sich hinunter und rammte ihn mit Wucht gegen seine eiserne Brustplatte, immer und immer wieder. Goldene Blitze flackerten hinter Krendars Augen, während ihm der Raut mit Blut und Geifer vermischt ins Gesicht spie: »Du! Arsch! Greifst! Mich! An? Stirb! Drecksack! Stirb!«

Krendars Finger suchten verzweifelt nach Halt, doch sie glitten immer wieder an Gorotaks morastigem Panzer ab. Er spürte den Knochen unter seinem Auge brechen, schmeckte Blut. Mit einem Aufbäumen griff er schließlich nach vorn, bekam die klaffende Wunde in der Kopfhaut des Ohrensammlers zu fassen und riss. Der Fette stieß einen gellenden Schrei aus, und sein Griff lockerte sich. Krendar entdeckte, dass er das Ohr Gorotaks in der Faust hielt. Im nächsten Augenblick presste der Raut ihn so fest an sich, dass Krendar glaubte, seine Rippen knacken zu hören. *Ziemlich sicher sogar.* Eine heiße Schmerzwelle in seinem Brustkorb kündete davon, dass eine davon gerade gebrochen war.

»Häuptlingstöter? Du kleiner Scheißer! Ich habe schon mehr Krieger getötet, als dein verschissener Kuhtreiberstamm überhaupt hat!«, knurrte Gorotak und verstärkte den Druck. »Ich zerquetsche dich wie die stinkende, armselige Made, die du bist.«

Krendar starrte in das von tödlichem Hass verzerrte Gesicht Gorotaks dicht vor seinem und horchte auf die Angstwürmer. Doch sie blieben verschwunden.

»Bring's hinter dich, bevor mir die Ohren von deinem Geschwätz bluten«, presste er hervor.

Gorotak fletschte die Zähne, und Krendar tat es ihm gleich. »Weißt du, warum sie mich Häuptlingstöter nennen?« Krendar hob den Kopf, so weit es ihm möglich war, und sah Gorotak in die Augen. »Weil ich das hier getan habe.« Er rammte seine Stirn mit aller ihm noch verbliebenen Kraft in die Nasenwurzel des Fetten.

Irgendetwas brach. Mit einem Donnerschlag barst sein Schädel, und ein gleißender Blitz zuckte durch seine Augen und bis in den Rücken hinab. Dann war da nichts mehr.

ACHTUNDDREISSIG

Mit einem Mal machte die Erde einen Satz. Der Steinboden der Brücke wölbte sich auf wie eine Luftblase im Wasser, und Glond wurde von den Füßen gerissen. Dann war es wieder still.

Als sich Glond irritiert umschaute, sah er, wie sich der dünne Ork aufrappelte und irritiert den Kopf schüttelte. Sein Blick fiel auf die am Boden liegenden Dalkar, die beinahe zum Greifen nah waren. Ein bösartiges Grinsen zog über sein Gesicht. Langsam hob er die Waffe, als ohne Vorwarnung der Boden unter seinen Füßen wegsackte. Das Grinsen verwandelte sich in einen Ausdruck größten Entsetzens, als er in der Tiefe verschwand. Dort, wo er soeben noch gestanden hatte, klaffte ein gewaltiges Loch im Boden. Darunter schäumten die Fluten des Flusses und rissen Steinbrocken und Ork mit sich fort. Immer mehr Steine lösten sich vom Rand und polterten hinunter. Orks und Dalkar standen erstarrt und beobachteten mit fasziniertem Entsetzen, wie der Brückenboden begann, sich vor ihnen in seine Einzelteile aufzulösen.

»Rennt!«, brüllte Glond und rappelte sich auf. Gemeinsam mit den Tempeldienern zerrte er die Kiste vorwärts.

Hinter ihnen gerieten nun auch die Orks in Bewegung und sprangen vor dem wachsenden Loch in Sicherheit. Manche zurück zum nördlichen Ende, einige aber auch in Richtung der fliehenden Dalkar.

Eine weitere Explosion ließ die Brücke erbeben, und in ihrem Rücken brach beinahe auf ganzer Breite ein Teil der Brücke in den Fluss. Scharfkantige Steinbrocken wurden wie Geschosse durch die Luft geschleudert und richteten unter den Verfolgern verheerende Schäden an. Aber auch die Dalkar kamen nicht ungeschoren davon. Zwei Schritte neben Axt wurde einem der Tempeldiener der halbe Kopf abgerissen. Er torkelte noch einige Meter weiter, bis seine Beine begriffen, dass er bereits tot war.

Zwei weitere Explosionen folgten. Kleiner zwar, aber die zweite schien beinahe unter Glonds Füßen stattzufinden. Wer noch auf den Beinen war, rannte, als wäre der Grubenteufel hinter ihm her, ob es Dalkar, Menschen oder Orks waren. Zwei langbeinige Orkkrieger waren in ihrer kopflosen Flucht so schnell, dass es ihnen sogar gelang, an den Fliehenden vorbeizupreschen, nur um einige Meter weiter von Dutzenden Armbrustbolzen durchbohrt zu werden. Glond zog den Kopf ein und hoffte, dass die Schützen gut zielen konnten und in der Eile nicht vergaßen, zwischen Freund und Feind zu unterscheiden.

Dann gab es einen letzten, heftigen Schlag, und eine Wolke aus Staub, Gischt und Steinbrocken stob in die Höhe. Glond mobilisierte seine letzten Kräfte und warf sich nach vorn. Die Welt versank in Finsternis.

»Sie steht noch«, waren die ersten Worte, die zu Glond

durchdrangen, als das Pfeifen in seinen Ohren nachließ. Er wusste nicht, von wem sie stammten, aber der Stimme war das Entsetzen deutlich anzuhören.

Nein, dachte er und weigerte sich, die Augen zu öffnen. Als er es schließlich doch tat, war alles um ihn herum in braune Farbtöne getaucht. Bärtige, von oben bis unten mit Schlamm bespritzte Gestalten wagten sich zaghaft hinter ihren Deckungen hervor und starrten gebannt zum Fluss hinüber. »Sie steht noch.« Während die letzten Erdbrocken zu Boden fielen, pflanzten sich die Worte wie ein Buschfeuer durch die Reihen der Dalkar fort.

Die Brücke war durch die Explosionen stark beschädigt worden, gewaltige Löcher taten sich auf ganzer Länge in ihrem Boden auf, und einige der mächtigen Stützpfeiler schienen in sich zusammengesackt zu sein. Doch sie standen noch genauso unverrückbar an Ort und Stelle, wie sie es all die vergangenen Jahrhunderte hindurch getan hatten.

Drüben auf der anderen Seite des Flusses brandete Jubel auf. Hunderte Orks brüllten und schlugen ihre Waffen gegeneinander, während sie sich langsam formierten, um den Sturm auf die Südstadt zu beginnen.

»Seid standhaft«, rief ein Anführer der Verteidigungstruppen.

Doch die meisten seiner Männer zeigten keinerlei Reaktion. Sie standen einfach nur da und starrten mit offenen Mündern auf die Brücke.

Inmitten all des Entsetzens schien nur einer nicht im Geringsten besorgt zu sein. »Das war der Hammer!«, stellte Stein mit einem breiten Grinsen im dreckverschmierten Gesicht fest. Er schüttelte sich die Erdklumpen aus den langen

Haaren und deutete voller Begeisterung auf die Brücke. »Wie wir dem Inferno im letzten Augenblick entkommen sind. Das war ganz wie in diesen alten Heldengeschichten.«

»Wie kann es eine Heldengeschichte sein«, murmelte Kearn, »wenn es bald niemanden mehr geben wird, der sie erzählen kann.«

Dion nickte traurig. Er rieb sich die Stirn, an der eine gewaltige, dunkelblau verfärbte Beule prangte.

»Das wäre in der Tat bedauerlich.« Stein legte den Kopf auf die Seite und kniff ein Auge zu.

»Aber unvermeidlich.« Kearn hob seinen Streitkolben auf und wischte umständlich den Schlamm vom Schnabel des Rabenkopfs. »Wir sind nicht mehr genug Männer, um sie an dieser Stelle noch aufhalten zu können. Sie werden uns einfach überrennen und dann die Südstadt einnehmen. So wie sie es dort drüben bereits getan haben. Einige von uns werden in den Tunneln Zuflucht finden und dort ein paar Tage länger aushalten, aber der größte Teil wird heute sterben.«

»Wie in den Heldengeschichten«, wiederholte Stein und hob den Zeigefinger. Ohne ein weiteres Wort drehte er sich um und lief zurück zur Brücke.

»Was?«, fragte Kearn und blinzelte verwirrt.

Die Orks waren schon bis zur Hälfte vorangekommen, als Stein ihnen entgegentrat. Ein kleiner, knochiger Mann mit verfilzten Haaren allein gegen eine ganze Armee. Glond konnte es nicht sehen, aber er hätte schwören können, dass er den Orks ein fröhliches Lächeln zuwarf.

Der kleine Dalkar spazierte langsam auf der Brücke hin und her. Er schien die Pflastersteine zu begutachten, beugte sich sogar kurz hinab, um etwas näher anzusehen, und richtete sich wieder auf, um weiterzuschlendern. Schließlich blieb er stehen und verschränkte die Arme. Kurz bevor die ersten Orks ihn erreichten, stampfte er einmal mit dem nackten Fuß auf den Boden.

Zuerst geschah gar nichts. Doch dann setzte ein schwaches Grollen unter Steins Füßen ein. Es verstärkte sich, wurde lauter und breitete sich behäbig über die gesamte Brücke aus. Dort, wo es über das Gemäuer hinwegrollte, entstanden winzige Sprünge und Risse im Gestein. Sie folgten dem Grollen, schienen wie von Zauberhand zu wachsen, sich auszubreiten und zu verästeln.

Das Grollen verstärkte sich zu einem Kreischen und Ächzen und wurde so unerträglich laut, dass Glond die Hände auf die Ohren pressen musste. Es klang wie der Ruf eines gigantischen Tiers, das sich im Todeskampf aufbäumte. Mit einem entsetzlichen Stöhnen neigte sich die Brücke zur Seite. Die mächtigen Pfeiler zerbarsten wie Strohhalme unter ihrem Gewicht, und mit infernalischem Getöse rutschten Tausende Tonnen Gestein in den Fluss. Schreiende Orks wurden wie Puppen durch die Luft geschleudert, von umherfliegenden Gesteinsbrocken zermalmt und in den schäumenden Fluten ertränkt. Wo die Steine auf die Wasseroberfläche trafen, türmte sich eine gewaltige Flutwelle auf und riss die wenigen Überlebenden des Infernos mit sich fort. Flussabwärts nach Ebenfurt.

Auf der anderen Seite schien die Sonne genau auf diesen Augenblick gewartet zu haben, um in voller Pracht aufzugehen.

Schmerz schnitt durch Krendars Stirn wie ein glühendes Messer. Ein Finger schien sich direkt in seinen Kopf zu bohren. »Wa…?«

»Schhhh.« Ein schweres Gewicht legte sich auf seine Brust und drückte ihn unnachgiebig nach unten. Instinktiv versuchte er, sich dagegenzustemmen, doch der Druck wurde dadurch nur stärker.

»Lieg still«, sagte eine dunkle, angenehme Stimme mit einem leichten, fremdartigen Akzent. Die Stimme einer Frau. Bilder flackerten durch seinen Kopf, trugen einen Namen mit sich. Sekesh. »Ich bin gleich fertig. Halt ihn ruhig, Modrath.«

Modrath? Ach ja, der Oger. »Ws…?«

»Kleinen Moment noch, Häuptlingstöter«, rumpelte die tiefe Stimme des Ogers. »Ist ein Wunder, dass du überhaupt lebst, also lass dir mit dem Zappeln besser noch Zeit. Die Drûaka flickt gerade deinen Schädel zusammen.« Seine Stimme klang seltsam dumpf, so als käme sie von weit her.

Krendar versuchte es zum dritten Mal. Sein Mund war vollkommen ausgetrocknet, das Wort kratzte schmerzhaft im Hals. »Was?«

»Du Trottel hast dir den Schädel gebrochen«, sagte der Oger. So etwas wie Ehrfurcht schwang in seiner Stimme mit. »Hast diesem blöden Schwein Gorotak den Rest seiner Nase ins Hirn geprügelt.«

Der junge Aerc spürte den Fingern der Ayubo hinterher, die sich langsam über seine Stirn arbeiteten und glühende Abdrücke zu hinterlassen schienen.

»Das wird eine schöne Narbe geben«, ergänzte Sekesh und fuhr mit einer Fingerspitze quer über seine Stirn bis in die rechte Augenbraue. »Aber wenn du Glück hast, habe ich keinen Splitter übersehen, und du wirst es überleben. So. Fertig.«

Langsam ebbte der Schmerz ab, und Krendar nahm die nächste Aufgabe in Angriff: die Augen öffnen. Lediglich das linke gehorchte. Für einen Moment überfiel ihn vollkommen blödsinnige Panik. »Was ... Auge?«

Der kantige Schädel des Ogers erschien in seinem Gesichtsfeld und grinste. In seinem Gebiss klaffte eine frische Lücke. »Ist nur zugeschwollen. Bist wohl wirklich mit 'nem blauen Auge davongekommen, Häuptlingstöter.«

Häuptlingstöter. Da war das Wort wieder. Dabei war er sich bis jetzt nicht sicher, ob er überhaupt einen Häuptling ... Seine Gedanken gerieten ins Stolpern. »Und Gorotak?«

»Er ist so tot, wie er riecht.« Modraths Grinsen wurde breiter.

Sekesh schob den Oger beiseite und sah Krendar prüfend ins Auge. »Zwei Häuptlinge mit dem Schädel. Das ist eine äußerst dumme Angewohnheit von dir.« Ein Lächeln spielte in ihren Mundwinkeln.

Krendar fand, dass ihr das ausgesprochen gut stand. »Vielleicht solltest du für das nächste Mal eine Waffe verwenden. Zumindest, bis das verheilt ist.« Sie tippte ihm leicht auf die Stirn. Es fühlte sich an, als führte sie einen Hammer.

Krendar versuchte zu nicken und stellte erleichtert fest, dass es ihm gelang. Ihm kam ein anderer Gedanke. »Ragroth?«

Das Gesicht der Ayubo verdüsterte sich. Sie deutete hinter

ihn. »Er ist bei seinen Ahnen. Für ihn konnte ich nichts mehr tun.«

Krendar atmete tief durch, was seine Rippen ihm mit schmerzhaftem Stechen dankten, und stemmte sich hoch. Es gelang ihm beim zweiten Versuch. Blinzelnd sah er sich um.

Ragroth und Gorotak lagen kaum zwei Schritte entfernt nebeneinander im Schlamm. Körperlich waren Broca und Raut noch immer völlig verschieden, doch im Tod hatten ihre tätowierten Gesichter, blutüberströmt und mit zertrümmerten Nasen, eine gespenstische Ähnlichkeit angenommen. »Sie waren Brüder«, stellte er nach einer Weile fest.

»Joh.« Modrath nickte.

»Aber Brüder kämpfen nicht gegeneinander. Das ist nicht die Art der Aerc.«

Der Oger zuckte mit den Schultern. »Das hat dem fetten Arsch wohl nie jemand erklärt.«

Krendars Blick wanderte weiter. Um sie herum türmten sich Leichen, deren Rüstungen im Licht der tief stehenden Morgensonne glänzten. Die leblosen Augen von Aerc und Zwergen starrten gleichermaßen blicklos in den blauen Himmel, an dem letzte Wolkenfetzen von einem frischen Wind vertrieben wurden. Keiner von ihnen sah glücklich aus.

Erste Fliegen summten träge und begutachteten das angerichtete Mahl. Es würden mehr werden. Viel mehr. Der Morast um ihn herum war von schimmernden Pfützen durchzogen, und es war nicht zu erkennen, wovon sie mehr enthielten: Blut oder Wasser. Über allem lag ein grauer Schleier und bildete auf den nassen Flächen langsam dicke Krusten. Aerckrieger stolperten zwischen den Toten umher.

Einige hielten nach Verletzten Ausschau, andere schienen die Toten nach Beute zu durchsuchen. Viele jedoch sahen eher ziellos und müde aus. Vielleicht wussten sie einfach nicht so recht, was sie jetzt tun sollten, da die Schlacht vorbei zu sein schien.

Einige Schritte entfernt hackte ein Krieger auf etwas ein, das aussah wie die Reste eines gefallenen Wühlers. Es war eine seltsam sinnlose Beschäftigung – es wirkte mehr, als habe er vergessen, wie man damit aufhörte.

Von weiter weg hörte er anhaltende Jubelrufe und rauen Gesang. Ein Heldenlied der Weststämme. Irgendwo wurde also gefeiert. Das bedeutete wohl, dass die Aerc gewonnen hatten. So fühlte sich also ein Sieg an. Krendar hatte sich irgendwie mehr erhofft.

Mehr … Hochgefühl. Heldenhaftigkeit, Stolz. Weniger Gestank, Schmerzen, Müdigkeit. Weniger von … alldem hier.

Er wandte sich zu Modrath und Sekesh um. Auch sie waren von grauem Staub bedeckt, fiel ihm jetzt auf. »Was ist passiert?«

Sekesh deutete seinen Blick richtig. »Die Wühler haben die Brücke zerstört.«

»Mit irgendeiner neuartigen Magie oder so«, ergänzte der Oger und bohrte versuchsweise in einem tiefen Schnitt in seinem Oberarm. »Ein gewaltiger Blitz, als würde die Erde zerreißen. Die Trümmer des Dings sind bis zu den Häusern geflogen. Der Donnerschlag hat fast alle von den Füßen geworfen, eine verdammte Verwüstung hinterlassen, und die Trümmer aus dem Himmel haben eine Menge Krieger erschlagen. Wirklich eine Menge. Wir dachten zuerst, dich hätte auch einer erwischt.« Er deutete zur Seite, und jetzt wurde Krendar klar, dass das, was er für einen Felsbrocken gehalten hatte, ein riesiges Stück gemauerten Steins war. Jetzt, wo ihm das bewusst war, erkannte er sogar die Reste eines kunstvoll verfugten Brückenbogens. Halb unter dem Block begraben lag Gorotaks Oger, die Hand immer noch um den Griff seiner Axt geschlossen.

Modrath hob die Brauen. »Das Ding hat mich um weniger als eine Handbreit verfehlt.«

»Und jetzt? Ist es vorbei?«

»Die Schlacht? Denke schon.« Modrath ließ den Blick über die Verwüstung streifen. »Es sind keine Wühler mehr in der Stadt übrig, und jetzt, wo die Brücken weg sind, kommen wir nicht auf die andere Seite. Also schätze ich, dass es vorbei ist, ja.«

Der junge Aerc ließ sich das durch den Kopf gehen. »Das heißt, wir haben gewonnen?«

»Ich denk, das kommt drauf an, wie man's sieht. Wir haben die Stadt eingenommen und die Wühler aus dem Norden vertrieben. Die Heimat der Weststämme ist also gesichert. Shirach Drangog und eine ganze Reihe der anderen Häuptlinge werden das als Sieg ansehen.«

»Aber wir kommen nicht über den Fluss«, sagte Sekesh leise. »Der Vormarsch unseres Heers ist gestoppt, und wir hatten geschworen, die Wühler bis in den salzigen See im Süden zu treiben. Das ist wohl nicht gerade der Sieg, den sich Rogoru erhofft hat.«

»Tja. Meiner Erfahrung nach ist ein Sieg selten das, was man sich erhofft hat. Irgendwas ist immer.« Modrath sah auf die Leichen von Drangog und Gorotak hinab und zuckte mit den Schultern. Etwas knackte, und er verzog missmutig das Gesicht. »Wenn du mich fragst, mir ist das eigentlich ganz recht. Es sind genug gestorben, aber wir leben immerhin noch. Also würd ich mal sagen, zumindest wir haben gewonnen.«

Krendar musste dem Oger im Stillen zustimmen. Die unzähligen Toten verblassten vor der simplen Tatsache, dass er selbst am Leben war. *Lebendig. Nicht tot. Ich …*

Die Erkenntnis traf ihn wie ein Hammerschlag. »Wieso lebe ich noch?«

Modrath zuckte mit den mächtigen Schultern. »Glück. Und ein wirklich harter Schädel, schätze ich.«

Der junge Aerc sah ihn verwirrt an, dann wandte er sich an Sekesh. »Die Nacht ist vorbei. Sagten die Ahnen nicht, dass ich sie nicht überleben würde?«

Die Ayubo antwortete nicht, sondern sah stumm der Sonne zu, die über den nahen Bergen langsam den Himmel erklomm.

Nach einer Weile brummte Modrath. »Ich würde sagen, scheiß auf die Ahnen. Wenn's nach mir geht, können sie ihre Meinung für sich behalten.« Er trat neben Krendar und legte ihm eine schwere Hand auf die Schulter. »Überleg mal: Es sind nicht nur gute Männer wie Ragroth bei den Ahnen, sondern auch dämliche, verlogene Säcke wie Gorotak. Vermutlich sogar mehr von denen. Ich hab nie verstanden, warum sie besser oder weiser sein sollten, nur weil sie tot sind.« Er schnaubte verächtlich, und wider Willen musste Krendar lächeln.

Jetzt drehte sich Sekesh um und strich sich einen verdreckten Zopf aus dem Gesicht. »Ihr solltet nicht so von den Ahnen sprechen«, sagte sie müde, doch Krendar konnte sehen, dass sie nicht allzu viel Überzeugung dafür aufbrachte.

Der Oger zuckte abermals mit den Schultern. »Wenn sie ein Problem damit haben, können sie mir das gern ins Gesicht sagen, wenn ich tot bin.«

Krendar war sich beinahe sicher, dass für einen winzigen Augenblick so etwas wie ein Lächeln in Sekeshs Mundwinkeln zuckte.

»Vielleicht war es auch von Anfang an anders gemeint.« Die Ayubo sah ihm prüfend in die Augen. »Hast du dich gefragt, ob der Krendar, der du gestern warst, die Nacht überlebt hat? Bist du noch er?«

Krendar klappte den Mund auf, stellte fest, dass er keine Entgegnung hatte, und schloss ihn wieder. Langsam schüttelte er den Kopf. *Ist es so einfach?*

»Das wird mir jetzt zu viel Schamanen-Gerede. So was vertrag ich nur mit einem Fass Shranga«, brummte Modrath.

»He! Habt ihr was gefunden?« Er winkte den Korrach zu, die in diesem Moment um den großen Trümmerblock kamen. Einer der beiden hatte den geschienten linken Arm in einer schmutzigen Schlinge, der andere trug eine lange Schnittwunde im Gesicht. Ansonsten sahen sie so lebendig aus, wie es am Tag nach einer Schlacht möglich war. Im Vergleich zu den Toten um sie herum kamen sie recht gut weg, fand er. *Immerhin werden wir ab jetzt keine Schwierigkeiten mehr haben, sie auseinanderzuhalten.*

»Reichlich«, stellte der Rechte fröhlich fest und hielt einen großen Sack in die Höhe.

»Und mehr«, fügte der Linke hinzu. Er klopfte auf ein kleines Fass Bier unter seinem Arm. »Das stand da vorn einfach so herum. Sah beinahe so aus, als hätten die Wühler das…«

»… Ding bewacht und nicht die Brücke. Die sind wirklich seltsam. Wir haben es allerdings…«

»… nicht aufbekommen.«

Der Oger nahm das Fass entgegen. Beinahe andächtig platzierte er es auf dem Boden und zerschlug mit einem scharfen Hieb den Deckel. Ein intensiver, süßlicher Geruch erfüllte die Luft und überdeckte für einen kurzen Moment den Gestank des Schlachtfelds. Auf Modraths Gesicht breitete sich ein zufriedenes Grinsen aus.

»Schon besser«, brummte er zufrieden, während der Rechte den Sack öffnete. Gold und andere Kostbarkeiten schimmerten in der Morgensonne.

»Die Anteile der toten Männer Gorotaks am Tempelschatz«, erklärte Modrath immer noch grinsend. Er setzte das Fass an und nahm einen tiefen Schluck, während Krendar den Reichtum vor sich bestaunte. »Wäre 'ne Schande, die liegen zu lassen, bis sie sich jemand anderes holt.«

»Und das ist immer…«, sagte der Linke, und sein Bruder ergänzte: »… noch nicht alles.«

Hinter ihnen umrundete eine wohlbekannte Gestalt den Trümmerblock. Sie schleifte eine lange Kiste durch den Morast, die sie prompt fallen ließ, als Modrath und Krendar gleichzeitig einen zornigen Schrei ausstießen. »Dudaki!«

»Du verschissener, kleiner…!« Der Oger stellte das Fass ab und war mit zwei riesigen Sätzen bei dem Froschaerc, der sich mit einem Quieken aus dem Weg duckte und eilig die Hände hob.

»Moment, Moment! Mach langsam, Dicker. Ich hab euch ein Geschenk mitgebracht!« Er wich einem weiteren Schwinger Modraths aus.

»Ich zerquetsche dich, du Ratte!«, brüllte der Oger, seine Faust verfehlte den Froschaerc nur um Haaresbreite und schlug einen Mörtelbrocken aus den Brückenresten.

Dudaki stolperte rückwärts, glitt im blutigen Morast aus und schlug der Länge nach hin. Noch bevor er sich aufrappeln konnte, hatte Modrath ihn am Knöchel gefasst und schleuderte ihn gegen den Fels. Der dünne Aerc kreischte vor Schmerz, doch sein Schrei riss abrupt ab, als der Oger ihn am Hals packte und ein weiteres Mal gegen die Trümmer schlug.

»Hör auf«, rief Krendar.

Modrath fletschte die Zähne und rammte den Froschaerc ein drittes Mal gegen den Stein. Einer seiner angefeilten Zähne brach.

»GENUG!«, donnerte der junge Aerc.

Der Froschaerc stoppte nur einen Fingerbreit vom mittlerweile blutigen Stein. Der Oger drehte langsam den Kopf und starrte den jungen Krieger an. Auch die Blicke der anderen Aerc ruhten plötzlich auf ihm. »Genug«, wiederholte Krendar leiser. »Lass ihn reden.«

Für einen langen Moment rührte sich Modrath nicht. Lediglich sein mächtiger Arm zitterte vor kaum gebändigter Wut. Dann jedoch flackerte es in seinen Augen, und er leckte sich über den Eckzahn. »Warum sollte ich? Der Froschficker ist schuld, dass Ragroth tot ist.«

»Ich?«, krächzte Dudaki und brachte es zustande, gekränkt auszusehen.

»Hättest du dem Ohrensammler kein Gift gegeben, hätte das Schwein Ragroth nie besiegen können!«, bellte Modrath.

Krendar hob die Hand. »Lass ihn reden. Ich will hören, was er zu sagen hat.«

Angestrengt hielt sich der dürre Ork am Arm des Ogers fest und rang nach Luft. »Wer sagt, dass er das von mir hatte?«, keuchte er eilig. »Außerdem, woher sollte ich wissen, dass er es gegen einen seiner eigenen Art einsetzt? Ich dachte, er würde Wühler damit töten. Und dagegen ist ja wohl nichts zu sagen.«

»Du hast uns verraten und dich Gorotak angeschlossen«, stellte Sekesh kalt fest.

Dudaki verdrehte die Augen. »Ich sagte doch, ich arbeite immer für Gewinner.« Sein Blick zuckte dorthin, wo Gorotak und Ragroth lagen. »Sieht so aus, als wären sie beide keine, was?«

Krendar trat neben Modrath und verschränkte die Arme. »In Ordnung, und was willst du hier?«

»Ein Geschenk. Ich sagte doch, ich habe ein Geschenk. Als … als Wiedergutmachung!« Er warf einen Seitenblick auf die Kiste, die unbeachtet im Schlamm stand.

Krendar starrte ihn einen langen Augenblick wortlos an. Dann nickte er den Korrach zu. Der Linke hockte sich hin und entriegelte den Kasten. Als er den Deckel hob, konnte Krendar sehen, dass er bis zum Rand mit kostbar verzierten Gegenständen angefüllt war. Becher, Kelche, Werkzeuge, allesamt aus Gold oder zumindest vergoldet und mit funkelnden Steinen besetzt.

Sekesh stieß einen Pfiff aus.

»Die heiligen Gefäße des Wühlertempels, würde ich sagen«, krächzte der Froschaerc. »Das ist eine der beiden Kisten, die Gorotak wollte. Die Wühler haben sie wohl verloren. Ich schätze, das Zeug ist einiges wert.«

Breites Grinsen hielt Einzug auf den Gesichtern der beiden Korrach.

Krendar sah auf. »Und die andere Kiste?«

Dudaki versuchte, mit den Schultern zu zucken, doch Modrath hielt ihn noch immer so hoch, dass seine Füße den Boden nicht berührten.

Der junge Aerc seufzte. »Lass ihn runter.«

Modrath knurrte, öffnete jedoch widerwillig die Faust, und der Froschaerc klatschte in den Morast. Keuchend rang er nach Luft.

»Also?«, fragte Krendar kühl.

»Ich hab keine Ahnung!« Dudaki stemmte sich hoch und griff sich einen der reich verzierten Becher. »Die hatten die Wühler noch, als sie auf die Brücke gerannt sind. Kurz bevor alles in Trümmer ging. Vermutlich liegt sie auf dem Grund des Flusses.«

Sekesh musterte den Inhalt des Kastens, ohne etwas zu berühren. »Es sind tatsächlich die heiligen Reliquien des Tempels. Ich kann es spüren«, sagte sie leise, beinahe andächtig. »Das ist mehr wert als Gold.«

Der Froschaerc nickte. Sein übliches, rotzahniges Grinsen kehrte zurück. »Das ist das, was ich versuche, euch zu sagen.« Mit dem Becher in der Hand duckte er sich an Modrath vorbei zum Bierfass. Unter den verblüfften Blicken der anderen füllte er das Gefäß und leerte es in einem gierigen Zug. Zufrieden betrachtete er die fein ziselierte Kostbarkeit. »Wer das Zeug seinem Shirach bringt, dürfte einen großen Gefallen guthaben.« Er warf Modrath einen bedeutungsvollen Blick zu. »Einen großen!«

Der Oger knurrte. »Glaub nicht, dass ich dich deshalb am Leben lasse.«

Das Grinsen des Froschaerc flackerte für einen winzigen Moment. »Was willst du denn noch? Ich hätte überhaupt nicht zurückkommen müssen. Hätte die Kiste für mich allein behalten können. Ist das nichts?«

Modraths Augen verengten sich zu schmalen Schlitzen. »Und warum überlässt du sie uns? Du hast doch einen Hintergedanken dabei.«

»Du bist aber auch ein misstrauischer Kerl, was?« Gekränkt schüttelte der Dürre den Kopf. Modrath starrte ihn nur düster an, und schließlich zuckte Dudaki abermals mit den Achseln. »Ich habe noch einen Vorschlag für euch.«

»Wenn du versuchst, uns zu verarschen, brech ich dir den Hals«, grollte der Hüne, doch Krendar winkte ab. Zu seiner eigenen Verblüffung schloss Modrath den Mund.

Dudaki wandte sich um und sah ihn direkt an. »Ich weiß, wohin Gorotak einen gewissen Wagen voll Gold bringen lassen wollte. Aber ich könnte eure Hilfe gebrauchen, was?«

Krendar runzelte die Brauen. Einen langen Moment sagte niemand etwas, und es dauerte noch einen Augenblick länger, bis Krendar bemerkte, dass ihn die anderen ansahen. Alle. Als erwarteten sie eine Entscheidung von ihm.

»Was? Was ist?«

»Was sagst du dazu?«, fragte Sekesh leise.

»Wieso ich?«

Die Korrach, Modrath und Sekesh wechselten einen Blick, bevor sich der Oger räusperte. »Wir haben keinen Broca«, brummte er. »Und irgendjemand muss die Entscheidungen in einer Doppelfaust treffen.«

»Aber ... ich denke, der Krieg ist vorbei?«

Zweifelnd hob Sekesh eine Braue. »Der Krieg ist erst vorbei, wenn die Häuptlinge es beschließen.«

Modrath nickte zustimmend. »Sie hat recht. Bis dahin sind wir eine Doppelfaust. Oder was davon übrig ist. Und die braucht einen Broca.«

Krendar sah den bunt zusammengewürfelten Trupp ungläubig an. »Aber ich bin kein Broca!« *Wirklich nicht. Und ich bin mir nicht sicher, ob ich einer sein möchte.* Wenn er ehrlich zu sich selbst war, wollte er in diesem Augenblick eigentlich nur von diesem Totenfeld verschwinden.

»Ich würde es verabscheuen, unter jemand anderem als Ragroth zu kämpfen. Oder dir, Häuptlingstöter«, erklärte Modrath ernst.

»Aber – warum? Warum ich?«

»Modrath ist ein Oger«, sagte Sekesh leise, »und ich eine Urawi. Wir dürfen beide keine Doppelfaust führen. Und die Korrach wollen nicht. Außerdem hast du den meisten von uns etwas voraus.«

»Und was?« Der junge Aerc verstand überhaupt nichts mehr.

»Das, was Ragroth in dir gesehen hat. Du denkst nicht wie ein Krieger.«

»Ach. Und das ist gut?« Krendar wurde schwindlig. Er hätte sich gern gesetzt, wenn das nicht bedeutet hätte, sich auf einem Toten niederlassen zu müssen.

Ein Lächeln lag auf den Lippen der Ayubo. »Du willst Dinge anders lösen, nicht nur durch Draufschlagen. Und wenn uns das am Leben erhält – ja, dann schon.«

»Ohne deine Denkerei wären wir vermutlich …«

»… immer noch in dem verdammten Wühlertempel«, stellten die Zwillinge fest.

»Und ziemlich sicher hätten wir nicht das hier.« Dudaki klopfte auf das gesammelte Zwergengold.

Wider Willen schnaubte Krendar belustigt. Er betastete die frisch verschorfte Wunde an seiner Stirn. »Ja, Kopfarbeit scheint mir wirklich zu liegen.«

»Fürs Draufhauen hast du ja uns. Wir könnten noch jemanden fürs Denken gebrauchen. Also, was sagst du?«, brummte Modrath.

Hinter ihm nickten die Korrach.

Krendar fühlte sich wie vor den Kopf geschlagen – noch mehr als ohnehin schon.

»Oder sollen wir Dudaki fragen?«, warf Sekesh ein.

»Ich würde es machen«, sagte der Dünne gut gelaunt.

Krendar schüttelte langsam den Kopf, während ein müdes Grinsen auf sein Gesicht kroch. »Das ist vollkommen schwachsinnig.«

»Passt zu uns«, flüsterte Sekesh.

Der Häuptlingstöter sah über den Fluss, wo die Festung der Wühler selbst in der Morgensonne düster und bedrohlich wirkte. Dann wandte er sich um und sah seine Doppelfaust an.

Er nickte.

NEUNUNDDREISSIG

Die große Halle der Bergfestung wirkte noch genauso düster wie am vergangenen Tag, als Glond sie zum ersten Mal betreten und geglaubt hatte, dass es auch das letzte Mal sein würde. Dieser Tag schien nun seltsam weit entfernt zu sein, als hätte er in einem anderen Leben stattgefunden. Was in gewisser Weise ja auch stimmte.

Die Oberen und Unteren standen noch immer sauber getrennt auf den Rängen. Es waren noch ein paar weniger als gestern, aber der Lärm ihrer Streitgespräche schallte mit unverminderter Stärke über den Mittelgang hinweg. Als Axt, Kearn, Dion und Glond zwischen den Parteien entlangschritten, verstummten ihre Wortgefechte, und die Blicke wandten sich erst ihnen und dann gierig der Truhe mit den acht Schlössern zu, die sie zwischen sich trugen.

General Variscit lächelte ihnen vom Thron herab entgegen. »Ihr habt es geschafft. Es ist euch gelungen, die Kiste in Sicherheit zu bringen.«

Anon trat vor, schlug seinen Eichenstab auf den Boden und verneigte sich. »Edle Syen aus dem Clan der Berglogga, im Namen der Oberen beglückwünsche ich Euch zu Eurem Erfolg.«

»Ich beglückwünsche Hertig Kearn!« Meister Dornem trat ebenfalls nach vorn und funkelte Anon finster an.

»Dessen Erfolg beinahe ebenso groß ist wie der unserer Edlen.« Anon neigte den Kopf. »Auch wenn er durch den Verlust eines der tapfersten Clankrieger ein wenig geschmälert wurde.«

»Ebenso wie der Eure durch den Tod von Meister Esse.«

Anon verzog das Gesicht und rückte sich die Halskette gerade, als würde sie ihm die Luft abschnüren. »Dem Herrn sei Dank konnten wir zumindest einige Tempeldiener in Sicherheit führen. Ich sehe das als ein Zeichen – für die Oberen.«

»Das gleiche Zeichen, das Euch dazu brachte, Menschen in die Festung einzuschleppen?«

»Wenn Ihr sie hereinlasst …«, zischte Anon.

Dornem klappte der Unterkiefer herunter. »Nehmt das zurück, Gildenrat Anon!«

»Nur über meine Leiche.«

»Nichts leichter als das.« Dornem zerrte umständlich seinen Kriegshammer aus dem Gürtel, und Brückenmeister Bärung trat mit geballten Fäusten an seine Seite.

Anon bedachte die beiden mit einem warnenden Blick und hob seinen Stab. Im gleichen Atemzug zogen die umstehenden Gildenvertreter ebenfalls ihre Waffen.

»Genug!«, donnerte Variscits Bass durch den Saal, so laut und mächtig, dass selbst die Feuerschalen in der entferntesten Ecke noch erschrocken aufzuflackern schienen.

Anon und Dornem traten unwillkürlich einen Schritt zurück.

Variscit beugte sich nach vorn. »Spart euch die Kämpfe

für den Feind auf. Es laufen genügend von ihnen dort draußen herum, dass es für jeden von euch ausreicht.«

Die meisten Dalkar senkten peinlich berührt die Köpfe, doch Rothaar räusperte sich auffällig. »Bei allem Respekt, General. Hier geht es keineswegs um irgendwelche kleinlichen Streitereien, sondern um die Frage, wer in diesen schweren Zeiten die Entscheidungsbefugnis über Derok erhält.« Er tupfte sich mit einem goldbestickten Tuch die Stirn ab. »Wir haben nicht grundlos sechs aus unseren Reihen ausgesandt, um die Kiste zu bergen. Der, der sie unversehrt in Sicherheit bringt, soll darüber entscheiden, welche Seite die Stadt führen wird.« Er warf einen ratlosen Blick auf die fünf Dalkar in der Mitte des Saals. »Es sind sowohl Obere als auch Untere zurückgekehrt. Beide Seiten haben sich tapfer geschlagen. Keine konnte einen eindeutigen Vorteil erringen. Also was soll uns das sagen? Was für ein göttliches Zeichen soll das sein, wenn wir es nicht verstehen?«

»Gut gesprochen, Rothaar.« Variscit strich sich über den Bart. »Was für ein Zeichen soll das sein? Das ist die alles entscheidende Frage.« Er schien einen Augenblick nachzudenken und machte dann eine Geste in Richtung der vier in der Mitte. »Hier auf den Rängen stehen die klügsten und weisesten Köpfe Deroks versammelt. Sie haben ewig darüber diskutiert, haben abgewogen, gemessen, gedroht und verhandelt. Aber es ist ihnen nicht gelungen, zu einem eindeutigen Ergebnis zu kommen. Ihr fünf dagegen seid losgezogen und habt euch auf dem Schlachtfeld der Ehre bewiesen, um den Besten in euren Reihen zu ermitteln. Ist es denn wenigstens euch gelungen, eine Entscheidung zu treffen? Wer soll uns führen?«

Die vier Dalkar schauten sich gegenseitig an. Dann trat Kearn einen Schritt vor, stellte den Schlachtenhammer vor sich auf den Boden und stützte die Arme darauf.

»Die Unteren«, sagte er, und die Unteren nickten erfreut.

Axt trat ebenfalls nach vorn und stemmte die Hände in die Hüften.

»Die Oberen«, sagte sie, und die Vertreter der Oberen atmeten erleichtert auf.

»Und alle anderen«, sagte Glond und trat zwischen die beiden.

»Gemeinsam«, sagte Dion und grinste breit. »Wir können es nur schaffen, wenn wir gemeinsam kämpfen. Das ist so einfach, dass es dafür keine göttliche Entscheidung braucht. Nur eine Portion gesunden Dalkarverstand.«

»So ist es.« Variscit breitete lächelnd die Arme aus. »Es ging niemals um die Frage, wer in diesen Zeiten besser für die Stadt ist. Nicht die Kampfkraft der Unteren und nicht die Schläue der Oberen allein kann unser Überleben sichern, sondern nur beides zusammen. Das ist es, was uns die glückliche Rückkehr dieser Helden sagen soll.«

Es wurde ungewohnt still in der Halle, während sich die Oberen und Unteren irritiert ansahen.

»Gemeinsam?«, fragte Rothaar, so als wollte er sich vergewissern, auch alles richtig verstanden zu haben.

»Gemeinsam«, murmelte Dornem. Er schüttelte verwundert den Kopf. »Ein äußerst ungewöhnlicher Gedanke.«

»Ungewöhnlich, aber interessant.« Anon wechselte einen schnellen Blick mit seinem Bruder.

Turak nickte ihm zu. »Wir haben alles versucht, und nichts hat uns weitergebracht. Die Orks konnten weder auf die Art der Unteren noch auf die der Oberen aufgehalten werden. Also warum sollten wir es nicht einfach mal auf eine neue Art versuchen?«

»Einverstanden«, sagte Dornem, ohne zu zögern.

»Einverstanden«, wiederholte Anon, und die Dalkar in der Halle stampften begeistert mit den Füßen.

Variscit winkte die vier Dalkar zu sich heran. »Ihr habt eine große Heldentat vollbracht, so viel ist gewiss. Eure Namen werden von nun an im gleichen Atemzug mit allen anderen Helden unseres Volks genannt, und man wird eure Geschichte vor den Kaminen der Clanhäuser erzählen. Eure und die der Mitstreiter, die für die Sache ihr Leben ließen. Man wird eure Namen für immer in Ehren halten.« Er deutete auf Glond. »Dir, junger Dalkar, werde ich deinen Namen zurückgeben, so wie ich es versprochen habe. Denn meine Worte sind das Gesetz des Großkönigs.« Er lächelte und hob die Hand, um anzuzeigen, dass er noch nicht fertig war. »Doch es fehlt noch etwas. Der Grund, warum gerade du für diese Mission ausgewählt worden bist.« Er wechselte einen kurzen Blick mit Kearn. »Wie ich hörte, weißt du es bereits. Ich habe dich ausgewählt, um dich zu prüfen. Du schienst mir ein geeigneter Kandidat zu sein, um die Nachfolge meines engsten Vertrauten anzutreten. Du erwecktest in mir den Eindruck, dass tief in deinem Inneren eine Kraft schlummert, die nur auf den geeigneten Augenblick wartet, um geweckt zu werden. Und nach allem, was ich über dich erfahren habe, habe ich mich keineswegs in dir getäuscht. Nicht wahr, Hertig Kearn?«

»Ay.« Kearn legte Glond würdevoll die Hand auf die

Schulter. »Ich habe zunächst gezweifelt, doch letzten Endes habe ich es ebenfalls erkannt. Ihr habt eine gute Wahl getroffen, General.«

Variscit nickte. »Aus diesem Grund mache ich dir das Angebot, meine rechte Hand zu werden, Glond.«

Es entstand eine Pause, in der alle Blicke auf Glond ruhten, und er spürte, wie ihm unangenehme Röte ins Gesicht stieg. Der General hatte ihm soeben angeboten, der Stellvertreter eines der mächtigsten Männer des Landes zu werden. Auf einen Schlag würde er über den meisten anderen Dalkar stehen und mit einer Macht ausgestattet sein, die andere in Ehrfurcht erstarren ließe – eine Entwicklung, die er noch vor einem Tag in seinen kühnsten Träumen nicht zu hoffen gewagt hätte.

»Ich fühle mich …« Er spürte ein hässliches Kratzen im Hals und räusperte sich verzweifelt. »Ich fühle mich geehrt.«

»Das solltest du. Das solltest du.« Variscit strich sich lächelnd über den struppigen Bart.

»Ich meine … Hertig Kearn ist ein mächtiger Krieger und großer Held unseres Volks. Allein in seiner Nähe stehen zu dürfen bedeutet für einen Dalkar schon eine ganze Menge. Aber sogar seine Nachfolge in Euren Diensten anzutreten, das ist …« Glond suchte nach den richtigen Worten. »… das ist eine große Verantwortung. Ich bin klug genug, um zu wissen, dass ich in keinem Belang an ihn heranreiche. Ich bin weder ein Anführer noch ein großer Kämpfer, zögere in den falschen Augenblicken und würde mich auf dem politischen Parkett sicherlich heillos blamieren. Ich bin ja noch nicht einmal ein besonders ausdauernder Biertrinker.«

»Und dennoch.«

Glond schaute einen Augenblick ins Leere. Er atmete tief durch und straffte die Schultern. »Ich möchte das Angebot ablehnen.«

Der Gesichtsausdruck des Generals veränderte sich nur unwesentlich. Gerade so weit, dass Glond erkannte, dass der alte Mann bei all seiner Planung doch nicht alles bedacht hatte. Ungläubig runzelte er die Stirn.

Glond kratzte sich verlegen am Hals. »Ich habe lange darüber nachgedacht. Wenn Ihr einen wirklich würdigen Nachfolger für Hertig Kearn sucht, jemanden, der die Dalkar anführen kann, der im richtigen Augenblick die richtigen Entscheidungen trifft und im Kampf seinen Mann steht wie kein Zweiter, dann habt Ihr diesen Dalkar schon längst gefunden.« Er legte Axt die Hand auf die Schulter. »Ich kann mir für diese Aufgabe niemand Geeigneteren vorstellen als die Edle Syen.«

Variscit lehnte sich im Thron zurück und musterte Glond mit grimmigem Blick. »Ich habe mich in dir getäuscht«, murmelte er. Seine Finger klopften einen langsamen Takt auf die steinernen Armlehnen. Er schüttelte den Kopf. »Doch dann auch wieder nicht. Du bist so klug, wie ich gehofft hatte – und noch ein ganzes Stück klüger. Nicht jeder hätte sich so viele Gedanken zu meinem Angebot gemacht. Die meisten hätten es ohne zu zögern angenommen.« Er neigte leicht den Kopf. »Ich achte deine Entscheidung, Glond.« Er wechselte einen langen Blick mit Kearn, und dieser neigte ebenfalls den Kopf. »Und ich akzeptiere deinen Vorschlag.« Seine Stimme wurde lauter, als er sich an Axt wandte. »Was sagt Ihr dazu, Edle Syen? Haltet Ihr seinen Vorschlag für ebenso klug wie wir?«

Axt blickte entgeistert von einem zum anderen. Diesmal war es an ihr, nach Worten zu suchen.

Variscit bleckte grinsend die Zähne. »Es genügt, wenn Ihr einfach nur nickt.«

Als Axt nach kurzem Zögern den Kopf neigte, schlug er begeistert mit der Faust auf die Armlehne, augenblicklich wieder der weise, alte Dalkar, der scheinbar alles genau so vorhergesehen hatte, wie es gekommen war. »Dann ist es abgemacht«, donnerte er und lachte dröhnend. »Und nun können wir uns endlich alle miteinander diesem wunderschönen Krieg widmen.«

Es ging noch eine ganze Weile so weiter mit den Lobreden, den Glückwünschen und dem Stiefelstampfen. Es war ein großer Tag für die vier Dalkar, und wenn man dem Rat zuhörte, ein noch viel größerer für das ganze Volk. Dementsprechend lang fielen die Reden der Ratsmitglieder aus, die sich gegenseitig mit Dankbarkeit zu übertrumpfen versuchten.

Glond hätte sich am liebsten heimlich verdrückt, um die nächsten zwei Tage zu verschlafen. Er hatte kaum noch die Kraft, die Augen offen zu halten, und war unendlich dankbar, als die Vertreter der Clans endlich zur Mitte des Saals schritten, um die Truhe zu öffnen, um die es die ganze Zeit gegangen war. Nicht, weil ihn zu diesem Zeitpunkt noch interessiert hätte, was darin zu finden war, sondern weil er befürchtete, dass irgendwann seine Ohren anfangen würden zu bluten und er einfach tot zu Boden sank.

Es dauerte noch einmal eine halbe Ewigkeit, bis jedes der Schlösser aufgeschlossen worden war und klappernd zu

Boden fiel. Ehrfürchtig traten die Ratsmitglieder zurück, und General Variscit bedeutete Glond, vor die Kiste hinzutreten. »Dir gebührt die Ehre, sie zu öffnen.«

Es war nicht ganz einfach, den Deckel aufzustemmen. Er schien schon seit Ewigkeiten nicht mehr bewegt worden zu sein, und obwohl die Dalkar die Scharniere zuvor mit Öl eingerieben hatten, knirschte und quietschte es ohrenbetäubend, als er sich endlich in Bewegung setzte.

Eine schwere Staubwolke breitete sich aus, und Glond widerstand dem Drang, den Deckel hustend und keuchend wieder zuschlagen zu lassen. Er wischte sich mit dem Ärmel über die tränenden Augen und starrte gebannt in das Innere der Kiste.

Zuerst konnte er lediglich Umrisse erkennen, dann ein paar Einzelheiten. Dunkle Augenhöhlen, die ihm unter einem kahlen Schädel hervor entgegenstarrten, ein schwarzes Loch, wo einmal eine Nase gewesen war, ein grinsendes Gebiss und ein zotteliger Bart.

Er wusste nicht genau, was er erwartet hatte. Am ehesten wahrscheinlich eine Waffe. Eine goldene Axt, einen unheiligen Streitkolben, wie Kearn ihn trug, oder eine Armbrust mit fremdartiger Mechanik. Er hätte sich auch irgendeine Art von Apparatur vorstellen können, die den Eindruck vermittelte, eine Stadt in die Luft sprengen oder ein Orkheer in Fetzen reißen zu können. In Gedanken hatte er sich ausgemalt, dass sie mit verwirrenden Runenmustern verziert worden war, die ihn schwindeln ließen, wenn er versuchte, ihren Linien mit dem Blick zu folgen. Er hätte sie behutsam aus ihrem Bett aus Samt gehoben und in die Höhe gestreckt, sodass alle sie sehen und bewundern konnten. Das Gleiche mit einem vertrockneten, alten Schädel zu tun scheute er sich allerdings.

»Es ist ein Schädel«, verkündete er irritiert.

»Nicht irgendeiner«, sagte Dion. Er trat nach vorn und legte Glond die Hand auf die Schulter. »Es ist der Schädel unseres Stadtgründers.«

Ein Raunen ging durch die Reihen der Ratsmitglieder. Hier und da wurden ehrfürchtige Rufe laut.

Glond schaute genauer hin. Die quadratische Form, das starke Gebiss, der Bart. Das alles deutete tatsächlich auf einen kräftig gebauten Dalkar hin. »Meister Steinhand«, murmelte er und schüttelte fasziniert den Kopf. »Ich wusste nicht, dass in seinen Knochen magische Kräfte schlummern.«

Dion runzelte die Stirn. »Magische Kräfte? Wie kommst du denn darauf?«

Glond schaute ihn an. »Wir haben die Kiste doch nicht nur geholt, weil dadurch entschieden werden sollte, wer Derok anführt. Da steckt doch mehr dahinter, oder nicht?« Er rieb sich ein paar Staubkörner aus dem Augenwinkel. »Syik Graustein, der alte Tempelwächter, hat gesagt, dass sie das Einzige ist, was uns retten kann. Wenn sie den Großkönig nicht erreicht, ist alles verloren.«

»Das ist richtig«, sagte Dion. »Weil Meister Steinhand das Herz und die Seele unserer Stadt ist. Er ist das Symbol für Derok. Wenn er verloren geht, dann geht ganz Derok verloren.«

»Aber …« Glond schaute zu den anderen auf und hoffte, in ihren Augen ebenso viel Unverständnis zu erkennen, wie er in diesem Augenblick fühlte.

Aber so war es nicht. Die Stadträte schauten so ehrfürchtig drein wie Dion, Kearn verzog keine Miene, und lediglich Axt hatte den Anstand, betreten zu Boden zu blicken.

Sie hatten es also alle von vornherein gewusst. Es war nie um irgendeine Art von Waffe gegangen oder um ein heiliges Artefakt, mit dessen Hilfe sie die Orks besiegen konnten. Es war von Anfang an nur um Symbole gegangen. So wie es bei den Dalkar immer nur um Symbole ging. Dabei war es egal, wie viele auf der Strecke blieben, Hauptsache, die Clans waren zufriedengestellt und die Tradition gewahrt.

»Knochen«, sagte er und schüttelte den Kopf. »All das für einen Haufen Knochen.« Gedankenverloren legte er die Hände auf den Deckel und drückte ihn langsam herunter. Dann legte er den Kopf in den Nacken und tat das, was er am liebsten schon getan hätte, als er zum ersten Mal die große Halle betreten hatte. Er lachte.

EPILOG

Es war eine ungewöhnlich ruhige Nacht. Der Regen hatte drüben auf der anderen Seite des Flusses die meisten Feuer gelöscht und die blutigen Spuren der Kämpfe in den Fluss gewaschen. Der nördliche Teil von Derok lag in völliger Dunkelheit, und der Wind wehte nur ab und an ein paar Geräusche von den Orks herüber. Vereinzelte Rufe, Fetzen von Gesängen oder den dumpfen Schlag einer Trommel. Kein Vergleich zu dem infernalischen Schlachtenlärm der vergangenen Tage.

Glonds Blick wanderte von der düsteren Silhouette hinunter zu dem kleinen Ruderboot, das vor seinen Füßen im Wasser schaukelte und bei jedem Wellenschlag leise an der Kaimauer entlangschabte. An den Rudern saß eine hagere Gestalt, deren Gesicht unter einer Kapuze verborgen lag, und im Bug waren ein paar Kisten und Truhen vertäut worden. Für ihn selbst blieb kaum mehr als eine Handbreit Platz übrig.

»Du willst doch nicht wirklich in dieses schaukelnde Ding da einsteigen?«, fragte eine Stimme in seinem Rücken.

Glond drehte sich um. Ein Lächeln trat auf sein Gesicht,

als er Axt erkannte. Sie hatte zwar den zerschlagenen Lederpanzer gegen ein Leinengewand getauscht und trug einen Umhang mit dem Zeichen ihres Clans um die Schultern, aber die frischen Kratzer und Prellungen in ihrem Gesicht ließen keinen Zweifel daran, dass die Geschehnisse um den Tempel noch nicht lange zurücklagen. »Welcher normale Dalkar würde schon freiwillig in einen hölzernen Kasten einsteigen wollen, dessen Wände kaum dicker als sein Daumen sind und der mitten auf einem reißenden Fluss schwimmt? Aber wenn ich dort rüberwill, habe ich wohl keine andere Wahl.«

»Du hast immer die Wahl.«

Glond nickte. »Und ich habe mich entschieden.«

»Ja, das hast du.« Axt verschränkte die Arme vor der Brust. Sie wirkte verfroren und ein kleines bisschen trotzig. Die schönste Frau, die Glond in seinem Leben zu Gesicht bekommen hatte. »Aber es ist völlig verrückt.«

»Ich habe Navorra versprochen, ihm und seinem Volk zu helfen. Ich weiß, dass es verrückt ist und wenig Hoffnung besteht, sie zu retten. Aber es ist kaum verrückter als diese alberne Sache mit der Kiste – und wenigstens hat es diesmal einen echten Sinn. Wenn ich es nicht wenigstens versuche, würde ich mir das nie verzeihen.«

»Ich wünschte, ich könnte mit dir kommen«, sagte Axt. »Ich meine … irgendwer muss doch auf dich aufpassen. Du bist nicht unbedingt ein begnadeter Kämpfer.«

Glonds Lächeln wurde noch eine Spur breiter. »Du wirst hier dringender gebraucht. Du musst dafür Sorge tragen, dass sich diese engstirnigen Dalkar im Rat endlich zusammenraufen und gegen den gemeinsamen Feind kämpfen, statt sich weiter gegenseitig die Köpfe einzuschlagen.« Er deutete zum Boot hinunter. »Und im Notfall passt ja immer noch der Wolfmann auf mich auf.«

Die Gestalt auf dem Boot schob die Kapuze zurück und schaute auf. »Für einen Menschen kann ich ganz passabel mit der Waffe umgehen, wie Ihr wisst.« Der Wolfmann klopfte mit der haarigen Pranke auf die Klinge des Schwerts, das er quer über die Knie gelegt hatte.

Axt bedachte ihn mit einem Lächeln. »Bring ihn mir ja wohlbehalten wieder zurück, Wolfmann.«

Der Wolfmann bleckte die Zähne und hob so schwungvoll das Schwert, dass das kleine Boot unter ihm gefährlich zu schaukeln begann. »Etwas anderes würde ich gar nicht wagen. Ich fürchte viel zu sehr Euren Zorn, Edle Syen.«

»Ich danke dir.« Sie drehte sich wieder zu Glond um und berührte ihn am Oberarm, als wollte sie ihm noch etwas Wichtiges sagen. Doch dann wandte sie sich ab und ging einfach davon.

Glond schaute ihr noch lange nach, als sie schon längst in der Dunkelheit verschwunden war.

DRAMATIS PERSONAE

ORKS

Befehlshaber

Rogoru – Feldherr der schwarzen Wüstenorks. Der Ayubo ist der oberste Kriegsherr des vereinigten Orkheers.

Shirach Drangog – Feldherr der Weststämme an der nördlichen Mauer.

Shirach Aktok – Feldherr der Weststämme, zuständig für die Westfront.

Ragroths Trupp

Ragroth – Alter, narbiger Broca der Weststämme. Er hält nicht viel von Eisenrüstungen und noch weniger von Regeln.

Fograr – Massiger Steppenorkkrieger, der zum ständigen Schwitzen neigt. Er ist vorsichtig und nachdenklich (für einen Ork).

Die Korrach – »Der Rechte« und »Der Linke« sind Bergork-Zwillinge, die sich zum Verwechseln ähneln. Ein Umstand, den sie … kultiviert haben.

Modrath Halbzahn – Ein etwa drei Meter großer Oger. Er hat ein Talent für Sprachen und ein noch größeres, Dinge mit seinem Kriegshammer zu zerstören.

Ordruk – Der dünne Bruder Fogrars. Er ist ständig hungrig und auf der Suche nach etwas zu essen, trotzdem jedoch besser gelaunt als sein mürrischer Bruder.

Die Skrag – Zwei Waldaerc, die selbst von den meisten Orks als Wilde angesehen werden. Sie sind perfekte Tötungsmaschinen mit einem unstillbaren Hass auf Zwerge.

Gulragh Schwarzknochens Trupp

Krendar – Seines Wissens der letzte Überlebende des Trupps; er ist hochgewachsen, kräftig und unerfahren. Dies ist sein erster Feldzug.

Ruheeles Trupp

Ruheele – Broca einer Doppelfaust Ayubo-Aerc. Sein Trupp besteht nur noch aus vier weiteren Ayubo sowie dem Sumpfork Dudaki. Daher ist er über Verstärkung nicht böse.

Dudaki – Ein rotzahniger Sumpfork. Verschlagen und immer zu Späßen aufgelegt. Man sollte ihn nicht unterschätzen.

Sekesh – Eine Schamanin der Ayubo. Sie beherrscht ihre Langmesser und die Blutmagie der Orks gleichermaßen gut.

Zorkal – Ein junger Ayubokrieger und Axtkämpfer; er ist für den Schutz seiner Schwester Sekesh zuständig.

Grendul – Ein bärbeißiger Ayubokrieger mit mehr Ritualnarben, als einem Ork guttun kann.

Vraga – Grenduls einäugiger Bruder, kaum besser gelaunt.

Gorotaks Trupp

Gorotak – Auch »Der Ohrensammler« genannt. Ein ausnehmend fetter Raut der Weststämme, der vier Doppelfäuste

Aerc-Krieger anführt. Er will sich unbedingt einen Namen in diesem Feldzug machen. Außerdem ist er nicht gut auf Ragroth zu sprechen.

Boshuluk – Oger in Gorotaks Trupp. Er ist riesig (selbst für einen Oger) und sehr schlicht (ebenfalls selbst für einen Oger).

Grahul – Gorotaks Leibwächter und Rechte Hand. Der bullige Krieger mit den Gesichtspiercings schwingt einen gemeinen Streitkolbern und selten kluge Reden.

ZWERGE

Der Rat

General Variscit – Der ehemalige Oberbefehlshaber der Vereinigten Clanbünde. In Derog ist er die Stimme des Großkönigs.

Turak und Anon – Die beiden Brüder treten als Sprecher des Gildenrats auf und stehen für die Meinung der Oberen Clans.

Meister Rotbart – Ebenso reich wie nervös. Wenn Derog fällt, verliert er alles.

Meister Dornem – Befehlshaber der Bergfestung. Spricht für die Unteren und interessiert sich für den Rest einen Dreck.

Brückenmeister Bärung – Erhielt den Befehl, sein Lebenswerk zu zerstören.

Die Helden

Edle Syen – Genannt »Axt«; eine gefährliche Axtkämpferin, die sich beweisen will.

Kearn Einauge – Die rechte Hand von General Variscit. Ein legendärer Held und ein zorniger Mann.

Beryll – Ein Clankrieger. Ein Riese unter den Dalkar und ein ziemlicher Dickschädel.

Esse – Der Älteste der Gruppe, aber seine Armbrust verfehlt noch immer nicht ihr Ziel.

Stein – Ein sehr eigenartiger Dalkar mit besonderen Fähigkeiten.

Glond – Ein Ausgestoßener mit einem schrecklichen Makel.

Stadtbewohner

Dion – Zweiter Diener im Tempel des Herrn, der in seinem langen Leben dem heiligen Gerstensaft etwas zu oft zugesprochen hat.

Syik Graustein – Der Wächter des Tempels. Seine Augen sind nicht mehr die besten, aber das hindert ihn nicht daran, sich jedem Gegner zu stellen.

Talus – Heetmann der Mauerwacht. Ein stiernackiger Kerl ohne Illusionen.

Unteroffizier Dvergat – Talus' Stellvertreter, den man selten ohne sein Bierfass antrifft.

Jarl Dornbirn – Heldenhafter Standartenträger der glorreichen Zwölften Königlichen.

Menschen im Armenviertel

Navorra von Andrien – Ein außergewöhnlicher Junge, dessen Königreich ein Sanatorium ist.

Cryn von Norderstadt – Wird aufgrund seines Aussehens nur Wolfmann genannt. Navorras Erster Ritter.

Veyd, der Echsenmann – Ein missgestalteter Mensch, der sich mit Gaunereien durchs Leben schlägt.

Akolut Kettwych – Ein von Gott verlassener Aussätziger, der sich Navorra angeschlossen hat.

KLEINES ORK-WÖRTERBUCH

Aerc – Eigenbezeichnung der Orks für ihre Art

Ayubo – Eigenbezeichnung für die Stämme der schwarzen Wüstenorks

Broca – Truppführer über eine Doppelfaust

Dobrog-Berge – Gebirge im Osten der Ork-Stammesländer. Derok liegt unmittelbar an seinem westlichen Rand

Doppelfaust – 2 x 5, also 10 Krieger, die übliche Stärke einer Ork-Kampfeinheit (oder eines Jagdtrupps). Kann allerdings bis zu 14 Krieger umfassen.

Drûaka – Bezeichnung für Schamanin in der Sprache der Weststämme

Frakra – Gemeinschaftssprache der Weststämme

Granok – Eine Wurzel, die die Orks gegen Müdigkeit, Erschöpfung und Schmerz kauen. Getrocknet und in Streifen gerieben wird sie auch geraucht.

Grûshnak – Lang gezogene Bergkette, die das Land der Weststämme nach Westen hin abschließt. Bewohnt von den Korrach. Dahinter liegen die Waldgebiete der Skrag.

Jakkar – Etwa 1,50 m lange, hundeähnliche Echsen, die von den Orks als Kampfhunde eingesetzt werden; frei lebend in Rudeln der nördlichen Steppe, jagen vor allem Rinder

Korrach – Eigenbezeichnung für die Stämme der Bergorks

Krûnar-Riten – Mannbarkeits-Riten der Weststämme

Raut – Unterhäuptling der Orks, befehligt bis zu 5 Broca, also maximal rund 100 Krieger

Schroggra – Hasengroßes Nagetier, lebt in Erdbauten, bekannt für seine Feigheit und seinen Geschmack

Shirach – Kriegshäuptling der Orks, befehligt bis zu 20 Raut (den Kriegsrat), also bis zu 2000 Krieger

Shranga – Bierähnliches Getränk der Ayubo

Skrag – Name der Weststämme für die Waldorks

Spilo – Kleine, giftige Flugechse, die von den Schamanen der Ayubo als Haustier gehalten wird

Urawi – Bezeichnung der Ayubo für ihre Schamaninnen

DANKSAGUNG

Als Erstes bedanken wir uns bei unseren Lesern. Besonders bei all denen, die bis hierher durchgehalten haben. Wir hoffen, es hat euch gefallen.

Außerdem bedanken wir uns bei unseren Agentinnen Natalja Schmidt und Julia Abrahams – für ihre freundlich-bestimmte Hartnäckigkeit, mit der sie uns in die richtige Richtung geschubst haben. Und natürlich für ihre Vermittlung und Betreuung während dieses gesamten Romans.

Wir danken unserer souveränen Lektorin Catherine Beck, die unsere kreative Zeichensetzung ertragen musste, und unserem Heyne-Lektor Sebastian Pirling, der dieses ganze Projekt zu verantworten hat. Wir hoffen also auch für ihn, dass er mit uns, den Orks und den Zwergen richtig liegt.

Dank geht auch an unsere zwei Testleserinnen, deren zahlreiche Anmerkungen und Vorschläge unsere Geschichte deutlich verbessert haben. Sollte es nicht gereicht haben – sie trifft keine Schuld.

Der nächste auf der Liste ist Carsten Steenbergen, dem wir verdanken, dass wir das Schreiben endlich ernster betreiben und ohne den wir vermutlich in den letzten 4 Jahren nicht soweit gekommen wären. Wo wir dabei sind, danken wir neben Carsten auch allen anderen Autoren und Lesern von *Steamtown*, die uns nicht nur ein hervorragendes Schreibtraining verschafft haben, sondern auch jede Menge Ermutigung.

Dazu ein Gruß an die Bürgerwehr Dörrstadts und den Rest der zwergischen und nichtzwergischen Bürger. Danke für die Inspiration und Unterhaltung. Wir trinken ein Bier auf euch.

Und Dank eigentlich auch all den anderen, die uns bis hierher unterstützt haben. Ihr wisst, wen wir meinen.

Schließlich danken wir auch noch unseren Eltern. Für die Geburt und die Sachen davor und danach. Ohne sie wären wir nicht da, wo wir heute sind. Im wahrsten Sinne des Wortes.

Stephan dankt außerdem:

Den ehemaligen und aktuellen Mitgliedern meiner langjährigen Rollenspielgruppe für die Inspiration.

Judith für ihre Geduld, Nachsicht und die Muffins.

Tom dankt außerdem:

Den Mitgliedern meiner diversen ehemaligen Rollenspielgruppen für die Inspiration.

Meiner Frau und meinem Sohn – für alles.

Und Germar, der seit 20 Jahren mein Geschreibsel erträgt. Was eine Menge über ihn als Freund aussagt.